W0359329

ro
ro
ro

Dies ist der dritte Band der Trilogie «Im Land des Falkengottes». Band 1, «Amenophis» (rororo 23519), erschien 2003, Band 2, «Echnaton» (rororo 23520), 2004.

Andreas Schramek ist Rechtsanwalt und Schriftsteller. Seit langem beschäftigt er sich intensiv mit der Geschichte und Kultur des Landes am Nil. Er ist Mitglied des Internationalen Ägyptologenverbandes und lebt mit seiner Frau und seinen zwei Söhnen in Weimar.

Andreas Schramek

IM LAND DES FALKENGOTTES

TUTANCHAMUN

Historischer Roman

Rowohlt Taschenbuch Verlag

3. Auflage März 2005

Originalausgabe
Veröffentlicht im Rowohlt Taschenbuch Verlag,
Reinbek bei Hamburg, Januar 2005
Copyright © 2005 by Rowohlt Verlag GmbH,
Reinbek bei Hamburg
Lektorat Werner Irro
Umschlaggestaltung any.way,
Barbara Hanke / Cordula Schmidt
(Abbildung: akg-images)
Karte Peter Palm, Berlin
Satz Adobe Garamond PostScript (InDesign)
bei Pinkuin Satz und Datentechnik, Berlin
Druck und Bindung Clausen & Bosse, Leck
Printed in Germany
ISBN 3 499 23521 8

Für Renate und Walter

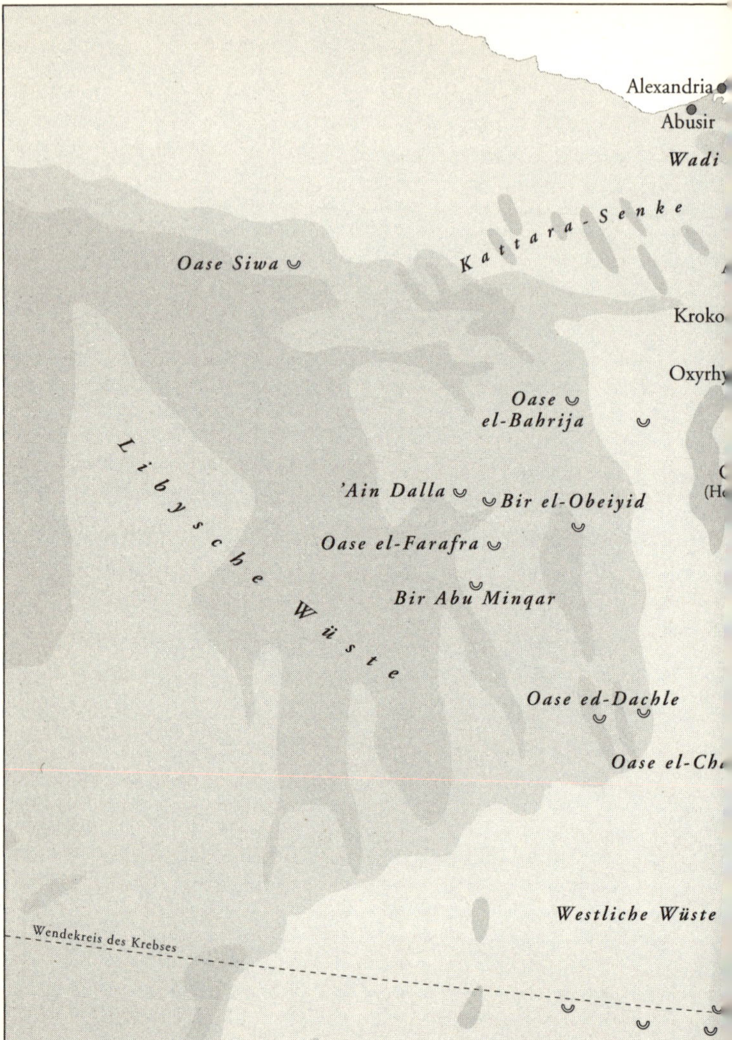

Alexandria
Abusir
Wadi
Kattara-Senke
Oase Siwa
Kroko
Oxyrhy
Oase
el-Bahrija
Libysche Wüste
'Ain Dalla
Bir el-Obeiyid
(H
Oase el-Farafra
Bir Abu Minqar
Oase ed-Dachle
Oase el-Ch
Westliche Wüste
Wendekreis des Krebses
el-Shab
0
50
100
150
200 km

Mittelmeer
Jerusalem
Gasa
Totes Meer
Buto
Tanis
Pelusium
Bubastis
Suez-Kanal
NTERÄGYPTEN
Gise
On (Heliopolis)
Petra
Sakkara
Men-nefer
(Memphis)
Sinai
Merwer (Medinet el-Fayum)
Wadi
el-Arisch
Akaba
Herakleopolis
Nil
Bahr Jussuf
Arabische Wüste
Achet-Aton
(el-Amarna)
OBERÄGYPTEN
Achmim
Abydos
Nil
Dendera
Kena-Straße
Steinbrüche
el-Wadi
el-Gedid
(Theben)
Waset
Ipet-sut
(Luxor)
Wadi
Hammamât
Tal der Könige
Esna
Bulak
El-Kab
Edfu
Kom Ombo
(Elephantine)
Abu
1. Katarakt
Insel Philae
Assuan-Staudamm
(erbaut 1960 bis 1970)
Rotes Meer
Nasser-See
Abu Simbel
Nubien
Nil
2. Katarakt
Nubische Wüste

DAS NEUE REICH (1551–1306 v. Chr.)

18. Dynastie

Ahmose	1551–1526
Amenophis I.	1526–1505
Thutmosis I.	1505–1493
Thutmosis II.	1493–1490
Hatschepsut	1490–1468
Thutmosis III.	1468–1436
Amenophis II.	1436–1412
Thutmosis IV.	1412–1402
Amenophis III.	1402–1364
Amenophis IV. (Echnaton)	1364–1347
Semenchkare	1350–1347
Tutanchamun	1347–1338
Eje	1337–1333
Haremhab	1333–1306

19. Dynastie

Ramses I.	1306–1304
Sethos I.	1304–1290
Ramses II.	1290–1224
Merenptah	1224–1204
Amenmesse	1204–1201
Sethos II.	1201–1194
Siptah	1194–1188
Tausret	1188–1186

20. Dynastie

Sethnacht	1186–1184
Ramses III.	1184–1153
Ramses IV. – Ramses X.	1153–1102
Ramses XI.	1102–1075

Tauche in dein Buch, so wie man in das Wasser taucht.
Wer niemals hierher kommt, dem ist das Elend.

Die Kühle des gerade anbrechenden Tages stimmte Pharao zufrieden. Nicht, dass er unter der Hitze, die sich bis Mittag über das Land legen würde, übermäßig litt, wie viele seiner Untertanen; manchmal war ihm sogar, als würde er wie eine Schlange erst dann richtig zum Leben erwachen, wenn ihn die Strahlen der Sonne lange genug gewärmt hatten. Aber in der Kühle des Morgens spann er seine Gedanken, entwickelte Pläne und entschloss sich Tag für Tag aufs Neue, so lange an seinem Leben festzuhalten, bis alles, ja wirklich alles, was er sich vorgenommen hatte, vollendet war. Als Greis, der Eje jetzt mit dreiundsiebzig Jahren war, wusste er nur zu gut, dass er selbst als vergöttlichter Herrscher nicht die Macht besaß, über seine Lebenszeit zu bestimmen. Doch er hatte in seinem langen Leben auch erfahren, wie der unbedingte und unbeugsame Wille eines Menschen selbst den Göttern den Atem stocken und sie in ihrem Walten innehalten lassen kann. Den Gleichgültigen, der es nicht einmal wagte, an ein Aufbegehren gegen das ihm bestimmte Schicksal zu denken, den streckten die Götter mitleidlos nieder, so mitleidlos, wie Eje jetzt eine Mücke erschlug, die sich auf seinen linken Arm gesetzt hatte, um ein winziges Tröpfchen seines königlichen Blutes aus dessen Adern zu saugen.

Lange vor Sonnenaufgang pflegte er den Palastgarten aufzusuchen, wobei er den Leibwächtern befahl, auf der Terrasse zurückzubleiben. Allein ging er hinaus, um noch einige wenige Töne der Nachtigall zu hören, ehe der heraufbrechende Morgen ihr gebot, zu schweigen. Es gab nichts in dieser Welt, das den einsamen Greis so glücklich stimmen konnte wie der Gesang dieses so unscheinbaren Vogels. Ja es war wahrhaftig ein Gesang, den die Nachtigall anstimmte, und nicht nur ein eintöniges Geschnatter und Gezwitscher, wie Eje es von anderen Vögeln kannte. Hörte er die wohlklingende und jubelnde Stimme einer Nachtigall, erinnerte sich Eje seiner Kindheit in Men-nefer, der großen und altehrwürdigen Stadt im Norden Ägyptens. Dann rief er die Bilder jener Tage in sein Gedächtnis zurück, als Amenophis – ein Jüngling noch – zum Herrscher der beiden Länder gekrönt wurde und ihn, den nur um ein Jahr jüngeren Eje, bat, sein Leben in den Dienst Pharaos zu stellen. Er erinnerte sich seiner ersten Liebe, der Tänzerin Inena, die in all den Jahren seit jenen Nächten im Palast von Men-nefer gewiss im immer dichter werdenden Nebel des Vergessens verschwunden wäre, wenn sie eben nicht Ejes erste Liebe gewesen wäre. Obwohl sie nur eine Tänzerin gewesen war, wie es von ihnen Tausende gegeben haben mochte, so ließ ihn dennoch ein Leben lang die Erinnerung an Inena nicht los, und mit einem sanften Lächeln bestätigte er sich auch an diesem Morgen, dass die nächtlichen Stunden mit Inena es wert waren, nicht vergessen zu werden. Wenn sein Lächeln aber nachließ und Pharao der Nachtigall wieder genauer zuhörte, suchte er die Erinnerung an die wirkliche Liebe seines Lebens, und er sah Merit vor sich. In rascher Bildfolge, als wollte er möglichst schnell an das Ziel seiner Rückbesinnung gelangen, erinnerte sich Eje seiner Reise nach Babylon, um bei dem Bild der Stadt, das jetzt vor seinen Augen auftauchte, innezuhalten, damit er ihre Tempel und Paläste, ihre Kanäle und Gärten bewunderte, bis sein Gedächtnis den Blick auf jenen Garten erlaubte, in welchem er Merit zum ersten Mal begegnet war. Bei dem Gedanken an sie rieb er mit geschlossenen Augen die Spitzen von Daumen und Mittelfinger aneinander und meinte, dazwischen Merits seidenes Haar zu spüren. Er atmete tief durch und erinnerte sich dabei des Duftes ihrer weichen Haut. Dann aber öffnete er schnell die Augen, um sich nicht auch des Anblickes erinnern zu müssen, als Merit sterbend vor ihm lag, inmitten all des Blutes, das sie bei der Geburt ihrer Tochter Nofretete verloren hatte, zu viel, um selbst weiterleben zu können.

Eje hätte sich damals vielleicht das Leben genommen, hätte sich vom Dach seines Palastes gestürzt, wäre nicht Pharao Amenophis gewesen: Amenophis, der ihm ein Leben lang Halt gegeben, der ihn nicht fallen gelassen hatte, selbst dann nicht, als Eje einmal vor ihm geflohen war und ihn im Stich gelassen hatte. Pharao war seinem Freund in die Steinbrüche von Tura gefolgt und hatte mit einem einzigen Pfeilschuss den Mörder, der vor Eje gestanden und ihm bereits das Messer an die Kehle gesetzt hatte, niedergestreckt.

Wie schnell waren die Jahre, die er an der Seite dieses mächtigen Herrschers verbracht hatte, verflogen! Nie würde Eje die Tage vergessen, als er mit Amenophis, der sich bei seiner Thronbesteigung den Herrschernamen Nimuria gegeben hatte, nach Nubien gezogen war, um einen Rachefeldzug gegen aufrührerische Stammeshäuptlinge zu führen; nie die Zeit, als sich Waset durch den starken Arm Pharaos von der mächtigsten Stadt Oberägyptens in die reichste und prächtigste Stadt der Beiden Länder, ja des ganzen Erdkreises verwandelt hatte. Seit den Zeiten des großen Chufu, des Schöpfers der größten aller Pyramiden, hatte man in Ägypten nicht mehr solche Mengen an Ziegeln, an kostbaren Steinen und Hölzern aller Art verbaut. Nie zuvor war man mit Gold, Silber und Edelsteinen so verschwenderisch umgegangen wie bei der Vergrößerung der Tempel von Ipet-sut durch Nimuria.

Eje erinnerte sich aber auch an jene Zeit, als Amenophis krank geworden und sein Körper mehr und mehr verfallen war, bis er, kaum vierundfünfzig Jahre alt, in den Armen des Freundes den Kampf mit dem Tod hatte aufgeben müssen.

«Zwanzig Jahre liegt Amenis Tod schon zurück», sagte Eje leise vor sich hin und schüttelte dabei ein wenig den Kopf, als wollte er nicht wahrhaben, um wie viele Jahre er den Freund schon überlebt hatte.

Der alte Mann blickte auf und war überrascht, wie plötzlich der Tag angebrochen war. Seine letzten Gedanken hatten ihn sogar den Gesang der Nachtigall vergessen lassen, und erst jetzt wurde er gewahr, dass sie schwieg und es die Amsel war, die mit schreckhaftem Zetern den Sonnengott begrüßte, dessen flimmernde Scheibe sich langsam über dem östlichen Gebirge, das hinter Waset aufragte, erhob, um für kurze Zeit alles Land, den Nil, die Tempel und die Paläste der Stadt in einem rot glühenden Lichtermeer zu ertränken, ehe ihr bald goldgelber Glanz alle Geschöpfe zum Leben erweckte.

So glänzend wie die Sonne war einst auch die Vergangenheit Ägyptens gewesen. In welcher Macht waren die Beiden Länder unter Amenophis erstrahlt! Welch geistige Blüte hatten sie unter seinem Sohn Echnaton erlebt, jenem Pharao, der zuletzt die alten Götter Ägyptens verleugnet, ihre Tempel geschlossen und einzig den Aton, die lebendige Sonnenscheibe, als Gott anerkannt und verehrt hatte!

Echnaton hatte den Menschen die Augen geöffnet, indem er Maler und Bildhauer zu Wahrheit in ihrem Schaffen aufrief. Sie sollten Pharao und seine Familie nicht mehr in jener entrückten Vollkommenheit abbilden, wie es die Ägypter seit über tausend Jahren gewöhnt waren: mit makellosen Körpern und mit dem Antlitz strahlender Helden oder lieblicher Göttinnen. Jetzt mussten sie Pharao und seine Familie so darstellen, wie sie sie wirklich sahen: mit aufgeworfenen Lippen, mit fleischigen Nasen und übergroßen Hinterköpfen; mit wulstigen Schenkeln und langen, dünnen Armen und mit den erschlafften Körpern von Weichlingen. Doch so sehr Echnaton die Wahrheit und den Frieden liebte und an die Liebe der Menschen glaubte, verschloss er die Augen vor den Gefahren, die Ägypten in jenen Tagen bedrohten: die immer mächtiger werdenden Hethiter und die Weigerung vieler, ihrem Herrscher in dessen Gedanken und Visionen zu folgen. Er sperrte sich in Achet-Aton ein, der Stadt seiner Träume, die er für sich und seinen Gott Aton errichtet hatte. Er nahm es hin, dass Ejes Tochter, die Große königliche Gemahlin Nofretete, nach Waset zog, um dort an seiner Stelle als Pharao Semenchkare zu herrschen, damit Ägypten nicht gespalten wurde. Und es war gekommen, wie Eje es in einem der schrecklichsten Träume, die er je träumen musste, gesehen hatte: Am Ende der Herrschaft Echnatons stand Ägypten am Rand des Abgrunds.

Pharao brauchte seine schwachen Augen nicht anzustrengen, um sich zu vergewissern, dass es Nacht-Min war, der sich der Terrasse näherte.

«Lasst ihn zu mir kommen!», rief Eje den Leibwächtern zu, mit einer Stimme, wie man sie so kräftig bei einem Mann seines Alters nicht mehr vermutet hätte. Und das Gehör des Alten, dieses noch immer so erstaunlich gute Gehör einer Katze, ließ ihn von weitem den herablassenden Ton in den Worten des Offiziers vernehmen: «Du darfst vor den Guten Gott treten!»

Eje hörte das leise, so unbedeutende Knirschen von Sandkörnern, welches Nacht-Min mit den Sohlen seiner Sandalen verursachte, als er die wenigen Stufen von der Terrasse des Palastes zu ihm in den Garten hinabstieg. Das Knirschen des Kieses, das jetzt immer näher kam, hätte auch jeder andere gehört, denn dazu bedurfte es nicht des empfindlichen Gehörs eines Eje. Welcher Mensch aber maß schon dem Geräusch des Sandes Bedeutung bei? «Ich», gab sich Eje selbst zur Antwort, «denn ihr hört nichts, ihr seid taub», fügte er schnell und fast ein wenig schadenfroh hinzu.

Pharao freute sich auf den Sechzehnjährigen, als wäre dieser sein eigener Sohn. Dabei war er nur der Sohn eines wenn auch altgedienten Vorarbeiters – aber eben nur eines Arbeiters – aus der Totenstadt. Sieben Tage weilte der Jüngling jetzt schon bei ihm. Sieben Tage hatte Nacht-Min im Palast der leuchtenden

Sonne eine Welt erlebt, von welcher er bis vor kurzem nicht einmal gewusst hätte, wie er sie sich vorstellen sollte, hätte man ihn danach gefragt. Er war in einer Siedlung von etwas mehr als vierzig weiß getünchten Ziegelhäusern aufgewachsen, weiter oben im westlichen Gebirge und abgeschirmt von der übrigen Welt, denn niemand durfte die Geheimnisse ihrer Bewohner erfahren. Niemand außer ihnen durfte wissen, wo die Wohnungen der Ewigkeit, die Gräber der Pharaonen, lagen, wie sie zu öffnen waren und welche Schätze die Grabkammern tief im Innern des Gebirges verborgen hielten.

«Steh auf!», sagte Pharao leise, denn jetzt nahmen auch seine Augen Nacht-Min, der sich vor seinem Herrscher zu Boden geworfen hatte, wahr. Der Junge erhob sich und blieb mit gesenktem Haupt vor Eje stehen.

«Du weißt doch», fuhr der Gute Gott mit der sanftmütigen Stimme eines alten und weisen Mannes fort, «dass du mich ansehen darfst, wenn ich mit dir spreche. Ich muss dir das nicht jeden Tag aufs Neue sagen. Begleite mich zurück auf die Terrasse!»

Eje streckte Nacht-Min seinen abgewinkelten linken Arm entgegen, um sich bei dem Jungen unterzuhaken. Während sie sich in kleinen, von dem Greis vorsichtig geführten Schritten der Terrasse näherten, begann Pharao zu erzählen.

«Ich kann dir nicht sagen, welche Zeit für mich die aufregendere, die schönere war: die, welche ich mit Nimuria verbracht habe, die an der Seite seines Sohnes Echnaton oder die wenigen Jahre mit Tutanchamun. Echnaton hatte mir und vielen anderen die Augen für Dinge geöffnet, die wir vorher nie gesehen, die wir niemals zu denken gewagt hätten. Die Vorstellung, dass es nur ein Gott war, ein einziger Gott, der die Geschicke der Erde und der Menschen lenkte, war ebenso berauschend wie die für uns so befremdliche Art, Mensch und Tier, ja die gesamte Schöpfung darzustellen. Doch bei alldem, was Echnaton uns lehrte, unterschätzte er das Gedächtnis der Menschen. Obwohl die Tempel der alten Götter über viele Jahre geschlossen waren, obwohl selbst deren Namen nicht mehr ausgesprochen werden durften, wurden sie nicht vergessen und waren die Menschen nicht bereit, sie aus ihren Herzen zu verbannen, wie ihr Herrscher es getan hatte. Echnatons Werk, der Glaube an einen einzigen Gott, war nicht von langer Dauer und hat seinen Schöpfer um kaum mehr als drei Jahre überlebt.»

Der greise Pharao und sein Begleiter hatten jetzt die Terrasse erreicht. Eje ließ sich in einen vergoldeten Sessel nieder und wies Nacht-Min an, sich neben ihn zu setzen. Auf einem kleinen Tisch vor ihnen lag ein gekrümmter Wurfstock, wie man ihn zur Entenjagd benutzte. Er war aus Elfenbein geschnitzt, und in ihn war in heiligen Zeichen ein Name eingeritzt: Nebchepru-Re.

«Der Herr über alles, was entsteht, ist Re», übersetzte Eje den Thronnamen jenes Pharao, der bei seiner Geburt den Namen Tutanchaton erhalten und der sich später Tutanchamun genannt hatte.

Von ihm begann Eje an diesem Morgen zu erzählen.

EINS

Meine Hände auf diesem Kind
sind die Hände der Isis auf ihm,
wie sie ihre Hände legte
auf ihren Sohn Horus.

Echnaton hatte mich mit Prinz Tutanchaton, seinem einzigen Sohn, in die Oase Fajum geschickt, da in Achet-Aton wie in vielen anderen Städten Ägyptens die Pest wütete. Unter Tränen hatte er ihn mir anvertraut, weil er nicht wusste, ob nicht er selbst ein Opfer dieses stillen und schleichenden Todes, den Soldaten aus dem Reich der Hethiter an den Nil geschleppt hatten, werden würde.

Als ich wenige Wochen später im Palastgarten von Merwer gesehen hatte, wie sich mitten am Tag die Sonnenscheibe verfinsterte und in wenigen Augenblicken sich der Schleier der Nacht über das Land legte, wusste ich, dass ich Echnaton nie hätte verlassen dürfen. Echnaton und Tutanchaton hätten zusammenbleiben müssen, ganz gleich, was geschehen würde. Jetzt durfte ich den Knaben nicht allein in der Oase zurücklassen, um Echnaton zu Hilfe zu eilen. Ich konnte aber auch nicht länger dort verweilen, hatte ich doch Echnatons Vater Amenophis an dessen Sterbebett geschworen, mich immer um seinen Sohn zu kümmern. So eilte ich gemeinsam mit Prinz Tutanchaton zurück in die heilige Stadt des Sonnengottes, wir jagten durch Wüste und Steppe bis an den Nil, ich trieb die Ruderer unseres

Schiffes an und erflehte bei allen Göttern günstige Winde, um so schnell wie möglich zurückzukehren. Dann lief ich mit meinem Schützling durch die Straßen der Stadt, bis wir vor dem Torturm des Palastes auf die Menschenmenge stießen, die starr vor Entsetzen ihren toten Herrscher, aus dessen Nase und Ohren träge Blut rann und dessen gebrochene Augen mich wie aus einer fernen, jenseitigen Welt anstarrten, umringt hatte.

Ich konnte die Blicke des Knaben nicht von seinem toten Vater fern halten. Während ich noch immer regungslos in die weit geöffneten Augen Echnatons sah, spürte ich, wie es Tutanchaton nicht mehr länger duldete, dass ich seinen Kopf gegen meinen Körper gepresst hielt, und wie er sich langsam aus meiner schützenden Umklammerung löste. Ich ließ ihn gewähren, denn mir fehlte in diesem Augenblick die Kraft, selbst einem Fünfjährigen Widerstand zu leisten. Geistesabwesend sah ich auf das Geschehen wie aus weiter Entfernung, und die Bilder vor meinen Augen wurden immer kleiner. Ich sah den Knaben, wie er neben seinem toten Vater kniete, wie er dessen Kopf liebevoll in seinen Armen hielt und über das zerzauste Haar Pharaos strich, als wollte er es schon geordnet haben, wenn sein Vater wieder erwachte. Doch ich nahm die Bilder nicht wirklich wahr. Ich nahm nur Augen wahr, die mich unentwegt aus der Unendlichkeit anblickten. Flehten sie mich nicht an? Hörte ich nicht ein Flehen, ein leises, Mitleid erregendes Flehen?

«Wach doch wieder auf, Vater!», flehte die Stimme. «Hörst du mich nicht? Ich bin es, dein Tutanchaton.»

Der Prinz presste seinen Kopf gegen die Wange seines Vaters und streichelte mit seiner Hand über die andere.

«Vater! Warum sagst du nichts?»

Erst jetzt begriff ich, was geschehen war, was ich wirklich vor mir sah, und mein Geist kehrte an den Ort des Schreckens zurück. Ich kniete langsam nieder und strich ebenso liebevoll über das Haar des Jungen, wie er es bei seinem Vater getan hatte. Ich blickte kurz nach oben, um mich zu vergewissern, dass dort keiner mehr war, der jetzt auch dem Knaben Schaden zufügen konnte. Dass Echnaton vom Turm des Stadtpalastes hinabgestürzt war, stand für mich außer Zweifel; es blieb nur die Ungewissheit, ob er es von sich aus getan hatte oder ob er ermordet worden war.

Ich wandte mich wieder Tutanchaton zu und flüsterte: «Dein Vater hört dich nicht. Er lebt nicht mehr, Tutanchaton.»

Ich war mir nicht sicher, ob er begriff, was ich gesagt hatte, doch er ließ von seinem Vater ab, und mit beiden Armen klammerte er sich jetzt fest an mich, drückte dabei sein Gesicht gegen meine Brust und ließ den Tränen seines Schmerzes und seiner Angst freien Lauf.

Seine Mutter Kija, die Geliebte des Königs, hatte er nie gekannt, denn sie war schon bei seiner Geburt gestorben. Und soeben hatte er auch seinen Vater verloren. Wie grausam musste es für diesen kleinen Jungen sein, schon so früh die Einsamkeit eines Waisen ertragen zu müssen!

Die Menschen um uns herum schwiegen jetzt ergriffen, sei es, weil der mächtigste Herr der Erde tot vor ihnen lag, oder wegen des herzzerreißenden Leides des jungen Prinzen. Hilflos standen wir da, verlassen vom Guten Gott, der siebzehn Jahre die Geschicke Ägyptens gelenkt hatte. Es bedurfte erst einer einfachen alten Frau, die sich ein Herz fasste und ein Tuch, das sie eben noch über der Schulter getragen hatte, über das Antlitz Pharaos legte, um es vor den Blicken der Menschen zu verbergen. Es war wohl der einzige Dienst, den sie zeit ihres vielleicht sonst eintönigen Lebens an ihrem Herrscher verrichten durfte. Aber es war ein Dienst, der sie in diesem Augenblick vor allen anderen Menschen groß machte.

Ich nahm nur am Rande wahr, dass die Menge wie von selbst eine Gasse gebildet hatte, um einem Mann Platz zu machen, den alle kannten und den auch alle fürchteten: Mahu, den Polizeiobersten von Achet-Aton.

Als ob er nicht schon längst gewusst hätte, wer der Tote war, kniete er kurz nieder und hob das Tuch der Alten an einem

Ende ein wenig hoch, um es sogleich wieder niedersinken zu lassen, nachdem auch er in die starren Augen Echnatons geblickt hatte.

«Weißt du schon etwas?», fragte er mich leise.

Ich schüttelte den Kopf und sagte nur: «Wir müssen Echnaton schnell von hier wegbringen lassen.»

Mahu winkte einen Offizier herbei. Ein kaum zwanzig Jahre alter Mann kniete sich neben Mahu, damit ihm dieser etwas ins Ohr flüstern konnte. Während Mahu in knappen Worten seine Befehle erteilte, nickte der Offizier mehrmals mit dem Kopf. Dann erhob er sich und forderte vier Polizisten aus seiner Begleitung mit einem unauffälligen Handzeichen auf, ihm zu folgen. Mahu sah mich mit ernster Miene an und fragte mich nochmals: «Du hast nichts Auffälliges bemerkt, als du hierher kamst?»

«Abgesehen davon, dass mir bei der Einfahrt in den Hafen ein Schiff begegnete, dessen Fahrgäste mir bekannt vorkamen, die mir aber aus irgendeinem Grund nicht gefielen, habe ich nichts Besonderes bemerkt.»

«Du hast keine Vorstellung, wer diese Männer waren? Komm, Eje», sagte Mahu und wirbelte mit seinem gespreizten Zeigefinger vor der Brust herum, als würde sich dadurch meine Erinnerung schneller einstellen, «wir dürfen keine Zeit verlieren. Wie sahen sie aus? Welche Kleider trugen sie?»

«Sie trugen gute, aber nicht auffallend aufwändige Kleidung, und ich könnte mir vorstellen, dass sie Kaufleute waren.» Mahu biss sich auf die rechte Unterlippe und sah mich nachdenklich an.

«Kaufleute», wiederholte er leise. «Sorge du dich um Pharao und um Prinz Tutanchaton! Ich bin hier niemandem nützlich. Ich befrage erst die Palastwache und die Leibgarde Pharaos, und danach werde ich am Hafen sein.»

Mahu erhob sich jetzt und wollte gerade weggehen, da sprach ihn einer der Männer, die bei uns standen, an: «Hoher Herr», begann er in ängstlichem Ton seine Rede. «Ich wollte Euch nicht belauschen. Aber ...»

«Was ist aber?», fuhr ihn Mahu in gereiztem Ton an.

«Es war niemand außer Pharao auf dem Turm. Ich habe es gesehen. Ich habe gesehen, wie der Gute Gott an die Brüstung des Turmes kam, seine Hände gegen das Gesicht drückte und irgendetwas rief, was ich nur schlecht verstand.» Der Mann sah uns mit großen Augen an.

«Rede weiter!», drängte Mahu erneut. «Hast du verstanden, was der Gute Gott sagte, oder nicht?»

«Mir war, als rief er: Nein! Das darf nicht sein. Das darf einfach nicht sein.» Der Mann nickte mit dem Kopf und bestätigte sich selbst: «Ja, doch. Das war es, was er rief.»

«Und was geschah dann? So rede doch!», beschwor ihn der Polizeioberste und hielt die gefalteten Hände bittend vor die Brust. Ich legte meine Hand an Mahus Arm, um ihn zu besänftigen, denn ich sah, wie die Lippen des Mannes zu beben begannen, wie dessen Augen feucht wurden und wie er ängstlich schluckte.

«Dann legte Pharao die Hände auf die Brüstung und blickte nach oben, sodass ihm die Sonne, ich meine unser Vater Aton, ins Gesicht schien. Dann rief er laut: ‹Aton! Warum wendest du dich von mir ab?› Danach stieg er auf die Brüstung, und mit weit ausgebreiteten Armen sprang er kopfüber in die Tiefe.»

Weinend sackte jetzt der Mann, der vielleicht vierzig Jahre alt sein mochte, in sich zusammen. Er kniete vor Mahu nieder, setzte sich auf die Fersen und vergrub den Kopf in seinen Händen, um vor uns sein schmerzverzerrtes Gesicht zu verbergen.

«Ja, es war so, wie er sagte», rief uns jetzt ein anderer aus der zweiten oder dritten Reihe zu. «Außer dem Guten Gott war niemand auf dem Turm zu sehen. Das kann auch ich bezeugen!»

«Folgt diesem Offizier auf die Polizeiwache, damit man dort aufschreibt, was ihr gesehen und gehört habt», sagte Mahu zu den beiden. Der Vierzigjährige erhob sich, und sie gingen schweigend und ohne zu murren mit dem Offizier weg.

«Ich befrage jetzt die Wachen. Du weißt, was du zu tun hast», flüsterte er mir noch einmal zu und wandte sich ab.

«Geh nur», war alles, was ich antwortete, denn in Gedanken war ich noch bei Echnaton und den uns geschilderten letzten Augenblicken seines Lebens.

«Warum ist Vater vom Turm gesprungen?», hörte ich Tutanchaton neben mir sagen, und erst jetzt wurde mir bewusst, dass der Knabe alles mit angehört hatte. Doch es war nicht mehr zu ändern. Das Wissen um den Selbstmord seines Vaters und die niemals zu beantwortende Frage nach dem Warum würde ihn wohl ein Leben lang begleiten und bedrücken.

«Ich weiß es nicht, Tutanchaton. Und ich weiß auch nicht, ob wir es jemals erfahren werden.» Erneut drückte ich das Kind, das mir so unsäglich Leid tat, fest an mich und streichelte über sein schwarzes Haar. Zwei zierliche Arme umfassten daraufhin meinen Hals, und mit all der Kraft, die er nur aufzubringen vermochte, klammerte sich der Junge an mich. Ich ahnte sein Bitten, sein inniges Flehen, ihn nicht allein zu lassen.

«Ich bleibe bei dir. Glaube mir, Tutanchaton, dein Eje geht nicht weg. Das habe ich schon deinem Großvater und deinem Vater versprochen. Jetzt verspreche ich cs auch dir.»

Obwohl der Junge die Umarmung noch nicht gelöst hatte, erhob ich mich jetzt, und auch als ich stand, hielt er sich noch immer an meinem Hals fest und war nicht bereit, loszulassen. Es war gut so, denn jetzt brachten die Polizisten, die Mahu weggeschickt hatte, eine Krankenbahre und stellten sie neben dem leblosen Echnaton ab. Ich drehte mich ein wenig, damit Tutanchaton nicht sehen konnte, wie sie seinen Vater auf die Bahre legten. Denn wie ich befürchtet hatte, nahmen sie erst das Tuch vom Gesicht des Toten und hielten es den umherstehenden Menschen entgegen, bis sich die Alte, welcher es gehörte, zu erkennen gab und das blutbefleckte Tuch an sich nahm.

Zu viert hoben sie die Bahre hoch, und erst jetzt fiel mir auf, dass die Augen Pharaos noch geöffnet waren. Ich trat näher, fuhr mit der Rechten über Echnatons Gesicht und schloss so für immer seine Augen. Ein wenig Blut klebte an meinen Fingern. Während sich die vier in Bewegung setzten, hielt ich für einen

Augenblick inne, blickte auf meine rot gefärbten Fingerkuppen und überlegte, ob nicht auch im übertragenen Sinn Blut an meinen Fingern klebte. Gewiss, ich machte mir Vorwürfe, dass ich von Echnaton weggegangen war. Aber eine wirkliche Mitschuld am Tod Echnatons vermochte ich nicht zu erkennen.

Mahus Polizisten sowie Soldaten der Leibgarde bildeten bis zum Palasteingang ein langes Spalier, sodass der kleine Trauerzug durch die inzwischen riesige und unruhige Menschenmenge ungehindert das Osttor des Stadtpalastes erreichen konnte. Erst jetzt öffneten sich langsam seine beiden goldbeschlagenen Flügel. Auf den der Stadt zugewandten Flächen war der Gute Gott abgebildet und über ihm Aton, dessen Strahlen auf Pharao niedergingen. Einer der Strahlen endete in einer Hand mit einem Anch, dem heiligen Zeichen für Leben. Aton hielt es vor die Nase Pharaos, damit dieser für immer den Hauch des Lebens atmete.

Ich hörte, wie sich hinter uns das schwere Tor mit dumpfem Dröhnen schloss. Die Ruhe des Palasthofes tat nach all der Aufregung gut, denn über die gewaltigen Mauern hinweg war das Lärmen der Menschen kaum zu vernehmen. So umgab den Toten hier ein wenig jener Würde, die ihm gebührte, und die Pracht, die er geschaffen hatte, gab etwas von ihrem Glanz an ihren Schöpfer zurück. Kaum, dass wir das Innere des großen Audienzhofes erreicht hatten, eilten uns die Beamten und Höflinge, Dienerinnen und Diener, die als Erste vom Tod ihres Herrschers erfahren hatten, entgegen und stimmten eine laute Klage an. Männer und Frauen rauften sich die Haare, und Letztere kratzten zudem mit den Nägeln ihrer Finger über Brust und Gesicht. Mit weit aufgerissenen Augen starrten sie auf den Toten, und ich sah ihnen das Entsetzen über das unerwartete und grausame Ende Echnatons an. Manche von ihnen sahen immer wieder für einen kurzen Augenblick auf die Bahre, obwohl sie eben erst ihr Gesicht in ihren Händen verborgen hatten, als würden sie das Unfassbare nicht sehen und die Wahrheit nicht wahrhaben wollen. Immer mehr Menschen strömten in den Hof, sodass unser Zug um so langsamer vorankam, je mehr wir uns der Audienzhalle näherten. Jetzt sah ich auch Priester aus dem großen Atontempel, welcher auch Gempa-Aton hieß. Ich sah den Sandalenträger des Königs, zwei seiner Wedelträger und die Leibdiener Pharaos.

Nun öffnete sich das Tor zum Audienzsaal, und nacheinander traten mein Freund Acha, der Schatzmeister Seiner Majestät, sowie Merire, der Erste Sehende des Aton, und der Polizeioberste Mahu auf die Plattform am oberen Ende der breiten Steintreppe, die jetzt vor uns lag. Tief betrübt sahen sie herab, bis sie ein wenig zur Seite traten, um meiner Schwester Teje, der Mutter des Königs, Platz zu machen. Die Furchen um ihren Mund schienen tiefer denn je, und unter der faltigen Stirn verbarg sie die Augen nahezu vollkommen hinter müde herabhängenden Augenlidern, als wollte sie es nicht zulassen, dass man aus ihren Blicken auch nur den Hauch einer Gefühlsregung erahnen konnte. Gebückt, ja niedergebeugt von den Schicksalsschlägen eines langen Lebens, stand sie dort oben, und nur aus ihrer Körperhaltung konnte ich schließen, dass sie auf ihren Sohn hinabblickte, den zweiten schon, der viel zu früh aus dem Leben geschieden war. Gewiss liebt eine Mutter jeden ihrer Söhne. Aber Thutmosis, ihr Erstgeborener, der schon mit einundzwanzig Jahren auf unerklärliche Weise gestorben war, dieser strahlende Held, kräftig wie ein Stier und mutig wie ein Löwe, war allein der Liebling seines Vaters Amenophis gewesen. Echnaton dagegen, der über die Maßen Gebildete, dieser ein Leben lang zartfühlende Mensch, dessen ganzes Streben nur der Wahrheit – der von ihm gefundenen Wahrheit – und seinem Vater Aton galt, dieser schwächliche Mann, der, obwohl er so viel gearbeitet hatte wie kein anderer, wie ein Weichling aussah, hatte schon immer unter dem besonderen Schutz seiner Mutter Teje gestanden.

In diesem traurigen Augenblick wurde mir bewusst, dass meine Schwester eine alte und gebückte Frau geworden war, dass sie von der unnahbaren Würde, die sie zeitlebens umgab, jedoch nichts verloren hatte. Langsam schritt sie Stufe für Stufe herab und setzte dabei leicht hinkend stets zuerst das rechte Bein, dessen Knie steif geworden war, nach vorne. Als Acha, unser Wegbegleiter seit so vielen Jahren, hinzueilte, um seiner alten Königin den Arm als Stütze anzubieten, winkte sie mit einer barschen Handbewegung ab, ohne ihn auch nur angesehen zu haben.

«Diesen Gang muss ich allein tun», hörte ich sie sagen, und obwohl sie leise sprach, war für mich der Unterton eines Fluches über ihr Schicksal in ihren Worten nicht zu überhören.

«Warum musste es so weit kommen?», flüsterte sie, ohne mich anzusehen, als sie neben der Bahre stand. «Warum nur, Eje?» Dann legte sie ihre rechte Hand auf die des toten Sohnes und griff mit der Linken nach meinem Arm. Während sie so innehielt, wurde es im Hof des Palastes still, ganz still, und voll Ergriffenheit sahen alle auf ihre regungslose, wie zu Stein gewordene alte Königin. Was mochte eine Mutter jetzt fühlen? Von inniger, herzzerreißender und bloßer Trauer bis hin zu dem Verlangen, allen Göttern oder nur Aton, dem einzigen Gott, den Echnaton anerkannte, zu fluchen, mochte es vielleicht nur ein kleiner Schritt sein.

Erst als Teje nickte, setzten sich die vier, welche die Bahre trugen, in Bewegung, ganz langsam nur, denn Teje ließ die Hand ihres Sohnes nicht los. Es sah erbarmungswürdig aus, wie Teje gebückt Stufe um Stufe erklomm, jetzt immer das gesunde Bein vorausstellend und das kranke hinter sich herziehend, um sich mit diesem beim nächsten Schritt abzustützen. Ohne auch nur einmal anhalten zu lassen, quälte sie sich die 24 Stufen empor, um von dort sogleich den Weg ins Innere des Palastes fortzusetzen.

Während Teje ihren toten Sohn in die oberen Gemächer begleitete, damit er dort gewaschen und für seine Aufbahrung vorbereitet werden konnte, blieb ich mit Tutanchaton bei Acha,

Merire und Mahu zurück. Wir sahen uns ratlos und schweigend an, ehe Mahu die Stille unterbrach.

«Es sollen Kaufleute aus Men-nefer gewesen sein, die zuletzt von Echnaton empfangen wurden. Der Vorsteher der Palastwache berichtete mir von dem Zusammentreffen. Aber niemand weiß, worüber sie sprachen, denn Pharao schickte auf Wunsch ihres Anführers ausnahmslos alle anderen vor die Tür.»

«Ich glaube davon kein Wort», widersprach ich ihm. «Welchen Grund sollte Echnaton gehabt haben, wegen irgendwelcher Kaufleute seine Vertrauten, selbst seinen eigenen Schreiber, hinauszuschicken? Es waren keine Kaufleute, glaubt mir das!»

Fieberhaft suchte ich in meinem Gedächtnis nach den Gesichtern, die ich für einen kurzen Augenblick nur gesehen hatte, als mein Schiff in den Hafen einfuhr. Ich erinnerte mich an eine Gruppe von Männern, unscharf wie in einem Nebelschleier sah ich sie vor mir, aber es standen viele andere um sie herum. Es war laut, und sie waren erregt. Aber gegen wen erhoben sie ihre Stimme?

«Ich sah sie schon einmal im Audienzsaal Nimurias. Im Palast der leuchtenden Sonne war es, wo sie ihre Stimme gegen Pharao erhoben hatten. Nicht gegen Echnaton, sondern gegen Nimuria begehrten sie auf», sprach ich leise und mehr zu mir als zu den anderen und sah dabei auf ein lustig umherspringendes Kalb, das zu meinen Füßen auf dem Palastboden abgebildet war.

«Jetzt!», rief ich laut. «Wie vergesslich bin ich eigentlich! Die Sehenden des Amun. Es waren einige der Ersten Sehenden des Amun, die mir auf dem Schiff begegnet sind.»

Mahu führte seine rechte Hand zum Gesicht, und während er den Daumen gegen die rechte Wange presste, rieben die Spitzen von Zeige- und Mittelfinger über sein kantiges Kinn. Schließlich sagte er: «In welche Richtung mögen sie gefahren sein? Keiner von uns weiß, woher sie kamen, denn seit langem leben die Sehenden des Amun über ganz Ägypten verstreut. Und selbst wenn wir es wüssten: Ob sie dorthin zurückkehren, wissen wir ebenso wenig. Wenn sie nach ihrem Besuch bei Pharao davon ausgingen, dass er sich das Leben nehmen würde, dann werden sie es sehr eilig gehabt haben, Achet-Aton zu verlassen, und sie werden jetzt alles unternehmen, um ihre Spuren zu verwischen. Mussten sie aber nicht damit rechnen, dass sich Echnaton etwas antun würde, könnten sie jetzt ruhig und ohne Schuldgefühle von dannen ziehen und wir hätten Hoffnung, sie noch zu fassen.» Mahu sah mich an und hoffte auf eine Antwort.

«So oder so», antwortete ich eher hilflos, und wie zur Bestätigung meiner Ratlosigkeit zuckte ich fragend mit den Achseln. «Du wirst über den Inhalt ihres Gespräches mit Echnaton nie in deinem Leben die Wahrheit erfahren. Niemals!»

«Eje hat Recht», stimmte Acha mir zu. «Während wir hier stehen, hat ihr Schiff längst in Chmenu angelegt, und sie haben in unterschiedlichen Richtungen und mit unterschiedlichen Zielen die Stadt schon wieder verlassen. Sie geben sich als Kaufleute aus, und jeder glaubt, er habe es wirklich mit Kaufleuten zu tun, wie es Tausende von ihnen gibt.»

«Lasst uns in Ruhe über die weiteren Schritte beraten», schlug ich den anderen vor. «Jeder unbedachte Schritt kann mehr Schaden anrichten, als er dem Land und seinem künftigen Herrscher nutzt.»

Tutanchaton hatte uns all die Zeit aufmerksam zugehört, doch ich sah ihm an, wie erschöpft er war.

«Wann gehen wir nach Hause, Eje?», fragte er mich leise und doch so laut, dass es alle hörten.

«Nach Hause?», wiederholte ich und überlegte dabei, wo das künftige Zuhause des Thronfolgers sein würde.

«Ja, wir gehen jetzt nach Hause. Wir fahren in den Nordpalast zu deinen Schwestern Meritaton und zu Anchesen-paaton. Sie wissen sicherlich noch nichts von dem, was hier geschehen ist.» Acha und Mahu schüttelten schweigend den Kopf und sahen mich erwartungsvoll an.

Zweifellos war ich der ranghöchste Mann in Achet-Aton, und solange meine Tochter Nofretete nicht eingetroffen war, lastete alle Verantwortung auf mir. Ja, es war wohl so, dass ich in den nächsten Tagen verhindern musste, dass die Stadt oder vielleicht sogar das Land in wildem Durcheinander versank. Starb ein Herrscher, lebten die Menschen stets in besonders großer Angst vor der Isfet, der alles vernichtenden Unordnung. Das Auftreten der Amunpriester mahnte mich zu besonderer Vorsicht. Ich erinnerte mich der Zeiten, als sie Echnaton nach dem Leben trachteten oder als sie nach dem Tod Nimurias das Volk aufwiegelten und falsche Ängste heraufbeschworen. Sie scheuten vor keinem Mittel zurück, um ihr Ziel zu erreichen. Konnte es eine bessere Gelegenheit geben, um Aton als einzigen Gott zu stürzen und um die alten Götter wieder einzusetzen, als jetzt, da Echnaton, der einzige Prophet und Sohn Atons, nicht mehr lebte?

«Sei auf der Hut!», warnte ich Mahu. «Mische jeden Polizisten, den du aufbieten kannst, unter das Volk! Lass Tag und Nacht den Hafen und alle Zugänge zur Stadt bewachen und jeden, der sich verdächtig benimmt, verhaften. Wir müssen jetzt, wo das Volk in Angst und Unsicherheit lebt, Stärke zeigen. Die Palastwache soll vor den Toren aller Paläste aufziehen und die Leibgarde vor den Tempeln und ihren Domänen. Ich selbst lasse die Feuerwachen verdoppeln, denn Brandstiftung wäre in dieser angespannten Lage eines der schlimmsten Übel.»

Zu Acha gewandt sagte ich: «Ich schicke dir dreihundert Soldaten zur Bewachung aller Schatzhäuser und der Kornspeicher. Sie werden in zwei Stunden im großen Audienzhof Aufstellung nehmen und auf deine Befehle warten.»

«Gehen wir jetzt?», fragte mich der Junge wieder, wobei die Ungeduld in seiner Frage nicht zu überhören war. Acha und Mahu nickten mir zu.

«Ja, wir gehen jetzt», beruhigte ich ihn. Seine kleinen Finger griffen nach meiner Hand, um sie nicht wieder loszulassen, bis wir den Nordpalast erreicht hatten. Zwischen sechs anderen Gespannen rasten wir auf einem der Prunkwagen Echnatons erst durch die gewaltigen Tore des Palastes und fuhren dann über die breite Prachtstraße Achet-Atons, die man auch Königsweg nannte, nach Norden in den Wohnpalast Pharaos.

Noch bevor ich nach Echnatons Töchtern fragte, erteilte ich dem königlichen Schreiber alle nötigen Befehle. Er sah mich mit großen Augen an, denn er verstand nicht, was mich ermächtigte, Befehle zu geben, die ausschließlich Pharao vorbehalten waren.

«Der Gute Gott ist vor wenigen Stunden für immer von uns gegangen, Maja. Wir alle müssen jetzt sehr stark sein, damit nicht noch mehr Unheil über uns kommt. Du wirst genug Zeit finden, um über den Tod deines Herrn zu trauern. Beeile dich, und tue, wie ich dir gesagt habe!»

Maja war als junger Mann von weniger als achtzehn Jahren in die Dienste Echnatons getreten und wegen seiner übermäßigen Begabung in kurzer Zeit zum Ersten Schreiber Seiner Majestät aufgestiegen. Er bewegte sich langsam wie eine Schildkröte und verabscheute jede Art körperlicher Ertüchtigung. Sein kurzes, beinahe schwarzes Haar war borstig wie das eines Wildschweins, und wie die meisten Schreiber war er von eher dicklicher und leicht gebückter Gestalt. In seiner Stimme lag manchmal etwas Krächzendes, und sie erinnerte an die eines sich zum Mann wandelnden Knaben. Sein Geist aber war wach und beweglich wie eine Kobra. Seine Gedanken jagten umher wie Falken, die nach Beute spähten.

Am meisten aber bewunderte ich an ihm die Fähigkeit, mit Schreibbinse und Farbe umzugehen. Wie kein Zweiter in den Beiden Ländern verstand er sich darauf, die heiligen Zeichen unserer Schrift mit Leben zu erfüllen. Er schrieb nicht die streng vorgeschriebenen Zeichen Adler oder Eule, Küken oder Schilfblatt, er malte sie. Er malte sie trotz aller Geschwindigkeit, die er dabei aufzubieten imstande war, in einer Leidenschaft und Genauigkeit, für die ich ihn beneidete. In der wenigen freien Zeit, ihm sein hohes Amt ließ, schuf er Tonfiguren und malte Bilder, die ich zuvor nicht einmal bei Thutmosis, dem Hofbildhauer Echnatons, gesehen hatte.

«Nein!», stieß er laut hervor, als er die schreckliche Nachricht aus meinem Mund vernommen hatte, und ohne Rücksicht auf die Würde meiner Person griff seine kleine und stark behaarte Hand nach meiner Schulter, damit er bei mir Halt fand. Mehr zu sagen war er nicht fähig.

«Es ist wahr, Maja. Der Gute Gott lebt nicht mehr. Aber jetzt zögere nicht länger! Die Befehle sind eilig.»

Nur langsam wandte er sich von mir ab und zog dabei ängstlich und verlegen den Kopf ein, wie es eine Schildkröte wohl auch getan hätte.

«Gehen wir zu deinen Schwestern!», sagte ich zu Prinz Tutanchaton, der noch immer meine Hand festhielt.

«Eje! Tutanchaton!», rief uns Anchesen-paaton entgegen, als sie uns in den Palastgarten kommen sah. Sie und Meritaton saßen unter einer Gruppe von Dattelpalmen, wo sie mit zwei ihrer Hofdamen Flöte und Harfe spielten.

«Ancha!», rief der Prinz und lief auf die fünf Jahre ältere Schwester zu, die er immer nur bei ihrem Kosenamen nannte. «Ancha!», wiederholte er, als er endlich bei ihr war, sie mit beiden Armen fest umklammerte und seinen Kopf gegen ihren Körper presste.

«Was hast du, mein Kleiner?», fragte sie ihn leise und zärtlich, und kaum hatte sie ihre Frage ausgesprochen, boxte Tutanchatons zierliche Faust gegen den Rücken der Schwester, denn er mochte es nicht, wenn sie ihn «Kleiner» nannte. Dann neigte er den Kopf ein wenig nach hinten und sah mit großen Augen zu Anchas Gesicht hinauf.

Mit zusammengepressten Lippen pumpte er die Lungen voll Luft, nahm allen Mut zusammen, und dann platzte es aus ihm heraus: «Vater lebt nicht mehr! Er ist vom Palast gestürzt.»

Dann sah der Knabe mich ganz aufgeregt an, damit ich die entsetzliche Nachricht bestätigte.

«Was sagst du da?», mischte sich Meritaton aus dem Hintergrund ein und ließ, während sie das sagte, langsam ihre Harfe zur Seite sinken.

«Eje, sag ihr doch, dass es stimmt. Es ist die Wahrheit!»

«Er sagt die Wahrheit», bestätigte ich die Worte des Knaben, während ich auf Echnatons älteste Tochter zuging. Ich kniete neben ihr nieder und ergriff ihre rechte Hand.

«Ich weiß nicht, warum es geschehen ist, doch er hat sich vom Turm des Stadtpalastes hinabgestürzt. Vor wenigen Stunden erst», sagte ich stockend, denn die Bilder des erst vor kurzem erlebten Schreckens tauchten wieder und wieder vor meinen Augen auf.

Anchesen-paaton, aber auch ihre ältere Schwester brachten kein Wort mehr hervor. Ihre Blicke waren starr zu Boden gerichtet, und es dauerte nur wenige Augenblicke, ehe die ersten Tränen aus den jetzt immer kleiner werdenden Augen rannen.

Erst jetzt, als ich die weinenden Mädchen vor mir sah, kam mir Nafteta, wie wir meine Tochter von Geburt an nannten, in den Sinn, und ich schämte mich zutiefst, dass ich während all der Stunden seit Echnatons Tod nicht ein einziges Mal an sie gedacht hatte. Ich hatte mir nicht klargemacht, in welcher Gefahr sie sich in Waset befinden konnte, welchem Schicksal sie zur gleichen Zeit, als sich ihr Gemahl von den Zinnen seines Palastes gestürzt hatte, ausgesetzt gewesen sein mochte. Hatte man vielleicht auch sie bedrängt, ihr gar mit ihrem und dem Tod ihrer Kinder gedroht? Wie konnte es nur geschehen, dass ich, den sonst alle für so besonnen hielten, Nofretete einfach vergessen hatte!

«Wir müssen in den Palast gehen», sagte ich gereizt zu den Kindern, wobei mir der Ärger über mein Versäumnis gewiss anzusehen war. Durch die Hast und die Aufgeregtheit, die ich verbreitete, nachdem ich mich erhoben hatte, riss ich sie aus ihrer stillen und nachdenklichen Trauer, in welche sie gerade erst gefallen waren. Ich hatte sie so erschreckt, dass sie mich mit weit aufgerissenen, verängstigten Augen ansahen, und Tutanchaton ergriff sogleich wieder meine Hand, um sie nicht mehr loszulassen, bis wir die Gemächer im Westflügel des Palastes erreicht hatten. Überall begegneten uns weinende und verängstigte Beamte und Diener, denn auch hier hatten zwischenzeitlich alle vom Tod des Guten Gottes erfahren. Mehr als sonst und in geradezu unterwürfiger Weise verneigten sie sich im Vorübergehen vor dem kleinen, noch so unscheinbaren Horus, vor ihrem künftigen Herrscher Tutanchaton.

«Ihr müsst euch waschen und umkleiden», sagte ich zu Tutanchaton und seinen Schwestern, «denn wir müssen noch vor Sonnenuntergang in den Stadtpalast zurückkehren. Dort werden wir von eurem Vater Abschied nehmen. Alle Großen des Landes werden dort sein», fuhr ich, nun dem Prinzen zugewandt, fort. «Du musst deswegen sehr tapfer sein. Denn sie alle sehen in dir den künftigen Herrscher der Beiden Länder, den Nachfolger deines Vaters. Und auch wenn du noch nicht so groß bist wie sie, wenn du in ihren Augen vielleicht noch ein kleiner Junge bist, müssen sie Achtung haben vor dir, als wärest du schon ein mächtiger und gewaltiger Herrscher.»

Der Junge nickte, und an seinem ernsten und nachdenklichen Gesicht erkannte ich, dass er sich seiner schweren Aufgabe an der Bahre seines Vaters bewusst war.

«Ich muss euch jetzt allein lassen, denn ich habe noch einiges mit Aper-el und Mahu zu besprechen. Der Vorsteher der Leibgarde wird euch mit vielen Soldaten hier abholen und zum Stadtpalast bringen. Ihr müsst also nichts befürchten!»

Ich umarmte kurz jeden von ihnen und verließ hastig den Raum. Draußen gab ich dem Vorsteher der Prinzengemächer Anweisung, die Kinder niemandem außer dem Obersten der Leibgarde anzuvertrauen, und machte mich sofort auf den Weg zurück in die Stadt.

Der Offizier hatte alle Mühe, unseren Wagen durch all die aufgeregten und trauernden Menschen hindurch zum Palast zu lenken, doch ich bekam von alldem nur wenig mit. Zu sehr war ich jetzt in Gedanken bei Nofretete und ihren drei kleinen Töchtern. Zu sehr war ich damit beschäftigt, mir vorzustellen, wie es ihr gerade ergehen mochte.

«Es ist der entsetzlichste aller Briefe, den Dein alter Vater Dir heute schreiben muss», sprach ich vor mich hin und geriet auch gleich ins Stocken, weil mir die richtigen Worte für den Brief, den ich ihr schon bald würde schreiben müssen, nicht einfallen wollten. Wie groß und wie rein war die Liebe zwischen diesen beiden Menschen, zwischen Echnaton und Nofretete, gewesen! Ich erinnerte mich der rührenden Zärtlichkeiten, die sie sich vor aller Augen entgegenbracht hatten. Die Menschen sollten sehen, wie sehr sie füreinander geschaffen waren, wie sie sich – wo immer es nur ging – an den Wänden von Palästen und Tempeln, und sogar in den Gräbern ihrer Untertanen, liebevoll berührten, sich Speisen und Getränke reichten, mit Salböl einrieben oder die Kinder, die auf ihrem Schoß saßen, zärtlich liebkosten. Nur aus Liebe zu Echnaton ging Nafteta als Pharao Semenchkare nach Waset, damit ihr Gemahl in Achet-Aton bleiben und seinem über allem stehenden Vater Aton weiter dienen konnte, ohne seinen Schwur, die Stadt niemals zu verlassen, brechen zu müssen.

Konnte es eine innigere Liebe geben?

Ich hätte wissen müssen, dass Mahu schon weiter gedacht hatte als ich. Während ich Prinz Tutanchaton in den Nordpalast brachte, hatte er nicht nur die Vernehmungen der Beamten und der Palastwachen fortgesetzt, sondern auch schon befohlen, dass ein schnelles Kriegsschiff klargemacht wurde, damit es nach Süden fahren und Nofretete die Nachricht vom Tod Echnatons überbringen konnte.

«Sie warten nur noch auf deine Botschaft», sagte Mahu zu mir und wies auf einen Schreiber, der in Pharaos Arbeitszimmer mit einer Schreibbinse in der Hand hinter einem unberührten Papyrus saß.

«Es ist der entsetzlichste aller Briefe, den Dein alter Vater Dir heute schreiben muss», begann ich mit jenen Worten, die ich mir auf der Fahrt zum Palast bereits zurechtgelegt hatte. In knappen Sätzen, denn zu irgendwelchen Gefühlsäußerungen war ich nicht imstande, beschrieb ich meiner Tochter, was vorgefallen war. Ich versicherte ihr, dass wir alles Erdenkliche zum Schutz ihrer Töchter unternommen hätten, und flehte sie an, nichts Unüberlegtes zu tun, damit sie sich nicht selbst in Gefahr brachte, wenn sie nach Achet-Aton kommen würde.

«Denn bedenke», schrieb ich zuletzt, «dass das große Werk Deines Gemahls, welches ebenso Dein Werk ist und das einst Tutanchaton für Euch fortführen wird, der Gefahr ausgesetzt wäre, für immer zerstört zu werden!»

Ich versiegelte den Brief mit dem Ring Echnatons, den er mir vor langer Zeit anvertraut hatte, und übergab ihn eigenhändig dem Schiffskommandanten, der schon ungeduldig vor dem Arbeitszimmer Pharaos gewartet hatte.

In weniger als vier Tagen würde Nafteta meine Zeilen lesen.

Nur die Großen des Landes durften sich im Audienzsaal des Palastes aufhalten, um vom Guten Gott Abschied zu nehmen. Aus acht Kohlebecken stieg in trägen Wolken Weihrauch empor, dessen heiliger Duft nach und nach jeden Winkel der gewaltigen Halle erfüllte, und mir schien, als wären es die leisen und traurigen Gesänge der Tempelsängerinnen, die das kostbare Rauchopfer nach oben trugen, damit sie dem Gott Echnatons huldigten. Vor dem verwaisten Thron Pharaos erinnerten die Doppelkrone der Beiden Länder, Geißel und Krummstab an den, der noch vor wenigen Stunden über Ägypten geherrscht hatte. Links daneben saß Meritaton, die älteste seiner sechs Töchter, die er in den Rang einer Großen königlichen Gemahlin erhoben hatte. Rechts, auf einem kleinen, eigens für das Kind angefertigten Thron, saß Tutanchaton, der in wenigen Tagen als Fünfjähriger das Erbe seines Vaters antreten würde. Meine Hände ruhten auf seinen Schultern, denn er sollte spüren, dass ich bei ihm war, wenn er in all die ernsten, auf ihn gewiss bedrohlich wirkenden Gesichter der Würdenträger, die neben der Bahre seines Vaters standen, sah. Und die Würdenträger der Beiden Länder sollten nicht einen Augenblick Zweifel daran hegen, dass nur ich es sein würde, der seine Hände schützend über den künftigen Horus hielt. Ich sah meine Schwester Teje, die starr am Kopfende der Bahre stand und unentwegt, als wäre sie selbst eine Tote, die Blicke auf das Antlitz ihres toten Sohnes geheftet hatte. Die alte Frau hatte nach dem Tod ihres erstgeborenen Sohnes Thutmosis und wegen der demütigenden Verbindung ihres Gemahls zu der jungen Prinzessin Kija schon alle Tränen geweint, die sie zu vergießen hatte. So waren ihre bitteren Blicke, die tiefen Furchen um ihren verkrampften Mund und ihre gebückte Körperhaltung alles, was sie jetzt an Trauer um ihren Sohn Echnaton zeigen konnte.

Ich sah meine jüngere Tochter Mutnedjemet, Acha und Mahu, Aper-el und Haremhab, den Oberbildhauer Thutmosis, Men und Bek, die obersten Bauleiter Pharaos, den Schreiber Maja, den Ersten Sehenden des Aton Merire mit all seinen Priestern, die Wedelträger und den Sandalenträger Seiner Majestät und all die anderen, deren hoher Rang es ihnen erlaubte, sich hier in der großen Audienzhalle aufzuhalten. Immer wieder blickten sie auf den jungen Prinzen, der, um wenige Ellen erhöht, vor ihnen auf seinem kleinen Thron saß, und ich ahnte, welche Gedanken durch ihre Köpfe gingen. Ließen sie von dem Knaben ab und trafen sich ihre und meine Blicke, benahmen sich die meisten von ihnen so, als hätte ich sie bei etwas ertappt, was ich besser nicht gesehen hätte. Dann blickten sie schnell und verlegen vor sich auf den Boden. Sie wollten nicht, dass ich ihre Angst vor der Zukunft erahnte oder ihren Neid darüber, dass letztendlich ich es sein würde, der bis zur Großjährigkeit Tutanchatons die Geschicke Ägyptens lenken würde. Nur bei wenigen glaubte ich das Bedauern über die schwere Bürde, die auf mir lag, zu erkennen.

Als der Gesang verstummt war, stieg ich mit Tutanchaton und Meritaton die wenigen Stufen hinab, und wir nahmen am Fuße der Bahre Aufstellung.

Der Gesichtsausdruck des toten Echnaton war nicht einfach der eines friedlich Entschlafenen, sein Antlitz strahlte eine Würde aus, die mehr an einen um alles wissenden Gott erinnerte als an einen Herrscher aus Fleisch und Blut. Wie er jetzt vor mir lag, aufgebahrt in einem kreisrunden Meer tiefroter Mohnblüten, entsann ich mich jenes Tages, als ich im Aton-Tempel von Waset zum ersten Mal die riesenhaften, von Thutmosis geschaffenen Figuren sah, die den damals noch jungen Herrscher mit eigenartig verzerrten Gesichtszügen zeigten. Beim ersten Hinsehen, und vor allem von vorne, mochten sie abstoßend oder auch beängstigend auf den Betrachter gewirkt haben. Damals ragte die Figur vor mir weit empor, sodass ich Pharaos Antlitz nur von unten sehen konnte. Jetzt, da er vor mir aufgebahrt lag, waren der Blickwinkel und damit die Wirkung auf mich nicht anders. Wie Blitze zuckten die Erinnerungen durch meinen Kopf, ebenso kurz und ebenso hell. Ich sah Echnaton in der Schatzkammer des Heiligtums von On, als er zum ersten Mal auf den alten Merire, den Ersten Sehenden des Re, traf. Ich sah ihn vor den Menschen, als er ihnen mit leuchtenden Augen seine Botschaft vom einzigen Gott, von Aton, verkündete. Ich sah ihn auf den Hügeln von Achet-Aton, wie er hinabblickte auf die von ihm geschaffene und so vollkommene Stadt und ihr Heiligtum, den großen Atontempel. Und ich sah, wie Echnaton zum ersten Mal liebevoll in die Augen Kijas sah, jener Frau, die ich selbst so sehr begehrt hatte.

«Ich rufe Dich an, der Du größer bist als alle,
der Du das All gegründet hast,
Dich, der Du Dich selbst erzeugtest,
der Du alles siehst und alle hörst
und nicht gesehen wirst», betete Merire in Begleitung zweier Vorlesepriester hinter uns, und sein Gebet war für uns das Zeichen, ihnen Platz zu machen, damit sie beginnen konnten, die heiligen Riten an Echnaton zu vollziehen. Merire schwenkte einen dünnen, langen Arm aus reinem Gold, an dessen Ende aus einer kleinen geöffneten Hand Weihrauchwolken emporstiegen, damit die Luft von allem Unreinen gereinigt wurde.

«Du bist der Vater von allem, was da ist.
Deinem Sohn hast Du Ruhm und Kraft gegeben.

Dem Mond hast Du gegeben, zu wachsen und zu schwinden
und in seinem geregelten Lauf zu wandeln.»

Tutanchaton ließ den Ersten Sehenden nicht aus den Augen, und ich glaube, es war mehr Bewunderung über das würdevolle Auftreten des kahl geschorenen Priesters, die die Augen des Jungen groß werden ließ, als dass es Angst vor dessen geheimnisvollem Tun war.

«Als Du erschienest, entstand das Weltall,
und das Licht erschien,
und das All wurde durch Dich
in seiner Ordnung eingerichtet.»

Merire und seine beiden Helfer, die unentwegt mit kleinen Löffeln Weihrauch in die goldene Hand füllten, standen jetzt am Kopfende der Bahre. Mein Blick wandte sich von Echnaton ab und traf sich mit dem Merires. Für einen kurzen Wimpernschlag schien er verstört und hielt in seinem Gebet inne. Ich senkte meine Augen, und sogleich fuhr er in seinem eintönigen Gebet fort:

«Deshalb ist Dir alles untergeordnet,
Dir, dessen wahre Gestalt niemand sehen kann,
der Du Dich in den Augen verwandelst,
ewig leuchtender Gott der Ewigkeit.»

Ich erinnerte mich jenes Tages, als mich mein Vater eilig in den Palast von Men-nefer geholt hatte. Der tote Pharao Thutmosis lag dort auf einer Bahre, und an ihm wurden wie heute an seinem Enkel Echnaton die ersten Riten für dessen Reise ins Jenseits vollzogen. Wie viel hatte sich seitdem geändert! Damals umrundete ein Priester unter der schwarzen Maske des Anubis den Herrscher, der mit seinem Tod Osiris geworden war.

Doch Anubis und Osiris mussten mit allen übrigen Göttern

Ägyptens Aton als dem einzigen Gott weichen, sie wurden verbannt und geleugnet. Auch das Jenseits selbst hatte Echnaton geleugnet. Welche Erwartung, welche Hoffnung durften wir Sterblichen jetzt haben? Der Glaube Echnatons kannte kein Gericht im Jenseits, wo sich der Verstorbene offenbaren musste und er darauf hoffen durfte, dass sein Herz ihn vor Osiris und den Mächten der Unterwelt nicht belastete. Aber strebt unser ganzes Wesen nicht danach, dass unsere Seele gerichtet und hoffentlich für würdig befunden wird, in ewiger Seligkeit fortleben zu dürfen? Brauchen wir nicht die Hoffnung auf Erlösung, um überhaupt in Frieden sterben zu können?

Echnaton hatte uns gelehrt, dass die Seelen der Menschen, ohne von jenseitigen Mächten gerichtet zu werden, bei Nacht in den Gräbern ruhten, so, wie wir Menschen selbst in unseren Häusern liegen und ruhen, solange es Nacht ist. Bei Tag aber würden sie unter uns weilen und durch die Gnade Echnatons an allem teilhaben, was wir Lebenden unternahmen. Sahen die Gräber von Achet-Aton in ihrem Inneren nicht aus wie kleine Paläste? Nicht grobe Pfeiler trugen die niederen Decken, sondern schlanke Säulen, wie wir sie in unseren Häusern errichteten. Nicht Gebete und Sprüche aus dem Amduat, dem Buch über das, was in der Unterwelt ist, zierten ihre Wände, sondern Bilder aus unserem täglichen Leben, Bilder über frohe und traurige Augenblicke. Der Sonnengesang Echnatons war in seiner ganzen Länge an die Wand meines Grabes geschrieben, damit sich meine Seele immer wieder an die Worte Pharaos erinnern konnte.

Diesen Gedanken hing ich nach, während der Erste Sehende des Aton ein ums andere Mal betend und Weihrauch schwenkend das tiefrote Meer der Mohnblüten mit Echnaton in seiner Mitte umrundete. Ein unauffälliges Kopfnicken gab mir zu verstehen, dass er seine Gebete beendet hatte. Zahllose Tempeldienerinnen, dem Kindesalter kaum entwachsen, eilten durch die Seitentüren in den Saal und nahmen die Mohnblumen auf, die so geschickt in Körben gesteckt hatten, dass die Behältnisse für den Betrachter bislang unsichtbar geblieben waren. Zwölf Offiziere der Leibgarde traten hinzu, stellten sich neben die Bahre, sechs an jede Seite, und warteten, bis auch alle anderen bereit waren, den kurzen Weg bis zum großen Palasthof anzutreten. Die Vorlesepriester des Gempa-Aton bildeten die Spitze des kleinen Trauerzuges. Hinter ihnen schritt Merire mit vier Oberpriestern, gefolgt von den Tempeldienerinnen mit all den Mohnblumen, die eben noch Echnaton umgeben hatten. Ihnen schlossen sich die Offiziere an, die unseren toten Herrscher trugen, gefolgt von der königlichen Familie und den Großen der Beiden Länder.

Der unsichtbare Chor stimmte wieder eine jener traurigen Weisen an, deren unheimlicher, unwirklicher Klang die Gedanken der Trauernden ruhen ließen, als stammten diese Töne nicht aus dieser, sondern aus einer jenseitigen, uns fremden, aber doch irgendwie vertrauten Welt. Die mächtigen Tore zum Audienzhof öffneten sich behäbig in würdevoller Langsamkeit. Die Sonnenscheibe stand nicht mehr weit über dem westlichen Horizont, und so schritten wir mit Echnaton in unserer Mitte über einem Teppich von Mohnblüten dem rot glühenden Aton entgegen. Es war ein unvergessliches Bild, wie die feurige Glut der Gottheit durch die Weihrauchnebel hindurch die gesamte Öffnung des Tores ausfüllte, und ich ertrug diesen Anblick nur, weil die im Gehen langsam schwankenden Körper, die ich vor mir nur als schwarze Schatten wahrnehmen konnte, mir immer wieder für kurze Augenblicke Schatten spendeten. Nur Echnaton zwischen ihnen glitt Aton ruhig und gleichmäßig entgegen.

Als die Bahre mit dem Toten das Freie erreichte, sank vor ihr eine ungeheuer große Menschenmenge schweigend zu Boden, und stimmte von den Mauern des Hofes ein noch gewaltigerer Chor in den Trauergesang ein.

Die Soldaten stellten die Bahre auf dem obersten Treppenabsatz ab, und während nur Tutanchaton und ich an ihrem Kopfende zurückblieben, gingen Teje und die Töchter Pharaos an deren Fußende. Alle anderen stiegen die Stufen ganz hinab bis in den Hof.

«Ich muss dich jetzt für kurze Zeit allein lassen», sagte ich zu Tutanchaton, denn auch mir stand es nicht zu, neben dem künftigen Herrscher der Beiden Länder von Echnaton Abschied zu nehmen. Ich stieg die wenigen Stufen hinab und trat zwischen Meritaton und Anchesen-paaton. Wieder sah ich das versteinerte Gesicht meiner Schwester, dieses alte und verhärmte Gesicht, das von allem Leid der Welt gezeichnet war. Doch trotz allen Mitgefühls ertrug ich ihren Anblick in diesem Moment nicht, wollte ich ihn nicht ertragen, und sah nach Westen, wo Aton sich anschickte, für diesen Tag von seiner Schöpfung Abschied zu nehmen. Dann sah ich nach oben auf den Toten. Die Gottheit überströmte das Antlitz jenes Mannes, der sich einst den Namen «Dem Aton wohlgefällig» gegeben hatte, mit rotgoldenem Glanz, sodass es schien, als wäre Echnaton selbst eine Gottheit aus reinstem Gold und als wollte er es seinem Gott gleichtun. Aton erleuchtete mit seinem Glanz auch das Antlitz des künftigen Herrschers, das Antlitz dessen, der von nun an sein göttlicher Sohn sein würde. Wie treffend war der Name des Kindes gewählt: Tutanchaton – «Lebendiges Abbild des Aton».

Über den leiser werdenden, mehrstimmigen Gesang des Chores erhob sich ganz allmählich eine einzelne, kräftige und helle Frauenstimme und betete den Sonnengesang Echnatons. Ich sah, wie sich die vollen Lippen des Prinzen bewegten und wie er Wort für Wort den Lobpreis der Sonnenscheibe mitsprach. Nach und nach setzten wir alle ein, und ein jeder betete leise und für sich die heiligen Worte unseres toten Königs. Tiefer und tiefer sank währenddessen der einzige Gott Ägyptens feurigrot zum Horizont hinab und ließ die Menschen im Audienzhof im Schatten zurück, der jetzt höher und höher schlich und erst mich und die anderen, die auf der Treppe standen, erfasste. Dann legte er über den Toten den Schleier des Abends und ließ nur für einen kurzen Augenblick Tutanchaton in den letzten

Strahlen des Tages erglänzen, bis auch ihn der Schatten ergriffen hatte und weit über ihm nur noch Aton selbst, der an der Wand der Audienzhalle abgebildet war, das Licht seiner Gottheit widerspiegelte. Nachdem auch Aton im Dunkel versunken war, endete der Sonnengesang und wurde der Chor leiser und leiser, bis er schließlich ganz verstummte.

Es herrschte vollkommene Stille. Niemand wagte sich zu regen, und so verharrten wir alle, bis sich wenig später die Nacht über den Palast und die Stadt gelegt hatte. Hunderte Fackeln wurden entzündet, und während die Soldaten die Bahre wieder aufnahmen, trat ich zu Tutanchaton, und auch Teje, Meritaton und Anchesen-paaton scharten sich um mich. Langsam stiegen wir die Treppe hinab, und während ich am Polizeiobersten Mahu, dessen Blicke unentwegt misstrauisch in der Menge umhersahen, vorbeiging, flüsterte ich ihm zu: «Wer von euch hat sich das alles in dieser kurzen Zeit so einzigartig ausgedacht?»

Nur für einen kurzen Augenblick trafen sich unsere Blicke. «Aper-el», sagte er knapp, und an seinem Gesichtsausdruck erkannte ich, dass auch er zufrieden war.

«Aper-el», wiederholte ich leise für mich. Es war schon längst an der Zeit, ihn mit höheren Ämtern zu betreuen. Dessen war ich mir nicht erst seit diesem Tag bewusst.

Weil Echnaton alles verhasst war, was mit Krieg und Gewalt zu tun hatte, schwiegen die Kriegstrommeln, als der Trauerzug den Palasthof verließ und der König in einer geradezu unheimlichen Stille zur Königsstraße hinausgetragen wurde, wo die Bewohner Achet-Atons im Schein unzähliger Fackeln auf den toten und auf den zukünftigen Herrscher warteten. Der Thronfolger, Teje und Meritaton bestiegen jetzt ihre Sänften.

Mit großen Augen sah Tutanchaton von seiner Sänfte auf mich herab. Mit seiner Linken schob er die fest geflochtene Jugendlocke, die ihm dabei ins Gesicht gerutscht war, nach hinten und fragte mich mit ängstlicher Stimme: «Bleibst du jetzt bei mir, Eje?»

Ich nickte nur und legte zur Bekräftigung meiner stummen

Zusage die rechte Hand auf den Rücken seines Fußes, der in einer vergoldeten Sandale steckte.

Mit ernster Miene sah der junge Prinz auf die Menschen, deren ebenso ernste Gesichter im unruhigen Lichtschein der Fackeln oftmals für kurze Augenblicke wie Fratzen von Dämonen wirkten, ehe ein jeder vor dem Thronfolger untertänig zu Boden blickte.

Schritt für Schritt näherten wir uns der Anlegestelle des Nordpalastes, wo die Barke Echnatons bereit lag, um ihren Erbauer an das jenseitige Ufer zu bringen, damit er von den Balsamierern für die Ewigkeit vorbereitet wurde. Auch wenn Echnatons Vorstellung vom Jenseits eine andere war als die, mit welcher ich groß geworden war, so wollte auch er, dass sein Leichnam nach den uralten Riten für die Ewigkeit vorbereitet wurde. Nach der Reinigung des Toten wurden das Gehirn und die Eingeweide entfernt. Dann bettete man den Körper so lange in Natron ein, bis ihm alle Flüssigkeit entzogen war. Während das Innere des Kopfes mit flüssigem Bitumen ausgegossen wurde, rieb man das Äußere des Körpers mit kostbarsten Salben ein und übergoss ihn mit duftenden Ölen, um ihn zuletzt in feinste Leinenbinden zu wickeln. Siebzig Tage dauerte die Zeit der Trauer. Siebzig Tage, während deren man enthaltsam lebte und keine Feste gefeiert wurden. Siebzig Tage, während deren sich die Männer zum Zeichen der Trauer nicht rasierten.

ZWEI

Ich bin selbst ein Gott,
der, was geschieht, bestimmt.
Nicht geht ein Ausspruch meines Mundes fehl.

Wie gern hätte ich mich in diesen Tagen in meinen Palast zurückgezogen, um in der Stille meines Arbeitszimmers oder in einem ruhigen Winkel meines Gartens über all das nachzudenken, was hinter mir lag und was mir die Zukunft vielleicht noch bringen würde.

Ein mit böser Absicht geworfener Ball war es, der mich vor fünfundvierzig Jahren im Palastgarten von Men-nefer vornüber in einen Zierteich fallen ließ. Für sich genommen war dieser Vorfall völlig harmlos und unbedeutend. Er hatte aber das Gerechtigkeitsgefühl Amenis, des damals gerade dreizehnjährigen Thronfolgers, derart berührt, dass er sich meiner annahm und mit mir Freundschaft schloss. Die anderen wollten mich ausgrenzen, und durch den Streich sollte ich lächerlich gemacht werden. Aber sie hatten das Gegenteil bewirkt. Welchen Lauf hätte mein Leben wohl ohne diese Albernheit, diesen unbedeutenden Kinderscherz, genommen? Vielleicht wäre ich wie mein Vater irgendwann Vorsteher der Pferdeställe Seiner Majestät oder gar Vorsteher der Streitwagentruppe geworden. Vielleicht Vorsteher der Domänen Seiner Majestät oder ein Sandalenträger Pharaos.

So aber verbrachte ich seit diesem Tag mein Leben an der

Seite zweier Pharaonen. Ich stand nicht im Schatten des großen Nimuria. Ich war sein Schatten. Von einer Million Menschen, die in Ägypten leben mochten, gab es neben der königlichen Familie eine Hand voll Untertanen, die ihrem Herrscher in die Augen sehen durften, wenn sie ihm gegenübertraten. Ich aber aß und trank mit ihm, umarmte ihn in Freud und Leid, und zuletzt, als er sein Leben beendete, lag er hilflos wie ein Kind in meinen Armen. Ich erinnerte mich nicht, je von einem Menschen gehört oder gelesen zu haben, der seinem Herrscher so nahe stehen durfte wie ich. Ja, ich war sein Schatten, gleich, ob ich im Audienzsaal hinter ihm stand oder ob ich weit weg von ihm bei seinem Sohn in Achet-Aton weilte. Jeder in der Sonnenstadt wusste, dass ich hier den Willen Nimurias verkörperte. Auch Echnaton wusste das. Und nach dem Tod meines Freundes Amenophis wurde ich der Schatten seines Sohnes; nicht mehr so deutlich vielleicht, mit unschärferen Umrissen, aber auch er wollte nicht von mir lassen. Selbst dann nicht, als ich im Begriffe war, einen entsetzlichen Frevel zu begehen, als ich im Gempa-Aton – wenn auch nur für einen kurzen Augenblick – seinen Platz einnehmen wollte. Sein Darüber-hinweg-Sehen, sein großzügiges Verzeihen, kettete mich nur noch enger an ihn und ließ mich den Schwur erneuern, den ich schon seinem Vater gegeben hatte: mich bis zum letzten Atemzug schützend vor Pharaos Kinder zu stellen.

Eingerollt wie ein Igel, lag Tutanchaton neben mir auf seinem Bett und schlief so tief, wie nur Kinder schlafen können. Der spärliche Schein einer einzelnen Öllampe konnte seinen Schlaf nicht stören, doch er reichte aus, um mich wach zu halten. Er reichte aus, damit ich die langen, schwarzen Haare, die nicht mehr fein säuberlich zur Prinzenlocke geflochten waren, sondern wirr von seiner rechten Kopfhälfte herabhingen, sehen konnte. Ich erkannte seine buschigen Augenbrauen, die wulstigen Lippen und die großen Ohren mit den durchstochenen Ohrläppchen.

«Ich alter Mann soll dein Schatten und Begleiter sein?», fragte ich leise vor mich hin. Doch ich musste es sein, und ich wollte es sein.

«Ich werde dich alles lehren, was mich das Leben gelehrt hat. Ich werde dir alles zeigen, was ich gesehen habe. Wenn du einst großjährig sein wirst, dann herrsche über Ägypten, wie dein Großvater geherrscht hat! Sei ein Diener der Maat, und sei weise, wie es dein Vater gewesen ist! Elf Jahre noch will ich Tag für Tag für dich da sein, wie ich es gelobt habe. Ich werde an deiner Seite die Hethiter schlagen und in Asien die Vorherrschaft Ägyptens wiederherstellen, selbst wenn ich dir auf Krücken folgen muss! Ich zeige dir Nubien und seine Schätze. Ich werde dir Prinzessinnen aus Mitanni und aus Babylon bringen. Ich werde dich in das Heiligtum von On führen und dir dort Schriften und Dokumente aus allen Zeitaltern Ägyptens seit den Tagen des großen Menes zeigen, ja ich werde dich in die wahre Schatzkammer der Beiden Länder führen! Danach aber lass mich in Frieden gehen und mich noch ein paar Tage der Ruhe genießen!», flüsterte ich.

Dann wollte ich nur noch schlafen, so unbequem der Sessel, in dem ich saß, auch war. Ich schlief unruhig, und Träume, belastende, Angst einflößende Träume, quälten mich. Der schreckliche Anblick Echnatons kam in meinem Traum zurück. Doch die Bilder der Nacht waren noch viel schlimmer als das, was ich bei Tage gesehen hatte: Der Tote, dessen Mund blutverschmiert war, bewegte die Lippen und begann, den Sonnengesang zu sprechen, während unaufhörlich Blut aus seinen Mundwinkeln hervorquoll. Es schien, als konnte er einfach nicht sterben, obwohl ich wusste, dass er nicht mehr lebte. Bald bedrängten mich andere Bilder: Wie schon viele Jahre zuvor in einem Traum sah ich die Doppelkrone vor mir stehen. Ich ging auf sie zu, streckte die Hände nach ihr aus, um sie zu ergreifen, doch dann kam ein anderer, dessen Gesicht ich nicht sehen konnte, nahm die Krone, setzte sie sich aufs Haupt und ließ mich allein zurück, ohne mit mir auch nur ein Wort gesprochen zu haben.

Immer wieder erwachte ich schweißgebadet, und ich war stets aufs Neue beruhigt, wenigstens Tutanchaton friedlich schlafend neben mir liegen zu sehen. Erst gegen Morgen, als ich zwischen den Bäumen des Palastgartens die Dämmerung heraufziehen sah, fiel ich in wirklich tiefen Schlaf und erwachte erst wieder, als es schon längst heller Tag war.

Eine auffallende, unheimliche Stille lag über Achet-Aton, als ich in den Stadtpalast fuhr. Die Menschen wirkten verunsichert und ängstlich. In kleinen Gruppen standen sie beisammen, die Köpfe dicht an dicht, und flüsterten miteinander, um dann umso auffälliger auseinander zu gehen, sobald sich ein hoher Würdenträger näherte, der ebenfalls zum Palast eilte. Ich konnte mir gut vorstellen, dass viele von ihnen keinen Sinn mehr darin sahen, in Achet-Aton zu bleiben. Hatten sie das Geschehene nicht als Abkehr Atons von seiner nur ihm geweihten Stadt zu verstehen? Oder fürchteten sie gar wie vor wenigen Tagen die Menschen in Merwer, dass Echnatons einziger Gott und Vater auf Geheiß der alten Götter von der Schlange Apophis verschlungen worden war und gar nicht mehr existierte? Fürchteten sie gar, als treue Gefolgsleute ihres Herrschers selbst von dem Ungeheuer verschluckt und der ewigen Verdammnis preisgegeben zu werden?

Die Lage schien mir ähnlich aufgeheizt und gefährlich zu sein wie in jenen Tagen, als Echnaton sich geweigert hatte, zur Beisetzung seines Vaters nach Waset zurückzukehren. Damals waren Aufrührer und falsche Propheten durch das Land und seine Städte gezogen und hatten, wo sie nur konnten, die verunsicherten Menschen gegen den Guten Gott aufgewiegelt. So schnell wie möglich musste dem Volk der neue Herrscher vorgestellt werden, da waren wir uns einig.

Wie unzählige Male vorher auch saßen wir im Beratungssaal des königlichen Stadtpalastes, dessen Fußboden nicht wie in Men-nefer oder in Waset mit Abbildungen der gefesselten Feinde Ägyptens geschmückt war, damit sie der Fuß Pharaos treten konnte, wann immer er wollte. Den Boden dieses Raumes zierten Tausende Blumenblüten aus kleinen, bunten Tonfliesen, die so täuschend echt wirkten, dass man beim ersten Betreten Scheu hatte, darüber hinwegzulaufen. Die Wände der Längsseiten des Saales zeigten Schilflandschaften, in welchen es von Getier nur so wimmelte: unterschiedliche Arten von Enten ohne Zahl, Katzen, Krokodile und Flusspferde. Selbst eine winzige Maus, die einen Papyrusstängel hochkletterte, um einer Schlange zu entkommen, war abgebildet. Sah man aus einem der ungewöhnlich breiten Fenster, hatte man den herrlichsten Ausblick auf den Nil und die gegenüberliegende Landschaft. Aus Ton geformte, dunkelblau glasierte und üppige Trauben, die lose von der niedrigen Decke hingen, waren der Natur so vollkommen nachgebildet, dass man bei einem geistesabwesenden Blick aus dem Fenster am liebsten nach oben gegriffen hätte, um eine der Trauben zu pflücken.

Nur die beiden Throne, die auf einem Podest an der Stirnseite des Saales standen und über denen ein farbenfrohes Steinrelief mit Echnaton und Nofretete unter dem Strahlenaton prangte, waren leer.

«Lasst uns nicht zögern», mahnte uns Mahu, denn als Polizeioberster wusste er die Gefährlichkeit der Lage am besten einzuschätzen. «Ihr dürft nicht vergessen, dass nicht nur in Achet-Aton und in anderen Städten der Beiden Länder viele auf eine Schwäche des Königshauses hoffen. Die Macht, die von Nordosten her Ägypten immer näher kommt, wird zunehmend größer und gefährlicher. Stadt um Stadt, einst treue Verbündete oder Vasallen Pharaos, fällt in die Hände der Hethiter.»

Mahu sah mit weit geöffneten Augen in die Runde, und weil er keine Zustimmung erhielt, fuhr er fort: «Erinnert Ihr Euch nicht, was man uns schon als Kinder gelehrt hatte? War es nicht so, dass die Hyksos über Ägypten herfielen und es besetzten, als das Land zerstritten und ihre Herrscher schwach waren? War es nicht so, dass Kleinkönige aus dem Gebiet der Flussmündung dem vereinten Reich den Rücken gekehrt und sich im Süden die Fürsten gestritten hatten, ohne nach Norden zu blicken? Hätten Sesostris und Amenemhat, die letzten großen Herrscher des Mittleren Reiches, denn geglaubt, dass so bald nach ihrem Tod die Beiden Länder auseinander brechen und die Beute erst uneinsichtiger Stammesfürsten und dann der Hyksos werden würden? Zweihundert lange Jahre der Unterdrückung und der Demütigung unseres Volkes mussten erst vergehen, ehe Pharao Kamose den Befreiungskampf begann und ehe unter seinem Bruder Ahmose Ober- und Unterägypten als freie Länder wieder vereint werden konnten. Habt Ihr das wirklich vergessen?»

Eine lange Zeit betretenen Schweigens verging, bevor sich Aper-el zu Wort meldete: «Dann scheinen wir keine andere Wahl zu haben, als dass Tutanchaton noch heute den Thron Ägyptens besteigt und ein erfahrener und angesehener Fürst zum Regenten bestimmt wird.»

Alle sahen mich erwartungsvoll an. Aber ich schwieg. Ich schwieg, weil ich es nicht fertig brachte, das zu sagen, was Maat, unsere von Gott gegebene Ordnung, von uns verlangte.

«Oder willst du selbst, und sei es als Mitregent von Tutanchaton, den Thron besteigen? Dann sag es, Eje, aber gib uns eine Antwort! Dein Schweigen ist unerträglich», fuhr Acha mich in gereiztem Ton an.

«Niemals würde ich das wagen», sagte ich leise und doch so bestimmt, dass einige von ihnen mich aufgeschreckt anstarrten. Ich erinnerte mich der Traumbilder der vergangenen Nacht und war mir jetzt sicher, dass ich sie als Warnung des Jenseits vor übereilten Schritten zu deuten hatte. Die Krone hatte ich verweigert, doch ich musste ihnen eine Antwort auf ihre Fragen geben.

«Vergesst nicht», fuhr ich deswegen fort, «dass es einen gekrönten Herrscher der Beiden Länder gibt: Semenchkare. Meint Ihr wirklich, dass wir sie einfach übergehen dürfen? Ihr redet vom künftigen Pharao, während Semenchkare in Waset die Doppelkrone trägt und zumindest in Oberägypten als König regiert, als rechtmäßig eingesetzter Pharao! Ich bin mir dessen gewiss, dass meine Tochter der Maat gehorchen und nach ihrem Eintreffen die Krone dem männlichen Nachfolger ihres Gemahls weitergeben wird. Aber übergehen dürfen wir sie nicht.»

«Ihr meint also wirklich», ergriff nun Haremhab zum ersten Mal das Wort, «dass wir tatenlos zusehen sollen, wie Ägypten mehr und mehr dem Untergang zutreibt, bis Semenchkare, sie lebe, sei heil und gesund, bis Eure Tochter Nofretete nach Achet-Aton kommt und uns ihre Entscheidung mitteilt?»

«Der Ton Eurer Worte ist nicht angemessen, General», entgegnete ich tief getroffen. «Gleichwohl: Ja, ich bin der Meinung, dass wir warten müssen – wenn auch nicht tatenlos. Ich zweifle nicht einen Augenblick daran, dass Semenchkare als Regentin Tutanchatons ohne Zögern den Befehl erteilen wird, die Grenzen Ägyptens zu sichern und unsere Verbündeten vom Joch ihrer Unterdrücker zu befreien. Wir alle können Euch noch heute damit beauftragen, nach Men-nefer zu reisen und dort Truppen auszuheben, damit Ihr ohne Zeitverlust nach Norden weitermarschieren könnt, sobald Euch der Befehl Pharaos erreicht. Ebenso habe ich keinen Grund, daran zu zweifeln, dass Mahus Polizisten und die Leibwache bis zum Eintreffen Semenchkares Ruhe und Ordnung in der Stadt aufrechterhalten, und sei es mit Waffengewalt.»

Ich hatte natürlich nicht die geringste Vorstellung davon, wie sich meine Tochter nach ihrer Ankunft in Achet-Aton tatsächlich verhalten würde. Doch der Gedanke, dass Haremhab bald nicht mehr hier sein würde, gefiel mir. Er gefiel mir, ohne dass ich mir selbst darüber im Klaren war, warum ich den General unbedingt loswerden wollte. Haremhab sah mich mit kleinen, verärgerten Augen an, denn er schien zu spüren, dass ich ihn nicht nur in lauterer Absicht nach Norden schicken wollte. Doch konnte er jetzt nicht mehr zurück. Denn zumindest, was ihn und seine Kampfeslust betraf, war ich ihm ohne Einschränkung entgegengekommen. Und er konnte kaum behaupten, dass Mahu unfähig war, für Ordnung zu sorgen, ohne den Unmut der anderen auf sich zu ziehen.

Fragend sah ich so lange in die kleine Runde, bis alle zustimmend mit dem Kopf genickt hatten. Ich glaube, Aper-el war außer mir der Einzige, der die baldige Abkommandierung Haremhabs uneingeschränkt guthieß, denn er griff den Gedanken sofort auf: «Wie viele Rekrutenschreiber werdet Ihr benötigen, General? Wir müssen die Sorge um die Grenzen Ägyptens ernst nehmen und dürfen keine Anstrengung unterlassen. Am besten legt Ihr noch heute eine Liste mit allem vor, was Ihr benötigt. Wir alle werden zu Eurer Beruhigung die Befehle unterzeichnen.»

Bereits am anderen Tag fuhr ein Kriegsschiff mit Haremhab an Bord nach Men-nefer.

«Wie Ihr, Gottesvater Eje, bin auch ich der Meinung, dass Haremhabs Anwesenheit in Achet-Aton mehr schaden würde, als dass sie uns von Nutzen wäre», sagte Aper-el zu mir, als wir später allein waren.

«Unterschätzt ihn nicht, Aper-el! Wisst Ihr denn, wessen Nähe er sucht, wenn er fern von Achet-Aton seinen Groll gegen uns hegt? So schnell, wie er den neuen Glauben angenommen hat, legt er ihn auch wieder ab, wenn er sich davon Vorteile verspricht.»

Aper-el sah mich herausfordernd an, aber er wagte es nicht, mich nach der Festigkeit meines Glaubens zu fragen. Mir lag daran, ihn nicht gänzlich im Unklaren zu lassen.

«Ich verstehe mich nicht auf die jenseitigen Dinge. Sie sind allein Pharao und seinen Priestern vorbehalten. Der künftige Herrscher wird uns den Weg weisen, denn nur er in seiner göttlichen Weisheit kennt das Heil.»

Aper-el trat näher an mich heran und vergewisserte sich noch einmal, dass uns niemand belauschen konnte. «Werden wir nicht bald zum alten Glauben und zu den alten Göttern zurückkehren müssen, wenn wir einen offenen Aufruhr, den die

Priester Amuns zweifelsfrei schüren werden, vermeiden wollen? Glaubt Ihr das nicht selbst, Gottesvater Eje?»

«Mich könnt Ihr das fragen, Aper-el. Doch eine Antwort erhaltet Ihr von mir nicht. Aber hütet Euch davor, mit anderen darüber zu sprechen, solange Ihr nicht wisst, wer in Ägypten das Sagen haben wird. Bezeichnet mich als feige, wenn Ihr wollt. Ich werde schweigen. Ich schweige über das, was ich gehört habe, ebenso wie über das, was ich denke. Das lässt mich vielleicht älter werden, als manchem recht sein könnte.»

Der Palastvorsteher zog die buschigen Augenbrauen nach oben und machte mit dem Unterkiefer eine kreisende Bewegung, als müsste er ihn nach einem Faustschlag wieder einrenken.

«Wahrscheinlich habt Ihr Recht, Eje. In unruhigen Zeiten ist man selbst besser ruhig. Dennoch: Ist nicht derjenige umso angesehener, der sich in schweren Zeiten offen zu einer Sache bekannt hat, anstatt schweigend abzuwarten, wie sich die Dinge entwickeln?»

«Wenn er sich auf die richtige Seite geschlagen hat, vielleicht ja. Wenn Ihr Euch sicher sein könnt, dass ein offenes Wort geduldet wird, ja willkommen ist, dann sprecht frei heraus. Aber vergesst nicht, dass es viele gibt, die nur auf den tiefen Sturz eines bislang vom Schicksal Begünstigten warten. Eine noch so belanglose Intrige – zur rechten Zeit in die Welt gesetzt – kann Euer Ende bedeuten.»

Aper-el wird mich in diesem Augenblick für einen Feigling und für einen Heuchler gehalten haben, denn er sah mich an, als wollte er nicht recht glauben, was er eben aus meinem Mund gehört hatte.

«Aber die Wahrheit wird immer die Wahrheit bleiben, Eje, oder etwa nicht?»

«Die schlimmste, die gemeinste Unwahrheit, Aper-el, ist die Wahrheit, wenn sie nur ein klein wenig entstellt wird. Es gibt in Ägypten nur eine Wahrheit: das Wort Pharaos.»

Die neue Lehre Echnatons über das Leben im Jenseits hatte das aufwändige Zusammenstellen ungeheurer Mengen kostbarster Grabbeigaben hinfällig gemacht. Es bedurfte in den Gräbern keiner Lebensmittelvorräte mehr, denn der Ba des Toten, das unsichtbare zweite Ich des Menschen, trat Tag für Tag aus dem Grab heraus, um im Tempel Atons an den Opfergaben teilzuhaben. Der Verstorbene brauchte keine Gegenstände des alltäglichen Lebens, denn nachts ruhte er nur in seinem Grab, und bei Tage, wenn Aton die Finsternis verdrängt hatte, nahm er an unserem Leben teil.

So entschlossen wir uns, Echnaton nur einige Truhen mit eigens für ihn angefertigten Arbeiterfiguren, den Uschebtis, mit ins Grab zu geben. Was die Grabausstattung betraf, würde dieses Begräbnis wahrhaft schlicht ausfallen. Einzig der Sarg Echnatons war eine der prächtigsten Arbeiten, die je die königlichen Werkstätten verlassen hatten. Echnaton ließ ihn in seinem dritten Regierungsjahr noch in Waset anfertigen, nachdem ein gedungener Mörder, ein verblendeter Diener Amuns, versucht hatte, Pharao in seinem Palast und vor den Augen aller umzubringen. Vierzehn Jahre ruhte der Sarg unbeachtet in den königlichen Schatzkammern, aber schon bald hatte er seinen traurigen Zweck zu erfüllen.

Jetzt standen Tutanchaton und ich schweigend davor und sahen zu, wie er von zwei Priestern vorsichtig gereinigt und mit Duftöl eingerieben wurde.

Es war nicht zu übersehen, dass der Sarg zu einer Zeit angefertigt wurde, als Echnaton die althergekommenen Götter Ägyptens noch nicht geleugnet hatte, denn es war ein menschengestaltiger Sarg, der einem zur Bestattung vorbereiteten Osiris glich. Das Besondere aber war dessen Oberfläche: ein Federgewand mit unzähligen winzigen Einlagen aus kobaltblauem, rotem, grünem und türkisfarbenem Glas, weißen Kristallen und Quarzen, die zwischen hauchdünne Goldstreifen gelegt waren. Es bedeckte den ganzen Körper. Noch nie hatte ich bis dahin Gold von so reiner, honiggelber Farbe gesehen wie an diesem Sarg. Irgendwie mussten es die Goldschmiede geschafft haben, alles natürlicherweise beigemengte Silber vom Gold zu trennen.

«Das Federmuster weist auf die Verbindung des Verstorbenen mit seinem Ba, der vogelgestaltigen Seele, hin und auf Nut, die göttliche Himmelsmutter, die ihn umarmt und aus deren Leib heraus der Verstorbene zu seiner Wiedergeburt gelangt», erklärte ich dem Kind, um darauf wieder schweigend den Sarg zu betrachten.

Brust und Schulter bedeckte ein breiter Kragen, wie ihn der König auch zu Lebzeiten getragen hatte. Eine üppige, zu Strähnen geflochtene nubische Perücke ließ das Gesicht des Toten klein und zierlich, ja unscheinbar wirken. An der Stirn prangte eine vergoldete Uräus-Schlange, und am Kinn war ein blauer, mit Goldfäden durchwirkter und geflochtener Götterbart angebracht. Das Gesicht war mit Goldblech überzogen. Die Augenbrauen, die Bemalung der Lider und die Lippen bestanden aus blauem Glasfluss. In der Mitte des Sargdeckels war eine senkrecht verlaufende Inschrift angebracht, und in den zur Faust geballten vergoldeten Händen der über der Brust gekreuzten Arme steckten Krummstab und Geißel.

An der vorsichtigen Bewegung seiner Lippen erkannte ich, dass sich Tutanchaton an den Heiligen Zeichen versuchte. Plötzlich brach es laut aus ihm heraus: «Vollendeter Herrscher, Abbild des Re, König von Ober- und Unterägypten, der von der Wahrheit lebt, Herr der Beiden Länder, Echnaton, das vollendete Kind des lebenden Aton, von dem gilt: Er wird leben jetzt und immerdar bis in alle Ewigkeit, gerechtfertigt im Himmel und auf Erden.»

Große und stolze Augen sahen mich an. Ich streichelte mit der Hand über seinen Kopf, zeigte auf das Fußende des Sarges und sagte: «Und diese Inschrift?»

Der Junge atmete tief durch und begann – diesmal ohne Bedenkzeit – langsam, aber fehlerfrei zu lesen: «Diese Worte spricht Echnaton, gerechtfertigt an Stimme: ‹Ich möge atmen den erquickenden Hauch, der aus deinem Munde kommt. Ich möge erblicken deine Vollendung alle Tage. Mein Wunsch ist es, dass ich höre deine süße Stimme des Nordwindes, dass sich verjünge dein Leib im Leben deiner Liebe. Mögest du mir geben deine beiden Arme mit deiner Lebenskraft, damit ich sie entgegennehme und damit ich lebe davon. Mögest du rufen meinen Namen in Ewigkeit, ohne dass er vergeht in deinem Munde. Echnaton, du bist wie Re jetzt und immerdar bis in alle Ewigkeit, indem du lebend bist wie Aton.›»

Dann las er wieder schneller: «König von Ober- und Unterägypten, der von der Wahrheit lebt, Herr der Beiden Länder, Echnaton, das vollendete Kind des lebenden Aton, von dem gilt: Er ist hier, lebend jetzt und immerdar bis in alle Ewigkeit. Sohn des Re, Echnaton, gerechtfertigt an Stimme.»

Tutanchaton blickte zu mir hinauf, und viele kleine Falten durchfurchten die Kinderstirn: «Was bedeutet ‹gerechtfertigt an Stimme›?»

«Das bedeutet, dass derjenige, der das spricht, ein Gerechtfertigter, also ein von den Göttern für gerecht befundener Toter, ist», antwortete ich ihm.

«Besitzt du auch einen Sarg, der so prächtig ist wie dieser?», fragte mich der Junge und sah dabei gebannt in das goldene Antlitz vor ihm.

«Nein, natürlich nicht. Nur Pharao und die Große königliche Gemahlin dürfen in einem so kostbaren Sarg wie diesem bestattet werden.»

Tutanchaton nickte unmerklich, und mir schien, als hätte ihn meine Antwort zufrieden gestimmt. Ich hatte mich getäuscht. Mein Schützling hatte offenbar jenes Alter erreicht, in welchem es kaum eine Frage gab, die nicht gestellt wurde.

«Wer ist die Himmelsgöttin Nut?», fragte er mich, und ich war überrascht, dass er sich an meine Worte erinnert hatte, waren doch ganz andere Fragen gefolgt, seitdem ich Nut erwähnt hatte. Also hatte ich seine Wissbegierde zu stillen.

«Die Himmelsgöttin ist die Tochter des Luftgottes Schu und seiner Frau Tefnut, der Göttin des Wassers. Ihr Bruder ist Geb, der Gott der Erde. Schu trennte Nut und Geb und bildete so Himmel und Erde. Nut gebiert die Sonne jeden Morgen aufs Neue, nachdem sie sie am Abend zuvor verschlungen hat. Mit den Sternen verhält es sich ebenso. Wenn ihr nach Osten gerichteter Unterleib am Morgen die Sonne freigibt, verschlingt gleichzeitig ihr nach Westen gerichteter Mund am Abend die Gestirne.»

«Und was hat Nut mit einem Toten zu tun?», ließ Tutanchaton nicht locker.

«Die Toten hoffen, dass sie von Schu wie dessen Tochter Nut zum Himmel erhoben werden und so als Stern im Leib der Nut weiterleben können und täglich aufs Neue wieder geboren werden, wie Aton an jedem Tag über uns erstrahlt. Und deswegen werden Särge oft so gestaltet, dass der Tote in den Armen der Nut seine Ruhe findet.»

Seit so vielen Jahren war Aton der einzige Gott, der in Ägypten verehrt werden durfte, und dennoch war mir die Welt der alten Götter so vertraut geblieben, als hätte ich selbst erst tags zuvor darüber Unterricht erhalten. Tutanchaton kannte Zeit seines kurzen Lebens nur Aton als Gottheit, und so schloss sich wie selbstverständlich seine nächste Frage an: «Ist Aton nicht der einzige Gott?»

Ich wusste nicht, was ich jetzt sagen sollte. Es war gewiss nicht ungefährlich, mit einem Kind von erst fünf Jahren über die vergangene Götterwelt zu sprechen, denn es würde womöglich sein Wissen nicht für sich behalten, sondern mit anderen darüber reden oder sich gar mit seinem Wissen hervortun. Und es würde natürlich nicht verborgen bleiben, von wem es dieses Wissen hatte. Konnte man mich dann nicht als Lästerer bezeichnen, der die neue, reine Lehre in Zweifel gezogen hatte? Sicher hätte ich Tutanchaton mit der knappen Antwort: «Natürlich ist Aton der einzige Gott» abfertigen oder ihn mit etwas anderem ablenken können. Doch dann würde er andere fragen.

Und welche Antwort bekäme er dann? So entschloss ich mich zu einem Mittelweg, der mir die Möglichkeit gab, ihn nach und nach an die Geschichte der Beiden Länder und deren alte Götter heranzuführen.

«Ohne Zweifel ist Aton der einzige Gott, den wir verehren. Aber das war nicht immer so. Vor vielen Jahren verehrten die Ägypter Re, Osiris, Isis, Ptah, Seth und viele andere mehr. Dein Vater hat erkannt, dass es nur einen einzigen Gott geben kann: Aton. Heute habe ich dir von der Himmelsmutter Nut erzählt. Ich will dir jede Woche von einer anderen Gottheit, die früher verehrt wurde, erzählen. So kannst du dir auch alles besser einprägen.»

Er nickte zustimmend und reichte mir, wie sooft in den letzten Wochen, die Hand, um mit mir in seinen Palast zurückzukehren.

Das Erlebnis mit dem goldenen Sarg war dem Jungen wohl doch zu unheimlich, und weil er Nut und Aton mit dieser Begegnung verband, war sein Wissensdurst fürs Erste gestillt. Stattdessen begann ich, sein Augenmerk auf andere Dinge zu lenken, die ihn mehr fesselten. Ich besuchte mit ihm den Hafen und dessen Lagerhäuser, die Schiffswerft im Süden der Stadt, die Pferdeställe der Streitwagentruppe und die königlichen Landgüter jenseits des Flusses. Kurze Wege legten wir zu Fuß oder in einer Sänfte zurück, für größere Strecken benutzten wir einen Streitwagen. Ich war erstaunt, in welch kurzer Zeit Tutanchaton jede Angst vor der schnellen Fahrt in den unruhigen Streitwagen verloren hatte. Mehr und mehr trieb er mich oder unseren Wagenlenker an, noch schneller zu fahren.

Nach einer dieser Fahrten hatten wir am späten Nachmittag endlich im Palastgarten Ruhe gefunden. Ich saß im Schatten einer Dumpalme und genoss es, wie liebevoll sich der Junge mit einer Schildkröte beschäftigte. Er lag bäuchlings vor ihr und hielt ihr ein Salatblatt nach dem anderen hin, welche das Tier ohne Hast und ohne auch nur einmal aus Furcht vor seinem Gegenüber den Kopf einzuziehen, Stück für Stück auffraß. Nicht weit entfernt saß Prinzessin Anchesen-paaton mit vier Dienerinnen in einem Schattenhaus, spielte Harfe und sang dazu. Hätten wir nicht erst vor wenigen Tagen den Tod Echnatons zu beklagen gehabt, es wäre die friedlichste Zeit gewesen, die ich je verbracht hatte. Ich kratzte mit dem Nagel meines rechten Mittelfingers völlig gedankenlos über die glatte Oberfläche meiner Stuhllehne und war im Begriff, die Augen zu schließen, um ein wenig von vergangenen Tagen zu träumen, da kam mein Diener Ipu in den Garten gelaufen, warf sich vor mir nieder und kündigte mir den Besuch eines Hauptmanns der Leibgarde an.

«Weißt du, was er von mir will?», fragte ich Ipu in barschem Ton, denn ich war darüber verärgert, dass ich nicht in Ruhe gelassen wurde.

«Nein, Herr», sagte er verschüchtert. «Aber er macht einen sehr aufgeregten Eindruck.»

«Es ist schon gut, Ipu. Lass ihn vortreten!»

Meine Stimme klang wieder versöhnlich, denn den armen Ipu traf wirklich keine Schuld.

Wenig später trat der Hauptmann, dessen Gesicht mir bis zu diesem Tag noch nie aufgefallen war, vor mich, verneigte sich tief und wartete unruhig auf Erlaubnis, sprechen zu dürfen.

«Was hast du mir zu melden?», erlöste ich ihn.

«Gottesvater Eje», begann er außer Atem, «Ihre Majestät Semenchkare, sie lebe, sei heil und gesund, befindet sich auf der Anfahrt nach Achet-Aton. Ihre Flotte wird in weniger als zwei Stunden im Hafen einlaufen.»

«Was sagst du da?», entgegnete ich ihm überrascht. «Wie ist das möglich, wo doch mein Bote erst vor fünf Tagen nach Waset aufgebrochen ist?»

«Ihre Majestät hatte die Fahrt nach Achet-Aton bereits angetreten, bevor der Bote von hier aufgebrochen war, und so begegneten sie sich auf halber Strecke.»

Was mochte meine Tochter veranlasst haben, entgegen ihrer Gewohnheit ohne jede Vorankündigung nach Achet-Aton zu kommen? Ich hatte jetzt keine Zeit mehr, mir darüber Gedanken zu machen, denn wir hatten Eile, alles für den Empfang meiner Tochter vorzubereiten.

«Wer außer mir weiß noch von der bevorstehenden Ankunft meiner Tochter?»

«Niemand, Gottesvater», antwortete er mir militärisch knapp.

«Du wirst unverzüglich Aper-el, Acha und Mahu verständigen und lässt die Leibgarde antreten. Ich selbst werde mit dem Thronfolger und den Prinzessinnen in einer Stunde im Stadtpalast sein. Beeile dich!»

Mein Herz schlug unruhig, und ich biss mir vor Aufregung unentwegt auf die Lippen, während wir auf der Hafenmauer des Stadtpalastes die Ankunft Nofretetes erwarteten. Welch schreckliches Wiedersehen stand uns bevor! Ahnungslos brach sie in Waset auf, sehnte sich nach ihrem Gemahl, nach Merit-aton und Anchesen-paaton, vielleicht auch nach mir und Teje, und auf halber Strecke, mitten auf dem Fluss, erreichte sie die fürchterlichste aller Nachrichten. Welche Qualen mochte sie seitdem durchlitten haben? Machte sie sich vielleicht Vorwürfe, dass sie Echnaton und Achet-Aton verlassen hatte, um in Waset an seiner Stelle zu herrschen? Würde sie mir Vorwürfe machen, dass ich Echnaton verlassen hatte und nicht bei ihm gewesen war, als er mich gebraucht hatte? Aber ich konnte doch nicht anders, ich musste doch den Jungen in Sicherheit bringen!

Die anderen neben mir mochten wohl ähnlichen Gedanken nachgehangen haben, denn auch sie sahen schweigend und mit leerem Blick hinaus auf das Wasser, nach Süden, von wo wir die königliche Flotte erwarteten. Meine Schwester Teje saß, von Alter, Krankheit und Sorgen gebückt, unter einem Sonnensegel. Mehr als sonst hingen ihre Augenlider weit und müde herab; tiefer und länger schienen mir die Furchen neben Nase und Mund, und ich hatte den Eindruck, dass sie mit ihren Gedanken woanders weilte, weit weg und schon längst nicht mehr in dieser Welt. Die Prinzessinnen saßen still und schweigend neben ihr. Nur Tutanchaton ließ seine Beinchen unruhig hin und her baumeln, denn der Thron, auf welchem er saß, war viel zu groß für ihn.

«Ja», dachte ich mir, «dieser Thron ist wirklich noch zu groß für dich!», und sah sogleich wieder hinaus auf die glatte Wasserfläche, die im Licht der bald untergehenden Sonne rotgolden glänzte. Wie sooft war ich es, der als Erster das Nahen der Flotte wahrnahm, denn schon von weitem hörte ich das gleichmäßige Schlagen der Ruder, lange, bevor überhaupt ein Schiff zu sehen war.

«Sie kommen», sagte ich erleichtert, denn das Warten war mir unerträglich geworden. Die anderen zweifelten keinen Augenblick an meinen Worten und richteten ausnahmslos ihre Blicke nach Süden. Selbst Teje hob schwerfällig ihre Augenlider, ohne im Übrigen die mindeste Regung zu zeigen. Dichte Schwärme aufgeschreckter Wasservögel stiegen erst steil empor, sanken plötzlich wieder herab und strichen dann in tiefem Flug über den Nil hinweg, um nur wenige hundert Ellen weiter erneut im schützenden Schilf Zuflucht und Deckung zu suchen. Zehn, zwölf Ruderschläge noch, und der schlanke, nach hinten gebogene Bugsteven des ersten Schiffes schob sich an der Flussbiegung hinter dem dichten Schilf, dem eben erst die Vögel entflohen waren, hervor, bald gefolgt von den elf anderen Schiffen der königlichen Flotte. Es war herrlich anzusehen, wie Bug für Bug den Nil wie eilig vorangetriebene Pflüge durchfurchten, wie das Wasser in schräg nach hinten verlaufenden Wellen zur Seite gedrückt wurde, bis es gegen den Rumpf des nächsten Schiffes schlug, um schäumend in den Fluss zurückzustürzen.

Es war stets ein unvergessliches Schauspiel, wie unmittelbar vor dem Hafenbecken die Ruderblätter aus voller Fahrt heraus im Wasser stehen gelassen wurden, um die Schiffe abzubremsen, damit sie bald darauf, tausendfach geübt, genau an der Hafenmauer anhielten, ohne allzu heftig gegen die mächtige Wand zu schlagen. So legten die ersten fünf Schiffe an, und sofort sprangen die Soldaten der Leibgarde von Bord. Während die einen die Schiffe vertäuten, nahmen die anderen auf der Hafenmauer Aufstellung, um ihrer Königin sicheres Geleit zu geben.

Dann fuhr die königliche Barke in den Hafen ein. Sie war leicht auszumachen, denn nicht nur an Größe übertraf sie alle anderen Schiffe. Die prächtigen Verzierungen, das gewaltige Deckshaus, das farbenfrohe Segel und vor allem der Baldachin am Bug des Schiffes ließen keinen Zweifel daran, wer diese Barke sein eigen nennen durfte: der Herr der Beiden Länder.

Von weitem erkannte ich Nofretete und die drei kleinen Prinzessinnen. Ebenso erkannte ich schon von weitem, dass meine Tochter alle Zeichen der pharaonischen Macht trug: Nicht die nach ihren eigenen Wünschen angefertigte, oben abgeflachte Krone trug sie, sondern den Chepresch, den blauen Kriegshelm unserer Herrscher, und dazu einen breiten und schweren Schulterkragen. In ihren Händen hielt sie Geißel und Krummstab, und in ihrem Prunkgürtel steckte ein Zierdolch. Sie trug schwere, unübersehbare Siegelringe an ihren Fingern, und ihre Ober- und Unterarme zierten breite Goldreife. Selbst den heiligen Zeremonialbart hatte sie angelegt. Es gab keinen Zweifel: Meine Tochter trat vor allem Volk als Pharao, als der rechtmäßige Herrscher Ägyptens, auf.

Zum unerträglich lauten Schall Hunderter Kriegstrommeln und Posaunen verließ Nofretete zwischen zwei Wedelträgern und gefolgt von den kleinen Prinzessinnen und deren Ammen die königliche Barke.

Das herrschaftliche Auftreten meiner Tochter machte einen Befehl gar nicht nötig: Alle außer den engsten Angehörigen der königlichen Familie warfen sich vor Pharao zu Boden, wie es das ägyptische Volk seit über zweitausend Jahren gewohnt war, sich vor seinem Guten Gott in den Staub zu werfen. Denn selbst ein Ägypter von hohem Rang macht sich keine Gedanken darüber, ob derjenige, der Chepresch, Geißel und Krummstab trägt, dies mit Billigung der Maat tut; wie viel weniger erst das einfache Volk! Nofretete wusste nur zu gut um die Wirkung ihres Auftretens, das war für mich unübersehbar. Ich sah an ihrer Haltung, an ihrem ernsten, unzugänglichen Gesichtsausdruck, dass sie an der königlichen Macht Gefallen gefunden hatte. An ihrem herrschaftlichen Auftreten, umgeben von Wedelträgern, Soldaten und Dienern, erkannte ich, dass sie offenbar alles daransetzte, an dieser vollkommenen Machtfülle auch weiterhin uneingeschränkt festzuhalten.

Ich hatte geglaubt, meine Tochter zu kennen, und doch hatte ich sie so noch nie gesehen. Ich wusste, dass sie imstande war, nahezu alles zu erreichen, was sie sich vorgenommen hatte. Aber dass sie das, was ich jetzt sah, wirklich erreichen wollte, hätte ich bis zu diesem Tag nicht geglaubt.

Von einem Augenblick zum anderen stieg eine tiefe Angst in mir auf. Es war nicht die Angst, die ich erlebt hatte, als mir in den Steinbrüchen von Tura vor über vierzig Jahren ein Grabräuber sein Schwert an die Kehle gehalten hatte. Es war nicht die Furcht, die ich vor der Schlacht gegen das elende Kusch durchgestanden hatte. Es war vielmehr jene verzweifelte Angst, die ich in meiner Hilflosigkeit als Vater vor der Geburt meiner zweiten Tochter Mutnedjemet durchlitt. Damals waren die Bilder vom Tod meiner ersten Frau Merit lebendig geworden. Von ihrem stillen, aber so unabänderlichen und schnellen Tod nach der Geburt Nofretetes. Es war die Hilflosigkeit eines daneben stehenden Vaters, die mir so Angst gemacht hatte. Und eine Angst wie jene überkam mich jetzt wieder, als ich meine Tochter auf mich zukommen sah.

Ist es möglich, dass man um ein Kind, das man nicht sein eigenes nennt, solche Angst empfinden kann?, dachte ich bei mir. Wie schon sooft seit der Geburt Tutanchatons suchte ich in Bruchteilen von Augenblicken gleichwohl verbissen nach der Erinnerung an jenen Abend, als mich Kija, die Mutter des Jungen, nach ihrer Hochzeit mit Echnaton in meinem Palast besucht hatte. War ich, als sie zu mir kam, noch bei Sinnen gewesen, und ereignete sich damals wirklich, was ich so lange vor jenem Abend zu erleben gehofft hatte? Oder hatte mich der Zauber des Magiers vor Kijas Eintreffen niedergestreckt und mich die ersehnte Liebesnacht nur träumen lassen?

Ich fürchtete um den Knaben wie um einen eigenen Sohn. Flüchtig sah ich hin zu ihm, dessen Beinchen noch immer hin und her zappelten, und flüsterte leise, kaum dass sich meine Lippen bewegten: «Ob du mein Sohn bist oder nicht. Ich werde für dich sorgen, als wärst du mein einziger Sohn!»

Eingerahmt von den Wedelträgern, blieb meine Tochter wenige Schritte vor mir und den anderen stehen, damit die einen vor ihr niederfielen, während ich und die übrigen Mitglieder der königlichen Familie uns tief verneigten.

«Ich hatte mir so sehr gewünscht, dass wir uns unter anderen Umständen wieder sehen», sagte ich zu ihr, während ich sie umarmte und sich unsere Wangen vorsichtig berührten. Mit geschlossenen Augen atmete ich den Duft des süßlich-herben Öls ein, welches sie unverändert seit ihrer frühen Jugend benutzte, und als meine Hände ihre Arme umfassten, fühlten die unauffällig und doch so neugierig tastenden Kuppen meiner Daumen, dass die Haut der Sechsunddreißigjährigen noch immer so zart war wie die eines jungen Mädchens.

«Wer kann es sich schon aussuchen, unter welchen Umständen man sich wieder sieht», antwortete sie mit einem gleichgültigen Gesichtsausdruck, der mich innerlich zusammenfahren ließ. Doch als sie mir einige Augenblicke lang schweigend in die Augen sah, konnte ihr Herz nicht mehr widerstehen, und die Muskeln, die eben noch ihrem Antlitz eine herrische Strenge verliehen hatten, versagten ihren Dienst. Die männlich-derben Züge lösten sich, und meine Tochter war – wenn auch für kurze Zeit nur – wieder ein Kind, das nach seinem Vater verlangte.

«Warum musste das geschehen?», fragte sie mich, und ich sah, wie ihre Augen feucht wurden.

«Was hat dich veranlasst, nach Achet-Aton zu kommen?», antwortete ich mit einer Gegenfrage. «Mein Bote kann dich nicht in Waset erreicht haben.»

«Als Aton vor zehn Tagen sein Angesicht verhüllte, fürchtete ich, dass etwas Schreckliches geschehen könnte. Deswegen kam ich.»

Dann löste sie schnell die Umarmung und ging zwei, drei Schritte auf Teje zu und umarmte sie ebenso liebevoll, ja drückte die alte und gebückte Frau fest an sich, dann Meritaton und Anchesen-paaton, die von da an nicht mehr von der Seite ihrer Mutter wichen, bis wir das Innere des Palastes erreicht hatten.

Den Knaben hinter mir beachtete Nofretete nicht. Sie würdigte ihn nicht eines einzigen Blickes. Ich vertraute Tutanchaton in einem unbemerkten Augenblick dem Schreiber Maja an, damit er den Prinzen in den Nordpalast zurückbrachte, und bat ihn, nicht von dessen Seite zu weichen, bis auch ich dort eingetroffen war.

Nofretete ließ sich im kleinen Audienzsaal des Stadtpalastes so selbstverständlich auf dem Thron Echnatons nieder, als ob dies schon von jeher ihr Platz gewesen wäre. Im kleinen Kreis der engsten Berater Echnatons und seiner Familie hatte sie es eilig, sich all der Insignien ihrer Macht zu entledigen. Kaum dass sie Geißel und Krummstab niedergelegt hatte und der Zeremonialbart entfernt war, umarmte und küsste sie nochmals Meritaton und Anchesen-paaton, ehe sie sich zuletzt den Chepresch und den Schulterkragen abnehmen ließ. Dann sah Nofretete einen nach dem anderen mit durchdringendem Blick an und sagte mit ruhiger, aber entschlossener Stimme: «Warum hat er das getan? Habt ihr schon irgendeine Erklärung dafür?»

«Wir wissen nur», begann Mahu seine Rede, nachdem er eine ehrfurchtsvolle Verneigung angedeutet hatte, «dass unmittelbar vor ...» Da stockte Mahu, weil er offenbar nicht wusste, wie deutlich er sich ausdrücken durfte.

«Sprecht frei heraus!», half ihm meine Tochter über die Verlegenheit hinweg, und Mahu begann erneut.

«Wir wissen nur, dass unmittelbar vor Pharaos Tod eine Gesandtschaft aus dem Norden bei ihm weilte und diese die

Erlaubnis hatte, den Guten Gott unter Ausschluss jeder weiteren Person sprechen zu dürfen. Es heißt, es hätte sich um vier Kaufleute gehandelt. Es gibt aber Hinweise darauf, dass es sich in Wirklichkeit um ehemalige Priester des Amun gehandelt hat, denn …»

«Worauf stützt Ihr diese Vermutung?», unterbrach ihn meine Tochter barsch. Mahu sah zu mir herüber und lenkte so Nofretetes fragenden Blick auf mich.

«Als ich an jenem Tag zurückkehrte, fuhren mein Schiff und die Barke der vermeintlichen Kaufleute im Südhafen dicht aneinander vorbei. Im flüchtigen Hinsehen glaubte ich, zwei ihrer Gesichter schon einmal gesehen zu haben, und drehte mich noch einmal nach ihnen um. Aber sie hatten mir bereits den Rücken zugekehrt, und mir war, als hätten sie das bewusst getan, damit sich unsere Blicke nicht noch einmal treffen konnten. Ich brauchte lange, ehe die Erinnerung zurückkehrte. Doch heute bin ich mir sicher, dass ich sie vor vielen Jahren im Palast Nimurias gesehen habe. Sie gehörten zu den Ersten Sehenden des Amun, die damals gegen ihren Herrscher aufbegehrt hatten.»

Nafteta wusste, dass ich Derartiges nicht leichtfertig sagen würde, und ließ für lange Zeit nicht davon ab, mir in die Augen zu blicken.

«Meine Vermutung ist, dass sie Echnaton mit Aufständen und mit seinem Sturz gedroht haben», sagte ich und war mir dabei sicher, dass auch die anderen meine Meinung teilten.

«Es wurden bereits Vorkehrungen getroffen, Majestät», fuhr Mahu wieder fort. «Hier in der Stadt haben sich Polizisten unter das Volk gemischt, um sofort jeden noch so kleinen Aufruhr zu melden oder gleich selbst zu unterdrücken.»

Nofretete sah mich noch immer schweigend an, und mir schien, als hätte sie die Worte Mahus gar nicht gehört. Dann blickte sie langsam in der Runde umher, sah in jedes einzelne Gesicht und sagte dann schließlich: «Glaubt Ihr wirklich, mein Gemahl Echnaton hätte sich drohen lassen? Glaubt Ihr wirklich, er hätte sich nach allem, was er für Aton und für diese Stadt hingenommen und durchgestanden hat, wegen der Drohung einiger verblendeter Priester in den Tod gestürzt? Ist irgendeiner unter Euch, der von sich behauptet, Echnaton gekannt zu haben? Mir scheint, wohl nicht!»

Verlegen sah ich zu Boden, denn von einem Augenblick zum anderen musste ich mir eingestehen, dass meine Tochter Recht hatte. Es war unsinnig, zu glauben, dass Echnaton eine Drohung ernst nehmen würde, die von Menschen, die für ihn ohne jeden Belang waren, ausgesprochen wurde. Nicht dass er ihren Einfluss unterschätzt hätte, dass er nicht geahnt oder gewusst hätte, dass sie weit weg von Achet-Aton nach wie vor gegen Pharao und seinen Gott hetzten. Aber in seinem Innersten leugnete er ihre Existenz, so wie er stets die Hethiter als eine für Ägypten ernst zu nehmende Gefahr geleugnet hatte. Sein Glaube an die Liebe der Menschen, sein verbissener Glaube an die Wahrheit – an seine Wahrheit – ließen es nicht zu, dass er diese Gefahren als bestehend wahrnahm oder anerkannte. Für ihn konnte nicht wahr sein, was nicht wahr sein durfte.

Doch wie einfach wäre es für uns gewesen, anzunehmen, die Drohung der Priester mit Umsturz hätte ihn in den Tod getrieben! Wie einfach wäre es auch für Nofretete gewesen, denn der Feind und der Schuldige an aller möglichen Unbill, die nach Pharaos Tod noch über das Land hereinbrechen würde, wäre gefunden gewesen. Dessen war sich meine Tochter zweifelsfrei bewusst. Nachdem meine Vermutung ausgesprochen war, hätte ein Kopfnicken von ihr genügt, und Mahu hätte Heerscharen von Spitzeln und Polizisten durch das Land geschickt, um jeden der Sehenden Amuns ausfindig zu machen. Aber ausgerechnet sie, die den größten Nutzen aus diesem Verdacht gezogen hätte, verwarf diesen Gedanken ohne Wenn und Aber.

«Wenn du nicht an eine Verschwörung glaubst», fragte ich jetzt meine Tochter, «was war es dann, was ihn von uns gerissen hat?»

«Als wir an der Hafenmauer aufeinander trafen, sagte ich dir, dass ich um Echnaton gefürchtet hatte, als Aton mitten am Tag sein Antlitz vor seiner Schöpfung verhüllt hatte. Vielleicht hat sein Tod gar nichts mit Amun und dessen Priestern zu tun, und es war nur ein Zufall, dass sie bei ihm waren, kurz bevor er sich das Leben nahm, und es war eine Botschaft seines Gottes, die ihn verzweifeln ließ.»

«Verzeih mir, Nafteta, aber an derlei Zufälle will ich nicht glauben. Hätte sich Aton an jenem Tag deinem Gemahl in schrecklicher Weise geoffenbart, glaubst du dann wirklich, Echnaton hätte erst noch seine ärgsten Widersacher empfangen, ehe er diesen verzweifelten Schritt tat? Und dass sich Aton der Priester Amuns bediente, um seinem Sohn eine unheilvolle Botschaft zu übermitteln, können wir wohl ausschließen.»

Ich konnte sehen, wie es in meiner Tochter brodelte, wie sie mit dem, was ich gesagt hatte, kämpfte. Sie wollte eine Erklärung für den Tod ihres Gemahls, und sie wollte sie jetzt. Sie konnte sich nicht damit abfinden, den Grund für Echnatons Schritt nicht zu kennen. Und je mehr ihr bewusst wurde, dass der wahre Grund vielleicht für immer vor ihr verborgen bleiben würde, umso rasender wurde sie. Ich sah es ihr an. Ich sah, wie ihre Nasenflügel bebten, wie sie ihre Lippen ungeduldig und zornig aufeinander presste und wie ihre Handflächen unruhig über die Lehnen ihre Thrones fuhren, als wollte sie in den nächsten Augenblicken seinen Goldbelag wegreiben.

«Dann sag mir, warum er es tat!», schrie sie mich schließlich an, um – kaum, dass der Satz ausgesprochen war – in bittere Tränen auszubrechen. «Warum?», hallte es noch einmal durch den Raum.

«In dieser Welt, Nafteta», begann Teje leise zu sprechen, «in dieser Welt wirst du eine Antwort nur von denen erhalten können, die zuletzt bei meinem Sohn waren. Dessen bin ich mir gewiss. Mir als seiner Mutter geht es wie dir: Auch mich quält die Frage, warum er es getan hat. Und mehr noch quält mich die Frage, ob ich es hätte verhindern können. Eigentlich war ich an jenem Tag bei ihm gemeldet und hatte ihn gebeten, sich einige Stunden für mich Zeit zu nehmen. Doch ich fühlte mich schon morgens kränklich und sagte meinen Besuch bei Echnaton ab. Wäre ich bei ihm gewesen, hätten diese Leute – wer sie auch waren – zumindest an diesem Tag keinen Zutritt zu ihm erhalten.»

Teje machte eine Pause, doch niemand wagte, auch nur ein Wort zu sagen. Vielmehr sahen alle betreten zu Boden, und wohl mancher dachte darüber nach, ob man der Mutter Pharaos tatsächlich eine wie auch immer geartete Schuld am Tod ihres Sohnes zusprechen konnte. Sie schien dies zu ahnen, denn sie selbst war es, die weitersprach: «Habe ich Schuld auf mich geladen? Sagt es frei heraus! Habe ich Schuld auf mich geladen? Gewiss nicht. Aber ihr könnt euch sicher sein, dass ich mir bis an mein Lebensende Vorwürfe machen werde, dass ich wegen einer harmlosen Unpässlichkeit nicht zu ihm gegangen bin. Vielleicht war er auch enttäuscht von seiner Mutter, weil sie ihn wegen eines unbedeutenden Leidens im Stich gelassen hat.» Einige blickten jetzt ratlos in Tejes müdes Gesicht.

«Seht mich nicht so an!», fuhr sie sichtlich verärgert fort. «Ich bin nicht so alt oder eingebildet, als dass ich glauben würde, er hätte sich hinabgestürzt, weil ich an diesem Tag nicht zu ihm kam. Aber könnte es nicht sein, dass eine noch so kleine Enttäuschung über mein Fernbleiben, dass die Abwesenheit der Mutter in diesem Augenblick genau jener berühmte Tropfen war, der das Fass zum Überlaufen brachte? Oder hätte er es getan, wenn irgendein Mensch, und sei es ein noch so unbedeutender Sklave, bei ihm gewesen wäre und gesagt hätte: ‹Tu es nicht›, als er an die Brüstung trat?»

Meine Schwester hatte wohl Recht. Ich erinnerte mich jenes Tages, als ich das Sterbebett meiner ersten Frau verlassen und keinen Sinn in meinem Weiterleben mehr gesehen hatte. Stand ich nicht schon auf der Brüstung meines Palastes, bereit, alles hinter mir zu lassen, als mich die Stimme meines Freundes Amenophis mahnte, an meinem Leben festzuhalten? Warum konnte ich nicht eine Stunde früher zurückgekommen sein? Gütiger Aton! Eine halbe Stunde nur hätte genügt, und ich wäre bei

Echnaton gewesen. Wo hatte ich diese halbe Stunde auf meiner Rückfahrt nach Achet-Aton verloren, wo sie vergeudet? So sinnlos diese Fragen jetzt auch waren, wusste ich doch, dass ich sie mir ein Leben lang stellen würde, wie meine Schwester Teje sich ein Leben lang Vorwürfe machen würde, dass sie an jenem Tag nicht zu ihrem Sohn gegangen war.

«Geht!», rief meine Tochter mit fester Stimme. Und zu Teje gewandt, sagte sie: «Es ist so, wie du gesagt hast: Wenn wir jemals die Wahrheit erfahren sollten, dann nur von einem der Männer, die bei Pharao waren. Geht also alle nach Hause und betrauert, ein jeder für sich, das Schicksal Echnatons!»

Da Nofretete in den nächsten Tagen gewiss nur Augen und Ohren für ihre eigenen Töchter, die sie so lange nicht gesehen hatte, haben würde, nahm ich Tutanchaton noch am selben Abend zu mir in meinen Palast. Nicht dass ich meiner Tochter irgendeine böse Absicht unterstellt hätte; doch mir war einfach wohler, den Prinzen unter meiner Obhut zu wissen. Niemand stellte sich meinem Verlangen in den Weg, und da der Knabe meinen Palast kannte, fiel es auch ihm nicht schwer, in meinen Wunsch einzuwilligen.

«Wird Semenchkare jetzt für immer Pharao bleiben?», fragte mich Tutanchaton, als ich an seinem Bett saß, um ihm eine gute Nacht zu wünschen. Ich sah ihn schweigend an. «O Kind, wenn ich das wüsste», dachte ich mir, streichelte über seinen Kopf und ließ dabei das weiche Haar seiner gelösten Prinzenlocke durch meine Finger gleiten.

«Was weißt du überhaupt von ihr?», gab ich die Frage an ihn zurück. Der Junge sah mich verlegen an, holte tief Luft und sagte dann: «Sie ist die Mutter von Meritaton und Ancha. Und sie ist deine Tochter, wie Mutnedjemet, oder?»

Ich lächelte ihn an und umklammerte seine Hände.

«Also hör mir zu, junger Prinz: Als ich ein junger Mann war, gab es in Waset einen Gesandten aus Babylon. Er hieß Imresch, und er war ein mächtiger Fürst aus dem Land zwischen Euphrat und Tigris. Er erzählte mir von Babylon, von seinem König Kurigalzu, der mit Ägypten Handel treiben wollte, und von seiner schönen Tochter Perisade. Vor allem seine Erzählungen von Perisade machten mich so neugierig, dass mich dein Großvater Amenophis Neb-maat-Re zusammen mit Fürst Imresch und Acha, dem Schatzmeister Seiner Majestät, nach Babylon schickte. Perisade war wirklich eine wundervolle junge Frau. Sie war nicht nur die Schönste von allen, sondern sie war auch sehr gebildet. Sie wusste viel von den Göttern Babylons, von der Geschichte ihres Landes und von den Sternen. Sie sprach Ägyptisch ebenso gut wie du und ich. Und weil wir uns beide sehr mochten, kam sie mit mir nach Ägypten und wurde meine Frau. Ich gab ihr den Namen Merit. Wir mussten lange warten, bevor wir ein Kind bekamen. Erst brachte meine Schwester Teje ihren ersten Sohn Thutmosis zur Welt, dann deinen Vater, der den Namen Amenophis erhielt. Dann endlich bekam auch Merit ein Kind: Es war Nofretete, die wir jetzt alle Semenchkare nennen.»

Ich atmete tief durch, denn ich wusste nicht, ob ich Tutanchaton vom Ende Merits erzählen sollte. Doch der Junge nutzte die Unterbrechung, um selbst danach zu fragen: «Und wo ist Merit jetzt?»

«Es war eine sehr schwere Geburt, bei der Merit so viel Blut verlor, dass sie daran gestorben ist.»

«Wie meine Mutter auch», sagte Tutanchaton schnell und nickte dabei ein wenig, um mir dann wieder aufmerksam zuzuhören.

«So wurde Nafteta, wie wir unsere Tochter nannten, von ihrer Amme Ti und von mir großgezogen. Nafteta und dein Vater sind fast wie Geschwister aufgewachsen und verstanden sich immer sehr gut, sodass auch sie schließlich heirateten. Erst wurde Meritaton geboren, dann Maketaton, dann Ancha und schließlich nach und nach die drei kleinen Mädchen.»

«Und warum ist Semenchkare nicht meine Mutter?»

«Ich hatte dir doch schon erzählt, dass früher in Ägypten

viele Götter verehrt wurden. Dein Vater hatte erkannt, dass es nur einen einzigen Gott geben kann.»

«Aton», fuhr der Junge dazwischen.

«Ja, Aton. Aber dein Vater fand keinen Platz, wo nur Aton allein verehrt werden konnte. Denn überall, in jeder Stadt Ägyptens, gab es ja schon die Tempel der alten Götter. Eines Tages offenbarte sich Aton deinem Vater und zeigte ihm die Stelle, wo die neue Stadt, eine Stadt, nur Aton geweiht, errichtet werden sollte.»

«Achet-Aton», sagte der Prinz und lächelte mich an.

«Dein Vater hatte dem Aton geschworen, die Stadt nie wieder zu verlassen. Nie mehr. Das ärgerte aber die Menschen in Waset, in Men-nefer, in Achmim und in On, denn schließlich war ja Echnaton auch ihr Pharao, und sie wollten, dass er auch in ihre Städte kam, um sie zu besuchen und um ihre Götter zu verehren. Ihre Wut ging so weit, dass wir Angst bekamen, es könnte ein Aufstand losbrechen. Deswegen machte dein Vater seine Große königliche Gemahlin Nofretete zum Mitregenten. Sie gab sich den Thronnamen Semenchkare und ging nach Waset, um dort an deines Vaters Stelle in der alten Hauptstadt Oberägyptens die Herrschaft auszuüben.»

«Und meine Mutter?»

«Deine Mutter? Sie war eine wundervolle Frau. Deine Mutter Kija war eine Tochter von König Tuschratta von Mitanni. Zunächst war Kija gar nicht für deinen Vater bestimmt. Dein Großvater Amenophis hatte sie geheiratet, kurz bevor er starb. Das war in Waset, im Palast der leuchtenden Sonne. Dort habe ich sie kennen gelernt. Ich mochte deine Mutter sehr und habe nach dem Tod meines Freundes Amenophis manchmal sogar gehofft, ich könnte sie heiraten, denn ich war ja auch allein. Doch nachdem Semenchkare Achet-Aton verlassen hatte, wurde dein Vater auf Kija aufmerksam, verliebte sich selbst in sie und nahm sie zur Frau.»

«Und warum nicht du? Du hast sie doch zuerst gemocht?»

«Es ist wie im Senet-Spiel, Tutanchaton: Der Löwe schlägt

das Krokodil und das Krokodil den Esel. Dein Vater war Pharao. Ich eben nicht. Und wenn dein Vater nicht deine Mutter geheiratet hätte, gäbe es dich nicht! Und das wäre ja wohl das Schlimmste, was man sich ausdenken könnte, oder?» Ich küsste seine Stirn.

Der Junge nickte zufrieden und strahlte mich an. Ich aber musste erst einmal schlucken, denn da war er wieder gewesen, der Gedanke, der mich wohl niemals wieder loslassen würde.

«Und was ist jetzt mit Semenchkare? Bleibt sie für immer Pharao, oder nicht?»

Ich hatte gehofft, dass der Junge nach meiner Erzählung seine anfängliche Frage vergessen haben würde. Aber das war ein Irrtum.

«Nicht für immer, Tutanchaton. Darüber wird in den nächsten Tagen im Palast gesprochen.»

«Wer bestimmt darüber, wie lange Semenchkare Pharao bleibt?»

Ich sah ihn mit großen Augen an.

Ja, wer würde darüber bestimmen?

«Aton», gab ich ihm zur Antwort. «Aton und Semenchkare selbst.»

Etwas Besseres fiel mir nicht ein.

DREI

Preiset die Herrin des Landes,
deren Name erhöht ist über die Bergländer.

Der Palast meiner Schwester im Süden der Stadt war weitaus prächtiger als mein Palast, und auch mein Garten konnte an Größe mit dem Tejes nicht mithalten. Aber ihr Palast war noch nicht vollendet, und ihr Garten sah noch sehr neu aus, da man bei seiner Anlage überwiegend Jungpflanzen verwendet hatte. Auch war mein Haus im Innern schöner und kostbarer ausgestattet, was aber gewiss daran lag, dass ich im Gegensatz zu meiner Schwester nahezu alles selbst geplant und ausgesucht hatte, während sich Teje stets mit dem zufrieden gab, was die Baumeister ihres Sohnes entworfen hatten. Anders als ihr Gemahl Amenophis, der jedes einzelne Möbelstück und sogar die Wandbehänge seines Palastes selbst ausgesucht hatte, legte Teje auf die Ausstattung keinen sonderlichen Wert. Sie dachte immer nur an die Macht Ägyptens und an die Macht ihrer Familie.

Genau deswegen ging ich an diesem Tag auch zu ihr.

«Männer deines Alters sehen entsetzlich aus, wenn sie Trauerbärte tragen», waren ihre ersten Worte, nachdem ich sie zur Begrüßung auf beide Wangen geküsst und unter dem Sonnensegel links neben ihr Platz genommen hatte. «Fast nur noch graue und weiße Haare! Aber wenn ich richtig gesehen habe, sind sogar einige rote dazwischen. Kann das sein?» Ich hörte Spott in ihrer Stimme.

Mir lag bereits eine recht boshafte Antwort auf der Zunge, doch aus Rücksicht auf ihren ausgeprägten Stolz und auf ihre Trauer ließ ich es.

«Nur wenige Menschen auf dieser Welt verfügen über den Vorzug, selbst in nicht mehr ganz jugendlichem Alter solche Frische auszustrahlen wie du, meine Schwester!», antwortete ich ihr lächelnd.

«Graubärtiger Lästerer!», gab sie mir dafür zurück.

«Es ist schon beruhigend, dass wir beide es selbst im Alter nicht verlernt haben, uns zu necken. Wärst du nicht meine Schwester, würde ich dich jetzt fragen, wie lange wir uns schon kennen.»

Teje sah mich aus den Winkeln ihrer Augen an, ohne dabei den Kopf auch nur im Mindesten zu bewegen, und flüsterte leise, damit es keiner der Diener hören konnte, zu mir herüber: «Siebenundfünfzig Jahre?»

Ich schüttelte den Kopf. «Achtundfünfzig, Teje. Ich bin achtundfünfzig Jahre alt.»

«Entsetzlich!», sagte sie und sah mich dabei genau an, damit sie sehen konnte, wie ich mich verhielt. Ich ließ mir jedoch nichts anmerken, was sie wahrscheinlich am wenigsten erwartet hatte.

«Wer ist der rechtmäßige Thronfolger?», fragte ich sie stattdessen ganz direkt, um zum eigentlichen Zweck meines Besuches zu kommen.

«Das fragst du mich? Ausgerechnet mich? Das tust du doch nur, weil du dich nicht traust, deiner eigenen Tochter diese Frage zu stellen. Ganz Ägypten bezeichnet mich als böses altes Weib; und du willst, dass ich dir auf die heikelste Frage, die man sich zur Zeit zwischen den Quellen des Nils und seiner Flussmündung stellt, eine Antwort gebe, damit man mich noch größerer Bosheit bezichtigen kann?»

Ihre beiden Hände umklammerten den Elfenbeinknauf des

Stockes, der zwischen ihren Beinen stand, dann legte sie ihr Kinn vorsichtig auf den Handrücken und blickte mit weit herabhängenden Augenlidern auf eine Schildkröte, die vor ihr im Sand kroch.

«Kein Mensch bezeichnet dich als böses altes Weib. Das redest du dir wieder ein. Du willst nur von mir hören, wie sehr man deinen Rat schätzt und für wie einflussreich man dich hält. Ist es denn Zufall, dass noch heute fast jeder Brief aus den Fremdländern an dich gerichtet ist, obwohl du nicht mehr in Waset, sondern zurückgezogen und in Achet-Aton lebst? Ist es Zufall, dass sich die meisten Bittsteller an dich wenden, wenn sie bei Hofe etwas erreichen wollen? Mich würde nicht einmal wundern, wenn du sogar heimlich zu den Sehenden des Amun Verbindung halten würdest.»

Jetzt war ich es, der genau in ihr Gesicht sah. Doch es blieb völlig regungslos. Nach einigen Augenblicken hob sie den Kopf etwas an und sagte leise, so leise, dass nur ich es hören konnte: «Und wenn es so wäre?»

Sie drehte ihren Kopf etwas zu mir, hob die Lider so weit sie nur konnte und erwartete meine Antwort. Ich kannte meine Schwester gut genug, um zu wissen, dass ihre letzten Worte weniger eine Frage, sondern bereits ein Eingeständnis waren.

«Offen gestanden bin ich etwas überrascht. Doch es könnte ja sein, dass wir irgendwann einmal für deine Verbindung zu ihnen dankbar sein werden.»

Sie legte ihr Kinn wieder auf den Handrücken und sah erneut auf die Schildkröte, während ich ein Steinchen aufhob und es nach dem Tier warf. Geschwind zog die Getroffene den Kopf ein, woraufhin Teje sogleich fauchte: «Lass das!»

In ruhigerem Ton fuhr sie dann fort: «Gehe sehr vorsichtig damit um, Eje. Der Preis für ihre Unterstützung wird diesmal hoch sein. Sehr hoch sogar, mein Bruder! Wer auch immer auf die Priester zugehen wird, sein Kniefall wird beachtlich sein müssen», flüsterte sie jetzt noch leiser als zuvor.

«Mehr als die Wiederherstellung der alten Ordnung?»

Ruckartig wandte sie sich mir zu.

«Eje!», sagte sie jetzt laut und in zurechtweisendem Ton. «Wie vielen Herrschern hast du gedient? Glaubst du wirklich, damit wäre es getan? Sie werden nicht einmal dulden, dass der Herrscher, der ihre Gnade findet, die Beiden Länder von Waset aus regiert. Sie werden die Herrschaft über Oberägypten für sich allein beanspruchen und ihrem König Unterägypten und Men-nefer überlassen. Und sie werden dem künftigen Pharao abverlangen, dass er für Ägypten und alle Welt sichtbar Aton als dem einzigen Gott abschwört.»

Lange saßen wir wie ein altes Paar schweigend nebeneinander. Teje war mir noch eine Antwort auf meine erste Frage schuldig.

«Und wer ist nun der rechtmäßige Herrscher Ägyptens?», unterbrach ich die Stille.

«Deine Tochter ist es nicht, Eje! Und Tutanchaton ist es jedenfalls so lange nicht, bis du die Zustimmung all derer, die ihn an der Machtausübung hindern könnten, gefunden haben wirst. Doch höre die Meinung einer bösen alten Frau: Nofretete wird nicht einen Augenblick daran denken, die Herrschaft aus der Hand zu geben. Ich liebe deine Tochter, als wäre sie mein eigenes Kind. Aber ich habe sie genau angesehen, als sie ihr Schiff verließ: Ihre Augen waren kalt und doch so unruhig; ihr Blick war durchdringend und misstrauisch zugleich. Ihr Auftreten und ihre Haltung waren herrschaftlich, dennoch machte sie einen unsicheren Eindruck auf mich. Nimm dich in Acht vor ihr, Eje! Nimm dich vor deiner Tochter in Acht! Und wenn der Schwur, welchen du Amenophis und Echnaton geleistet hast, etwas wert sein soll, dann hüte deine Zunge! Jedes deiner Worte würde dem Knaben, den du beschützen sollst, mehr schaden, als es ihm nützt.»

Ich widersprach ihr nicht. Aber ich wusste, dass ich nicht würde schweigen können. Wer, wenn nicht ich, hatte denn überhaupt die Möglichkeit, mit Nofretete ein offenes Wort zu sprechen? Wir kannten ihre Pläne nicht; sie hatte noch nicht preisgegeben, was sie wirklich vorhatte. Konnte ich da schon jetzt für mich beschließen, nichts für den Thronanspruch Tutanchatons unternehmen zu wollen? Andererseits würde sie in demselben Augenblick, in welchem ich die Stimme für den Knaben erhob, wissen, auf wessen Seite ich stand. Und das war die eigentliche Gefahr für den Knaben. Eine tödliche Gefahr vielleicht.

«Wird Nofretete in Tutanchaton nicht immer eine Bedrohung sehen, egal, wie lange sie zu herrschen gedenkt?»

«Ohne jeden Zweifel, Eje. Das Schicksal hat dich und Tutanchaton aneinander gekettet wie zwei Häftlinge im Steinbruch, ganz gleich, wo ihr steht: ob im Licht oder im Schatten.»

«Es gibt also nur einen einzigen Weg, Tutanchaton einer sorglosen Zukunft entgegengehen zu lassen.»

«Und der wäre?», hakte Teje sofort neugierig ein. Ich wollte ihr die Antwort nicht geben und ärgerte mich, den Satz überhaupt gesagt zu haben.

«Wollten wir nicht offen miteinander reden, Bruder?»

Ich sah in ihre müden Augen und gab mir einen Ruck.

«Man bräuchte nur zu behaupten, Tutanchaton wäre nicht der Sohn Echnatons.»

«Bist du wahnsinnig?», zischte sie mir wie eine wütende Kobra entgegen. «Du würdest seine Mutter des Ehebruchs bezichtigen und den Jungen für immer um seinen Thronanspruch bringen, ganz gleich, was geschieht! Und dann finde noch denjenigen, der sich offen zu diesem abscheulichen Ehebruch bekennt. Wie kannst du so etwas überhaupt nur denken?» Teje war zornig.

«Was ist dir wichtiger: ein Kind, das dann eben nicht mehr dein Enkel ist, das aber gefahrlos und in Wohlstand sein Leben lebt, oder ein Prinz, der wegen seines Thronanspruchs vielleicht noch als Knabe beseitigt wird?»

Teje hob ihren Stock ein wenig hoch, um ihn gleich umso heftiger in den Boden zurückzustoßen. «Kümmere dich um Tutanchaton so, wie du es meinem Sohn versprochen hast! Du weißt genau, wie du dich gegenüber deiner Tochter zu verhalten hast. Also handle danach!»

Es war alles gesagt. Schweigend erhob ich mich, und schweigend küsste ich sie auf beide Wangen.

«Es sind nur noch sechzig Tage. Dann ist der Bart wieder ab», sagte ich und wollte mich zum Gehen wenden. Es war mir, als würde sie ein wenig lächeln.

«Neunundfünfzig», sagte sie. «Es sind noch neunundfünfzig Tage, Eje!»

Sie konnte einfach nicht anders.

Ich verließ den Garten meiner Schwester und wusste nicht mehr als eine Stunde zuvor.

«Kümmere dich um Tutanchaton!»

Das brauchte sie mir nicht zu sagen. Aneinander gekettet, ja, das waren der Knabe und ich zweifellos. Und wenn er doch mein Sohn wäre? Wer durfte mir meinen Anspruch auf die Vaterschaft über dieses Kind verwehren? Die Schande? War es wirklich nur die Schande, die ich damit über Echnaton und über Kija gebracht hätte und die mir das verbot?

Und der Junge selbst? Wäre Schande über ihn gekommen, wenn ich die Vaterschaft beansprucht und öffentlich gemacht hätte? In Achet-Aton wohl ja. Alle kannten ihn als Prinz und als den Thronfolger. Einen Bastard hätte man ihn geschimpft. Er hätte überall an Ansehen verloren, selbst als Kind des Gottesvaters Eje. Wir hätten wegziehen müssen. Nicht nach Waset, denn dort wäre es für ihn sogar noch schlimmer gewesen. Nach Achmim zu meinen Verwandten? Aber hätte man uns dort nicht auch mit Häme empfangen? «Der einst so mächtige Eje verkriecht sich mit seinem Sohn in Achmim!», hätte es geheißen. «Wie tief gefallen ist der Gottesvater!», hätten sie gesagt.

Warum nur hatte ich mich so sehr nach einem Sohn gesehnt?

Oder war es das in Wirklichkeit gar nicht? Brauchte ich etwa das Kind – gerade dieses Kind Tutanchaton – nur als Bestätigung dafür, dass Kija doch eine Nacht mit mir verbracht, sie sich mir hingegeben hatte? Konnte und wollte ich es nur nicht ertragen, dass von all den Frauen, die ich begehrte, nur sie es gewesen sein könnte, die meinem Drängen nach Liebe nicht nachgegeben hatte?

Wohl zum hundertsten Mal seit jener Zeit, in der ich mich so sehr nach Kija gesehnt hatte, sprach ich die Worte des Magiers leise vor mich hin: «Die Wahrheit wirst du nie erfahren!»

Die Zeit bis zur Bestattung Echnatons war für mich bedrückend. Für die einfachen Menschen ging das Leben freilich weiter wie eh und je. Die Felder mussten bestellt und die Kühe gemolken werden. Die Fischer warfen Tag für Tag auf dem Nil ihre Netze aus, und die Jäger jagten im Schilf Enten, Krokodile und Flusspferde. An den Ufern des Flusses wurden Tag für Tag Tausende Ziegel geformt und in der sengenden Hitze getrocknet, damit sie wenige Tage später zu den Baustellen geschleppt und dort verbaut werden konnten. Die Frauen der Färber sammelten von den Bäumen rote Schildläuse, trockneten und zerstießen sie, damit aus ihnen Tuche gefärbt wurde. Die Filzmacher und Gerber gingen nach wie vor ihrem übel riechenden Handwerk nach, um das jeder einen großen Bogen machte. Auch für die Mächtigen Ägyptens schien sich auf den ersten Blick nicht viel geändert zu haben: Die Priester verrichteten im großen Atontempel, dem Gempa-Aton, unter der Aufsicht Merires, des Ersten Sehenden des Aton, ihr frommes Werk. Die Wedelträger, der Schatzmeister, die Palastvorsteher, der Oberste der Polizei versahen ihre tägliche Arbeit im Dienst Pharaos, nur dass dieser jetzt weiblich war und Semenchkare hieß.

Und Nofretete selbst? Sie zeigte sich jeden Tag aufs Neue als Herrscherin, als wäre sie es schon seit zwanzig Jahren. Wie in den glücklichsten Tagen Echnatons fuhr sie frühmorgens im Prunkwagen, begleitet von ihrer Tochter Meritaton, vom Nordpalast zum Gempa-Aton, pries den einzigen Gott und brachte ihm Opfer dar. Von dort zog sie in den Stadtpalast, um mit den Großen Achet-Atons die anstehenden Staatsgeschäfte zu besprechen.

Über einem hauchdünnen Obergewand trug Nofretete auf den Schultern einen breiten Goldkragen, und zum ersten Mal sah ich auf ihrem Kopf eine eng anliegende Kappe, die teils dem blauen Kriegshelm der Pharaonen nachempfunden war, mich aber mehr noch an die uralte Kappe des Ptah erinnerte. Nach der hoch aufragenden, der unterägyptischen Krone so ähnlichen Haube früherer Tage war jene Kappe die zweite königliche Kopfbedeckung, die Nofretete selbst geschaffen hatte. Ich brauchte noch lange, bis ich die Bedeutung dieser eigenartigen Schöpfungen begriffen hatte.

«Gibt es in Achet-Aton noch Fälle von Pesterkrankungen?», fragte sie, ohne dabei ihre Blicke auf ein bestimmtes Gesicht zu richten, in die kleine Runde, die sich in der Audienzhalle vor ihr versammelt hatte.

Echnatons Leibarzt Tutu trat einen Schritt nach vorn, verneigte sich und sagte: «Eure Majestät, sie lebe, sei heil und gesund, kann beruhigt sein. Im Gegensatz zu anderen Städten des Landes ist Achet-Aton weitgehend verschont geblieben. Es gab insgesamt nur siebzehn Pesttote in der Stadt. Wir haben es wohl der Weiträumigkeit der Stadt und den strengen Kontrollen, die Euer Gemahl angeordnet hatte, zu verdanken, dass die Seuche nicht weiter um sich greifen konnte. In den engen Arbeitervierteln von Men-nefer sah es wohl anders aus.» Tutu verneigte sich erneut und trat wieder einen Schritt zurück.

«In Waset sind gar keine Fälle von Pest bekannt geworden», sagte meine Tochter, und in ihren Worten war ein leicht überheblicher Unterton nicht zu überhören. «Ich kann mich des Eindrucks nicht erwehren, dass deine übereilte Flucht nach Merwer nicht nötig gewesen wäre, Vater», fuhr sie fort und sah mich dabei mit herausfordernd hochgezogenen Augenbrauen an.

«Es war der ausdrückliche Wunsch deines Gemahls, dass ich den Thronfolger in Sicherheit bringe, und keine Flucht vor einer überschätzten Gefahr», antwortete ich ihr und gab mir größte Mühe, meine Worte nicht allzu rechthaberisch klingen zu lassen.

Ich sah, wie ihre Hände ruckartig die Löwentatzen am Ende der Armlehnen ihres Throns umklammerten und wie sich ihr Blick verfinsterte. Deutlicher als je zuvor erkannte ich kräftige Falten um Nase und Mund sowie stark nach unten gezogene Mundwinkel. Dann sagte sie: «Ich glaube nicht, dass es meinem Gemahl in erster Linie um das Kind seiner Geliebten ging. Er dachte gewiss nur an die Gesundheit und das Wohl seines über alles geschätzten Gottesvaters.»

Nofretete presste die Lippen fest zusammen, und so war nicht zu übersehen, dass sie an dieser Stelle kein weiteres Wort über Tutanchaton hören oder verlieren wollte. Aper-el und Mahu sahen mich verschüchtert, fast verängstigt aus ihren Augenwinkeln an, und trotz der Flüchtigkeit ihrer Blicke erkannte ich darin ihr Flehen, dass ich jetzt schweigen möge.

«‹Denke daran, dass du jetzt für die Zukunft Ägyptens verantwortlich bist›, sagte Echnaton zu mir, bevor ich Achet-Aton verließ. ‹Die Hoffnungen aller, sowohl meiner Anhänger als auch meiner Gegner, ruhen allein auf Tutanchaton.› Das waren seine Worte, Nafteta. Genau das waren die Worte deines Gemahls, bevor wir das Schiff bestiegen.»

Ich glaubte, meine Tochter würde jetzt die Löwentatzen ihres Thrones abbrechen, so krampfhaft umklammerten ihre zierlichen Hände das vergoldete Ebenholz. Dann begann sie langsam und ruhig zu sprechen.

«Du scheinst vergessen zu haben, dass Echnaton mich zum Mitregenten erhoben hat, damit ich – ihm ebenbürtig – von Waset aus die Geschicke Ägyptens lenke. Du nimmst für dich in Anspruch, die Worte deines Herrschers wörtlich wiederzugeben. Dann sage mir: Hat er bei meiner Erhebung zum Mitregenten die Dauer meines Amtes mit einem Wort, mit nur einem einzigen Wort, eingeschränkt oder an eine Bedingung geknüpft?»

«Es sind dies nicht der richtige Ort und nicht der rechte Zeitpunkt, darüber zu befinden», mischte sich Teje jetzt ein, und es war nur ihrem hohen Alter und der Würde ihrer Stellung als

Mutter Echnatons zu verdanken, dass Nofretete es hinnahm, nach diesem Einwand die Frage der Thronfolge auf sich beruhen zu lassen.

Teje hatte gut daran getan, die Auseinandersetzung zu beenden. Es hätte nicht geschehen dürfen, dass eine Schicksalsfrage Ägyptens, wie es die Thronfolge nun einmal war, Gegenstand eines im ganzen Volk geführten Streites wurde, denn gewiss würde mancher der Anwesenden die soeben erlebte Auseinandersetzung nach außen tragen. Ich wusste, dass mein Auftreten gegenüber Nofretete vorlaut war, und doch machte ich mir keine Vorwürfe.

Nofretete musste sich bekennen.

Sie nahm für sich in Anspruch, rechtmäßige Herrscherin der Beiden Länder zu sein. Es war aber auch ein Gebot der Maat, unserer göttlichen Ordnung, Klarheit über die Zukunft des Prinzen zu schaffen. Nach den uralten Gesetzen unseres Landes war Tutanchaton der rechtmäßige Thronerbe Echnatons. Meine Tochter hätte für sich in Anspruch nehmen können, bis zur Großjährigkeit des Knaben die Regentschaft zu führen, wie es 150 Jahre zuvor Hatschepsut Maat-ka-Re getan hatte. Aus deren Ehe mit Pharao Thutmosis ging eine Tochter, die Prinzessin Nefrure, hervor. Den Thronfolger, der ebenfalls den Namen Thutmosis trug, gebar aber Isis, eine Nebenfrau Pharaos. Hatschepsut hatte die Thronfolge des Königssohnes anerkannt und für ihn die Regentschaft geführt. Doch ihre Machtgier verleitete sie dazu, sich bald zum Pharao krönen zu lassen und den wirklichen Thronfolger über zwanzig Jahre hinweg bis zu ihrem Tod von der Herrschaft fern zu halten.

Aus Liebe zu meiner Tochter hatte ich Angst davor, dass sie sich von ähnlichem Verlangen nach unumschränkter Herrschaft leiten ließ wie ihre große und mächtige Vorgängerin. Denn eines sollte Nafteta bedenken: Nach dem Tod Hatschepsuts ließ ihr Nachfolger das Andenken an sie auslöschen und gab die so Verfluchte der ewigen Verdammnis preis. Ihr Nachfolger Thutmosis war der größte Feldherr, den Ägypten seit den Tagen des Alten Reiches erlebt hatte. Er war ein Staatslenker von ungeahnter Weitsicht, und doch war er so kunstsinnig, dass er in Mußestunden Prunkgefäße entwarf. Von Kleinasien und vom Euphrat, vom Bittermeer und den Inseln des nördlichen Meeres, von den Küsten Libyens und aus dem südlichen Kusch gelangten unter seiner Herrschaft Tribute an den Nil.

«Sollen mich diese fraglos leuchtenden Beispiele ägyptischer Geschichte nur beeindrucken, oder willst du mir drohen, Vater?», fragte mich Nofretete, nachdem ich ihr in dem kleinen Maru, einem Aussichtspalast im südlichsten Teil der Stadt, das Schicksal der Hatschepsut vor Augen geführt hatte. Seit einer halben Stunde zogen wir im Inneren des kühlen Raumes unsere Kreise und sahen dabei unentwegt auf die ständig wechselnden Bilder eines der schönsten Fußböden der Stadt. Nafteta hielt inne und zeigte mit der Rechten auf einen Ausschnitt vor sich und sagte: «Sieh doch, diese wundervollen Mohnblumen! Echnaton erzählte mir, dass ihr Schöpfer nicht einmal Entwürfe angefertigt hatte. Er nahm einfach einen Pinsel, tauchte ihn in seine Farben und trug sie ohne jede Vorlage in kühnen Schwüngen auf den Boden auf.»

«Du hattest mir eine Frage gestellt. Und ich werde dir die Antwort geben: Nie würde ich es wagen, dir zu drohen. Nicht, weil du die Herrscherin bist, sondern weil ein Vater seiner Tochter nicht droht. Das mögen diejenigen tun, die auch ihre Frauen schlagen. Aber ich wollte dir vor Augen führen, wohin ...» Ich geriet ins Stocken, und Nafteta bemerkte das sofort.

«Wohin was?», fragte sie und blieb jetzt vor einem Viereck stehen, aus dessen Papyrusdickicht zwei Wildenten aufflogen, von denen die rechte so heftig mit den Flügeln schlug, dass sich von einem Strauch neben ihr das Laub löste und sacht herabfiel. Wo waren jene Tage geblieben, als die ganze Liebe des Königspaares der Wahrhaftigkeit und der Anmut der Natur gegolten hatten und nicht den üblichen Ränken bei Hofe? Waren es nicht sie und Echnaton gewesen, die die Liebe über den Hass, die den Glauben an Aton als den einzigen Gott über alles Menschenstreben gestellt hatten? Jedes Abbild der königlichen Familie war ein Zeugnis ihrer Zuneigung zueinander und ihrer Friedfertigkeit gegenüber allen anderen Völkern der Erde gewesen. War ihr Streben nach Macht, war ihr Wille, Tutanchaton um jeden Preis der Welt von der Krone fern zu halten, alles, was davon übrig geblieben war?

Ich ging langsam weiter und sagte: «Wohin es führen kann, wenn man von der Macht, die einem nicht wirklich zusteht, nicht loslassen kann.»

Dann blieb auch ich stehen und drehte mich nach ihr um.

Nafteta war wider Erwarten völlig ruhig geblieben und sah weiter auf das Bild vor ihr.

«Ich glaube, dass du einige Dinge nicht richtig siehst, Vater. Du und wahrscheinlich auch deine Freunde, ihr glaubt, ich würde jetzt nach Echnatons Tod nach der Krone der Beiden Länder greifen. Das ist schon längst geschehen. Doch nicht ich war es, die nach der Krone gegriffen hat. Echnaton hat sie mir aufgesetzt. Ich habe – und Aton weiß es – nicht danach gegiert. Ich sehnte mich vielmehr danach, hier zu bleiben und mein Leben an der Seite Echnatons und meiner Töchter zu verbringen. Dann wäre auch Maketaton vielleicht noch am Leben!» Eine Träne rann über ihre Wange und fiel lautlos zu Boden, um auf der leuchtend blauen Blüte einer Kornblume für kurze Zeit einen winzigen dunklen Fleck zu hinterlassen.

«Du weißt so gut wie ich, dass es damals keine andere Wahl gab. Echnaton hätte sich lieber in tausend Stücke reißen lassen, bevor er Achet-Aton verlassen hätte, und auch die Einheit der Beiden Länder stand auf dem Spiel», wendete ich ein. Ich legte meine Hände auf ihre Schultern und sah sie an. Doch sie wollte meine Blicke nicht erwidern und schaute hinaus auf den Fluss, der nicht weit entfernt an uns vorüberzog.

«Das mag sein. Doch damals war es euch allen recht, dass ich als Herrscherin nach Waset ging. Da fragte niemand nach meiner Familie, nach meinen Kindern, nach meinem Glück. Aber heute, da geht es euch allen um die Zukunft dieses Knaben. Ja, dessen Schicksal rührt euch plötzlich! Heuchler seid ihr alle!»

Kaum dass sie das gesagt hatte, wurden ihre Gesichtszüge wieder hart, wie an dem Tag ihrer Rückkehr, als sie das Schiff verlassen hatte.

«Hör mir zu, Nafteta!», rief ich und rüttelte an ihren Schultern. «Hör mir zu! Du sollst Regentin bleiben! Niemand spricht dir ab, dass du die Regentin für Tutanchaton sein sollst. Aber nach unseren Gesetzen hat Tutanchaton spätestens mit Eintritt der Großjährigkeit den alleinigen Anspruch auf den Thron, und schon jetzt steht es ihm zu, dass er zum Pharao ernannt wird. Warum willst du das nicht wahrhaben?»

Endlich sah sie mich an. Ihre Augen verengten sich dabei zu Schlitzen. Ihre Lippen waren nur noch schmale, blutleere Striche, und Zornesröte stieg in ihr Gesicht.

«Solange ich lebe, wird dieser kleine Bastard niemals den Thron Ägyptens besteigen. Dessen sei dir gewiss, Vater! Ich habe Echnaton geliebt, wie keine andere Frau dieser Welt je einen Mann geliebt hat. Nur aus Liebe zu ihm habe ich ihn und drei meiner Töchter verlassen und bin nach Waset gegangen. Ich wäre für ihn auch bis in den Süden Nubiens gegangen, wenn er es von mir verlangt hätte. Aber wie konntest du es zulassen, du, der Einzige, auf den er je gehört hat, dass er sich mit dieser Frau einließ? Glaubst du, ich wüsste nicht, welch süßes Leben hier geführt wurde? Glaubst du, ich hätte die Abbildungen dieser Frau an den Wänden der Tempel und Paläste nicht gesehen? Und während hier süßer Friede und Liebe herrschten, musste ich mich in Waset mit Heuchelei, Verrat, Lug und Trug herumschlagen. Ich habe gelernt, wie man mit diesen Leuten umgeht. Ich verstand es, die Pest von Waset fern zu halten. Ich habe in Waset für Ruhe und Ordnung gesorgt, während man hier ungestraft über Echnaton spottete. Glaubst du, ich wüsste nicht, dass man hier Tonscherben herumreichte, auf welchen anstelle Echnatons ein Affe im Prunkwagen Pharaos abgebildet war? Und jetzt kommst du und verlangst von mir, dass ich diesem Knaben Platz mache? Nein, Vater, das könnt ihr nicht von mir verlangen!»

Sosehr ich auch getroffen war von dem, was sie gesagt hatte, hatte sie doch nicht ganz Unrecht. Dennoch entsprach ihre Absicht nicht den Geboten der Maat.

«Könnte es sein, dass du dich mit dem, was du vorhast, an Echnaton für dessen vermeintliche Untreue rächen willst?», fragte ich vorsichtig und leise.

Jetzt riss sie ihre Augen weit auf wie jemand, der von Dämonen befallen war, und rief: «Ja, Vater! Ja, ich räche mich! Aber ich räche mich nicht für eine vermeintliche Untreue, sondern für ganz schändlichen Ehebruch! Lange vor unserer Vermählung hatte mir Echnaton geschworen, nie einen der Frauenpaläste zu betreten, und ich weiß, dass er es nie getan hatte, solange ich bei ihm war. Er schwor es mir zuletzt in jener Nacht, bevor ich als Semenchkare Achet-Aton verließ. Wäre es nur eine Nacht im Frauenpalast gewesen – ich würde darüber heute verständnisvoll lächeln. Aber dass er diese Frau vor dem Ersten Sehenden, vor den Großen des Landes, unter den Augen seines Volkes und vor allem unter deinen Augen zur einzigen Geliebten erhoben hat, dass er mit ihr im Prunkwagen durch Achet-Aton gefahren ist, wie er es einst nur mit mir getan hat, das kann ich ihm nicht verzeihen. Ja, nenne es Rache!»

Sie wandte sich von mir ab und ging an die Fensteröffnung. Von einem kleinen Schattenhaus ganz in der Nähe drang der beruhigende Klang zweier Flöten zu uns herüber und legte über die hasserfüllte Stille einen Schleier des Friedens. Nafteta vergoss keine einzige Träne mehr. Die zuckenden Bewegungen ihrer Backenmuskeln verrieten vielmehr ein zorniges Zähneknirschen.

«Auch ich könnte Rachegelüste gegen deinen Gemahl hegen, meine Tochter, denn ich habe diese Frau lange vor ihm geliebt. Und ich hatte geglaubt, sie würde meine Liebe erwidern», sagte ich leise, und kaum, dass ich es gesagt hatte, bereute ich es schon, meine Liebe zu Kija preisgegeben zu haben. Ich schämte mich vor der toten Kija, weil ich sie wie eine Frau, die leicht zu haben war, hingestellt hatte. Nafteta sah mich verständnislos an.

«Ich glaubte schon, sie mein nennen zu dürfen, da fand dein Gemahl Gefallen an ihr.»

«Was willst du mir damit sagen?»

«Dass ich Tutanchaton gleichwohl liebe, als wäre er mein eigenes Kind. Vor vielen Jahren habe ich meinem Freund Amenophis versprochen, dass ich mich, solange ich lebe, um seine Kinder und um deren Kinder kümmere. Dasselbe Versprechen gab ich Echnaton. Dieses Versprechen schließt deine Töchter ebenso ein wie Tutanchaton. Glaube mir, mein Kind, ein Königreich würde ich dafür geben, dürfte ich dieses Kind mein eigenes nennen.»

Noch ein weiteres Wort von mir, und Tutanchaton hätte sein Königreich verloren. So musste ich jetzt schweigen.

«Deine Gesinnung, mag sie noch so edel klingen, wird mich nicht davon abhalten, allein über Ägypten zu herrschen. Für alle Zeit! Und nach meinem Tod wird Meritaton oder eine ihrer Schwestern als Pharao über die Beiden Länder herrschen. Und davon wird mich niemand abhalten, Vater! Auch du nicht.»

«Nofretete!», rief ich laut. «Was sagst du da? Wie kannst du dir anmaßen, eine weibliche Thronfolge einführen zu wollen? Niemals wird man dein Vorhaben in den Beiden Ländern dulden! Du bist dir wohl gar nicht bewusst, was du da gesagt hast! Schweige jetzt!», rief ich zornig.

«Ich sagte: Niemand wird mich davon abhalten», wiederholte sie.

«Wie willst du das durchsetzen?», fragte ich sie erstaunt und fuhr sogleich fort: «Niemand wird deine Pläne gutheißen. Niemand zwischen Ursprung und Ende des Nils wird es zulassen, dass eine deiner Töchter dir als Pharao auf den Thron folgt!» Jetzt war ich es, der sein Gegenüber mit großen Augen anstarrte.

«Du wirst es vielleicht erleben, Vater. Wie mich niemand daran hindern wird, allein über die Beiden Länder zu herrschen, so wird auch niemand es wagen, meine Töchter Meritaton oder Anchesen-paaton daran zu hindern. Dafür werde ich sorgen. Waset und ganz Oberägypten stehen mir treu zur Seite. Ich saß nicht tatenlos in Waset herum. Von den Soldaten, die mich hierher begleitet haben, geht jeder einzelne mit Freuden und voll Stolz für seine Königin in den Tod. Stellt sie nicht auf die Probe! Wollen deine Freunde und du die Verantwortung dafür übernehmen, dass die Beiden Länder getrennte Wege gehen? Wohl kaum!»

Ich war entsetzt. Auch wenn ich in Wahnvorstellungen oder in schlimmen Träumen nach der Krone gegriffen hatte, nie würde ich es je gewagt haben, für mich oder meine Tochter, sosehr ich sie auch liebte, die Krone der Beiden Länder zu beanspruchen. Nafteta würde alle gegen sich aufbringen, alle, außer die von ihr Bevorzugten oder Bezahlten. Ich wusste um die Macht und die Gefährlichkeit der Priesterschaft. Ich wusste, welche Macht Haremhab mit der Armee in Händen hielt, und ich wusste um die Angst der Menschen vor einer Spaltung der Beiden Länder und vor einer Fremdherrschaft. Aber ich wusste ebenso gut, dass es meiner Tochter ernst war.

Was sie plante, war in der zweitausendjährigen Geschichte Ägyptens ohne Beispiel. Hatschepsut Maat-ka-Re ließ den Thronfolger Thutmosis wenigstens zum Herrscher ernennen, obgleich sie ihn viele Jahre unrechtmäßig von der Machtausübung fern hielt. Nofretete wollte Tutanchaton nicht nur für immer von der Thronfolge ausschließen; sie wollte festgeschrieben wissen, dass – gleich, ob Tutanchaton noch lebte oder nicht – nach ihrem Tod eine ihrer Töchter die Nachfolge antrat. In welches Unheil würde sie Ägypten damit stürzen! Aufruhr, Krieg, Not und Elend würden über das Land kommen und alles vernichten, was Generationen ruhmreicher Pharaonen, was Helden, Gelehrte und Baumeister geschaffen hatten.

«Du könntest mich hier im Maru umbringen, wenn du

meinst, Ägypten vor dem Abgrund retten zu müssen», sagte Nafteta in fast spöttischem Ton zu mir. «Es ist vielleicht deine letzte Gelegenheit.»

Meinem Entsetzen gesellte sich die Trauer um die verlorene Tochter hinzu, gepaart mit Abscheu vor ihrer Überheblichkeit.

«Was bestimmst du, dass ich tun soll?», fragte ich sie leise und beinahe demütig.

Sie sah mich erst erstaunt an, als hätte sie die Frage nicht begriffen. Dann sagte sie: «Ich erwarte von dir, dass du deinen künftigen Herrschern ebenso treu ergeben bist, wie du es auch in der Vergangenheit warst.»

«Was wird mit Tutanchaton geschehen?»

«Solange ich lebe, wird er diese Stadt nicht verlassen. Jeder Verstoß gegen diesen Befehl bedeutet sein sicheres Ende. Wie meine Nachfolger mit ihm verfahren werden, soll nicht mehr meine Sorge sein.» Ihr Gesichtsausdruck war jetzt an Härte nicht zu übertreffen.

«Tutanchaton und ich werden also bis ans Ende unserer Tage Gefangene in dieser Stadt sein.»

«Du kannst dich frei bewegen, wie du willst. Gehe nach Waset oder nach Men-nefer. Nach Merwer oder nach Abu. Aber der Bastard bleibt hier.»

«Hier in dieser Stadt wird ihm nichts geschehen? Es wird ihm kein Leid zugefügt?», fragte ich zögerlich.

Nofretete sah mich an, und ihre Blicke verrieten Mitleid und Verachtung zugleich. Sie schüttelte leicht den Kopf. «Mein Wort darauf!»

Dann verließ sie grußlos den Maru.

«Aber der Bastard bleibt hier.»

Das waren ihre Worte. Wie tief haben mich diese beleidigenden Worte verletzt! Nafteta wusste nur zu gut, dass ich den Knaben nicht einen Augenblick aus den Augen lassen würde.

Seit jenem Tag war meine Tochter für mich verloren. Für immer. Ich war froh, dass meine erste Frau Merit, ihre Mutter, nicht mehr lebte. Oder konnte Nafteta nur deswegen so werden, weil Merit nicht mehr lebte?

Ich wusste es nicht.

Das weite Tal von Achet-Aton würde jetzt für immer mein Zuhause sein; schlimmer noch: mein Gefängnis oder gar mein Grab. Lebendig begraben! Was nützten mir die Paläste, die Tempel und die Gärten, was nützten Scharen von Dienern und jeder vorstellbare Reichtum, wo ich nun wusste, dass hinter den Mauern dieser Stadt die Welt, dass für mich da das Leben zu Ende war?

Ich ging meiner Tochter in den folgenden Tagen, so gut ich konnte, aus dem Weg, aber ich versteckte mich auch nicht vor ihr. Ich zählte nach wie vor zu denjenigen, die Tag für Tag im Palast vor der Königin erschienen, um ihr zu huldigen, Ratschläge zu erteilen und um ihre Befehle zu empfangen. Ich gab mir dabei stets Mühe, jenes unselige, wenn auch offene Gespräch mit meiner Tochter zu vergessen, um in allem, was ich sagte, aufrichtig und ehrlich zu sein. Es hätte keinen Sinn gehabt, sie wissentlich falsch zu beraten, denn ich kannte meine Tochter gut genug und wusste um ihren scharfen Verstand. Der Versuch, sie in eine Falle zu locken, wäre nur auf mich zurückgefallen und hätte meinen Einfluss noch mehr geschwächt. Aber eines musste auch sie spüren: dass ich nicht mit vollem Herzen bei der Sache war.

Ich hatte keine andere Wahl, als bei allen Ratsversammlungen anwesend zu sein. Allzu schnell wäre sonst offenkundig geworden, dass mein Einfluss auf meine Tochter vollends geschwunden war, und man hätte mich ins Abseits geschoben. Damit hätte ich der Zukunft meines Schützlings – wenn er überhaupt noch eine Zukunft als künftiger Herrscher hatte – mehr geschadet als genützt. So hielt ich den Schein aufrecht, noch immer der mächtige Gottesvater zu sein, nicht nur der Schatten des großen Amenophis und Echnatons, sondern auch der Semenchkares.

Ich fieberte dem Tag der Beisetzung Pharaos entgegen, sehnte mich nach dem Augenblick, da Nofretete die Stadt als alleinige Herrscherin Ägyptens verließ, um auf der königlichen Barke nach Süden zu fahren, denn erst dann brauchte ich mich nicht mehr Tag für Tag vor meiner Tochter und den Günstlingen, die sie mehr und mehr um sich scharte, zu verstellen.

Nur mit meiner Schwester sprach ich offen über das, was mir Nofretete eröffnet hatte, und Teje war die Einzige, die meine Sorgen über das künftige Schicksal Ägyptens und das Schicksal des Knaben teilte. Meine zweite Tochter Mutnedjemet war vom Glanz der königlichen Macht Nofretetes so geblendet, dass ich es vorzog, meinen Kummer vor ihr zu verbergen.

Ich tat auch gut daran, war mir doch aufgefallen, dass Rechmire, der jüngste Sohn meines Freundes Aper-el, nicht erst seit meiner Rückkehr aus der Oase Fajum ein Auge auf Mutnedjemet geworfen hatte. Die Besuche Aper-els in Begleitung seines Sohnes bei mir häuften sich, und die Abstände zwischen den Besuchen wurden zunehmend kürzer, während die vertrauten Unterhaltungen Rechmires mit meiner Tochter stets an Länge zunahmen. Ich sah es mit Wohlwollen. Gleich, wohin Rechmire nach der Bestattung Echnatons gehen würde, war Mutnedjemet bei ihm in guten Händen, denn als Stellvertreter des Palastvorstehers hatte Rechmire als erst Fünfundzwanzigjähriger gewiss eine glänzende Zukunft vor sich. Es wurde auch Zeit, dass sich für meine Tochter ein Mann fand, schließlich war sie schon zweiundzwanzig Jahre alt.

Tutanchaton schien zu ahnen, was ihm bevorstand. Selbst ihm als nur fünfjährigem Kind war nicht entgangen, dass jede Begegnung mit Nofretete vermieden, dass kein Wort mehr über seine bevorstehende Krönung gesprochen wurde. Stattdessen las ich in seinen Augen Misstrauen und Angst. Damals entdeckte ich, dass Kinder seines Alters offenbar ein viel feineres Gespür für die Gefährlichkeit bestimmter Menschen besitzen, als ich bislang geglaubt hatte. Er vermied es, so gut er nur konnte, meinen Palast und seinen Garten zu verlassen, außer wenn ich es war, der ihn begleitete. Kam in meinem Haus die Sprache auf Nofretete, zuckte er ängstlich zusammen, suchte meine Nähe oder floh unauffällig in sein Zimmer und schloss sich dort ein. Er fragte nicht mehr nach Meritaton und auch nicht nach der so sehr geliebten Anchesen-paaton, weil er fürchtete, er würde zu ihnen in den Nordpalast geschickt werden und dort auf meine Tochter stoßen. Er war so verängstigt, dass er mich mit keinem Wort mehr danach fragte, wie lange die Herrschaft Semenchkares dauern und wann er zum Herrscher Ägyptens ernannt werden würde.

Jede freie Stunde verbrachte ich mit ihm, spielte mit ihm Verstecken, Fangen und Senet, schnitzte mit ihm Wurfhölzer und kroch mit ihm sogar durch Büsche und Sträucher, um seine Schildkröte zu suchen. Wenn ich ihm Geschichten aus meinem Leben erzählte, war er ein geduldiger Zuhörer, und obwohl er während meiner langen Erzählungen stets mit einem kleinen Boot, einem faustgroßen Flusspferd aus blau glasiertem Ton oder mit hölzernen Soldaten spielte, entging ihm keines meiner Worte.

Es war ein Geschenk Gottes, dass ich rüstig und bei guter Gesundheit war. Manchmal dachte ich darüber nach, was mit dem Knaben geschehen könnte, wenn ich bald nicht mehr am Leben wäre. Würde Nofretete ihn verschonen, oder würde mein Tod auch sein vorzeitiges Ende bedeuten? Meine eigene Tochter konnte nicht so grausam sein. Nicht, wenn sie die Lehre und den Glauben Echnatons, der allen Menschen Frieden und Liebe verheißen hatte, ernst nahm. Eine Stimme tief in meinem Inneren sagte mir immer wieder und so leise, als ob ich es selbst nicht hören dürfte: «Sei vorsichtig, Eje! Sie würde es tun!» Wie erschrak ich dann vor mir selbst, dass ich meiner eigenen Tochter dieses Verbrechen zutraute. Aber selbst wenn ich während der nächsten zehn oder gar fünfzehn Jahre Tutanchatons Beschützer und Begleiter sein durfte: Was erwartete ihn als Erwachsener? Wirklich eine lebenslange Gefangenschaft in dieser

Stadt – als Priester vielleicht? Oder sollte er bis ans Ende seiner Tage als Prinz in einem der Paläste Hof halten, ohne auch nur im Mindesten in irgendeiner Art seinem Land und Volk nützlich zu sein?

«Wahnsinnig würde er werden und sich den Turm hinabstürzen wie sein Vater», sagte ich mir, und ein Schauder lief mir über den Rücken. Selbstmord! Hört man die Menschen nicht manchmal sagen, das läge in der Familie? «Das musste ja so kommen», würden boshafte Stimmen dann sagen, «denn sein Vater hatte sich ja auch schon das Leben genommen!»

«Du musst jetzt schlafen, Tutanchaton», sagte ich zu ihm und streichelte über seinen Kopf. «Morgen ist ein schwerer Tag für dich und für uns alle. Wir müssen noch vor Sonnenaufgang im Gempa-Aton sein.»

Große schwarze Augen sahen mich ängstlich an.

«Wird Nofretete morgen auch dabei sein?», fragte er mich mit leiser und ängstlicher Stimme.

«Ja. Sie wird auch da sein. Du musst aber keine Angst haben. Ich werde bei dir sein. Jetzt schlafe!»

VIER

Die Finsternis ist ein Grab,
die Erde liegt erstarrt,
ist doch ihr Schöpfer untergegangen
in seinem Grab.

Erst einen Tag vor Echnatons Beisetzung und nach zähem Ringen erhielt ich von Nofretete die Erlaubnis, dass Tutanchaton bis zu ihrer Abreise an allen offiziellen Auftritten und somit auch an der Bestattung seines Vaters teilnehmen durfte. Erst als ich ihr wiederholt vor Augen gehalten hatte, dass ein Ausschluss des Prinzen von allen öffentlichen Auftritten im Volk mehr Fragen aufwerfen und für mehr Unruhe sorgen würde als seine Anwesenheit, stimmte sie widerwillig und notgedrungen zu. Ich maß der Anwesenheit des Prinzen große Bedeutung bei. Gewiss hätte man sein Fehlen mit einer Krankheit oder damit entschuldigen können, dass ein Kind seines Alters besser zu Hause blieb, als dass es die Anstrengung und die Aufregung einer Beisetzung auf sich nahm. Ich aber wollte für jedermann sichtbar machen, dass sich der einzige männliche Erbe Echnatons vom Sarg seines Vaters nicht fern halten ließ, selbst wenn es jetzt Nofretete war, die Geißel und Krummstab in Händen hielt. Nach meiner Vorstellung sollte Tutanchaton durch möglichst zahlreiche Auftritte im Bewusstsein der Menschen als der künftige Pharao verankert bleiben, gleich, wann oder ob er überhaupt den Thron Ägyptens besteigen würde.

Ich sorgte aber auch dafür, dass das Auftreten des Prinzen stets ein unauffälliges blieb: Er trug keine übertrieben gefältelten Schurze, wie es bei den Großen des Landes jetzt die Mode war, sondern den einfachen, glatten Schurz der Bauern und Arbeiter. Ich ließ ihn die kostbaren Ohrgehänge, die goldenen Armreife und Fingerringe abnehmen. Er ging barfuss oder trug nur einfache Ledersandalen, und der Schulterkragen bestand nur aus Blütenblättern und nicht aus Gold und Edelsteinen. Das derart bescheidene Auftreten meines Schützlings sollte bei allen, die ihn so sahen, Mitleid erregen, wobei ich es hinnahm, dass dadurch gleichzeitig die Abneigung gegenüber meiner Tochter, die man dafür verantwortlich machen würde, wuchs. So bedingungslos hatte ich mich auf die Seite Tutanchatons geschlagen!

Im Dunkel der Nacht, lange vor Anbruch der Morgendämmerung, verließ ich mit Prinz Tutanchaton, begleitet von zehn Soldaten und von meinem Gefolge, mein Haus.

Je näher wir dem Stadtpalast kamen, desto dichter wurde das Gedränge auf den Straßen und Plätzen Achet-Atons, denn jeder wollte sich einen Platz sichern, von wo aus er den Leichenzug sehen konnte. Während mein Gefolge vor dem Palast zurückbleiben musste, geleiteten die Soldaten Tutanchaton und mich in sein Inneres. Zahllose Beamte, Priester, Soldaten und Diener verbreiteten dort eine lästige und geradezu unwürdige Unruhe, und das aufgeregte Spiel ihrer Schatten, die zwischen den Fackeln umhersprangen, verstärkte diese Unruhe noch um ein Vielfaches. Mehr als je zuvor füllte schon jetzt der schwere Duft des Weihrauchs, den die Priester wohl während der gesamten Nacht am Sarg Echnatons verbrannt hatten, den Palast.

Teje saß bereits im Audienzsaal, als fast gemeinsam mit uns auch Acha, Aper-el, Panehsi, Mahu und Echnatons Leibkammerdiener Pentu eintraten. Liebevoll wie immer begrüßte Teje ihren Enkel, indem sie Tutanchaton auf die Stirn küsste, und sie hätte es gewiss ebenso herzlich getan, wäre Nofretete schon im Raum gewesen.

«Muss das sein?», flüsterte sie mir ins Ohr, als sich unsere Wangen zum Gruß berührten, und mir war sogleich bewusst, dass es das auffallend bescheidene Erscheinungsbild ihres Enkels war, an dem sie sich störte.

«Ja, liebe Schwester, das muss sein. Und du hättest es genauso getan.» Mehr sagte ich nicht, sondern stellte mich mit dem Prinzen neben Teje und begrüßte schweigend, nur mit einem höflichen Kopfnicken, alle, die sich vor Teje, Tutanchaton und mir ehrfürchtig verneigten.

Die unheimliche Stille, die nur vom gelegentlichen Knistern einer Fackel, dem unscheinbaren Knirschen eines Sandkörnchens, das unter eine Sandale geraten war, oder dem unterdrückten Hüsteln eines der Anwesenden gestört wurde, wurde noch beklemmender, als sich träge die schweren Torflügel neben den Königsthronen öffneten. Ich blickte in den langen Gang, der sich dahinter anschloss, und im Schein zahlloser Fackeln sah ich unter den mächtigen Figuren Echnatons die Soldaten der Leibwache, die, Schulter an Schulter aufgereiht, für ihre Herrscherin Spalier standen.

Dem Kommandanten der Leibgarde folgten der Sandalenträger Ihrer Majestät und zwei ihrer Leibdiener. Dann kam Merire, der Erste Sehende des Aton, der an seinem kahl rasierten Schädel und dem Pantherfell, das er über der linken Schulter trug, leicht zu erkennen war. Hinter ihm, zwischen zwei Wedelträgern, schritten Seite an Seite Nofretete und Meritaton. Ihnen folgten Anchesen-paaton und deren Schwestern Neferneferuaton-Tascherit, Neferneferure und Setepenre mit ihren Ammen und Erzieherinnen. Den Schluss des Zuges bildeten zwölf Soldaten der Leibgarde.

Der dumpfe Aufschlag eines Zeremonialstabes auf den Fußboden ließ alle außer Teje, Tutanchaton und mir zu Boden fallen, ehe Nofretete den Raum betrat und Merire mit lauter Stimme rief: «Verneigt Euch vor Ihrer Majestät, der Königin von Ober- und Unterägypten, geliebt von Aton, die den Namen des Aton erhebt, Semenchkare Djoserchepru-Re, Meri Waen-Re!»

Erst nachdem die königliche Familie auf ihren Thronen Platz genommen hatte, erlaubte ein erneuter dumpfer Schlag allen, dass sie sich wieder erhoben.

Nofretete trug neben den herkömmlichen Insignien ihrer königlichen Macht die hohe, oben abgeflachte Krone früherer Tage. Ohne dass auch nur ein weiteres Wort gesagt worden wäre, öffneten sich jetzt die beiden Flügel des Tores, welches zum großen Hof vor der Halle führte. Nofretete und Meritaton erhoben sich, und der kleine Trauerzug setzte sich wieder in Bewegung. Teje, Tutanchaton und ich reihten uns unmittelbar hinter meiner Tochter und ihren Kindern ein. Acha, Mahu, Aper-el, Pentu und Panehsi folgten uns. Wie zuletzt vor siebzig Tagen ruhte der Sarg Pharaos am oberen Ende der langen Treppe, eingerahmt von Soldaten der Leibgarde und von vier Kohlebecken, aus welchen sich die Weihrauchwolken schwerfällig hin und her windend nach oben quälten. Unzählige Fackeln leuchteten den Hof hell aus, sodass die Bilder der königlichen Familie, welche alle Wände zierten, gut zu erkennen waren und vor allem den toten Pharao allgegenwärtig machten. Von den Mauern des Hofs drang leiser Gesang herab zu den Trauernden und ließ uns andächtig schweigen. Als wir das obere Ende der Treppe erreicht hatten, traten die Soldaten neben den Sarg Echnatons, hoben ihn an und setzten sich in vorsichtigen Schritten in Bewegung. In der Mitte des Hofes hielten sie noch einmal an, damit Nofretete und ihre Töchter die Sänften besteigen konnten. Auch für Teje stand eine der königlichen Sänften bereit – nicht aber für Tutanchaton. Als meine Schwester dies gewahr wurde, winkte sie mich und den Knaben zu sich und sagte: «Setze ihn zu mir!»

Ich zögerte für einen kurzen Augenblick, da Tejes Vorhaben ganz offensichtlich nicht dem Willen meiner Tochter entsprach, doch als Teje mir noch einmal auffordernd zunickte, hob ich Tutanchaton zu ihr empor und sagte dabei: «Wie es sich gehört, werde ich neben dir hergehen. Du weißt ja: Wenn Pharao und seine Familie in einer Sänfte getragen werden, haben alle anderen zu Fuß zu gehen.»

«Gehörst du nicht auch zur Familie?», fragte mich Tutanchaton leise und hielt sich dabei die Hand vor den Mund, damit Teje seine Worte nicht hörte. Doch da hatte sich der Junge geirrt.

«Gewiss gehört Eje zur Familie», sagte Teje und lächelte den Jungen ein wenig mitleidig an. «Aber es reicht eben nicht, dass Eje jetzt in einer Sänfte sitzen darf. Ich darf es vermutlich auch nur, weil ich nicht mehr so gut auf den Beinen bin. Mach dir keine Sorgen um Eje, mein Junge! Er läuft vermutlich noch umher, wenn wir alle schon längst in unseren Gräbern ruhen.» Tutanchaton lächelte verlegen, doch ehe er etwas sagen konnte, hielt sich Teje den Zeigefinger an den Mund und flüsterte: «Wir müssen jetzt wieder leise sein!»

Während wir langsam den Hof verließen, sah ich ab und zu in die Gesichter der Männer, die unseren Weg säumten, und ich war froh, dass sie wie ich am Ende der Trauerzeit die Bärte abgenommen hatten und wir wieder aussahen, wie man es von uns überreinlichen Ägyptern gewohnt war.

Vor dem Sarg Echnatons öffneten sich die mächtigen Türflügel des Torturms und gaben den Blick frei auf die davor liegende Königsstraße und die Menschenmenge, die sich auf ihr versammelt hatte. Schulter an Schulter standen auch hier Soldaten und hielten für den Trauerzug einen Weg von mehr als zwanzig Ellen Breite frei. Sie trugen weder Schilde noch Schwerter, denn Nofretete glaubte, nur so dem Friedenswillen ihres Gemahls, dem jede Gewalt ein Gräuel gewesen war, gerecht zu werden. Den Leichenzug meines Freundes Amenophis hatte ein ohrenbetäubender Lärm begleitet, als seine Soldaten unentwegt mit ihren Schwertern gegen die Schilde schlugen, um auf diese Art dem toten Pharao ihre Ergebenheit zu zeigen.

So lag an diesem Morgen eine unheimliche Stille über der Stadt, und es waren nur die Melodien aus dem großen Audienzhof, die uns für eine Weile auf dem Weg zum Gempa-Aton begleiteten, bis auch ich keinen Ton des Gesangs mehr vernehmen konnte. Anders als bei den zwei Bestattungen von Königen, an denen ich bisher teilgenommen hatte, schwiegen heute die Menschen, die den Weg säumten. Es gab keine Schmerzensrufe über den Verlust des Guten Gottes, es gab kein Klagen und kein lautes Wehgeschrei, und ich hörte keine Hoch-Rufe, weder auf den toten noch auf den künftigen Herrscher Semenchkare.

Es war beklemmend, was ich erlebte. Wurde hier mehr als nur der tote Herrscher Ägyptens zu Grabe getragen? Verabschiedete sich etwa sein Volk schon von dem Glauben, den Echnaton uns gelehrt hatte, von dem Glauben an einen einzigen Gott, an Aton? Es ist viel, was man oft in den Gesichtern von Menschen zu erkennen glaubt. Ich glaubte, Zweifel zu sehen, Verachtung und Abkehr, aber auch Angst und Unsicherheit. Ja, vor allem Angst und Unsicherheit las ich in ihren Gesichtern. Zwölf Jahre lag es erst zurück, dass Echnaton sie hierher geholt hatte. Manches Gesicht erkannte ich, auch wenn ich nicht wusste, ob es das Gesicht eines Bauern, eines Hafenarbeiters, eines Schmieds oder eines Steinmetzen war, das Gesicht einer Magd, einer Wäscherin oder einer Dirne. Viele verneigten vor mir ihr Haupt, mochte es sein, dass auch sie mich kannten oder weil sie es nur aus Respekt vor meiner Person für angezeigt hielten.

Was mochte in ihren Köpfen vor sich gehen? Ob sie ahnten, dass Achet-Aton bald nicht mehr der ständige Aufenthaltsort Pharaos sein würde? Ich wusste von Mahu, dass man seit Tagen allenthalben darüber sprach, und einige sollten die Stadt schon verlassen haben, damit sie die Ersten sein würden, die wieder in ihre früheren Heimatstädte zurückgekehrt waren.

Armes Achet-Aton! Wie still es hier werden wird, dachte ich gerade, als ich Tejes Zischen vernahm.

«Willst du ihm nicht aus der Sänfte helfen?», fauchte sie mehr, als dass sie mich fragte. Über all meinen Beobachtungen und Gedanken hatte ich gar nicht bemerkt, dass wir uns bereits im Gempa-Aton befanden und die königliche Familie aus den Sänften stieg. Wieder ertönte vielhundertstimmiger Gesang von den Mauern des Tempels, leise und traurig. Wir ließen die schweigende Menschenmasse hinter dem Tempeltor zurück und durchschritten die Vorhalle und den ersten Hof mit seinen 365 Altären. Wir gingen durch den zweiten Hof mit Bildern von Echnaton und Nofretete an allen Wänden, mit ihren Steinfiguren, die von weit oben auf uns herabsahen, und erreichten schließlich den dritten, wo vor uns das Podium aufragte, von welchem aus das Herrscherpaar Tag für Tag seinen Gott begrüßte, wenn er über dem Ostgebirge emporstieg. Ich erinnerte mich der zweiundvierzig Stufen, die auch ich einst heimlich erklimmen wollte, um einmal, einmal nur wie der Gute Gott von dem Platz aus, der nur ihm und seiner Großen königlichen Gemahlin gebührte, in das Antlitz des einzigen Gottes zu blicken. Jetzt waren es allein Nofretete und Meritaton, die hinaufstiegen, während alle anderen unten zurückblieben und die Soldaten den goldenen Sarg Echnatons zu Füßen des Podiums und zwischen dampfenden Weihrauchpfannen abstellten.

Semenchkare Djoserchepru-Re und ihre älteste Tochter hatten sich auf ihren Thronen niedergelassen und erwarteten das Erscheinen des Aton. «Mit dem wohltätigen Ka des Re, mit den heiligen Gestalten des Re» bedeutete ihr Name. Doch es sollte Tutanchaton dort oben sitzen, welchen Thronnamen er auch immer jetzt führen würde!

Allmählich wich die Finsternis der Nacht dem heraufziehenden Morgen, doch es dauerte länger als an anderen Tagen, denn über dem östlichen Gebirge lag ein schmales, lang gezogenes Wolkenband. Dies war kein gutes Zeichen, bedeutete es doch, dass die ersten Strahlen, die Aton aussandte, wenn er sich über das Gebirge erhob, nicht sogleich auf Nofretete und ihre Tochter treffen würden. Während die Farbe des Wolkenbandes noch von einem dunklen Graublau in ein kräftiges Rot wechselte, sah ich, wie ein großer Vogel auf uns zuflog. Er kam von jenseits des Gebirges, genau aus der halbrunden Senke, welche den Berg aussehen ließ wie unser Schriftzeichen für das Wort «Horizont».

Mit ruhigem, majestätischem Flügelschlag flog er geradewegs auf den Tempel zu, und jetzt erkannte ich, dass es ein Reiher war. Die Blicke aller waren mittlerweile auf ihn gerichtet, als er sich mit einem letzten, seinen Flug beendenden Flügelschlag auf der östlichen Mauer des Gempa-Aton niederließ. Ich erkannte den gewundenen Hals, den schlanken Schnabel und vor allem die beiden langen, dünnen Federn, die von seinem Kopf nach hinten herabfielen. Zwei-, dreimal breitete er seine Flügel aus und legte dabei seinen Kopf auf den schlangenförmig gewundenen Hals.

Endlich hob sich die Wolkendecke über dem Horizont und gab den Strahlen Atons den Weg frei. Erst hielt ich es für einen Zufall, dass der Reiher genau in der Achse zwischen Aton und dem Sarg Pharaos stand. Doch kaum dass er von den ersten Strahlen hell erleuchtet wurde, stieß er einen entsetzlichen, krächzenden Schrei aus, ging etwas in die Knie, um sich gleich umso heftiger abzustoßen, und kehrte mit mächtigen Flügelschlägen nach Osten und dorthin zurück, von wo er gekommen war. Es war kein gewöhnlicher Reiher, dessen war ich mir sicher. Es war der Benu, der große Sonnenvogel, der in alten Zeiten vor allem in On Verehrung gefunden hatte. Deswegen galt dort der Benu seit alters her als die Seele des Re. Andernorts, etwa in Hu, wurde er als die Seele des Osiris verehrt. Meine Schwester wusste das gewiss auch.

«Er nimmt ihn mit zu seinem Vater», hörte ich Teje neben mir ehrfürchtig flüstern.

«Ja», antwortete ich ihr, «Echnaton kehrt in der Seele des Benu zu Aton zurück.»

Nur wenige von uns lebten schon lange genug, um die Geheimnisse des alten Glaubens und dessen Mythen noch zu kennen. Meine Tochter musste um die Bedeutung des Benu gewusst haben, denn in unserer Kindheit hatten wir gewiss darüber gesprochen. Doch sie saß still und regungslos auf ihrem Thron und genoss die wärmenden Strahlen Atons und den traurigen

Gesang, als hätte sie das heilige Tier gar nicht wahrgenommen. Noch während der Gesang anhielt, sprach Merire, der Erste Sehende des Aton, mit ausgebreiteten Armen und den Blick nach Osten gerichtet, den Sonnengesang Echnatons. Er sprach ihn langsam und deutlich, doch jeder von uns sprach den heiligen Gesang unseres toten Herrschers mit, Zeile für Zeile, Wort für Wort. Den Schluss sprach Merire mit weit ausgebreiteten Armen, als würde die angerufene Gottheit die flehenden Worte des Priesters so nicht überhören können:

«Die Welt entsteht auf Deinen Wink,
wie Du sie geschaffen hast.
Gehst Du auf, so leben sie alle,
gehst Du unter, so sterben sie.
Du bist die Lebenszeit selbst, man lebt durch Dich.
Die Augen ruhen auf Deiner Schönheit,
bis Du untergehst,
alle Arbeit wird niedergelegt,
wenn Du untergehst im Westen.
Der aufgehende Aton lässt alles wachsen für den König, und Eile ist in jedem Fuß.
Seit Du die Welt geschaffen hast, erhebst Du sie
Für Deinen Sohn, der aus Deinem Leib hervorgegangen ist, den König von Ober- und Unterägypten,
den Herrn der Beiden Länder Nefer-chepru-Re Waen-Re, Sohn des Re, der von der Maat lebt,
den Herrn der Kronen, Echnaton,
mit langer Lebenszeit,
und für die Herrin der Beiden Länder Semenchkare Djoser-chepru-Re Meri Waen-Re, die lebt und sich verjüngt
für immer und ewig.»

Ein unauffälliges Handzeichen des Ersten Sehenden genügte, und die Soldaten hoben den Sarg wieder an. Nofretete und Meritaton stiegen von ihrem Podium herab, langsam, würdevoll, mit erhobenem Haupt und starrem Blick. In derselben Reihenfolge, wie wir den Tempel betreten hatten, verließen wir ihn, und erneut empfing uns vor seinen Mauern eine schweigende Menge.

Teje ließ Tutanchaton wieder zu sich in die Sänfte steigen. Ich selbst atmete angesichts des langen Fußmarsches, der mir bevorstand, einmal tief durch und hielt mich mit der rechten Hand an der Sänfte fest, als würde mir dies die Anstrengung erleichtern.

Unser Weg führte uns erst auf der Königsstraße in nördliche Richtung, bis wir vor der nördlichen Vorstadt nach rechts abbogen und auf immer schmaler werdenden Straßen nach Osten zogen. Anders als bei der Bestattung von Echnatons Vater Amenophis säumten heute nur noch wenige Menschen den Weg vom Rand der Stadt bis zu jener Enge, die den Zugang zu jenem Tal bildet, in welchem Echnaton seine letzte Ruhe finden sollte. Mochte es sein, dass die Pest, die zwar überwunden war, aber noch immer Angst und Schrecken im ganzen Land verbreitete, die Menschen daran hinderte, nach Achet-Aton zu kommen, um ihrem Herrscher das letzte Geleit zu geben? Es mochte aber auch daran gelegen haben, dass Echnaton nicht die Verehrung und Achtung erfahren hatte wie sein mächtiger Vater, der, anders als sein Sohn, überall in den Beiden Ländern gegenwärtig war und sich nicht wie sein eigener Gefangener nur in eine einzige Stadt zurückgezogen hatte.

Auch aus den Ländern, die Ägypten untertan oder mit ihm befreundet waren, sah man kaum einen Abgesandten. Wer sollte auch kommen? Das Reich König Tuschrattas von Mitanni stand am Rand des Abgrunds, Burra-Buriyash von Babylon war durch die Streitmacht der Hethiter von Ägypten abgeschnitten, und die syrischen Städte Byblos, Qiltu und Gubla befanden sich längst in der Hand unserer Feinde aus dem fernen Hattuscha.

Wird meine Tochter Truppen in den Osten entsenden, um das Blatt noch einmal zu wenden?, dachte ich, während ich den steinigen Weg an der Seite der Sänfte emporstieg. Haremhab wartete nur darauf. Ein Zeichen, einen Wink nur brauchte Nafteta zu geben, und die Streitmacht Ägyptens würde die alte Ordnung in wenigen Feldzügen wiederhergestellt haben! Die Rache Ägyptens würde wie ein Feuersturm über die Eindringlinge aus Hattuscha herfallen, und der Friede und die Gerechtigkeit Pharaos würden nach Syrien, Mitanni und Babylon zurückkehren. Doch anstelle von Edelsteinen, Türkis und Lapislazuli, statt Holz aus dem Libanon war die Pest nach Ägypten gekommen! König Burra-Buriyash von Babylon fehlte das Getreide, um ausreichend eigene und fremde Soldaten zu versorgen. Ihm fehlte auch das nötige Gold, um die Vasallen von einst, die sich auf die Seite des Hethiterkönigs Suppiluliuma geschlagen hatten, zurückzugewinnen.

Kurz bevor unser Zug den Eingang zum Gräbertal erreicht hatte, löste ich meine Hand vom Rand der Sänfte, trat zur Seite und blieb eine Weile stehen, während die, die mir gefolgt waren, an mir vorbeizogen. Ich sah auf die Stadt hinab und auf die Menschen, die nach und nach wieder in ihre Häuser zurückkehrten. Ich sah hinab auf die schönste Stadt der Beiden Länder. Ich sah auf das Gempa-Aton, auf die prunkvollen Paläste Pharaos und ihre Gärten, auf die Paläste und die Häuser seiner Untertanen, und ich sah auf den Nil mit seinen Hafenanlagen. Doch mich überkamen Zweifel, ob all das, was in den letzten Jahren geschah, richtig gewesen war oder ob es nicht den baldigen Untergang Ägyptens bedeutete.

Hatte Echnaton, hatten wir alle wirklich geglaubt, die Welt würde in Frieden leben, wenn allein Pharao nicht zu den Waffen griff? Hätten mehr Könige und Fürsten gelebt wie Echnaton, die Welt wäre wahrlich eine friedlichere gewesen. Aber was nützten die Friedfertigkeit und die Liebe, die unser König allen entgegengebracht hatte, seine Bereitschaft, immer und immer wieder zu verzeihen, wenn schon die Kampfeslust eines einzigen Kriegstreibers genügte, um Frieden und Ordnung in dieser Welt zunichte zu machen? Wäre es nicht die Pflicht gerade des Friedfertigen gewesen, den Anfängen zu wehren und mit starkem

Arm den Unruhestifter niederzuschlagen? Die einst so treuen Freunde Ägyptens hätten es Pharao tausendfach gedankt.

«Jeder Krieg gebiert zwei andere Kriege», hatte Echnaton zur Antwort gegeben, wenn er gedrängt worden war, in Syrien einzugreifen. Mit seiner bedingungslosen Friedensliebe wollte er Suppiluliuma als den Urheber aller Kriegsgräuel entblößen und ihn so zwingen, dem Beispiel Pharaos folgend, zum Frieden zurückzukehren. Doch nur Hohn und Spott erntete Echnaton aus Hattuscha, und heute noch habe ich die Zeilen des armen Schuwadarta, des Fürsten von Qiltu, vor Augen, als er in seiner Verzweiflung an Echnaton schrieb: «Erfahre, o König, mein Herr, dass alle Länder des Königs genommen worden sind.»

«Gib, einziger Aton, dass Nofretete die Beiden Länder zu einstiger Größe zurückführt», sagte ich leise, wandte mich wieder um und stieg hastig den Pfad empor. Sie alle standen jetzt in der Bergenge, die den Zugang zum Tal bildete, und warteten schweigend auf mich.

«Verzeih!», sagte ich zu meiner Tochter, die mich mit besorgter Miene von ihrer Sänfte herab ansah. «Ich musste ein wenig rasten.» Sie nickte verständnisvoll, und ihr Nicken war gleichzeitig das Zeichen, dass der Marsch fortgesetzt wurde.

Es mochte eine weitere knappe Stunde vergangen sein, bis wir den Eingang zum Grab erreicht hatten. Dort wurde der Sarg zwischen dampfenden Weihrauchpfannen abgestellt und zu Gebeten Merires noch einmal geöffnet. Gebannt starrten wir alle auf die goldene Totenmaske. Sie war eine Schöpfung des Oberbildhauers Thutmosis. Das Abbild Echnatons war nicht jenes aus frühen Tagen, als sich Pharao mit aufgeworfenen Lippen, lang gezogenem Gesicht und schlitzartigen Augen darstellen ließ. Wir sahen vielmehr die wahrhaften Gesichtszüge des Verstorbenen, weich, liebevoll, mit einem Lächeln, das ein Wissen und eine Ahnung verriet, die uns allen fehlten, ein Wissen um Dinge aus einer anderen, friedvolleren Welt. Nofretete legte einen aus Kornblumen und Margeriten geflochtenen Kranz auf die Goldmaske ihres Gemahls, und Merire goss süß duftendes

Öl darüber und ließ den Sarg wieder verschließen. Ein letztes Mal hoben lautes Weinen und Wehklagen an, ehe der Sarg in der Tiefe des Grabes verschwand. Ihm folgten Nofretete, Meritaton und Merire, und auch Teje nahm den Gang in das finstere und stickige Grab auf sich. Ich nahm Tutanchaton an der Hand und ging mit ihm die wenigen Schritte zum Eingang, als uns ein Soldat mit vorgestreckter Hand zu verstehen gab, zurückzubleiben.

«Ich habe schon Osiris Thutmosis zu seiner letzten Ruhestätte begleitet und allein die Bestattung von Osiris Amenophis geleitet. Du wirst mich nicht davon abhalten» – und dabei zeigte ich auf den Knaben –, «auch seinen Vater auf seinem letzten Weg zu begleiten!»

Nofretete, die nur wenige Schritte entfernt stand, hatte meine Worte gehört, drehte sich um und sagte, ohne mich oder Tutanchaton auch nur eines Blickes zu würdigen: «Lasst sie durch!»

Wie entwürdigend war diese vermeintliche Gnade, denn das Verhalten des Soldaten zeigte mir, dass es vorher zweifelsfrei einen anders lautenden Befehl gegeben hatte. Ich ließ mir nichts anmerken und nickte dem Soldaten zu, als ich mit Tutanchaton an ihm vorbeiging.

«Du brauchst dich nicht zu fürchten», sagte ich leise, wusste ich doch, dass der Junge zum ersten Mal ein Felsgrab betrat. «Ich habe keine Angst», flüsterte Tutanchaton fast trotzig, doch ich spürte, wie sein Händedruck fester wurde, damit ich ihn nicht verlieren konnte. Ich hörte zwischen den metallischen Klängen der Sistren einige Schritte vor uns das Knirschen, welches der die Rampe hinabgleitende Sarg auf dem eigens verstreuten Sand verursachte, und die Kommandos, die sich die Grabarbeiter, die jeden Schritt und jeden Winkel der engen Gänge kannten, leise zuflüsterten. Aus der Tiefe zog uns der Duft von Weihrauch entgegen und machte die Luft noch stickiger, als sie es ohnehin schon war. Am Fuß der ersten steilen Treppe gelangten wir auf eine kleine Plattform, und von dort führte ein stufenloser Korridor schräg nach unten. Auf der Hälfte des Weges führte rechts ein Zugang zu noch unbelegten Grabkammern, und an seinem Ende schloss sich ebenfalls rechts jene Kammer an, in der vor fünf Jahren meine Enkelin Maketaton bestattet wurde.

Zu beiden Seiten einer schmalen Rampe führten uns zwölf Stufen einer steilen Treppe weiter nach unten, wo jenseits einer kleinen Plattform der tiefe Brunnenschacht lag. Auf drei dicken Bohlen überquerten wir vorsichtig und in kleinen Schritten den Schacht und erreichten über drei Stufen die Grabkammer. Der rechte und auch größere Teil der Kammer war einen Fuß tiefer ausgehoben als der linke Teil, an dessen Vorderkante zwei eckige Pfeiler die Decke stützten. In der Mitte des tiefer gelegenen Bereichs stand der Sarkophag aus rotem Granit. Nicht die Schutzgöttinnen Isis, Nephthys, Neith und Selket bewachten den Toten, sondern an allen vier Außenwänden war einzig der Strahlenaton abgebildet und unter ihm Echnaton und Nofretete, wie sie betend ihrem Gott die Arme entgegenstreckten. In dem höher gelegenen Teil der Kammer, zwischen den Säulen, stand ein goldener Schrein, welcher die vier Kanopen, die Eingeweidekrüge, aufnahm. Alle Deckel trugen den nachgebildeten Kopf Echnatons und nicht mehr den der vier Horussöhne Amset, Hapi, Duamutef und Kebechsenuef, die in der Gestalt eines Menschen, eines Affen, eines Schakals und eines Falken dargestellt wurden.

Während die Arbeiter all ihre Kraft aufboten, um den Goldsarg Pharaos in den steinernen Sarkophag zu heben, stand ich mit Tutanchaton etwas abseits, hinter dem Schrein mit den Kanopenkrügen, und zeigte ihm die Bemalung der Grabkammer.

«Alle Bilder zeigen deinen Vater und Nofretete, wie sie dem Aton Opfer bringen und ihn anbeten.»

Auf einigen Bildern sah man auch die Töchter der beiden. Meritaton und Maketaton waren mit längeren Haaren abgebildet, während die kleinen Mädchen noch die kurze Kinderlocke trugen.

Der Prinz zeigte mit dem Finger auf das Bild an der Südwand hinter den Säulen und flüsterte: «Meritaton, Anchesen-paaton, Neferneferuaton-Tascherit, Neferneferure und Setepenre.»

«Das ist nicht ganz richtig. Die zweite auf dem Bild ist Maketaton, die kurz nach deiner Geburt gestorben ist. Dafür ist Setepenre nicht abgebildet.»

«Und warum gibt es von mir kein Bild?», wollte Tutanchaton jetzt wissen.

«Weil du, ebenso wie Setepenre, noch gar nicht geboren warst, als diese Kammer schon fertig gestellt war. Du bist aber in der Grabkammer deiner Mutter abgebildet. Dort sieht man, wie deine Amme dich auf ihren Armen trägt.»

Quietschend und knirschend zugleich glitt der schwere Steindeckel über die Ränder der Sargwanne, bis ein dumpfes, polterndes Geräusch zu erkennen gab, dass die kurzen Steindübel in die Aushöhlungen des Granitsarkophags gerutscht waren. Eilig bauten die Arbeiter den ersten vergoldeten Holzschrein um das steinerne Grab, dann den zweiten und schließlich einen dritten. Dann zogen sie ein mächtiges, schwarzes Tuch darüber, das die Schreine unter sich vollständig verhüllte, und verließen still und unauffällig den Raum.

Die einzigen Grabbeigaben, die zurückgelassen wurden, waren Uschebtis, kleine Arbeiterfiguren aus vergoldetem Holz oder aus gebranntem Ton, die den Thronnamen Echnatons trugen. Nofretete, Meritaton und Merire stellten sich vor die Westwand des Grabes und richteten ihre Blicke nach Osten, während wir alle noch einmal den großen Sonnengesang beteten. Für eine kurze Weile drangen Sonnenstrahlen bis in die Tiefe des Grabes, denn die Treppen und Rampen waren so angelegt worden, dass um die dritte Stunde des Morgens der Glanz Atons bis in die Tiefe der Sargkammer reichte und dort auf den Sarkophag Echnatons traf.

Jetzt war es ganz still um uns, und wir verharrten regungslos, bis der letzte Lichtstrahl der Sonne gewichen war und nur noch das dämmrige Licht unserer Fackeln den Raum spärlich erhellte. Merire verneigte sich vor dem Sarg seines Herrschers und verließ als Erster das Grab; ihm folgten Nofretete und Meritaton.

«Sei so lieb, und hilf deiner Großmutter!», flüsterte ich Tutanchaton zu, und sogleich ergriff der Junge die Hand meiner Schwester und ging mit ihr hinaus.

Wie schon im Grab meines Freundes Amenophis blieb ich auch hier allein zurück, versunken in Trauer und in Erinnerung an die glanzvollen Tage von Echnatons Herrschaft. Gedankenlos spielten meine Finger mit dem Siegelring Pharaos, der an meinem rechten Ringfinger steckte.

«Er gehört dir», sagte ich und sah dabei auf den schwarz verhüllten Schrein vor mir. Ich streifte ihn langsam, zögerlich ab und legte ihn, ohne meine Blicke abzuwenden, neben mir auf den Kanopenschrein.

«Ich wünsche dir, dass du Tag für Tag unter uns bist, so wie du es uns gelehrt hast.» Mit bebender Stimme wiederholte ich noch einmal die Verse des Sonnengangs, die ich am meisten liebte, und erst jetzt wurde mir bewusst, dass kaum eine andere Stelle so sehr auf Echnaton zutraf wie diese:

«Die Welt entsteht auf Deinen Wink,
wie Du sie geschaffen hast.
Gehst Du auf, so leben sie alle,
gehst Du unter, so sterben sie.
Du bist die Lebenszeit selbst, man lebt durch Dich.
Die Augen ruhen auf Deiner Schönheit,
bis Du untergehst,
alle Arbeit wird niedergelegt,
wenn Du untergehst im Westen.»

Ich weinte. Träne um Träne rann über meine Wangen.

«Lass nicht zu, dass die Schönheit untergeht, die du geschaffen hast!», flehte ich leise. «Erhalte uns die Welt, die du für uns geschaffen hast!»

Mit dem Saum des schwarzen Tuches trocknete ich mein Gesicht. Dann stieg ich die eine Stufe nach oben und wandte mich im Ausgang noch einmal um. «Ich habe es dir versprochen, Echnaton: Es wird ihm nichts geschehen.»

Im Umdrehen fiel mein Blick auf den goldenen Siegelring, der im Licht meiner Fackel kurz aufblitze. Ich sah auf den schwarzen Schrein, dann tat ich zwei, drei Schritte, nahm den Ring wieder an mich und eilte hinaus. War es Echnaton, oder war es eine innere Stimme, die mir gesagt hatte: «Nimm ihn an dich»? Was immer es war, ich antwortete: «Du hast Recht!», und ging eilig weg.

Die Arbeiter hatten am Brunnenschacht auf mich gewartet, und kaum dass ich die Bohlen überschritten hatte, stürzten diese krachend in die Tiefe, woraufhin wir alle eilig erst die steile Treppe, dann den langen Korridor und schließlich die letzte Treppe hinaufeilten, bis wir das Freie erreicht hatten. Niemandem war aufgefallen, dass ich allein zurückgeblieben war, denn Teje und Tutanchaton konnten nur kurz vor mir aus dem Grab getreten sein, da sich beide noch, vom gleißenden Sonnenlicht geblendet, ihre Hände schützend vor die Augen hielten.

Wie es auch jetzt noch Brauch war, nahmen alle unter einem Baldachin Platz, um ein bescheidenes Leichenmahl einzunehmen. Währenddessen mauerten die Arbeiter am Fuß der ersten Treppe den Eingang zu. Nofretete selbst brachte die Siegel an, dann füllten die Arbeiter den Treppenschacht vollständig mit Schutt auf, bis der Zugang zum Grab kaum mehr zu erahnen war. Wind und Sand würden in wenigen Tagen ihr Übriges tun, um den Zugang zu Echnatons Grab unkenntlich zu machen.

«Komm zu mir in die Sänfte!», rief Teje meinem Schützling zu, als wir den Rückweg antraten.

«Er bleibt jetzt bei mir», antwortete ich ihr, ohne Tutanchaton vorher gefragt zu haben. Dann sah ich hinab in seine großen braunen Augen und sagte leise zu ihm: «Du bleibst jetzt für immer bei mir!» Zur Bekräftigung drückte ich ein wenig seine Hand und wandte meine Blicke noch einmal zurück. Ein einzelner Falke schwebte im Rüttelflug über dem Berg, unter welchem das Grab lag. Dann stieß er zwei helle Schreie aus, um danach im Sturzflug hinter dem Berg zu verschwinden.

Ich nahm es als ein gutes Zeichen.

Niemand nahm Anstoß daran, dass Tutanchaton von nun an ausschließlich bei mir lebte und nicht im Nordpalast bei Nofretete und den Prinzessinnen.

«Es ist auch besser so», sagte Aper-el zu mir, als er wenige Tage nach der Bestattung Pharaos auf meiner Terrasse saß. Er stellte seinen Becher auf den kleinen Tisch neben sich zurück und wischte sich etwas unfein mit dem Handrücken einige Tropfen Bier von der Oberlippe.

«Warum sie den Jungen nur so hasst», sagte er, ohne seine Blicke von Tutanchaton abzuwenden, der wenige Schritte entfernt unter einer Dumpalme auf dem Boden hockte und seine Schildkröte mit Salatblättern fütterte.

«Hass würde ich es nicht nennen, Aper-el», versuchte ich abzuwiegeln. «Dass sie ihn nicht mag und dass sie sich davor fürchtet, er könnte eines Tages seinen Anspruch auf die Herrschaft geltend machen, kann ich verstehen. Nur: Es verstößt gegen alle Gebote der Maat. Ich habe alles versucht, aber sie will nicht einsehen, dass ihr Vorhaben, eine weibliche Thronfolge einzurichten, Unrecht ist.»

Aper-el wandte sich mir zu, und wir sahen uns lange schweigend in die Augen. Ich wusste nur zu gut, was in seinem Kopf vorging, und damit er es erst gar nicht aussprechen musste, sagte ich: «Nein. Keine Gewalt. Nicht, weil sie meine Tochter ist, nicht deswegen, Aper-el. Aber Ägypten steht ohnehin schon am Rand des Abgrunds. Das weißt du so gut wie ich. Wir haben die Soldaten gesehen, in deren Begleitung Nofretete hierher kam und die sie Tag für Tag umgeben. Meine Tochter würde nicht einen Augenblick zögern, sie einzusetzen.»

«Und Haremhab», gab Aper-el zu bedenken.

«Was ist mit Haremhab?» Ich schüttelte den Kopf. «Ich weiß nicht einmal, auf wessen Seite er sich schlagen würde. Aber wenn er sich für uns, für Tutanchaton entschied, wäre es längst zu spät, bis er in Achet-Aton eingetroffen ist. Bis dahin gäbe es ein entsetzliches Blutvergießen. Und wolltest du riskieren, dass Tutanchaton ein Opfer dieses Aufruhrs würde? Gerade um seinetwillen, nur um seinetwillen, müssen wir stillhalten und abwarten, was kommt.»

Aper-el schwieg wieder einige Augenblicke und beobachtete dabei ruhig den Jungen, der seine Tierfütterung noch nicht beendet hatte.

«Es ist nicht schwer zu erraten, was kommen wird», sagte er, ohne seine Blicke von Tutanchaton abzuwenden.

«Vor allem auf dich wird eine schwere Prüfung zukommen, Eje.» Ich hatte keine Ahnung, was er meinte, und sah schweigend zu ihm hinüber.

Dann wandte er sich mir zu: «Du bist dir doch darüber im Klaren, dass du es sein wirst, der vor den Großen der Beiden Länder und vor allem Volk verkünden wird, dass sie allein die Herrscherin über Ägypten sein wird.»

«Weshalb gerade ich?», fragte ich erstaunt und sah ihn ungläubig an.

«Damit zwingt sie dich in aller Öffentlichkeit zu einem Bekenntnis zu ihr, und gleichzeitig schwörst du Tutanchaton als dem möglichen Nachfolger Echnatons ab. Außerdem zwingt sie dich, dass du dich für alle Zeit gegenüber jenen, die einmal an ihren Fähigkeiten und damit an ihrem Herrschaftsanspruch zweifeln sollten, schützend vor sie stellst. Denn immer wirst du es gewesen sein, der sie zur Herrscherin gemacht hat.»

Ich war entsetzt. Ich war so entsetzt, dass ich kein Wort des Widerspruchs herausbrachte. Das konnte mir meine Tochter nicht antun. Aber Aper-el hatte Recht. Ich, ihr eigener Vater, würde es sein, der die Zweifler und die Aufmüpfigen zum Schweigen zu bringen hatte, ohne dass sie sich darum zu kümmern brauchte. Und alle Beschwerden und Klagen würde man mir vortragen, damit ich sie an meine Tochter weitergab, weil ich es war, der sie zur Herrscherin erhoben hat.

«Dazu kann sie mich nicht zwingen, Aper-el», sagte ich entrüstet. «Wie will sie mich dazu zwingen?»

«Das wird nicht schwer sein. Sie wird vor allen Anwesenden die Sicherheit des Prinzen von deiner Zustimmung zu ihrem Vorhaben abhängig machen.»

«Aber sie hat mir bereits ihr Wort gegeben, dass dem Jungen nichts geschieht, solange er Achet-Aton nicht verlässt!»

«Hat es außer dir jemand gehört? Wohl kaum. Eine öffentliche Bekräftigung Nofretetes, den Jungen hier in Frieden leben zu lassen, ist wirklich die einzig ernst zu nehmende Zusage, die du ihr abverlangen kannst. Denn jedes Unheil, das Tutanchaton zustoßen sollte, würde sogleich auf sie zurückfallen. Einen besseren Schutz kann es im Grunde für das Kind nicht geben, Eje.»

Ich wollte Aper-el nicht danach fragen, ob das, was er mir da gesagt hatte, schon mit meiner Tochter abgesprochen worden war. Ganz gleich, wie seine Antwort ausgefallen wäre, sie hätte mich nicht weitergebracht. Hatte Aper-el, ohne vorher von Nofretete beeinflusst worden zu sein, mit mir gesprochen, würde ihn meine Frage zutiefst kränken, weil sie ihm ein heimliches, hinter meinem Rücken mit meiner Tochter eingegangenes Bündnis unterstellte. Und selbst wenn das Gespräch auf Betreiben Naftetas zustande gekommen war, brauchte ich mich nicht zu beklagen, zumal ich jetzt wenigstens eine Vorstellung davon hatte, was mich wahrscheinlich erwarten würde.

Ich dachte noch lange über die Worte Aper-els nach, auch nachdem er längst gegangen war, Tutanchaton in seinem Bett lag und ich allein auf meiner Terrasse saß. Der Himmel war fast schwarz, denn der Mond zeigte sich nur als eine dünne Sichel über den Wipfeln der Palmen, und so ließ er es zu, dass die Sterne dafür umso deutlicher funkelten. Ein schwacher Nordwind strich durch meinen Garten und machte mir den Aufenthalt so angenehm, dass ich daran dachte, auch den Rest der Nacht hier zu verbringen. So hing ich noch eine Weile meinen Gedanken nach.

Wenn Nofretete an mich herantrat, wie es mir Aper-el vorausgesagt hatte, konnte ich – wenn ich denn überhaupt eine Wahl hatte – nur Ja oder Nein sagen. Was aber wäre, wenn ich auf sie zuginge und wenn ich es war, der Bedingungen nannte, um sie zur Alleinherrscherin auszurufen? Ein Prinz würde Tutanchaton immer bleiben. Ein namenloser Prinz bliebe er, ohne Aufgabe und ohne jede Hoffnung auf eine erfüllte Zukunft, wenn die Gnade des nackten Lebens alles war, was sie ihm ließ. Aber konnte ich ihr nicht etwas abverlangen? Konnte ich nicht von ihr fordern, ihn schon jetzt zum Zweiten Sehenden des Aton in Achet-Aton zu bestimmen? Damit würde sie ihn für immer an diese Stadt binden, und doch wäre zugleich für Tutanchaton ein Amt gefunden, das ihm Würde und Ansehen verlieh, wenn er erwachsen war. Aber nicht nur das: Er könnte einst für sich in Anspruch nehmen, dass er das geistige Erbe seines Vaters verwaltete, also dessen wahrhafter Nachfolger sei.

Auch ich musste dieses Ansinnen in aller Öffentlichkeit stellen, damit Nofretete es nicht ablehnen konnte. Denn welchen vernünftigen Grund konnte sie haben, Tutanchaton eine Laufbahn als Priester zu verwehren? So schien es mir zuletzt wichtig, dass sie ihre Zusage vor allen Großen der Beiden Länder gab. Zufrieden mit meinen Gedanken, griff ich nach dem Weinbecher vor mir. Ich trank einen kräftigen Schluck des schweren syrischen Weins, von welchem mir Echnaton erst wenige Monate vor seinem Tod einige Krüge geschenkt hatte. Dann sah ich wieder hinauf zu der schmalen Mondsichel und versuchte, dem unruhigen Flug der Fledermäuse zu folgen, die nur für die Dauer eines Wimpernschlags vor dem hellen Hintergrund des Nachtgestirns zu sehen waren. Welch freies und sorgloses Leben diese Tiere doch führten!

Schon wenige Tage nach der Beisetzung Pharaos kamen in der Stadt jene Unruhe und Rastlosigkeit auf, wie man sie immer nur vor der Krönung eines Herrschers erlebte. Wo es nötig war, wurden die Wände der Tempel und Paläste gestrichen, und wo den Menschen genug Zeit blieb, tünchten sie ihre eigenen Häuser. Die meiste Betriebsamkeit herrschte in den Häfen der Stadt, wo man Tag für Tag unzählige Schiffe entlud: Wein und Bier aus dem Norden; ganze Herden von Schafen und Ziegen, die man sogleich in die Stallungen neben den Schlachthöfen trieb; Getreide, Olivenöl und Gemüse jeder Art, denn die Landgüter aus der näheren Umgebung Achet-Atons wären nicht imstande gewesen, alle, die man in den nächsten Tagen noch erwartete, zu ernähren. Die Herbergen füllten sich mit Fremden aus allen Teilen der beiden Länder, mit Großen und Mächtigen, Händlern und Priestern, Beamten und Bauern. Und wie immer kamen neben anständigen Musikanten, Tänzern und Händlern auch allerlei zwielichtige Gestalten in die Stadt. Je näher der Festtag rückte, umso länger und lauter wurden die Nächte, umso mehr Dienerinnen der Hathor boten in Höfen und Gassen ihre Dienste an, umso mehr wurde dort aber auch betrogen und gestohlen. Es waren die Tage und Nächte, da Mahu und seine Polizisten kein Auge mehr schlossen. Anders als vor und nach der Bestattung Nimurias fehlten diesmal diejenigen, die das Volk mit Hetzreden aufwiegelten. Zumindest war von Aufrührern nichts zu sehen und zu hören. Ich war mir sicher, dass sich genug von ihnen in der Stadt aufhielten; doch solange sie die genauen Absichten Nofretetes nicht kannten, hielten sie sich offenbar zurück. Mahu behagte dies gar nicht, denn er hätte lieber beizeiten gewusst, wer sie waren, um sie noch vor den Feiern verhaften und einsperren zu können.

Und noch etwas fiel auf: Von ausländischen Gästen, von unseren Freunden aus Mitanni, aus Babylon und aus Syrien, war kaum einer zu sehen. Weder die Könige Tuschratta und Burra-Buriyash konnten einen Abgesandten schicken noch irgendeiner der syrischen Fürsten, denn die hethitischen Heere hatten ihre Länder von Ägypten abgeschnitten. Nur Suppiluliuma, der König aus dem fernen Hattuscha, und sein Vasall, der verlogene

Aziru, Herrscher von Amurru, der Rib-Addi von Byblos, unseren einstigen Verbündeten, ermordet hatte, schickten Boten, wenngleich sie von nur untergeordnetem Rang waren. In Wirklichkeit kamen sie doch nur als Späher in unser Land! Mahu sorgte deswegen dafür, dass sie keinen Schritt machen konnten, ohne dabei beobachtet zu werden.

Deswegen hatte Nofretete auch gut daran getan, Haremhab den Befehl zu geben, im Norden zu bleiben, falls die Hethiter die Tage der Feierlichkeiten nutzen würden, um unsere Freunde in Syrien noch mehr zu bedrängen oder gar nach Ägypten selbst vorzurücken. Dennoch kamen mehr und mehr Soldaten nach Achet-Aton. Unauffällig und auf viele Schiffe verteilt kamen sie. Mit jeder Lieferung Getreide, mit jedem Schiff, das Wein oder Öl in die Stadt brachte, kamen einige Dutzend und verschwanden schnell und unauffällig in die Kaserne am Stadtrand. Sie alle kamen aus Waset. Nur aus Waset. Ich erkannte dies an den blauen Farben ihrer Fahnen. Es war die Farbe jener mächtigen Einheit, die früher, bevor Echnaton alle anderen Götter neben Aton verboten hatte, «Division des Amun» hieß. Diese lag in Waset. Wie vorsichtig meine Tochter war! Und wie unsicher zugleich. Sie selbst schien sich ihres Thrones noch keineswegs sicher zu sein. Wie viel mochte sie ihren Anführern wohl versprochen haben?

Thutmosis, der Stellvertreter Pharaos in Nubien, der den Titel Königssohn von Kusch trug, zog als Letzter der Mächtigen Ägyptens mit großem Gefolge in Achet-Aton ein, und allein seine Anwesenheit versprach, dem Fest etwas von jenem Glanz zu verleihen, den Ägypten von früheren Krönungsfeiern kannte.

So nahm auch innerhalb der Palastmauern die Betriebsamkeit zu, denn einzig dem Königssohn von Kusch war es vorbehalten, in den Stadtpalast einzuziehen und dort zu leben, als wäre es sein Zuhause. So schleppten die Nubier Truhe für Truhe vom Hafen in den Palast, und wer es sah, fragte sich, ob sie vor allem die Schätze bargen, die Thutmosis seiner Herrscherin zum

Geschenk machen würde, oder nur seine Festgewänder und die seines Anhanges. Heerscharen von Gärtnern zogen durch sämtliche Gartenanlagen der Stadt, jäteten Unkraut, ergänzten, wo etwas fehlte, setzten fremdartige Pflanzen, die man sonst nur selten zu sehen bekam, und verwandelten das ohnehin mit Gärten so verwöhnte Achet-Aton in eine Oase von nie da gewesener Blütenpracht. An die Spitzen der zehn Fahnenmasten am Torturm des Gempa-Aton wurden neue Fahnen hochgezogen, deren Tuche in grellem Gelb und sattem Rot weithin sichtbar im Wind flatterten und aufs Neue die Gegner Atons herausforderten, waren doch zu Ehren aller früherer Gottheiten – selbst Amuns – nicht mehr als acht Fahnenmasten erlaubt gewesen.

Der Kronrat versammelte sich in diesen Tagen häufiger als sonst, und Nofretete achtete offenbar streng darauf, dass ich an jeder Versammlung teilnahm, denn sie war eher bereit, eine Zusammenkunft um einige Stunden zu verschieben, als sie ausfallen zu lassen, wenn ich einmal erklärte, unpässlich zu sein. Ihre Absicht war mir durchaus bewusst: Nichts sollte geschehen, von dem ich später hätte sagen können, es sei ohne mein Wissen beschlossen worden. Da ihre Pläne ohnehin unabänderlich waren, nahm ich alles auf mich und wartete nur auf die Gelegenheit, meine Forderungen für Tutanchaton stellen zu können.

Es war an jenem Tag, als wir zum ersten Mal die Krönungszeremonie besprachen. Diesmal war es meine Schwester Teje, die mir dabei sehr hilfreich war.

«Majestät», begann zunächst Aper-el seine Rede und verneigte sich dabei nur knapp, was bei ihm sehr höflich und nicht so unterwürfig wie bei manch anderem aussah.

«Es steht allein dem würdigsten Mann der Beiden Länder zu, als der Mund Eurer Majestät den Großen des Landes und allem Volk Euren Thronnamen zu verkünden.»

Nofretete schwieg und sah stattdessen Aper-el herausfordernd an. Wer wollte ihm jetzt aus dieser Verlegenheit helfen, wenn er sich nicht bereits auf einen Namen festgelegt hatte? Da kam ihm Teje zu Hilfe und sagte, ohne ihren Blick von einem Bild am Boden vor ihren Füßen abzuwenden:

«Wenn es Euch darum geht, einen würdigen Mann zu bestimmen, einen Mann, der bereits von Echnaton selbst ausersehen war, ihn in wichtigsten Amtshandlungen, wie bei der Bestattung seines eigenen Vaters, zu vertreten, dann kann die Wahl nur auf meinen Bruder Eje fallen. Keiner, außer Nofretete selbst, kennt die Worte und den Willen Echnatons besser als er.»

An dem kurzen Zucken ihrer Augenbrauen erkannte ich, wie angenehm überrascht Nafteta war, musste sie es doch nicht selbst sein, die mich darum bat.

«Wenn deine Vorstellung, liebe Schwester, auch dem Wunsch meiner Tochter entspricht», sagte ich und ließ den Rest des Satzes bewusst offen, um mich stattdessen ebenfalls höflich zu verneigen. Voll Ungeduld wartete ich darauf, was sie jetzt sagen würde, denn der Zeitpunkt, meine Forderung auszusprechen, musste wohl überlegt sein.

Sie sah zu mir und sagte mit einem Lächeln, von dem ich nicht wusste, ob es ein freundliches oder ein überhebliches Lächeln war: «Auch wenn du nicht mein Vater wärest, könnte ich mir keinen würdigeren Mann vorstellen als dich. Es wäre eine Freude und eine Ehre gleichermaßen für mich, wenn du diese Bürde auf dich nehmen würdest, Vater.»

«Für den Thron Ägyptens und für mein Land habe ich noch jede Bürde auf mich genommen», antwortete ich und fuhr sogleich fort, so laut, so deutlich, dass es alle Anwesenden genau hören konnten.

«Einem alten Vater, dem du so viel Ehre aufbürdest, vermagst du gewiss einen kleinen Wunsch, eine unscheinbare Bitte, nicht abzuschlagen: Gestatte es meinem kleinen Schützling Tutanchaton, Zweiter Sehender des Aton zu werden!»

Ich verneigte mich erneut, und als ich mich wieder aufrichtete, sah ich, wie einige der Anwesenden aufgeregt miteinander tuschelten, und ich bemerkte, wie sich das eben noch so freundliche Gesicht meiner Tochter verfinsterte. Alle warteten angespannt auf ihre Antwort, und sogar Teje hob mühsam den Kopf empor, damit auch sie das Gesicht Nofretetes sehen konnte, wenn diese mir antwortete. Als meine Tochter all die neugierigen Gesichter sah, fasste sie sich schnell wieder und sagte, während ihr rechter Arm auf den Schreiber neben ihr wies: «So sei es, und so werde es geschrieben: Tutanchaton ist Zweiter Sehender des Aton. Gottesvater Eje selbst wird alles Nötige in die Wege leiten, um Prinz Tutanchaton für dieses Amt ausbilden zu lassen.»

Erst verneigte ich mich erneut, um vor allen anderen meine Dankbarkeit zu zeigen, dann ging ich entgegen allen Regeln auf meine Tochter zu, umfasste ihre Schultern und küsste sie auf beide Wangen.

«Ich danke dir von Herzen», flüsterte ich ihr zu.

«Das hast du dir fein ausgedacht, Vater», antwortete sie ebenso leise wie gekränkt und fuhr gleich fort: «Aber das ist jetzt so, wie es ist.»

Im Grunde genommen war das, was ich für Tutanchaton erreicht hatte, so unbedeutend, dass es unter gewöhnlichen Umständen gar keiner Erwähnung bedurft hätte. Die Prinzen und Prinzessinnen Ägyptens trugen oft die ungewöhnlichsten Titel, um ihren ohnehin hohen Rang noch mehr hervorzuheben. Ich konnte und wollte es nicht zulassen, dass der Knabe als ein Niemand endete, als ein Nichts, nur weil meine Tochter ihn wegen seiner Mutter hasste und missachtete und sie nicht bereit war, ihrem Gemahl den vermeintlichen Treuebruch zu verzeihen.

«Du wirst in wenigen Tagen ein berühmter Junge sein», sagte ich zu Tutanchaton, nachdem ich am späten Vormittag aus dem Stadtpalast nach Hause zurückgekehrt war. Er saß mit meinem Diener Ipu unter einem Sonnensegel auf der Terrasse, und beide schnitzten Wurfhölzer für die Entenjagd.

Der Junge sah mich mit großen Augen an, denn mit dieser ungewöhnlichen Begrüßung wusste er wenig anzufangen.

«Die Königin hat soeben bestimmt, dass du Zweiter Sehender im Tempel des Aton wirst.»

Tutanchaton beeindruckte das gar nicht. Angespannt und mit zusammengepressten Lippen starrte er auf das noch unförmige Wurfholz in seiner Linken, während er mit einem Messer, das er in seiner Rechten hielt, sorgfältig seinen Namen einritzte.

«Mein Vater», sagte er während einer kurzen Pause, «mein Vater hat mir versprochen, dass ich einmal Pharao werde. Warum werde ich jetzt nur Priester?»

Erst jetzt ließ er von seinem Schnitzwerk ab und sah mich mit traurigen und ratlosen Augen an. Nie hätte ich geglaubt, dass ein fünfjähriger Junge so viel Gespür haben konnte, um genau zu merken, wann er um einen Anspruch betrogen wurde. Er schien genau zu wissen, als was er geboren worden und wozu er ausersehen war.

«Ich habe nicht gesagt, dass du nicht Pharao wirst. Aber erst einmal wirst du Zweiter Sehender des Aton. Und das ist eine große Aufgabe», versuchte ich ihn zu beschwichtigen.

«Das sagst du doch jetzt nur, damit ich nicht traurig bin. Nofretete ist eine böse Frau, und sie will doch gar nicht, dass ich einmal Pharao werde. Darüber hast du doch mit Aper-el gesprochen. Ich habe es gehört.»

Ich war fürs Erste so sprachlos, dass ich mich einfach neben seinen kleinen Stuhl kniete, den Jungen umarmte und seinen Kopf an meine Brust drückte. Wie konnte er gehört haben, worüber Aper-el und ich gesprochen hatten? Waren wir unvorsichtig gewesen und hatten nicht leise genug gesprochen, oder verfügte Tutanchaton womöglich über die Vorzüge eines so guten Gehörs, wie ich es selbst tat?

«Hör mir zu!», flüsterte ich in sein linkes Ohr. «Ich will immer ehrlich zu dir sein, so wie auch du immer ehrlich zu mir sein sollst.» Zustimmend nickte er mit dem Kopf.

«Du hast Recht: Sie will nicht, dass du Nachfolger deines Vaters wirst. Sie will sogar, dass du niemals Pharao wirst. Aber ich habe schon so viele wundersame Dinge auf dieser Welt erlebt, dass ich nichts für ausgeschlossen halte. Wenn es der Wille Atons ist, dass du einmal über Ägypten herrschen sollst, dann wird es auch so kommen. Niemand kann sich gegen den Willen Atons stellen. Niemand. Ich nicht und auch Nofretete nicht.»

Ich weiß nicht, ob Tutanchaton mit meiner Antwort zufrieden war, aber er nahm sie hin, und er schien etwas beruhigt. Er löste sich aus meiner Umarmung, zog die Augenbrauen zu einer finsteren Miene zusammen und fragte mich: «Was macht der Zweite Sehende des Aton?»

«Er verwaltet alle Landgüter des Tempels. Er ist verantwortlich für die Bestellung der Felder und ihre Ernte, für die Einlagerung des Getreides und für ihre gerechte Verteilung unter den Menschen. Er beaufsichtigt auch alle Ställe des Tempels: die Pferdeställe, die Rinderställe und auch die Schaf- und Ziegenherden. Er bestimmt, wie viele Hühner, Gänse und Enten geschlachtet werden und wie viel Bier gebraut wird. Und er ist sogar der Herr über alle Bienenkörbe in Achet-Aton.» Der Gesichtsausdruck des Jungen verriet mir, dass er mit dieser Auskunft noch keineswegs zufrieden war. Deswegen richtete ich mich auf und fragte: «Darf ich mich zu euch setzen?»

Ipu lächelte verlegen und zeigte auf den Stuhl neben sich, während Tutanchaton mit einer unwiderstehlichen Würde, als wäre er schon der Herrscher Ägyptens, erst nickte und dann nur «Bitte» sagte.

«Warum glaubst du», fuhr ich nun fort, «legte ich Wert darauf, dass du dieses Amt erhältst, mein Prinz?»

Er antwortete nur mit einem Achselzucken.

«All die Aufgaben, die der Zweite Sehende des Aton zu bewältigen hat, habe ich fast ein Leben lang im Auftrag deines Großvaters und deines Vaters überwacht. Ich weiß, wie man die jährliche Nilflut genau berechnet, ich weiß, wie man die Felder ausmisst und wie viel Ertrag ein jedes von ihnen einbringen muss. Und vor allem weiß ich ganz genau, wie man seinen Herrn betrügt!»

Tutanchaton sah mich erstaunt an.

«Hast du denn meinen Vater betrogen?»

«Natürlich nicht! Aber ich weiß, wie es die anderen getan haben. Glaube mir, Tutanchaton, jedes Jahr suchten und fanden die Betrüger einen neuen Weg, ihre Herren zu bestehlen, und jedes Jahr kam ich ihnen aufs Neue auf die Schliche. Aber das war es nicht, was ich dir sagen wollte.»

Ich trank einen Schluck Melonensaft aus Tutanchatons Becher, wofür ich mir von ihm tadelnde Blicke einhandelte, dann erzählte ich weiter.

«Die Domäne des Aton ist im Grunde nichts anderes als ein kleines Königreich. Es ist ein Ägypten im Kleinen. Was hier gilt, das gilt in Men-nefer ebenso wie in Waset. Alles, was du als Zweiter Sehender des Aton lernst, befähigt dich, später einmal ganz Ägypten zu lenken und zu leiten. Eine bessere Ausbildung kann ich dir nicht geben. Und was immer in Waset mit Nofretete und Meritaton geschehen mag: Die Ausbildung, die du hier erhältst, wird dich eines Tages so sehr über alle anderen Männer des Landes erheben, dass es sich Ägypten gar nicht wird leisten können, dich zu übergehen.»

Tutanchaton war sich der Tragweite dessen, was ich ihm gesagt hatte, wohl nicht bewusst, denn seine ganze Sorge galt etwas anderem: «Ist der Zweite Sehende des Aton auch für die Entenjagd im Schilf verantwortlich?»

Ich überlegte kurz und sagte: «Nein, mein Prinz, das ist er ganz gewiss nicht. Ich werde aber Sorge dafür tragen, dass in den Gegenden, die du bejagst, kein anderer sein Unwesen treibt, damit für dich immer genug Enten da sind!»

«Versprochen?», fragte er mich ernsthaft besorgt.

Ich nickte ihm zu: «Versprochen!»

«Darf ich Euch etwas fragen, Herr?», mischte sich jetzt Ipu ein. Ich nickte ihm zu.

«War sich Eure Tochter, war sich Ihre Majestät, sie lebe, sei heil und gesund, bewusst, was sie tat, als sie den Prinzen zum Zweiten Sehenden des Aton ernannte?»

«Ich bin mir nicht sicher, Ipu», antwortete ich und sah ihn

nachdenklich an, denn diese Frage hatte ich mir bislang selbst noch nicht gestellt.

«Ich glaube aber nicht. Sie hat nur das Wort ‹Zweiter› gehört. Sie hätte wohl nicht zugestimmt, hätte ich verlangt, dass Tutanchaton Erster Sehender des Aton werden soll. Zweiter, ja, nur Zweiter, das war es, was sie beruhigte und bedenkenlos zustimmen ließ. Aber jetzt ist ihre Entscheidung unumkehrbar, denn wir werden ihr keinen Grund geben, sie zu ändern. Wie sagte Nafteta zu mir, nachdem sie ihren Befehl ausgesprochen hatte: ‹Das ist jetzt so, wie es ist.› Ich werde mir diesen Satz merken müssen, Ipu. Er klingt zwar entsetzlich einfältig, und doch birgt er einige Weisheit in sich: nämlich die Einsicht, etwas Geschehenes nicht mehr ungeschehen machen zu können.»

Alles war vorbereitet.

Nicht nur die Stadt, auch die Menschen, die in ihr lebten, strahlten einen Reichtum und einen Glanz aus, wie man es vorher kaum gesehen hatte. Die Gärten und Plätze waren üppiger bepflanzt denn je, und über der ganzen Stadt lag wie eine unsichtbare Wolke der Geruch Tausender Blüten, kostbarsten Weihrauchs und gebratenen Fleisches gleichermaßen. Und da, wo viele Menschen auf engstem Raum zusammenkamen, auf den Vorplätzen der Tempel, den Märkten und Einkaufsstraßen, trat noch der Duft verwirrender Salböle, oft vermischt mit dem scharfen Geruch schwitzender Menschen, hinzu. Jeder wusste, was er zu tun hatte. Das einfache Volk kannte die Plätze, von wo aus es den Zug der Herrscherin und ihrer Töchter am besten beobachten konnte, die Beamten und die Handwerker kannten jene Höfe der Paläste, in die sie vordringen durften, wenn die Titulatur Semenchkares verkündet wurde. Den Priestern, den hohen Würdenträgern Ägyptens und den wenigen bedeutenden Gästen der Fremdländer wurden im Inneren des Palastes genau die Plätze gezeigt, die ihnen nach ihrem Rang und ihrem Ansehen zustanden, und neidvolle Blicke wurden hierbei ebenso gewechselt wie herablassende und verächtliche.

Früh am Morgen, es war lange vor Sonnenaufgang, traf ich mit Tutanchaton im Audienzsaal ein. Allen Anwesenden waren Aufregung und Anspannung gleichermaßen anzusehen, und in der würdevollen Stille des von unzähligen Fackeln und Kerzen hell erleuchteten Saals grüßte man sich nur schweigend mit einem Kopfnicken. Hin und wieder hörte ich, wie man sich hinter Tutanchaton und mir Dinge zutuschelte, die gewiss nicht für unsere Ohren bestimmt waren.

«Im Grunde ist der Alte zu bedauern», heuchelte einer sein Mitleid mit mir. Ein anderer fragte seinen Nachbarn, wie lange der Kleine wohl noch zu leben hätte. Jetzt fehlte mir mein Freund Ameni, dem ich die Gemeinheiten unauffällig hätte mitteilen können, damit er die Lästerer zur Rede stellte, wie er es früher mit den aufrührerischen Priestern des Amun getan hatte. So aber war ich zum Schweigen verurteilt. Doch ich wusste sehr wohl, wer sie waren, und behielt ihre Namen gut im Gedächtnis.

Meine Schwester war vor mir eingetroffen und hatte bereits auf ihrem Thron, der etwas seitlich versetzt vor dem Nofretetes stand, Platz genommen. Sie war die Einzige, auf die Tutanchaton und ich zugingen, um sie mit einem Kuss zu begrüßen. Dann stellten wir uns hinter sie und sahen schweigend in den Saal, der sich mehr und mehr füllte, hinab.

Endlich öffneten sich die Torflügel neben den Königsthronen. Aus dem hell erleuchteten langen Gang, der dahinter lag, kam Nofretete mit ihren Töchtern und ihrem Gefolge. Noch mehr Soldaten als sonst säumten ihren Weg, in Zweierreihen standen sie dort Spalier. Trompetenklänge gaben allen Anwesenden das Zeichen, sich vor der Königin und ihren Töchtern niederzuwerfen. Einzig Teje, Tutanchaton und mir war es erlaubt, stehen zu bleiben. Nofretete trug die Doppelkrone: die hohe, weiße Krone Oberägyptens, die in die rote Krone Unterägyptens gesetzt war. In ihren Händen hielt sie Geißel und Krummstab. Ihre Arme zierten mehrere goldene Armreife, und über einem dünnen, mit Goldfäden durchwirkten Gewand ruhte auf ihren

Schultern ein breiter Kragen aus Gold, Lapislazuli und Karneol. In ihrem schweren Prunkgürtel steckte ein Zierdolch. So war sie mit beinahe allen Zeichen der Pharaonenwürde versehen. Einzig auf den heiligen Zeremonialbart, den unsere Herrscher in der Vergangenheit bei allen feierlichen Anlässen trugen, hatte sie verzichtet. Dies war für uns alle das erste, nicht zu übersehende Zeichen, dass meine Tochter nicht wie einst Hatschepsut Maat-ka-Re ein weiblicher Pharao sein wollte, sondern alleinige Herrscherin, Königin der Beiden Länder. Meritaton trug die Doppelfederkrone einer Großen königlichen Gemahlin, und wie eine solche schritt sie neben ihrer Mutter einher.

Nachdem sich Nofretete, Meritaton und ihre Schwestern auf ihren Thronen niedergelassen hatten, machte ich einen Schritt nach vorn und rief mit lauter Stimme:

«Die Tochter Atons ist erschienen, Anchet-chepru-Re, die Herrscherin über Ober- und Unterägypten, sie lebe, sei heil und gesund, geliebt von Aton, in heiligen Gestalten Semenchkare, geliebt von Waen-Re.»

Während ein gewaltiger Fanfarenstoß ertönte, dachte ich kurz darüber nach, wer von denjenigen, die nicht schon wussten, welchen Namen sich Nofretete geben würde, die Besonderheit ihrer Titulatur bemerkt hatten: Anchet war die weibliche Form des Wortes Anch, was Leben heißt. Schon mit ihrem Thronnamen machte meine Tochter also keinen Hehl daraus, ein für alle Mal als Frau über Ägypten zu herrschen.

Jetzt erhoben sich alle im Saal und machten der Herrscherin und ihrem Gefolge Platz, damit sie zwischen den Wedelträgern den Saal durchschreiten und auf den Treppenabsatz vor dem großen Tor der Audienzhalle treten konnte. Kaum dass sich die Flügel des Tores geöffnet hatten, warfen sich ausnahmslos alle Beamten und Würdenträger, die sich dort versammeln durften, vor ihrer Königin in den Staub. Wieder trat ich vor und verkündete laut den Thronnamen meiner Tochter. Zuletzt wurden auch die Torflügel, die auf den Vorplatz des Palastes führten, geöffnet, und ein drittes Mal rief ich, so laut ich konnte:

«Die Tochter unseres Vaters Aton ist erschienen, Anchetchepru-Re, die Herrscherin über Ober- und Unterägypten, sie lebe, sei heil und gesund, geliebt von Aton, in heiligen Gestalten Semenchkare, geliebt von Waen-Re.»

Erst jetzt durften sich alle erheben und jenen Jubel anstimmen, in den unser Volk immer dann ausbrach, wenn nach dem Tode eines Pharaos die Zeit der Isfet zu Ende war und der Regierungsantritt des neuen Herrschers Gewähr dafür bot, dass anstelle der Unordnung wieder Maat, unsere göttliche Ordnung, trat. Es war in diesem Augenblick gleichgültig, ob Nofretete wirklich den Geboten der Maat entsprach, wenn sie sich zur Herrscherin ausrufen ließ. Es kam nur darauf an, dass der Thron Ägyptens für alle sichtbar wieder besetzt war. Allein diesem Umstand als solchem galt in Wirklichkeit die Freude des Volkes und nicht jener Frau, die dort oben stand und den Jubel ihrer Untertanen sichtlich genoss. Denn wer von denen, die da standen und riefen und winkten, konnte sagen, warum er seine neue Herrscherin verehren oder gar lieben sollte, wo doch kaum einer je zuvor ein Wort mit ihr gewechselt hatte und auch in Zukunft gewiss keine Gelegenheit dazu haben würde? Sie konnten nicht wissen, ob sie gütig sein würde oder kaltherzig, gnädig oder streng, ob sie großzügig sein oder die Steuern erhöhen würde. Das Einzige, was sie wussten, war, dass der Thron Ägyptens wieder besetzt war. Das genügte.

Während der tausendfache Chor auf den Mauern des Stadtpalastes das Loblied auf Semenchkare und Meritaton lauter und lauter ertönen ließ, brach endlich der Tag an, und es dauerte nicht mehr lange, bis sich die rot glühende Sonnenscheibe über dem Ostgebirge erhob, damit sie ihre wärmenden Strahlen über das erste weibliche Herrscherpaar in der Geschichte der Beiden Länder ergoss. Nofretete hielt die Augen geschlossen, während sie beide Arme ausbreitete, um den Segen Atons, die Leben spendenden Strahlen, zu empfangen, so wie sie und ihr verstorbener Gemahl tausendfach abgebildet waren unter dem Bild des

Strahlenaton. Meritaton dagegen fehlte noch die Gelassenheit einer Erwachsenen, um Augenblicke wie diesen mit geschlossenen Augen zu genießen. Aufgeregt suchend huschten ihre Blicke umher, und ihre Augen versuchten, jeden Eindruck einzufangen, der bedeutend erschien und der es nach ihrer Meinung wert war, eingefangen zu werden. Erst das Ende des festlichen Gesangs ließ Nofretete aus ihrem traumähnlichen Zustand zurückkehren, und für Aper-el, der die Zeremonie leitete, war es gleichzeitig das Zeichen, seine Herrscherin mit einem unauffälligen Kopfnicken zum Aufbruch zu mahnen.

Unter dem tosenden Lärm von Posaunen und Kriegstrommeln stiegen Nofretete und Meritaton zwischen den Wedelträgern die Treppe hinab, um dort eine offene Prunksänfte zu besteigen. Zwölf schwarz glänzende Nubier, jeder einzelne gewiss so stark wie ein Löwe, hoben die schwere Sänfte auf ihre Schultern und warteten geduldig, bis neben dem königlichen Paar die Wedelträger, vor der Sänfte die Sehenden des Aton und dahinter wir Großen Ägyptens Aufstellung genommen hatten.

Erst jetzt im anbrechenden Licht des noch jungen Tages bemerkte ich, dass der Stadtpalast einer Festung glich: Sie standen dicht gedrängt auf den Mauern, Pfeil und Bogen griffbereit neben sich, um jederzeit einen Angriff auf ihre Herrscherin niederschlagen zu können. Sie standen sich in zwei Dreierreihen vom Eingang des Palastes bis zum Torturm des Gempa-Aton, wohin uns der Zug jetzt führte, gegenüber, und das Spalier, das sie gebildet hatten, war undurchdringlich. Obwohl unser Gang zum Tempel Atons eher dem Triumphzug eines Eroberers in einer unterworfenen Stadt glich als dem Krönungszug eines ägyptischen Herrschers inmitten des eigenen Volkes, waren die Menschen, die unseren Weg säumten, fröhlich, jubelten und winkten ihrer Herrscherin zu und schienen die Heerscharen von Soldaten, die sie von ihrer Königin abriegelten, gar nicht wahrzunehmen.

Wir durchschritten den Torturm des Tempels und ließen die tosende Menge hinter uns zurück. Ein vielstimmiger Gesang des Tempelchores begleitete uns durch die ersten beiden Höfe, bis wir schließlich im Allerheiligsten angelangt waren, wo Nofretete mit ihrer Tochter die Stufen des Podiums, welches nur den Herrschern der Beiden Länder vorbehalten war, emporstieg. Beide legten auf dem Altar Opfergaben nieder, gossen aus goldenen Kannen Wasser darüber und blickten dann zu ihrem Vater Aton empor, dessen Strahlen durch schwerfällig nach oben drängende Weihrauchnebel hindurch das Opfer berührten und es so annahmen.

Drei Tage und drei Nächte feierte Achet-Aton und mit ihm ganz Ägypten die neue Herrscherin. Die Fürsten Ägyptens huldigten ihrer Königin ebenso wie der Königssohn von Kusch und seine edlen Begleiter. Die Gesandten der Fremdländer überbrachten die Grüße und die Geschenke ihrer Könige, und für einen Augenblick schien es, als wäre die Welt so unverändert und die Freunde und Geschenke so zahlreich wie vor zwanzig Jahren. Die Menschen tanzten und sangen, sie aßen und tranken, sie stritten, und sie liebten sich. Und kaum dass der eine Festabend geendet hatte, wurde schon mit den Vorbereitungen für den nächsten begonnen.

Nofretete ernannte Aper-el zum Bürgermeister von Achet-Aton und zum Vorsteher aller Arbeiten Ihrer Majestät. Sie erhob Maja, den Schreiber Echnatons, zum Vorsteher aller Paläste Ihrer Majestät und Tutanchaton zum Zweiten Sehenden des Aton.

Sie hatte Wort gehalten.

FÜNF

Mache dir einen schönen Tag!
Deine Lebenszeit sei täglich schön,
bis du erreichst die Stadt der Ewigkeit.

Das Alter hatte mich misstrauisch werden lassen.

Die Festtage verliefen in einer Friedfertigkeit, in einer Eintracht, die ich so nicht erwartet hatte. An jeder Feier durfte Tutanchaton widerspruchslos teilnehmen. Es war nicht zu übersehen, dass er stets einen Ehrenplatz neben mir oder neben seiner Großmutter Teje erhielt, und einmal glaubte ich sogar gesehen zu haben, dass Nofretete dem Jungen ein freundliches Lächeln schenkte. Während all dieser Tage ließ ich ihn nicht aus den Augen. Ich begleitete ihn, wenn er aus dem Festsaal ging, um im Palastgarten die Kühle des Abends zu genießen und um mit anderen Kindern zu spielen. Wollte er nach Hause gehen, verließ ich ebenfalls das Fest, ohne erst nach einem Vorwand zu suchen, denn man hätte ihn mir ohnehin nicht geglaubt. Es mag sein, dass mancher mir hinterherlächelte, wenn ich Hand in Hand mit dem Kind den Festsaal verließ. Doch solange Nofretete und mit ihr Tausende Soldaten, die ihr bedingungslos ergeben waren, in der Stadt weilten, wollte ich keiner noch so unbedeutenden Laune des Schicksals die Möglichkeit geben, mir den Jungen zu nehmen. Natürlich war mir bewusst, dass ich Tutanchaton irgendwann loslassen musste, dass ich ihn an ein Maß von Freiheit und Selbständigkeit gewöhnen musste, welches es ihm möglich machte, einmal ein eigenständiges Leben zu führen, ohne dass ich ihn bei jedem Schritt an die Hand nahm. Es würde eines Tages geschehen, da war ich mir sicher, und im Augenblick hoffte ich nur, dass er angesichts meines Alters ein wenig schonend mit mir umgehen würde.

Hatte meine Tochter den Jungen während der Festlichkeiten täglich zu sehen bekommen, legte ich nun Wert darauf, dass er und ich jetzt etwas zurückgezogener lebten. Nofretete sollte dies auch als eine Art Anerkennung verstehen, weil sie Wort gehalten und dem Prinzen das versprochene Amt verliehen hatte. Dagegen war es mir nicht wichtig, in all die Vorbereitungen ihrer bevorstehenden Abreise eingebunden zu werden, denn dies hätte mir nur zu deutlich vor Augen geführt, dass ich im Grunde für den Rest meiner Tage wie ein Gefangener in dieser Stadt leben würde. Denn solange mein Schützling diese Stadt nicht verlassen durfte, lebten wir beide im Herzen Ägyptens wie in Verbannung.

Obwohl mir der Abschied von meiner eigenen Tochter bevorstand, war ich doch von Herzen froh, als die Barke Nofretetes, umgeben von zwanzig Schiffen der königlichen Flotte, endlich an der Hafenmauer des Stadtpalastes lag und für die Abreise vorbereitet wurde. Ein Großteil der Soldaten, die zum Schutz der Königin nach Achet-Aton gekommen waren, hatte die Stadt bereits wieder in Richtung Süden verlassen, und so war nur die Leibgarde zurückgeblieben, um unsere Herrscherin Anchetchepru-Re sicher nach Waset zu geleiten. Doch zunächst bestand deren Hauptaufgabe darin, das Verladen der Geschenke, die Nofretete gemacht worden waren, zu bewachen.

Ägypten hatte wahrlich größere Schätze gesehen als diesen, aber niemand wagte es, darüber auch nur ein abfälliges Wort zu verlieren. Denn die wenigen Geschenke, dieser geradezu kümmerliche Schatz, waren nichts anderes als das Ergebnis der verfehlten Haltung Echnatons und Nofretetes gegenüber der unstillbaren Machtgier der Hethiter. Nofretete hatte in den letzten

Tagen trotz aller Warnungen aus dem Kreis ihrer Berater immer wieder erklärt, dass auch sie nach dem Tod ihres Gemahls nicht bereit sei, ägyptische Soldaten nach Nordosten zu schicken, damit sie auf fremdem Boden und für fremde Ansprüche ihr Blut vergossen. Über dem Land der Hethiter, sagte sie, würde Aton ebenso leuchten wie über Mitanni, Babylon und dem Nil. Ägypten müsse eben lernen, mit dem auszukommen, was das eigene Land seinen Menschen schenkte. Mit diesen Worten wies sie unsere Bedenken zurück. Auch den Einwand, Suppiluliuma könnte eines Tages sogar die ägyptischen Grenzen überschreiten und sich unseres Landes oder wenigstens großer Teile davon bemächtigen, ließ sie nicht gelten.

«Unser unbedingter Wille zum Frieden wird jede Macht der Erde davon abhalten, uns Böses antun zu wollen. Das ist das Geschenk, das Aton uns für unsere unverbrüchliche Liebe zu ihm macht», sagte Nafteta zu meiner Schwester Teje, nachdem diese beim Abschied einen letzten Versuch unternommen hatte, die davoneilende Herrscherin umzustimmen.

«Dann eben nicht», hörte ich Teje neben mir enttäuscht flüstern. «Ich werde den Untergang Ägyptens hoffentlich nicht mehr erleben müssen», fügte sie noch leiser und vorsichtiger hinzu.

Es kostete Teje viel Kraft, den Kopf zu heben, damit sie mich ansehen konnte. Aber meine Reaktion auf ihre Frage schien ihr doch wichtig zu sein: «Ob ich deine Tochter jemals wieder sehen werde, Eje?»

Ich sah lange und schweigend in ihre trüben Augen und überlegte, wessen Ende sie mit dieser Frage wohl vor Augen gehabt haben mochte: das meiner Tochter oder ihr eigenes. Ich zuckte nur mit den Achseln, denn ich hatte mit mir selbst zu tun.

War es nicht entsetzlich, dass ich hier stand und es nicht erwarten konnte, bis meine eigene Tochter endlich Achet-Aton verlassen hatte? Der Abschiedskuss war ein sehr flüchtiger gewesen. Von uns beiden. Keiner wollte der Seele des anderen noch einmal wehtun, ja sie auch nur berühren. Keine Träne des Abschiedskummers rann über unsere Wangen. Wir kannten uns aber gut genug, um zu wissen, dass wir beide noch an demselben Abend, in der Stille der Nacht und in aller Heimlichkeit manche Träne über den Verlust des anderen verlieren würden.

Ich hatte sie immer so sehr geliebt und ich hätte all meinen Besitz dafür gegeben, wenn ich sie noch so hätte lieben können, wie ich es noch vor wenigen Wochen getan hatte. Doch es lag ein tiefer Graben zwischen uns. Ein Graben von Unverständnis, von wahrscheinlich beiderseitiger Unfähigkeit, sich zuzuhören und einander verstehen zu wollen.

Es mochte sein, was wollte, aber es war Unrecht, was sie getan hatte. Es gab keine Rechtfertigung dafür, dass sie dem Sohn Pharaos den Thron weggenommen hatte und nicht daran dachte, ihn dem rechtmäßigen Erben irgendwann wieder zugestehen zu wollen.

«Mögen dir die Götter Ägyptens dafür gnädig sein!», flüsterte ich vor mich hin, als Nafteta mit ihren Töchtern das Schiff bestieg, und mir war dabei nicht einmal bewusst, dass ich etwas gesagt hatte, was auszusprechen noch immer unter Strafe verboten war.

Nofretete und Meritaton standen unter dem Baldachin am Bug des Schiffes und warteten darauf, dass die Flotte ablegte und die Ruderer die Schiffe gegen den Strom nach Süden trieben. Zuvor aber breitete Anchet-chepru-Re die Arme aus und segnete – mit Geißel und Krummstab in ihren Händen – zum Abschied ihr Volk und die Stadt Achet-Aton.

Wie tausendfach geübt fielen die Ruderblätter ins Wasser, und bereits der erste Ruderschlag trieb die königliche Barke so schnell voran, als hätten die Nubier schon zehn oder zwanzig Schläge gemacht. Dann folgten alle anderen Schiffe. Die gesamte Flotte gewann schnell an Fahrt, und es dauerte nicht lange, bis ein Schiff nach dem anderen hinter der ersten südlichen Biegung des Nils verschwand. Bald darauf war auch die letzte Mastspitze hinter Palmen und Sykomoren nicht mehr zu sehen.

Gebückt und mit nur leicht gesenktem Kopf starrte meine alte Schwester noch eine ganze Weile aus den Augenwinkeln nach Süden, als wollte sie ganz sicher sein, dass Nofretete wirklich abgereist war und nicht wieder zurückkehrte. Dann wandte sie sich ihrem Enkel zu, und mit dem verschmitzten Lächeln einer alten Bäuerin sagte sie zu ihm: «Jetzt beginnt für dich ein völlig neues Leben, Tutanchaton. Mein Bruder wird dir allerhand beibringen, und ich werde froh sein, wenn ich nicht alles erfahre, was ihr so aushecken werdet. Aber ich bin mir sicher, dass du mit dem alten Eje viel Spaß haben wirst!»

Tutanchaton sah zu mir hinauf und fand es ganz offensichtlich sehr erheiternd, wie Teje mich genannt hatte, denn er strahlte über das ganze Gesicht.

«Ich jedenfalls will ihm ein Vorbild sein und werde es nicht zulassen, dass er mit Frauen, vor allem mit älteren Damen, seinen Spott treibt.»

Ich zwinkerte meiner Schwester zu, gab Tutanchaton einen Klaps und sagte zu ihm: «Setz dich wieder zu ihr in die Sänfte! Du lässt dich ja doch lieber tragen, als dass du mit mir zu Fuß gehst.»

Ich hatte mich nicht getäuscht.

Es wurde sehr still in Achet-Aton. Ich weiß nicht, ob es daran lag, dass wirklich weniger Fremde kamen, um Handel zu treiben, Neuigkeiten auszutauschen und Botschaften zu überbringen, oder ob sich, wie ich auch, manch anderer zurückzog, um abzuwarten, was die Zukunft bringen mochte. Langweilig wurde es mir dabei nicht, denn ich hatte meine Aufgabe: Tutanchaton.

Er war jetzt mit all seinen Sachen zu mir gezogen, denn ich wollte, dass er wusste, wo er endgültig hingehörte, und dass er meinen Palast als sein alleiniges Zuhause betrachtete. Zwischen seinem und meinem Schlafzimmer lag nur die Kammer meines Leibdieners, und so hatte Ipu jetzt zwei Herren zu bewachen.

Ich legte Wert darauf, den größten Teil des Unterrichts selbst abzuhalten, und damit Tutanchaton mir nicht allein ausgeliefert war, ließ ich die kleine Schule im Nordpalast schließen und alle Kinder, die bislang dort unterrichtet worden waren, zu mir kommen.

Neun Tage kamen vierzehn Kinder im Alter meines Schützlings zu mir, und nur am zehnten Tag der Woche war ich mit Tutanchaton wieder allein. Der Unterricht kostete mich reichlich Kraft, und es dauerte eine ganze Weile, bis ich mich an all die unterschiedlichen Wesenszüge der Kinder gewöhnt hatte. Da waren einige stille und gut erzogene, wie Tutanchaton, aber auch wilde und schier unbezähmbare wie Ramose, der Enkel Achas, und Paatonemhab, der Sohn eines sehr wohlhabenden Kaufmanns, der mit Tuchen aus allen Teilen der Welt handelte. Es gab schüchterne Knaben, deren Tränen schon beim ersten mahnenden Wort, das ich sprach, flossen. Die Kinder kamen aus der ganzen Stadt zu mir, und es waren nicht nur die Söhne der ersten Familien, die Einlass fanden. Es kamen der Sohn eines Goldschmieds ebenso wie die Zwillinge des Hafenmeisters und der Enkel des Bildhauers Thutmosis. Wie schon vor tausend Jahren entschieden auch heute nicht die Herkunft eines Ägypters über dessen Werdegang, sondern allein seine Begabung und sein Fleiß.

Da sich einige der Kinder auch nach dem Unterricht bis zum Abend bei mir aufhielten, konnte ich deren Verhalten und Gewohnheiten außerhalb der Schulzeit beobachten und stellte dabei sehr schnell fest, dass dann ganz andere Dinge von Bedeutung waren. Jetzt zählten nur noch Geschwindigkeit beim Laufen, Treffsicherheit beim Werfen und die Lautstärke beim Erteilen von Befehlen. Es konnte aber auch nur der ein guter Anführer sein, der sich für seine Bande etwas Besonderes einfallen ließ. So warf Tutanchaton eines Tages die Frage auf, ob ein Treffer seines Wurfholzes nicht nur für Wildenten, sondern auch für Gänse meines Anwesens tödlich sein könnte, und ehe ich gewahr wurde, dass die Frage nicht im Spaß gestellt worden war, lief eine gerade vom Wurfholz meines Schützlings enthauptete Gans die letzten Schritte ihres kurzen Lebens, bis sie blutleer vor meinem entsetzten Gesicht tot zusammensank.

Ein andermal konnte ich dank meines außerordentlichen Gehörs gerade noch die Ausführung eines Plans von Paatonemhab verhindern: Dieser bestand darin, dass die Jungen, mit Steinschleudern bewaffnet, zu den Dattelgärten im Süden meines Palastes schleichen wollten, um dort die Affen, die mit langen Leinen an der Flucht gehindert wurden, damit sie die reifen Früchte pflückten, zu beschießen. Bei beiden Vorhaben stand Tutanchaton in vorderster Reihe des Geschehens, und ich war nahe dran, ihn vor aller Augen mit dem Stock zu bestrafen. Allein seine königliche Herkunft verbat es mir.

Die Knaben begannen jedoch, mir zu misstrauen, weil sie es sich nicht erklären konnten, wie es mir möglich gewesen war, ihren bösen Plan zu entdecken. Wie vermutlich alle Kinder dieser Welt kamen sie irgendwann auf den Gedanken, verschlüsselt zu sprechen. Nach einem schnell gescheiterten Versuch einer Geheimsprache, nämlich mit nur jeweils dem ersten und letzten Buchstaben eines Wortes auszukommen, ersannen sie zum tausendsten Mal in der Geschichte Ägyptens die Rückwärtssprache.

Ich wurde um fünfzig Jahre zurückversetzt, als ich, im Schatten einer Dumpalme auf meiner Liege ruhend, die anfänglich noch holprigen Versuche der Jungen vernahm, mich zu überlisten.

«Bo eje chilkriw tfälsch?», fragte der Erste noch leise stotternd und zurückhaltend.

«Ud tssum nhi run nehesna. Re tcham os llensch niek egua rehm fua», wurde Tutanchaton schon etwas kecker.

«Reba riw nessüm snu sawte nellafnie nessal, liew» – und jetzt sprach er ganz leise – «eje sträwrov osuaneg tgnilk, iew sträwckür.»

Da hatte Tutanchaton allerdings Recht. Mein Name sprach sich vorwärts wie rückwärts gleich aus, was für meine kleine

Bande verräterisch sein konnte. Ich war nur zu neugierig, was sie sich dafür einfallen ließen.

«Eiw netnnök riw nhi nennen?»

Da war doch schon wieder so ein verdächtiges Wort! Leise jetzt!

«Se frad reba tchin nie seniemeg trow nies», stellte sich der kleine Ramose schützend vor meine Ehre. «Tsnos tsi re uz tgidieleb. Eiw tednif rhi apo?»

«Apo?», wiederholte Paatonemhab abfällig.

«Ad nnak re snu retnihad nemmok. Sad tsi uz chafnie», wandte Tutanchaton wieder ein und schlug ein anderes Wort für mich vor: «Retavsettog! Sad tärre re ein, ad nib chi rim rechis!»

«Retavsettog tsi tug», stimmte ihm Ramose zu.

Ich musste zugeben, dass sie eine gute Wahl getroffen hatten. Außer mir selbst, den es aber letztlich anging, würde bestimmt jeder Außenstehende Retavsettog eher für eine geheimnisvolle babylonische Krankheit halten als für den Tarnnamen des Gottesvaters Eje.

Ich hätte nicht gedacht, dass die Jungen über Wochen und Monate hinweg Spaß an ihrer neuen Sprache haben würden, aber so redeten sie in einer atemberaubenden Geschwindigkeit rückwärts, dass ich bald alle Mühe hatte, ihnen zu folgen, obwohl ich doch all die Zeit fleißig insgeheim mitgelernt hatte. Die Kinder beließen es aber nicht dabei, rückwärts zu sprechen, sie fingen zu meinem Missfallen auch noch an, Abkürzungen und Kosenamen zu gebrauchen, aber nicht nur für einzelne Worte, sondern selbst für ganze Sätze.

«I ge ha», sagte einer, und wollte damit sagen: «Ich gehe heim.»

«Be em», bekam er zur Antwort: «Bis morgen!»

Dank seiner großen und abstehenden Ohren handelte sich Paatonemhab, mit acht Jahren der Älteste von ihnen, sehr schnell den Spitznamen Abu ein. Er war natürlich etwas beleidigt, einem Elefanten gleichgestellt zu werden, doch es half ihm nichts. War ein Spitzname einmal ersonnen und ausgesprochen, blieb er ein Leben lang an einem haften wie Schiffsteer.

Ich saß gerade auf meiner Terrasse und las einen Brief meines alten Freundes Turi, als Tutanchaton aus dem Haus trat und von Abu gefragt wurde, was er denn zu Mittag gegessen hätte.

«Nassib», gab Tutanchaton zur Antwort und verblüffte damit sogar Abu, denn auch er kannte diese Wortschöpfung noch nicht. Ich blickte unauffällig nach oben, denn des Rätsels Lösung machte auch mich neugierig.

«Ud tsah chim tgarfeg, saw chi nessegeg ebah. Dnu chi egas: Nichts als sehr scharfe Suppe im Bauch», haspelte er schnell, denn er war sich wohl sicher, dass die Verwirrung zu groß gewesen wäre, hätte er die Antwort auch noch rückwärts gegeben.

«Nassib?», wiederholte Abu und tippte dabei mit dem Zeigefinger gegen die Stirn, damit andeutend, dass weder er noch irgendein anderer von ihnen auf diese Lösung gekommen wären.

«Ud tsib chua os nie Nassib!»

«Nnad nib chi tlah nie Nassib», gab sich mein Schützling geschlagen und schien sich schon damit abgefunden zu haben, dass er künftig den Spitznamen Nassib trug, und tatsächlich blieb dieses merkwürdige Wort von nun an der Kosename Tutanchatons. Auch ich nannte meinen Schützling schon wenige Tage später nur noch Nassib. Mir war es sogar ganz recht, denn mit diesem Namen hoffte ich, ungebetenen Besuchern gegenüber die Gleichstellung des Prinzen mit dem Namen Tutanchaton verschleiern zu können.

Nassib war jetzt über sechs Jahre alt, der Tod seines Vaters lag ein Jahr zurück. Er und seine Freunde Abu, Merimeri, Sessu, oder wie sie alle hießen oder besser sich selbst nannten, hatten meinen Palast und meinen Garten längst zu ihrem Reich erklärt, in dem sie herrschten wie nubische Kleinfürsten. Hier hatte die wahre Herkunft keine Bedeutung. Das galt selbst für Tutanchaton, denn anders als in den Palästen Echnatons fiel hier auf meinen ausdrücklichen Befehl hin niemand vor ihm nieder, wenn er eintrat oder einen Wunsch äußerte. Gewiss hatte sich meine Dienerschaft vor ihm zu verbeugen; doch das mussten sie vor Nassib ebenso wie vor Sessu und Abu. Wer in meinem Hause der Anführer sein wollte, entschied sich Woche für Woche neu: Einmal war die Schnelligkeit beim Wettlauf ausschlaggebend, ein andermal die Treffsicherheit mit Pfeil und Bogen oder mit dem Wurfholz.

Nur ihre Leistungen im Unterricht schienen kein tauglicher Maßstab gewesen zu sein, denn dann wäre stets Merimeri, der Schwächlichste von allen, ihr Häuptling gewesen.

Das Getuschel und Geflüster um mich herum wurden immer leiser, bis es mich der Dämmerschlaf, in den ich um die Mittagszeit im Schatten eines Baumes gesunken war, gar nicht mehr vernehmen ließ. Doch war mir irgendwann die Ruhe zu unheimlich, und mit einem nur leicht geöffneten Auge suchte ich deswegen meine Umgebung nach den Kindern ab. Ich wähnte sie bald im Inneren des Palastes, auch dort war es jedoch auffallend still, zu still, als dass sie hier ihr Lager aufgeschlagen haben konnten. Ich redete mir ein, dass es für die ungewohnte Ruhe gewiss eine einfache Erklärung gab; dennoch beschlich mich mehr und mehr ein ungutes Gefühl, und so beendete ich meine Rast und ging hinein, um nachzusehen.

Alle Diener beteuerten, sie hätten die Kinder seit gewiss ein oder zwei Stunden nicht mehr gesehen und gehört. Ich kehrte in den Garten zurück und rief mehrmals laut nach Nassib und den anderen, doch es blieb still.

«Komm mit mir!», befahl ich meinem Diener Ipu, der jetzt ebenfalls aus dem Haus gekommen war, und ging mit ihm zu den Stallungen. Aber auch hier war keines der Kinder anzutreffen. Wir bogen gerade in meine Obstgärten ein, als uns ein Eselgespann begegnete, das offenbar vom Hafen kam, da es Weinkrüge geladen hatte.

«Sind dir Kinder begegnet?», rief Ipu dem Alten, der den Esel führte, schon von weitem entgegen und ergänzte gleich: «Sechs, sieben Jahre alt. So groß etwa», und dabei hielt er sich die flache Hand vor den Bauch.

Der Alte deutete vor mir eine Verneigung an und sagte dann: «Ja. Es ist schon eine Weile her. Da fielen mir im Hafen ein paar Kinder auf, die da wohl nicht hingehörten. Sie waren zu fein gekleidet, als dass ich sie für helfende Hände gehalten hätte.»

Ich hatte mir schon überlegt, dass ich Ipu allein zum Hafen schickte, um die Kinder zurückzuholen, denn ihr Aufenthalt schien ja nun geklärt zu sein. Ich war aber neugierig geworden und wollte selbst sehen, was sie dort trieben.

Wegen der Mittagshitze war im Hafen nur wenig los, und so schien es nicht schwer, sich nach vier entlaufenen Kindern durchzufragen. Aber niemand konnte uns so recht weiterhelfen, bis uns ein verschmutzter Straßenjunge weiter nach Süden zum Fischhafen schickte. Dorthin hätte er zwei Kinder laufen gesehen – mehr seien es aber gewiss nicht gewesen.

Die Sache begann unheimlich zu werden, und schon war ich mir nicht mehr sicher, ob wir überhaupt noch auf der richtigen Fährte waren.

«Der Größere von den beiden», brummte ein fast zahnloser Fischer, der sein Netz ausbesserte, unverständlich vor sich hin, «nahm sich einfach eines der kleinen Boote hier, rief den Kleinen zu sich und segelte mit ihm nach Norden.» Dabei machte er mit seinem Kopf eine ruckartige Bewegung in Richtung Chmenu, damit auch ich begriff, wo Norden war.

«Sie ruderten nach Norden», verbesserte ihn ein anderer. Rechthaberisch und ohne von seinem Netz aufzublicken, brummte der Zahnlose noch einmal: «Sie segelten!»

«Es ist ja gut», versuchte ein Dritter zu schlichten. «Ich habe es genau gesehen: Der Große setzte das Segel, und der Kleine musste dazu rudern. Jetzt wisst Ihr es genau, mein Herr!»

Noch während er sprach, sah ich angestrengt zwischen all die Schiffe, die den Fluss befuhren, nach Norden, um vielleicht irgendwo ein kleines Segelboot zu erkennen. Aber meine Augen waren schon zu schwach, um alles, was sich bis zur großen Biegung des Flusses auf ihm bewegte, erkennen zu können.

«Kannst du sie irgendwo entdecken?», fragte ich Ipu ungeduldig.

«Nein, Herr», gab er mir zur Antwort, ohne mich anzusehen.

«Welches ist hier das schnellste Boot?», fragte ich in die Runde der Fischer und sah nach und nach jeden von ihnen an.

«Sie sind alle nicht schnell, Herr», sagte der Zahnlose. «Es sind Fischerboote und keine Kriegsschiffe», setzte er in hämischem Ton nach.

«Hört mir zu», wurde ich jetzt ungeduldig. «Wir müssen die Kinder finden, ehe ihnen etwas zustößt. Versteht ihr mich?»

«Es geschieht jeden Tag so viel», sagte der Alte, und die Gleichgültigkeit in seiner Stimme war nicht mehr zu übertreffen.

«Wisst ihr Faulpelze eigentlich, wen ihr vor euch habt?», schrie Ipu daraufhin die Fischer wütend an.

«Das ist Gottesvater Eje. Und der, den wir suchen, ist …»

«Ist mein Enkel», unterbrach ich meinen Diener, denn ich wollte nicht, dass hier der Name Tutanchaton fiel. Möglicherweise hätte jemand dieses Wissen zu seinem eigenen Vorteil genutzt.

Einige von ihnen senkten scheinbar demutsvoll den Kopf, um mich sogleich von oben bis unten eingehend zu mustern, denn mein Äußeres ließ nicht vermuten, dass ich der Gottesvater war: Ich trug keine Perücke, nur einfache Ledersandalen und einen nicht allzu kostbaren Gürtel. Vor allem fehlte ein Standartenträger, der meinen hohen Rang ausgewiesen hätte. So hielt ich dem Ältesten von ihnen oder dem, welchen ich dafür hielt, meine rechte Hand mit dem Siegelring Echnatons entgegen und hoffte, dass sich mein Gegenüber wenigstens darüber im Klaren war, was die von den heiligen Ringen eingerahmten Schriftzeichen bedeuteten.

Dann meldete sich ein jüngerer Fischer, er mochte achtzehn Jahre alt gewesen sein, zu Wort: «Ich werde Euch mit meinem

Boot fahren, hoher Herr», sagte er mehr ängstlich als freundlich und verneigte sich gleich zweimal vor mir, um sogleich mit der Rechten auf sein Boot zu verweisen, das unmittelbar vor uns lag. Während mir Ipu beim Besteigen des kleinen Segelschiffes half, zog Menna, so wurde unser Mann von den anderen genannt, schon das Segel hoch und nahm sodann am Heck seines Bootes neben dem Ruder Platz. Es ging ein leichter Westwind, und so kamen wir leidlich schnell vorwärts, erreichten bald die Mitte des Flusses, trieben am Hafen, dem Stadtpalast und einer lang gezogenen Schilfinsel, die dem Westufer des Nils vorgelagert war, vorbei, bis wir endlich die Biegung nördlich von Echnatons Wohnpalast erreicht hatten.

Unentwegt hielten Ipu und ich Ausschau nach dem Segelschiff der Kinder, aber sosehr wir uns auch Mühe gaben, wir konnten sie nicht entdecken. Nach gut einer Stunde erreichten wir den kleinen Hafen von Chmenu, wo wir uns sofort nach den Gesuchten erkundigten. Aber niemand hatte dort die Kinder gesehen.

Enttäuscht und entmutigt bestiegen wir unser kleines Schiff, um nach Achet-Aton zurückzusegeln. Die Fahrt gegen den Strom war mühsam, und Menna musste all seine Künste aufbieten, um überhaupt vorwärts zu kommen. Es war jetzt schon später Nachmittag, und es würde nicht mehr lange dauern, bis Aton im Westen niedersank.

Als wir uns der Nordspitze der kleinen, nahezu vollständig mit Schilf bewachsenen Insel näherten, wurde Ipu unruhig. Immer wieder streckte er sich, beugte sich aus dem Boot, um an dem weißen Segel vorbei auf die Insel sehen zu können.

«Am westlichen Ufer der Insel liegt ein Boot!», rief er mir zu. «Seht Ihr, Herr? Dort drüben. Jetzt könnt Ihr den Masten gut erkennen!»

Jetzt erkannte ich nicht nur den Masten, sondern auch das Heck des kleinen Seglers, und trieb unseren Fischer an: «Dorthin! Beeile dich, Menna!»

Am westlichen Ufer des Nordzipfels der kleinen Insel lag

zwar das Boot, aber wir sahen keines der Kinder. Während wir dichter an das Westufer des Nils heranfuhren, damit wir mehr von der Insel sehen konnten, hörte ich plötzlich von weitem die Schreie Tutanchatons. Es musste etwas Entsetzliches geschehen sein, denn so aufgeregt, so laut hatte ich noch nie Angstschreie des Jungen gehört.

Dem Schilf der Insel vorgelagert, breitete sich nach Westen eine Sandbank aus. Auf ihr erkannte ich jetzt Nassib und den um zwei Jahre älteren Abu. Aber sie waren nicht allein: Vier Krokodile schoben sich langsam aus dem Wasser auf die Sandbank. Eines hatte seinen Rachen weit aufgerissen, und jetzt, da es schon in ganzer Länge das Wasser verlassen hatte, sah ich, dass es mindestens acht Ellen lang war. Ihren Körper bei jedem der vorsichtigen Schritte seitlich hin und her biegend, folgten ihm die anderen Tiere und zogen langsam ihren Opfern entgegen.

Abu stellte sich schützend vor den noch immer schreienden Tutanchaton und fuchtelte mit einem Stück Treibholz vor seinem Körper hin und her. So versuchte er die immer näher rückenden Ungeheuer sich und seinem Freund vom Leibe zu halten. Wir waren noch viel zu weit von der Sandbank entfernt, um auch nur irgendwie helfend eingreifen zu können, und erst jetzt stellte ich mit Entsetzen fest, dass sich auf unserem Boot weder ein Speer noch Pfeil und Bogen, und schon gar keine Harpune, befanden.

Unaufhaltsam näherte sich das erste Krokodil mit weit aufgerissenem Maul den Kindern. Es machte die ersten, hastigen Sätze nach vorn, um nach seinem Opfer zu schnappen, und Abu gelang es sogar, zwei-, dreimal auf den Rachen des Krokodils einzuschlagen, was das Tier in seinen Angriffen nur noch wütender machte. Ipu griff in seiner Verzweiflung nach dem Netz, das vor ihm im Boot lag, um es, sobald wir das Ufer erreicht hätten, über das Krokodil zu werfen. Da machte das Untier einen letzten, mächtigen Satz nach vorn, schnappte nach Abu, erfasste ihn am Fuß und riss ihn mit wildem Kopfschütteln zu Boden. Sogleich stürzten sich auch zwei andere Krokodile auf den Jungen, um ihrem Konkurrenten die Beute zu entreißen. Unter entsetzlichen Schreien wurde Abu von den drei Tieren ins Wasser gezogen und ertränkt, bevor sie sich um die bald leblose Beute stritten und das Blut des Jungen das Wasser für einen kurzen Augenblick rot färbte.

Der Anblick dieses Grauens hatte Nassib verstummen lassen. Regungslos stand er jetzt allein auf der Sandbank, nur noch den von Abu zurückgelassenen Stock zwischen sich und dem verbliebenen Krokodil, und starrte in die Augen des Tiers.

«Bewege dich nicht!», rief Menna dem Jungen entgegen.

«Mach keine Bewegung!», wiederholte ich, während Ipu schon auf dem Rand unseres Bootes stand, das Netz wurfbereit in den Händen.

«Ich steuere auf das Krokodil zu», sagte der Fischer jetzt leise. «Haltet Euch fest, mein Herr, damit es Euch nicht mit seinem Schwanz ins Wasser schleudert.» Kaum dass er das gesagt hatte, rammte der Bug unseres kleinen Bootes den Körper des mächtigen Tieres, das sogleich seinen Kopf erschrocken nach hinten warf und seinen Rachen wild fauchend aufriss, um uns anzugreifen. Da warf Ipu das Netz über den riesigen Schädel des Tieres, verdrehte es zweimal und versuchte so, das Tier in der Nähe des Bootes zu halten und es daran zu hindern, doch noch Tutanchaton anzugreifen. Währenddessen sprang ich an Land, lief auf den noch immer starr dastehenden Nassib zu, hob ihn hoch und nahm ihn in meine Arme.

«Weg von hier!», sagte ich zu ihm, und während Ipu noch immer mit dem Krokodil kämpfte, lief ich mit dem Jungen die wenigen Schritte zu dem leeren Boot der Kinder, setzte ihn hinein, schob das Boot ins Wasser und sprang schließlich selbst hinein.

Jetzt ließ auch Ipu von seinem Netz ab, und sogleich tauchte das wütende Krokodil unter wilden Schlägen seines Schwanzes in das trübe Wasser.

Nassib zitterte noch immer vor Angst am ganzen Leib und starrte entsetzt auf die Stelle, wo sein Freund von den Krokodilen ins Wasser gezerrt worden war. Ich musste ihm nicht erklären, was mit Abu geschehen war. Nassib wusste nur zu genau, dass er seinen Freund nie mehr wieder sehen würde.

«Bindet das Seil am Bug fest!», rief mir Menna zu und warf ein Seil, das ich festband, auf mein Boot. So wurde mein Boot in den Hafen zurückgeschleppt, und ich nutzte die Zeit, um mich ganz um Tutanchaton zu kümmern. Ich hielt ihn fest in meinen Armen und streichelte ihm unaufhörlich übers verschwitzte Haar.

«Mir hat einmal ein alter Priester, er hieß Sobekhotep, erzählt», sagte ich leise, «dass derjenige als geheiligt und gerechtfertigt gilt, der diesen Tieren zum Opfer fällt. Mehr Trost kann ich dir leider nicht spenden, Nassib.»

«Das musst du auch nicht», flüsterte der Junge, und sein Kopf lehnte noch immer an meiner Brust, während seine Arme meinen Hals fest umschlangen. «Wenn ich erwachsen bin, werde ich eine fürchterliche Jagd auf diese Tiere machen und mich für Abu rächen. Ich und jeder meiner Freunde werden eines Tages Ketten mit den Zähnen dieser gemeinen Tiere um den Hals tragen.»

Dann schwieg Nassib und begann zu weinen.

Ich brauchte dem Jungen keine Vorwürfe zu machen. Er selbst wusste nur zu genau, wie töricht ihr heimlicher Ausflug auf die Schilfinsel gewesen war. Ich wollte aber mit ihm darüber reden, da ich hoffte, dass er dann das Geschehene schneller und besser verarbeiten würde.

«Wir haben uns gar nichts dabei gedacht», sagte er zu mir, als ich abends an seinem Bett saß. «Abu wusste, dass die Fischer kein Wort sagen würden, wenn man einfach eines der Boote bestieg. Das hatte er von einem Freund. Und so war es ja auch.»

«Und warum seid ihr ausgerechnet zu der Insel gesegelt? Es weiß doch wirklich jedes Kind, dass es dort von Krokodilen nur so wimmelt.»

«Abu sagte, es wäre der beste Platz in ganz Achet-Aton, um

Enten zu jagen. Wenn sie aus dem Schilf der Insel hochsteigen, fliegen sie nur bis ans Ufer des Nils. Dort bräuchte man nur ein paar Steine hineinwerfen, damit sie wieder aufsteigen und auf die Insel zurückfliegen.»

«Weißt du denn, ob Abu überhaupt vorher schon einmal dort war, um zu jagen?»

Nassib schüttelte nur den Kopf. Dann sagte er: «Lässt du die Lampe brennen, wenn du gehst?» Ich nickte.

«Ich schicke auch Ipu zu dir, damit er in deinem Zimmer schläft. Du musst keine Angst haben, Nassib. Und wenn du etwas Schlimmes träumst, ist Ipu bei dir und kann dich gleich wecken.»

Das schreckliche Ende Abus hatte die Kinder sehr verändert. Nicht nur Nassib, auch alle anderen waren ernster und nachdenklicher geworden, und ganz im Gegensatz zu früher fragten sie mich jetzt bei jeder Kleinigkeit, die sie ausheckten, um meine Erlaubnis. Freilich entging mir trotz ihrer Rückwärtssprache nicht, dass sie fürchterliche Rachepläne gegen alle Krokodile dieser Welt schmiedeten, zu meiner Beruhigung jedoch unter dem Vorbehalt, dass sie erst einmal erwachsen sein müssten, ehe sie mit ihrem Feldzug beginnen würden. Ich wiederum nutzte des Erlebte dazu, um völlig neue und für die Kinder hoffentlich spannende Elemente in meinen Unterricht einzubauen. So ließ ich einen Schiffsbaumeister kommen, der uns anhand von kleinen Nachbauten die Eigenheiten, Vorzüge und Nachteile aller in Ägypten bekannten Schiffe erklärte. Die Knaben mussten lernen, was ein Steven ist, eine Rah und eine Toppnante, wozu man eine Brasse und die Schoten braucht, und sie lernten den Unterschied zwischen einem Vorstag und einem Fall, das heißt dem Tau, mit dem das Segel gehisst wird.

Nach diesem Unterricht, der sich über mehrere Wochen hinzog, wollte die eine Hälfte der Knaben später Schiffsbaumeister und die andere Hälfte Schiffskommandant werden. Nach dem Unterricht über Schiffe befassten wir uns eingehend mit allen

Tieren, die im Nil oder in seiner unmittelbaren Umgebung lebten. Zuerst musste ihnen ein Fischhändler sein gesamtes Wissen über alle Arten von Flussfischen offenbaren, was meine Schüler entsetzlich langweilte. Erst als wir nach einigen Tagen den Mann in seinem Laden unten am Fluss aufsuchten und ihm zusahen, wie er die Fische schlachtete und ausnahm, kam so etwas wie Neugier, allerdings gepaart mit reichlich Ekel, bei den Knaben auf. Nein, Fischer oder Fischhändler wollte gewiss keiner von ihnen werden.

Dann gab es Unterricht über die vielen Wasservögel, die entlang des Nils lebten. Ein alter und erfahrener Jäger aus dem Palast Echnatons kam mit zwei Gehilfen, zeigte alle Arten von Fallen, Wurfhölzern und Netzen. Er brachte unzählige Eier mit und erklärte den Kindern genau, welches Ei zu welchem Vogel gehörte. Ich war mehr als überrascht zu erfahren, über welches Wissen mein Schützling mit sechs Jahren schon verfügte! Er unterschied die Eier aller Arten von Enten, der Gänse und Reiher, der Kormorane und der Schwäne, des Ibis und des Blässhuhns. Zuletzt allerdings hielt Nassib ein Ei in Händen, mit dem er gar nichts anfangen konnte. Immer wieder drehte er es, hielt es gegen das Licht, als wollte er durch die Schale hindurchschauen, um so zu erkennen, welchen Inhalt es wohl hatte.

«Weiß keiner von euch, wessen Ei das ist?», fragte der Jäger in die Runde meiner Schüler. Nassib hielt das Ei noch immer vorsichtig in seiner Hand und sah ihn erwartungsvoll an. Der Alte lächelte wissend und ein wenig überheblich und sagte schließlich: «Es ist kein Vogelei, meine großen Jäger. Es ist das Ei eines Krokodils!»

Sofort starrte Nassib angewidert auf das Ei in seiner Hand, kniff die sonst so großen Augen zu Sehschlitzen zusammen, drehte sich um und schleuderte das Ei mit aller Kraft, die er aufzubringen imstande war, gegen die Rückwand des Unterrichtsraums, wo sogleich der stinkende, gelblichgrüne Inhalt des Eis langsam herablief, nachdem seine Schalen klackend zu Boden gefallen waren.

Nur kurz hörte man das kindische Kichern einiger Kinder, dann herrschte betretenes Schweigen.

«Tutanchaton!», rief ich mit strenger Stimme. «Wer gibt dir das Recht, dich so zu benehmen?»

Er sah mich mit großen, weit aufgerissenen Augen an. Nassib hatte offenbar keine Ahnung, weshalb ich ihn tadelte, wo er doch nur begonnen hatte, Rache zu nehmen für den Tod seines Freundes Abu.

«Entschuldige dich bei dem Mann!» Doch er schwieg. Er biss sich verärgert auf die Unterlippe, und mit Tränen in den Augen lief er aus dem Raum.

Ich setzte den Unterricht fort, weil mir klar war, dass sich Nassib durch sein Davonlaufen selbst am meisten bestraft hatte. Denn der Weg zurück in die Gemeinschaft war gewiss nicht einfach. Aber es war unumgänglich, ging es hier doch um das, was ihn am meisten beschäftigte: die Jagd.

Ich sah ihn, wie er draußen unter einem Baum saß und gelangweilt Steinchen für Steinchen in den Teich vor sich warf. Bestimmt war er wütend auf mich. Oder vielleicht doch mehr auf sich selbst? Er tat mir Leid, denn er fand offenbar für sich keinen Weg, ohne Verlust von Selbstachtung zurückzukehren, sich zu entschuldigen und wieder am Unterricht teilzunehmen. Ich durfte ihn nicht noch länger so sitzen lassen. Mit einem Handzeichen bat ich den Jäger, mit dem Unterricht fortzufahren, und ging hinaus.

«Lass mich», sagte er missgelaunt zu mir, noch ehe ich irgendetwas gesagt hatte. Dann wandte er sich von mir ab, verschränkte die Arme vor der Brust und sah trotzig zu Boden.

«Ich habe dir nichts getan, Nassib. Ich weiß gar nicht, weshalb du jetzt mit mir böse bist.»

Ich erhielt keine Antwort. Aber ich spürte, wie es in seinem Kopf arbeitete, wie er fieberhaft nach einem Ausweg suchte, um einfach wieder der normale Nassib sein zu dürfen. Ich nahm ihn in meine Arme und drückte ihn fest an mich.

«Holzkopf!», sagte ich zu ihm. «Willst du wirklich, dass der

Jäger nur den anderen erklärt, wie man Flusspferde und Krokodile jagt? Jetzt komm endlich!»

Für einen kurzen Augenblick nur leistete der Junge Widerstand, dann erhob er sich mit mir und ging die ersten Schritte mit gesenktem Haupt, um kurz vor dem Haus innezuhalten und sich die Tränen aus den Augen zu wischen. Er sah mich schüchtern lächelnd an und sagte: «Geht es so?»

Ich nickte nur und öffnete die Tür. Ohne dass ich etwas gesagt hätte, ging Tutanchaton jetzt zu dem Jäger, verneigte sich leicht vor ihm und bat um Verzeihung. Dann setzte er sich auf seinen Platz und hörte seinem Lehrer zu, als sei nichts gewesen. Auch wenn er den Rest der Stunde beharrlich schwieg, bin ich mir sicher, dass er sich Wort für Wort dessen, was der Jäger über die Jagd auf Krokodile und Flusspferde erzählt hatte, buchstabengetreu gemerkt hat.

Meine Schwester Teje war ein Leben lang eine Frau, die sehr genau einzuschätzen vermochte, wie es um sie stand. Sie war nicht nur körperlich gebückt und vom Leben und von der Verantwortung ihres Amtes gezeichnet; jetzt, in ihrem 62. Lebensjahr, war sie wirklich todkrank. Sie wusste nur zu gut, dass sich ihre Lebenszeit dem Ende zuneigte. Trotzig, wie sie es so oft war, wies sie jede Hilfe der Ärzte zurück.

«Wie lange wollt ihr mich denn noch ertragen?», sagte sie zu mir, als ich sie wieder einmal ermahnte, die Medizin zu nehmen, die man ihr zubereitet hatte.

«Du wirst doch nicht im Ernst glauben, dass mir das noch etwas hilft?»

Ihre knöcherne Hand war kalt. Lange hatte ich sie gehalten und sanft mit dem Daumen über ihren Handrücken gestreichelt, bis ich mich selbst darüber wunderte, dass sie diese Geste ihres Bruders überhaupt duldete. Wir waren nie rücksichtsvoll oder gar zärtlich miteinander umgegangen. Als Kinder nicht und auch später, als jeder von uns längst verheiratet war, blieben unsere Berührungen stets flüchtiger, oberflächlicher Art.

Aber jetzt duldete Teje es, dass ich ihre alte, kalte Hand festhielt und meiner Schwester ein wenig von der Wärme gab, die ihr, abgesehen von den ersten Ehejahren vielleicht, auch von ihrem Gemahl Amenophis versagt geblieben war.

«Gibt es neue Nachrichten aus Mitanni oder aus Babylon?», fragte sie mich nach langem Schweigen, und der Inhalt ihrer Frage überraschte mich so sehr, dass ich mit einer Gegenfrage antwortete: «Wie kommst du jetzt auf Mitanni und Babylon?»

«Du meinst also, wenn ich mich auf das Sterben vorbereite, geht mich das Schicksal unserer einstigen Verbündeten nichts mehr an? Es ist noch nicht so weit, Eje! Noch lebe ich!»

Hätte ich nicht gewusst, wie schlecht es um Teje stand, hätte ich nach dieser Antwort gegenüber ihren Ärzten ernsthafte Zweifel an jedweder Krankheit geäußert. Aber weil sie über so viele Jahre hinweg die treibende Kraft gewesen war, wenn es darum ging, die Freundschaft zu Mitanni und Babylon zu pflegen, musste ich ihre Sorge umso mehr ernst nehmen.

«Es sind keine guten Nachrichten, die uns in den letzten Tagen erreicht haben. Vor allem die Lage Tuschrattas ist beängstigend. Wenn nicht bald Hilfe kommt, wird er aus Waschukkanni fliehen müssen. Und Burra-Buriyash ist aus Angst vor der Rache der Hethiter nicht bereit, Tuschratta Truppen zu schicken.»

«Und die Fürsten in den Küstenstädten? Was ist mit ihnen?», erkundigte sich Teje weiter.

«Es sind nicht mehr viele.»

Ich schwieg für einen Augenblick und sah verlegen zu Boden, denn ich hatte gelogen. Ich musste es wieder gutmachen, denn mit einer Lüge wollte ich nicht von meiner Schwester Abschied nehmen.

«Es stimmt nicht, was ich dir gesagt habe. Einige von ihnen gibt es bereits nicht mehr. Zimrida von Sidon ist ebenso besiegt wie Rib-Addi von Tyros. Und Ammunira von Berut steht kurz vor dem Fall. Das ist die Wahrheit!»

Ich kannte Teje jetzt schon so lange, und selten nur zeigte sie

Trauergefühle. «Wer Trauer zeigt», sagte sie einmal zu mir, «der zeigt auch Schwäche.»

Selbst wenn ihr Amenophis manchmal großes Unrecht zugefügt hatte, indem er sie tagelang nicht beachtete und seinen Nebenfrauen Zärtlichkeit und Zuneigung entgegenbrachte, die ihnen wahrhaft nicht zustanden, blieb Teje äußerlich ungerührt wie ein Stein. Aber jetzt, als sie vom Ende unserer Verbündeten erfuhr, bekam sie feuchte Augen, und ein paar Tränen rannen über die zerfurchte Haut ihrer eingefallenen Wangen.

«Es hätte nie so weit kommen dürfen, Eje», schluchzte sie, und erst jetzt drehte sie unter Anstrengung ihren Kopf etwas zur Seite, damit sie mich ansehen konnte. Ich hielt ihre kalte Hand noch fester, und ich glaubte jetzt, ein wenig Wärme, die durch ihre Erregung zurückgekehrt war, zu fühlen.

«Du musst etwas unternehmen! Hörst du, Eje! Die Schande, die über unser Land kommt, wenn auch Waschukkanni fällt, wäre durch nichts zu überbieten!»

«Kannst du mir sagen, an wen ich mich wenden soll? Kannst du mir sagen, wer auf mich hört? Diejenige, die es angeht, jedenfalls mit Sicherheit nicht!»

Tejes Atem ging jetzt so schwer, dass ich fürchtete, es würde jeden Augenblick mit ihr zu Ende gehen. Ihre Augen, die von den immer so tief hängenden Lidern fast verschlossen wurden, waren jetzt weit geöffnet und starrten mich entsetzt und Hilfe suchend zugleich an.

«Du musst zu ihr gehen! Du wärst es auch gewesen, der mit Echnaton geredet hätte, und du hättest auch ihn überzeugt!»

Teje wusste nur zu gut, dass das nicht stimmte. Wie beharrlich hatte sich Echnaton allen Forderungen, seine Stadt zu verlassen, widersetzt! Auch er hätte es niemals zugelassen, dass ägyptische Soldaten die Grenzen überschritten. Aber konnte ich ihr jetzt widersprechen? Durfte ich ihr den letzten Wunsch, durfte ich den letzten Befehl der sterbenden Königin verweigern?

Ich beugte mich zu ihr hinüber, küsste ihre Wange und sagte: «Ich werde zu ihr gehen.»

«Versprich es mir, Eje! Versprich mir, dass du zu ihr gehen wirst, sobald du an mir deine Pflicht erfüllt hast!» Ich nickte stumm.

«Ist der Junge bei dir?», fragte sie mich jetzt, und ich war erstaunt, wie verändert sie plötzlich war. Ihr Antlitz wirkte heller und freundlicher, nur weil ihre Gedanken auf Tutanchaton gerichtet waren.

«Willst du ihn sehen?»

«Hätte ich sonst nach ihm gefragt?»

Ich trat vor die Tür und rief nach Nassib. Der Junge wusste, dass dies wohl der letzte Besuch bei seiner Großmutter war. Er liebte Teje sehr, und weil er in seinem kurzen Leben durch den Tod schon so viel Schmerz hatte erfahren müssen, war ihm vor diesem Besuch sehr bang gewesen. Ohne irgendetwas zu sagen, lief Nassib zu Teje, beugte sich über sie, nahm sie in seine Arme und weinte.

«Du musst um mich nicht weinen, mein Junge. Wer schon sieben Jahre alt ist, weint nicht mehr.» Teje meinte das gewiss ehrlich.

«Du könntest Teje erzählen, wie wir beide gestern Wagenrennen gefahren sind. Das will sie bestimmt genau wissen», sagte ich, stand auf und ging die wenigen Schritte zum Fenster.

Nassib wischte sich schnell die Tränen von den Wangen, setzte sich auf die Bettkante und begann zu erzählen. Er gab sich wirklich größte Mühe, alles, was er erlebt hatte, genau zu berichten. Ich sah hinaus in Tejes Garten. Er war eine Welt für sich. Wer Teje kannte, wusste, dass dies nur ihr Garten sein konnte. Hier gab es nicht das gewollte Durcheinander wuchernden Jasmins, altehrwürdiger Palmen und prahlender Blumenbeete. Hier war alles klar geordnet, in Abteilungen unterteilt, zwar weit und ausladend, aber doch in seiner Wirkung nüchtern und bescheiden. Wie sehr hätte ich es ihr gegönnt, noch einige Jahre in Ruhe dieses vollkommene Spiegelbild ihrer Geisteshaltung zu genießen, zu sehen, wie ihr Enkel heranwächst, damit er vielleicht doch eines Tages als Pharao über Ägypten herrschte.

«… dann knallte Eje mit der Peitsche, und wenn ich mich nicht am Rand des Wagenkorbes festgehalten hätte, wäre ich hinten hinausgefallen», hörte ich Nassib begeistert erzählen.

Aber vielleicht war es besser für sie, wenn sie all das, was auf die Beiden Länder noch zukommen konnte, nicht mehr erleben musste. Ägypten trieb an den Abgrund, in den Wahnsinn. Standen wir nicht schon längst am Rande des Abgrunds? Erst jetzt wurde mir bewusst, dass mir Teje wegen meiner Tochter nie Vorwürfe gemacht hatte. Sie verlangte nie von mir, dass ich Nafteta zur Zurückhaltung oder zur Umkehr ermahnte. Aber hätte denn sie, ausgerechnet sie, einen Grund dazu gehabt, wo doch ihr eigener Sohn nicht nach rechts und nach links geblickt hatte, als er sich entschloss, nur seinen eigenen Willen durchzusetzen?

«Eje sagte, dass wir durch den Dattelgarten fahren, um die Arbeiter ein wenig zu erschrecken. In Schlangenlinien fuhren wir um die Bäume herum, und wenn wir an einem Ende ankamen, drehten wir um und fuhren wieder in Schlangenlinien zurück.»

Konnte meine Schwester wirklich von mir verlangen, dass ich zu Nofretete ging? Was sollte während dieser Zeit mit Tutanchaton geschehen? Wer würde sich um ihn kümmern? Ich konnte ihn nicht allein zurücklassen. Und mitnehmen, ihn nach Waset mitnehmen, durfte ich erst recht nicht. Doch ich hatte ihr mein Versprechen gegeben. Vielleicht wäre das gar nicht nötig gewesen, vielleicht hätte ich selbst eines Tages den Entschluss gefasst, nach Waset zu fahren, um Nofretete den Kopf zurechtzurücken.

«Teje hört mir gar nicht zu. Sie schaut immer nur zur Decke», beklagte sich der Junge, doch ich nahm gar nicht wahr, dass er etwas gesagt hatte, so sehr hing ich meinen Gedanken nach.

«Eje!», wurde Nassib jetzt deutlicher, und ich drehte mich zu ihm um.

«Teje schaut immer nur zur Decke», wiederholte er und sah

mich vorwurfsvoll an. Erst jetzt wurde mir bewusst, was er gesagt hatte. Ich eilte zurück zum Bett meiner Schwester und sah, dass ihr Augenlicht gebrochen war. Ihr Gesichtsausdruck war aber nicht der einer friedlich Entschlafenen. Es war nicht der einer gütigen alten Frau, die denen, die zurückbleiben, sagt: «Seht mich an! Habt keine Furcht, denn es bedeutet Erfüllung, wenn man hinübergeht in das andere Leben.»

Zu solchem Trost wäre Teje nie imstande gewesen. Unnahbar, fast abweisend wirkte sie selbst im Tode noch. Meine Schwester hätte es würdevoll genannt.

Ich schloss mit einer unauffälligen Handbewegung ihre Augen, küsste flüchtig ihre Stirn und sagte zu Nassib: «Sie war eine große Königin.»

SECHS

Ihre Heiligtümer fingen an, zu vergehen,
indem sie Schutthügel wurden, mit Kraut bewachsen,
und ihre Allerheiligsten waren,
als seien sie nie gewesen.

Der Tod meiner Schwester hatte mich nachdenklich gemacht und mit einer lähmenden Trauer erfüllt. Zwar hatte uns nie eine so innige Liebe verbunden, wie man sie unter Geschwistern gemeinhin vermutet; aber mir wurde erst nach Tejes Tod richtig bewusst, welche Stütze sie mir ein Leben lang gewesen ist. Über Monate hinweg hatten wir manchmal nebeneinanderher gelebt, als wären wir fremde Menschen, die sich noch nie begegnet waren. Oftmals neckten wir uns auch nicht nur im Spaß. Doch wenn einer von uns den anderen wirklich brauchte, waren wir verschworen wie Krieger, die Rücken an Rücken kämpften.

Wie viele meiner Weggefährten ruhten jetzt schon in Häusern der Ewigkeit! Wie vielen Trauerzügen war ich in meinem Leben schon gefolgt, und wie oft hatte mich dabei die Ahnung begleitet, dass dies der letzte sein könnte, dem ich als Lebender angehören würde. Der Tod vieler meiner Freunde hatte mich im Lauf der Jahre einsamer gemacht. Jetzt war ich einer der Letzten, der aus meiner eigenen Generation noch da war. Abgesehen von entfernten Verwandten meines Vaters in Achmim, bestand meine Familie nur noch aus meinen Töchtern Mutnedjemet und Nofretete und den Enkelkindern.

Nein, in Wirklichkeit bestand sie nur noch aus Tutanchaton und mir. Denn Rechmire, der Sohn Aper-els, hatte wenige Wochen vor Tejes Tod meine Tochter Mutnedjemet geheiratet und war mit ihr nach Waset gezogen, weil ihn Nofretete zum Vorsteher aller Steinbrüche Ihrer Majestät ernannt hatte. So war ich ein alter, übrig gebliebener Mann geworden, dessen einzige Aufgabe nur noch darin bestand, Tutanchaton so lange wie möglich zu beschützen und ihm dabei so viel meiner Erfahrung und meines Wissens zu vermitteln, wie ich nur konnte.

In diesen Tagen wurde für mich und für manch anderen offenbar, welch mächtige Säule im Staatsgefüge der Beiden Länder meine Schwester gewesen war. Es entstand in der Stadt eine Unruhe, die ich nur nach dem Tod Nimurias und nach dem Tod Echnatons verspürt hatte. Gewiss, nicht so heftig, wie es das Beben nach dem Tod meines Freundes Amenophis gewesen war, und auch nicht so unheimlich verunsichernd wie nach dem Selbstmord Echnatons. Doch viele fragten sich, wer jetzt all jene Aufgaben wahrnehmen würde, die Teje schon zu Lebzeiten ihres Gemahls mit der Gründlichkeit und der Zuverlässigkeit eines Wesirs erfüllt hatte, allem voran die Pflege der freundschaftlichen Bindungen zu den Fremdländern – sofern es überhaupt noch Verbindungen gab.

Und wer, fragte ich mich, würde jetzt das heimliche Bindeglied zu den über das ganze Land verstreuten Priestern des alten Glaubens, vor allem zu den Priestern des Amun, sein? Es gab sie noch immer, und es war gut, dass Teje feine, geheime Fäden zu ihnen gesponnen hatte, um ihnen nicht für immer die Hoffnung auf eine Rückkehr zu nehmen und um so einen Aufruhr zu verhindern, den sie ohne diese Hoffnung gewiss nach und nach entfacht haben würden.

Ich brauchte nicht lange zu warten, bis mir ein anderer all diese Fragen stellte, denn es gab einen Mann, den sie offenbar ebenso quälten wie mich: Haremhab.

Haremhab war schon seit langem der mächtigste Mann von Unterägypten. Seit den Tagen Echnatons, da er nach Men-nefer geschickt worden war, um Pharaos Truppen im Norden anzuführen, hatte er – von den meisten unbemerkt – mehr Macht an sich gerissen, als es seine Stellung als General der Streitkräfte hätte vermuten lassen. Er blieb dabei weitgehend unbeachtet, denn die Augen Ägyptens und der übrigen Welt waren immer nur auf Waset und Achet-Aton gerichtet. Nur eines war Haremhab über all die Jahre hinweg verwehrt geblieben: seinen Mut und die Kampfkraft seiner Truppen unter Beweis stellen zu dürfen. Dies hatte ihn verbittert.

Der General verfügte offenbar über ein straff geordnetes und gehorsames Netz von Zuträgern, denn er hatte vom Tod meiner Schwester schneller erfahren, als ich es für möglich gehalten hätte. Das löste in mir aber weniger Besorgnis oder Neid aus, sondern vielmehr ein gewisses Maß an Anerkennung, zeigte es mir doch, dass er ähnlich veranlagt war wie ich. Er hatte sein Kommen durch einen vorauseilenden Boten ankündigen lassen. Ich hielt es für angemessen, den General im Hafen zu empfangen und nicht erst in meinem Palast. Ich hatte lange darüber nachgedacht, ob ich Tutanchaton zum Hafen mitnehmen sollte, allein um die Haltung Haremhabs gegenüber dem Jungen auf die Probe zu stellen. Denn nur zu gern hätte ich gewusst, ob er den Sohn Echnatons mit aller Ehrerbietung begrüßte oder ob er es vorgezogen hätte, ihn zu übergehen, damit er nicht von Nofretete zur Rechenschaft gezogen werden konnte. So hielt ich es für klüger, Haremhab ein offenes Bekenntnis für oder gegen meinen Schützling zu ersparen, und ließ Nassib unter der Aufsicht meines Dieners Ipu in meinem Palast zurück.

Haremhab wäre kein wirklicher General gewesen, wäre er ohne großes Aufsehen erschienen. Nicht nur die Bewohner Achet-Atons, seine Priester und Beamten sollten sehen, welch mächtiger Mann mit Haremhab in die Stadt Atons kam; sein beeindruckender Auftritt galt zu einem großen Teil gewiss auch mir.

Zwei schlanke Kriegsschiffe, getrieben jeweils von sechzig Ruderern, bildeten die Vorhut. Um nicht an Fahrt zu verlieren, zogen sie im Norden der Stadt, dort, wo der Fluss eine lang gezogene Biegung macht, eng am westlichen Ufer des Nils vorbei, bedrohlich eng, da hier in Ufernähe mancher Fels aus dem Flussbett ragte und wie jetzt, zur Zeit der Überschwemmung, da die Fluten des Nils sie unsichtbar machten, eine tödliche Gefahr sein konnten. Doch den Schiffen geschah nichts, und während sie bereits in den Hafen einliefen, tauchte auch schon die Barke des Generals auf. Der Nordwind blähte ihr blütenweißes Segel auf, und obwohl sie an Geschwindigkeit den beiden anderen Schiffen nicht nachstand, wirkte die Barke Harembabs allein wegen ihrer Größe behäbiger. Die Landung seiner Soldaten war eine einzige Zurschaustellung ihres militärischen Drills und sollte beweisen, dass Ägypten auch zu Zeiten eines dauerhaften, wenn auch zweifelhaften Friedens jederzeit kampfbereit war. In atemberaubender Geschwindigkeit sprang Mann für Mann von Bord, nahmen die Soldaten Schulter an Schulter und nach ihrer Größe geordnet auf der Hafenmauer Aufstellung, nahmen militärische Haltung an und richteten ihre ernsten Blicke unverwandt dorthin, von wo sie das Kommen ihres Anführers erwarteten. Dann fuhr auch schon das Schiff Harembabs in den Hafen ein, und genau in dem Augenblick, als auf ein kurzes Kommando hin das Segel niedersank, tauchten sechzig Ruderblätter scharf wie Schwerter tief in das Wasser ein, um das Schiff in kürzester Zeit dort, wo es beabsichtigt war, zum Stehen zu bringen. Seit jeher beherrschten das in dieser Genauigkeit nur ägyptische Seefahrer, und Mal für Mal war ihr Stolz über dieses Können nicht zu übersehen.

Wie es Soldaten gewohnt sind, schlug der General zur Begrüßung mit der rechten Faust gegen seine Brust, dann legte er beide Arme eng an den Gürtel und begrüßte mich mit einer tiefen Verbeugung.

«Der Tod Eurer Schwester, unserer großen Königin Teje, hat mich tief getroffen, Gottesvater Eje», sagte er so laut, dass es jeder hören konnte. «Es ist mir ein ehrliches Anliegen, hier zu sein, um von ihr Abschied zu nehmen.»

«Ich danke Euch, General», antwortete ich nur knapp, denn ich nahm ihm ab, was er gesagt hatte, und war wegen seiner Worte nicht nur überrascht, sondern sogar ein wenig gerührt.

«Euer Kommen zeigt nicht nur, wie sehr Ihr meine Schwester verehrt habt, sondern auch, wie sehr Ihr dem Thron Ägyptens verbunden seid. Man wird es Euch nicht vergessen», fügte ich hinzu, und es beschlich mich ein schlechtes Gewissen, dass ich nach dem Tod Echnatons für eine allzu baldige Abkommandierung Haremhabs nach Men-nefer gesorgt hatte.

«Sind schon andere Würdenträger in Achet-Aton eingetroffen, um von der Großen königlichen Gemahlin Nimurias Abschied zu nehmen?»

Welch Ehrgeizling er doch war! Aber ich ließ ihm seine Freude und sagte: «Nein, General, so schnell wie Ihr ist niemand zur Stelle, wenn es darum geht, dem Thron Ägyptens zur Seite zu stehen. Umso mehr wäre es eine Ehre für mein Haus, wenn Ihr mich in meinen Palast begleiten würdet, um mein Gast zu sein. Ich bin fest davon überzeugt, dass wir einiges zu besprechen haben.»

Ich wollte ihn nicht im Unklaren darüber lassen, dass ich mich nach wie vor für denjenigen hielt, der die Geschicke der Beiden Länder entscheidend in den Händen hielt, auch wenn er vielleicht die wahren Verhältnisse kannte und mich für anmaßend gehalten haben mochte. Und es war mir wichtig, dass ich der Erste war, mit dem er sprach und der somit alle Neuigkeiten aus Unterägypten erfuhr.

So übertrug er das Kommando über die Schiffe und ihre Besatzungen auf seinen ersten Offizier, bestieg den für ihn bereitstehenden Streitwagen und begleitete mich in meinen Palast.

Vielleicht wirklich mehr aus ehrlichem Interesse als nur aus Anstand erkundigte er sich nach den letzten Tagen und Stunden meiner Schwester, nachdem er Kopftuch, Gürtel und Schwert abgelegt hatte und wir auf meiner Terrasse standen. Wie stets war er aufs Äußerste gepflegt: Sein fein gekräuseltes Haar war kurz geschnitten, die Augenbrauen gestutzt, sodass nicht ein einziges Härchen unansehnlich herausragte, und an seinem noch immer jugendlich wirkenden, muskulösen Körper erkannte ich, dass er nicht zu jenen Offizieren gehörte, die nur ihren Untergebenen körperliche Ertüchtigung abverlangten. Nur seine Augen irritierten mich wie eh und je. Am Anfang beinahe eines jeden Satzes richtete er seine grünen Augen nach oben, und die Lider zuckten aufgeregt auf und ab, ehe er seinem Gegenüber wieder ruhig in die Augen sehen konnte.

Geduldig erzählte ich ihm, dass Tutanchaton und ich bei ihr gewesen waren, als Teje ihr Leben beendete, und wie dankbar ich Aton dafür war, dass sie nicht allein und unbeachtet sterben musste.

«Und wie hat es der Prinz hingenommen?»

Ja, er hatte Prinz gesagt, und es hatte dabei kein verächtlicher Ton in seiner Stimme gelegen.

«Ihr wisst, dass er schon ein viel grausameres Ende erleben musste. So sehr ihn der Tod seiner Großmutter auch mit Schmerz erfüllt, so glaube ich dennoch, dass er ein wenig beruhigt darüber ist, dass ein Mensch auch klaglos und ohne sichtbares Leiden hinübergehen kann. Ein junger Prinz mit der Berufung wie seiner muss früh lernen, damit umzugehen.»

Ich vermied es nach dieser Andeutung bewusst, Haremhab in die Augen zu sehen, um so eine Stellungnahme herauszufordern. Er schwieg dazu.

Er sollte noch an diesem Abend Gelegenheit haben, unbeobachtet von anderen einflussreichen Männern und damit ohne Furcht vor Verrat zeigen zu können, wie er zu Tutanchaton stand. Er schien die Probe, die auf ihn zukommen würde, zu ahnen und fragte mich: «Erwartet Ihr noch andere Gäste?» Ich schüttelte den Kopf und sagte:

«Nein, Haremhab. Dieser Abend gehört nur Euch und mir. Und ich glaube, wir haben uns genug zu sagen, um ohne andere auskommen zu können.»

Wie zufällig und doch vertraulich berührte seine rechte Hand meinen Arm, und sein Lachen, das seine leuchtend weißen Zähne zeigte, verriet mir, dass auch er die Vertraulichkeit unseres Treffens guthieß.

Die Sonne war schon längst untergegangen, und wir warteten darauf, dass meine Diener die Speisen brachten, da betrat, auf meinen ausdrücklichen Befehl hin begleitet von zwei Dienern, Tutanchaton die Terrasse. Kaum dass er dessen gewahr wurde, erhob sich Haremhab ebenso wie ich, und er verneigte sich schweigend vor dem Knaben. «Mach jetzt keinen Fehler!», flehte ich in meinem Innern Nassib an und hoffte, dass er all das, was ich Ihm vorgemacht hatte, befolgen würde.

«Ihr dürft Euch aufrichten, General Haremhab», hörte ich eine selbstbewusste Knabenstimme sagen. «Ich bin Euch dankbar, dass Ihr hierher gekommen seid. Ihr dürft nach Belieben reden, wenn Ihr möchtet.»

Der General war über das Auftreten Nassibs sichtlich erstaunt. Doch sein Gesicht blieb ernst, und kein noch so flüchtiges Lächeln verriet einen Hauch von Überheblichkeit dieses mächtigen Mannes. Ich war mir sicher, dass er Tutanchaton als möglichen künftigen Herrscher ernst nahm.

«Ich bin hoch erfreut, mein Prinz, Euch trotz der gewiss großen Trauer um Eure Großmutter bei guter Gesundheit anzutreffen. Ich danke Euch, dass Ihr mir erlaubt, frei mit Euch zu reden.»

Einmal noch musste Tutanchaton die Größe eines künftigen Herrschers zeigen. Einmal noch! Und er tat es so, wie ich es ihm gesagt hatte: «Ihr dürft Euch beide setzen», sagte er mit einem freundlichen Lächeln, und ich bin mir sicher, dass dieses Lächeln vor allem ein Ausdruck seiner Freude darüber war, dass er alles richtig gemacht hatte und dass die Vorführung, und nichts anderes als eine Vorführung war sein Erscheinen, überstanden war.

Solange Nassib bei uns war, hatte er den Vorrang, wenn

es darum ging, den Inhalt unserer Gespräche zu bestimmen. Während des Essens unterhielten wir uns deswegen über kaum etwas anderes als über die Jagd und darüber, welche Waffen zu welchem Zweck am besten geeignet waren. Ganz im Gegensatz zu mir, der bestenfalls der Jagd auf Enten im Schilfdickicht des Flusses etwas abgewinnen konnte, war Haremhab ohne Zweifel der geeignete Gesprächspartner für Tutanchaton, denn blutige Gemetzel wie jene, die mein Freund Amenophis nur allzu gern unter Wildrindern, Löwen und allen Arten von Gazellen veranstaltet hatte, waren mir zeit meines Lebens ein Gräuel gewesen.

Als Soldat verstand sich Haremhab natürlich auf Waffen wie Pfeil und Bogen, Speere, Dolche und Beile, und so hatte er ein leichtes Spiel, Nassib bedingungslos für sich einzunehmen. Mit großer Aufmerksamkeit hörte der Junge zu, wie Haremhab von den unterschiedlichsten Bögen, die er besaß, sprach und dass er in seiner Jugend die Bögen selbst gefertigt hatte.

«Ein einfacher Bogen, der nur aus einem Stück Holz besteht, ist leicht herzustellen. Ihr braucht einen Ast von gutem, hartem Holz und von etwa drei Ellen Länge, den Ihr zuerst von seiner Rinde befreit. Dann müsst Ihr seine Enden zuschneiden, und mit einem Dächsel gebt Ihr ihm die gewünschte Form: in der Mitte einen runden, handlichen Griff, die Enden werden abgeflacht. Den fertig geschnitzten Bogen müsst Ihr jetzt krümmen. Dies geschieht durch Erwärmung, indem Ihr sowohl den ganzen Bogen wie die Enden über einem heißen Stab biegt. Ihr tut gut daran, die Sehne an einem Ende des Bogens dauerhaft zu befestigen und nur am anderen Ende einen Absatz anzubringen, um dort die Sehne einzuhängen. So verliert Ihr die Sehne nicht zu leicht.»

Nassib schien allergrößte Hochachtung vor dem General zu haben, und ich hatte nicht den geringsten Zweifel, dass schon am anderen Tag der eine oder andere Ast in meinen Gärten meinem kleinen Jäger zum Opfer fallen würde.

«Viel schwieriger», fuhr Haremhab gleich fort, «ist die Herstellung zusammengesetzter Bögen. Es ist auch nicht einfach, Euch dies hier bei Tisch zu erklären. Nur so viel: Es gibt zusammengesetzte Bögen, deren Mittelstück aus Holz besteht und an dessen Enden schmale Hörner von Antilopen aufgesetzt werden. Man nennt sie Hornbögen. Diese Bögen können nur die kräftigsten Krieger bespannen, aber mit ihnen kann man auch am weitesten schießen. Die anderen sind diejenigen, welche man aus verschiedenen Holzstücken und Hornplatten zusammensetzt. Dies sind die gebräuchlichsten Kriegsbögen.»

«Besitzt Ihr einen Hornbogen?», fragte Nassib und sah dabei den General mit großen Augen an. Haremhab nickte stumm. «Könnt Ihr ihn auch selbst bespannen?», ließ der Knabe nicht locker.

«Ja», bestätigte Haremhab, «ich gehöre zu den Männern, die einen Hornbogen besitzen und ihn auch bespannen können. Kein Mann sollte einen Hornbogen besitzen, der ihn nicht selbst bespannen kann!»

Tutanchaton schluckte ernüchtert, denn er verstand sogleich, dass er zweifellos noch nicht die Kraft besaß, einen Hornbogen zu bespannen, und es deswegen geradezu schmählich gewesen wäre, überhaupt einen zu besitzen.

«Wenn Ihr es wünscht und wenn Gottesvater Eje seine Zustimmung erteilt, verspreche ich Euch, in den nächsten Tagen mit Euch in der Wüste Strauße zu jagen. Dann könnt Ihr selbst die unterschiedlichen Bögen kennen lernen.»

Es fehlte nicht viel, und Nassib wäre Haremhab vor Freude um den Hals gefallen. Endlich auf einen Streitwagen! Endlich in die Wüste und richtiges, großes Wild jagen! Ich hätte dazu unmöglich Nein sagen können.

Ich nutzte die Vorfreude auf die Jagd dazu, Nassib höflich an die bevorstehende Bettruhe zu erinnern, denn nur ein ausgeruhter Jäger würde schließlich erfolgreich sein können.

«Und esst morgens nicht zu viel, Prinz Tutanchaton», sagte ein gut gelaunter Haremhab zum Abschied. «Denn unter alten Jägern gilt: Wer Beute machen will, muss hungrig sein.» Und zu mir gewandt, sagte er, nachdem Nassib in den Palast gegangen war: «Seinen Großvater Amenophis kann der Prinz nicht verleugnen!»

Es fiel mir äußerst schwer, hierzu keine Bemerkung fallen zu lassen, aber so ganz traute ich Haremhab trotz der Herzlichkeit, die er in den vergangenen Stunden gezeigt hatte, doch noch nicht.

Wir saßen eine Weile schweigend da und sahen in den Sternenhimmel, während meine Diener lautlos umherhuschend die Reste des Mahls wegtrugen und stattdessen Wein, getrocknete Datteln und Pistazienkerne brachten. Letztere waren ein Gastgeschenk des Generals.

«Über dem Feuer in einem Kessel geröstet und leicht gesalzen schmecken sie am besten», sagte mein Gast leise und zeigte dabei auf die Alabasterschale mit den Pistazien.

«Doch wenn Ihr noch öfter davon essen wollt, muss bald etwas geschehen. Diese Köstlichkeit kommt nämlich aus Syrien. Die Sträucher können bis zu zwanzig Ellen hoch werden, ihr Holz wird von unseren Tischlern sehr geschätzt. Die prächtigsten Pistazien wachsen an den unteren Hängen der Gebirge des Libanon.» Er trank aus seinem Becher und sah mich dabei lange über dessen Rand prüfend an.

«Es hat auch meiner Schwester zuletzt das Herz gebrochen. Ich will offen mit Euch reden. Ich kenne die letzten Briefe unserer syrischen Verbündeten. Dass Rib-Addi ermordet wurde und Zimrida seiner Herrschaft beraubt ist, ist mir bekannt.»

Haremhab beugte sich etwas vor, streckte den Zeigefinger aus der ansonsten zur Faust geballten rechten Hand aus und fuhr sich mit ihm wie mit einem Messer über die Kehle.

«Tot, Gottesvater Eje! Auch Zimrida ist tot! Jetzt wisst Ihr, wie es um unsere Verbündeten in Syrien steht. Weite Gebiete zwischen Byblos und Ugarit sind verloren. Berut steht kurz vor dem Fall. Und wenn wir nicht sehr schnell handeln, werden ihnen Mitanni und Babylon folgen.»

Ich erinnerte mich der Worte meiner Schwester und meines Versprechens, das ich ihr auf dem Sterbebett gegeben hatte. Ich begann, in meinem Inneren unruhig zu werden. Ein Gedanke jagte den anderen, und keinen von ihnen vermochte ich zu halten, um ihn zu Ende zu denken. Es war Angst, nichts als Angst, vor der Wut meiner Tochter, die mich erwartete, wenn ich zu ihr ging und sie zur Rede stellte.

«Der Zusammenbruch der Herrschaft Ägyptens in Syrien ist aber nicht alles, was mich zu Euch führt, Gottesvater Eje.» Während er dies sagte, waren seine Blicke wieder steil nach oben gerichtet und seine Augenlider zuckten unruhig auf und nieder. Welch schlimme Nachricht mochte jetzt noch kommen? War es nicht genug, was er mir soeben offenbart hatte?

«Sprecht!», sagte ich leise, und gewiss war Furcht aus meiner Stimme herauszuhören.

«Die Nachricht vom Tod Eurer Schwester ging wie ein Lauffeuer durchs Land und ließ Stimmen vernehmen, von denen Ihr hofft, dass sie längst schweigen. Immer dreister werden sie, und immer lauter und offener wenden sie sich gegen den Sonnenglauben und vor allem gegen Eure Tochter, sie lebe, sei heil und gesund! Ich weiß, dass die Große königliche Gemahlin Teje – ich möchte mich vorsichtig ausdrücken – hin und wieder diese Stimmen selbst in Achet-Aton vernommen hatte. Es könnte schnell sehr bedrohlich werden, Gottesvater Eje.»

Er erwartete natürlich eine Antwort von mir. Doch was sollte ich ihm sagen? Sollte ich ihm sagen, dass ich es für aussichtslos hielt, mit Nofretete zu sprechen und zu versuchen, sie zur Umkehr zu bewegen, zur Rückkehr zum alten Glauben und zur Maat, was ihren Verzicht auf die Krone der Beiden Länder bedeutet hätte? Er hatte meine Gedanken erraten, denn er setzte nach und sagte: «Es ist sogar Eure Pflicht als Vater, Ihre Majestät zu warnen!»

«Droht Ihr mir?», wurde ich jetzt gereizt, denn ich wusste nur zu genau, dass er Recht hatte, und wollte es mir doch selbst nicht zugeben.

«Ich drohe weder Euch, Gottesvater, noch drohe ich Eurer Tochter. Ihr wisst, dass ich ein bedingungsloser Diener der Maat bin und mich immer der Krone der Beiden Länder verpflichtet fühle, gleich, wer sie trägt. Aber jetzt lastet eine schwere Bürde auf der Krone Ägyptens, und ihre Trägerin muss ihrer Verantwortung gerecht werden. Nur Ihr, Ihr allein, seid imstande, den Zerfall Ägyptens und die alles vernichtende Isfet zu verhindern. Ihr müsst diesen Gang wagen, Eje!»

Wieder versank ich in Gedanken und versuchte mir vorzustellen, welche Haltung Nofretete meinen Forderungen gegenüber einnehmen würde. Es war jetzt nicht an der Zeit, über all dies nachzudenken. Das musste in Ruhe geschehen und nicht überstürzt.

«Gebt mir bis morgen Zeit, General. Ich werde handeln, ich verspreche es Euch, denn ich habe es bereits meiner Schwester versprochen. Aber gebt mir bis morgen Zeit.»

Er hatte mich in aller Höflichkeit verlassen und schien nicht gekränkt oder darüber enttäuscht gewesen zu sein, dass ich mit ihm nicht gleich einen verbindlichen Plan abgesprochen hatte. Ich brauchte für mich noch einige Stunden, um mir alles durch den Kopf gehen zu lassen.

Tutanchaton lag längst in seinem Bett, und sein Gesicht spiegelte einen tiefen und zufriedenen Schlaf wider. Ich sah lange in das Antlitz des schlafenden Kindes und erinnerte mich meiner eigenen Kindheit. Wie unbekümmert sie doch gewesen war bis zu jenem Tag, als ich in den Palast Amenis gezogen war, um fortan ein Leben an seiner Seite und später an der Seite seines Sohnes zu führen. Und jetzt war mein Schicksal an das Schicksal dessen Sohnes gekettet.

Konnte ich Haremhab trauen? Ich machte mir nicht nur Sorgen darüber, wie ich meine Fahrt zu Nofretete überstehen sollte. Sie mochte mich anhören und dann ihre Schlüsse ziehen. Sie konnte meinem Rat, den ich ihr geben würde, folgen, oder sie mochte mich aus dem Palast und in die Einsamkeit Achet-Atons zurückjagen. Was konnte mir schon geschehen? An mich würde sie wohl kaum Hand anlegen lassen. Doch was geschah mit Tutanchaton, während ich nach Waset fuhr? Konnte ich ihn hier zurücklassen? Konnte ich Nofretetes Befehl zuwiderhandeln, dass der Knabe die Stadt seines Vaters niemals verlassen durfte? War er hier ohne mich sicher, sicher vor ihren Schergen, die sich bislang versteckt hielten, war er auch sicher vor Haremhab? Ja, konnte ich Haremhab trauen? Was wäre, wenn er in meiner Abwesenheit Tutanchaton ermorden ließ, mir dann selbst mit seiner Streitmacht nach Waset folgte, um dort Nofretete, ihre Töchter und mich zu beseitigen? Die gesamte königliche Familie wäre ausgelöscht, und er, der dann zweifellos mächtigste Mann Ägyptens, hatte ganz allein ungehindert Zugriff auf die Krone der Beiden Länder!

«Ihr wisst, dass ich ein bedingungsloser Diener der Maat bin und mich immer der Krone der Beiden Länder verpflichtet fühle, gleich, wer sie trägt», hatte er vor wenigen Stunden zu mir gesagt. Er war General, und ich musste einfach darauf vertrauen, dass er ein Ehrenmann war, ein Mann, der ein gegebenes Wort hält. Aber ich war mir darüber im Klaren, dass ich Vorkehrungen treffen musste, um das Leben Tutanchatons zu schützen. Tutanchaton brauchte mich, um zu überleben, und ich brauchte Tutanchaton, um nicht in völlige Bedeutungslosigkeit zu versinken.

Noch in dieser Nacht stand für mich fest, was ich zu tun hatte.

«Gottesvater Eje in einer Kaserne Ihrer Majestät», sagte Haremhab zur Begrüßung, als ich sein Amtszimmer betrat. «Das ist gewiss ein eher seltener Anblick!»

«Täuscht Euch nicht, General! Ich führe noch immer den Titel ‹Anführer der Streitwagentruppe Ihrer Majestät›. Das scheint Ihr vergessen zu haben. Und ich lege großen Wert darauf, dass ich es auch bleibe. Die Zeiten könnten sich schließlich ändern.»

«Heißt das, Ihr macht mir Hoffnung?» Seine Augen jagten wieder aufgeregt nach oben, und seine Augenlider flatterten wie kleine Fähnchen.

«Wenn Ihr mit Prinz Tutanchaton Strauße jagen wollt, müsst Ihr Euch in der Tat beeilen. Ich beabsichtige, Achet-Aton morgen früh in Richtung Süden zu verlassen.»

Er sah mich erstaunt an, denn er hatte wohl nicht damit gerechnet, dass ich mich so schnell entscheiden würde.

«Aber Ihr werdet doch dem Prinzen nicht die anstrengende Reise zumuten wollen, Gottesvater Eje», wandte er ein. Jetzt musste die erste Hürde meines Vorhabens genommen werden. Wenn Haremhab wusste, dass Nofretete Tutanchaton verboten hatte, die Stadt zu verlassen, konnte ich mich verdächtig machen. Denn beharrte ich trotz des Verbotes darauf, den Jungen mitzunehmen, konnte er mir vorwerfen, ich würde das Leben des Knaben unnötig aufs Spiel setzten. Kannte er das Verbot, erhob aber keine Einwände, dann durfte ich ihm ohnehin nicht mehr trauen. Ich ging aufs Ganze.

«Der Prinz hat Waset noch nie gesehen, und ich will ihm die Gelegenheit nicht verwehren, den Palast der goldenen Sonne zu sehen und den Totentempel seines Großvaters zu besuchen – vorausgesetzt, wir werden nicht vorzeitig hinausgeworfen.»

Er erwähnte mit keinem Wort das Verbot Nofretetes, und um zu verhindern, dass er vielleicht doch noch darauf zu sprechen kam, plapperte ich ohne Unterlass belanglose Dinge, bis ich sein Zimmer wieder verließ. Zuletzt bat er mich um Verständnis, dass er an diesem Tag mit dem Prinzen nicht mehr zur Jagd ausfahren könnte, weil er sich bereits mit Merire, dem Ersten Sehenden des Aton, verabredet hatte. Mir war es recht so.

«Wann kann ich mit Eurer Rückkehr rechnen, Gottesvater Eje?», fragte mich Haremhab, als wir früh am Morgen des nächsten Tages am Hafen standen und gemeinsam darauf warteten, bis unser Gepäck an Bord gebracht und verstaut war. Auf keinen Fall wollte ich ihm sagen, wo und wie lange ich auf unserer Fahrt nach Süden anhalten und verweilen wollte. Niemand, aber auch wirklich niemand, sollte meinen Reiseplan kennen. Nicht einmal Nassib hatte ich Einzelheiten davon gesagt, damit er es nicht unbedacht weitererzählen konnte.

«Ich will es möglichst schnell hinter mich bringen; deswegen werde ich auf der Fahrt nach Süden nur dort anhalten lassen, wo wir die Nacht verbringen. Auch die Heimfahrt soll zügig geschehen, damit ich ausreichend Zeit habe, mich auf die Beisetzung meiner Schwester vorzubereiten. In zwölf Tagen will ich wieder hier sein.» Die Antwort schien ihm zu genügen.

Nassib war umringt von meinen Schreibern und Dienern, allen voran Ipu, als er zum Schiff kam. Ich rief ihnen schon von weitem zu: «Geht gleich an Bord! Ich komme gleich nach!» So hatte ich es geschickt vermieden, dass Haremhab in aller Form von Tutanchaton Abschied nehmen musste. Er sollte aber auch wissen, dass ich damit nur Rücksicht auf ihn genommen hatte, und ich sagte leise: «Ich hoffe, Ihr seid nicht verstimmt darüber, dass Ihr von Prinz Tutanchaton nicht förmlich Abschied nehmen konntet!»

«Nein, nein», sagte er hastig, und weil er es mir gegenüber nicht zugeben wollte, dass er tatsächlich froh darüber war, fügte er hinzu: «Kindern ist so etwas ohnehin eher lästig, als dass es ihnen eine Freude wäre. Es ist schon gut so. Grüßt ihn von mir und sagt ihm, dass ich nach seiner Rückkehr mein Versprechen einlösen und mit ihm Strauße jagen werde.»

«Er wird sich darüber freuen, dessen bin ich mir gewiss. Nun lebt wohl, Haremhab! Ich will keine Zeit verlieren.» Während ich eine knappe, höfliche Verneigung andeutete, schlug er mit der rechten Faust gegen seine Brust, verbeugte sich tief und sagte dann: «Vergesst nicht, Gottesvater Eje: Nicht nur ich, sondern ganz Ägypten hofft, dass Ihr erfolgreich zurückkehrt!»

«Ich werde mir alle Mühe geben!»

Dann bestieg ich das Schiff.

Als wir an der Reling standen und das Treiben im Hafen beobachteten, während das Schiff ablegte und langsam auf die

Flussmitte zutrieb, überlegte ich, wann ich zum letzten Mal eine Fahrt nach Waset oder überhaupt nach dem Süden unternommen hatte. Gewiss war es eine jener Fahrten, die ich gemacht hatte, um meine Landgüter in Oberägypten zu besuchen und zu kontrollieren. Es musste mindestens drei Jahre her sein, denn so lange schon lebte ich wie ein Gefangener in Achet-Aton.

«Hisst das Segel!», befahl der Schiffskommandant mit lauter Stimme. Sogleich ergriffen die Matrosen das Fall und die mittleren Toppnanten, und bald darauf blähte der Nordwind das Segel auf und gab dem Schiff Fahrt.

Es war Mal für Mal ein unvergessliches Erlebnis, wenn man auf einem Schiff den Hafen einer Stadt verließ. War vor wenigen Augenblicken das Schiff beinahe noch ein Teil des Festlandes, denn im stillen Wasser des Hafens war man sich des schwankenden Bodens, auf dem man stand, kaum bewusst, so befand man sich inmitten des Flusses gleich darauf in einer kleinen Welt für sich. Der Lärm des Hafens verstummte mehr und mehr. Die Tempel und Paläste, die Häuser und ihre Menschen wurden immer kleiner und unbedeutender, je weiter man sich entfernte, bis nur noch die Stimme des Kommandanten zählte und man außer dem leisen Fluchen der Seeleute, dem Ächzen des Masten und dem Flattern des Segeltuchs nur noch das Plätschern des Kielwassers hörte. Wenn aus den Schilfgürteln des Ufers Schwärme von Enten aufstiegen, von den Sandbänken verängstigte Krokodile ins Wasser huschten und der eine oder andere Matrose unauffällig in den Nil spuckte, um zu sehen, ob das Schiff schon an Fahrt gewonnen hatte, dann hatte die Reise wirklich begonnen. Aber weg, weg von Achet-Aton war man erst, wenn das Schiff südlich der Stadt die erste Flussbiegung erreicht hatte und Tempel, Paläste, Häuser und ihre Gärten hinter den Schilfwäldern verschwanden, bis nichts mehr von der Sonnenstadt zu sehen war. Eine Weile noch erinnerten die Berge im Osten an das, was man zurückgelassen hatte, bis auch sie nicht mehr zu sehen waren und andere Landschaften die Aufmerksamkeit des Betrachters auf sich lenkten.

Zuerst musste Nassib natürlich das Schiff erkunden. Geduldig führte ihn der Kommandant vom Heck zum Bug und wieder zurück, und es gab kaum ein Tau, kaum ein Stück Holz, dessen Sinn und Zweck der Junge nicht gekannt hätte. Mir schien, als könnte neben der Jagd der Schiffsbau die zweite große Leidenschaft Tutanchatons werden, was ihn seinem Großvater noch ähnlicher machen würde. Die schönsten Stunden aber waren die, die wir allein unter einem Baldachin am Bug des Schiffs verbrachten, um schweigend den herrlichen Anblick der vorübergleitenden Natur und den kühlenden Fahrtwind zu genießen. Keiner von uns beiden wollte die Ruhe stören, und so beschränkten wir uns auf kurze Fingerzeige, wenn einer die Aufmerksamkeit des anderen auf Flusspferde, Krokodile oder auf am Ufer winkende Menschen lenken wollte.

Am dritten Tag erreichten wir Achmim, die Geburtsstadt meiner Eltern. Hier sollte sich ein entscheidender Teil meines Plans abspielen. Ich befahl, dass man die geschlossene Sänfte vorbereitete und vor das Schiff trug.

«Ich möchte neugierige Blicke vermeiden», sagte ich zu dem Kommandanten, der meinen Wunsch mit Unmut zur Kenntnis genommen hatte. Seine Matrosen hatten alle Mühe, die Einzelteile der Sänfte hervorzuholen und sie dann während der größten Mittagshitze zusammenzubauen.

«Morgen früh nach Sonnenaufgang werden wir wieder zurück sein. Sorgt dafür, dass wir gleich nach unserem Eintreffen ablegen können.»

Wohin wir aufbrachen, sagte ich ihm nicht.

«Ich war fünfzehn Jahre alt, als ich zum ersten Mal Achmim besuchte», begann ich zu erzählen, während wir durch die Stadt getragen wurden. In der geschlossenen Sänfte war es unerträglich heiß. Aber ich hatte das in Kauf genommen, denn ich wollte nicht, dass uns jemand sah oder gar erkannte. Nur Ipu ging unmittelbar neben mir her, damit ich ihm ab und zu den Weg weisen konnte.

«Es war auf der Fahrt nach Waset zur Krönung deines Großvaters Amenophis. Mein Vater Juja hatte ihn gebeten, seinen Schwager Baki besuchen zu dürfen, und Ameni beschloss kurzerhand, sich dem Besuch anzuschließen. Das war eine Aufregung im Haus meiner Verwandten! Ameni fand Gefallen an Bakis Sohn Anen und machte ihn zum Priester in Waset. So schnell kann das Leben einen neuen Weg einschlagen, Nassib.» Dass mein Vetter Anen wie Echnaton sein Leben am Fuße eines Torturms beendet hatte, erwähnte ich nicht.

«Und wer lebt heute hier?», wollte Nassib wissen.

«Anen hatte einen jüngeren Bruder. Wie so viele in Achmim hieß auch er Nacht-Min. Denn du musst wissen, dass früher der Hauptgott dieser Stadt Min war. Der Sohn Nacht-Mins wiederum heißt Baki, wie sein Großvater. Er müsste etwa vierzig Jahre alt sein. Er hat aber keine Ahnung von unserem Besuch, und wer weiß, ob wir ihn überhaupt antreffen werden.»

Am Gartentor des Anwesens wurden wir erwartungsgemäß von einem Diener angehalten.

«Gottesvater Eje», und dabei zeigte Ipu auf die Sänfte, «möchte deinen Herrn Baki, seinen Vetter, besuchen. Melde dies deinem Herrn oder seinem Schreiber!»

Der Diener huschte davon, und schon bald darauf hörte ich ein Gewirr unterschiedlicher Stimmen, die aber allesamt freudig überrascht klangen. Deswegen verließ ich sogleich die Sänfte, bat aber Nassib, noch Platz zu behalten.

«Baki!», rief ich erfreut und tat so, als hätte ich ihn erst vor wenigen Tagen in bester Freundschaft verlassen. Auch er gab sich Mühe, mich herzlich zu begrüßen, und wies uns den Weg in sein Haus. Als wir die Säulenhalle vor dessen Eingang erreicht hatten, sagte ich zu ihm: «Ich bin nicht allein gekommen. Ich habe hohen Besuch mitgebracht. Ich muss dich aber von Anfang an darum bitten, vollkommenes Stillschweigen darüber zu bewahren. Die Gründe dafür werde ich dir noch erklären.»

Baki sah mich verwundert an, und seine Verwunderung schien so groß, dass er kein Wort herausbrachte.

«Steig bitte aus, Nassib!», sagte ich leise. Schon ging der dünne Vorhang zur Seite, Tutanchaton stieg aus und stellte sich etwas verunsichert dicht an meine Seite.

«Wer ist Nassib?», fragte mich jetzt Baki und verneigte sich kaum wahrnehmbar vor dem Knaben. Ich überging die Frage meines Vetters, denn der Rang meines Schützlings gebot es, dass es zuerst Baki war, der dem Prinzen vorgestellt wurde.

«Mein Prinz», sagte ich leise, «das ist mein Vetter Baki.» Jetzt war es Tutanchaton, der seinen Kopf etwas senkte. Und an Baki gewandt, fuhr ich fort: «Baki, das ist Prinz Tutanchaton, der Sohn unseres verstorbenen Königs Echnaton.»

Mein Vetter hatte wohl mit allem gerechnet, nur nicht damit, dass der Sohn des Guten Gottes eines Tages vor ihm stehen würde. Sogleich warf er sich zu Boden, verbarg seinen Kopf zwischen den Händen und blieb regungslos liegen. Das war natürlich zu viel der Ehre für Tutanchaton, denn ein Ägypter musste sich nur vor Pharao selbst in den Staub werfen. Aber die Menschen auf dem Lande waren in solchen Dingen unerfahren und gingen deshalb lieber dreimal zu oft zu Boden als einmal zu wenig. Nassib machte diese Erfahrung nicht zum ersten Mal, weswegen er sich gleich nach vorn beugte, mit der Rechten nach Bakis Arm griff und sagte: «Steh auf, Baki. Das ist nicht nötig!»

Baki sah mich ungläubig an, doch ich sagte nur: «Ich bitte dich nochmals: Rede mit keinem Menschen darüber, wer er ist. Nenne ihn wie ich einfach nur Nassib! Versprichst du mir das?»

Baki nickte und bat uns in seinen Garten. Die drei Enkelkinder meines Vetters waren etwas jünger als Nassib, und das war gut, denn so würden sie keine allzu tiefgründigen Fragen stellen. Es dauerte auch nicht lange, und Nassib zog sich mit ihnen zum Spielen zurück.

Ohne Umschweife klärte ich meinen Verwandten über die Lage in Syrien und die Verhältnisse in den Beiden Ländern auf. Ich schilderte ihm, wie sich Nofretete ihre Herrschaft und die

Herrschaft ihrer Nachkommen über Ägypten vorstellte und dass es in vielen Städten zu brodeln begann, weil man sich noch immer nicht damit abfinden wollte, dass Echnaton seinen Gott Aton an die Spitze gestellt und alle anderen Götter verleugnet und verbannt hatte. Ich berichtete ihm auch davon, dass es Tejes letzter Wunsch gewesen war, dass ich nach Waset reisen und mit meiner Tochter sprechen sollte und dass mich schließlich auch General Haremhab dazu gedrängt hatte.

«Aber wie kannst du es unter diesen Umständen wagen, den Prinzen mit nach Waset zu nehmen? Du selbst sagtest gerade, Nofretete hätte ihm mit dem Tode gedroht, wenn er Achet-Aton verlässt.»

«Ich will ihn gar nicht mit nach Waset nehmen, Baki. Deswegen bin ich auch zu dir gekommen. Ich bitte dich darum, Nassib so lange bei dir zu behalten, bis ich wieder zurückkomme. Und sollte meine Tochter nicht wollen, dass ich zurückkehre, dann nimm ihn bitte ganz unter deine Obhut. Auch für diesen Fall habe ich Vorkehrungen getroffen. Alles, was ich besitze, soll dann dem Jungen gehören. Ich bitte dich nur darum, meinen Besitz bis zu Nassibs Großjährigkeit zu verwalten.»

Baki lächelte mich freundlich an und sagte: «Ich bin fest davon überzeugt, dass dieser Fall nicht eintreten wird, Eje. Aber es ist gut, dass du es zumindest erwähnt hast.»

«Ich habe noch einen Wunsch, Baki. Einen außergewöhnlichen Wunsch.» Baki nickte erwartungsvoll.

«Du bist, wie alle deine Vorfahren, Vorsteher des Tempels von Achmim.» Er nickte erneut.

«Auch dein Tempel unterhält, wie so viele andere, eine Tempelschule. Ich bitte dich darum, dass mich einer deiner Schüler, der Nassib so ähnlich sieht wie nur irgend möglich, nach Waset begleitet. Ich weiß, dieser Wunsch ist außergewöhnlich, aber ich will dir seinen Hintergrund erklären: Nofretete soll glauben, dass ich mit Tutanchaton nach Waset gekommen bin. Nimmt sie das ohne jede Bestrafung hin, dann weiß ich, dass der Junge nicht für immer an Achet-Aton gefesselt ist, und kann mit ihm auch andere Reisen wagen. Stößt mir allein oder mir und dem Kind, das mich begleiten soll, etwas zu, dann weiß ich wenigstens Tutanchaton bei dir in Sicherheit. Und, Baki, vergiss nicht, er könnte jederzeit auf den Thron Ägyptens gerufen werden!»

«Warum hast du Tutanchaton nicht einfach in Achet-Aton gelassen?», fragte mich Baki erstaunt.

«Weil ich dort niemandem traue. So einfach ist das. Ebenso wenig will ich Nofretete sagen, dass der Junge hier bei dir ist. Sonst könnte ich ihn gleich mit in die Höhle des Löwen nehmen.»

Ich bekam ein schlechtes Gewissen, denn ich hatte Baki nicht alle Möglichkeiten, die ich mir ausdenken konnte, geoffenbart, nämlich die Möglichkeit, dass Nofretete ihre Wut allein an dem Kind auslassen könnte. Aber daran wollte ich selbst nicht denken.

Ich spürte den Unwillen Bakis über mein Ansinnen, einen seiner Schüler mitzunehmen. Aber nachdem ich ihm wiederholt versichert hatte, dass mich der Junge nur unter strengster Bewachung in den Palast Nofretetes begleiten würde, willigte er schließlich ein. Er wies seinen Schreiber an, umgehend alle achtjährigen Tempelschüler zu uns zu bringen.

Nur wenig später standen dreizehn Kinder, unter ihnen auch Nassib, vor Baki und mir. Keines der Kinder hatte auch nur die geringste Ahnung, worum es ging, und so machten sie allerlei Grimassen und zeigten untereinander die Muskeln ihrer Oberarme, während sie, nur mit dem Lendentuch bekleidet, vor uns standen. Einer war unter ihnen, der von Größe, Haarfarbe und Statur Tutanchaton sehr ähnlich war. Sein Haar war nur etwas länger als das Nassibs.

«Sessu», sagte Baki und meinte ebendiesen Jungen, «stell dich einmal neben Nassib!»

«Neben wen?», fragte Sessu erstaunt und sah rechts und links neben sich.

«Der zweite Junge neben dir, nein links, das ist Nassib.» Sessu hatte begriffen und reihte sich neben Nassib ein. Dann gab Baki seinem Diener einen Wink. Dieser war schon eingewiesen, worum es ging, und ehe es sich Sessu versah, waren seine Haare genauso lang wie die meines Schützlings.

«Man muss beide schon recht gut kennen, um sie auf Anhieb unterscheiden zu können», stellte ich zufrieden fest. «Dreht euch einmal um», bat ich die beiden, denn ich wollte sehen, ob sie auch von hinten kaum zu unterscheiden waren.

«Die Kopfform und der Haarschnitt sind sehr ähnlich. Nassib ist etwas muskulöser als Sessu, aber das fällt kaum auf.»

Doch was ich jetzt feststellte, ließ mich plötzlich und nachhaltig verstummen: Tutanchaton hatte an der Stelle, wo das untere Ende der Wirbelsäule in das Lendentuch verschwand und die sonst der Rand des Schurzes oder ein Gürtel verdeckte, ein etwa erbsengroßes Muttermal. Dasselbe Muttermal an derselben Stelle, wo ich eines hatte! Das konnte einfach kein Zufall sein. Viele Menschen, fast alle Menschen, haben an den unterschiedlichsten Stellen des Körpers Muttermale. Aber warum musste Tutanchaton genau dort ein Muttermal haben, wo auch ich eines hatte? So lange schon hatten mich keine Zweifel mehr gequält, ob er mein Sohn war oder nicht. Seine Vorliebe für Waffen, seine Leidenschaft für die Jagd hatten mir immer wieder gesagt, dass er diese Eigenschaften nur über Echnaton von seinem Großvater Amenophis geerbt haben konnte. Jetzt war das alles durch ein erbsengroßes Muttermal wieder in Frage gestellt worden.

«Was ist mit dir, Eje?», fragte mich Baki besorgt und sah dann selbst auf Tutanchaton, weil ihm meine gebannten Blicke auf dessen Rücken nicht entgangen waren.

«Es ist nichts», wehrte ich ab. «Ich war nur etwas abwesend und dachte schon an morgen. Verzeih mir!»

«Dreht euch wieder um!», rief Baki den Kindern zu.

«Nassib und Sessu bleiben noch einen Augenblick bei Eje und mir, die anderen können wieder gehen.»

Tutanchaton und Sessu sahen sich an und hoben beide unwissend die Schultern, während die anderen wieder davonliefen.

«Komm zu mir», sagte ich zu Tutanchaton und ergriff seine Hände. «Du wirst für vier oder fünf Tage bei Baki in Achmim bleiben, bis ich wieder aus Waset zurückkomme und dich hier abhole. Du musst dir keine Sorgen machen. Weder um dich noch um mich. Baki hat mir versprochen, dass er dir hier alles zeigt, und eins, zwei, drei – bin ich wieder hier.» Nassib nahm es widerspruchslos hin. Dann wandte ich mich Sessu zu: «Und du, mein kleiner Freund, hast du schon einmal eine Schiffsreise gemacht?»

«Nein, Herr», antwortete Sessu verängstigt.

«Würdest du denn gern einmal auf einem Schiff fahren? Sagen wir: bis Waset?»

Sessu nickte eifrig.

«Dann darfst du unter einer Bedingung mit mir kommen: Du sagst nicht mehr Herr zu mir, sondern nur noch Eje! Einverstanden?»

«Ja, Eje», lachte mich der Junge an.

Es war für Tutanchaton nicht einfach zu begreifen, was hier geschah. Deswegen ging ich anschließend mit ihm in Bakis Garten, um mit ihm allein zu reden.

«Wirst du wieder zurückkommen?», fragte mich Nassib ohne Umschweife, und an seinen Worten hörte ich die Angst heraus, allein gelassen zu werden.

«Selbstverständlich komme ich wieder zurück. Was sollte mir schon geschehen? Einem alten Mann wie mir fügt keiner ein Leid zu. Das ist so. Glaube mir!» Ich legte meinen Arm um seine Schulter und drückte ihn ein wenig an mich. Er sah zu mir herauf und sagte: «Und warum muss ich dann hier zurückbleiben, wenn es nicht gefährlich ist, nach Waset zu fahren?»

«Das will ich dir sagen: Dir hat Nofretete verboten, Achet-Aton zu verlassen, mir nicht. Sie wird erst gar nicht erfahren, dass du Achet-Aton überhaupt verlassen hast und dass du in Achmim bist.»

«Aber warum nimmst du dann Sessu mit nach Waset?»

«Weil ich wissen will, wie sich Nofretete verhält. Denn sie wird meinen, dass du es bist, der mich begleitet.»

«Und wenn sie Sessu etwas antut?»

Nassib hatte genau begriffen, worum es ging und wie die Reise für Sessu enden konnte. Ich bekam ein schlechtes Gewissen und stand kurz vor dem Entschluss, die Fahrt allein fortzusetzen. Aber ich wollte es einfach wissen. Ich wollte wissen, wie weit zu gehen meine Tochter wirklich bereit war. Dafür setzte ich sogar das Leben des kleinen Sessu aufs Spiel, dessen war ich mir durchaus bewusst. Aber ich beschloss jetzt, ihn nicht mit in den Palast zu nehmen. So weit wollte ich doch nicht gehen.

«Es wird ihm nichts geschehen, Nassib. Sie wird ihn gar nicht zu sehen bekommen, weil er das Schiff gar nicht verlassen wird. Ich werde ihn unter strenger Bewachung dort zurücklassen. Ich verspreche es dir. Einverstanden?»

Tutanchaton nickte. Es war gut so, und ich hatte damit auch mein eigenes Gewissen etwas beruhigt. Auf dem Schiff konnte Sessu nichts geschehen.

Frühmorgens wurde Sessu in das Haus Bakis gebracht, wo er die Armreife Tutanchatons anlegte, nachdem ich Letzterem hoch und heilig versprochen hatte, dass er sie bald wiederbekommen würde. Ich hatte mich sehr schnell verabschiedet, damit mir der traurige Anblick Nassibs nicht das Herz brach, denn sein Muttermal war mir nicht aus dem Kopf gegangen, und die Vorstellung, er wäre doch mein Sohn, hatte sich tiefer in mein Herz hineingebrannt denn je.

Sessu bestieg mit mir die Sänfte, und Ipu, der in alles eingeweiht war, schloss ihre Vorhänge und führte unsere Träger zum Hafen zurück.

«Der Kommandant meines Schiffes soll dich nicht sofort erkennen», sagte ich zu Sessu. «Deshalb tun wir so, als seist du krank. Ipu wird dich schnell in das Deckshaus des Schiffes tragen, und dort beraten wir weiter. Und damit keiner den Schwindel merkt, nennen wir dich jetzt alle Nassib!» Sessu nickte.

Noch in der Sänfte wickelte Ipu den Jungen in ein Tuch, nahm ihn in seine Arme und trug ihn auf das Schiff.

«Er hat sich den Magen verdorben», brummte ich dem Kommandanten entgegen und schob ihn mit der Linken zur Seite, damit wir ungehindert die Tür des Deckshauses erreichten. Ich schob Ipu und Sessu, der jetzt Nassib hieß, hinein und befahl, eiligst abzulegen.

«Ihr solltet ihm nicht zu nahe kommen», riet ich dem Kommandanten. «Ihr könntet Euch anstecken. Wer weiß, was er hat. Ich sorge dafür, dass er sich nur am Bug aufhält, und Ihr kümmert Euch darum, dass ihm keiner zu nahe kommt.»

Niemand an Bord schöpfte Verdacht. Wenn Ipu die Warnung aussprach, dass der Junge das Deckshaus verlassen würde, flüchteten sich alle zum Heck des Schiffes und harrten dort verängstigt, bis sich der vermeintlich Kranke wieder in seine Kabine zurückzog.

Abgesehen von der Aufregung, die wegen seiner Person an Bord herrschte, genoss der Junge die Reise in vollen Zügen. Er erzählte mir, dass er keine Eltern mehr hatte und er deswegen Tempelschüler wurde. Zum ersten Mal in seinem kurzen Leben hatte er Achmim weiter als eine halbe Tagesreise verlassen, und bald sollte er die größte und schönste Stadt der Welt erreichen. Nur würde er dort nicht viel zu sehen bekommen.

Nur die Anfahrt, die Anfahrt auf die Stadt und in den Hafen von Waset, durfte er vom Bug des Schiffes aus genießen. Dann musste er für einige Stunden die stickige Kammer hüten, ohne sie auch nur einmal zu verlassen. Er versprach es mir bei allem, was ihm heilig war, weil ich zuvor versprochen hatte, ihm Pfeil und Bogen zu schenken, wenn wir in Achmim zurück waren.

Tags zuvor hatte ich einen Boten von Land aus vorausgeschickt, damit Nofretete von meiner Ankunft unterrichtet war, und so fuhr ich gemeinsam mit Ipu am Ostufer des Flusses ein Stück nach Süden, und wir setzten dort auf einer Fähre über. Von weitem grüßten mich die zwei riesigen Figuren Nimurias vor dessen Tempel der Millionen Jahre, und mit einem stillen Seufzer erflehte ich mir seinen Beistand für das, was jetzt vor mir lag. Wenig später schon öffneten sich vor uns die schweren Palasttore, und es dauerte nur noch wenige Augenblicke, bis ich im Thronsaal des Palastes vor meiner Tochter, vor Meritaton und einigen ihrer Berater stand. Sie war nicht bereit gewesen, mit mir allein zu sprechen, sondern bestand auf allen Förmlichkeiten eines offiziellen Empfangs. Sie trug die von ihr selbst geschaffene, eng anliegende Kappe und bis auf den Zeremonialbart alle Insignien der pharaonischen Herrschaft: Geißel und Krummstab, Schulterkragen, Prunkgürtel und goldene Sandalen.

Ich begrüßte sie mit aller gebotenen Höflichkeit, dann stieg ich die drei Stufen zu ihrem Thron empor und küsste erst sie auf beide Wangen, dann Meritaton, um darauf wieder nach unten zurückzukehren. Alle hörten mir sehr aufmerksam zu, als ich vom Tod meiner Schwester Teje berichtete und davon, dass sie die letzten Augenblicke nicht allein sein musste.

«Die Mutter deines Gemahls», sagte ich schließlich, «hat aber auch einen letzten Wunsch geäußert, den ich hiermit erfülle. Nachdem ich der Sterbenden berichtet hatte, wie es um die Freunde Ägyptens in Syrien steht, dass nach Rib-Addi auch Ammunira von Berut und Zimrida von Sidon besiegt waren, war es ihr letzter Wille, dass ich vor dich trete und bei dir für die Freunde Ägyptens um Hilfe flehe.»

Der Gesichtsausdruck Nofretetes verfinsterte sich zusehends. Unbeirrt fuhr ich in meiner Rede fort.

«Es ist aber nur noch Tuschratta von Mitanni, der deiner Hilfe bedarf, und vielleicht noch drei oder vier Fürsten Syriens, deren Namen du kaum kennen wirst. Denn Zimrida von Sidon ist von den Schergen Suppiluliumas bereits ermordet worden. Ihm können wir jetzt nicht mehr helfen, selbst wenn wir es jetzt endlich wollten.»

«Ich verbitte mir den Ton deiner Worte!», rief mir Nofretete entgegen, und ich musste einsehen, dass ich wohl etwas zu weit gegangen war. Sie sah mich lange mit hochrotem Kopf an, dann fragte sie mich: «Wo ist der Bastard?»

Ich senkte den Kopf und schwieg, denn ich wollte auf eine derart gestellte Frage keine Antwort geben. Auch der Königin nicht. Sie wurde ungeduldig.

«Wo ist er, frage ich dich noch einmal?»

«Er hat mich begleitet. Was hast du anderes von mir erwartet? Dachtest du, ich würde ihn allein in Achet-Aton zurücklassen?»

Nofretete schlug mit beiden Händen auf die Lehnen ihres Thrones, sprang auf und schrie mich an: «Habe ich nicht befohlen, dass der Knabe Achet-Aton nicht zu verlassen hat? Habe ich dir nicht das Versprechen gegeben, dass diesem Bastard so lange kein Leid zugefügt wird, wie er meinem Befehl Folge leistet? Glaubst du, ich habe das nur gesagt, um diesen Knaben zu ärgern und um dich zu demütigen?»

«Ich bin nicht gekommen», wurde auch ich jetzt lauter, «um mich mit dir wegen des Knaben zu streiten. Sein Dasein ist eine Tatsache, die nicht zu leugnen ist, und auch du solltest dich endlich damit abfinden, dass dein Mann einen Sohn zurückgelassen hat.»

Nofretete hatte sich wieder gesetzt, und es genügte ein kurzer Wink mit ihrem Kopf, damit ein Offizier der Leibgarde neben sie trat. Wenige Augenblicke später verschwand er aus dem Saal.

«Weswegen bist du dann hierher gekommen? Nur um jene Hilfe für Tuschratta zu erbetteln, von der du genau weißt, dass du sie von mir nicht erhältst? Aber rede!»

Ich schilderte ihr und allen Anwesenden genau und in manchen Einzelheiten die Lage, wie sie sich für Syrien, Mitanni und für Babylon darstellte. Ich berichtete ihnen, dass die Hethiter zwischenzeitlich die gesamte syrische Küste bis in die Höhe der Stadt Qadesch besetzt hielten und dass es keinerlei Anzeichen dafür gab, dass ihr Hunger nach noch mehr unterworfenem Land bald gesättigt sein könnte.

«Burra-Buriyash von Babylon traut sich kaum mehr zu atmen, um nur ja nicht die Aufmerksamkeit Suppiluliumas auf sich zu lenken. Stattdessen sieht er lieber zu, wie sein Nachbar Tuschratta zugrunde geht.»

«Sind wir Tuschratta, dem Großvater deines Schützlings, irgendetwas schuldig?», fragte mich Nofretete höhnisch, woraufhin sogar einige ihrer Berater zu tuscheln begannen, weil sie den Einwand Nofretetes offenbar ebenso wenig verstanden wie ich.

«Wer ist wem etwas schuldig, Nofretete?», gab ich eine Gegenfrage zurück. «Die Frage magst du dir dann beantworten, wenn auch du festgestellt haben wirst, dass Ägypten am Rand des Abgrunds steht.»

«Schweig!», rief sie aufgeregt in den Saal hinein und schlug dabei wieder mit den Händen auf die Armlehnen ihres Throns.

«Ich bin mit dem, was ich dir zu sagen habe, noch nicht zu Ende, Nofretete.» Sie lehnte sich zurück und gab mir so zu verstehen, dass sie bereit war, mir noch einmal zuzuhören.

«Seit dem Tod meiner Schwester ist es unruhig geworden im Land. Du weißt, dass überall in Ägypten noch die Priester jener Gottheiten leben, die du und dein Gemahl verbannt und verboten haben. Lauter denn je erklingen ihre Hetzreden gegen dich und gegen Aton. Aufmerksamer denn je hören ihnen die Menschen überall im Land zu, und bereitwilliger denn je folgen sie ihnen, wohin immer sie es befehlen. Ich weiß nicht, wie lange es Haremhab noch gelingt, in Unterägypten Ruhe zu bewahren.»

Nofretete beugte sich wieder ein wenig nach vorn und fragte: «Oder könnte es sein, dass es Haremhab selbst ist, der nicht mehr lange gewillt ist, Ruhe zu halten?»

«Für die Ergebenheit und Treue Haremhabs verbürge ich mich. Er ist der Krone Ägyptens treu ergeben, wer immer sie auch tragen mag. Aber er ist besorgt und weiß nicht, wie lange er die Krone schützen kann.»

«Und was meinst du, sollte ich jetzt tun, Vater?»

«Das fragst du mich, Nofretete? Das fragst du wirklich mich, der es gewagt hat, aus seinem Gefängnis zu entfliehen, und der es wagt, dir hier die Stirn zu bieten?»

«Ja, dich und keinen anderen. Und ich erwarte jetzt und hier eine Antwort.»

Ich musste allen Mut zusammennehmen, um ihr eine ehrliche Antwort zu geben. Es fiel mir so unendlich schwer, schwerer, als es mir noch vor wenigen Tagen gefallen wäre, wo ich noch ohne die Zweifel lebte, ob Tutanchaton nicht doch mein Sohn war. Ich konnte meine Tochter so in Wut bringen, dass sie bis zum Äußersten ging. Was sollte denn aus Tutanchaton werden? War es jetzt nicht an der Zeit, alle Weisheit und Erfahrung, die man mir hier zutraute, um Ratschläge zu erteilen, zu leugnen und einfach zu gehen? Ich wusste von Anfang an um die Gefährlichkeit meines Tuns, sonst hätte ich nicht all die Vorkehrungen getroffen, bis hin zu dem Austausch der Kinder.

So verneigte ich mich vor ihr und ihrer Tochter Meritaton in aller Demut und trug vor, was zu tun nach meiner Einschätzung das Richtige war. Ich riet ihr, unverzüglich Haremhab mit der Aushebung weiterer Truppen und dem Marsch auf Qadesch zu beauftragen. Ich riet ihr, auch im Süden Truppen auszuheben, damit nicht das elende Kusch einen Aufstand wagte, wenn der Großteil der ägyptischen Armee in Syrien kämpfte. Dann schwieg ich.

«Und was rätst du mir, um die Unruhen, von welchen du mir berichtet hast, zu unterbinden?»

«Du kennst meine Meinung hierzu», beschied ich sie knapp.

«Ich glaube nicht, Vater, denn heute erfahre ich zum ersten Mal von diesen Unruhen. Ich höre!»

«Ich habe dir vor drei Jahren schon gesagt, wen ich für den rechtmäßigen Thronerben halte, und an dieser Auffassung hat sich bis heute nichts geändert. Mehr habe ich dazu nicht zu sagen.»

«Nun gut», entgegnete sie mir und holte tief Luft.

«Jetzt will ich dir sagen, was ich tun werde: Ägypten ist und bleibt ein Land des Friedens. Nicht ein Tropfen ägyptischen Blutes wird fließen, um zweifelhaften Bündnispartnern zu helfen. Wenn Tuschratta König von Mitanni sein will, dann soll er selbst sehen, wie er sein Königreich schützt. Wenn er dazu nicht in der Lage ist, dann ist sein Land es nicht wert, weiter zu bestehen. Ich werde keine Truppen ausheben, und ich werde nicht einen einzigen Soldaten nach Syrien schicken! So sei es und so werde es geschrieben! Und was den Bastard betrifft, sage ich dir, dass auch ich meine Meinung nicht geändert habe, Gottesvater!», schrie sie mich jetzt an, und mir war, als hätte sie Gift ausgespuckt, als sie das Wort «Gottesvater» aussprach.

«Es sind schon lange Tatsachen geschaffen, die meine Herrschaft und die einstige Herrschaft meiner Töchter unumkehrbar machen. Aton ist der einzige Gott Ägyptens, und wir werden nie mehr andere Gottheiten dulden. Finde dich damit ab, Vater, auch wenn du Trauer empfinden wirst. Ich trage keine Schuld daran, denn alles, was geschieht, hast du allein zu verantworten.»

Es regte sich kein Widerspruch im Saal. Nicht von Acha und nicht von irgendeinem anderen der Großen, die einmal mit mir befreundet waren. Die Nähe zur Doppelkrone der Beiden Länder hatte sie gefügig gemacht und ließ sie schweigen.

«Kehre zurück in deinen Palast nach Achet-Aton, und sei dankbar, dass mein Zorn nicht auch dich trifft.»

Dann erhob sie sich und verließ mit Meritaton den Saal, ohne sich vorher von mir verabschiedet zu haben. Ich war noch nicht fähig, die Worte, die sie gesagt hatte, zu fassen, und blieb eine Weile regungslos stehen. Auch von den Übrigen im Saal regte sich niemand. Ich sah vor mich auf den Boden und erkannte dort die gefesselten Feinde Ägyptens. Von alters her wurden sie auf die Fußböden der ägyptischen Paläste gemalt, damit jedermann sah, welches Land das mächtigste unter der

Sonne war. Jetzt fühlte ich mich wie der gefesselte Asiat zu meinen Füßen.

Als ich den Saal verließ, sah mir niemand in die Augen. Einige unterhielten sich und taten so, als würden sie mein Gehen gar nicht bemerken. Andere sahen vor mir zu Boden, entweder weil sie sich vor mir schämten oder weil sie sich meiner schämten.

Noch nie in meinem bisherigen Leben hatte ich derart gedemütigt und verachtet den Palast verlassen.

Erst auf der Rückfahrt zum Hafen dachte ich nochmals über die Worte Nofretetes nach. «Finde dich damit ab, auch wenn du Trauer empfinden wirst», hatte sie gesagt, und dass ich allein die Schuld an allem trüge. Unruhe kam in mir auf, und ich drängte Ipu zur Eile. Je näher wir unserem Ziel kamen, umso mehr wuchs meine Sorge um Sessu.

Der Kommandant meines Schiffes lehnte gelangweilt an der Reling, als wir eintrafen. Schon während wir den schmalen Steg zur Barke emporstiegen, rief ich ihm entgegen: «War jemand in meiner Abwesenheit an Bord?»

«Nur der Hafenmeister und ein Offizier haben sich hier umgesehen. Sonst niemand, mein Herr», gab er mir zur Antwort, und sein Gesichtsausdruck verriet mir, dass er nichts Besonderes daran fand. Ich lief zum Deckshaus, riss seine Tür auf und ging hinein. Es brauchte eine Weile, ehe sich meine Augen an die Dunkelheit gewöhnt hatten, doch dann erkannte ich Sessu. Er lag leblos auf seinem Bett, seine gebrochenen Augen starrten mich anklagend an. Das Seil, mit dem sein Mörder ihn erwürgt hatte, war noch um den dünnen Hals des Kindes geschlungen, und dessen Enden hingen vom Bett herab. Der Mörder hatte das Seil zu einem Seemannsknoten gebunden, die man verwendet, wenn ein Schiff am Hafen anlegt. Er hatte es nicht einmal für nötig gehalten, sein Mordwerkzeug wieder mitzunehmen.

Ich kniete vor dem Jungen nieder und hoffte, seinen Puls

noch fühlen zu können. Aber sein Herz hatte längst aufgehört zu schlagen.

«Es sind jetzt Tatsachen geschaffen, die meine Herrschaft und die einstige Herrschaft meiner Töchter unumkehrbar machen», hatte Nofretete vor weniger als zwei Stunden zu mir gesagt. Und erst jetzt begriff ich, was sie damit gemeint hatte.

Die Wut meiner Tochter würde noch viel größer werden, wenn sie erst erfuhr, dass sie sich von mir hatte täuschen lassen. Sie würde nicht nur Tutanchaton, sondern sie würde auch mich hassen und verfolgen, wo immer ich mich aufhielt. Daran hatte ich jetzt keinen Zweifel mehr. Mit dem Mord an dem kleinen, unschuldigen Kind hatte mir Nofretete gezeigt, wozu sie bereit war. Ich war ein für alle Mal gewarnt.

Schon wenige Augenblicke, nachdem ich das tote Kind entdeckt hatte, legte unser Schiff ab. Der Kommandant weigerte sich erst, die Reise mit einem Toten an Bord anzutreten. Das würde Unglück bringen, sagte er.

«Dein Unglück wird noch viel größer werden, wenn du nicht augenblicklich in Richtung Norden aufbrichst!», rief ich ihm zornig entgegen. Jetzt gehorchte er, und schon bald ließen wir die Tempel und Paläste der größten und schönsten Stadt Ägyptens hinter uns. Ich gab an diesem Tag alle Hoffnung auf, sie jemals wieder zu sehen.

Nach wenigen Stunden erreichten wir eine kleine Stadt, von der ich wusste, dass es dort eine Werkstatt der Balsamierer gab. Dort hielten wir kurz an und übergaben dem Vorsteher die Leiche des Knaben. Er erkannte sofort, dass Sessu keines natürlichen Todes gestorben war, und so kosteten mich sein Schweigen und seine Bereitschaft, das Kind anständig für die Reise in das jenseitige Leben vorzubereiten, zwanzig Deben Gold. Ich kündigte ihm an, dass ich die Mumie des Kindes in zwei Monaten wieder holen würde, weswegen ich ihm dringend anriet, mich nicht zu betrügen.

Das Hundertfache hätte ich gegeben, wäre Sessu noch am Leben gewesen.

So schnell wir nur konnten, fuhren wir nach Achmim zurück, und früher, als ich es vorausgesagt hatte, konnte mich Tutanchaton wieder in seine Arme schließen.

Mein Vetter Baki machte mir wegen des toten Knaben keine Vorwürfe, und ich glaube, er hatte das Unheil kommen sehen. Baki wusste auch, in welcher Gefahr sich Tutanchaton und ich befanden, und deswegen fragte er mich mit besorgter Miene, was ich jetzt vorhätte.

Nofretete würde alles daransetzen, um in Erfahrung zu bringen, wo sich Tutanchaton aufgehalten hatte, während ich bei ihr war. Deswegen konnte ich Baki nicht die Wahrheit sagen. Ich musste ihm aber irgendeine Antwort geben, wollte ich ihm die sichere Folter ersparen.

«Ich werde mit dem Jungen nach Nubien gehen», log ich ihn an.

«In Napata leben Verwandte meiner zweiten Frau Ti. Dort wird uns niemand vermuten. Vielleicht kommen doch noch bessere Zeiten über Ägypten, dann sehen wir uns wieder, Baki. So oder so: Ich danke dir für alles, was du für uns getan hast. Und verzeih mir, wenn ich dich in Bedrängnis gebracht habe. Ich habe es dennoch für die richtige Entscheidung gehalten.»

Er begleitete uns wenig später zum Hafen, wo er sich von uns verabschiedete. Wir bestiegen ein Handelsschiff in Richtung Süden, damit Baki wirklich glaubte, unsere Flucht würde uns nach Nubien führen. Aber schon in der nächsten Stadt gingen wir wieder von Bord und bestiegen am anderen Tag ein Schiff, das uns nach Achet-Aton bringen sollte. Es war Eile geboten, ehe uns die Rache Naftetas erreichen konnte.

«Wir müssen aus Ägypten fliehen», sagte ich bedächtig und leise zu Nassib, als wir am Bug des Schiffes standen und die goldgelben Getreidefelder mit den unzähligen Mohn- und Kornblumenblüten dazwischen sowie die Obst- und Gemüsegärten an uns vorüberglitten wie in einem wunderbaren Traum.

«Ich habe dich und mich endgültig zu Feinden Nofretetes gemacht, und ich allein habe die Schuld daran.»

«Warum?», hörte ich Nassib leise fragen.

«Nofretete hat geglaubt, ich hätte dich mit nach Waset genommen, und darüber war sie so zornig, dass sie den kleinen Sessu umbringen ließ. Sie hat also geglaubt, du würdest sterben. Doch irgendwann wird sie erfahren, dass du nicht das Opfer warst, sondern ein fremder Junge. Das wird sie noch wütender machen.»

«Aber Sessu kann doch nichts dafür!», empörte sich jetzt Tutanchaton.

In Gedanken versunken schwieg ich.

«Aus Ägypten fliehen!», dachte ich bei mir, und dass ich weinte, merkte ich erst, als mich Nassib an der Hand fasste.

«Wohin werden wir fliehen?», fragte er mich, und seine Stimme klang verängstigt wie selten zuvor. Ich wusste es nicht. Ich hatte nicht die geringste Vorstellung, wohin ein Mann wie ich, den jeder Würdenträger in Ägypten kannte, mit dem Sohn Echnatons flüchten konnte.

Aber der Junge erwartete eine Antwort von mir!

«Wir gehen in eine Stadt mit gewaltigen Palästen und Tempeln», begann ich zu phantasieren.

«In eine Stadt, die von einem breiten Fluss und vielen Kanälen durchzogen ist. Die Männer dort tragen lange, schwarze Bärte, und ihre Gewänder reichen bis zum Boden. In dieser Stadt leben wunderschöne Mädchen und Frauen, die man aber kaum zu sehen bekommt – nur, wenn man sie heiraten will. Auf ihren Feldern wachsen Getreide und Obst, wie bei uns. Ihre Männer züchten die besten Pferde und die kräftigsten Rinder. Und ihre Gärten sind noch schöner als die Gärten Ägyptens. Dort wachsen Blumen, die du noch nie gesehen hast, und sie duften wie kostbarstes Salböl aus Punt. Dorthin gehen wir, Nassib.»

Nassib sah mich ungläubig an und schwieg eine Weile. Dann wandte er sich mir wieder zu und fragte: «Und wie heißt diese Stadt?»

Ich überlegte kurz und sagte: «Babylon. Babylon heißt die Stadt.»

Ich wusste natürlich nicht, ob Babylon wirklich das Ziel unserer Flucht sein würde. Aber die Beschreibung, die ich gegeben hatte und die mich jetzt selbst beeindruckte, rief meine Erinnerungen an Babylon wach, als ich, ein junger Mann noch, dorthin gezogen war, um die große Liebe meines Lebens zu finden. Eine Flucht nach Babylon bedeutete aber auch schwersten Verrat. Ich war noch immer Vorsteher der Streitwagentruppe, und auf Fahnenflucht stand der Tod. Aber als schwerste aller Strafen, die es für einen Ägypter überhaupt geben konnte, erwartete mich die Auslöschung des Gedächtnisses an mich, was die ewige Verdammnis im Jenseits bedeutete. Und strafte sich ein Ägypter nicht schon allein durch seine Flucht in ein fremdes Land selbst am allermeisten? Ich erinnerte mich der uralten Geschichte von Sinuhe, der nach einem Mordanschlag auf den Guten Gott, Pharao Amenemhat, nach Vorderasien geflohen war, weil er befürchtet hatte, man könnte ihn trotz seiner Unschuld mit dem Mord in Verbindung bringen. Obwohl er angesehen und wohlhabend wurde, war für ihn die Vorstellung, in der Fremde zu sterben und begraben zu werden, unerträglich. So wurde für Sinuhe der Befehl Sesostris', nach Hause zurückzukehren, zur Erlösung.

Die Flucht nach Babylon konnte daher nur das äußerste Mittel sein, zu dem ich erst greifen durfte, wenn es nur noch darum ging, das Leben Tutanchatons zu schützen.

«Ist Babylon nicht sehr weit weg?», fragte mich Nassib und setzte selbst gleich nach: «Ich habe gelernt, dass es nicht in Ägypten liegt, sondern weit weg, am Euphrat.»

«Das ist wahr, Nassib. Deswegen sehen wir erst einmal, ob wir nicht an einem anderen Ort unterkommen, an welchem wir vor der Königin ebenso sicher sind wie in Babylon.»

Einen Tag vor unserer Ankunft in Achet-Aton schickte ich Ipu auf dem Landweg voraus, damit man in meinem Haus auf unser Eintreffen vorbereitet war. Ich sagte ihm, dass wir erst nach Einbruch der Dunkelheit in meinem Palast eintreffen würden und dass sich alle Bediensteten so unauffällig wie nur irgend möglich verhalten sollten.

Wie Diebe schlichen Tutanchaton und ich durch meinen Garten. Wir gingen neben den Kieswegen, um jedes auffällige Geräusch, das sofort die Wachhunde hätte anschlagen lassen, zu vermeiden. Nassib ging sogleich zu Bett, während ich fast die ganze Nacht mit meinem Schreiber zubrachte, um so viele Dinge wie möglich in die Wege zu leiten. Er bekam Anweisungen, wie mit dem Vieh zu verfahren war, wann und wie die Felder zu bestellen waren und was mit der Ernte zu geschehen hatte. Zuletzt ging ich zu jener Truhe, in der ich die Dinge verwahrte, die mir am meisten am Herzen lagen. Ich öffnete sie und entnahm ihr einen aus Ton gebrannten, faustgroßen Heiligen Käfer.

«Es lebe Horus, Starker Stier, erschienen in Wahrheit, der die Gesetze festigt und die Beiden Länder beruhigt, groß an Kraft, der die Asiaten schlägt, König von Ober- und Unterägypten, Herr der Beiden Länder, Neb-maat-Re, Sohn des Re, Amenophis, Herrscher von Waset, dem Leben gegeben ist. Die Große königliche Gemahlin Teje, sie lebe. Der Name ihres Vaters ist Juja, der Name ihrer Mutter ist Tuja: Sie ist die Gemahlin des starken Königs, dessen südliche Grenze bis Karai reicht, dessen nördliche bis Mitanni.»

Mein Schreiber sah mich verständnislos an.

«Das ist einer der Gedenkkäfer, die mein Vater zur Hochzeit von Osiris Amenophis Neb-maat-Re anfertigen ließ. Du wirst diesen Käfer morgen Maja bringen, dem Schreiber unseres verstorbenen Herrschers Echnaton, damit er ihn an meiner Stelle in das Grab meiner Schwester Teje legt.» Dann wickelte ich den Käfer sorgfältig in ein Stück Tuch und übergab ihn meinem Schreiber.

Die Vorstellung, meine Schwester nicht zu ihrer letzten Ruhestätte begleiten zu können, war mir unerträglich. Aber ich redete mir ein, dass es nicht nur ihr Wunsch, sondern ihr ausdrücklicher Befehl gewesen wäre, der Sicherheit des Prinzen den Vorzug zu geben.

Schon früh am anderen Morgen standen zwei Eselskarren bereit. Einer war für Nassib und mich vorgesehen, der zweite für Ipu und das wenige Gepäck, das wir mit uns führten.

Noch vor Sonnenaufgang verließen wir Achet-Aton in Richtung Norden.

SIEBEN

Wenn man den entdeckt, der das Recht verbirgt,
dann wird das Unrecht zu Boden geworfen.
Baue nicht auf das Morgen, bevor es gekommen ist –
man kann nicht wissen, was es an Unheil bringt.

Zum ersten Mal in meinem Leben musste ich fliehen, weil ich um das Leben eines geliebten Menschen und um mein eigenes Leben fürchtete. Ich hatte mir deswegen auch noch nie zuvor Gedanken darüber gemacht, was man auf einer Flucht zu beachten hatte. Für mich war es zunächst das Wichtigste, unerkannt zu bleiben. Die Eselskarren waren uns dabei sehr hilfreich, auch wenn wir auf ihnen nur sehr langsam vorwärts kamen. Ich mied den Hafen von Achet-Aton ebenso wie die Stadt Chmenu weiter nördlich am Westufer des Nils. Deswegen zogen wir vier Tagesreisen am Ostufer entlang nach Norden, um erst dort auf das Westufer überzusetzen, wo die kleine Stadt Idmu lag. Wo man uns fragte, gab ich mich als Gewürzhändler aus, der mit seinem Enkel und einem Diener auf dem Weg nach Men-nefer unterwegs war.

Sosehr sich auch unsere Reise nach Norden über Tage und Wochen hinzog, ich wusste dennoch nicht, wo sie enden würde. Regelmäßig wechselte ich das Flussufer von West nach Ost und von Ost nach West, um unsere Spuren so gut es nur ging zu verwischen. Nach mehr als zwölfwöchiger Fahrt gelangten wir in die Oase Fajum. Bis dahin hatte ich mir Tag für Tag den Kopf zermartert, ob ich es wirklich wagen konnte, mit Tutanchaton nach Babylon zu fliehen, denn eine Rückkehr von dort war zumindest so lange undenkbar, wie meine Tochter über die Beiden Länder herrschte.

Seit den Tagen meiner Jugend waren mir die Oase und die Palaststadt von Merwer vertraut gewesen, ich kannte dort Menschen, die ich schätzte und von denen ich glaubte, dass sie uns nicht verraten würden.

Einer von ihnen war Paheri, der oberste Verwalter der Palastgüter. Ich kannte ihn seit über vierzig Jahren. Als ich nach dem Tod meiner geliebten Merit in die Oase gekommen war, um zu mir zu finden und um hier ein neues Leben zu beginnen, diente Paheri unter Sobekhotep, dem Bürgermeister und Aufseher des Königspalastes, als Schreiber.

«Sobekhotep», sagte ich fröhlich zu Nassib, als sich unsere Eselskarren endlich dem Palmenwald der Oase näherten, «war ein sehr weiser Mann. Er war dürr, ja ausgemergelt wie einer, den man seit Tagen ohne Nahrung in der Wüste zurückgelassen hatte. Seine Hände waren so knochig, dass man erschrak, wenn man sie zum Gruß ergriff. Und die Augen, seine Augen, Nassib, waren die eines Krokodils.»

«Das glaube ich nicht», sagte mir Nassib, und sein ernster Blick verriet seinen Abscheu vor allem, was an seine ärgsten Feinde erinnerte.

«Dann frag Paheri! Er wird es dir bestätigen. Heute Abend noch wird er dir genau schildern, wie Sobekhotep ausgesehen hat.»

«Wie lange lebt Sobekhotep schon nicht mehr?», wollte Tutanchaton wissen. Ich erinnerte mich selbst nicht mehr genau und sagte etwas verunsichert: «Zehn, zwanzig Jahre? Er wollte immer von einem Krokodil gefressen werden. Er war es, der mir gesagt hatte, dass ein Mensch als geheiligt und gerechtfertigt gilt, wenn er von einem Krokodil gefressen wird.»

«Das ist wahr», bestätigte Paheri am Abend, als wir im Garten seines Hauses saßen und ich seit Wochen endlich wieder ein wenig die Geborgenheit eines Zuhauses verspürte, selbst wenn es nicht mein eigenes war.

«Sobekhotep wollte wirklich sein Leben als Speiseopfer des Krokodilgottes Sobek beenden. Als er geglaubt hatte, dass sein Ende nahe gekommen war, saß er Tag für Tag stundenlang am Ufer des Sees und hoffte, dass sein Wunsch in Erfüllung ging – aber vergebens! Nicht ein einziges Krokodil kam während all der Zeit, die der weise Mann hier verbracht hat, an Land, um ihm diesen letzten Wunsch zu erfüllen. Manche trieben ihren Spott mit ihm und sagten, er müsse erst etwas an Gewicht zulegen, denn kein Krokodil wolle sich an seinem Skelett verschlucken und daran ersticken. So starb Sobekhotep vor etwa fünfzehn Jahren ganz gegen seinen Willen friedlich und im Schlaf in seinem Bett.»

Nassib sah Paheri mit den großen Augen ehrlicher, kindlicher Bewunderung an.

Die Speisen, die Paheri für uns zubereiten ließ, waren so vielfältig und schmeckten so vorzüglich, dass ich mir sicher war, selbst Aton und mit ihm alle verbannten Götter Ägyptens wären neidisch geworden, wenn ihnen in ihrer göttlichen Erhabenheit so irdische Dinge wie Essen nicht fremd gewesen wären. Nachdem Tutanchaton zu Bett gegangen war und sich auch Ipu schon zurückgezogen hatte, blieb ich mit Paheri allein zurück und genoss noch einige Becher seines Weins, denn der Rote aus der Oase galt seit jeher als einer der besten Ägyptens.

«Können wir bei dir Unterschlupf finden, bis sich der Zorn meiner Tochter gelegt hat?», fragte ich meinen Gastgeber, als ich mit meiner langen Erzählung, die mit dem Tod Echnatons begonnen hatte, endete.

«Ich versichere dir auch, dass ich mich verborgen halten werde und nicht den geringsten Wert darauf lege, dass man mich als Gottesvater Eje anspricht und verehrt.»

«Davor brauchst du keine Angst zu haben, Eje. Bei mir bist du sicher, gleich, ob als Gottesvater oder als ein Niemand. Im Übrigen spricht man hier im Fajum ganz offen darüber, dass die Herrschaft deiner Tochter wohl nicht mehr lange dauern wird. Nimm es mir nicht übel, wenn ich so offen zu dir spreche, aber zwischen uns beiden sollten keine Geheimnisse stehen. Du sollst auch wissen, dass Sobek hier nicht nur im Verborgenen Verehrung findet und Aton wieder in die Reihe aller anderen alten Götter zurückgetreten ist.»

Ich war erstaunt über die Worte Paheris und saß still und in mich gekehrt da.

«Du hast dir nichts vorzuwerfen, was deine Tochter betrifft», fuhr er fort, «aber ich weiß, dass der Prinz und du eine Gefahr für sie darstellen. Deswegen könnt ihr bei mir bleiben, solange du es wünschst und solange ihr hier vor der Rache Nofretetes sicher seid.»

Tutanchaton und ich verbrachten eine ruhige Zeit in der Oase. Alle kannten ihn nur als Nassib, und niemand erinnerte sich an die Zeit vor drei Jahren, als ich mich schon einmal mit ihm an diesem Ort aufgehalten hatte. Wir erfuhren nichts oder nur wenig von dem, was im übrigen Ägypten geschah. Vielleicht habe ich aber auch nur einfach nicht hingehört. Ich lehrte Nassib alles, was ich über die alten Götter Ägyptens wusste, und schon bald waren ihm Osiris und Isis, Seth und Amun, Sobek, Mut und Chons und alle anderen Gottheiten so vertraut, wie es bisher Aton gewesen war. Er jagte fast täglich am Ufer des Sees Enten, und Userhat, der vierzehnjährige Sohn Paheris, erfüllte ihm einen schon lange gehegten Traum: Er nahm Tutanchaton mit sich, um in der Wüste Strauße zu jagen. Dieser konnte mit Pfeil und Bogen noch nicht so gut umgehen, als dass er selbst einen Strauß hätte erlegen können. Aber als sie zurückkehrten, trug Tutanchaton ein Büschel Straußenfedern derart stolz in seinen Armen, dass man glauben mochte, er selbst hätte all die Tiere erlegt, deren Trophäen er vorzeigte. Je länger er von seinem Jagdausflug berichtete, umso zahlreicher wurde die Beute und umso weiter musste geschossen werden, damit ein Strauß erlegt wurde. Diese Art übertriebener Berichterstattung war mir noch aus den Tagen meines Freundes Ameni in Erinnerung geblieben, und ich fragte mich, ob auch Tutanchaton eines Tages Hunderte Gedenkkäfer verteilen lassen würde, auf welchen er sich als größter Straußenjäger der Beiden Länder preisen ließ.

«Ich muss dringend mit dir sprechen», sagte Paheri zu mir, während Nassib die Federn, die er auf dem Tisch vor uns ausgelegt hatte, wieder sorgfältig einsammelte.

Wir gingen etwas zur Seite, und dann fuhr Paheri fort: «Kaufleute haben mir soeben berichtet, dass von Men-nefer aus eine Kompanie schwer bewaffneter Soldaten auf die Oase zumarschiert. Es sollen etwa hundert Mann sein. Ich habe nicht die geringste Ahnung, was das zu bedeuten hat und in wessen Auftrag sie unterwegs sind.»

«Da gibt es ja wohl keine ernsten Zweifel, Paheri. Es war eine Frage der Zeit, bis sie unser Versteck finden würden. Jetzt ist es eben so weit», antwortete ich ihm. «Jetzt heißt es wohl, Abschied nehmen. Denn so leicht will ich es ihr nicht machen. In einer Stunde brechen wir auf.»

«Wohin willst du gehen, Eje?», fragte er mich ehrlich besorgt.

«Soll ich es dir wirklich sagen, Paheri? Ich habe schon meinen Vetter wissentlich in die Irre geführt, damit sein Verrat ohne Folgen bleiben würde. Du musst ihnen schnell eine Antwort geben, denn sonst wird man dich foltern. Sie werden dir nämlich kaum glauben, dass du unseren Aufenthaltsort nicht kennst, wenn sie erfahren, wie lange du uns schon versteckt gehalten hast.»

«Sag es mir dennoch, Eje! Es werden bessere Tage kommen, und dann ist es gut, wenn wenigstens ich weiß, wo ich dich finden kann.» Ich sah ihn eine ganze Weile sehr nachdenklich an, und auch seine Blicke waren starr auf meine Augen gerichtet.

«Ich werde die Oase nach Westen verlassen und in einem weiten Bogen durch die libysche Wüste nach Nordosten bis zum Flussdelta ziehen. In seinen Schilfwäldern wird sich unsere Spur verlieren, Paheri. Dann werde ich so lange ostwärts ziehen, bis ich mein Ziel erreicht habe: Babylon.» Paheri zog ruckartig die Augenbrauen nach oben, als er den Namen Babylon hörte, aber es kam kein Wort des Protests über seine Lippen.

Ich wusste, was er dachte, deswegen fügte ich hinzu: «Du siehst doch selbst, dass es in Ägypten keinen sicheren Platz für den Knaben gibt. Sie ist es, die mich zum Äußersten treibt!»

Er nickte stumm.

Nach gut einer Stunde standen unsere beiden Eselskarren wieder bereit. Zusätzlich zu unserem Gepäck hatten wir diesmal noch zehn große Tonkrüge mit Wasser und reichlich getrocknetes Fleisch und getrockneten Fisch sowie Mehl und Öl geladen, um auf unserer Flucht auf so wenig Siedlungen wie möglich angewiesen zu sein. Ipu hatte noch ein Bündel Brennholz auf seinen Karren geworfen, denn die Nächte in der Wüste waren schon sehr kalt.

Der Abschied war kurz, denn die Angst vor unseren Verfolgern saß tief und hatte mich ein wenig schwermütig, ja hoffnungslos werden lassen. Wenn uns die Flucht nach Babylon gelingen sollte, würden wir zwar unser Leben gerettet haben, aber dann war uns auch die ewige Verbannung gewiss. Das würde der Preis sein, den wir für unser Weiterleben zu bezahlen hatten.

Auf einem der uralten Handelswege, die von Men-nefer über Merwer und die Oase Siwa nach Libyen führten, zogen wir fünf Tage lang nach Westen. Nur einmal begegnete uns eine Eselskarawane, und ich war froh, als wir endlich wieder getrennte Wege gingen. Ich betete nicht nur zu Aton, dass mich ihr Anführer tatsächlich für einen einfachen Gewürzhändler hielt.

Dann zogen wir weiter in Richtung Norden.

Es war finstere Nacht, und da der Mond sein Antlitz vollständig verhüllt hatte, leuchteten die Sterne umso heller, sie funkelten wie Edelsteine. Jedes Mal, wenn eine Sternschnuppe herniedersank, um, kaum dass man sie wahrgenommen hatte, hinter dem schwarzen Horizont zu verschwinden, schickte ich, einem alten

Aberglauben folgend, einen stillen Wunsch in den Nachthimmel.

«Gesund nach Babylon!», jagte der Wunsch durch meinen Kopf, sobald eine Sternschnuppe durch den Nachthimmel eilte.

«Woran denkst du?», fragte mich Nassib leise. Er lag in eine dicke Wolldecke eingehüllt neben mir. Sein Kopf ruhte auf meinem Oberschenkel, und mit meiner rechten Hand strich ich über sein Haar. Seine Blicke waren auf das spärliche Lagerfeuer gerichtet. Ipu hatte Wert darauf gelegt, das Feuer klein zu halten, denn zum einen wollten wir nicht entdeckt werden, zum anderen mussten wir mit dem Brennholz sparsam umgehen.

«Woran denkst du?», hakte Tutanchaton nach, denn ich hatte seine Frage gar nicht wahrgenommen, so sehr war ich in Gedanken versunken.

«An eine uralte Geschichte», log ich. «Siehst du die Sternschnuppen, die ab und zu dort oben ihre kurze Bahn ziehen?»

Der Junge nickte schweigend.

«Sie erinnern mich an die Tränen des Re.» Nassib drehte seinen Kopf ein wenig, sodass er mir ins Gesicht sehen konnte.

«Tränen des Re?», wiederholte er ungläubig.

«Lange bevor die Pharaonen über Ägypten herrschten», begann ich meine Erzählung, «lebten auch die Götter Osiris, Isis und Seth auf der Erde, und Osiris war der König aller, die auf der Erde waren. Aber Seth, der Bruder des Osiris, hatte ein böses Herz und war neidisch auf seinen Bruder. Er hasste ihn, weil Osiris König war und nicht er, Seth. Deswegen überlegte sich Seth eine List: Er ließ einen Sarg anfertigen, einen wunderschönen Sarg. Eines Tages kamen die Götter, die auf der Erde weilten, zu einem Fest zusammen, und als alle reichlich getrunken hatten, brachte Seth den Sarg und sagte: ‹Ich schenke demjenigen den Sarg, der am besten in ihn hineinpasst.› Da legte sich auch Osiris hinein, und weil Seth den Sarg heimlich genau nach den Maßen seines Bruders hatte anfertigen lassen, passte er ihm am besten. Seth und dessen Kumpane, die in das

Verbrechen eingeweiht waren, verschlossen den Sarg schnell, nagelten ihn zu und warfen ihn in den Nil, um so Osiris für immer zu beseitigen. Re, der schon immer im Himmel weilte, sah dieses Verbrechen und war über die Gemeinheit Seths so traurig, dass einige Tränen über seine Wangen rannen und als Sternschnuppen zur Erde fielen, wo sie sich in die kostbarsten Edelsteine verwandelten, die es gibt. Seitdem liegen die Tränen des Re irgendwo dort draußen in der westlichen Wüste und warten seit zehntausend Jahren darauf, gefunden zu werden.»

Tutanchaton sah mich lange mit großen Augen und schweigend an. Ich merkte ihm an, wie die Geschichte in ihm arbeitete, und ich war gespannt, welche Fragen er mir stellen würde.

«Und welche Farbe haben die Tränen des Re?», fragte er leise und so bedächtig langsam, als könnte er dadurch seiner Frage besonderes Gewicht verleihen.

«Es soll eine ganz eigenartige Farbe sein. Eine Mischung aus hellem, milchigem Grün und einem blassen Gelb. Etwa so wie Kupfer, wenn sich Schimmel auf seiner Oberfläche bildet.»

«Hast du schon einmal eine Träne des Re gesehen?», wollte er jetzt wissen, denn meine selbstsichere Auskunft hatte ihn wohl misstrauisch werden lassen.

«Nein! Natürlich nicht», gab ich ehrlich zu. «Ich kenne sie auch nur von Erzählungen.»

Nach zwei weiteren Tagen hatten wir jenen Punkt erreicht, an welchem wir die Richtung änderten: Von jetzt an sollte unser Weg nach Osten führen, bis wir das Delta durchquert und das nördliche Meer erreicht hätten. Die Landschaft, die wir durchzogen, war durchsät von unzähligen Felsen, die nicht höher als zwanzig, dreißig Ellen waren und die vom Wind der Jahrtausende zu merkwürdigen Figuren geformt worden waren. Diese Gebilde luden uns förmlich dazu ein, Ratespiele zu veranstalten, was uns die Zeit angenehm verkürzte. So zogen wir vorbei an einem hockenden Pavian, einem tanzenden Flusspferd, an einer auf dem Rücken liegenden Katze und an einem den Mond anjaulenden Hund. Nassibs Vorstellungskraft schien keine Grenzen zu kennen.

«Die Nacht verbringen wir dort an dem kleinen Löwen, der sich hinter dem Ohr kratzt», schlug ich meinen Begleitern vor und bildete mir tatsächlich ein, dass der kleine Felsen dem von mir beschriebenen Tier ähnlich sah.

«Das ist kein kleiner Löwe, der sich hinter dem Ohr kratzt», verbesserte mich Nassib. «Das ist ein kleines Mädchen, das am Ufer kniet und trinkt!»

«Gut», gab ich klein bei. «Dann lass uns dort unser Lager aufschlagen!»

Der Felsen erwies sich als sehr geeignet für unser Lager, denn an seiner Westseite gab es eine Art Höhle, die wir nun bezogen. Tutanchaton und ich versorgten die beiden Esel, während sich Ipu um das Feuer und um unser Essen kümmerte. Es war schon spät in der Nacht, als ich dem Jungen schon zum dritten Mal in Folge die Geschichte von den Tränen des Re erzählen musste, und ich muss zugeben, von Mal zu Mal wurde sie länger und gefiel mir selbst immer besser, bis ich fast daran glaubte, die Tränen des Re schon einmal gesehen zu haben.

Aber ich dachte nicht nur an die Tränen des Re. Ich überlegte, was meine Tochter wohl unternehmen würde, um uns zu finden. Und ich dachte an meinen Vetter Baki und fragte mich, wie er sich verhalten würde, wenn er nach meinen Plänen befragt wurde. Ob sie ihn schon gefoltert und sein Haus in Schutt und Asche gelegt hatten?

Die Wüste, selbst wenn sie von Felsen durchzogen ist, zwischen denen der Wind hindurchzieht und sie sanft umschleicht, ist ein Ort der vollkommenen Stille. Es sind die unendliche Weite und das Wissen ihres Besuchers um seine Einsamkeit, die diesen Ort so still machen. Umso leichter war es für jemanden wie mich, jedes noch so leise, unscheinbare Geräusch wahrzunehmen. Das

Klacken zweier Steine, das an jedem anderen Ort dieser Welt in einem Durcheinander unterschiedlichster Geräusche unbeachtet untergegangen wäre, ließ mich hier aufschrecken wie ein Donner, mit dem man nicht gerechnet hat.

Kurz bevor die Morgendämmerung einsetzte, hatten sie uns eingeholt. Es stand für mich fest: Paheri, dieser verfluchte Paheri, hatte uns doch verraten, und unser Ende war jetzt nicht mehr weit! Während mein Herz zu rasen begann und scheinbar kochend heißes Blut in meinen Kopf presste, sah ich, dass Ipu tief und fest schlief, und auch Tutanchaton lag regungslos neben mir und war in seinen Träumen gewiss auf der Suche nach den Tränen des Re. Vielleicht würden sie ihn wenigstens im Schlaf töten, denn Schreckliches hatte das Kind in seinem erst kurzen Leben wahrhaft genug durchstehen müssen.

Immer näher kamen die leisen, verräterischen Geräusche aneinander stoßender Steine und knirschender Sandkörner, sodass es nur noch eine Frage weniger Augenblicke sein konnte, bis ich auf ihre blitzenden Schwerter oder in die Spitzen ihrer Lanzen starren würde. Vier, fünf Schritte noch. Ich schob mich vor Tutanchaton und breitete meine Decke noch etwas aus, denn, so hoffte ich in meiner Verzweiflung, vielleicht würden sie ihn übersehen, wenn sie mich und Ipu hingerichtet hatten. Plötzlich fiel der Schein einer Fackel auf mein Gesicht und blendete mich so sehr, dass ich mir die Hand vor die Augen halten musste.

«Seid Ihr Gottesvater Eje?», fragte mich der Offizier, der mir jetzt gegenüberstand, mit freundlicher Stimme. In meiner Todesangst sah ich ihn nur entsetzt an und schwieg.

«Habt Ihr Seine Majestät Tutanchaton bei Euch, den Thronfolger der Beiden Länder?», begann er aufs Neue. Ich schwieg noch immer, denn mein Geist war wie gelähmt, und ich war nicht imstande, zu begreifen, was er mich gefragt hatte. Jetzt erwachte auch Ipu und starrte voller Todesangst auf den Offizier. Ich bemerkte, wie sich Tutanchaton hinter mir bewegte, und es dauerte nicht lange, bis sein Kopf hinter meinem Körper vorschaute und auch sein Gesicht vom Schein der Fackel angeleuchtet wurde.

«Seid Ihr Tutanchaton?», fragte der Offizier mit einer ruhigen Stimme, die gar nicht an einen Kasernenhof erinnerte, und neigte sich etwas nach vorn, um mehr erkennen zu können.

«Ja», antwortete Nassib mürrisch, und mir schien, als wäre er nur verärgert darüber gewesen, dass man ihn geweckt hatte, ohne zu ahnen, dass unser aller Ende bevorstand.

Doch statt das Schwert zu ziehen, statt nach einer Lanze zu greifen oder wenigstens anderen den Befehl zu geben, uns niederzumetzeln, reichte der Offizier seine Fackel nach hinten und fiel vor Tutanchaton zu Boden, so wie alle Ägypter seit mehr als zweitausend Jahren vor ihren Herrschern in den Staub fallen. Erst jetzt begann ich allmählich zu begreifen, was er gesagt und was sich gerade abgespielt hatte. Er huldigte Tutanchaton als dem Herrscher der Beiden Länder!

«Was hat das zu bedeuten, Offizier?», fragte ich ihn, nachdem ich aufgestanden war. Doch der Angesprochene blieb regungslos vor Tutanchaton liegen und wagte es nicht, seinen Kopf auch nur ein Stück weit anzuheben. Ich sah zu Nassib und nickte mit dem Kopf. Er hatte verstanden, was ich meinte, und sagte: «Du kannst dich erheben, Offizier!»

Der Soldat, der gerade zwanzig Jahre alt gewesen sein mochte, erhob sich nur zögerlich und heftete seine Blicke auf den Felsboden vor sich, denn auch er wusste, dass es verboten war, Pharao, und war er noch so jung, ins Gesicht zu sehen.

«Beantworte endlich meine Frage! Was hat das alles zu bedeuten, und wie heißt du?»

«Paramessu, Gottesvater Eje. Ich heiße Paramessu. Mein Herr, der General Haremhab, lässt überall in den Beiden Ländern nach Seiner Majestät, sie lebe, sei heil und gesund, und nach Euch suchen. Ich soll Seine Majestät nach Achet-Aton bringen, damit er dort den Thron seiner Väter besteigt und über Ägypten herrscht. Denn Königin Semenchkare Anchetchepru-Re ist von uns gegangen und …»

«Meine Tochter ist tot?», unterbrach ich ihn jäh. «Was ist in Waset geschehen, Paramessu?»

«Ich kann es Euch nicht sagen, Gottesvater Eje. Ich weiß nur, dass die Herrscherin und außer Anchesen-paaton auch alle ihre Töchter nicht mehr am Leben sind.»

«Wann ist das geschehen?», fuhr ich ihn an.

«Vor genau drei Wochen, Herr.»

Nafteta nicht mehr am Leben! Meine Enkeltöchter bis auf eine tot! Was mochte nur geschehen sein? Dass sie Tutanchaton nach dem Leben getrachtet hatte, musste ich selbst erleben. Dass sie anschließend auch mich aus dem Weg räumen lassen wollte, hatte ich stets angenommen. Sie mochte eine hundertfache Mörderin gewesen sein, und dennoch war die Botschaft des Soldaten so unbegreiflich für mich, dass ich ihn noch einmal fragte: «Bist du dir sicher, dass Semenchkare Anchet-chepru-Re nicht mehr lebt? Woran ist sie gestorben?»

Paramessu tat sich schwer, mir zu antworten, und sah verlegen zu Boden. Nur zögerlich sprach er weiter: «Man sagt, aber ich weiß es nicht sicher, man sagt, sie alle seien umgebracht worden. Aber bitte, Gottesvater, ich weiß es wirklich nicht genau!»

«Umgebracht!», wiederholte ich leise und bereute es schon, danach gefragt zu haben. Es machte keinen Sinn, den armen Offizier weiter zu bedrängen. Wahrscheinlich hatte er ohnehin schon mehr gesagt, als ihm erlaubt war.

«An Schlaf ist jetzt nicht mehr zu denken», sagte ich zu Nassib. «Wir sollten deshalb aufbrechen und diesen unbequemen Ort verlassen.» Ich nahm seine Hand und zog ihn hoch, denn seine Glieder waren noch steif vom Schlaf. Um mich zu ärgern, machte er sich absichtlich schwer.

«Komm schon!», versuchte ich, seinen Tatendrang anzuspornen. «Während Ipu unsere Sachen zusammenpackt, wollen wir sehen, was da draußen los ist.»

Auf halber Höhe umrundeten wir durch ein Spalier von etwa

zwanzig Soldaten den Felsen, stiegen einige Schritte weiter nach oben, bis wir eine kleine Plattform des Felsens, der aussah wie ein kleines Mädchen, das am Ufer kniet und trinkt, erreicht hatten. Der Tag war schon so weit fortgeschritten, dass man die Welt nicht nur in grauen und schwarzen Farbtönen, sondern in ihren wirklichen Farben wahrnehmen konnte, und so wandte ich mich nach Osten, um festzustellen, wie lange es noch bis Sonnenaufgang dauerte.

Da sah ich sie alle.

«Komm zu mir, Nassib! Komm schnell her!» Ich nahm ihn bei der Hand, zog ihn an mich heran, um mich hinter ihn zu stellen. Voller Stolz legte ich meine Hände auf seine Schultern und rief, so laut ich nur konnte:

«Der Sohn des Aton ist erschienen, Tutanchaton Nebchepru-Re, Herrscher von Ober- und Unterägypten, er lebe, sei heil und gesund!»

Es waren etwa hundert Soldaten, die dort unten gewartet hatten, nicht ahnend, dass sich in der kleinen Höhle, die sie aufgespürt hatten, ihr künftiger Herrscher versteckt hielt und nicht bloß ein Gewürzhändler mit seinem Enkel und einem Diener.

Sie alle fielen jetzt vor ihrem Herrscher nieder, und auch ich ließ von meinem Schützling ab, der von nun an mein Herr war, mein Herrscher und mein Guter Gott, um vor ihm niederzufallen, wie es sich ziemte.

Augenblick um Augenblick verging in vollkommener Stille, und als ich mir sicher war, dass es die Hilflosigkeit Tutanchatons war, die uns noch immer zu Boden liegen ließ und nicht kindliche Eitelkeit, flüsterte ich ihm zu: «Du musst einen Befehl geben, wenn du willst, dass wir nicht länger schweigend im Staub liegen.»

«Welchen Befehl?», fragte er mich hilflos.

«Ruf einfach laut: ‹Erhebt euch!› Das ist genug.»

«Das kann ich nicht so laut, dass es alle hören», sagte er ganz leise zu mir.

«Du bist Pharao! Du kannst es!», ermutigte ich ihn.

Es dauerte noch einige Augenblicke, bis Nassib endlich Mut genug hatte, um mit einer knabenhaften Stimme, die sich beinahe überschlug, laut hinauszubrüllen: «Erhebt euch!»

Bald darauf stand ich wieder hinter ihm, legte erneut meine Hände auf seine Schultern und drückte sie etwas, um ihm so meine Anerkennung zu zeigen. Die Soldaten vor uns zogen nun ihre Schwerter und begannen mit ihnen erst langsam und gleichmäßig, dann immer schneller werdend gegen ihre Schilde zu schlagen, um so ihrem künftigen Herrscher und obersten Heerführer zu huldigen.

Währenddessen schob sich in weiter Ferne die Sonnenscheibe mehr und mehr über den unendlich weiten Horizont der Wüste, und es war mir, als wollte Aton selbst seinen königlichen Sohn begrüßen und ihn mit dem Glanz seines Lichts über alle Wesen dieser Welt erheben.

Ich stieg den Felsen einige Schritte hinab, denn die ersten Strahlen dieses Tages gebührten allein dem Sohn des Sonnengottes, der den verheißungsvollen Namen «Lebendiges Abbild des Aton» trug.

Wie viel Leid musste erst geschehen, wie viel Ungerechtigkeit musste erst über das Kind, über mich und über ganz Ägypten kommen, bis Tutanchaton für sich in Anspruch nehmen konnte, was ihm allein gebührte: die Doppelkrone der Beiden Länder.

Obwohl Tutanchaton im Königspalast von Achet-Aton aufgewachsen war, obwohl er, wenn auch als kleines Kind nur, erlebt hatte, welche Verehrung seinem Vater als dem Herrscher Ägyptens entgegengebracht wurde, so musste er sich dennoch erst daran gewöhnen, von nun an wie ein gottgleiches Wesen und nicht mehr wie ein Schuljunge, wenn auch aus höchstem Hause, behandelt zu werden. So kam es mir gelegen, dass wir einen mehrtägigen Marsch bis Merwer und an den Nil und von dort eine längere Schiffsfahrt bis Achet-Aton vor uns hatten, denn die Soldaten würden unbedachte Fehltritte des kleinen

Herrschers viel weniger bemerken als die sittenstrengen Augen all der Würdenträger bei Hofe.

«Wie hast du es fertig gebracht, dass dir Paheri verriet, in welche Richtung wir gezogen sind?», fragte ich Paramessu, der gemeinsam mit mir neben der Sänfte, die Tutanchaton trug, ging.

«Es war nicht einfach. Er wollte mir nicht glauben, dass es der General war, der mich geschickt hatte, und nicht diese ...»

Er stockte und sah mich entsetzt an, denn ihm war bewusst, dass ich mir denken konnte, was er zu sagen gerade noch unterließ.

«Wahnsinnige?», fragte ich ihn leise und dennoch herausfordernd.

«Nein, Paramessu. Sie war keine Wahnsinnige. Ich habe viel darüber nachgedacht. Sie war verblendet. Ja, verblendet war sie von all der Macht, die sie nicht loslassen wollte, aus Angst, sie könnte neben einem Kind, das sie auch noch verabscheute, verblassen und in der Bedeutungslosigkeit versinken.»

Es ging Paramessu wirklich nichts an, wie ich über meine Tochter dachte, und deswegen bat ich ihn, mir von Paheri zu erzählen.

Paramessu berichtete, dass Haremhab zehn Suchtrupps in Kompaniestärke gebildet hatte, die er in alle Richtungen losschickte. Weil er von meinem Vetter Baki erfahren hatte, dass ich nach Nubien fliehen wollte, entsandte er allein dorthin vier Kompanien. Zwei andere durchstreiften das Land links des Nils, zwei das Land auf dessen rechter Seite. Drei andere waren im Delta unterwegs, zwei im Bereich der syrischen Grenze, und er, Paramessu, hatte den Befehl erhalten, nach Merwer zu gehen, um dort nach uns zu suchen.

«Unserer Kompanie machte der General die geringsten Hoffnungen. Er sagte, wenn Ihr so tollkühn wäret, um im Fajum Unterschlupf zu suchen, könntet Ihr gleich Euren Palast in Waset beziehen.»

Ich hatte Paramessu längst nicht mehr zugehört, denn ich

überlegte wieder und wieder, welches Schicksal meine Tochter und ihre Kinder erlitten hatten. Obwohl mich die Gedanken daran abstießen, stellte ich mir vor, dass sie nachts erwürgt oder vergiftet oder einfach nur totgeschlagen worden waren. Wie konnte fast die ganze Familie ein so schreckliches Ende nehmen, sie, die so friedfertig waren, die nichts so verabscheuten wie Gewalt? Erst starb Maketaton durch einen Schlangenbiss, dann stürzte sich Echnaton in den Tod und zuletzt dieses Morden! Wie schön und wie sanftmütig war sie einst gewesen, meine Nafteta! Und jetzt lag sie mit vielleicht zertrümmertem Schädel bei einem der Balsamierer unter einem Berg von Natronsalz, bis ihrem Körper alle Flüssigkeit entzogen war und das, was von ihr übrig blieb, aussah wie all die anderen ausgemergelten und ledernen Mumien.

«Nicht meine Nafteta!», schluchzte ich in mich hinein, und schnell und unauffällig wischte ich mir eine Träne aus dem Gesicht, bevor sie über meine Wange hinabrollen und von Paramessu bemerkt werden konnte.

«Weißt du, was mit Anchesen-paaton geschehen ist?», unterbrach ich Paramessu mitten in dessen Erzählung. Er sah mich verwundert an, denn er erkannte keinen Zusammenhang zwischen meiner Frage und dem, was er mir gerade erzählt hatte.

«Du sagtest doch, dass nur Anchesen-paaton am Leben geblieben ist. Was ist mit ihr geschehen?»

«Sie befindet sich bei General Haremhab in Achet-Aton», sagte er so verwundert, als ob dies das Selbstverständlichste von der Welt wäre.

«Und meine zweite Tochter Mutnedjemet?», bohrte ich weiter. Er gab mir keine Antwort, sondern sah mich unverständig an.

«Meine Tochter Mutnedjemet ist die Gemahlin Rechmires, des Vorstehers aller Steinbrüche Ihrer Majestät», erklärte ich ihm. Aber auch dieser Hinweis half nichts.

«Wisst Ihr, Gottesvater Eje, ich lebe schon immer in Mennefer. Wir im Norden kennen nur wenige der hochgestellten

Persönlichkeiten aus dem Süden dem Namen nach. Umgekehrt wird es sich kaum anders verhalten.»

Es stimmte, was er gesagt hatte. Seine Unwissenheit und die vieler seiner Landsleute im Norden waren gewiss größtenteils dem Umstand geschuldet, dass die Königsfamilie und die Großen, die sie umgaben, schon seit vielen Jahren den Süden Ägyptens nicht mehr verlassen hatten. Wer sollte also in Men-nefer schon wissen, wer Mutnedjemet und Rechmire waren?

Paramessu hatte einen kleinen Trupp Soldaten vorausgeschickt, um überall auf unserem Weg die Ankunft des Guten Gottes zu verkünden, damit dieser würdig empfangen wurde. In Merwer war man außer sich vor Freude, als unsere Kompanie mit Tutanchaton in ihrer Mitte eintraf. Nachdem wir die Wüste hinter uns gelassen hatten, standen auch wieder Pferde zur Verfügung, und so war es selbstverständlich, dass Tutanchaton auf einem Streitwagen in der Palaststadt Einzug hielt. Er trug nur ein einfaches Nemes-Kopftuch, denn die Kronen Ägyptens erwarteten ihn erst in Achet-Aton. Aber auf seinen Schultern ruhte ein prächtiger Schulterkragen, und in seinem Gürtel steckte ein kostbarer Prunkdolch. Beides waren Geschenke, die mir einst mein Freund Ameni gemacht hatte.

Die Menschen an den Straßenrändern jubelten ihrem künftigen Herrscher zu, und hier und da entdeckte Nassib in der Menge einen Jungen, mit dem er noch vor wenigen Tagen Enten gejagt oder mit Steinen nach den verhassten Krokodilen geworfen hatte.

Wir zogen an diesem Tag nicht in den uralten Sommerpalast aus den Tagen Pharao Sesostris', sondern ich bat Paheri, in seinem Palast übernachten zu dürfen. Eine größere Ehre konnte ihm und seiner Familie nicht zuteil werden. Doch hätte es einen besseren Weg gegeben, mich bei diesem aufrechten Mann für seinen Beistand zu bedanken und ihn für immer zum ergebensten Diener Tutanchatons zu machen?

Noch stolzer als Paheri war jedoch dessen Sohn Userhat

über unseren Besuch. Dem Jüngling fiel es jetzt schwer, die richtigen Worte zu finden, um seinen jungen Herrscher anzusprechen, denn anders als noch vor wenigen Tagen stand jetzt allein Nassib im Mittelpunkt allen Geschehens, und jeder in seiner Nähe musste erst verinnerlichen, dass Seine Majestät nicht ohne weiteres angesprochen werden durfte. Aber mehr als seine Untertanen musste Tutanchaton selbst lernen, damit umzugehen.

«Darf ich Euch ein Geschenk machen, Majestät?», fragte Userhat am anderen Morgen und gab sich dabei die allergrößte Mühe, seinem Herrscher, der noch vor kurzem sein kleiner Jagdbegleiter gewesen war, nicht ins Antlitz zu sehen. Ohne eine Antwort des königlichen Gastes abzuwarten, fuhr Userhat fort: «Darf ich Euch einen Welpen meiner Lieblingshündin zum Geschenk machen? Ich habe ihn Räuber genannt.»

Er hielt Nassib einen kleinen, schwarzen und kurzhaarigen Hund entgegen, dessen spitze Ohren aufmerksam nach oben gerichtet waren und dessen langer, dünner Schweif aufgeregt hin und her wedelte.

«Warum heißt er Räuber?», fragte Nassib, während seine Arme das kleine Tier vorsichtig und zärtlich aufnahmen.

«Er hat mir am See schon zweimal Enten, die ich erlegt hatte, weggenommen und davongetragen. Deshalb gab ich ihm den Namen Räuber.»

«Räuber!», wiederholte Nassib und streichelte über das glänzende Fell des Welpen. «Jetzt bist du mein Räuber. Für immer!»

Elf Jahre lang sollte Räuber nicht mehr von der Seite seines neuen Herrn weichen.

Schon früh verließen wir am anderen Morgen die Oase in Richtung Maimun, wo wir am Nachmittag des nächsten Tages eintrafen. Lange standen wir auf einer Anhöhe und sahen im gedämpften Licht des sich neigenden Tages auf die Pyramide von Pharao Snofru und auf die kleine dahinter liegende Stadt, ehe wir in das Niltal hinabstiegen und bald darauf in Maimun Einzug hielten. Es waren wohl ausnahmslos alle Bewohner auf den Beinen, denn die Straßen und Plätze quollen von Menschen nur so über. Unser Weg führte uns zum Hafen, wo wir ein Kriegsschiff bestiegen, um am späten Nachmittag in Richtung Achet-Aton abzulegen.

Wie nur selten zuvor genoss ich die Fahrt auf dem ruhigen Fluss, und mit dem gleichen Eifer, den vor über fünfzig Jahren mein Vater gezeigt hatte, als wir von Men-nefer zur Krönung Nimurias nach Waset gefahren waren, erklärte ich Nassib alles, was an den Ufern des Nils an uns vorüberglitt. Uralte Städte, aber auch kleine Dörfer, deren Namen sich zu merken nicht lohnt, weil sie vielleicht morgen schon aus Furcht vor der Nilschwemme verlassen wurden. Wir sahen weite Felder, Obst- und Gemüsegärten, die sich nach Westen zu weiter ausdehnten als in östlicher Richtung, denn von Hiba bis nach Minia ragten die Hänge der östlichen Berge so dicht an den Nil, dass sein Ufer in diesem Bereich nahezu unbewohnt war. Am dritten Morgen sahen wir im Licht der aufgehenden Sonne Grabhügel aus längst vergangener Zeit, die man auch «Sykomorenhügel» nannte. Jene Gegend war unbewohnt, und über den Gräbern, die man aus weiter Entfernung nur in ihren Umrissen erkennen konnte, lag ein geheimnisvoller Schleier des Vergessens aus Wüstensand, Unkraut und verkrüppelten Sträuchern. Aber schon bald sahen wir zwischen Palmenhainen und uralten Sykomoren, zwischen Nilakazien und Obstbäumen jene dicht bewachsenen Getreidefelder, die seit jeher den wahren Reichtum Ägyptens ausmachten. Nur reiche Getreideernten bedeuteten Wohlstand und Zufriedenheit, denn allein vom Gold ihrer Herrscher wurden die Hungrigen noch nie satt.

Tag für Tag segelten unzählige kleine und große Segelschiffe an uns vorbei, nach Norden ebenso wie nach Süden. Wir sahen die Fischer auf ihren schlanken Papyrusbooten, und ich konnte mir noch immer nicht vorstellen, wie ein Mann von diesen schmalen, wackligen Booten aus Fische harpunieren konnte, ohne ins Wasser zu fallen und selbst zur Beute gierig lauernder Krokodile zu werden.

Da wir auf einem unauffälligen Kriegsschiff fuhren, ahnte natürlich keiner von denen, die uns begegneten, wer ihren Gruß so fröhlich erwiderte. Ja, Tutanchaton war auffallend fröhlich während unserer fünftägigen Reise, und gewiss lag es nicht nur daran, dass ihm als dem künftigen Pharao jede nur denkbare Aufmerksamkeit zuteil wurde. Es war die erste Schiffsfahrt, die der junge Horus völlig unbeschwert und frei von allen Ängsten unternahm, die nicht einer Flucht glich und bei welcher an jedem Ort, den wir erreichten, laut verkündet wurde, wer es war, der an Land ging: «Der Sohn des Aton ist erschienen, Tutanchaton Neb-chepru-Re, der Herrscher von Ober- und Unterägypten, er lebe, sei heil und gesund!»

Es war nicht zu übersehen, dass sich Nassib von Tag zu Tag besser in der Rolle des Herrschers gefiel. Ich hatte ihn gelehrt, wie er sich zu bewegen hatte, wohin er blicken sollte, wenn er in seiner Sänfte durch die Menge getragen wurde, wie er zu sprechen hatte und dass er meist gut daran tat, zu schweigen. Mit Genugtuung beobachtete ich, dass seine Bewegungen bedacht und langsam waren und somit würdevoll wirkten. Mit unbewegter Miene sah er über die Köpfe der Menschen hinweg, als starrte er in weiter Ferne auf einen magischen Punkt, der ihn nicht mehr losließ. Das Ansprechen von Untergebenen in einem größeren Kreis überließ er gänzlich mir allein, und die wenigen Worte, die man von ihm dann zu hören bekam, waren: «Erhebt euch!», oder: «Ihr könnt euch entfernen!» Wer wie Tutanchaton schon in so jungen Jahren das Auftreten eines ägyptischen Königs beherrschte, der würde einst gewiss ein vollkommener Herrscher sein. Daran hatte ich keinen Zweifel.

Er saß mir an einem niedrigen Tisch gegenüber, auf welchem sein Senetspiel stand. Die Ellbogen seiner angewinkelten Arme waren auf die unruhig hin und her wackelnden Knie gestützt, während sein Kopf in den geöffneten Händen ruhte. Seine dunklen Augen huschten unruhig über das Spielbrett, und nur ab und zu sah er mich an, als wollte er an meinen Gesichtszügen ablesen, ob ich die Stellung seiner Spielsteine als hoffnungsvoll einschätzte oder nicht. Senet! Mit welcher Leidenschaft hatte sein Großvater Amenophis dieses Spiel gespielt! Er hatte es, sooft es nur ging und mit einer solchen Begeisterung, gespielt, dass es kaum einer gewagt hatte, ihn zu besiegen, selbst wenn es nur noch eines einzigen Zuges bedurft hätte, um den Guten Gott zu schlagen.

Meine Gesichtszüge verrieten gar nichts. Vor allem verrieten sie Nassib nicht, dass er mich in wenigen Augenblicken zum zehnten Mal an diesem Tag besiegt haben würde. Ohne mich anzusehen, erhob er die rechte Hand, streckte mahnend den Zeigefinger nach oben und rief, während sein Kinn nur noch in der Linken ruhte, langsam und bedächtig, aber unüberhörbar siegesbewusst: «Eje, ich glaube, der Spaß hat jetzt ein Loch!» Dann sank seine Rechte langsam auf das Spielbrett nieder, ergriff dort seinen Jäger, führte ihn in kreisenden Bewegungen von Feld zu Feld, und dabei sang er mit der fröhlichen Überheblichkeit des Siegers: «Nilpferd, Nilpferd, Steinbock, Affe, Löwe. Aus!»

Ich hatte es längst kommen sehen, und doch war ich beeindruckt, wie selbstsicher er mit seinen acht Jahren dieses Spiel, das eben nicht nur ein Spiel war, sondern jedem Beteiligten größte Aufmerksamkeit abverlangte, beherrschte.

«Ich werde dir zu deiner Krönung ein Senetspiel schenken», sagte ich im anerkennenden Ton des Unterlegenen. «Ein Senetspiel, wie du es noch nicht gesehen hast, Nassib. Mit magischen Steinen, die nur mir gehorchen. Dann ist Schluss mit ‹Affe, Löwe. Aus!› Dann wird nur noch Eje gewinnen.»

«So etwas gibt es doch gar nicht», lachte er mich an, doch sein etwas verlegenes Lächeln verriet mir, dass er sich seiner Sache nicht ganz sicher war.

«Gibt es nicht?», wiederholte ich und war froh darüber, endlich ein Geschenk für ihn gefunden zu haben, das ihm wirklich Freude machen würde. «Du wirst es erleben!» Ich stellte mir einen länglichen, dunkelbraunen Holzkasten vor, dessen eine Seite dreißig weiße Felder und die gegenüberliegende Seite zwanzig weiße Spielfelder zeigt. Im Inneren des Holzkastens würden sich zwei Schubladen befinden, in welchen man die Steine und die Wurfstäbchen aufbewahrte. Die Beine würden in goldenen Löwentatzen enden, und die Seiten des Kastens würde ich mit Schriftzeichen aus eingelegten Goldfäden versehen lassen. Ich war mit meinem Geschenk zufrieden.

«Weißt du eigentlich, wer deine Große königliche Gemahlin sein wird?», fragte ich ihn, um für einige Augenblicke wieder zu einem ernsten Thema zurückzukehren. Er schüttelte unmerklich den Kopf und sah mich ernst, ja fast ängstlich an, während seine Hand nach unten glitt, um Räuber, der schon die ganze Zeit neben ihm geschlafen hatte, über das weiche Fell zu streicheln.

«Anchesen-paaton wird es sein.» Er sah mich böse an.

«Ich kann doch nicht meine eigene Schwester heiraten», widersprach er mir und verschränkte bald darauf trotzig die Arme vor der Brust.

«Ich sagte nicht, dass du sie heiraten wirst. Du hast mir nicht zugehört, Nassib. Ich sagte, sie wird deine Große königliche Gemahlin sein, und das ist etwas ganz anderes.»

«Trotzdem», brummte er mürrisch und sank noch mehr in sich zusammen.

«Hör mir zu: Dein Vater war der Gute Gott. Damit steht fest, dass du als sein Sohn auch sein Erbe bist. Deine Mutter Kija aber war keine Gemahlin deines Vaters, wie es Nofretete gewesen ist. Somit fehlt dir in der mütterlichen Linie die Rechtfertigung für den Thronanspruch. Anchesen-paaton ist die Tochter sowohl Pharaos als auch der Großen königlichen Gemahlin, und nur die Verbindung mit ihr kann dir unanfechtbar den Anspruch auf den Thron der Beiden Länder sichern. Mit Heirat hat das nichts zu tun. Glaube mir das. Sobald du großjährig bist, magst du heiraten, wen du willst.»

Mit tief hängenden Augenbrauen sah er zu mir herüber und sagte: «Ich will gar nicht heiraten!»

Ich lächelte ihn an und antwortete: «Im Moment glaube ich dir das sogar. In deinem Alter dachte ich auch nicht anders. Da waren mir die Pyramidenrennmäuse, die ich gezüchtet hatte, wichtiger als Mädchen. Aber in sechs, sieben Jahren wird das auch bei dir anders aussehen. Da bin ich mir sehr sicher.»

«Nein», war seine abschließende Bemerkung, der auch ich nicht mehr widersprechen wollte.

Jede Reise auf dem Nil hat Abschnitte, die sich stets wiederholen, ganz gleich, in welche Richtung man fährt: Kaum, dass der Abschied vollzogen ist, beschäftig man sich mit dem Schiff, prüft, ob das Gepäck ordentlich verstaut ist, beobachtet die Mannschaft und ihre Handgriffe und versucht herauszubekommen, ob man sich blind auf den Kommandanten verlassen kann oder ob man nicht besser selbst nach Felsen, Flusspferden oder anderen Schiffen Ausschau hält. Danach genießt man still und in sich gekehrt die Ruhe, betrachtet die Bilder der wechselnden Landschaften, die vorüberziehen, man ist zufrieden und dankbar und fühlt sich mit der Welt in völligem Einklang. Zuletzt, wenn man sich dem Ziel schon nahe glaubt, kommt innere Unruhe auf. Man hält Ausschau nach Städten und Dörfern, von denen man glaubt, dass man sie gleich wieder erkennt, um mit ihrer Hilfe die Dauer der noch bevorstehenden Fahrt abschätzen zu können. Und tatsächlich sind da das Haus mit der merkwürdig hellblau gestrichenen Wand, der Obstgarten mit dem Feigenbaum, dessen Äste auf der linken Seite schon immer so auffallend tief herabhängen. Und dort liegt noch immer das Boot, zur Hälfte mit Wasser gefüllt, halb an Land mit einem mahnend aus dem Bug emporragenden Ruder, das sich seit drei Jahren vergebens müht, den Besitzer des Bootes zu seiner Rettung zu bewegen. Die Anzeichen der baldigen Heimkehr verdichten sich mehr und mehr, bis der Geruch, der jeder Heimat zu Eigen ist, keinen Zweifel lässt: Man ist zu Hause!

Wir hatten bereits Chmenu hinter uns gelassen, und es trennten uns nur noch zwei Flussbiegungen von Achet-Aton. Wer wird uns im Hafen erwarten?, dachte ich bei mir und sah hinüber zu der Schilfinsel, auf welcher der kleine Abu sein grausiges Ende gefunden hatte. Auch mein Diener Ipu erinnerte sich des schrecklichen Ortes und verwickelte Nassib sofort in ein Gespräch über Wurfhölzer, damit dieser nicht auf die Schilfinsel, die er bestimmt wieder erkannt hätte, hinübersah, um erneut den besten Freund in seiner Erinnerung sterben zu sehen.

Es konnten nur noch Augenblicke bis zu unserer Ankunft sein. Würde ich jetzt am Ufer stehen und auf die Ankommenden warten, meine Ohren hätten mir das Herannahen des Schiffes gewiss längst gemeldet. Doch es war unser Schiff, das mit knarrenden Riemen und plätschernden Bugwellen sein Kommen ankündigte, und so musste ich mich ganz auf meine Augen verlassen.

«Ich sehe den Palast!», rief Nassib freudig erregt und stolz zugleich, denn er war es gewesen, der als Erster über den dichten Saum von Schilf und Niltamarisken hinweg die Zinnen des Königspalastes ausgemacht hatte. Eine geschäftige Unruhe kam auf, denn jeder Handgriff musste nun sitzen, um das Schiff mit jener prachtvollen Leichtigkeit, die dem Herrscher der Beiden Länder gebührte, in den Hafen von Achet-Aton einlaufen zu lassen. Die vierzig Ruderer saßen kerzengerade auf ihren harten Bänken, und keiner von ihnen ließ sich die Anstrengung anmerken, die ihm auf den letzten 2000 Ellen unserer Wegstrecke abverlangt worden war. Mit voller Kraft trieben sie das Schiff voran, und Schlag für Schlag spürte ich den Schub, den die Barke bekam, wenn die Ruderblätter gleichmäßig und kraftvoll durch das Wasser gezogen wurden. Der Steuermann am Heck der Barke ließ den Kommandanten, der mit kaum wahrnehmbaren Handzeichen vom Bug aus die Richtung vorgab, nicht mehr aus den Augen.

Ich sah vor dem Stadtpalast einen großen, blütenweißen Baldachin, unter dem die Prunksänfte des Guten Gottes bereitstand, umgeben von einigen Dutzend Menschen, unter welchen ich nur Haremhab und Anchesen-paaton zu erkennen glaubte.

Im Übrigen standen auf dem Weg zwischen der Anlegestelle und dem Palast dicht an dicht gedrängt gewiss dreihundert Soldaten. Haremhab hatte gut daran getan, alles, aber auch wirklich alles, für die Sicherheit Tutanchatons zu tun, denn die Zeit, die wir jetzt durchleben würden, war gefährlich. Zweifelsfrei wusste auch der General, dass schon der kleinste Funke einer Unruhe genügen konnte, um Ägypten von den Stromschnellen im Süden bis zum Delta im Norden lichterloh brennen zu lassen. Tutanchaton saß still, fast ein wenig verschüchtert auf dem kleinen Thronsessel vor dem Deckshaus, und nur seine dunklen Augen bewegten sich. Unruhig suchend huschten sie hin und her, denn Nassib wusste nur zu gut, dass der gewaltige Aufzug im Hafen von Achet-Aton nur ihm allein galt.

«Das ist nur der Anfang, Nassib», sagte ich zu ihm und legte meine Hand auf seine linke Schulter. «Du bist jetzt unser Herrscher, und du wirst Ägypten zu seiner einstigen Größe zurückführen, denn du wirst über die Beiden Länder herrschen wie kein anderer vor dir: Du wirst kampfesmutig und siegreich sein wie Amenophis Aa-chepru-Re, der die Asiaten bezwang. Du wirst herrschen mit der Machtfülle und dem Glanz deines Großvaters Amenophis Neb-maat-Re, der Waset zum kostbarsten Schatz der Erde gemacht hatte. Und deine Untertanen werden dich lieben, weil du von der Weisheit und der Liebe deines Vaters Echnaton Waen-Re beseelt bist.»

Eine unscheinbare Träne rann dabei über meine Wange, weil ich trotz aller Trauer um meine Tochter und ihre Kinder glücklich darüber war, dass ich es sein würde, der Tutanchaton das übergab, was ihm zustand: die Krone der beiden Länder.

Gerade zwanzig Ellen vor der Hafenmauer gingen die vierzig Ruderblätter ein letztes Mal nieder, drangen tief ins Wasser ein und wurden von den Matrosen gegen die Fahrtrichtung gepresst, sodass die Barke in kürzester Zeit an Fahrt verlor und auf den letzten Ellen ihres Weges im eigenen Bugwasser hin und her schaukelnd der Hafenmauer entgegenglitt. Zuletzt warfen die

Matrosen die Taue an Land, damit das Schiff vorsichtig herangezogen und festgemacht werden konnte.

Auf diesen Augenblick hatte unser Offizier Paramessu seit unserer Entdeckung in der Wüste ohne Zweifel sehnsüchtig gewartet: Mit der Linken hielt er sich an der Reling fest, die zur Faust geballte Rechte presste er gegen sein Herz, und mit der ganzen Kraft seiner Stimme, so laut wie ein Löwe, brüllte er seinem General entgegen: «Der Sohn des Aton ist erschienen, Tutanchaton Neb-chepru-Re, Herrscher von Ober- und Unterägypten, er lebe, sei heil und gesund!»

Es dauerte nur einen winzigen Augenblick, und bis auf ein Mädchen, bis auf Anchesen-paaton, fielen ausnahmslos alle, die vor uns im Hafen standen, vor ihrem jungen Herrscher nieder.

«Steh auf!», sagte ich leise zu Tutanchaton und führte ihn an jene Stelle der Reling, die jetzt geöffnet war und wo ein hölzerner Steg darauf wartete, dass Tutanchaton die Barke verließ und für immer sein Land in Besitz nahm. Ich hatte mich schon in der Wüste Libyens vor meinem Herrscher in den Staub geworfen, und als Mitglied der königlichen Familie genügte es, wenn ich mich künftig vor ihm verneigte. Weil es mir jetzt erlaubt war, stehen zu bleiben, rief ich für meinen Herrn laut: «Erhebt euch!»

Ich spürte die Neugier in den Gesichtszügen der Soldaten, als wir langsam an ihnen vorbeigingen, denn sie mussten sich erst daran gewöhnen, dass ihr Herrscher und oberster Befehlshaber wenig mehr als halb so groß war wie die meisten seiner Soldaten und Untergebenen. Dennoch begannen sie, ehrfurchtsvoll und anerkennend mit ihren Schwertern gegen die Schilde zu schlagen, und je länger diese soldatische Ehrerbietung dauerte, umso mehr Gefallen schienen sie daran zu finden, denn ihr ohrenbetäubender Zuspruch nahm kein Ende mehr. Mir war, als wollten sie damit ihre unbedingte Treue und Zuneigung zum Ausdruck bringen, gerade weil ihr Herrscher so jung und weil er noch so schutzbedürftig war.

Wir hatten die lange Reihe der Soldaten abgeschritten und

den Baldachin beinahe erreicht, als es für Nassib kein Halten mehr gab. Alle Beherrschung, alle Würde des künftigen Pharao wichen den Gefühlen für die einzige, übrig gebliebene Schwester. «Ancha!», platzte es laut aus ihm heraus. «Ancha!», rief er noch einmal, als er schon in ihren Armen lag und sich beide im Kreis drehten, weil sie so schnell aufeinander zugelaufen waren. Sie brachte kein Wort heraus. Stattdessen drückte sie nur seinen Kopf fest gegen ihre Brust und streichelte zärtlich über den Rücken des kleinen Bruders. Der Lärm der Soldaten verstummte nach und nach, denn alle sahen auf die beiden, auf ein junges Mädchen, das dem Kindesalter kaum entwachsen war, und auf einen Knaben, der bald den Titel «Herr der Erde» tragen würde, und sie sahen, wie sie ihn schützend umarmte, wissend, dass aus der königlichen Familie nur sie beide es waren, die das Schicksal übrig gelassen hatte. Als Ancha mich wahrgenommen hatte, ließ sie von Tutanchaton ab und wandte sich mir zu. Jetzt verlangte sie selbst nach Geborgenheit und Schutz und fand beides auch in den Armen ihres Großvaters.

«Niemand, kein Schicksal wird uns mehr trennen, so lange, wie ich lebe», flüsterte ich ihr leise zu. «Aber jetzt müsst ihr beide stark sein. Ganz Ägypten schaut auf euch, denn ihr seid die Hoffnung der Beiden Länder. Im großen Audienzhof des Palastes müsst ihr allen zeigen, was wahre königliche Würde ist. Dann seid ihr erst einmal für einige Zeit von allen Pflichten befreit.»

Während Tutanchaton und Anchesen-paaton die Prunksänfte bestiegen und sich die Wedelträger rechts und links daneben aufstellten, fand ich endlich Gelegenheit, General Haremhab zu begrüßen. Er verneigte sich tief vor mir, doch seine Geste wirkte so künstlich, so gestellt, dass trotz allen zur Schau gestellten Respekts die Überheblichkeit und Hochnäsigkeit seines Auftritts nicht zu übersehen waren. Nachdem er sich wieder erhoben hatte, sah er mich an, doch seine Augenlider zuckten derart aufgeregt auf und nieder, dass ich eine Weile warten musste, bis er mich ruhig und erwartungsvoll ansah und ich zu sprechen begann: «Ägypten verdankt Euch viel, General! Eure Tatkraft und Euer beherztes Handeln haben Tutanchaton schneller auf den Thron gebracht, als es ohne Euer Eingreifen der Fall gewesen wäre. Wer weiß, wie wir geendet hätten!»

Ich dachte nicht im Traum daran, ihm zu verraten, wohin uns unsere Flucht geführt hätte, wären wir nicht beizeiten von Paramessu aufgespürt worden.

«Ägypten verdankt Euch viel mehr, Gottesvater Eje! Ohne Eure …», und jetzt zögerte er absichtlich etwas, als wäre es ihm unangenehm, das unschöne Wort «Flucht» auszusprechen, «ohne Eure Flucht wäre Ägypten jetzt ohne König.» Ich schäumte innerlich vor Wut, denn es stand ihm nicht zu, ein derart abfälliges Wort zu gebrauchen. Aber ich wollte es mir nicht anmerken lassen. Nicht vor diesem jungen Emporkömmling!

«Habt Ihr Kinder, General?», fragte ich ihn, während sich der Zug in Bewegung setzte. Ich wusste nur zu genau, dass seine Ehe bislang kinderlos geblieben war, doch er sollte das Gefühl haben, dass es mir letzten Endes gleichgültig war, denn ohne seine Antwort abzuwarten, fuhr ich fort: «Dann wüsstet Ihr nämlich, dass in einer Flucht manchmal viel Weisheit stecken kann. Hätte ich etwa gegen meine eigene Tochter Krieg entfachen sollen, um die Ansprüche meines Enkels durchzusetzen? Sollte ich Unrecht auf Unrecht folgen lassen? Wenn Ihr Eurem Herrscher nicht schaden wollt, vermeidet künftig das Wort Flucht. Ich glaube, es war sein Vater Aton selbst, der ihn vor Unheil bewahrt und ihn für sein Volk gerettet hat.»

Haremhab schwieg. Vielleicht war er zornig auf mich, weil ich ihn zurechtgewiesen hatte. Vielleicht ärgerte er sich aber auch über sich selbst, weil er mich mit so unglücklich gewählten Worten begrüßt hatte. Freilich: Ich würde diesen Mann noch lange brauchen, und ich würde ihn auch nicht übergehen können. Dessen war ich mir sehr wohl bewusst.

«General», sagte ich deswegen leise, nachdem ich kurz stehen geblieben war.

Er drehte sich nach mir um und sah mich nachdenklich, beinahe traurig an.

«Wir dürfen nicht so miteinander reden. Wenn nicht wenigstens wir beide uns offen in die Augen sehen, versinkt das Land schneller in Elend und gewinnt Isfet für immer die Oberhand über die göttliche Maat, als es uns allen recht sein kann.»

«Das ist wohl war, Gottesvater. Wenn wir uns gegeneinander stellen, schaden wir nur Ägypten, ohne uns selbst genützt zu haben. Wenn aber irgendjemand Ägypten für unseren Herrscher retten kann, dann sind es nur wir beide. Gemeinsam.»

Er stand jetzt dicht vor mir. Ich blickte starr in seine Augen und wiederholte langsam und deutlich: «Gemeinsam.»

ACHT

Glücklich sind wir, und wir jubeln sehr,
wenn wir deine Schönheit sehen.
Alle Fremdländer kommen zu dir in Verbeugung,
und Furcht ist in ihren Leibern.

Im Thronsaal des Palastes waren viele der Großen und Mächtigen Ägyptens versammelt, und unter ihnen hielt sich mancher auf, der noch vor Monaten nach dem Zerwürfnis mit meiner Tochter im Palast der leuchtenden Sonne verlegen oder gar verächtlich zu Boden gesehen hatte, während ich verzweifelt und niedergeschlagen hinausgegangen war. Förmlich hinausgekrochen war ich damals, wie einer, den man gerade geächtet hatte. Heute sahen sie wieder beschämt zu Boden – und ich genoss es. Aber es gab auch jene, von welchen ich genau wusste, dass sie einst hinter meinem Rücken über mich gelästert hatten, weil sie mich um meine Nähe zu Echnaton beneidet hatten. Jetzt starrten sie mich an und versuchten, meine Blicke zu erheischen, um mir ein freundliches Gesicht zu machen und um mich glauben zu machen, sie hätten schon immer auf meiner Seite gestanden. Wie verlogen waren diese Kreaturen! Und wie verlogen war ich selbst, denn ich lächelte höflich zurück und nickte dem einen oder anderen zur Bekräftigung meines freundlichen Grußes sogar zu.

Der durchdringende Schall der Trompeten kündigte das Kommen des jungen Herrschers an und ließ alle im Saal sich zu Boden werfen. Schon seit Tagen hatte ich über den vollen Thronnamen Tutanchatons nachgedacht. Jetzt war es eine Genugtuung für mich, ihn laut hinauszurufen, um alle die zu überraschen, die damit gerechnet hatten, dass im Kronrat tagelang darüber beraten werden würde, als wäre Tutanchaton ihr eigenes Geschöpf. Aber sie sollten sehen, dass ich es war, der die Regentschaft über den Kindkönig beanspruchte. Daran wollte ich jetzt keinen Zweifel lassen!

Es war totenstill im Saal, während sie alle dalagen und das Gesicht aus Ehrfurcht vor dem Guten Gott in den Händen vergraben hatten. Doch sie lagen auch vor mir ausgestreckt, denn solange Tutanchaton noch nicht großjährig war, würde ich darüber bestimmen, was der Maat entsprach und was nicht. Zufrieden mit mir und zufrieden mit dem, was ich sah, blickte ich zu Tutanchaton, der neben Anchesen-paaton auf dem viel zu großen Thron seines Vaters saß, und nickte ihm anerkennend zu. Der König trug nur ein Nemeskopftuch mit Kobra und Geier über seiner Stirn, und er hielt einen eigens für ihn eilig angefertigten kleinen Krummstab und eine kleine Geißel in seinen Händen. Für einen passenden Chepresch oder gar für eine Doppelkrone in seiner Größe war Haremhab keine Zeit mehr geblieben. Dann rief ich mit lauter Stimme:

«Der Sohn des Aton ist erschienen, der Starke Stier, schön an Geburten, schön an Gesetzen, der die Beiden Länder beruhigt, der die Kronen erhebt und die Götter befriedigt, der König von Ober- und Unterägypten, Herr der Beiden Länder Neb-chepru-Re, Sohn des Re, Herr der Kronen, Tutanchaton, Herrscher von Waset, dem Leben wie Re gegeben werde ewiglich!»

Es war, als wollten die Kriegstrommeln, die jetzt erklangen, jedes Wort, das ich gerufen hatte, in das Gedächtnis von Tutanchatons Untertanen einmeißeln. Dann war es wieder still wie zuvor, und noch zweimal wiederholte sich das beeindruckende Schauspiel, ehe sich alle erhoben.

Ohne dass noch irgendetwas gesagt wurde, stand das junge Herrscherpaar auf und ging zwischen zwei Wedelträgern und gefolgt von Haremhab und mir zum großen Tor der Audienzhalle, das sich langsam schwerfällig öffnete. Dicht an dicht drängten sich die Menschen in dem Hof vor uns. Es waren nur Beamte des Palastes, Priester und Soldaten, die dorthin Einlass gefunden hatten, und sie alle warfen sich vor Tutanchaton nieder, damit ich auch ihnen dreimal die Titulatur Pharaos verkündete.

Dann hörte ich nur noch den Jubel der Menge.

«Lang lebe Tutanchaton!», riefen sie und: «Es lebe die wiedererstandene Hoffnung Ägyptens!»

«Die wiedererstandene Hoffnung Ägyptens» nannten sie ihn!

Von dort, wo ich vor neun Jahren Kija, meine letzte Liebe, vor Pharao geführt hatte, wo noch vor wenigen Jahren die Bahre mit dem toten Echnaton gestanden hatte, von wo aus meine Tochter als Semenchkare ihren Weg nach Waset angetreten hatte, sah ich jetzt hinab auf die jubelnde Menge und musste daran denken, dass ich noch nicht einmal die Zeit gefunden hatte, Haremhab nach dem Ende Nofretetes und ihrer Töchter zu fragen.

Das Streben nach Macht schien kein Erbarmen, kein Mitleid zu kennen. Nicht einmal bei der eigenen Tochter. Dieser Augenblick, da stellvertretend für ganz Ägypten diese Menschen meinem Tutanchaton zujubelten, war auch ein Augenblick meines Triumphes über alle, die mich aus Neid verachtet oder gar gehasst hatten. Und es war ein Augenblick des Triumphs über Nofretete. Welch grausamer, niederträchtiger Gedanke: ein Triumph des Vaters über die eigene Tochter!

Und doch hatte mein Herz diesen Gedanken zugelassen.

Meine Tochter würde es aber nur noch in der Erinnerung geben. Doch Tutanchaton stand jetzt vor mir als der fünfte Pharao, der über Ägypten herrschte, seit ich auf dieser Welt lebte. Mein Sohn. Vielleicht. Nie, niemals durfte ich diese Ahnung – oder war es doch eine Hoffnung? – laut von mir geben. Am selben Tag, an dem Haremhab davon erfahren haben würde, wären der Knabe und ich tot, denn niemals hätte der General mir diesen Betrug verziehen.

In einem für mich unvergesslichen Zug, der von den Freudenrufen aller Bewohner Achet-Atons begleitet wurde, rollte Tutanchatons Streitwagen zum Gempa-Aton. Ich lenkte ihn selbst, denn nur so blieb es mir erspart, neben dem Prunkwagen Pharaos herzulaufen.

«Sieh nur, wie sie dir zujubeln!», sagte ich zu Nassib. Und wenn ich ehrlich bin, sagte ich es mehr zu mir selbst als zu ihm.

Wir schritten durch die Tore des mächtigsten aller Tempel, zogen an den vielen hundert Opferaltären vorbei, bis wir endlich das steinerne Podium erreichten, an dessen Fuß ich schon einmal gestanden hatte, um es zu besteigen, damit ich, Pharao gleich, von dort aus der lebenden Sonne ins Antlitz sehen konnte. Jetzt kehrten so viele Bilder in mein Gedächtnis zurück. Bilder, die ich gar nicht sehen wollte: das Bild meines toten Vaters. Das Bild meines Freundes Ameni, als er tot in meinen Armen lag. Das Bild des toten Echnaton und zuletzt das Bild meiner toten Schwester Teje. Nur Tote!

Warum nur Tote?

Und als Tutanchaton mit Anchesen-paaton auf dem steinernen Thron saß, tauchte jener schreckliche Traum vor meinen Augen auf, den ich schon so oft geträumt hatte: Jetzt sah ich sie, die Doppelkrone, die weiße Krone Oberägyptens, die in die rote Krone Unterägyptens gesetzt war und nach der ich in meinen Träumen gegriffen hatte. Die Kobra, eine der Schutzgöttinnen der Krone, hatte es nie zugelassen. Mit weit geblähtem Hals hatte sie mich stets angefaucht und mit ihrem tödlichen Biss gedroht. Doch irgendjemand, ein Knabe wohl, den ich in meinen Träumen nie erkannt hatte, durfte sich der Krone nähern und sich ihrer bemächtigen. Jetzt, da ich den Knaben leibhaftig vor mir sah, wurde mir bewusst, wer mir den Griff nach der Krone verwehrt hatte: Tutanchaton, der vielleicht mein eigener Sohn war.

Ich war entsetzt über diesen Traum, und gleichzeitig wurde ich an jenem Tag von diesem Albtraum erlöst. Es war, als wäre jetzt an den Stufen zu diesem Thron, der es erlaubte, dem Aton selbst ins Antlitz zu blicken, ein Fluch von mir abgefallen.

Endlich war ich wieder ich selbst, so wie damals, nachdem Echnaton mich an diesem Ort angesprochen hatte und ich aus Scham über meine unverzeihliche Anmaßung vor ihm niedergesunken war und er mich wieder aufgehoben hatte. Als ich Tutanchaton sah, als ich sah, wie Aton sein Antlitz und das Antlitz Anchesen-paatons erleuchtete, und als ich sah, wie alle Anwesenden vor der erschienenen Gottheit in Demut niedersanken, fiel auch ich zu Boden und unterwarf mich dem, der bis ans Ende meiner Tage über mir stehen würde.

«Nun sagt mir endlich, was in Waset geschehen ist», flehte ich Haremhab an.

Obwohl wir im Schatten von Sykomoren und Dumpalmen im Garten des Nordpalastes saßen, war es unerträglich heiß. Es wehte ein kaum spürbarer Südwind, dessen einziger Zweck wohl nur darin bestand, die schweren und süßen Düfte, welche die Glut der Sonne aus den Blüten von Jasmin und Akazien und aus Hunderten von Gewürzpflanzen herauspresste, von einem Garten zum nächsten zu tragen, damit sich der Duft ein ums andere Mal um neue Düfte vermehrte und zuletzt wie Weihrauch zum Himmel emporstieg. Denn anders als der Nordwind, der uns so oft aus der lähmenden Hitze ins Leben zurückholt, taugt der Südwind nicht, Linderung zu verschaffen.

Haremhab sah mich nachdenklich an, und diesmal blieben seine Augenlider still. Seine Augenbrauen krümmten sich unter den tiefen Sorgenfalten seiner Stirn, und seine Mundwinkel wirkten müde. Endlich beugte er sich nach vorn, sah kurz um sich, und als er sich sicher war, dass niemand da war, der unserer Unterhaltung folgen konnte, begann er zu sprechen.

«Man hat sie alle erwürgt, und ich kann Euch nicht einmal sagen, wer es gewesen ist. Als der Palast frühmorgens zum Leben erwachte, standen vor den Gemächern Eurer Tochter keine Wachen. In den Räumen der Königin brannten noch Kerzen und Öllampen. Schon daraus kann man schließen, dass die Mörder zuschlugen, noch bevor Eure Tochter und ihre Kammerfrauen zu Bett gegangen waren. Die Diener fanden alle Türen unverschlossen vor und stießen zuerst auf zwei ermordete Kammerfrauen. Dann fanden sie Eure Tochter. Ihre Mörder hatten nicht einmal den Strick mitgenommen, mit welchem sie die Königin erwürgt hatten. An die Große königliche Gemahlin Meritaton und die Kinder hatte zuerst gar niemand gedacht. Umso furchtbarer muss der Anblick gewesen sein, als man nach ihnen sah und ihre leblosen Körper entdeckte. Auch die Mädchen waren noch nicht zu Bett gegangen, als ihre Mörder zu ihnen kamen. Sie spielten in ihren Gemächern noch fröhlich Verstecken.»

«Woher wisst Ihr das?», unterbrach ich Haremhab ungeduldig, weil ich mir nicht vorstellen konnte, wie er solche Einzelheiten erfahren haben konnte.

«Lasst mich fortfahren, Gottesvater Eje! Ihre werdet es gleich erfahren. Bis auf Anchesen-paaton waren alle Mädchen schon entdeckt. Nur sie verbarg sich noch in ihrem Versteck, in einem geflochtenen Wäschekorb. Aus ihm heraus musste sie mit ansehen, wie ihre vier Schwestern und die drei Kindermädchen erwürgt wurden. Der grausame Anblick ließ sie starr werden vor Entsetzen, was ihr das Leben rettete. Wie eine Scheintote blieb sie deswegen so lange in dem Korb zurück, bis man sie am anderen Morgen nach langer Suche endlich gefunden hatte. Sie ahnte, was auch mit ihrer Mutter geschehen war, und weigerte sich, sie zu sehen. Sie hat sehr unter dem Erlebten gelitten, Gottesvater Eje. Sie ...» Jetzt stockte Haremhab ein wenig in seiner Erzählung, sodass ich fragend nach ihm aufschaute. Dann fuhr er fort: «Sie ist seither verschlossen, völlig in sich gekehrt. Es ist, als hätte sie darüber den Verstand verloren.»

Ich merkte es ihm an, wie unangenehm es ihm war, mit mir offen darüber zu sprechen. Dann redete er weiter: «Es gibt Augenblicke, da ist sie ansprechbar wie jeder andere Mensch auch. Ihr habt es im Hafen selbst erlebt, als sie ihren Bruder und Euch begrüßte. Doch nur wenig später scheint sie wieder in einer völlig anderen Welt zu leben und verhält sich, als wenn es um sie herum kein Leben gebe.»

Es verging eine lange Weile des Schweigens, denn ich konnte die Worte Haremhabs, konnte die Grausamkeit, von der ich soeben erfahren hatte, nicht fassen. Unschuldige, hilflose Mädchen erwürgen! Wer brachte dies fertig?

«Konnte Anchesen-paaton jemanden erkennen?»

«Sie sagte nur, es wären sechs oder sieben Soldaten der Leibwache gewesen, wobei sich einer als besonders eifrig beim Morden hervorgetan haben muss. Mehr konnte sie nicht sagen.»

«Wisst Ihr, wer damit begonnen hat, Nachforschungen anzustellen?», fragte ich ihn.

«Rechmire», antwortete er mir knapp. «Euer Schwiegersohn Rechmire. Er war erst zwei Tage vor dem schrecklichen Ereignis von den Steinbrüchen im Süden zurückgekehrt und war einer der Ersten, der nach der Entdeckung der Toten in den Palast geeilt war.»

«Er hält sich noch in Waset auf?», fragte ich und war mir zugleich sicher, dass meine Annahme, die ich eher zufällig in eine Frage gekleidet hatte, bestätigt wurde. Haremhab nickte.

Ich war beruhigt, dass es mein eigener Schwiegersohn war, der sich um die Aufdeckung dieser Verbrechen bemühte, denn nur so konnte ich sicher sein, dass mir nichts verborgen blieb und gegen jeden Verdächtigen schonungslos vorgegangen wurde.

«Habt Ihr schon einmal darüber nachgedacht, wer den Auftrag für die Morde erteilt haben könnte?»

Haremhabs Augenlider begannen aufgeregt und schnell auf und nieder zu flattern, und es war offenkundig, dass ihm die Frage unangenehm war.

«Priester?», bohrte ich nach.

Er sah mich schweigend an.

«Priester des Amun?», wurde ich deutlicher, sprach aber leiser als zuvor, damit außer Haremhab niemand meine Frage, die schon mehr ein Verdacht war, hören konnte.

«Das glaube ich nicht, Gottesvater. Das halte ich sogar für ausgeschlossen. Denn wenige Tage nach Eurer ...» – und jetzt stockte er von neuem.

«... nach meiner Flucht», fuhr ich deswegen ungeduldig fort und versuchte, dabei nicht vorwurfsvoll oder herausfordernd zu klingen.

«... nach Eurer Abreise aus Waset erließ die Königin einen Befehl, wonach die Priester des Amun nach Waset zurückkehren durften.»

«Ihr scherzt, Haremhab», sagte ich laut und lehnte mich lachend zurück. Was er gerade gesagt hatte, konnte unmöglich der Wahrheit entsprechen. Ich beugte mich wieder nach vorn und forderte ihn auf: «Wiederholt das noch einmal!»

«Eure Tochter, die Königin Semenchkare Anchet-chepru-Re», antwortete er in abgehackten Silben, «hat sieben oder acht Tage nach Eurer Abreise den Befehl erteilt, dass der Tempel des Amun wieder geöffnet werde und dass seine Priester wieder zurückkehren sollten. Glaubt es mir! Es ist die Wahrheit.»

«Und jetzt?», hakte ich nach. «Was ist seither geschehen?»

«Ihr könnt Euch kaum vorstellen, wie schnell die ersten von ihnen nach Waset zurückgekehrt sind. Man spottete in Waset schon, es wären Aton-Priester gewesen, die nur schnell ihre Kultgewänder ausgetauscht hätten und von einem Tempel zum anderen gegangen wären. Der Tempel des Verborgenen sieht zwar noch reichlich verwahrlost aus, aber eine ungeahnte Welle der Hilfsbereitschaft schlägt den Priestern aus allen Schichten der Bevölkerung entgegen. Von früh bis spät wird Sand aus den Hallen und Höfen hinausgeschafft, werden Wände gestrichen und die Schriftzeichen Amuns wieder in die Steine gemeißelt. Aus den unglaublichsten Verstecken tauchen die alten Statuen Amuns auf, selbst die Goldene Barke für das Opet-Fest steht an ihrer alten Stelle und wartet auf die heilige Pilgerfahrt zum südlichen Ipet-sut.»

Ich konnte das alles nicht in der Schnelligkeit verarbeiten, in der mir Haremhab diese Neuigkeiten berichtet hatte. Immer wieder starrte ich ihn an und schüttelte dabei ungläubig den Kopf. In völliger Unordnung jagte mir Gedanke für Gedanke willkürlich durch den Kopf. Es gab tausend Fragen, die ich Haremhab stellen wollte, doch gleich fiel mir etwas Weiteres ein, ehe ich eine Frage aussprechen konnte.

«Was ist mit den anderen Tempeln und den anderen Göttern, die Echnaton verboten hatte? Und was ist mit Nofretete und den Kindern selbst? Wo befinden sich jetzt ihre Leichname?»

Er spürte wohl, dass mir die Sorge um die Toten doch mehr am Herzen lag als das Schicksal der einst verbannten Götter. «Rechmire hatte unverzüglich angeordnet, dass Eure Tochter wie ein Pharao und dass Meritaton wie eine Große königliche Gemahlin für die Ewigkeit vorbereitet werden. Auch die Prinzessinnen werden vorbereitet, wie es sich für ihre Abstammung ziemt. Ich rechne jeden Tag damit, dass ihre balsamierten Leiber hier eintreffen, damit Seine Majestät und Ihr die Toten bestatten könnt.» Ich nickte zufrieden, und ehe ich etwas sagen konnte, beantwortete mir Haremhab die noch offene Frage: «Von den anderen Gottheiten war zwar im Befehl der Königin nicht die Rede. Aber ich glaube, sie werden sich kaum aufhalten lassen und überall in den Beiden Ländern ungefragt in ihre Tempel und ihre Domänen zurückkehren.»

Ich war in Gedanken längst schon wieder woanders und sagte leise, mehr für mich als zu ihm: «Wir werden sie ohne großes Aufsehen bestatten. Niemand soll davon etwas erfahren. Niemand. Hört Ihr!»

Haremhab sah mich verständnislos an.

«Das … das könnt Ihr nicht machen», stammelte er. «Sie ist, sie war die Königin Ägyptens!»

«Aber nicht die rechtmäßige, und ich fürchte, Haremhab, sie

war eine wenig geliebte Königin. Als ein Vater, der seine Tochter trotz allem, was vorgefallen ist, geliebt hat, möchte ich nicht, dass man ihrem Sarg Flüche hinterherruft oder gar mit Steinen nach uns wirft.»

«Das wird niemand wagen!», empörte sich der General.

«Ich will es aber erst gar nicht wissen. Die Menschen scheinen über den Regierungsantritt Tutanchatons so glücklich zu sein, dass man die letzten Jahre davor schnell vergessen sollte. Ich will die Vergangenheit nicht leugnen, General. Versteht mich nicht falsch! Aber das Land braucht jetzt Ruhe. Einfach nur Ruhe.»

Er hatte mich verstanden.

Noch in finsterer Nacht stand ich an der Hafenmauer vor dem Stadtpalast und wartete auf die kleine Flotte, die die Särge der Ermordeten nach Achet-Aton brachte. Es waren nur wenige Menschen um mich. Damit der Trauerzug klein und unbemerkt bleiben konnte, bestand ich darauf, dass Tutanchaton nicht an der Bestattung teilnahm. Außer Haremhab, meinem Diener Ipu, Echnatons erstem Schreiber Maja und einigen anderen Beamten stand nur noch Anchesen-paaton bei mir. Die Dreizehnjährige hatte es sich trotz ihrer entsetzlichen Erlebnisse nicht nehmen lassen, mich zu begleiten. Es wurde nicht ein einziges Wort gesprochen, während wir warteten.

Das silbrigkalte Licht des Vollmonds spiegelte sich in der weiten, stillen Oberfläche des Nils, und es war mir, als breitete sich vor uns ein unendlich weiter Spiegel aus, der von schwarzem Schilf und darüber von den schwarzen Wedeln unzähliger Palmen eingerahmt war. Über allem wölbte sich ein tiefblauer Himmel, den einige wenige, vom Licht des Mondes hell erleuchtete weiße Wolken durchzogen. Da und dort flatterten ein paar Fledermäuse in aufgeregtem, unstetem Flug über uns hinweg. Wir hörten vom Torturm des Palastes her das durchdringende, stets an den Tod mahnende Huhu eines Käuzchens und vom jenseitigen Ufer das tiefe, zufriedene Brummen einer Herde Flusspferde, die im Schutz der Nacht an Land gegangen war, um sich an dem üppigen Ufergras gütlich zu tun. Nur den Liebesgesang einer Nachtigall vermisste ich noch. Ich hätte stundenlang so stehen und die Nacht mit all ihren Eigenheiten genießen mögen, wäre der Anlass, weswegen ich und die anderen hier standen, nicht so traurig gewesen.

Ich war wohl tief in Gedanken versunken, denn ich hatte das Nahen der Flotte überhört. Deshalb war ich umso überraschter, als plötzlich Bug für Bug aus der Finsternis heraustrat und die bislang so stille, glatte Spiegelfläche des Nils durchpflügte. Die Ruder schlugen auf sie ein, als wollten sie die in große Stücke geschnittene Fläche des Spiegels in viele kleine Scherben hauen, damit nichts übrig blieb von meinen Träumen, von meiner Ruhe, die bis vor wenigen Augenblicken in mir gewesen war. Tod und Trauer steuerten stattdessen auf mich zu. Acht Schiffe liefen in den Hafen ein. Auf dem ersten und dem letzten fuhren nur Soldaten. Auf dem zweiten Schiff erkannte ich im Schein des Mondes Naftetas Goldsarg, der funkelte, als wäre er mit tausend Sternen besetzt. Auf dem dritten Schiff stand der Sarg Meritatons, ebenso groß, ebenso schön wie der ihrer Mutter. Dann erkannte ich die kleineren Särge, und Wut und Trauer schnürten mir die Kehle zu.

Ich spürte die kalte Hand meiner Enkelin, die meine Nähe suchte. Unsere Finger verschlangen sich ineinander, als wollten wir uns gegenseitig Kraft geben, damit wir das, was vor uns lag, heil überstanden.

Es blieb still im Hafen, als die acht Barken anlegten. Die Kommandos wurden nur geflüstert, und das Einzige, was man sonst hörte, waren die Schritte der Soldaten und das Knarren der Planken, als die schweren Särge und die Kästen mit den Eingeweidekrügen von Bord getragen wurden. Auf hölzernen Bahren, deren lange Stangen auf den Schultern von je zwölf Nubiern ruhten, wurden sie durch den Hof des Palastes auf die Königsstraße und von dort zum Gempa-Aton getragen.

Das spärliche Licht der Fackeln machte die riesigen Figuren

Echnatons in den Höfen des Tempels zu unheimlichen Erscheinungen, und das unruhige Flackern ließ die Gesichtszüge Pharaos lebendig werden, und es schien, als würde er mit traurigem Blick dem Zug der Särge folgen. Am Fuß des steinernen Podests wurden sie abgestellt, damit wir den Sonnengesang Echnatons beteten, der in großen Wolken köstlichen Weihrauchs nach oben stieg zu dem, für den er so wunderbar ausgedacht war. Wir blieben nicht bis Sonnenaufgang, sondern wir verließen noch in der Dunkelheit der Nacht das Heiligtum und zogen schweigend durch die Stadt und hinauf in die östlichen Berge, damit der Trauerzug unbemerkt blieb, wie ich es gewollt und bestimmt hatte.

Als die fünf Särge geöffnet neben dem Eingang zum Grab bereitstanden, damit Anchesen-paaton und ich als letzten Abschiedsgruß einen Blumenkranz auf die Häupter der Toten legten, offenbarte sich uns noch einmal das ganze Ausmaß des Verbrechens. Ganz gleich, wer hinter dieser Tat stand, ich schwor an diesem Tag, dass ich alle, die daran beteiligt waren, eines Tages stellen und ihrer gerechten Strafe zuführen würde, und wenn es mein eigen Fleisch und Blut sein würde!

Zu den Gebeten des Ersten Sehenden Merires übergoss man die Häupter der Toten mit Salböl und verschloss sodann die Särge. Dann stiegen wir in das Dunkel des Grabes hinab. Merire, Panehsi, Pentu und drei weitere Priester gingen voran. Ihnen folgten in einem langen Zug Arbeiter der Totenstadt mit den schweren Goldsärgen. Dann trugen wieder andere die Kanopenkrüge in das Grab hinab. Zuletzt kamen Anchesen-paaton und ich selbst.

Nofretete und Meritaton wurden in die Sargkammer, in der auch Echnaton ruhte, gebracht, während die drei kleinen Prinzessinnen in einen Nebenraum des Grabes bei ihrer Schwester Maketaton ihre letzte Ruhe fanden.

Anders als bei den Bestattungen Amenophis' oder Echnatons hielt ich es, nachdem alles getan war, diesmal nicht länger im Grab aus. Auf den Sarg meiner Tochter stellte ich eine kleine

Elfenbeinschatulle mit einer Haarsträhne ihrer Mutter und mit einem babylonischen Amulett, das Merit manchmal getragen hatte. Dann verließ ich eilig die Grabkammer und stieg hinauf, ohne noch ein einziges Mal innezuhalten. Es waren viele Tote gewesen, die ich zeit meines Lebens bestattet hatte. Alte waren darunter, die auf ein wahrhaft erfülltes Leben zurückblicken konnten, wenn sie vor Osiris standen und ihr Herz gewogen wurde. Es gab aber auch viele, zu viele, deren Lebenszeit zu früh abgelaufen war.

«Aber wann ist vor der Zeit?», fragte ich mich selbst, als wir den Hang hinabstiegen und ich zu unseren Füßen Achet-Aton im Glanz der aufgehenden Sonne leuchten sah wie den Kronschatz Pharaos.

Wer bestimmt, wann die Zeit gekommen ist, wann man zu gehen hat? Neben meinem Weg saß eine unscheinbare Wüstenschrecke. Sie duckte sich ganz ruhig und wartete, bis wir an ihr vorbeigezogen waren, um erst dann wieder ihr eintöniges Lied zu zirpen, wenn die Gefahr vorüber war. Ich hatte schon angesetzt, sie gedankenlos zu zertreten, doch ich besann mich eines Besseren.

«Nicht ich», sagte ich leise zu dem unscheinbaren Tier. «Über deine Zeit soll ein anderer bestimmen.»

Die eigentliche Krönung Tutanchatons sollte in Waset stattfinden, wie es vor der Zeit Echnatons und Nofretetes der Brauch gewesen war. Haremhab und ich waren uns darin einig, dass vieles wieder so werden musste, wie es unter Amenophis Nebmaat-Re gewesen war. Die Alleinherrschaft Echnatons und die Regierungszeit meiner Tochter waren zu kurz gewesen, als dass die Menschen die alten Bräuche unseres Landes und den alten Glauben gänzlich abgelegt und vergessen hätten. Ich erinnerte mich der Worte des weisen Priesters des Re im Tempel von On, der ebenfalls Merire geheißen hatte: Das Gedächtnis der Menschen sei lang, hatte er vor vielen Jahren Echnaton gegenüber zu bedenken gegeben. Es sollte ja nicht mehr lange dauern, und ich würde selbst sehen, was in Waset außer den Tempeln und Palastanlagen aus den Tagen Nimurias übrig geblieben war.

Haremhab und ich, und mit uns eine kleine Gruppe ausgesuchter Männer, zu denen auch Aper-el, Mahu und Maja gehörten, bereiteten die Fahrt Tutanchatons und dessen Krönung in stundenlangen Beratungen bis in jede Einzelheit vor. In den königlichen Werkstätten von Achet-Aton war man derweil damit beschäftigt, Geißel und Krummstab, Schulterkragen und Siegelringe, Ohrgehänge und Armreifen, einen Zeremonialbart und alle Arten von Kronen in der passenden Größe für den Kindkönig anzufertigen. Aber nicht nur Schmuck wurde eigens für Tutanchaton geschaffen, sondern auch sein Thronsessel mit einem Fußschemel, ein für seine Größe angemessener Prunkwagen und eine Sänfte, deren Seitenwände niedriger waren als die der sonst üblichen Sänften, damit man Pharao auch sehen konnte, wenn er an den jubelnden Menschenmassen vorbei zum Tempel oder zum Palast getragen wurde.

Die alte Prunkbarke Nimurias, die den Namen «Erschienen in Wahrheit» trug, wurde ausgebessert, wo es nötig war. Der Schiffsbaumeister Nebenkemet, den alle nur Meru nannten, ließ die gesamte Takelage auswechseln, hellrote Segel setzen, und zuletzt wurde die Barke vollkommen neu gestrichen, sodass man glaubte, das Schiff sei gerade erst fertig gestellt worden.

In der verbleibenden Zeit wies ich Tutanchaton in den alten Ritus der Krönung ein. Der Regierungsantritt Nimurias lag sechsundfünfzig Jahre zurück, und außer mir selbst war Acha der Einzige, der aus dem unmittelbaren Umfeld der königlichen Familie überhaupt noch am Leben war. Aber nur ich, ich allein, durfte damals mit dabei sein, als Nimuria in den Tempel Amuns gebracht und dort in die heiligen Riten eingeführt und anschließend zum Pharao gekrönt wurde. Es gab keinerlei Aufzeichnungen über die Krönung, weder im Staatsarchiv des Palastes noch in irgendeinem Tempel der Beiden Länder. Die Krönung Echnatons verlief nach ganz anderen Regeln, da er zunächst von Nimuria zum Mitregenten erhoben und der Beginn seiner Alleinherrschaft nach dem Tod seines Vaters mit einem gewaltigen Fest gefeiert worden war, das aber keine Ähnlichkeit mit der althergebrachten Thronbesteigung unserer Herrscher hatte.

Stunde um Stunde rief ich mir jeden Augenblick jener Tage in mein Gedächtnis zurück, wenn ich spätabends auf der Palastterrasse saß und es eigentlich längst Zeit war, schlafen zu gehen. Auf dem kleinen Tisch vor mir lagen drei Bögen Papyrus und einige Schreibbinsen, und neben einem Glas Wein standen drei kleine Behälter mit Tinte. Auf den ersten Bogen schrieb ich wahllos alles, was mir in den Sinn kam: Doppelkrone, Geißel, Krummstab, Zeremonialbart und Stierschwanz. Lauf um den Palast, Aufrichten des Djetpfeilers. Niederwerfen der Fürsten, der Priester und der Beamten und Niederwerfen des Volkes vor Pharao. Verschießen von vier Pfeilen. Ernennen des Wesirs und Verleihen von sonstigen Ehrentiteln. Verkünden des Namens Seiner Majestät und der Großen königlichen Gemahlin.

Auf dem zweiten Bogen zeichnete ich nach meiner Erinnerung all die Wege ein, die der Herrscher zurücklegen musste: vom Großen Audienzsaal in den Tempel und dort durch die verschiedenen Hallen bis zum Allerheiligsten des Amun. Von dort wieder zurück in den Saal, wo die Titulatur verkündet wurde, und danach all die Wege und Fahrten bis in den Palast der leuchtenden Sonne westlich des Flusses, damit der Beginn einer neuen Herrschaft, der Beginn einer neuen Zeit mit einem unvorstellbaren, drei Tage andauernden Fest gefeiert werden würde.

Auf dem dritten Bogen trug ich ein, an welcher Stelle an all diesen Plätzen ein jeder von uns seinen ihm gebührenden Platz finden würde, im Audienzsaal, vor dem Palast, bei allen abendlichen Festlichkeiten. Meine nächtliche Arbeit ging nur schleppend voran, denn immer wieder versank ich in Erinnerungen an Nimurias und meine Jugend: Ich sah ganze Abfolgen so lebendiger Bilder, als hätte ich das, woran ich mich jetzt erinnerte, erst gestern erlebt. Ich hörte die Stimmen derer, die uns begleitet hatten, und manchmal glaubte ich, sogar den Duft des Jasmins, der beim Krönungsfest Nimurias die Hallen des Palastes durchzogen hatte, zu riechen. Zuletzt versuchte ich mir auszumalen, wie es in wenigen Wochen bei den Krönungsfeierlichkeiten Tutanchatons aussehen würde.

Tutanchaton hörte mir geduldig zu. Wieder und immer wieder gingen wir in Gedanken alle Wege, vollzogen wir die heiligen Riten und sprachen die Weiheformeln.

«Wie weit flogen die Pfeile, die mein Großvater verschoss?», fragte mich Nassib, und an der Begeisterung in seiner Stimme spürte ich, dass das Verschießen der Pfeile in die vier Himmelsrichtungen in seiner Vorstellung der aufregendste Vorgang sein würde.

«Zweihundert Ellen waren es allemal», antwortete ich ihm und war mir doch sicher, dass es Nimuria auf weit mehr als dreihundert gebracht hatte. Aber Nassib war so stolz darauf, dass er dank der geduldigen Unterweisung durch den Offizier Paramessu schon hundert Ellen weit schießen konnte, sodass ich ihn nicht durch die uneinholbare Leistung seines Großvaters entmutigen wollte.

«Aber Nimuria war ja schon sechzehn Jahre alt. Ich könnte mir vorstellen, dass du ihn eines Tages übertreffen wirst. Wichtiger aber ist, dass du weißt, warum die Pfeile in die vier Himmelsrichtungen verschossen werden.»

Er sah mich überrascht an und sagte dann mit der leiernden Stimme eines gelangweilten Schülers, der im vierten Unterrichtsjahr nach den oberägyptischen Gauen gefragt wurde: «Das Verschießen der Pfeile in die vier Himmelsrichtungen ist das äußere Zeichen dafür, dass Pharao die Herrschaft über Ägypten und alle Länder der Erde ergriffen hat.»

Auch die Boten Ägyptens waren in alle Himmelsrichtungen unterwegs, um von der bevorstehenden Thronbesteigung Tutanchatons zu künden und alle Könige und Fürsten, die mit den Beiden Ländern Handel trieben, die mit ihnen befreundet oder Ägypten untertan waren, einzuladen, damit sie reichlich Geschenke an den Nil brachten und so Pharao ihre Verbundenheit oder ihre unverbrüchliche Treue zeigten. In Achet-Aton kehrte jetzt eine spürbare Ruhe ein, denn jeder, der an den Feiern in Waset teilnehmen wollte, brach in diesen Tagen nach Süden auf.

Auf dem Nil herrschte ein dichtes Gewimmel von Schiffen aller Art. Dort fuhren stolze Barken reicher Fürsten aus dem Norden, Ruderschiffe, die prall gefüllt waren mit Menschen niederer Herkunft, Segelschiffe von Händlern, die Wein und Bier, Getreide und getrocknete Datteln, Feigen oder einfach nur nutzlosen Tand nach Waset brachten, damit er dort gewinnbringend getauscht werden konnte. Auf den Schiffen wurde gescherzt und gesungen, über die Vergangenheit Ägyptens ebenso geredet wie über seine Zukunft, und gewiss war mancher unter ihnen, der alles besser wusste als jeder Wesir und alle Beamten der Beiden Länder zusammen. Von den schnellen Schiffen, die die anderen mühelos überholten, winkten sie den langsamen schadenfroh zu und riefen: «Beeilt euch, sonst ist das Fest vorüber, bevor ihr in Waset angekommen seid!»

«Sauft uns nicht alles weg!», riefen die Verspotteten zurück, um sogleich mit dem Kommandanten des eigenen Schiffes ihren Spott zu treiben: «Fährt dein alter Kahn nicht schneller?», rief ihm ein Dicker zu, während die anderen freudig losjohlten. «Wahrscheinlich drückt ihn die Schuldenlast so sehr, dass sein Kiel am Grund des Flusses schleift», lästerte der Dicke weiter.

«Du wirst gleich mit einem fetten oberägyptischen Krokodil Bekanntschaft machen, wenn du nicht dein Schandmaul hältst», schimpfte der Kommandant beleidigt zurück, während sein Schiff keine dreißig Ellen von mir entfernt an der äußeren Hafenmauer vorüberglitt.

Das Beladen der königlichen Flotte zu überwachen war keine sehr aufregende Sache. So empfand ich schon ein gewisses Vergnügen, wenn ich derbe Wortfetzen einfacher Leute, die mir offenbar zeit meines Lebens fremd geblieben waren, aufschnappte.

Wenn du den Dicken ins Wasser wirfst, müssen die oberägyptischen Krokodile ja fett werden, dachte ich bei mir, während sich meine und die Blicke des Kommandanten für einen kurzen Augenblick trafen, um im nächsten Moment das Gesicht, das sie gesehen hatten, gleich wieder zu vergessen.

Der Hof ließ sich noch vier weitere Tage Zeit, ehe auch er die Reise nach Süden antrat, denn es gehörte sich, dass alle Mächtigen Ägyptens und auch die fremdländischen Gäste schon in Waset weilten und ihren Herrscher gebührend empfingen, wenn dieser dort eintraf.

Als auch wir endlich darangingen, unser Schiff zu besteigen, hatte Tutanchaton nur zwei Dinge im Kopf: seinen Hund und seinen Jagdbogen.

Eingerahmt von den Wedelträgern und begleitet von den wenigen, in Achet-Aton verbliebenen Würdenträgern, hatte die Sänfte mit dem jungen Herrscherpaar die Anlegestelle der königlichen Barke erreicht. Tutanchaton stieg aus und wandte seine Blicke noch einmal zurück in Richtung Palast, wobei sein Blick auf die Dienerschaft, die dem Zug gefolgt war, fiel.

«Komm zu mir, Räuber!», rief Nassib laut, als er seinen Liebling bei meinem Diener Ipu erblickte. Nassib ging ein wenig in die Hocke, legte den Bogen zur Seite und schlug sich mit den Händen auffordernd auf die Oberschenkel. Weil der Hund seinem Herrn aufs Wort gehorchte, ließ Ipu die Leine aus der Hand fallen, und wenige Wimpernschläge später lag Räuber vor seinem Herrn auf dem Rücken, ließ sich von ihm den Bauch kraulen und schleckte aufgeregt mit seiner Zunge quer über das Gesicht des Jungen, der sich diese Liebkosung mit zusammengekniffenen Augen länger gefallen ließ, als es mir recht war.

«Glaubst du wirklich, dass es für Anchesen-paaton ein Vergnügen sein wird, dir jetzt einen Abschiedskuss zu geben, bevor sie auf ihr Schiff geht?», fragte ich Nassib, und die Falten auf meiner Stirn zeigten ihm deutlich, dass es mir ernst war.

«Dann bekommt Ancha den Kuss eben erst morgen», gab er

mir zur Antwort und lachte danach seine Schwester spöttisch an. Er tat es wie alle Jungen seines Alters, die mit Mädchen noch nichts anzufangen wissen und die der festen Überzeugung sind, dass sich eine Schwester ohnehin alles gefallen lassen muss. Während wir das Schiff bestiegen, hüpfte und tanzte der Hund aufgeregt um Tutanchaton herum, als hätte er ihn schon tagelang nicht mehr gesehen. Es hätte nicht viel gefehlt, und Herr wie Hund wären von der schmalen Planke, die auf das Schiff führte, in den Nil gefallen.

Ich bedauerte Nassib ein wenig, weil er doch auf der gesamten Reise bis Waset nur von Erwachsenen umgeben sein würde. Gerne hätte ich ihm einen Begleiter seines Alters gegönnt, doch Ramose, der Enkel meines Freundes Acha, war bereits mit seiner Familie abgereist. Andere wie Sessu und Merimeri standen Nassib nicht nahe genug, als dass ich es ihnen hätte gestatten können, auf dem Schiff Tutanchatons mitzureisen. So musste ich mir selbst alle Mühe geben, meinem jungen Herrscher die Fahrt nach Waset so kurzweilig wie möglich zu gestalten. Wir spielten Senet oder Schlange, und wir schossen mit Pfeil und Bogen um die Wette auf jedes nur denkbare Ziel, das wir in Reichweite unserer Pfeile entdeckten. Einmal war es am Ufer der Stamm einer abgestorbenen Nilakazie, der unseren Kampfgeist weckte, ein andermal ein von der Sonne aufgetriebener und von Millionen Fliegen umschwärmter Kadaver einer jungen Ziege, den offenbar selbst die sonst so gefräßigen Krokodile verschmähten. Nassib konnte sich vor Lachen kaum mehr halten, nachdem sein Pfeil in den Bauch des toten Tieres eingedrungen war und mit leisem Zischen so lange die Luft aus dem Körper entwich, bis es schließlich mitsamt dem königlichen Pfeil in den Tiefen des Flusses versank.

Es war einen Tag später, als ich die Aufmerksamkeit des Jungen auf eine Herde von Flusspferden lenkte, die nicht weit von unserem Schiff entfernt im Schilfgras standen und dort unbekümmert weideten oder sich im Wasser nun wohlig brummend vor den Sonnenstrahlen verbargen. Auf den Rücken einiger Tiere stelzten Madenhacker umher, damit sie die grauen Riesen von lästigem Ungeziefer befreiten. Tauchten die Körper unter, hüpften die langbeinigen Vögel mit einem großen Satz auf den Rücken des nächsten Tiers. Ich wandte mich kurz nach hinten, weil ich auch Ipu auf die Herde aufmerksam machen wollte, da war es bereits geschehen: Ohne dass ich es bemerkt hatte, hatte Nassib auf ein Flusspferd am Rand der Herde geschossen. Obwohl er das Tier an seiner linken Brustseite getroffen hatte, war der Pfeil freilich nicht tief genug eingedrungen, um das Herz tödlich zu verletzen. Stattdessen riss das mächtige Tier unter lautem Gebrüll sein Maul auf, warf sich von einer Seite auf die andere und versetzte so die ganze Herde in Unruhe. Erst durch das Gebrüll des getroffenen Tieres wurden Ipu und ich auf die Gefahr aufmerksam gemacht und erkannten, was Nassib angerichtet hatte.

Unser Schiff fuhr langsam, und so dauerte es nicht lange, bis die ersten Flusspferdbullen es erreicht hatten. Einige von ihnen rissen die Mäuler weit auf, zeigten drohend ihre gefährlichen Eckzähne und fauchten uns vorwurfsvoll an. Andere wieder schwammen unter Wasser an das Schiff heran und stießen mit der ganzen Wucht ihres massigen Körpers gegen die Planken, sodass wir selbst auf einem so großen Schiff wie der königlichen Barke die Erschütterung spürten. Es gab keinen Grund, eine wirkliche Gefahr zu fürchten, denn nie wäre es den Tieren, und wäre ihre Wut auch noch so groß gewesen, gelungen, das Schiff ernsthaft zu beschädigen. Ich nahm Nassib zur Seite und stellte mich mit ihm unter den Baldachin, um den Schiffsleuten nicht im Weg zu sein. Denn einige Matrosen schlugen mit den Ruderstangen auf die Schädel der Tiere ein, die neben unserem Schiff schwammen, und versuchten so, sie zu vertreiben. Einige taten es im Ernst, andere machten sich nur einen Spaß daraus. Doch die Flusspferde wurden so nur noch wütender.

Einige der Männer glaubten sich auf dem Schiff allzu sicher und beugten sich weit hinaus. Ein riesiger Bulle fasste mit seinem

Maul ein Ruder, warf sich mit seinem ganzen Körper zur Seite und riss so den laut aufschreienden Soldaten, der die Ruderstange nicht schnell genug losgelassen hatte, ins Wasser. Der Nil, eben noch grün schimmernd und leidlich klar, verwandelte sich durch die wie im Wahnsinn tobenden Tiere zu einer unheimlich brodelnden und braunen Masse. Ein zweites Flusspferd biss sofort zu, warf den wehrlosen Körper in schleudernden Bewegungen hin und her und riss ihn schließlich mit sich in die Tiefe. Es dauerte nur wenige Wimpernschläge, bis sich die braune Brühe dort, wo der Soldat verschwunden war, rot färbte und wir wussten, dass es für den Mann keine Hoffnung mehr gab.

Jetzt herrschten helle Aufregung und ein Geschrei an Bord, wie ich es noch nie erlebt hatte. Einige Männer brüllten sich an und warfen sich dabei gegenseitig vor, am Tod des Matrosen Schuld zu haben, und aus dem Stimmengewirr hörte ich immer wieder den Namen Tutanchaton heraus, auch wenn sich diejenigen, die in diesem Streit den Namen ihres Herrschers erwähnten, Mühe gaben, ihn möglichst schnell und unauffällig auszusprechen. Ein alles übertönender, wütender Schrei des Kommandanten machte dem Durcheinander endlich ein Ende, und es dauerte nicht lange, bis wieder Ordnung einkehrte.

Nassib kauerte zitternd unter dem Baldachin neben dem Deckshaus und weinte seine Angst mit weit aufgerissenen Augen heraus. Wieder und wieder schlugen die Körper der tobenden Tiere gegen das Schiff und hörten nicht auf, den noch immer verängstigten Jungen daran zu erinnern, was er einem von ihnen angetan hatte. Ich kniete neben ihm nieder und schloss ihn in meine Arme.

«Du konntest nicht wissen, was geschehen würde», tröstete ich ihn und fuhr mit den Fingern durch sein verschwitztes Haar.

«Ich wollte das nicht», schluchzte er. «Ich konnte doch nicht wissen, dass der Mann ins Wasser gerissen wird!»

«Dafür kannst du wirklich nichts. Das war dessen eigene

Schuld. Aber du hättest erst gar nicht auf das Tier schießen dürfen, Nassib. Auch nicht, wenn du der Herrscher bist. Nicht dass ich dir die Jagd verbieten will, aber Flusspferde kann man nicht mit Pfeil und Bogen erlegen. Auch der stärkste Bogenschütze nicht. Das geht nur mit Speeren und Harpunen.»

Ein Teil der Mannschaft hatte endlich auf seine Bänke zurückgefunden und mit kräftigen Ruderschlägen das Schiff wieder in Fahrt gebracht. Es dauerte eine Weile, bis wir das Revier der Herde verlassen hatten und die Angriffe gegen unser Schiff nachließen, bis sie schließlich ganz aufhörten. An Deck herrschte jetzt betretenes Schweigen, und man hörte nur das Knarzen der Ruderriemen und das Plätschern des von den Rudern in den Nil zurücktropfenden Wassers. Jeder andere Junge Ägyptens, selbst wenn er der Sohn des Wesirs oder des Ersten Sehenden von Achet-Aton gewesen wäre, hätte jetzt mit härtester Strafe rechnen müssen. Da aber der junge Herrscher selbst der Urheber dieses Unglücks war, blieb seine Missetat zumindest äußerlich ohne Folgen. Nassib ließ sich von mir nicht ausreden, dass er keine Schuld am grausigen Tod des Soldaten hatte. Vielmehr dachte er an jenem Tag lange darüber nach, was er als der Herrscher für die Familie des Opfers tun könne, um den Verlust des Mannes für sie erträglicher zu machen. Seine Entscheidung behielt er allerdings für sich.

Zwei Tage benahm er sich wie ein Musterschüler: Ganz gleich, wovon ich erzählte, hörte er mir aufmerksam zu. Er widersprach nicht, wenn er zu Bett zu gehen hatte, und «Bitte» und «Danke» hörte ich öfter denn je. Diese Niedergeschlagenheit – und nichts anderes als ein Ausdruck von Niedergeschlagenheit war es, was er zeigte – ertrug ich nicht, denn das war nicht der Nassib, den ich kannte. Als ich am späten Nachmittag des darauf folgenden Tages mit ihm allein unter dem Baldachin am Bug des Schiffes saß, boxte ich gegen seinen Oberarm und sagte zu ihm: «Jetzt vergiss einfach, was gestern geschehen ist. Ich habe dir längst verziehen und Haremhab auch. Jeder von uns macht Fehler. Erwachsene ebenso wie Kinder.»

Er legte seinen Kopf an meine Schulter, und ich sah, wie er leise weinte. Er würde in seinem jungen Dasein als Herrscher Ägyptens noch ganz andere Dinge durchstehen müssen. Da war ich mir sicher. Umso wichtiger war es für ihn, dass ihm jemand zur Seite stand und ihn wieder aufrichtete, wenn es nötig war. Der General konnte das gewiss nicht.

«Wenn du mich dreimal nacheinander im Senet schlägst, dann schenke ich dir etwas», sagte ich zu Nassib, um ihn endlich abzulenken. Ruckartig hob er seinen Kopf, wischte sich schnell den Rest der Tränen aus dem Gesicht und fragte mit großen Augen: «Was schenkst du mir?»

«Lass uns erst einmal spielen, dann werden wir sehen, ob du auch gewinnst. Und dann reden wir über das Geschenk», lachte ich ihn an. Alle Trübsal war wie weggeblasen, als wir uns Augenblicke später gegenübersaßen, die Wurfhölzchen klapperten und ich erwartungsgemäß ein Spiel nach dem anderen verlor.

Der Gedanke an das bevorstehende Wiedersehen mit meinem Vetter Baki machte mich unruhig. Ohne jeden Zweifel wusste er, dass Tutanchaton und ich am Leben waren, denn die Nachrichten über den Tod Nofretetes und die Thronfolge des Jungen waren längst Lauffeuern gleich durch Ägypten gegangen. Ich hatte mich aber bislang noch nicht danach erkundigt, wie es Baki nach unserer Flucht von Waset in die Oase Fajum ergangen war. Hatte ich ihm nicht absichtlich gesagt, wir würden nach Nubien ziehen, damit er unsere Verfolger besten Gewissens auf die falsche Fährte führte? Aber wie stand ich vor ihm da, wenn er meinetwegen gefoltert worden war? Und wie stand er vor mir da, wenn er ohne jede Drohung unser Geheimnis preisgegeben hatte? Mein Gewissen plagte mich deswegen fürchterlich. Am liebsten wäre ich an Achmim, der Heimatstadt meiner Eltern, vorbeigesegelt.

Es gab reichlich Anlass, Wiedergutmachung zu leisten. Und dies musste gleich geschehen.

Alles war für den Landgang des jungen Herrschers vorbereitet. Die Diener Pharaos hatten das Prunkzelt nahe der Anlegestelle bereits aufgestellt, und die Leibgarde bildete vom Landungssteg des Schiffes bis zum Zelt ein dichtes Spalier. Die Wedelträger standen bereit und warteten auf ein Zeichen von mir, um mit Tutanchaton in ihrer Mitte die Barke zu verlassen. Mir aber war so elend zumute, dass ich nicht gehen wollte. Die Scham, die ich gegenüber meinem Vetter Baki empfand, die Furcht, ihm gegenüberzutreten und Rede und Antwort stehen zu müssen, hielten mich im Schatten des Baldachins zurück wie in einem vermeintlichen Versteck.

«Wo bleibt Ihr, Gottesvater Eje?», rief mir Haremhab zu, während er Tutanchaton von oben bis unten musterte wie einen seiner Rekruten. Wie es bei einem Offizier nicht anders sein konnte, fand sich schließlich eine Kleinigkeit, die es zu bemäkeln gab.

«Das Diadem sitzt nicht genau in der Mitte, Majestät», flüsterte er betulich, und seine Frage, ob er behilflich sein dürfe, war überflüssig, da er den goldenen Kopfschmuck über dem gestreiften Nemes-Kopftuch schon zurechtgerückt hatte, ehe der Satz zu Ende gesprochen war. Er nickte knapp und war zufrieden.

So vorsichtig und unauffällig wie eine pirschende Katze schlich ich aus meinem Versteck hervor und hoffte, möglichst von niemandem wahrgenommen zu werden.

«Sorgt Euch nicht um mich, General», sagte ich kleinlaut, woraufhin mich Haremhab erst recht mit besorgter Miene ansah, wusste er doch nur zu gut, dass Bescheidenheit nicht zu meinen ersten Tugenden zählte. Als jetzt auch Nassib mit Falten auf der Stirn zu mir herübersah, gab ich mir einen Ruck. «So geschehe es eben», sagte ich zu mir und gab den anderen mit einem Kopfnicken zu verstehen, dass ich jetzt bereit war.

Als unser kleiner Zug in dem Zelt eintraf, stand Anchesenpaaton bereits vor ihrem Thron, und nachdem sich Tutanchaton gesetzt hatte, durfte auch sie Platz nehmen.

Als Erster erschien der Bürgermeister von Achmim vor seinem Herrscher. Er und sein Gefolge warfen sich untertänigst in den Staub, ohne zuvor den Guten Gott gesehen zu haben. Ich bemerkte ihre Ungeduld, sich wieder erheben zu dürfen, damit sie ihren künftigen Pharao sehen konnten, und erlöste sie schon bald.

«Erhebt Euch», sagte ich, und schon standen sie wieder auf den Beinen, hielten aber pflichtbewusst die Augen zu Boden gerichtet.

«Ihr dürft Eure Majestät ansehen, wenn Ihr etwas zu sagen habt», setzte ich gütig nach.

Der Bürgermeister war wirklich erstaunt, ein Kind von weniger als neun Jahren, aber versehen mit allen Zeichen der königlichen Macht, vor sich sitzen zu sehen, denn er brachte kein Wort über seine Lippen. Nassib und ich hatten Begegnungen wie diese wieder und wieder eingeübt, und so sah der junge Herrscher den Bürgermeister etwas gelangweilt und mit leicht herabhängenden Augenlidern erst schweigend an, beugte sich dann ein wenig nach vorn und fragte ihn freundlich lächelnd: «Geht es Euch gut, Bürgermeister?»

Der Angesprochene verlor nun gänzlich die Fassung, nickte aufgeregt und stammelte: «Ja, Majestät. Es geht uns gut in Achmim. Majestät, Ihr lebet, seid heil und gesund, es ist eine unvergessliche Ehre für unsere Stadt, dass Ihr bei uns seid!» Mehr hatte er nicht zu sagen.

Hätte es nicht die Würde der Majestät und nicht zuletzt auch die Ehre des Bürgermeisters selbst verboten, ich glaube, wir alle hätten am liebsten losgelacht, so sehr vergnügte uns die Hilflosigkeit dieses gewiss lebenserfahrenen dreißigjährigen Mannes. Ich weiß nicht, ob er jemals in seinem Leben vor einem Pharao gestanden hatte, aber ich war mir sicher, dass er sich die erste Begegnung mit seinem Herrscher anders vorgestellt hatte.

«Habt Ihr einen Wunsch?», fragte ihn Tutanchaton, wie wir es zuvor abgesprochen hatten, und der Bürgermeister antwortete ihm ebenso gut vorbereitet wie demütig.

«Ja, Majestät. Einen Wunsch habe ich: dass Ihr lange und

segensreich über Ägypten herrschen möget, Millionen von Jahren!»

Es war dies einer von jenen Wünschen, die Herrschern aller Länder der Erde am besten gefallen, da sie das Schatzhaus Seiner Majestät nicht belasten. Aber gerade weil die Bescheidenheit so wohltuend ist, wird sie regelmäßig mit einer goldenen Halskette, dem Ehrengold, belohnt.

Nach dem Vorsteher der Güter Seiner Majestät in Achmim und dem Ersten Sehenden des hiesigen Aton-Heiligtums betrat mein Vetter Baki mit seiner Frau und den drei Enkelkindern das Zelt. Ich brauchte erst gar nicht verlegen zu Boden zu sehen, um den Blicken Bakis auszuweichen, denn kaum, dass sie das Innere des Zelts betreten hatten, warf sich die ganze Familie zu Boden.

«Baki?», fragte Nassib mit unsicherer Stimme und blickte zu mir, da mein Vetter das Angesicht in seinen Händen vergraben hatte. Ich nickte ihm wortlos zu, und schon stand Tutanchaton auf und ging eilig die wenigen Schritte, bis er vor Baki stand.

«Steh auf!», befahl der Junge in freundlichem, aber doch bestimmtem Ton und wandte sich sogleich den Enkeln Bakis zu. «Steht auf!», sagte er auch zu ihnen und griff dem Jungen, der zu seinen Füßen lag, unter die Arme und zog ihn sachte hoch.

«Ihr müsst das nicht machen», fuhr Nassib fort. «Ihr seid doch alle Freunde von uns.»

Baki stand noch immer mit gesenktem Haupt vor den beiden Thronen, denn er schien sich noch nicht sicher, ob er seinen Herrscher und die künftige Große königliche Gemahlin wirklich ansehen durfte. Nassib beschäftigte sich mit den drei Knaben, mit denen er noch vor wenigen Monaten gespielt hatte, während ich zu meiner Tochter nach Waset gefahren war.

Ich richtete meine Blicke verlegen nach unten, denn wie unwohl war mir bei dem Gedanken, meinem Vetter bald in die Augen sehen zu müssen. Es geschah aber unweigerlich. Baki hob nach und nach den Kopf, sah erst aus den Augenwinkeln heraus verstohlen zu Anchesen-paaton und Haremhab, ob sie

Anstoß nehmen würden daran, dass er nicht mehr zu Boden sah, und nach einigen Augenblicken, die mir wie eine kleine Ewigkeit vorgekommen waren, trafen sich unsere Blicke. Ernst und ausdruckslos wie zwei Kaufleute, die sich noch nicht kannten und die versuchten, an den Gesichtszügen des jeweils anderen ihre Möglichkeiten auszuloten, sahen wir uns an. Das unmerkliche Zucken eines Mundwinkels konnte ebenso als der zaghafte Ansatz eines Lächelns gedeutet werden wie auch nur als eine kleine, unbedeutende Aufgeregtheit. Doch das Zucken des Mundwinkels weitete sich bei uns beiden nach und nach zu einem freundlichen Lächeln aus. Zuletzt bedeutete mir sein knappes Kopfnicken, dass alles gut war. Auch ich nickte und schloss fürs Erste zufrieden die Augen.

Wir konnten das Zelt nicht vorzeitig verlassen, um ungestört über das reden zu können, was zwischen uns stand. Es wäre eine unerhörte Beleidigung gegenüber dem jungen Herrscher gewesen, die auch ich mir unter keinen Umständen erlauben wollte. So mussten Baki und ich notgedrungen warten, bis die kleine Audienz beendet und es erlaubt war, untereinander zu sprechen.

«Ich bin überglücklich, dich in bester Gesundheit wieder zu sehen», begann ich, als es endlich so weit war.

«Ich bin es auch, Eje.»

«Ich hatte große Sorge, dass man dir unseretwegen Unrecht zufügt, dass man dir und deiner Familie Leid antut», fuhr ich hastig fort.

Er spitzte den Mund und sagte überrascht: «Weswegen sollte man mir und meiner Familie Leid angetan haben?»

Für einen Augenblick war ich mir nicht sicher, ob er sich nur dumm stellte oder ob er wirklich nicht wusste, was ich gemeint hatte.

«Hat man dich nicht gefragt, mit welchem Ziel der Thronfolger und ich Achmim verlassen haben?»

Baki lächelte mich freundlich, aber etwas verlegen an und sagte dann leise, ja so rücksichtsvoll leise, damit es niemand hören konnte: «Glaubst du wirklich, ich hätte dir geglaubt, dass dich eure Reise nach Nubien führen würde? Du hast es mir sehr geschickt leicht gemacht, eure Verfolger mit gutem Gewissen auf die falsche Fährte führen zu können. Bereits einen Tag, nachdem du Achmim verlassen hattest, stand ein Trupp Soldaten vor meinem Haus, und ihr Anführer sah nicht so aus, als würde er lange damit warten, mich foltern zu lassen, um eine Antwort auf seine Fragen zu erhalten. Noch während er mich befragte, spielte er unablässig mit einem Strick, den er zuvor noch an seinem Gürtel hängen hatte. Das sollte mich wohl einschüchtern. Zu meinem Glück konnte sich der Hafenmeister an euch erinnern, und er bestätigte dem Offizier meine Angaben, nämlich dass ihr ein Schiff nach Süden gewählt hattet. Eine Stunde später waren sie ebenso schnell verschwunden, wie sie gekommen waren. Sie schienen es wirklich sehr eilig gehabt zu haben.»

Ich brachte kein Wort mehr heraus, so froh war ich über den Ausgang meines Täuschungsmanövers gewesen. Stattdessen ging ich auf Baki zu, umfasste mit beiden Händen seine Schultern und drückte ihn fest an mich.

Den Rest des Tages verbrachten wir im Haus meines Vetters. Es war freilich an Tutanchaton, die aufregende Geschichte unserer Reise zu erzählen, und wir bezeichneten es auch vor meinem Vetter als eine Reise und nicht als Flucht. Ich war erstaunt, mit welch ausgewählten Worten und wie überlegt der noch nicht einmal neunjährige Knabe alles berichtete, die Reihenfolge der Geschehnisse einhielt und nur in Maßen übertrieb. Freilich machte er aus den einhundert Soldaten, die uns in der Wüste aufgespürt hatten, eintausend, ohne etwas dabei zu empfinden, und stockte die Zahl der Flusspferde, die unser Schiff angegriffen hatten, von zwanzig auf knapp fünfzig auf. Das erinnerte mich ein wenig an die Jagdberichte meines Freundes Amenophis: «Dann befahl Seine Majestät, man solle einen Graben um die wilden Stiere ziehen, woraufhin Seine Majestät sich auf alle diese Stiere stürzte. Ihre Zahl: 170 wilde Stiere. Die Zahl, die der König an diesem Tag tötete: 56 wilde Stiere.»

Stand es nicht so oder so ähnlich auf dem aus Ton gebrannten heiligen Käfer, den Nimuria als junger Herrscher zu König Kurigalzu nach Babylon geschickt hatte? Welch langes Jägerleben Tutanchaton noch vor sich hatte! Die Zahl der Wildenten, die Seine Majestät erlegt hatte: tausend mal tausend, dachte ich bei mir und lächelte in mich hinein, während ich vergnügt beobachtete, wie die dunklen Augen des Jungen aufgeregt über die Gesichter seiner Zuhörer hin und her huschten, als gelte es, darüber zu wachen, dass ihm jeder aufmerksam zuhörte.

«Konntest du schon etwas über den Tod Nofretetes und der Kinder erfahren?», fragte mich Baki, als wir das Haus verließen, um wieder zum Hafen aufzubrechen.

«Man hat mir nur berichtet, wie grausam sie ermordet wurden. Anchesen-paaton hat aus einem Versteck heraus zugesehen, wie man ihre Schwestern und deren Dienerinnen erwürgt hat. Sie ist darüber krank geworden, Baki. Waset, so schön es auch sein mag, war schon immer ein Schlangennest. Ich weiß nicht, ob ich die Mörder meiner Tochter und ihrer Kinder finden werde.»

«Es wird viel davon abhängen, ob du erfährst, warum sie sterben mussten. Wenn du den Grund ihres Todes erfahren hast, wird der Weg zu den Mördern nur noch kurz sein», sagte Baki, griff nach meinem Arm und drückte fest zu, als wollte er mich in meinem Vorhaben bestätigen. Dann fuhr er fort: «Vielleicht kennst du ihre Mörder oder jene, die hinter ihnen stehen, sogar. Dann wirst du viel Kraft brauchen, damit fertig zu werden. Gib auf dich Acht, Eje!» Dann umarmte er mich, drückte mich zum Abschied fest an sich, und nach einem kurzen Lebewohl trennten wir uns.

Ich dachte auf unserer Weiterfahrt nach Waset noch lange über die Worte Bakis nach, und der Gedanke, unter diesen ruchlosen

Menschen könnten wirklich Bekannte oder Freunde sein, ließ mich erschaudern. Jeden Einzelnen von ihnen, der zuletzt in Waset gelebt hatte, unterzog ich im Geiste einem strengen Verhör, fragte ihn danach, wo er gewesen war, was er zuletzt getan und mit wem er in Verbindung gestanden hatte, als die grausige Tat geschah.

«Woran denkst du?», fragte mich Nassib, denn auch dem Jungen war es nicht entgangen, dass ich in meinen Gedanken weit weg war und es für ihn wahrhaft keine Ruhmestat war, mich ein ums andere Mal im Senet zu besiegen.

«Ich bin einfach nur ein wenig müde», log ich und bat ihn, mich für eine Weile unter den Baldachin am Heck des Schiffes zu entlassen, damit ich mich dort ausruhte.

«Eje gibt sich geschlagen», sagte Nassib zu Räuber, der zwischen den Beinen des Jungen saß und jetzt freudig mit dem Schwanz wedelte, weil er merkte, dass sein Herr mit ihm gesprochen hatte. Zum Dank für die Aufmerksamkeit leckte der Hund obendrein liebevoll über dessen Arm. Es würde gewiss nicht lange dauern, und Tutanchaton würde sein nächstes Opfer gefunden haben, das sich wieder und wieder geschlagen geben musste, nicht, weil man den Herrscher selbst im Senet nicht besiegen durfte, sondern weil es keiner besser konnte.

Wie viele mochten es gewesen sein? Nur die wenigen, die Anchesen-paaton aus ihrem Versteck heraus beobachtet hatte, oder war es ein Verrat vieler, den es aufzudecken galt? Sollte es mir und Haremhab wirklich gelingen, eine ganze Verschwörung aufzudecken, würde die Herrschaft des jungen Horus mit einem Blutbad beginnen. Denn darüber, dass die furchtbare Tat gesühnt werden musste, gab es nicht den leisesten Zweifel. Bei niemandem. Ob meine Tochter die rechtmäßige Herrscherin war oder nicht – Königsmord und die Ermordung von Kindern waren die schändlichsten aller nur denkbaren Verbrechen! Verhaftungen, Folter, Prozesse und Urteile und zuletzt deren Vollstreckung würden folgen müssen. Aber es würde unausweichlich sein, waren erst einmal Täter überführt. Auch das war ein

Gebot der Maat, unserer göttlichen Ordnung: Verbrechen zu sühnen.

Haremhab hatte mir zwar berichtet, dass Nofretete als eine ihrer letzten Amtshandlungen die Rückkehr der Amunpriester gestattet hatte. Was aber wäre, wenn gleichwohl sie für das Morden verantwortlich waren? Wer hätte die Macht und den Mut, sie zur Verantwortung zu ziehen? Wer wäre so waghalsig, vielleicht so wahnsinnig, dies zu tun? Einzig Nimuria hätte die Macht besessen, sie zu vernichten, sie für immer auszulöschen. Doch selbst er hätte es nicht getan, denn er wusste, dass es Armeen gibt, die man nicht besiegen kann. Soldaten stellen sich dem Kampf. Mann gegen Mann. Eine Armee von Fliegen bekommt man nicht in den Griff. Fliegen sind unscheinbar und haben keine Waffen. Sie sind schnell und wendig und fürchten dennoch den größten Feind nicht. Schlage von ihnen tot, so viele du willst: Immer wieder kehren sie ohne Furcht vor der Größe ihrer Opfer zurück, um sie zu belästigen und so lange zu quälen, bis diese weichen und sich einen anderen Platz suchen, wo sie von den winzigen Angreifern unbehelligt bleiben. Nicht umsonst ist die höchste militärische Auszeichnung Ägyptens die Goldene Fliege.

«Gnädiger Aton», seufzte ich leise vor mich hin. «Lass es nicht die Diener Amuns gewesen sein! Es wäre das Ende Ägyptens.»

Wäre es dann nicht richtiger, dass die Täter für immer verborgen blieben, dass ich meine Bemühungen, sie zu finden, in Grenzen halten oder gar bewusst ins Leere laufen lassen sollte? Dann würde ich wie Amenophis Neb-maat-Re und wie meine Schwester Teje für immer in Ungewissheit leben. In der Ungewissheit darüber, wer für das Schicksal meiner Tochter und meiner Enkelinnen die Verantwortung trug.

Die Ente auf der Sandbank, an welcher unser Schiff gerade vorüberglitt, konnte von ihrem Ende nichts geahnt haben. Das Wurfholz Tutanchatons brach ihr in einem Wimpernschlag das Genick. Die zwei, drei Flügelschläge, die ihr das Leben noch gelassen hatte, beförderten den jetzt so nutzlosen Körper ins

Wasser, wo er bald darauf geradewegs im aufgesperrten Rachen eines faul im Wasser treibenden Krokodils endete. Es brauchte den unverhofften Braten nur noch zu verschlucken.

Ich zwang mich, meine Gedanken auf andere, erfreulichere Dinge zu lenken, denn unsere Ankunft in Waset war nicht mehr fern. Tutanchaton sollte mit Freude und umgeben von Freunden und treuen Dienern dort Einzug halten und nicht im Kreis sorgenvoll dreinblickender, bekümmerter Männer. Immer wieder holte ich meine Aufzeichnungen von der bevorstehenden Krönungsfeierlichkeit hervor und ging mit Nassib Schritt für Schritt alle Wege durch, schilderte ihm, was geschehen würde, was er zu tun hatte und wer ihn dabei begleiten würde. Ich beschrieb ihm das Innere des Amun-Tempels und wusste doch selbst nicht, ob alles noch so aussah wie einst. Ich schilderte, wie die Doppelkrone, die er bald tragen würde, aussah, und hoffte, dass die Goldschmiede Pharaos in der Kürze der Zeit eine Krone geschaffen hatten, die auf den Kopf des Knaben passte.

NEUN

Wir musizieren für dich,
wir tanzen für deine Majestät,
wir preisen dich bis an die Höhe des Himmels.

Welche Schicksale hatte diese Stadt in ihrer tausendjährigen Geschichte schon erlebt! Generationen von Herrschern sah sie kommen und gehen. Sie sah herab auf Menschen einfacher Herkunft, die aufstiegen in Schwindel erregende Höhen der Macht. Und sie sah auf Männer, die aus den höchsten Ämtern hinabstürzten in die Tiefen des Nichts, die man in die Verbannung schickte oder hinrichtete und deren Andenken man auslöschte für alle Ewigkeit. Nur sie blieb immer dieselbe: die mächtigste und reichste Stadt der Beiden Länder, die «hunderttorige Stadt», wie sie die Mykener und Trojaner nannten, das Schlangennest, als welches Nimuria und ich sie vorfanden. Wer hier aus der Masse der Niemande heraustreten und nach oben gelangen wollte, dorthin, wo Macht über andere ausgeübt wurde, musste nicht nur fleißig sein wie ein ganzer Korb Bienen, nicht nur gerissen wie zehn Wüstenfüchse, der musste sich auch winden können wie eine Schlange. Unauffällig, unhörbar, aber geschwind. Zudem musste er zubeißen können wie eine Kobra, schnell und tödlich, wenn es darum ging, die Gunst der Stunde zu nutzen. Schließlich brauchte er jemanden über sich, dem er im rechten Augenblick auffiel. Dieses alles entscheidende bisschen Glück brauchte jeder von ihnen. Wenn er aber einmal aufgefallen war und einmal nur um eine Stufe nach oben gehoben wurde, dann konnte es sein, dass sein Aufstieg unaufhaltsam war. So wurden einfache Schreiber zum Ersten Schreiber Seiner Majestät, Kaufleute zu Aufsehern über alle Schatzhäuser, ein unbedeutender Wundarzt zum engsten Vertrauten Pharaos. Mancher Wesir begann so seine Laufbahn.

Die aber schon in goldenen Betten geboren wurden, konnten sich – Aton weiß es – nicht sicher sein, dass sie einst auch in einem solchen sterben würden. Kannte ich nicht selbst manchen, dem seine Habgier zum Verhängnis geworden war? Hatte der Grabenmeister Intef nicht schon in Wohlstand und Glück gelebt, ehe er begann, den Guten Gott zu betrügen? Hatte es der Bürgermeister Neferhotep wirklich nötig, Pharao zu bestehlen? Und Sethi, der Vorsteher der Kornspeicher Seiner Majestät? Welch erbärmlichen Tod mussten sie sterben für ihre Raffsucht! Die es aber verstanden zu leben, gleich, ob einfacher Handwerker, ob Kaufmann oder ob Mächtiger am Thron des Guten Gottes, denen bot Waset mehr, als es sich die menschliche Phantasie vorzustellen erlaubte. Nie vergesse ich die Tage an der Seite Nimurias, als er der Stadt zu neuem Glanz verhalf, der alles davor und danach erblassen ließ. Nirgendwo anders gab es prächtigere Götterprozessionen. Nirgendwo anders standen größere und prächtigere Tempel und Paläste, und nirgendwo anders aß, trank und liebte man so ausgelassen wie hier.

Als alter Mann kehrte ich nun nach Waset zurück und durfte darauf hoffen, im Dienst des jungen Herrschers zu arbeiten, zu essen und zu trinken.

Zwei Tage vor unserer Ankunft hatte Haremhab Eilboten nach Waset geschickt, damit sie die bevorstehende Ankunft Tutanchatons meldeten. Auf dem Nil nahmen schnelle Kriegsschiffe den kürzesten Weg zu Aper-el, der für unseren Empfang verantwortlich war, und an Land rasten Soldaten in Streitwagen nach Süden, damit das Volk entlang des Flusses dem Herrscher einen würdigen Empfang bereiten konnte.

Das Gedränge am Ufer wurde immer dichter, je näher wir der Stadt kamen. Schwärme von Fischerbooten umschwirrten die königliche Flotte, obgleich die Kommandanten unserer Schiffe schreiend und fuchtelnd bemüht waren, sie auf Abstand zu halten, damit niemand Seiner Majestät zu nahe kommen konnte. Aber überall sah man auf den Gesichtern der Menschen die Freude über die Ankunft des Guten Gottes, mochte er auch noch so jung sein. Vielleicht waren es gerade das Alter Tutanchatons und dessen kindliches, noch so natürliches Benehmen, was die Menschen anzog. Da thronte eben nicht ein übermächtiger Herrscher unter dem Baldachin der königlichen Barke, sondern ein noch sehr junger Horus, ein Kind, das ihnen fröhlich zulachte und das beinahe jeden Gruß, welcher ihm von einem der Fischerboote oder vom Ufer zugebracht wurde, mit freundlichem Winken erwiderte. Räuber wurde die Aufregung unheimlich, und als müsste er seinen Herrn vor den vielen Winkern und Rufern verteidigen, lief er laut bellend an der Reling auf und ab, sodass bald keiner mehr sein eigenes Wort verstand.

«Komm her, Räuber, und mach nicht solchen Lärm!», rief Nassib seinem Hund zu, doch ausnahmsweise gehorchte dieser nur unwillig. Es brauchte noch ein paar deutliche Befehle, ehe das Tier wieder zu Füßen Tutanchatons lag.

Es war nicht mehr weit. Man erkannte es daran, dass die ganze Mannschaft, vom Kommandant bis hin zum letzten Ruderer, frische Schurze trug und dass eine aufgeregte Betriebsamkeit herrschte, von der sich jeder außer Tutanchaton anstecken ließ. Man erkannte es daran, dass ein letztes Mal vor der Ankunft alle Taue und Ruder überprüft und ausgebessert wurden, und ich war mir sicher, dass sich auch das Segel mächtiger aufblähte als sonst auf unserer Fahrt.

Die Leibdiener hatten schon früh am Morgen damit begonnen, ihren Herrn für die Ankunft vorzubereiten. Noch einmal wurden die Haare geschnitten und sorgfältig gekämmt, wurden ihm ein üppig gefältelter Schurz und ein breiter Schulterkragen angelegt und das blau und weiß gestreifte Nemeskopftuch sowie das Diadem mit Kobra und Geier aufgesetzt. Um seine Augen trugen sie dunkelgrüne Farbe auf und verlängerten die fein säuberlich gezogene Linie bis an die Schläfen. Tutanchaton trug weit herabhängende goldene Ohrringe und an beiden Oberarmen Armreife mit Einlegearbeiten aus Karneol, Lapislazuli und buntem Glasfluss. Dann nahm er unter dem großen Baldachin vor dem Deckshaus Platz. Seine Füße, die in vergoldeten Ledersandalen steckten, ruhten auf einem Fußschemel, und in seinen Kinderhänden hielt er Geißel und Krummstab, die eigens passend zu seiner Körpergröße angefertigt worden waren.

Jetzt war auch ihm die Aufregung anzumerken, denn unruhig suchten seine umherhuschenden Augen nach vertrauten Gesichtern, und immer wieder nickten ihm Ipu oder ich zu, gleichsam als wollten wir ihm versichern, dass er nicht allein war.

«Ist Waset größer als Achet-Aton?», fragte er mich ganz leise, als ob es ihm unangenehm war, dass ein anderer seine Frage hörte.

«O ja, Nassib», gab ich zur Antwort. «Waset ist bei weitem größer. Vielleicht nicht in seiner Ausdehnung. Aber hier leben weit mehr Menschen als in der Stadt deines Vaters.» Er sah nachdenklich nach unten auf seine Zehen, die er spielerisch in seinen Sandalen hin und her bewegte.

«Eje», flüsterte er jetzt und sah bekümmert wieder zu mir auf.

«Ja, Nassib», sagte ich ebenso leise und wartete mit hochgezogenen Brauen auf sein Anliegen.

«Sagst du in Waset vor den anderen bitte nicht mehr Nassib zu mir?»

Ich muss ihn völlig verstört angesehen haben, denn ich sah ihm an, dass ihn seine Bitte selbst verlegen machte.

«Ich meine ja nur», setzte er nach und zuckte hilflos mit den Schultern.

«Es ist schon gut. Du hast natürlich Recht! Verzeih mir!»

Wenn ich in den Süden zurückkehrte, war ich immer wie beim ersten Mal aufgeregt. Ich wusste, welchen Baum ich nach der nächsten Flussbiegung sehen würde oder welches Feld, ich wusste, wie die Felswände, die weit dahinter im Osten emporragten, aussahen. Umso enttäuschter war ich, wenn sich irgendetwas seit meiner letzten Fahrt verändert hatte: wenn hier von einer uralten Akazie nur noch ein Stumpf übrig geblieben war oder dort, wo einst Feigenbäume standen, jetzt schlammige Lehmgruben das vertraute Bild störten. Aber trotz aller Veränderungen, die die Zeitläufte unweigerlich mit sich bringen und mit welchen man sich in zunehmendem Alter mehr und mehr abfinden muss, erahnte ich wieder und wieder mein Waset, ja ich hörte es, und ich roch seine Nähe.

«Gleich sind wir da», sagte ich zu Tutanchaton, denn trotz der vielen kleinen Änderungen im sonst so vertrauten Landschaftsbild gab es für mich keinen Zweifel mehr: Augenblicke noch, und vor uns ragten die Tortürme der hunderttorigen Stadt empor, die goldenen Spitzen ihrer Obelisken, die Fahnenmasten ihrer Tempel und die Zinnen ihrer Paläste.

Dann geschah es.

Tutanchaton hielt es nicht mehr auf seinem Thron. Er erhob sich, legte Geißel und Krummstab achtlos hinter sich nieder und trat neben mich an die Reling der Barke.

«Waset», hörte ich ihn staunend neben mir flüstern.

«Ja, Waset», sagte ich mehr zu mir als zu ihm.

Dann sah ich sie auch schon, die vielen Menschen, die gewiss seit Stunden auf ihren jungen Herrscher gewartet hatten, auf den Knaben, den sie, ohne dass sie ihn vorher je gesehen hatten, liebevoll die wieder erstandene Hoffnung Ägyptens nannten.

«Wenn ich dich schon nicht mehr Nassib nennen darf, musst du dich wenigstens wieder setzen», sagte ich zu ihm, denn so jung er auch war, sie alle erwarteten Seine Majestät, den Guten Gott, den Herrscher von Ober- und Unterägypten, und nicht einen aufgeregten Knaben.

«Bitte denke daran, was wir besprochen haben», fuhr ich fort, während er mit ernster Miene meiner Bitte nachkam. «Es hängt sehr viel davon ab, wie sie dich in der nächsten Stunde erleben.»

Er wusste es ebenso wie ich, und sein Kindergesicht veränderte sich schlagartig zu dem Antlitz eines um alles wissenden Sphinx.

Wie von Geisterhand geführt, tauchten die Ruder unseres Schiffs zum Takt der Kriegstrommeln in das Wasser, und in voller Fahrt lief die Barke in das von Palmen gesäumte Hafenbecken ein. Ich hielt mich an der Reling fest, als ob ich nicht gewusst hätte, dass die Kriegsschiffe Seiner Majestät ohne Schaden an der Hafenmauer anlegen würden, und als gelte es, jeden Augenblick eine fürchterliche Havarie zu überstehen. Es genügte ein knapper Befehl des Kommandanten, und schon fiel das Segel, und die Ruder stachen tief in das Wasser ein, um die Fahrt des mächtigen Schiffes fast bis zum Stillstand abzubremsen. Taue flogen von der Hafenmauer auf das Schiff und vom Schiff auf die Hafenmauer, und in kürzester Zeit war die königliche Barke fest vertäut.

Jetzt erkannte ich sie alle: meine Tochter Mutnedjemet und meinen Schwiegersohn Rechmire, Acha und seine Familie, Aper-el und Maja, Mahu und all die anderen Mächtigen der Beiden Länder, die in Waset die Ankunft des neuen Horus erwartet hatten. Doch ich sah auch jene wieder, von denen ich bis vor kurzem gehofft hatte, sie in meinem Leben nie mehr sehen zu müssen: die kahl geschorenen Diener Amuns! Sie waren aber eine nicht zu leugnende Wirklichkeit, ob es mir recht war oder nicht. Ich wusste, dass ich mich mit ihnen ein für alle Mal abzufinden hatte. Sosehr ich mich aber auch mühte, ich entdeckte unter ihnen keines der Gesichter, die mich am Todestag Echnatons im Hafen Achet-Atons flüchtig angesehen hatten.

Jetzt hatte auch das Schiff Anchesen-paatons und Haremhabs angelegt. Nahezu zeitgleich gingen die Königskinder an Land und bestiegen die Prunksänfte. Die zwölf Nubier, jeder Einzelne von ihnen so kräftig wie ein Wildstier, hoben die schwere, goldbeschlagene Sänfte mit einer Leichtigkeit auf ihre Schultern, als habe sie kaum ein Gewicht. Haremhab und ich gingen, flankiert von den Wedelträgern, dicht neben der Sänfte.

«Sieh keinem von ihnen ins Gesicht», flüsterte ich dem jungen König zu. «Geradeaus. Blicke immer nur geradeaus, so, wie unser Weg uns führt!»

Tutanchaton sah nur wenig von der Blütenpracht, die unseren Weg säumte, nicht die dicht an dicht gereihten Widdersphingen, die bis vor wenigen Monaten gewiss noch vom Sand des Vergessens, den Echnatons Bannfluch über sie geweht hatte, bedeckt waren. Er erahnte noch nicht die gewaltigen Ausmaße der Tempelanlage des Verborgenen, wie Amun auch genannt wurde. Er ahnte vor allem noch nicht, wie dunkel es in ihrem Innern war, wie unheimlich und Angst einflößend. Kein Lichtstrahl drang hinein, um die Farbenpracht ihrer Wände erstrahlen zu lassen, wie sie wenige Ellen von hier im Gempa-Aton erstrahlten, weil kein Dach sie vor den Strahlen Atons versteckte.

Meriptah, der Erste Sehende des Amun, verneigte sich wenig ehrfurchtsvoll vor dem künftigen Pharao. Dafür hatte er es umso eiliger, mich zuerst mit zusammengekniffenen Lippen anzusehen, um dann genüsslich zu zischen: «Euch ist der Zutritt zum Allerheiligsten verwehrt, Gottesvater Eje!»

Tutanchaton sah verängstigt nach oben in mein Gesicht, und seine Augen flehten mich an, ihn nicht allein zu lassen.

«Wenn Ihr mich und General Haremhab nicht mitkommen lasst, dann wird Seine Majestät auf der Stelle umkehren und nach Achet-Aton zurückfahren. Es steht nirgendwo geschrieben, dass die Herrscher Ägyptens nur in Waset gekrönt werden dürfen», sagte ich völlig ruhig und ohne mich dabei zu ereifern. Ich wusste, dass sich der Priester sofort Haremhab zuwenden würde, um zu sehen, ob dies auch dessen Meinung war. Jetzt hing alles am General, und für einige Augenblicke fürchtete ich, dass er mir in den Rücken fallen würde.

«Wir sind beide die Regenten Seiner Majestät», begann nun

Haremhab. «Jeder Befehl, den einer von uns erteilt, ist zwischen uns abgesprochen.»

Mehr brauchte er nicht zu sagen, und Meriptah gab demütig buckelnd klein bei. Gerne hätte ich jetzt General Haremhab einen dankbaren Blick zugeworfen, denn über mein Verlangen, Tutanchaton in das Allerheiligste begleiten zu dürfen, hatten wir vorher mit keinem Wort gesprochen. Aber es waren zu viele Augen, die uns genau beobachteten, und die kleine Lüge des Generals durfte unter keinen Umständen offenbar werden.

Anchesen-paaton und die anderen Würdenträger durften uns nur bis in die erste Vorhalle begleiten, dann öffneten sich die gewaltigen Tore zum Inneren des Tempels. Wir durchschritten zwei dunkle Säulenhallen, in denen Steinfiguren Amuns nur schemenhaft zu erkennen waren. Endlich erreichten wir das Allerheiligste, den geheimsten aller geheimen Räume Ägyptens. In seinen Ecken standen Räucherpfannen, und der Weihrauch, der in ihnen verbrannte, konnte in der stickigen Luft dieses Raumes nur schwer nach oben steigen.

Der Erste Sehende öffnete die Flügeltüren des Schreins, sodass die goldene Figur Amuns im Schein der Öllampen und Fackeln unruhig glänzte. Noch war Tutanchaton nicht in sein Amt eingesetzt, weswegen es dem Ersten Sehenden vorbehalten war, die Figur des Verborgenen der rituellen Reinigung zu unterziehen. Tutanchatons Aufgabe bestand lediglich darin, zu den unablässigen Gesängen der Priester der ihm noch so fremden Gottheit ein Weihrauchopfer darzubringen.

Er war sichtlich erleichtert und zugleich stolz, als wir nach mehr als einer Stunde den Tempel wieder verließen.

Die vier Tage bis zum Krönungsfest verbrachten wir nicht im Palast der leuchtenden Sonne jenseits des Flusses, sondern auf Anraten Haremhabs im alten Stadtpalast von Waset, um die Priester Amuns zufrieden zu stellen und um nicht einen neuen, unnötigen Streit zu entfachen.

Ich selbst hatte mit den Vorbereitungen nichts zu schaffen.

Das hatte allein Aper-el übernommen, und wir alle wussten, dass es dafür keinen geeigneteren Mann geben konnte. So blieb mir genug Zeit, um Nassib und Ancha die Stadt mit all ihren Tempeln und Palästen zu zeigen. Vor allem zeigte ich ihm meinen Palast und dessen Garten, den ich so geliebt hatte. Den Fluss überquerten wir in diesen Tagen nicht. Das Westufer mit dem Palast Nimurias und den Tempeln der Millionen Jahre sowie der Besuch des Totentales sollten der Zeit nach der Krönung vorbehalten bleiben.

Ich gab mir alle Mühe, die Gedanken an den Tod Nofretetes zu verdrängen, um mir selbst nicht die Freude an den bevorstehenden Festtagen zu nehmen. Stattdessen standen wir im Hafen und beobachteten die Schiffe, die ohne Unterlass unzählige Menschen aus allen Teilen Ägyptens, aus dem fernen Mykene, aus Kreta und aus Troja brachten. Wir sahen, wie Lastkähne, die zum Bersten voll waren mit Wein- und Bierkrügen, mit Getreide und Gemüse, mit Herden von Rindern und Schafen, entladen wurden, damit ihr Inhalt auf die Lagerhallen und die Schlachtereien der Stadt verteilt wurde. Auf den Märkten herrschten ein Geschrei und ein Getümmel, als fürchteten die Menschen, es gäbe schon am nächsten Tag nichts mehr, um es zu tauschen.

«Was bieten die dort an?», fragte mich Nassib und zeigte dabei auf drei junge Frauen, denen ich schon von weitem ansah, dass sie nichts anderes anboten als sich selbst.

«Sie versprechen den Männern eine schöne Stunde, wenn sie mit ihnen kommen.» Etwas Besseres fiel mir nicht ein.

«Und was geschieht dann in der schönen Stunde?», ließ der Junge nicht locker. Ich verzog mein Gesicht, wie Kinder es tun, wenn sie etwas nicht essen wollen, und antwortete: «Sie küssen sich und haben sich lieb!»

Das genügte Nassib. «Küssen!», sagte er langsam und machte ein Gesicht, als hätte er bittere Medizin geschluckt.

Am Abend vor dem Fest mussten Nassib und Ancha früher als sonst zu Bett gehen, und so konnte auch ich mich beizeiten zurückziehen. Ich bewohnte die Gemächer, die mir Amenophis vor über fünfundvierzig Jahren zu seiner eigenen Krönung zugewiesen hatte. Wie weit das alles zurücklag! Teje war damals sechzehn. Drei Jahre älter nur als Anchesen-paaton es jetzt war. Wie viele von ihnen schon nicht mehr lebten! Acha war einer der wenigen, die aus jener Zeit noch übrig geblieben waren. Und seine Frau Iset, die ich so sehr mochte. Iset! Ich musste lange überlegen, wie sie hieß, bevor sie aus Babylon mit uns an den Nil gekommen war und den ägyptischen Namen Iset angenommen hatte. General Nachunte war ihr Vater. Aber wie hatte Iset geheißen? Endlich fiel es mir wieder ein: Teischeba.

Und dieser Garten! Vor vierzig Jahren konnte man von meinem Fenster aus noch das Schwimmbad sehen, in dem Ameni allmorgendlich seine Bahnen gezogen hatte. Der Jasmin vor mir, damals noch kleine Sträucher, war so sehr gewachsen, dass er jede Sicht auf das Becken nahm. Aber jetzt wogte sein Laub im Wind hin und her wie die Wellen des Meeres, und seine Blüten, kleinen weißen Schaumkronen gleich, trieben mir ihren betäubend-süßen Duft entgegen. Irgendwo weit hinten musste der Raum gewesen sein, in welchem ich die Tänzerin Inena und ihren blinden Bruder zum ersten Mal gesehen hatte. Wie war ich ihr schon beim ersten Anblick verfallen gewesen! Und doch war ich davongelaufen wie ein aufgeschreckter, ängstlicher Hase, als sie mich nur ansah. Aber war ich nicht auch ein Junge gewesen, der Angst hatte vor der ersten wirklichen Begegnung mit einem Mädchen? Was mochte aus ihr geworden sein? Wahrscheinlich ruhte auch sie längst in irgendeinem unbekannten Grab.

Irgendwann spät in der Nacht hörte ich auf, über Menschen aus meiner Vergangenheit nachzudenken, denn die Einsamkeit, die sich mir dadurch immer deutlicher offenbarte, stimmte mich zusehends traurig.

Es war noch lange vor Sonnenaufgang, als alle Fürsten der Beiden Länder, die bedeutendsten Priester, die Anführer der vier

Divisionen und die Vertreter der wichtigsten Verbündeten und derer, die es vorgaben zu sein, im großen Audienzsaal des Stadtpalastes auf das Erscheinen Seiner Majestät warteten. Unzählige Öllampen und Fackeln tauchten die altehrwürdige Säulenhalle in ein wohliges, friedliches Licht, und niemand wagte es angesichts der Würde des Raumes und des Augenblicks, ein lautes Wort zu sprechen.

Die Perücken waren üppiger und kunstvoller geflochten denn je. In die Schurze, die man jetzt knöchellang trug, waren Hunderte feinster Längsfalten eingearbeitet, und kaum einer der Männer ließ es sich nehmen, der augenblicklichen Mode entsprechend mehrgliedrige bunte Ohrringe zu tragen. Dafür waren jetzt die kurzen Kinnbärtchen, die man noch bis vor wenigen Jahren trug, durchweg verschwunden. Manche unserer Fürsten erinnerten mich eher an aufgeputzte Kampfhähne als an ägyptische Würdenträger. Amenophis, der selbst eitel war wie kein Zweiter, hätte nur über sie gelacht, und sein Vater, Osiris Thutmosis, der strenge und anspruchslose Soldat, hätte sie allesamt aus dem Palast gejagt.

Je näher wir dem Saal kamen, umso ruhiger wurde es. Haremhab betrat als Erster den Audienzsaal, und als Tutanchaton und Anchesen-paaton zwischen den Wedelträgern in der Türöffnung erschienen, waren ihre Untertanen bereits niedergekniet und vergruben das gesenkte Antlitz in ihren Händen. Haremhab und ich nahmen neben den Thronen der Majestäten Aufstellung, und schweigend warteten alle, bis sich die kleine Seitentür öffnete und Meriptah mit zwei Priestern erschien.

Die drei kahl rasierten Männer trugen zum Zeichen ihres hohen Amtes Pantherfelle über den Schultern, ansonsten waren zwei goldene Armreife alles, was sie an Schmuck trugen. Ihre weißen Schurze waren noch immer so einfach und faltenlos, wie man es bei ihnen seit den Tagen des Alten Reiches gewohnt war. Wie bei allen Priestern Ägyptens waren auch ihre Körper aufs peinlichste von jedem noch so winzigen Härchen befreit, damit nichts Unreines an ihnen war. Ihr Gesichtsausdruck war nichts sagend und leer, als hätten sie zuvor im Übermaß vom berauschenden Saft einer Mandragora genascht. Meriptah und seine beiden Begleiter verneigten sich vor dem jungen Herrscherpaar, und mit einem knappen Kopfnicken bedeutete ich dem Knaben, dass er sich jetzt erheben musste. Die Wedelträger blieben bei Anchesen-paaton zurück, während Tutanchaton, Haremhab und ich den Priestern folgten.

Durch schier endlose Gänge führte unser Weg zum Heiligtum Amuns und dort in dessen Innerstes mit dem Schrein, der die goldene Figur des Verborgenen umgab. Auf einem altarähnlichen Tisch stand das Zeichen der höchsten Macht auf Erden, die weiß-rote Doppelkrone der Pharaonen. Neben ihr lagen Geißel und Krummstab, ein geflochtener Zeremonialbart und ein Prunkgürtel, an dem ein Stierschwanz befestigt war.

Tutanchaton nahm auf einem schlichten Holzsessel Platz und ließ zu den eintönigen Gesängen all der einfachen Vorlesepriester, die an den Seitenwänden des Allerheiligsten Aufstellung genommen hatten, die rituellen Waschungen über sich ergehen. Dann führte ihn Meriptah vor den Schrein, schob den Riegel zur Seite und öffnete die beiden goldenen Türflügel. Der Priester nahm die Figur heraus, küsste sie ehrfurchtsvoll und reichte sie Tutanchaton, damit auch er sie küsste. Während Meriptah leise ein Gebet murmelte, goss er aus einer kleinen silbernen Kanne Wasser über Amun. Tutanchaton tat es ihm gleich. Mit feinstem Leinen trockneten jetzt beide die Statue, rieben sie mit einem wohl riechenden Öl ein, und zuletzt stellte sie Meriptah in den Schrein zurück. Noch einmal sprach der Priester ein Gebet. Dann ließ er sich den goldenen Weihraucharm reichen und schüttete mit einer kleinen Kelle eine Hand voll Körner des kostbaren Baumharzes in die Glut. Er schwenkte das heilige Gerät vor der Figur hin und her, bis die Gottheit im weißen Rauch fast völlig verschwunden war. Er übergab den Stab Tutanchaton, und auch er brachte Amun das Weihrauchopfer dar.

«Verschließt jetzt die Tür des heiligen Schreins», flüsterte Meriptah, «damit Ihr sie künftig auch öffnet, Ihr, der Ihr jetzt der Herr der Beiden Länder seid. Möget Ihr Amun opfern in Millionen von Jahren!»

Tutanchaton stieg auf einen kleinen Schemel, der eigens für ihn bereitgestellt war, und schob den Riegel des Schreins wieder zu.

Dann wurden die Gesänge der Priester lauter und feierlicher. Die Stellvertreter Meriptahs nahmen das goldene Diadem und das Kopftuch vom Kopf ihres Herrschers und legten beides auf den Tisch. Unter ständigem Beten ergriff der Erste Sehende die Doppelkrone und setzte sie vorsichtig auf den Kopf des Knaben. Dann legte er ihm den Prunkgürtel und den geflochtenen Zeremonialbart um, und schließlich überreichte er ihm Geißel und Krummstab. Für einen kurzen Augenblick vergaß der Junge den Ernst und die Würde der Zeremonie und lächelte mir zu, denn jetzt wusste er, dass er Pharao war, der Gute Gott Tutanchaton Neb-chepru-Re, der Herr der Beiden Länder.

Obwohl ich den Unmut Meriptahs über die kurze Gefühlsregung Nassibs bemerkt hatte, lächelte ich kurz zurück. Noch einmal durfte ich erleben, wie ein junger Horus den Thron Ägyptens bestieg. Früher war ich immer nur der Diener meiner Herren gewesen, arbeitete auf ihren Befehl hin und durfte zurückhaltend Ratschläge erteilen. Diesmal aber würde ich die Verantwortung nicht nur für das leibliche Wohlergehen dieses Horus tragen. Wenn mir Aton, oder welche Macht auch immer, die Lebenszeit schenkte, dann würde ich bis zur Großjährigkeit Tutanchatons, also fast sieben Jahre lang, die Verantwortung für Ägypten tragen und damit für das Wohlergehen von mehr als einer Million Menschen. Ich würde darüber wachen, dass Tag für Tag die Gebote der Maat beachtet würden, ja letztendlich würde ich es sein, der bestimmte, was der Maat entsprach und was nicht. Es war an Haremhab und mir, die Grenzen der Beiden Länder zu schützen und die benachbarten und einst mit Ägypten befreundeten Völker von den Hethitern zu befreien. Das Wissen, die Erfahrung und vielleicht auch die Weisheit, dies alles zu tun, würde ich vielleicht haben. Aber wie lange noch würde ich auch die Gesundheit dazu besitzen? So seltsam es klingen mag: Ich beschloss, nicht darüber nachzudenken.

Trommelwirbel und Fanfarenstöße kündigten im Audienzsaal die Rückkehr Tutanchatons an. Die beiden Wedelträger hatten ihren Herrscher in einem Vorraum in ihre Mitte genommen, und noch bevor wir den Saal betraten, hatten sich dort alle außer Anchesen-paaton zu Boden geworfen. Pharao nahm auf seinem Thron Platz, rechts und links standen die Wedelträger, dahinter Haremhab und ich. Mit lauter, fester Stimme rief nun Meriptah in den Saal hinein:

«Der Sohn des Aton ist erschienen, Neb-chepru-Re, der Herrscher über Ober- und Unterägypten, er lebe, sei heil und gesund, der Herr über alle Fremdvölker, der Herr der Welt, der Starke Stier, schön an Geburten, schön an Gesetzen, der die Beiden Länder beruhigt, der die Kronen erhebt und die Götter befriedigt, der Sohn des Re, Herr der Kronen, Tutanchaton, Herrscher von Waset, dem Leben wie Re gegeben werde ewiglich!»

Wieder erklangen die Fanfaren, und Meriptah wiederholte den vollständigen Thronnamen des Herrschers noch zweimal. Jetzt durften sich alle erheben und ihrer Freude über den neuen Herrscher freien Lauf lassen. Es war die Freude, dass Maat wiederhergestellt war und dass die gefährliche Zeit, in der kein Herrscher auf dem Thron der Beiden Länder saß, unbeschadet überstanden war. Es war aber gewiss auch die Freude darüber, dass Ägypten wieder von einem Mann beherrscht wurde, mochte er auch noch so jung sein.

Während die Versammelten vor uns immer lauter jubelten, wurde mir zum ersten Mal bewusst, dass sich eines Tages Stimmen erheben werden, die über Echnaton und Nofretete nicht nur schlecht reden, sondern vielleicht auch eine nach außen sichtbare Abkehr von ihnen und ihrem Glauben fordern würden. Dafür würde als Erster Meriptah sorgen, dessen war ich mir gewiss. Die Abkehr vom Glauben an Aton als dem einzigen Gott war bereits vollzogen. Es konnte nur noch darum gehen, wie lange Aton seine Stellung als höchste Gottheit unter den Göttern Ägyptens wahren würde. Tutanchatons Liebe zu seinem Vater war viel zu innig, als dass er es zulassen würde, selbst wenn er noch ein Knabe war, dass das Andenken an seinen Vater beschädigt wurde. Und es würde auch eine meiner vornehmsten Aufgaben sein, dies zu verhindern. Alles andere wäre Verrat. Verrat an Echnaton, an meiner Tochter und zuletzt an Tutanchaton selbst.

Jetzt erhob sich das junge Herrscherpaar und schritt durch die noch immer jubelnde Schar der Mächtigen hindurch zum großen Eingangstor und zur Treppe, die in den Vorhof hinabführte. In diesem Hof warteten Tausende Untertanen auf ihren König: Beamte und Offiziere, Palastdiener, fremdländische Gäste, unzählige Priester und schließlich die vollständige Leibgarde. Sie alle lagen im Staub, als Pharao am oberen Ende der Treppe erschien. Wieder rief Meriptah dreimal die Titulatur seines Herrschers hinaus, erst danach durften sie sich erheben und Pharao zujubeln. Ihrem alten Brauch folgend, schlugen die Soldaten mit den Schwertern im Gleichklang gegen ihre Schilde, gleichmäßig und schwerfällig zuerst, dann immer schneller werdend, bis schließlich die Menge in diesen Rhythmus einstimmte und zu jedem Schlag eine Silbe des Herrschernamens erklang: «Tut-anch-a-ton, Tut-anch-a-ton, Tut-anch-a-ton» dröhnte es wie von Kriegstrommeln durch den Hof, und es schien mir wahrhaftig eine Kampfansage an alle zu sein, die es je wagen würden, ihrem jungen König und ihrem Land Schaden zufügen zu wollen. Ich meinte an ihren Gesichtern erkennen zu können, dass es ein ehrlicher Jubel war, und zweifelte nicht daran, dass Tutanchaton diesen Untertanen vertrauen durfte.

Mit großen, staunenden Augen sah der Junge auf die Menge hinab, denn einen solchen Jubel, der ihm allein galt, ihm ganz allein, hatte er noch nie erlebt.

«Ihr müsst Euch jetzt erheben!», rief Haremhab laut, damit

das Herrscherpaar ihn überhaupt hören konnte. Stufe für Stufe schritten sie zwischen den Wedelträgern hinab und gingen auf dem Weg, den die Leibgarde zwischen der Menge freigehalten hatte, zu dem Torturm der Palastanlage. Während auf den Mauern um uns herum erneut Fanfaren erklangen, blickte Tutanchaton auf sein Volk hinab, auf eine unzählbare Menschenmenge aus allen Teilen Ägyptens, aus allen Gegenden der Welt. Auch sie lagen vor Pharao auf dem Boden, und auch ihnen rief der Erste Sehende dreimal die volle Titulatur des Königs zu. Es war ein Brüllen und ein Getöse wie auf stürmischer See, was ihm nun entgegenschlug, ein Furcht erregendes Lärmen, wie es die Soldaten auf dem Schlachtfeld anheben, um sich Mut zu machen. Jetzt war es Stolz, den ich in den Gesichtszügen des Knaben erkannte. Ja, in diesem Augenblick war er stolz darauf, der Herrscher dieses Volkes zu sein.

Dann stieg Tutanchaton wieder hinunter, legte alle Insignien seiner Macht ab und lief in Begleitung des Offiziers Paramessu dreimal um die gesamte Palastanlage, denn nach uraltem Brauch musste er, auch wenn er erst ein Knabe war, zeigen, dass er über die Kraft und Ausdauer verfügte, das Land zu regieren. Der Lauf war für den Jungen ein Leichtes, und unter dem Freudengeschrei der Menschen lief er gewiss dreißig Ellen vor Paramessu durch das Palasttor.

Er stieg wieder auf den Turm, ergriff Pfeil und Bogen und verschoss vier Pfeile, einen in jede Himmelsrichtung, und zeigte so, dass er von nun an die Herrschaft über alle Welt ausübte. Abermals stieg Pharao vom Turm herab und ging mit uns in die Mitte des großen Palasthofs. Dort wartete in einer vorbereiten Grube ein zwölf Ellen hoher hölzerner Djetpfeiler darauf, gemeinsam von Tutanchaton, Haremhab und mir an einem langen Seil, welches am oberen Ende des Pfeilers befestigt war, aufgerichtet zu werden. Der Djetpfeiler, der Pharao Fruchtbarkeit und Wohlstand verhieß, rutschte ganz in die Grube. Wir drei schaufelten die Grube zu, sodass der Pfeiler fest und unverrückbar stand.

Tutanchaton wurde wieder angekleidet und musste nun die Treppe zum Audienzsaal emporsteigen, vor dessen Eingang zwei Throne aus Elektron standen. Auf ihnen nahm das junge Herrscherpaar Platz. Ein Letztes musste noch vollzogen werden, damit Tutanchaton endgültig der rechtmäßige Herrscher war: Mit lauter Stimme erhob der Erste Sehende Pharaos Halbschwester Anchesen-paaton zur Großen königlichen Gemahlin, denn sie allein war ein Kind, das aus der Verbindung eines Herrschers mit einer Großen königlichen Gemahlin hervorgegangen war, und nur durch die förmliche Erhebung Anchesen-paatons zur Großen königlichen Gemahlin konnte Tutanchaton seinen eigenen Thronanspruch unanfechtbar machen.

So wollte es Maat.

Anchesen-paaton trug zu einem blütenweißen, knöchellangen Gewand, einem breiten Schulterkragen und kostbaren Ohrringen und Armschmuck die hohe Doppelfederkrone. Sie war so herrlich anzusehen wie einst ihre Mutter, als Echnaton sie zur Gemahlin erhoben hatte. Anchesen-paaton stand Nofretete an Schönheit wirklich in nichts nach. Doch wie sehr bedauerten wir alle dieses Mädchen, das nur deshalb so ruhig und teilnahmslos dasaß, weil man ihr zuvor einen Beruhigungstrank verabreicht hatte. Zu groß erschien uns die Gefahr, dass ihre geistigen Kräfte plötzlich versagten und sie in einem Anfall von Angst den Hof und alle Gäste in Verlegenheit brachte. Andererseits konnte uns natürlich nur eine hellwache Anchesen-paaton die Mörder ihrer Mutter und ihrer Schwestern zeigen, wenn sie denn unter uns waren. An diesem Tag musste es aber wahrhaftig nicht sein. Nassib gab sich auch alle Mühe, freundlich zu ihr zu sein, legte schüchtern seine Hand auf die ihre, flüsterte ihr ein aufmunterndes Wort zu oder lächelte sie einfach nur an. Die Augen des Mädchens waren wohl von schrecklichen Trugbildern verhangen, denn ungerührt ließ sie alles geschehen.

«Höre, Volk von Ägypten!», rief Meriptah.

«Seine Majestät, sie lebe, sei heil und gesund, bestimmte

durch die Regenten, Gottesvater Eje und General Haremhab, Aper-el zum Wesir über die Beiden Länder. Die Worte, die der Wesir Seiner Majestät spricht, sind Worte Seiner Majestät. Seine Befehle sind die Befehle Seiner Majestät.»

Haremhab überreichte Aper-el das Zepter des Wesirs, und ich übergab ihm einen Siegelring Pharaos, damit er sich durch ihn vor jedermann als Stellvertreter Pharaos ausweisen konnte.

Kriegstrommeln und Fanfaren kündigten jetzt den Aufmarsch derer an, die dem Guten Gott Botschaften und Geschenke befreundeter Fürsten überbrachten oder die Pharao selbst untertan waren. Wie es Sitte war, führte Thutmosis, der Stellvertreter Pharaos in Nubien, den man auch den Königssohn von Kusch nannte, den prächtigen Zug an. Erst betraten fünfzig Nubier den Hof und bildeten für die Nachfolgenden eine freie Gasse inmitten der vielen Menschen. Die Nubier waren stark wie Löwen, und ihre schwarze Haut glänzte von dem Duftöl, mit dem sie sich eingerieben hatten. Sie schlugen so lange auf ihre Kriegstrommeln ein, bis der Königssohn von Kusch vor Pharao getreten war. Er begrüßte seinen Herrscher, gelobte ihm Treue bis ans Ende seines Lebens und versprach, dass auch Nubien, der südlichste Teil des Reichs, treu zu seinem König stehen werde, wie Maat es gebot. Auf sein Zeichen hin traten paarweise nubische Soldaten vor Tutanchaton und führten die Geschenke ihres Herrn vor: Sie öffneten ohne Unterlass Ebenholzkisten mit Goldkörnern, Karneol und vielen anderen Edelsteinen. Sie schleppten an die fünfzig Stoßzähne von Elefanten vor den Thron und legten sie dort nieder. Sie legten Tutanchaton die kostbarsten Felle und bunte Federn zu Füßen. Aber all das sah sich der junge Herrscher eher gelangweilt an. Dann brachten sie kunstvoll gefertigte Speere, herrliche, aus mehreren Teilen zusammengesetzte Bögen und eine Vielzahl unterschiedlichster Pfeile. Jetzt wurde Nassib schon aufmerksamer. Wortlos stand er auf und zeigte auf einen der Bögen, der es ihm besonders angetan hatte. Thutmosis übergab die Waffe und sah Tutanchaton erwartungsvoll an. Mit dem Ernst eines erfahrenen Soldaten, der vor dem Kampf ein letztes Mal seine Waffen überprüft, nahm dieser den Bogen in die Linke, hob sein Mittelstück bis auf Augenhöhe an und zog mit der Rechten die Sehne so weit er nur konnte nach hinten. Weil er aber am linken Handgelenk keinen Armschutz trug, ließ er die Sehne nicht nach vorn schnellen, sondern führte sie langsam und bedächtig zurück.

«Darf ich ihn behalten?», fragte er den Königssohn von Kusch so treuherzig, dass dieser gar nicht wusste, was er seinem Herrscher antworten sollte, sondern Hilfe suchend zu mir emporsah.

«Seht nicht mich an, Thutmosis», sagte ich. «Gebt Pharao eine ehrliche Antwort!»

«Aber Majestät», begann dieser zu stammeln. «Das alles ist für Euch», und zeigte dabei mit einer weit ausladenden Geste über die zahlreichen Geschenke. «All die Kostbarkeiten, die meine Soldaten vor Euch getragen haben, gehören Euch. Nur Euch allein!»

Tutanchaton glaubte ihm vermutlich kein Wort, denn sofort drehte er sich zu mir um und suchte mit hochgezogenen Brauen nach einer Bestätigung dessen, was er gerade gehört hatte. Ich nickte und stellte sogleich fest, dass Nassib jetzt viel vergnügter nach unten blickte, um sich einen Überblick darüber zu verschaffen, was ihn noch erwarten würde.

Thutmosis wusste nur zu gut, womit er das Herz des Kindes gewinnen konnte: mit Tieren.

Es waren aber nicht die ausgewachsenen Tiere, die Thutmosis vorführen ließ, sondern durchweg Jungtiere. Zuerst trugen die Nubier auf ihren Armen kleine Gazellen, deren Hörner nicht länger waren als meine Finger, vor den Thron. Dann brachten sie kleine Löwen und Panther, die aufgeregt fauchten und mit ihren winzigen Tatzen die Arme ihrer Wärter zerkratzten, und Käfige mit seltenen Vögeln, die ich noch nie zuvor gesehen hatte. Nubische Kinder schafften Affenjunge der unterschiedlichsten Art herbei, winzige Meerkatzen, kleine Paviane und Schimpansen.

Tutanchaton hielt es jetzt nicht mehr länger auf seinem Thron. Er stand auf und streichelte jedem der Tierkinder über den Kopf, nahm schließlich einen der kleinen Affen und legte ihn behutsam in Anchas Arme. Jetzt schien auch das Mädchen wieder zum Leben zu erwachen, denn endlich legte sich ein zufriedenes Lächeln auf ihr Gesicht, und auch sie streichelte das Kleine und kraulte zärtlich seinen Rücken. Einer der kleinen Paviane hatte es Nassib besonders angetan, denn er gab ihn nicht mehr aus den Händen. Auch das Tier schien sich bei seinem neuen Herrn wohl zu fühlen, denn es umklammerte Pharaos Hals und ließ bis zum Ende der Audienz nicht mehr von ihm ab.

Nachdem alle Schätze und alle Tiere vorgeführt waren, konnte sich Thutmosis sicher sein, dass er von nun an in der Gunst seines jungen Herrn ganz oben stand. Er verneigte sich demütig, und sein Lächeln verriet, dass er mit sich selbst zufrieden war. Dann trat er beiseite.

Nun traten die Babylonier auf. Sie brachten ihrem mächtigsten Verbündeten kunstvoll gegerbtes Leder und feinste Tuche in allerlei Farben, vor allem aber auch Waffen der verschiedensten Art. Und in der Botschaft, die der Gesandte von König Burra-Buriyash überbrachte, wurde unverhohlen die Hoffnung ausgesprochen, dass das Heer Pharaos diese Waffen gegen die Hethiter, die jetzt auch Babylon offen bedrohten, richten möge. Zuletzt verlas der Bote des Königs von Babylon eine lange Liste, in der all die Pferde, Rinder und Schafe aufgeführt waren, die bereits in die königlichen Stallungen gebracht worden waren.

Die Leute aus dem fernen Punt, weit weg am östlichen Meer, brachten dreißig Körbe mit Weihrauch vor Seine Majestät. Tutanchaton nahm es mit gleichgültigem Gesicht zur Kenntnis, denn er war sich des Wertes dieser Gabe nicht im Mindesten bewusst. Umso mehr erhellte sich aber das Antlitz des Ersten Sehenden Meriptah, wusste er doch, dass sich ein Großteil dieses kostbaren Schatzes bald in den Lagerräumen seines Tempels wieder finden würde.

Die Sardenen, jene langbärtigen, wilden Männer von einer

Insel weit oben im großen Meer, legten Pharao acht Truhen mit reinstem Silber zu Füßen. Ihr Anführer sagte, dass die Zahl acht nicht zufällig gewählt sei, sondern dass die Zahl der Truhen dem Lebensalter Pharaos entspreche und deswegen besondere Symbolkraft besitze.

«Dann mag sich Euer Fürst glücklich schätzen, dass unser Herrscher nicht schon sechzehn Lebensjahre zählt», scherzte Haremhab.

«In Ägypten gibt es Gold, wie es Sand am Meer gibt. Unsere Insel ist ein armes Land, General Haremhab. Wäre Seine Majestät, sie lebe, sei heil und gesund, schon sechzehn Jahre alt, wären die sechzehn Truhen, die wir dann vor sie gebracht hätten, vermutlich nur halb so groß ausgefallen.»

Er lächelte milde, auch ein wenig schelmisch, verneigte sich tief und trat zur Seite.

Die Griechen schienen mir ein wenig gewitztes und eher ärmliches Volk zu sein. Seitdem sie mir bei der Krönung Nimurias zum ersten Mal begegnet waren, brachten sie nichts anderes als Töpferwaren an den Nil, als ob es bei uns nicht genug Schlamm zum Töpfern gab! Gewiss, ihre Vasen, ihre Weinkrüge und Teller und was sie sonst alles anbrachten waren von einzigartiger Machart. Aber mit Scherben erfreut man bestenfalls das Herz einer Hausfrau oder eines Kaufmanns, nicht aber das eines achtjährigen Knaben auf dem Thron der Beiden Länder. So hoffte ich, dass die Mykener, Trojaner und Kreter wenigstens abends bei den Festlichkeiten alle ihre Unterhaltungskünste aufbieten würden, um bei Pharao in guter Erinnerung zu bleiben.

Zuletzt erschien ein einzelner Mann vor den Thronen Ihrer Majestäten. Er kam ohne jede Begleitung. Niemand schleppte für ihn Kisten oder Körbe mit Geschenken. Er trug nur eine kleine, kunstvoll geschnitzte Holzschatulle mit sich. Er legte sie ab und warf sich vor den jungen König in den Staub, wie es die Untertanen Pharaos tun. Ich gebot ihm, sich zu erheben. Er zog eine Schriftrolle hervor, brach ihr Siegel und begann laut zu lesen:

«Zu dem König von Ägypten, meinem Herrn, meinem Bruder, sprach also Sarruma, die Königin von Mitanni: Deinem Hause, Deiner Großen königlichen Gemahlin, Deinen Pferden, Deinen Wagen, Deinen Dienern und Deinem ganzen Land sei Wohlbefinden! Ich habe vernommen, dass Du Dich gesetzt hast auf den Thron deines Vaterhauses. Lebest Du und Dein Volk in Frieden, in Reichtum und in Glück! Ich habe den Gruß meines Bruders vernommen und sende Dir meinen Boten. Jahr um Jahr hat mein Gemahl Tuschratta Boten an den Nil gesendet, um Hilfe zu erflehen von seinem Herrn, seinem Bruder. Zu den Füßen seines Herrn, seines Bruders, seiner Sonne, warf er sich nieder, siebenmal und siebenmal. Wir schrieben an Deinen Vater: ‹Sende Feldtruppen des Königs, denn genommen wird in wenigen Tagen das ganze Land!› Unsere Bitte wurde aber nicht erhört von unserem Bruder. Jetzt gibt es unser Land nicht mehr. Unsere Stadt, unsere herrliche Stadt Waschukkanni, gibt es nicht mehr. Alles ist zerstört. Und Dein Bruder, Dein Freund, der treue Tuschratta, der Vater Deiner Mutter, ist nicht mehr unter uns. Verräter haben ihn getötet. Es sind deshalb keine großen und reichen Geschenke, die ich Dir überbringen lasse. Das Einzige, was mir von meinem Gemahl geblieben ist, ist sein Siegelring: Du magst ihn tragen, damit man sich in Ägypten eines Freundes erinnert, der einsam und in Verzweiflung sterben musste. Es ist jetzt keiner mehr da, der dienen kann dem König, meinem Herrn, wie unsere Väter früher. Mögen Dich Deine Götter beschützen Millionen von Jahren!»

Der Bote Königin Sarrumas kniete vor Tutanchaton nieder und überreichte ihm die Schatulle. Zögerlich nahm dieser sie entgegen, öffnete sie und entnahm den Ring. Lange und schweigend sah er ihn an, aber den Inhalt der Worte, die der Bote zu ihm gesprochen hatte, verstand er nicht recht. In diesem Augenblick war ich erleichtert darüber, dass Tutanchaton noch so jung war.

Es herrschte betretenes Schweigen am ganzen Hof, denn alle hatten die Worte des Boten gehört und sich mit Scham der vielen Hilferufe erinnert, die Tuschratta an Echnaton und Nofretete gerichtet hatte. Mir schnürte es die Kehle zu, und ich erinnerte mich daran, wie ich selbst vor meiner Tochter gestanden und sie vergebens um Hilfe für unsere Freunde gebeten hatte.

Über den Kopf Pharaos hinweg sah mir Haremhab lange und eindringlich in die Augen. In seinen Blicken erkannte ich sein Verlangen, ja seine Gier nach Rache für die Schmach, die Rib-Addi und Tuschratta angetan worden war. Er sollte sie haben. Ich nickte ihm zu, ohne dass irgendeiner um uns herum geahnt hätte, welche Bedeutung diese unscheinbare Geste hatte.

Schweigend verließ der Bote des einst so mächtigen Königreichs Mitanni, das die Hethiter niedergeworfen hatten, den Audienzhof, und niemand fragte ihn danach, wohin er ging.

Aus dem fernen Hattuscha trat diesmal kein Bote vor unseren Herrscher, um ihm die Grüße Suppiluliumas und dessen Geschenke zu bringen. Ich bin mir sicher, dass Haremhab den abgeschlagenen Kopf des Boten an dessen Herrn zurückgeschickt hätte.

Bis zum Abend hatten die meisten bereits vergessen, was geschehen war, und genossen das Fest, das Aper-el für seinen Herrscher vorbereitet hatte, mit allen Sinnen. Kurz bevor der Jasmin verblüht, ist sein Duft am süßesten, und er hat etwas Herbes und Schweres an sich. Aber es ist dieser Duft, der die Sinne am meisten berauscht, und für ihn hatte sich Aper-el entschieden. Es gab viele Blumen und Sträucher, die jetzt in voller Blüte standen und die die Gedanken verführten bis hin zu sündigen Trugbildern. Aber es gab keine andere Blüte, die so viel vermochte wie die des Jasmin. Kleine, weiße Sterne sind es nur, mit einem sattgelben, kreisrunden Fleck in ihrer Mitte, doch die Wirkung, die von ihnen ausgeht, übertrifft die kühnsten Zaubermittel eines jeden Magiers.

Aper-el beließ es freilich nicht bei Jasmin. In den Wasserbecken des Palastes und in unzähligen Vasen verbreiteten Lotosblüten ihren lieblichen, unschuldigen Duft, der sich hier und da mit dem des Jasmin auf das Eigenartigste vermischte, sodass man weder die eine noch die andere bestimmen konnte, bis man wieder in einen Bereich eintrat, in dem nur Jasmin oder nur Lotos die Vorherrschaft hatte.

Die Frauen und Mädchen versuchten, den betörenden Duft durch die Schönheit ihres eigenen Äußeren zu übertreffen, und manch einer von ihnen gelang es auf das Verführerischste. Sie trugen hauchdünne, weiße Gewänder mit Schärpen und Bändern in grellbunten Farben, Perücken mit eingeflochtenen Glasperlen und Blüten von Lotos und Kornblumen. Vorn und an der Seite war das Haar kurz, sodass die Schönheit ihrer Gesichter und die schlanken Hälse unverhüllt blieben. Jede trug den kostbarsten Schmuck, den sie nur aufbieten konnte, und die jungen Frauen, die sich der Makellosigkeit ihres Körpers bewusst waren, die um die Reize ihrer schlanken Hüften und festen Brüste wussten, genossen es sichtlich, wenn sie die Blicke der Jünglinge auf sich zogen. Es waren viele noch sehr junge Mädchen im Saal, die meisten von ihnen keine zehn Jahre alt, denn jeder der Fürsten Ägyptens hoffte, dass die Blicke des jungen Herrschers gerade auf seine Tochter fallen würden, war doch für alle offenkundig, dass Anchesen-paaton nur deshalb zur Großen königlichen Gemahlin erhoben worden war, um den Geboten der Maat gerecht zu werden, und nicht, um mit Pharao die Ehe zu vollziehen und ihm einen Thronfolger zu schenken. Aber Nassib hatte mit seinen weniger als neun Jahren kaum ein Auge für die jungen Schönheiten. Gleichwohl entging mir nicht, dass seine Blicke, wenn auch unauffällig und verstohlen, hin und wieder an den Brüsten der nicht mehr ganz so jungen Mädchen haften blieben.

Jetzt war es auch an der Zeit, dass die ägyptischen Untertanen dem Herrscher ihre Geschenke überbrachten. Sie schenkten ihm unzählige Trinkbecher aus Alabaster, Zierdolche und Wurfhölzer jeder Art und natürlich Pfeil und Bogen in allen nur erdenklichen Größen und Macharten, denn die Leidenschaft des Jungen für Jagd und Waffen hatte sich längst herumgesprochen. Von dem alten Bildhauer Thutmosis bekam er ein ganz besonderes Geschenk: Es war eine aus Gips angefertigte, lebensgroße Büste des jungen Königs, dessen Antlitz ganz nach dem wahren Äußeren des Jungen gebildet war. Auf dem Kopf saß eine der unterägyptischen Krone nachgebildete, oben abgeflachte Kopfbedeckung, an deren Vorderseite Geier und Kobra prangten. Der Gesichtsausdruck war nicht herrschaftlich würdevoll, sondern freundlich, ja fröhlich.

«Könnt Ihr Euch vorstellen, Majestät», fragte Thutmosis den sichtlich verwunderten Tutanchaton, «wozu diese Büste dient?»

«Nein, Thutmosis», antwortete Nassib nur knapp und zog die Augenbrauen erwartungsvoll nach oben.

«Diese Büste dient einzig dazu, dass Ihr allabendlich Euren Halskragen um ihren Hals legen könnt. Und damit Ihr seht, dass ich das ernst meine, ließ ich eigens für diesen Abend einen Blütenkragen flechten. Seht selbst!»

Thutmosis reichte die Büste seinem Diener und legte einen Blütenkragen um ihren Hals. Der Diener hielt die Büste so vor seinen Körper, dass sie sein Gesicht verdeckte und man aus einiger Entfernung glauben mochte, ein in die Länge geschossener Tutanchaton stehe vor einem, so täuschend ähnlich war die Büste gefertigt.

Der Schiffsbaumeister Meru, der inzwischen ein uralter Mann war, schenkte seinem Herrn drei Schiffsmodelle, die je zwei Ellen lang und bis in jede Kleinigkeit großen Schiffen nachgebaut waren. Es handelte sich aber nicht um vollständige Nachbauten von Schiffen, die es schon gab, sondern es waren Entwürfe des alten Mannes, die er so noch nie verwirklicht hatte.

Er ging in die Hocke, hielt Nassib das erste der Schiffe entgegen und sagte: «Wenn Ihr mir sagen könnt, Majestät, wo sich die untere Rah befindet, dürft Ihr es behalten!»

Nassib zögerte keinen Augenblick und zeigte auf die beiden am Masten zusammengebundenen Stangen, an denen der untere Rand des Segels befestigt war. Meru nickte zufrieden.

«Und könnt Ihr mir auch noch den Achtersteven zeigen?»

«Wenn du nicht mehr verlangst», gab Nassib selbstsicher zurück und zeigte auf das zu einer Lotosblüte geformte und nach innen gebogene Ende des Schiffes.

«Und wenn Ihr mir noch sagen könnt, was ein Freibord ist und wo ich ihn finde, habe ich noch eine Überraschung für Euch!»

Tutanchaton sah etwas nachdenklich nach oben, als ob er von dort Hilfe erwartete, legte den Zeigefinger seiner Rechten an die Unterlippe, und kurze Zeit später hatte er die Antwort parat: «Als Freibord bezeichnet man den Abstand zwischen der Wasseroberfläche und dem Deck.»

Dabei deutete er mit der flachen linken Hand vor dem Schiffsmodell die zu denkende Wasseroberfläche an und hielt Daumen und Zeigefinger so darüber, dass die Spitze des Zeigefingers auf das Deck zeigte.

«Ha!», setzte der Junge laut nach, ohne sich dabei um Würde und Zurückhaltung eines Pharao zu scheren. «Was ist es nun, was du noch für mich hast?»

Meru verzog seinen Mund zu einem breiten Lächeln und zeigte dabei sein lückenhaftes Gebiss. Dann sagte er langsam und bedächtig: «Es ist genau fünfzigmal so groß wie dieses Modell, heißt ‹Der Aton erstrahlt an jedem Tag› und liegt draußen im Hafen!»

Tutanchaton hatte vom ersten Tag an, an dem er den Schiffsbaumeister Meru kennen gelernt hatte, größte Hochachtung vor ihm. Aber die Freude über dieses Geschenk ließ ihn hochspringen und Meru, der immer noch niedergehockt vor seinem Herrn stand, fest umarmen.

«Morgen fahren wir damit zum südlichen Tempel, sodass alle mein neues Schiff sehen können!», rief der Junge aufgeregt. Dann nahm er das Modell aus den Händen Merus und besah es sich noch eine Weile, bis ich ihm Zeichen gab, sich jetzt auch der anderen Gäste und ihrer Geschenke anzunehmen.

Darunter waren kleine und kunstvoll gefertigte Lederhandschuhe, wie man sie zum Wagenlenken benutzt, ein Kästchen aus Elfenbein für Schreibbinsen und Farbe, ein Fächer mit einem abgewinkelten Griff, an dessen Ende eine goldene Lotosblüte saß, in welcher Straußenfedern steckten, und eine Spiegelschachtel in Gestalt des Lebenszeichens, des Wortes «Anch», aus vergoldetem Holz mit Einlagen aus Edelsteinen und Glasfluss.

Ich selbst hatte meine Ankündigung wahr gemacht und schenkte Nassib ein Senetspiel. Es war ein lang gezogenes, fast schwarzes Kästchen aus Ebenholz, mit einer Schublade in seinem Inneren, welche die Spielsteine barg. Auf der Oberseite des Kästchens befanden sich aus Elfenbein die Spielfelder in drei Zehnerreihen, und die Unterseite zeigte zwanzig Felder, zwölf im Mittelstreifen und je vier an den äußeren Streifen. Zu dem Kästchen gehörte ein Untergestell mit geschwungenen Beinen, die in Löwentatzen endeten und mit vergoldeten Zapfen in einem hölzernen Schlitten endeten. Die Schrift an den Außenseiten war eine Einlegearbeit aus Goldfäden und lautete:

«Horus, Starker Stier, schön an Geburten, der Gute Gott, Abbild des Re, der König von Ober- und Unterägypten, Herrscher über die Fremdländer, der alle Länder ergreift, Herr der Kraft Neb-chepru-Re, dem Leben, Dauer, Heil wie Re ewiglich gegeben werde! Es lebe Horus, Starker Stier, schön an Geburten, schön an Gesetzen, der die Beiden Länder beruhigt, der die Kronen erhebt und die Götter befriedigt, der König von Ober- und Unterägypten, Sohn des Re Tutanchaton, Herrscher von Waset, dem Leben wie Re gegeben werde ewiglich!»

«Sind die Wurfhölzchen und die Spielsteine wirklich verzaubert?», fragte mich Nassib fast kleinlaut, nachdem er das Spiel eine Weile schweigend bestaunt hatte.

«Ich fürchte, du wirst nicht ein Spiel mehr gegen mich gewinnen!»

Nassib zeigte ein wissendes, siegessicheres Lächeln und sah mich mit leuchtenden Augen an.

«Morgen, Eje», sagte er dann betont langsam. «Morgen werde ich dich auf meinem Schiff und an diesem Spielbrett zum ersten Mal schlagen! Und sollte es dir auch nur einmal gelingen, mich zu besiegen, schenke ich dir das beste Pferd aus meinem Stall!»

«Oh», rief ich erfreut aus. «Als Vorsteher der Streitwagentruppe wüsste ich schon ein Pferd, das mir gefallen würde. Sieh dich vor, Tutanchaton, nicht dass eines Tages dein ganzer Stall leer ist!»

Sooft ich auch mit ihm noch spielte: Nicht ein Pferd wechselte wegen eines verlorenen Senetspiels seinen Besitzer.

Endlich trugen die Diener die Speisen auf. Am Tisch Pharaos und seiner Großen königlichen Gemahlin gab es nur, was dem jungen König schmeckte: in Honig eingelegte und gebratene Hühnchen mit leicht scharf gewürzter Tunke, dazu frisches, noch warmes Brot, Oliven und sauren Lauch; über offenem Feuer gebratenen Nilbarsch, der in einer Knoblauchtunke, deren würziger Geruch für kurze Zeit den ganzen Saal erfüllte, aufgetragen wurde; eine kalte Gurkensuppe mit reichlich Dill und zuletzt in süßem Rotwein gedünstete Feigen. Nassib war kein großer Esser, aber ich kannte kaum einen Jungen seines Alters, der das Essen so genüsslich auskostete, wie es selbst Erwachsene nur selten taten. So saßen die, die schon längst satt waren, noch zu Tisch und tranken schon Becher um Becher Wein, während der Leibdiener seinem Herrscher zum dritten Mal gedünstete Feigen reichte.

Kaum, dass Tutanchaton seinem Diener bedeutet hatte, dass es jetzt genug war und dieser die leere Schale wegtrug, öffneten sich alle Türen, die Musik wurde laut, und die ersten ägyptischen Tänzer kamen in großen Sprüngen in die Mitte des Saals. Sie führten jedoch keine Tänze auf, wie sie den Erwachsenen gefallen hätten, mit anmutigen oder gar zweideutigen Figuren, sondern es waren kunstvolle Turnübungen, gewagte Sprünge und Überschläge. Sie warfen einander in die Luft und fingen sich wieder auf. Zwei von ihnen griffen sich gegenseitig bei den Beinen und rollten wie ein Rad durch den Saal, während andere durch das Rad hindurchsprangen, sich überschlugen und wieder in die Höhe sprangen.

Nach den Ägyptern traten nubische Mädchen und Jünglinge auf. Die Mädchen bildeten sitzend einen großen Kreis, in dessen Innerem die jungen Männer zum gleichförmigen Klang von Trommeln und zu dem wilden Gesang der Mädchen, den diese selbst mit Klatschen begleiteten, einen Furcht erregenden Kriegstanz aufführten. Ohne Waffen, nur mit ihren Händen, deuteten sie an, ihren Gegner niederzustechen oder zu erschlagen, wichen einander aus, um scheinbar umso wilder aufeinander loszugehen. Zuletzt aber beruhigten sich die Krieger, wie auch die Musik ruhiger wurde, und jeder von ihnen wandte sich einem Mädchen zu. Sie umkreisten werbend die Auserwählten, die noch schamhaft zu Boden sahen, bis deren Arme begannen, nach den Männern zu greifen, sie versuchten, sie festzuhalten und an sich heranzuziehen. Als schließlich die Jünglinge friedfertig wie kleine Kinder und mit geschlossenen Augen in den Armen der Geliebten lagen, endete sanft und leise auch die Musik. Ihr Tanz hatte mich nachdenklich gestimmt, musste doch der Betrachter selbst entscheiden, ob der Krieger friedlich geworden und in den Armen der Liebsten liebend und geliebt eingeschlafen ist oder ob es der Tod selbst war, der den Jüngling zu sich gelockt und in eine stillere Welt geholt hat. Es blieb uns aber nicht viel Zeit, über den Sinn dieses Tanzes nachzudenken, denn jetzt kamen endlich die Griechen.

«Pass auf!», flüsterte ich Nassib zu, der unentwegt von den gesalzenen Pistazien, die Haremhab eigens für die Krönungsfeier aus Syrien hatte kommen lassen, naschte.

Sie beeindruckten schon durch ihr Äußeres, das zumindest für die feinere Gesellschaft Ägyptens unvorstellbar gewesen wäre. Ihre beneidenswert schlanken und muskulösen Körper waren stark behaart, und niemals wäre ein Grieche dem Gedanken verfallen, sich dieses unschickliche Gekräusel, das sie für einen besonderen Ausbund an Männlichkeit hielten, abrasieren zu lassen. Mehr noch: Sie alle trugen dichte, schwarze Bärte, und ihr Haupthaar, meist noch geölt, fiel in langen Strähnen oder in wallender Lockenpracht weit über ihre Rücken hinab. Die Griechen wussten nur zu gut, dass wir sie dafür als unfeine Leute belächelten, so wie sie sich über uns als rasierte Weichlinge lustig machten. Doch Reinlichkeit hat wohl nichts mit Verweichlichung zu tun.

Ihre Aufführungen waren jedoch von bemerkenswerter Anmut, denn kaum ein anderes Volk verstand es, sich so waghalsig und doch so geschmeidig wie Katzen zu bewegen. Erst führten sie einen Schwerttanz auf, in dessen Verlauf wir einige Male den Atem anhielten, da wir fürchteten, der eine würde dem Hieb des anderen nicht mehr ausweichen können. Doch im letzten Augenblick duckte er sich, wandte sich zur Seite oder sprang in hohem Bogen über die weit über dem Boden dahinsausende Klinge hinweg. Ich war von ihrer Darbietung so gefesselt, dass ich gar nicht bemerkt hatte, wie Nassib anstelle seines Melonensafts heimlich immer wieder einen Schluck von meinem Wein nippte. Erst als die Griechen ihren Tanz beendet hatten und ich mich Nassib zuwandte, um zu fragen, ob er ihm gefallen hatte, sah ich, wie er meinen Becher schnell zurückstellte. Er lächelte mir verlegen zu und sagte leise, wie ein bei einem Unfug ertappter Schüler: «Es war ja nur ein kleiner Schluck!» Ich schüttelte schmunzelnd den Kopf und beließ es dabei.

Als wir aber spät am Abend das Fest verließen und ein leicht wankender Nassib vergnügt zu mir sagte: «Ach, ich fühle mich so leicht», und dabei mit den Händen flatternd den Flug eines Vogels nachahmte, wusste ich, dass er wohl mehr als nur diesen einen Schluck getrunken hatte.

Drei Tage dauerten die Krönungsfestlichkeiten für unseren jungen Herrscher. Drei Tage der Ausgelassenheit, des Essens und des Trinkens. Drei Tage der Freude.

Danach kehrte eine Zeit scheinbarer Ruhe ein. Die Gäste Pharaos, Ägypter wie Fremdländer, kehrten nach und nach in ihre Heimatstädte zurück, es wurde wieder stiller in Waset. Die Verwalter Pharaos zogen sich zurück, um über all das, was gegessen und getrunken worden war, Rechenschaft abzulegen. Der Bauer bestellte wieder sein Feld, und sein Weib setzte sich an den Webstuhl. Der Steuereintreiber zog über Land und legte die Abgaben für die Höfe fest. Die Schlachter, Bäcker und Bierbrauer waren froh, dass sie jetzt wieder weniger zu arbeiten hatten, und die Balsamierer hatten alle Hände voll zu tun, diejenigen, die das Fest aus welchen Gründen auch immer nicht überlebt hatten, für die Ewigkeit vorzubereiten. Die es sich leisten konnten und durften, zogen sich erst einmal zurück, um sich von all der Anstrengung zu erholen.

Zu ihnen gehörten Haremhab und ich leider nicht. Während Tutanchaton in Begleitung Paramessus, der inzwischen zum Oberst befördert worden war, im Schilfdickicht nördlich und südlich von Waset all seine Bögen und Wurfhölzer zum Einsatz bringen durfte, zogen wir uns zurück, um die anstehenden Aufgaben zu beraten. Haremhab war Soldat, er war der Anführer der gesamten königlichen Streitmacht, weswegen es keinen Zweifel darüber gab, dass er umgehend nach Norden fahren und die Soldaten Pharaos auf den Krieg gegen die Hethiter vorbereiten musste. Es galt nicht nur, die von den Hethitern besetzten Gebiete wieder zu befreien und die früheren Herrscher oder wenigstens deren rechtmäßige Erben einzusetzen, vielmehr mussten wir uns selbst einen Weg in die Höhen des Libanon schaffen, denn Ägypten brauchte Holz. Es brauchte sehr viel Holz. Nach dem Tod eines der treuesten Vasallen Ägyptens, des Fürsten Rib-Addi von Byblos, mussten neue Wege gesucht werden, um an das so wichtige Holz heranzukommen.

«Ich habe nicht viel Zeit, militärische Übungen abzuhalten», gab der General zu bedenken. «Die Hethiter werden nicht tatenlos zusehen, bis wir genug geübte Soldaten unter Waffen haben, sondern Tag für Tag werden sie Ägypten näher rücken. Wenn Ihr und Eure Baumeister bald Bauholz haben wollt, dann muss ich schnell und unerwartet angreifen.»

«Ich kann nicht einschätzen, wie schlagkräftig Eure Soldaten sind. Aber vergesst eines nicht: Die Hethiter führen seit vielen Jahren unablässig Krieg. Sie wissen nur zu gut, wie man mit Waffen umgeht.»

Wir sprachen lange darüber, wann der günstigste Zeitpunkt für einen Angriff wäre. Die Hethiter waren ein Volk, das Kälte gewohnt war, und man berichtete uns, dass es bei ihnen so kalt werden konnte, dass sogar gefrorenes Wasser vom Himmel fiel und das Land mit einer weißen Decke überzogen wurde. Hitze dagegen, sagte man, würden sie nicht so gut verkraften, wie es die Ägypter und Nubier taten, die von klein auf mit der Hitze eines Feuerofens zurechtkommen mussten, wenn es nötig war.

Um nicht zu viel Zeit zu verlieren, beschlossen wir, dass Haremhab mit seinen Truppen so weit nach Norden und dann nach Osten vorrücken sollte, bis er auf die ersten Truppenansammlungen der Feinde stieß. Diese sollte er so lange hinhalten, ohne sich in nennenswerte Kampfhandlungen einzulassen, bis zur Zeit der nächsten großen Hitze in einem Jahr gut ausgebildete Truppen nachrückten. Dann sollte ein starkes ägyptisches Heer, das sengende Hitze gewohnt war, die Feinde schlagen und bis hinter den Orontes zurücktreiben.

Damit gab sich Haremhab zufrieden.

«Und Ihr?», fragte mich der General, als ob er nicht gewusst hätte, dass ich in Waset für Monate genug zu tun hatte. Aber als Mitregent hatte er freilich ein Recht zu wissen, womit ich meine Zeit verbringen würde.

«Zuerst werde ich die Schatzhäuser überprüfen und alle Lagerhäuser. Ich verlange Rechenschaft über jedes Korn Gold, jedes Stück Holz, jedes Getreidekorn, jeden Ziegelstein und jeden Krug Bier. Ich werde eine Viehzählung durchführen lassen, und ich sehe mir die Listen aller bewirtschafteten Felder zwischen Achet-Aton und der Insel Abu an. Dann werde ich meine Steuerschätzer losschicken und neue Listen erstellen lassen. Schließlich werde ich die alten Listen mit den neuen vergleichen und sehen, ob auch wirklich alle Ägypter ihrer Steuerschuld nachkommen.»

Haremhab sah mich gleichermaßen verwundert wie mitleidig an.

«Das nennt Ihr eine Aufgabe für einen Mann wie Euch? Jeden Tag nur Listen mit Bezeichnungen von Feldern durchsehen und Abertausende von Aruren Land und dessen Erträge zusammenrechnen? Was liebe ich mein Soldatenleben!»

«Ihr könntet nicht einen Tag Soldat sein, wenn es nicht Männer wie mich gäbe, die in mühseliger Kleinarbeit Sorge dafür tragen, dass ihr Soldaten genug zu essen und zu trinken und genug Waffen und Pferde habt. Sorgt Euch nicht um mich, Haremhab. Was ich Euch gerade geschildert habe, war schon vor vierzig Jahren unter Nimuria über Jahre hinweg mein Alltag. Und unter Nimuria verbrachte Ägypten bekanntlich eine lange Zeit des Wohlstands und des Glücks.»

Jetzt nickte der General zustimmend, doch ich war mir sicher, dass er mich gleichwohl für einen blutleeren und bedauerlichen Schreiber hielt, der sich lieber in einer Amtsstube verkroch, als dass er auf dem Schlachtfeld nach Ruhm suchte.

«Vor allem aber will ich die Mörder meiner Tochter und meiner Enkelkinder finden. Ich hoffe, Ihr habt Vertrauen zu mir und meinem Urteilsspruch, wenn ich sie gefunden habe.»

«Wenn Ihr die erste Arbeit so gründlich erledigt, wie man es von Euch gewöhnt ist, werdet Ihr für die zweite kaum Zeit finden, Gottesvater Eje», gab er zu bedenken.

«Ich sehe es anders, General. Ich halte es für gut möglich, dass sich bei gründlicher Durchführung der ersten die zweite miterledigt! Aber ich flehe Euch an: Sprecht mit keinem Menschen darüber! Hört Ihr: mit niemandem! Sonst wäre es vermutlich wirklich besser, ich würde mich mit Tutanchaton ins Schilf stellen und mit Wurfhölzern nach Enten werfen. Ich selbst werde nur einen einzigen Mann einweihen: Mahu. Er als Polizeioberst muss wissen, was ich zu unternehmen gedenke.»

Wieder nickte der General zustimmend.

«Und wenn dies alles getan ist, werde ich mit Pharao nach Achet-Aton zurückkehren», schloss ich meine Ausführungen ab. Das Gesicht meines Gegenübers wurde jetzt ernst. Es verfinsterte sich geradezu, als hätte er von einer vernichtenden Niederlage einer seiner Divisionen erfahren.

«Was heißt zurückkehren?», fragte er und sprach das Wort «zurück» besonders langsam aus.

«Ich verstehe Eure vorwurfsvolle Frage nicht, Haremhab. Er ist dort geboren, er ist dort groß geworden, und dort stehen der Palast seines Vaters und der größte Tempel des Gottes, den er bis vor kurzem noch als den Einzigen verehren durfte. Achet-Aton ist sein Zuhause. Nicht mehr und nicht weniger. Selbstverständlich wird er regelmäßig nach Waset und nach Men-nefer reisen, um dort seinen Verpflichtungen als Herrscher über die Beiden Länder gerecht zu werden. Aber sein Zuhause ist und bleibt zunächst Achet-Aton. Wenn er großjährig ist, mag er darüber entscheiden, wie er mag.»

Haremhab sah eine Weile schweigend auf zwei gefesselte Syrer, die zu seinen Füßen auf dem Palastboden aufgemalt waren, damit Pharao sie niedertreten konnte, wann immer er wollte. Während seine Augenlider aufgeregt auf und nieder flatterten, holte er tief Luft und begann dann zu reden: «Habt Ihr nicht ebenso wie ich über Monate und über Jahre hinweg versucht, Echnaton davon zu überzeugen, nach Waset zurückzukehren, nachdem Nimuria zu Osiris geworden war? Hat nicht Eure Schwester Teje, ihr Andenken möge erhalten bleiben in Millionen von Jahren, hat nicht auch sie versucht, ihren Sohn zur Rückkehr zu bewegen? Wissen wir nicht alle, dass sich Ägypten allein wegen der Uneinsichtigkeit Echnatons, wegen seiner» – und jetzt ruderte Haremhab aufgeregt mit den Händen, als fiele es ihm so leichter, die richtigen Worte zu finden –, «wegen des Irrsinns dieses …»

«Haremhab!», unterbrach ich ihn laut. «Haltet an Euch und überlegt, über wen Ihr so sprecht! Es kommt Euch nicht zu!

Mein Ohr ist offen für jedes mahnende oder zurechtweisende Wort. Aber nicht in diesem Ton!»

Von seinen Augen war nur noch das Weiße zu sehen, so sehr hatte er sie Hilfe suchend nach oben gedreht, und die Augenlider flatterten mehr denn je. Endlich hatten sie sich wieder gefangen, und er sah mich durchdringend an. Bevor er etwas sagen konnte, fuhr ich fort und gab mir selbst die größte Mühe, wieder Ruhe und Vernunft in unser Gespräch zu bringen.

«Ich kann Eure Besorgnis verstehen, und mit dem, was Ihr gesagt habt, kann ich teilweise auch übereinstimmen. Echnaton war kein Wahnsinniger ...»

«Das habe ich nicht gesagt», fauchte er dazwischen. Ich ging auf seinen Einwand nicht weiter ein. «Echnaton wusste sehr wohl, was er tat. Nach seinem Tod gab es nur niemanden mehr, der die Kraft und die Weisheit besaß, Echnatons Werk fortzuführen, auch meine Tochter nicht. Dass die Priester des Amun auf ihren alten Rechten bestehen, weiß auch ich. Dass wir ihnen viele davon nach und nach wieder einräumen müssen, steht für mich außer Frage. Aber sie können doch von Tutanchaton und von uns als seinen Regenten nicht erwarten, dass er auf allen vieren nach Waset zurückgekrochen kommt! Sie sollten wissen, dass Men-nefer ebenso gut Hauptstadt sein kann wie Waset. Wegen der Bedrohung durch die Hethiter wäre es vermutlich sogar dringend geboten, dass Pharao die Residenz wieder ganz nach Norden verlegt. Sie werden sehen, dass Pharao ihnen die Stirn bietet!»

Haremhab stand auf und ging zum Fenster. Er konnte auf den Tempel des Amun sehen und auf das Gempa-Aton. Ohne sich nach mir umzudrehen, sagte er: «Wird Tutanchaton die Kraft besitzen, werden wir die Kraft besitzen, den Hethitern und den Priestern zugleich zu widerstehen? Erinnert Euch daran, Eje, dass es auch die Priester des Verborgenen waren, die erheblichen Anteil daran hatten, dass die Hyksos vertrieben und die Beiden Länder unter Ahmose wieder vereinigt wurden. Es war auch ihr Zuspruch, der dem ägyptischen Volk die Kraft gegeben hatte, den Kampf auf Leben und Tod gegen die Fremdländer zu führen, nicht nur der Kampfgeist Ahmoses.»

Jetzt wandte er sich wieder mir zu.

«Ihr habt gewiss Recht, Haremhab. Aber der Lohn, den unsere Herrscher dafür bezahlt haben, war hoch. In welch schwindelnde Höhen ließ Hatschepsut Maat-ka-Re die Priester steigen, nur damit sie es hinnahmen, dass eine Frau als Pharao auf dem Thron Ägyptens saß und sie dem rechtmäßigen Herrscher über viele Jahre die Doppelkrone verweigerte! Ich will, dass Tutanchaton aus eigener Machtvollkommenheit und weil es der Götter Wille ist über Ägypten herrscht, und nicht, weil ihm Priester durch in nichts begründete Zugeständnisse gnädig gesonnen sind. Wie zerbrechlich, wie vergänglich wäre ein darauf gebauter Machtanspruch! Sie mögen bekommen, was ihnen zusteht. Aber der Herr über alle Befehle, Haremhab, der Herr darf in diesem Land einzig der Gute Gott sein und nicht der Erste Sehende des Amun, ganz gleich, wie er heißt!»

Haremhab stimmte mit mir überein, auch wenn es ihm nicht leicht fiel. Er hätte es wohl lieber gesehen, wenn ich den Ersten Sehenden Meriptah als eine Art Mitregenten geduldet hätte. Haremhab hätte dann im Norden freie Hand gehabt, während hier im Süden einer auf den anderen aufgepasst hätte, um bei Meinungsverschiedenheiten das letzte Wort dem General zu überlassen. Ich versprach ihm, alle Entscheidungen, die über Waset hinaus von Bedeutung waren, mit ihm abzusprechen, und er sagte mir dasselbe zu.

So gingen wir auseinander.

ZEHN

Alle guten und reinen Dinge opferst du:
Tausende an kühlem Wasser, Tausende an Wein,
Tausende an Weihrauch und Tausende an Blumen.
Du gibst Myrrhen auf das Feuer von Re-Harachte.

Haremhab wurde so feierlich verabschiedet wie sonst nur Pharao selbst. Im Namen Tutanchatons übertrug ich ihm in der großen Audienzhalle in aller Form den Oberbefehl über die vier Divisionen Pharaos, und das Herrscherpaar selbst begleitete den Zug vom Palast zum Hafen, wo die Kriegsflotte bereitlag. Dort verlas ich den Befehl unseres Herrschers, die Länder Syriens von den Hethitern zu befreien und ihre Völker wieder zu Untertanen des Guten Gottes zu machen. Unter dem Schall Hunderter Posaunen und dem bedrohlichen Getöse der Kriegstrommeln lief die Flotte aus.

«Möge er Ägypten wieder zu alter Größe zurückführen», sagte ich zu Nassib, als das letzte Schiff hinter der Flussbiegung verschwand.

Es sollte mehr als ein Jahr vergehen, ehe ich Haremhab wieder sah.

Die Schildkröte, so nannten Nassib und ich insgeheim Maja, den ersten Schreiber Echnatons, die Schildkröte war genau der Mann, dessen Hilfe ich jetzt brauchte. Er verdankte seine hohe Stellung allein der Gunst Echnatons, und ich wusste, dass nach

Echnatons Tod niemand außer Mahu und mir selbst bereit war, dem neuen Herrscher so bedingungslos und gehorsam zu dienen wie ebenjener Maja. Aus diesem Grund hatte ich ihn auch nicht nach Achet-Aton zurückgeschickt, sondern gebeten, Tutanchaton hier in Waset zu Diensten zu sein. Ich kannte kaum jemanden, der über ein derartiges Gedächtnis verfügte wie er. Niemanden, der sich in kürzester Zeit den Inhalt unterschiedlichster Schriftstücke, auch wenn sie äußerst umfangreich waren, so einprägen konnte wie er. Vor allem war sein Gedächtnis von Dauer: Mochten auch Tage oder Wochen vergangen sein, er wusste noch genau, was er einmal gelesen hatte.

«Wer lügt», sagte er immer mit vergnügtem Gesicht und hob dabei langsam und mahnend den Zeigefinger, «wer lügt, braucht ein gutes Gedächtnis!» Er meinte freilich nicht sich selbst, sondern diejenigen, die er bei Durchsicht der Steuerlisten des Betruges überführt hatte. In einer Bedächtigkeit, die mich stets ungeduldig werden ließ und die ihm schließlich seinen heimlichen Namen eingetragen hatte, rollte er auf dem langen Tisch in Pharaos Arbeitszimmer einen Papyrus aus, um danach ebenso bedächtig auf seinem oberen und unteren Ende je einen Gedenkkäfer zu legen, damit sich das Schriftstück nicht wieder einrollen konnte.

«Ihr werdet gleich sehen, Gottesvater Eje, wie dumm manche Menschen sind!»

Dann legte er in gleicher Weise einen zweiten Papyrus daneben und begann schließlich mit seinen Ausführungen. «Seit zwei Monaten lese ich nichts anderes als die Unterlagen der Steuereintreiber von Waset nur für Getreide. Zu einer anderen Arbeit bin ich noch gar nicht gekommen. Hier seht Ihr die Aufzeichnung betreffend die Felder eines Mannes mit dem verheißungsvollen Namen Merimaat. Ja, Gottesvater, dieser Mann wird bald wahrhaft von Maat geliebt werden», setzte er nach und hob wieder den rechten Zeigefinger. Nickend forderte ich ihn auf, fortzufahren.

«Vor der letzten Überschwemmung hatten die Felder des von

der Maat geliebten Bauern noch eine Ausdehnung von zweiundzwanzig Aruren. Dementsprechend wurde die zu erwartende Ernte auf 352 Sack Emmer festgesetzt. Wir alle wissen, dass die letzte Überschwemmung den Erwartungen entsprochen und es keine Zeiten der Dürre gegeben hatte. Und siehe da!», sagte er laut und fröhlich, wobei er das «da» besonders in die Länge zog.

«Die Felder des bedauernswerten Merimaat sind wegen des verdunstenden Wassers und unter der Last des ständig wachsenden Emmers geschrumpft! Geschrumpft sind sie!», wiederholte er laut quiekend.

«Da vergehen kaum vier Monate, und derselbe Steuereintreiber stellt fest, dass Merimaat nur achtzehn Aruren bestellt hatte und dass die Ernte deshalb nur 288 Säcke Emmer betrug.»

Maja wandte sich mir zu, streckte mir die geöffneten Handflächen entgegen, hob die Schultern und fragte: «Wo sind nur die vier Aruren geblieben? Und wo sind nur die vierundsechzig Sack Emmer geblieben? Vom Zehnten, der Pharao zusteht, fehlen viereinhalb Säcke Emmer allein von den Feldern dieses einen Bauern. Ob sie vielleicht Maat geopfert wurden?»

Mir war nicht nach scherzen zumute, denn ich kannte das. Ich kannte diese billige Art von Betrügereien zur Genüge, und ihre Aufdeckung hatte mich vor vierzig Jahren beinahe mein Leben gekostet.

«Wir könnten jetzt diesen Steuereintreiber verhaften und bestrafen, Maja. Dann den nächsten und so weiter. Damit setzen wir diesem Treiben kein Ende. Vielleicht stecken auch diesmal wieder zwei oder drei mächtige Männer dahinter. Auch ihnen würden wir irgendwann auf die Spur kommen und sie ihrer gerechten Strafe zuführen.»

Ich nahm einen Papyrusbogen, warf einen flüchtigen Blick darauf und legte ihn zerstreut wieder zur Seite.

«Was mich beschäftigt, ist etwas anderes: Haben wir es mit einem Grundübel unserer Zeit zu tun, oder sind es wirklich nur Einzelfälle, die wir aufdecken? Es erschreckt mich immer wieder, wie rücksichtslos und unverschämt Pharao von manchen seiner Untertanen betrogen wird. Geht es ihnen wirklich so schlecht, dass sie das nötig haben? Es mag ja sein, dass es hier nur viereinhalb Säcke Emmer sind, von denen wir reden. Aber bei einer Fläche von einer Million Aruren Ackerland sind es weit mehr als eine Million Säcke Emmer, die Pharao auf diese Art gestohlen werden. Ich mag gar nicht ausrechnen, wie viele Menschen wie lange davon leben können.»

Ich sah, wie Maja nach einer Binse griff und zu rechnen begann.

«Lasst es bleiben», bat ich ihn. «Ich will es wirklich nicht wissen. Was mich dagegen viel mehr beschäftigt, ist, ob es in anderen Bereichen auch so zugeht. Was ist mit Bier und Wein, mit Holz und mit Ziegeln? Und was ist vor allem mit Gold?»

«Niemand wird es wagen, Pharao um Gold zu bestehlen», gab Maja aufgeschreckt zurück.

«Wisst Ihr es?», fragte ich ihn knapp.

«Aber erlaubt mir, Gottesvater Eje: Der Schatzmeister Seiner Majestät war schon ein treuer Diener von Osiris Nimuria. Er wachte ebenso ergeben über die Schätze von Osiris Echnaton, und jedermann weiß, dass Ihr und Acha von Jugend an befreundet seid. Ist nicht wenigstens Acha über alle Zweifel erhaben?»

Ich schwieg. Ich schwieg beharrlich, weil ich Maja nicht eine beliebige Antwort geben wollte, die nicht von Herzen kam. Und ich schwieg, weil ich meinem Freund Acha nicht Unrecht zufügen wollte, indem ich es nicht von vornherein ausschloss, dass auch er sich an Pharao bereichert haben könnte.

Nach meinem Gespräch mit Maja erinnerte ich mich des Sarges Echnatons. Dessen auffällig dunkles und offenbar sehr reines Gold hatte mich damals in seinen Bann gezogen, und so beschloss ich, mit Nassib die Goldschmiedewerkstätten des Palastes zu besuchen. Es war natürlich nicht allein die Reinheit jenes Goldes, die mich neugierig gemacht hatte, auch ging es mir weniger darum, Tutanchaton die Werkstätten zu zeigen, vielmehr wollte ich auf diesem Weg etwas über die Lieferungen aus den Goldgruben in der östlichen Wüste und aus Nubien in Erfahrung bringen, ohne deswegen Acha offen ansprechen zu müssen.

Obwohl ich schon so viele Jahre zu den engsten Vertrauten unserer Herrscher zählte, hatte ich noch nie die Werkstätten, in welchen Gold geschmolzen wurde, betreten. Sie lagen im Ostflügel des Stadtpalastes, eingerahmt von hohen und mächtigen Mauern, schwer bewacht von Soldaten der Leibgarde, und waren nur durch einen fensterlosen, von Fackeln erleuchteten Gang zu erreichen. Die Schmelzmeister und ihre Gehilfen konnten ebenfalls nur durch diesen Gang hineingelangen, und sie mussten sich Abend für Abend, wenn sie die Werkstätten wieder verließen, strengsten Überprüfungen unterziehen.

Der Vorsteher der Schmelzmeister des Königs hieß Usermonth. Er war auf den Besuch Seiner Majestät nicht vorbereitet, denn ich hatte es vorgezogen, unangemeldet zu erscheinen. Usermonth mochte etwa vierzig Jahre alt gewesen sein. Er war eher klein von Gestalt, hatte fast schwarzes, glattes Haar, und sein gedrungener, beleibter Oberkörper ließ die dünnen Beine länger erscheinen, als sie tatsächlich waren. Sein Gesicht und vor allem seine Wangen glühten meist in kräftigem Rot, und schon bald nach unserer ersten Begegnung wusste ich, dass der Grund dafür weniger in der Hitze lag, die ständig in seiner Werkstatt herrschte, als vielmehr in dem Wein, den Usermonth regelmäßig und vor allem abends in nicht unbeachtlichen Mengen trank. Ansonsten empfand ich sein Äußeres als angenehm: Seine zierlichen Hände waren gepflegt wie die einer Tempeltänzerin, er duftete nach kostbarem Öl, und seine Haare wirkten stets frisch geschnitten und gekämmt. Er trug tadellose Kleidung, und sein Auftreten glich eher dem eines ägyptischen Fürsten denn dem eines Goldschmieds. Usermonth sprach auch nicht die als ländlich verrufene Sprache Oberägyptens, sondern er machte kein Hehl daraus, dass seine Heimatstadt weit im Norden Ägyptens lag, am Ostrand der Flussmündung. Er stammte aus Bubastis, wo die alte Löwengöttin Bastet beheimatet war.

Der Vorsteher der Schmelzmeister des Goldes Seiner Majestät war sprachlos, als er Tutanchaton und mich erblickte, aber er tat das einzig Richtige, was ein Ägypter in dieser Lage tun konnte, ja musste: Er warf sich vor Seiner Majestät in den schwarzen Staub seiner Werkstatt und sagte kein Wort.

«Erhebe Dich, Usermonth», sagte Nassib mit einer Gelassenheit, als trüge er die Doppelkrone schon seit Jahren und nicht erst seit wenigen Monaten. Der Vorsteher erhob sich eilig und doch etwas unbeholfen, und ich sah, dass er seinen Rücken nur selten krümmen musste. Mit gesenktem und rot unterlaufenem Kopf stand er vor Pharao. Kaum dass ihm Nassib erlaubt hatte, ihn anzusehen, erhellte sich das Gesicht Usermonths zu fast übertriebener Freundlichkeit, er hatte zweifellos in diesem Augenblick beschlossen, das Herz seines jungen Herrschers für immer und Gewinn bringend für sich einzunehmen.

«Ich hoffe», sagte ich zu ihm, «wir haben Euch nicht allzu unangenehm in Eurer Arbeit gestört. Aber Seine Majestät, sie lebe, sei heil und gesund, wollte nicht mehr länger warten, um die Entstehung der kostbarsten Schätze dieser Erde zu sehen.»

Ich wusste, dass diese Schmeichelei Usermonths Herz öffnen und seine Zunge lösen würde, und schon begann er zu sprechen: «Es ist eine unfassbare Ehre für unsere bescheidene Werkstätte, wenn der Gute Gott selbst zu uns kommt.»

Dabei fiel mir auf, dass er gelegentlich leicht lispelte, aber ich war mir nicht sicher, ob es sich um eine krankhafte Fehlleistung seiner Zunge oder um eine eitle Künstelei handelte, um sich wichtig zu tun.

«Seit so vielen Jahren warten wir darauf, dass der göttliche Empfänger all unserer bescheidenen Werke einmal nur den Weg zu uns findet, doch der Einzige, der stets mit dem Lob des Guten Gottes bedacht wird, ist der Schatzmeister Seiner Majestät selbst. Umso größer ist jetzt für mich die Ehre Eures Besuchs!»

Einerseits hatte Usermonth nicht Unrecht, denn tatsächlich

trat immer nur der Hüter der königlichen Schätze vor Seine Majestät, um belobigt zu werden, nie aber ihre Schöpfer. Andererseits stand Usermonth diese Art von doch unverhohlenem Tadel nicht im Mindesten zu.

«Seine Majestät, sie lebe, sei heil und gesund, wird Euer Wirken zu schätzen wissen», sagte ich zu ihm und bat ihn, uns die Werkstätten zu zeigen. Usermonth verneigte sich demütig, wies uns mit der Hand den Weg und sagte: «Wenn Ihr erlaubt, dass ich vorangehe!»

Er führte uns durch einen langen Gang, an dessen Ende sich Lagerräume, die Getreidespeichern sehr ähnlich waren, befanden. Fünf fensterlose, gewiss zehn Ellen hohe Räume reihten sich aneinander, die einzeln nur über schwere, fest verschlossene und mit Bronze verkleidete Holztüren zu erreichen waren. Usermonth nahm eine Fackel, die neben einer der Türen in einem Wandhalter steckte, und betrat das Lager.

«Hier, Majestät», fuhr er nun fort, «wird der goldhaltige Sand, der aus den Gruben in der syrischen Wüste und aus Nubien zu uns kommt, eingelagert. Jeder Sack wird auf den Deben genau gewogen und vermerkt, damit der Lagermeister die Listen unseres Lagers mit den Ausgangslisten der einzelnen Gruben vergleichen kann. Seine Stube befindet sich gleich hier nebenan.»

Usermonth öffnete die nächste Türe und zeigte auf den Lagermeister. Ein wohl beleibter Mann saß mit gekrümmtem Buckel hinter einem Tisch, den Kopf dicht über einem Papyrus, und er machte keine Anstalten, sich zu bewegen.

«Sobekhotep!», sagte unser Begleiter zu seinem Lagermeister in mahnendem Ton.

«Gleich!», brummte dieser mürrisch zurück und erhob dann endlich sein Haupt, um zu sehen, warum ihn sein Herr störte. Zwei große Augen glotzten uns verunsichert an. Jetzt begriff Sobekhotep, wer vor ihm stand, sprang von seinem Stuhl, der sogleich krachend umfiel, auf und warf sich wortlos zu Boden.

«Erhebt Euch, Sobekhotep», sagte ich und sah mich dabei aufmerksam in der Stube um. In der linken Ecke des Raumes, gleich neben dem Eingang, hing eine gewaltige Waage von der Decke herab. Auf dem Tisch daneben standen in unterschiedlichster Größe etwa zwölf bis fünfzehn Gewichte, die allesamt die Form eines Stierkopfes hatten. Wie in fast jeder Amtsstube Ägyptens waren die Wandregale von oben bis unten mit Papyrusrollen unterschiedlichster Größe voll gestopft.

«Seine Majestät beehrt uns heute mit Ihrem Besuch», fing Usermonth unaufgefordert an zu reden. «Es ist ein glücklicher Tag für unsere Werkstatt!»

«Du darfst mich ansehen», sagte Tutanchaton leise zu ihm, der mit gesenktem Haupt dastand. Ich hatte nur selten zuvor in meinem Leben einen derart hässlichen und abstoßenden Mann gesehen. Sobekhotep, der den Namen des Krokodilgottes aus dem Fajum gewiss nicht zufällig trug, hatte nicht nur weit hervortretende Augen wie ein Krokodil, schlimmer noch: Er hatte ungehorsame Augen, die in unterschiedliche Richtungen blickten. Während sein rechtes Auge in das Gesicht seines Gegenübers sah, starrte sein anderes Auge im rechten Winkel nach links an die Wand. Dabei hielt er seinen Kopf nicht still, sondern drehte ihn ständig hin und her wie eine Eidechse, die nach ihrem Weg sucht. Aber er mochte seinen Kopf auch drehen, wie er wollte, stets fiel der Blickwinkel seiner Augen gleich weit auseinander. Auch ansonsten war er eine unansehnliche Erscheinung. Sein Körper war füllig, und ich war mir sicher, dass er außer auf dem Weg zu seiner Arbeit und zurück keinen Schritt zu viel tat. Sein Haar, das ohnehin nur aus einem schmalen Kranz um seinen unförmigen Schädel bestand, fiel dünn und ungepflegt in fettigen Strähnen herab. Seine Haut war auffallend hell, fast weiß, und erinnerte mich an das gekochte Fleisch eines Huhns oder eines Krokodils. Aber es war nicht nur das: Die Haut dieses Stubenhockers war übersät von kleinen Pusteln, die zwischen den Haaren seines unrasierten Körpers wie kleine, rote Beeren emporragten.

«Sobekhotep ist der gewissenhafteste Schreiber, den Ihr Euch vorstellen könnt», sagte Usermonth, und mir war, als wollte er mit dieser Bemerkung meinen Ekel vor diesem Mann abmildern, denn mein angewidertes Gesicht machte meine Abneigung wohl nur zu offenkundig.

«Das muss man auch von jemandem in dieser wichtigen Stellung erwarten können, Usermonth. Männer wie Ihr und Sobekhotep werden nur allzu gut wissen, was mit einem unredlichen Schreiber geschieht.» Und zum Lagermeister gewandt, sagte ich: «Wie lange steht Ihr schon im Dienst Seiner Majestät, Sobekhotep?»

«Zwölf Jahre, edler Herr. Zwölf Jahre», wiederholte er eilfertig.

«Und wie alt seid Ihr?»

«Zweiunddreißig Jahre, edler Herr.»

Tutanchaton verspürte offenbar auch kein Verlangen, sich weiter mit ihm zu beschäftigen, denn noch während Sobekhotep redete, verließ er den Raum.

Usermonth führte uns in einen kleinen Hof, in welchem der Goldstaub erst in Steinmühlen gemahlen und dann auf Steinrutschen wieder und wieder gewaschen wurde, bis nur noch winzige Goldkörner in den Schüsseln zurückblieben.

«Es ist nicht viel, Majestät, was von dem Inhalt der Säcke als Gold zurückbleibt. In manchen Abbaugebieten wird der Staub schon vor Ort gewaschen. Das hängt von den jeweiligen Wasservorkommen ab. Von dort, wo es eben nur wenig Wasser gibt, bekommen wir den Staub in diesen Säcken, und wir trennen das Gold erst hier.»

Während die vielen Goldwäscher noch am Boden lagen, griff Tutanchaton in eine der Schalen und nahm sich eine Hand voll Gold heraus. Aufmerksam sah er die winzigen Körner an und ließ sie durch seine Finger langsam in die Schale zurückrieseln.

«Und wie formt Ihr daraus größere Gegenstände?», fragte Nassib, ohne aufzublicken.

«Bitte, Majestät», sagte Usermonth und wies mit seiner Rechten auf eine Tür, die in eine geräumige Werkstatt führte. Als wir den Raum betraten, schlug uns ein unerträglich heißer

Luftschwall entgegen, der mir den Atem stocken ließ. Auf sein Inneres waren acht Feuerstellen verteilt, von denen beißender Qualm nach oben stieg, ehe er aus einer kaminartigen Öffnung im Dach ins Freie entschwand. Während Arbeiter von zwei Seiten aus mächtigen, ledernen Blasebalgen Luft in die glühende Holzkohle traten, hielten zwei andere mit langen, nassen Ästen Tonschüsseln über die weißgelbe Glut und schwenkten die Gefäße unablässig hin und her. Es zischte und dampfte in der Werkstatt, die Arbeiter riefen sich mir unverständliche Worte zu, und wieder andere huschten mit Körben umher und füllten an den Feuerstellen Holzkohle nach. An jeder Feuerstelle stand ein Schmelzmeister mit verschiedenen Gefäßen, deren Inhalt er mit einer langen Kelle in die Schalen über dem Feuer warf, woraufhin es erneut nur so zischte, dampfte und brodelte.

«Hier wird das Gold geschmolzen!», rief Usermonth Tutanchaton laut zu, denn anders als fast schreiend konnte man sich hier nicht verständigen.

«Haltet Euch dieses Tuch vor den Mund, denn die Dämpfe sind nicht ungefährlich», fuhr er fort und reichte Nassib und mir feuchte Leinentücher. Immer wieder brachten Arbeiter Schieferplatten an die Feuerstellen, damit die Schmelzmeister das flüssige Gold in deren Vertiefungen gossen. Danach wurden die Schieferplatten schnell wieder nach draußen gebracht.

Endlich verließen auch wir die Werkstatt. In dem Hof, den wir jetzt betraten, lagen in einem weit verstreuten Haufen Sand mehr als dreißig Schieferplatten, damit dort ihr kostbarer Inhalt auskühlte. Diejenigen Platten, die schon leidlich abgekühlt waren, tauchte man in ein Wasserbecken, wo die Goldbarren aus der Form gelöst wurden und dann vollends erkalteten. Mit einer Bürste wurden sie gereinigt und gleich daneben auf einer empfindlich genauen Waage gewogen. Wieder sah ich Gewichte in Form von Stierköpfen, die von flinken Händen so lange hin und her bewegt wurden, bis der Balken des Geräts vollkommen waagrecht stand. Der Wiegemeister nannte eine Zahl, woraufhin sein Helfer Hammer und Meißel nahm und das Gewicht des Goldbarrens und einige andere Zahlen in dessen Oberfläche einschlug.

«Nicht nur das Gewicht eines jeden Barren ist wichtig», belehrte uns Usermonth. «Auf jeden Barren werden der Tag seiner Herstellung eingetragen und um den wievielten Barren dieses Tages es sich handelt.»

Usermonth nahm einen fertigen Barren aus einer Truhe und las laut vor: «Jahr eins unter Tutanchaton, dritter Monat des Peret, achter Tag. Vierunddreißig.»

Als wir den Hof verließen, fuhr Usermonth fort: «Gold wird aber auch zu anderen Formen gegossen, Majestät: Es gibt flache Platten, die später zu hauchdünnem Goldblech getrieben werden, faustgroße Ringe, die nicht so schwer sind wie die Barren, die Ihr eben gesehen habt, und die sich leichter zu Schmuck verarbeiten lassen, und kleine, nur erbsengroße Körner, die ebenfalls zur Herstellung von Schmuck verwendet werden.»

«Und wo wird all dieses Gold aufbewahrt?», fragte Nassib. Die selbstbewusste Art seiner Fragestellung zeigte mir, dass er sich durchaus der Tatsache bewusst war, dass alles Gold, das hier verarbeitet wurde, nur ihm gehörte.

«Es kommt von hier unmittelbar in das königliche Schatzhaus, Majestät. Dorthin habe ich keinen Zutritt mehr. Darüber wacht allein Euer Schatzmeister Acha. Er gibt von dort wieder heraus, was die Goldschmiede und die Künstler benötigen oder was Eure Majestät zu verschenken gedenkt.»

Im Grunde war damit unsere Führung durch den Teil der Werkstätten, in denen das Gold geschmolzen wurde, beendet. Denn die Werkstätten der Goldschmiede lagen woanders und unterstanden anderer Aufsicht.

«Eine letzte Frage habe ich noch, Usermonth», sagte ich, während sich der Aufseher zum Abschied schon verneigte. Er richtete sich wieder auf und sah mich erwartungsvoll an.

«Das Gold am Sarg von Pharao Echnaton war von so dunkler honiggelber Farbe, wie ich es nie zuvor bei Gold gesehen hatte. Könnt Ihr mir das erklären?»

Usermonth sah mich verlegen an und zögerte ein wenig, ehe er meine Frage beantwortete.

«Keiner meiner Schmelzmeister ist heute mehr in der Lage, Gold von solcher Reinheit herzustellen. Es gab nur einen Mann, der sich darauf verstand. Er hieß Amunmessu. Vor vier oder fünf Jahren verließen ihn seine Kräfte, und er schied aus den Diensten Pharaos aus. Aber er nahm sein Geheimnis mit sich. Niemand von uns konnte ihn überreden, es uns preiszugeben.»

«Wo lebt dieser Amunmessu jetzt?»

«Ich kann es Euch nicht sagen, Gottesvater Eje», gab mir Usermonth zur Antwort, ohne mich dabei anzusehen.

Ich glaubte ihm nicht.

Es dauerte nicht lange. Nach vier Tagen schon sagte mir der Polizeioberste Mahu, wo Amunmessu lebte: in einem kleinen Dorf, dessen Namen ich längst vergessen habe und das etwas südlich von Waset am Westufer des Flusses lag.

Ich vertraute Tutanchaton der Obhut Majas und Ipus an und machte mich in Begleitung eines anderen Dieners auf den Weg. Ich zog es vor, auf Standartenträger, die vor mir hergingen und meine Titel verkündeten, sowie auf eine Sänfte zu verzichten. Alte und weise Männer, und ich hoffte, auf einen solchen zu stoßen, lassen sich von derlei Gepränge meist wenig beeindrucken. Die Fahrt auf einem Streitwagen ließ ich mir aber trotz meines Alters nicht nehmen. Schließlich war ich noch immer der Vorsteher der Streitwagentruppe Seiner Majestät. Mein Stallmeister Thotnefer wusste wohl um meine Leidenschaft und bot mir die Zügel an.

«Nein!», sagte ich und lachte ihn an. «Diese Zeiten sind vorbei, Thotnefer. Wer immer dir gesagt hat, dass du mir damit einen Gefallen erweist: Er hat es gut gemeint. Ich halte mich fest, und du lässt die Pferde laufen. Zeige mir ruhig, was du kannst!»

Nachdem wir den Fluss auf einer Fähre überquert hatten,

nahm ich erst mein Kopftuch ab und warf es auf den Boden des Wagens, dann zog ich die roten Lederhandschuhe, die mir Echnaton vor vielen Jahren geschenkt hatte, hinter meinem Gürtel hervor, streifte sie über und hielt mich am Geländer des Streitwagens fest. Dann nickte ich Thotnefer aufmunternd zu, und schon wenige Augenblicke später knallte die Peitsche, und die Pferde jagten in wildem Galopp vorwärts.

Es war wie vor vierzig Jahren: Die Wüstenluft umströmte meinen Körper, zerzauste mein Haar und vermochte doch keine Kühlung zu verschaffen. Winzige Sandkörnchen, aufgewirbelt von den Vorderhufen der Pferde, schlugen gegen die Haut und piekten wie Nadelstiche. Ich drehte mich um und sah, wie eine gewaltige Staubwolke unserem Wagen folgte, und die Menschen auf unserem Weg, die für kurze Zeit in dieser Wolke verschwanden, schickten uns so manchen derben Fluch hinterher.

«Könnte mich nur Amenophis so sehen», sagte ich zu mir, als wir am Palast der leuchtenden Sonne vorbeifuhren. Die Brüstung aber, von welcher er sooft mein Kommen beobachtet hatte, war leer. Schon wenig später musste Thotnefer langsamer fahren, denn der Weg, der sich jetzt durch die Felder und die Obstgärten mit ihren vielen Wassergräben und Brunnen dahinschlängelte, ließ eine schnelle Fahrt nicht mehr zu. Ich hatte auch genug, denn die unruhige Fahrt hatte meine Beine etwas zittrig werden lassen.

«Man erzählt sich», sagte Thotnefer zu mir, «dass Ihr einmal ein großer Wagenlenker gewesen seid, Gottesvater Eje.»

«Und?»

«Ich wollte es nie glauben, aber Eure Standfestigkeit hat mich überzeugt.»

Thotnefer ging in das kleine, aber sehr gepflegte Haus, das inmitten alter Dumpalmen und einem Meer von bunt blühenden Sträuchern und Blumen lag, um meinen Besuch anzukündigen, während ich selbst die Pferde festband. Als mein Stallmeister wieder erschien, wurde er von einem unscheinbaren, vom Alter gebeugten Mann, der sich mit der Hand an Thotnefers rechtem Arm festhielt, begleitet. Er trug einen einfachen, glatten Schurz, wie man ihn in Waset schon lange nicht mehr sah, und über seinen Schultern lag zum Schutz vor der gleißenden Sonne ein weißes Tuch. Er hatte sich gewiss seit zwei Tagen nicht mehr rasiert, denn sein hageres Gesicht, aus dessen Mitte eine schmale, krumme Nase hervorragte, war von weißen Bartstoppeln übersät. Gleichwohl konnten sie die tiefen Falten, die sich weit über die Mundwinkel hinabzogen, nicht verbergen.

«Gottesvater Eje!», sagte er mit einer Stimme, deren Kraft und Klarheit mich erstaunten, und er verneigte sich, so gut er nur konnte, wobei er die rechte Hand an die Brust legte.

«Ich hätte nicht geglaubt, dass ein Mann Eures Ranges einmal den Weg in mein Haus finden würde. Was mag wohl in Waset geschehen sein, dass man sich dort meiner erinnert?»

«Es ist schon gut, Amunmessu», sagte ich zu ihm, fasste vorsichtig nach seinem rechten Arm und gab ihm so zu verstehen, dass er nicht länger gebückt vor mir stehen musste.

«Ich hoffe, dass nichts Besorgnis Erregendes geschehen ist, und doch führt mich eine unheilvolle Ahnung zu euch. Gibt es ein schattiges Plätzchen in Eurem Garten?»

«Gewiss, Gottesvater Eje, gewiss.»

Vorsichtig und bedächtig ging er an der Seite Thotnefers in den Garten und zeigte dort auf eine Bank unter den Fächern einer Dumpalme. Ich schickte Thotnefer zurück zu den Pferden, damit er sie abrieb und tränkte, und setzte mich neben Amunmessu.

«Vor wenigen Tagen besuchte ich mit dem Guten Gott zum ersten Mal in meinem Leben die Goldwerkstätten des Palastes.»

«Hat man schlecht über mich geredet?», fragte er mich und sah mich dabei mit hochgezogenen Brauen an.

«Sollte man dort schlecht über Euch reden?», gab ich die Frage sofort zurück.

«Wenn jemand wie Ihr zu einem so unbedeutenden Mann,

wie ich es bin, kommt, hat das einen Grund. Und ich nehme an, dass Ihr Euch vorher über mich erkundigt habt.»

«Nein», sagte ich etwas zögerlich. «Schlecht geredet hat man über Euch nicht. Aber aus der ausweichenden Antwort Usermonths auf meine Frage, wo Ihr lebt, habe ich geschlossen, dass er ein Aufeinandertreffen von uns verhindern wollte.»

«Was soll ich dazu sagen, Gottesvater Eje? Wenn jemand Fähigkeiten besitzt, über die kein anderer verfügt, hat er Neider. Das wird Euch in Eurem langen Leben am Hof nicht anders ergangen sein. Aber wenn man keine Möglichkeit sieht, sich durchzusetzen, dann geht man besser, ehe es gefährlich wird.»

Wir schwiegen eine Weile, bevor ich genauer wurde.

«Usermonth konnte nicht umhin, Eure besondere Fähigkeit herauszustellen. Ich meine Eure Fähigkeit, Gold von bis dahin ungekannter Reinheit herzustellen. Euer Ausscheiden aus den Diensten Seiner Majestät, sie lebe, sei heil und gesund, schob er auf Eure altersbedingte Schwäche.»

«Unsinn!», widersprach mir der alte Mann sofort. «Altersbedingte Schwäche! Um das, worauf nur ich mich verstand, zu vollbringen, braucht man nicht einmal die Kraft eines Kleinkindes. Altersbedingte Schwäche!», wiederholte er fast zornig und blickte zum Himmel.

«Wollt Ihr wissen, worin meine ganze Fähigkeit bestand? Ich will es Euch sagen: Erhitze Gold zu heller Rotglut. Dann werfe die Hälfte seines Gewichts an möglichst reinem Steinsalz in das flüssige Gold. Wie durch ein Wunder verdampft mit dem Salz der eine Teil des Silbers, das eben noch mit dem Gold vermischt war, ein anderer Teil wird in den feinen Fugen des Tongefäßes abgelagert. So erhält das Gold eine honiggelbe Farbe. Sagt, Gottesvater Eje, braucht es dazu die Kraft eines nubischen Sänftenträgers?»

«Jene honiggelbe Farbe, wie ich sie beim Gold am Sarg Echnatons gesehen habe?», hakte ich nach.

«Ja, so ist es, Gottesvater Eje. Jenes Gold am Sarg Echnatons war mein Werk.»

«Aber warum habt Ihr dann die Werkstätten verlassen?»

Wieder schwieg der alte Mann und sah nachdenklich zu Boden. Dann flüsterte er: «Wenn man einen Verdacht hat, dann soll man ihn entweder offen aussprechen, oder man schweigt besser ganz und geht. Letzteres vor allem dann, wenn man um sein Leben fürchten muss, wenn man nicht schweigen sollte. Ich hatte mich damals dafür entschieden, zu gehen.»

Eine junge Frau, die wohl die Enkelin des Alten war, brachte uns kühlen Melonensaft und verließ ebenso schweigend, wie sie gekommen war, den Garten.

«Und heute?», unterbrach ich die kurze Stille.

«Heute?» Jetzt sah er mich wieder an.

«Heute bin ich ein alter Mann und sollte den Tod nicht mehr fürchten. Doch ich habe mir immer gewünscht, eines friedlichen Todes zu sterben. Vielleicht hier auf dieser Bank oder einfach ganz still und unauffällig eines Nachts in meinem Bett.»

Ich war mir sicher, dass ich schon einen Fuß in der Tür hatte und nahe daran war, die Wahrheit zu erfahren.

«Hättet Ihr nicht ein schlechtes Gewissen vor dem Guten Gott, wenn Ihr Euer Geheimnis mit in Euer Grab nehmen würdet? Seid Ihr nicht wenigstens ihm die Wahrheit schuldig, Amunmessu?»

Eine unscheinbare Träne rann über seine faltige Wange und verfing sich bald in seinem weißen Bart. Sie war ihm lästig, und er wischte sie hastig weg.

«Ich weiß nicht viel von dieser Welt, Gottesvater Eje, denn ich habe mich immer nur meiner Arbeit gewidmet. Doch ich habe Augen und Ohren, und ich hoffe, dass ich noch heute über einen klaren Verstand verfüge. Eure Tochter, unsere Königin, wurde ermordet. Wie ihre Kinder auch. Ihr wisst, wie es ist, wenn man vierzig Jahre an ein und derselben Stelle gearbeitet hat: Ich erfuhr auch noch Jahre nach Verlassen der Werkstätte Dinge, von denen ich Euch heute nicht mehr sagen kann, woher ich sie erfahren habe. So weiß ich, dass Eure Tochter wenige Wochen vor ihrem Ende festgestellt hat, dass die Mengen

Gold, die aus den Werkstätten kamen, von Jahr zu Jahr weniger wurden. Sie befahl, der Sache nachzugehen, und wenig später waren sie alle tot. Usermonth und einige andere, deren Namen ich nicht kenne, wollten schon Jahre vorher mein Wissen ausnützen, um Pharao zu betrügen. Durch das Verfahren, das ich entdeckt hatte, ging etwa ein Drittel der ursprünglichen Menge des unreinen Goldes verloren, indem sein Silberanteil fast völlig verschwand. Usermonth aber wollte Pharao einreden, dass der Schwund nicht nur ein Drittel, sondern die Hälfte betrug, und wollte die so übrig bleibende Menge Goldes beiseite schaffen. Dem habe ich mich aber verweigert. Nur deswegen bin ich gegangen. Mein Alter war doch nur ein Vorwand.»

«Und was haben sie dann gemacht? Denn Euer Verfahren ist ihnen ja offenbar nicht bekannt.»

«Das kann ich Euch nicht sagen, Gottesvater Eje. Diese Antwort» – er zögerte ein wenig, ehe er weitersprach –, «diese Antwort muss Euch ein anderer geben. Ihr werdet nicht lange brauchen, um sie alle aufzuspüren. Unrechtmäßiger Reichtum», sagte er jetzt leise und beugte sich ein wenig zu mir herüber, «unrechtmäßiger Reichtum macht leichtsinnig!»

«Es gibt da noch ein Sprichwort, Amunmessu: Wer lügt, braucht ein gutes Gedächtnis. Ich werde sie herausfinden, glaubt mir das. Und um Euch selbst macht Euch keine Sorgen. Ihr werdet in Frieden sterben. Bis alles vorüber ist, lasse ich Euch unauffällig bewachen.»

Dann bedankte ich mich bei Amunmessu für die Erfrischung und für seine wertvollen Auskünfte.

«In zwei Monaten lasse ich Euch nach Waset in Eure alte Werkstatt bringen», sagte ich zu ihm, als ich bereits auf meinem Wagen stand, «und mir Eure Künste zeigen. Euer junger Pharao hat es verdient, Gold von dieser Güte zu besitzen!»

Amunmessu breitete die Arme ein wenig aus und blickte kurz zum Himmel. Dann sagte er: «Wenn es der Götter Wille ist: gerne!»

Es war nicht viel, was ich von Amunmessu erfahren hatte, doch es konnte durchaus sein, dass er mir den entscheidenden Hinweis gegeben hatte. Seine Weigerung, mir weitere Namen zu nennen, hatte gewiss triftige Gründe. Entweder fürchtete er die grausame Rache mächtiger Männer, oder er wollte mir einen Wink geben: mit Namen vorsichtig umzugehen. Der fürchterlichste Verdacht, den es für mich geben konnte, war der, dass Acha selbst verstrickt oder gar die treibende Kraft war. Acha! Mein ältester noch lebender Freund und Wegbegleiter seit so vielen Jahren! Ich mochte es mir gar nicht ausdenken. Doch was sollte ich tun?

Während unserer Rückfahrt nach Waset dachte ich unentwegt darüber nach, wie ich weiter vorgehen sollte. Haremhab konnte ich nicht um Rat bitten, denn er war irgendwo weit weg im Norden, und ich hielt es für viel zu gefährlich, ihn durch einen Brief über mein Vorhaben zu unterrichten. Waset war offenbar wieder zu einem Schlangennest geworden, in dem man niemandem trauen konnte, nicht einmal einem Offizier der Leibgarde, den ich als Boten zu Haremhab hätte schicken müssen. Und wenn es doch die Diener Amuns waren, die hinter der Ermordung meiner Tochter steckten? Mir blieb nichts anderes übrig, als eine einsame Entscheidung zu treffen und zu hoffen, dass es die richtige sein würde.

Mein anfängliches Misstrauen gegenüber Usermonth, welches beim Anblick seines Helfers Sobekhotep zur Gewissheit geworden war, dass es in der Werkstatt nicht mit rechten Dingen zuging, wurde durch Amunmessu bestätigt. Die alles entscheidende Frage war: Hatten sie nach dem Weggang des Alten Schmelzmeisters ihre Herrscher bestohlen oder nicht? Sie hatten, dessen war ich mir sicher. Dass sie sämtliche Eingangs- und Ausgangslisten, deren man in Waset habhaft werden konnte, gefälscht hatten, stand für mich außer Frage. Aber wie stand es um die Ausgangslisten in den einzelnen Goldgruben vom südlichen Nubien bis hinauf in den Norden der östlichen Wüste? Dort lag der Schlüssel, um den Betrug aufzudecken. Freilich bestand die

Möglichkeit, dass Usermonth und Sobekhotep, oder wer immer in diesen Verrat verwickelt war, auch dort die Listen fälschen ließen. Andererseits hätten sie sich damit viele, vermutlich zu viele Mitwisser geschaffen. Ich musste die Listen aus mindestens drei oder vier Goldgruben in Händen haben, um sie zu überführen, denn könnte ich nur in einem oder in zwei Fällen Unstimmigkeiten nachweisen, könnten sie behaupten, es habe sich um bedauerliche Versehen gehandelt.

Am anderen Morgen verließen vier Trupps zu je zwölf Mann, allesamt Offiziere meiner Streitwagentruppe, im Morgengrauen und in geheimem Auftrag Waset und brachen zu vier unterschiedlichen Goldgruben auf. Niemand außer mir und diesen Soldaten wusste, dass sie Waset verließen. Sie trugen das Siegel Pharaos und meinen Befehl bei sich. Er lautete: Beschlagnahmung sämtlicher vorhandenen Ausgangslisten, notfalls mit Gewalt, danach Treffen aller vier Gruppen an einem geheimen Ort in der östlichen Wüste. Sollte ein Trupp nicht zum abgesprochenen Zeitpunkt an diesem Ort eintreffen, machen sich zwei Trupps auf den Weg, um den fehlenden aufzuspüren, der dritte bleibt solange zurück. Erst wenn alle vier Trupps vollzählig sind, ist ihnen die Rückkehr nach Waset gestattet.

Ich hatte errechnet, dass sie in fünf Tagen wieder nach Waset zurückgekehrt sein müssten. Zur Vorsicht gab ich noch einen Tag dazu.

Am Abend des vierten Tages, nachdem die Soldaten die Stadt verlassen hatten, weihte ich Tutanchaton in mein Vorhaben ein. Die Sonne war schon untergegangen, und ich saß mit ihm und Mahu auf der Terrasse des Stadtpalastes. Es herrschte eine fröhliche Ausgelassenheit, denn Mahu und ich versuchten zunächst, uns gegenseitig mit aufregenden Geschichten aus unserer Kindheit zu übertrumpfen. Ich kam jedoch mit meinen eher langweiligen und harmlosen Palastgeschichten nicht gegen Mahu an. Er war ein Kind niederer Herkunft gewesen und verbrachte die Tage seiner Kindheit mehr auf der Straße und im Hafen als in abgeschirmten Gärten, wohl behüteten Stuben und in Unterrichtsräumen. So erzählte er von baufälligen Holzschuppen einfacher Leute, die er und seine Kumpane von einst angezündet hatten, sodass sie bis auf das letzte Brett niedergebrannt waren. Von Schlägereien, welche die Kinder des Hafenviertels, der Oststadt und der Südstadt untereinander ausgetragen hatten, und stolz zeigte Mahu mit hochgezogener Lippe auf die Lücke in seinem Gebiss, wo sich einmal der obere rechte Eckzahn befunden hatte.

«Der liegt noch heute am Grund des Hafenbeckens», sagte er zu Nassib, der dem Polizeiobersten mit großen Augen und ehrfurchtsvoll zuhörte.

«Wie bist du dann Polizist geworden, wenn du so viel angestellt hast?», fragte Nassib erstaunt.

«Wer sollte besser geeignet sein als ich? Ich kannte jeden in dieser Stadt. Und wenn es einen gab, den ich noch nicht kannte, dann lernte ich ihn zwei Tage später kennen. Aber irgendwann kam ich in das Alter, in dem ich mich entscheiden musste, wie mein Leben weitergehen sollte. Ich hatte einmal zugesehen, wie einem Mann – er hieß Ramose, das weiß ich noch wie heute – eine Hand abgehackt wurde, weil er auf dem Markt einen Ledergürtel gestohlen hatte. An diesem Tag wechselte ich die Seiten. Seitdem bin ich Polizist und mit den Schlichen des Bösen noch immer bestens vertraut.»

«Hast du einmal einen deiner Freunde von früher verhaftet und eingesperrt?», wollte Nassib wissen.

Ich sah Mahu aufmerksam an, und er wusste nur zu gut, dass ich auf diese Antwort besonders gespannt war.

«Nein, Majestät», antwortete Mahu bedächtig. «In diese missliche Lage bin ich zwar einmal geraten, und ich wusste, dass jenem Mann unweigerlich die Todesstrafe drohte. Aber ein Unglücksfall kam dem Urteil des Wesirs zuvor: Er stürzte vom Baugerüst eines Torturms und war auf der Stelle tot.»

«Wegen eines vielleicht ähnlich schlimmen Vorgangs müssen wir heute Abend auch mit dir reden, Tutanchaton», sagte ich und rückte mit meinem Stuhl etwas näher an den Jungen heran, damit uns sonst niemand hören konnte.

Ich berichtete meinem jungen Herrscher alles, was wir in den letzten Tagen in Erfahrung gebracht hatten. Ich verschwieg ihm dabei nicht, dass vielleicht auch Acha, mein ältester Freund, in den Betrug verstrickt sein könnte und dass in diesem Fall auch für ihn das Urteil nicht anders lauten könnte als für alle anderen Mittäter auch.

«Es wird dann deine Pflicht gegenüber Maat und gegenüber allen Ägyptern sein, Gerechtigkeit walten zu lassen. Da darf es keine Ausnahme geben», schloss ich meinen Bericht.

«Aber weißt du denn schon, dass Acha mit dabei war?», fragte mich der Junge, und seine Sorge galt bestimmt mehr seinem Spielgefährten Ramose, dem Enkel Achas, als dem Schatzmeister selbst.

«Wir wissen es noch nicht, Tutanchaton, aber ich will, dass du vorbereitet bist, sollte sich meine Befürchtung als wahr herausstellen.»

«Und was geschieht dann mit Ramose?» Der Blick des Jungen war sorgenvoll, ja ängstlich.

«Achas Familie wird nichts geschehen. Das verspreche ich dir. Pharao bestraft nur die, die Schlechtes getan haben, und nicht ganze Familien. Das war nicht immer so, aber hier gibt es keinen Grund, Kinder und Enkelkinder für die Taten eines Einzelnen leiden zu lassen.»

Wir klärten Tutanchaton noch darüber auf, dass er in den darauf folgenden beiden Tagen den Palast so lange nicht verlassen durfte und er unter strengster Bewachung stehen würde, bis alles vorüber war.

Ich tat in dieser Nacht kaum ein Auge zu, und Mahu wird es nicht anders ergangen sein. Wir beide wussten nur zu gut, wie viel von unserem Vorhaben abhing.

Lange vor Sonnenaufgang trafen Mahu und ich in der Kaserne meiner Streitwagentruppe ein. Niemand war darauf vorbereitet, und umso überraschter war der Kommandant, als wir ihn in unsere Pläne einweihten. Er erfuhr freilich mit keinem Wort, worum es wirklich ging und welche Persönlichkeiten letztlich unter Verdacht standen. Aber der Mann war nicht dumm, und aus unserem urplötzlichen Erscheinen und dem Ausmaß unseres Vorhabens konnte er leicht schließen, dass wir nicht nur nach Strauchdieben suchten. Wir bildeten drei Gruppen: Die erste Gruppe mit dreißig Mann hatte die gesamte Schmelzwerkstatt Usermonths zu besetzen, die beiden anderen zu je fünfzehn Mann die Häuser von Sobekhotep und Usermonth selbst. Danach hatten ihre Anführer jedes Stück Papyrus mitzunehmen, das sie dort vorfanden, gleich, was auf ihnen geschrieben stand. Usermonth und Sobekhotep waren sofort zu verhaften.

Mahu hatte schon im Vorfeld Erkundigungen auch über die beiden Häuser eingeholt, und so konnten wir den Soldaten sowohl genaue Pläne der Anwesen Usermonths und Sobekhoteps als auch der Werkstatt selbst vorlegen.

Bis zum Eintreffen der Soldaten aus den Goldgruben blieb Mahu in der Kaserne und wachte darüber, dass nicht ein einziges Wort nach außen drang, bis er die Männer losschickte. Ich selbst kehrte in den Palast zurück, um mit Tutanchaton und Maja das weitere Geschehen abzuwarten. Die Zeit wollte einfach nicht vergehen. Maja und ich spielten abwechselnd mit Nassib Senet, doch selbst der Junge war so aufgeregt, dass ihm mancher unverzeihliche Fehler unterlief, was aber nichts am Ausgang der Spiele änderte.

Um die Zeit der größten Mittagshitze erschien endlich der Vorbote jener Soldaten, die ich in die Goldgruben geschickt hatte, und teilte mir mit, dass alle vier Gruppen in weniger als zwei Stunden geschlossen in Waset eintreffen würden. Jetzt war der Zeitpunkt gekommen, um auch in Waset zuzuschlagen. Ich schickte Ipu und Maja in die Streitwagenkaserne, damit sie Mahu verständigten und er das Zeichen zum Aufbruch gab. Schon wenig später kehrten beide zurück.

Maja hatte alles auf das Gründlichste vorbereitet. Im Beratungszimmer des Palastes lagen Papyrusrollen, die schon so ausgearbeitet waren, dass Maja nur noch die Zahlen aus den anderen Listen eintragen musste. Nach nicht einmal zwei Stunden brachten die Soldaten Mahus drei Holztruhen mit Schriftstücken. Maja nahm sich erst die Rollen aus der Werkstatt vor, denn sie enthielten die für uns wichtigsten Zahlen. Jeder einzelne Monat der letzten fünf Jahre wurde durchgegangen, und Zahl für Zahl trug Maja in seine Listen ein.

«Jahr zwei der Regierung des Semenchkare, dritter Monat des Peret, Goldgrube Wadi Hunit: Eingang 800 Deben, Goldgrube Bar-el Salib: 700 Deben», flüsterte Maja vor sich hin, während er schrieb. So ging es unentwegt, Monat für Monat, und immer hörte ich die Zahlen der vier Goldgruben, deren Listen wir noch erwarteten. Während er schrieb, kamen schließlich die Soldaten aus den Goldgruben. Sie stellten ihre vier Truhen ab, und mit Spannung reichten wir Maja die ersten Listen.

«Ha!», quiekte Maja fröhlich und zog dabei das «a» wieder unerträglich in die Länge, als er die ersten Zahlen sah und sie sogleich neben die bereits eingetragenen schrieb.

«Das sind 1800 Deben. Fehlen also eintausend. Und hier fehlen 650. Oh, Gottesvater Eje», entfuhr es ihm fröhlich, und ich merkte, welch großer Stein ihm vom Herzen fiel. «Es geht wahrhaftig nichts über eine ordentliche ägyptische Buchführung!»

Maja schrieb sich in einen wahren Rausch, und je länger er schrieb und dabei fröhlich Zahl für Zahl hinausquiekte, umso elender wurde mir zumute.

«Reicht es für eine Anklage aus?», fragte ich Maja ungeduldig.

Die Schildkröte hob langsam den Kopf, drehte ihn bedächtig in meine Richtung und sagte: «Für eine Anklage? Gottesvater Eje, das, was ich bislang festgestellt habe, reicht für zwölf Anklagen und zwölf Hinrichtungen. Der Fehlbestand entspricht schon jetzt dem Dreifachen Eures Körpergewichtes, und ich habe gerade die Zahlen von sieben Monaten beisammen!»

Mahu sah mich mit hochgezogenen Brauen an, schwieg aber.

«Hast du Usermonth und Sobekhotep einsperren lassen?», fragte ich den Polizeiobersten.

Er nickte: «Wie wir es besprochen hatten. Sie sitzen zusammen in einem Raum und werden durch ein kleines Loch in der Decke beobachtet und belauscht. Jedes Wort, das sie wechseln, wird aufgeschrieben.»

«Vorausgesetzt, sie wechseln ein Wort miteinander», wandte ich ein.

«Manchmal dauert es nicht lange, bis sich die Verdächtigen gegenseitig Vorwürfe machen und so einen Verdacht erst bestätigen. Aber es gibt auch andere Mittel, sie zum Sprechen zu bringen. Sei dir dessen gewiss.»

Das Ergebnis, das Maja bis zum Abend zusammengetragen hatte, war erschreckend. Jahr für Jahr hatten Usermonth und wer immer mit ihm zusammengearbeitet hatte Tausende und Abertausende Deben Gold unterschlagen. Die Menge hatte sich in den letzten beiden Jahren zu mehr als einem Drittel der gesamten Goldeinnahmen Pharaos gesteigert. Was mit Usermonth und Sobekhotep geschehen würde, stand jetzt außer Frage: Sie erwartete die Hinrichtung durch Vierteilen. Aber was war mit Acha? War er an dem Betrug wirklich beteiligt? Und wie viele waren es noch? Ich beriet mich lange mit Mahu. Ich hätte es vorgezogen, am anderen Morgen allein zu Acha zu gehen, um ihn von Freund zu Freund zur Rede zu stellen. Mahu warnte mich und riet mir dringend davon ab.

«Wenn Acha wirklich einer von ihnen ist und wenn sie alle wirklich den Tod deiner Tochter und deiner Enkeltöchter zu verantworten haben, wird er nicht davor zurückschrecken, auch dich umzubringen. Was hat er denn noch zu verlieren?»

«Eben», entgegnete ich. «Was hätte er noch zu verlieren, wenn er zu ihnen gehörte? Gäbe es noch einen Grund, auch mich umzubringen, wenn ohnehin alles offenkundig ist?»

«Du weißt aber nicht, Eje, wer noch dahinter steckt. Wir kennen bis heute nicht die Männer, die deine Tochter und die Prinzessinnen umgebracht haben. Vielleicht werden sie dich und Acha ermorden, wenn du bei ihm bist, um nicht selbst von Acha verraten zu werden. Geh nicht allein hin. Du kannst das schon wegen Tutanchaton nicht wagen.»

Mahu hatte Recht. Wenn Acha ein Teil dieser Bande war, und daran zweifelte ich schon seit geraumer Zeit nicht mehr, durfte ich auf ihn und unsere Freundschaft keine Rücksicht mehr nehmen.

Ich bat Mahu, mich am anderen Tag zu begleiten.

Je näher wir dem Palast des Schatzmeisters Seiner Majestät kamen, umso unsicherer wurde ich, ob es richtig war, was wir taten. Am liebsten wäre ich umgekehrt und hätte Mahu allein alles andere erledigen lassen. Aber so konnte ich mit Mahu nicht umgehen. Schweigend erreichten wir den Palast im Norden der Stadt.

Als unsere Gespanne in den Palastgarten einbogen, hörten wir von weitem das Wehklagen von Menschen, ein Wehklagen, wie man es hört, wenn jemand gestorben ist. Ratlos sahen wir einander an. Als wir den Eingang erreicht hatten, lief uns einer der Diener Achas entgegen, schlug sich mit beiden Händen gegen den Kopf und rief immer wieder: «Welch Unglück! Welch Unglück ist über dieses Haus gekommen!»

Es schien, als hätte uns der Diener gar nicht wahrgenommen, denn klagend lief er an uns vorbei, verschwand hinter einigen Sträuchern und kehrte nicht wieder zurück. Als wir das Haus betraten, kamen uns andere Diener entgegen, auch sie klagend und weinend, und keiner war in der Lage, ein vernünftiges Wort hervorzubringen. Zuletzt verlor Mahu die Geduld und packte einen von ihnen am Arm.

«Was ist hier geschehen?», schrie er ihn an.

«Unser Herr!», rief der Diener wieder. «Unser Herr!»

«Was ist mit deinem Herrn?», wurde Mahu noch lauter.

«Bring uns zu ihm!», forderte Mahu den Diener in barschem Ton auf, ohne ihn loszulassen. Der Mann führte uns durch den Palast bis zu dessen Hinterausgang, überquerte den Hof und zeigte auf die Pferdeställe, von wo noch lauteres Wehklagen kam.

Acha hatte sich am frühen Morgen, vielleicht eine Stunde vor unserem Eintreffen, erhängt. Sein lebloser Körper hing noch an dem Seil, das er an einem Dachbalken verknotet hatte. Es war ein schrecklicher Anblick. Aus seinem dunkelroten, fast blauen Gesicht traten die Augen weit hervor, und zwischen den Lippen sah man seine dick angeschwollene Zunge. Eine Leiter und ein umgestoßener Schemel lagen daneben. Iset, Achas Frau, kniete zu Füßen ihres toten Mannes. Sie hatte das Gesicht in den Händen vergraben und weinte. Um sie herum standen zwei Söhne meines einstigen Freundes und sahen ratlos zu ihrem Vater empor, während sie heftig weinten.

«Nehmt ihn ab!», sagte Mahu zu seinen Polizisten, die jetzt auch hinzugekommen waren.

Ich selbst beugte mich zu Iset hinab, umfasste ihre Schultern, half ihr auf und nahm sie in meine Arme. Ich drückte sie fest an mich und dachte an einige der schönsten Tage meines Lebens, die ich mit Acha verlebt hatte. Ich erinnerte mich an unsere Jugend im Palast von Men-nefer und an die Zeit, die wir in Babylon verbracht hatten. An die vielen Feste in Waset, in Merwer und in Achet-Aton, die gerade er genossen hatte wie kaum ein anderer. Da hing er nun, er, der ein Leben lang ein Liebling der Frauen gewesen war, der «Pyramidenrennmäuse», wie er sie immer genannt hatte.

Arme Iset! Was mochte jetzt in ihr nur vorgehen? Ob sie es in diesem Augenblick bereute, dass sie wegen dieses Mannes, der jetzt als ein Verbrecher galt, als ein Verdammter auf alle Ewigkeit, dass sie wegen dieses Mannes ihre Heimat Babylon verlassen hatte?

«Komm!», flüsterte ich ihr zu. «Lass uns ins Haus gehen. Das ist kein guter Ort, um länger zu verweilen.»

Iset klammerte sich an mir fest, und langsam, Schritt für Schritt, gingen wir zurück in den Palast.

«Warum hat er das nur getan, Eje?», fragte sie mich, nachdem wir auf der Terrasse saßen und eine Weile schweigend in den Garten gesehen hatten. Ich wollte Iset nichts vormachen, denn wenn es einen gab, der berufen war, ihr die Wahrheit zu sagen, dann war ich es als Achas ältester Freund.

«Es sind in den letzten Tagen schlimme Dinge ans Tageslicht gekommen, Iset. Dinge, die ich mir nie vorstellen konnte, in die aber Acha offenbar tief verstrickt war.»

Iset sah mich verständnislos an. «Was meinst du damit, Eje?»

«Gold, Iset. Gold. Er und eine Reihe anderer Männer, die wir noch nicht alle kennen, haben die Krone über Jahre hinweg bestohlen.»

«Das kann nicht sein!», unterbrach sie mich entsetzt. «Acha hätte so etwas nie getan!»

Ich ergriff ihre Hand und sah in Isets Augen. Ich nickte und sagte: «Es ist so, Iset. Und ich kann es dir nicht ersparen, dass Mahus Männer in Achas Arbeitszimmer nach weiteren Beweisen suchen, damit wir alle, die an dem Betrug beteiligt waren, fassen können.»

Iset schüttelte ungläubig den Kopf und stammelte dabei immer wieder: «Das kann nicht sein. Das kann einfach nicht sein!»

«Dir und deiner Familie wird nichts geschehen. Ich verspreche dir auch, dass Acha ehrenvoll bestattet wird und dass wir alles unternehmen, damit nichts nach außen dringt. Er hat sich selbst gerichtet und seine Familie ins Unglück gestürzt, das ist schlimm genug.»

Mahu blieb mit einigen Polizisten im Palast Achas zurück, um dort nach weiteren oder sogar den entscheidenden Beweisstücken zu suchen. Ich bat ihn, auf Iset und ihre Söhne so weit es ging Rücksicht zu nehmen, und fuhr dann in den Stadtpalast zurück. Auf meinem Weg dorthin erinnerte ich mich daran, dass ich dem alten Schmelzmeister Amunmessu versprochen hatte, ihn so lange bewachen zu lassen, bis jede Gefahr für ihn vorbei sein würde. Wenig später brach ein Trupp Soldaten in sein kleines Dorf auf.

Tutanchaton war so sehr in ein Gespräch mit dem Schiffsbaumeister Nebenkemet vertieft, dass er mein Kommen gar nicht bemerkt hatte. Der uralte Meru erklärte seinem jungen Herrscher das Modell eines in Wirklichkeit gewaltigen Schiffs, auf welchem die Obelisken aus den Steinbrüchen in der Nähe der Insel Abu im Süden nach Waset gebracht wurden.

«Und wenn dann der Obelisk endlich über dem Schiff liegt, werden die Steine, die bislang für den Tiefgang des Schiffes verantwortlich waren, wieder ausgeladen, das Schiff geht nach oben, bis der Obelisk auf den Balken zu liegen kommt und so die neue Fracht des Schiffes bildet. Dann fährt das Schiff nach Norden, wo es in umgekehrter Reihenfolge wieder entladen wird.»

Nassib schwieg vor Staunen, und seine Augen huschten unentwegt über jedes Detail des Modells, das vor ihm stand.

«Wie lang wird das Schiff sein?», wollte Nassib wissen.

«Es ist einhundertzwanzig Ellen lang und vierzig Ellen breit, und es braucht dreißig Ruderboote, um dieses Schiff zu schleppen.»

«Wenn man dir zuhört, Meru, möchte man meinen, dein Transportschiff läge schon fertig in Abu», unterbrach ich das Gespräch der beiden, die mein Kommen gar nicht bemerkt hatten.

«Das Schiff gibt es noch gar nicht?», fragte Tutanchaton enttäuscht.

«Nein, Majestät. Das letzte Lastschiff dieser Art ließ Euer Großvater Nimuria bauen. Und nachdem der Obelisk Waset erreicht hatte, wurde mein Schiff zerlegt und seine Holzteile im Palast der leuchtenden Sonne verbaut.»

«Dann», sagte Nassib und sah Meru mit großen Augen an,

«werden wir ein neues Lastschiff bauen. Es wird das größte sein, das jemals über den Nil fuhr.»

Meru sah mich ebenso erwartungsvoll an wie Nassib, denn der Bau eines Obeliskenschiffes wäre für ihn zweifellos ein letzter Höhepunkt in seinem langen Wirken als Schiffsbaumeister gewesen.

«Ich verstehe so gut wie nichts vom Schiffsbau, Tutanchaton. Aber so viel weiß ich: Für den Bau eines Obeliskenschiffes benötigt man wahrscheinlich die Hälfte aller Sykomoren, die in den Beiden Ländern wachsen. Aber lasst uns darüber ein andermal reden.»

Dann bat ich Meru, Tutanchaton und mich allein zu lassen.

Ich gab mir große Mühe, Tutanchaton die Nachricht vom Tod Achas so schonend wie möglich zu vermitteln, und bereitete ihn darauf vor, dass ich mit noch Schlimmerem rechnete.

Mahu hatte gefunden, wonach er im Palast Achas gesucht hatte. Er legte mir einen von Acha selbst geschriebenen Papyrus vor, auf welchem fein säuberlich eingetragen war, wer einen Anteil von der Beute erhalten hatte. Langsam las ich Mahu und Maja Namen für Namen vor: Djoserka, Amenipet, Sennefer, Sethmessu, Djehutinefer, Teti, Samut, Sobeknacht …»

«Ihr Ende wird grauenvoll sein», unterbrach ich Mahu. «Gleich, wer sie sind, und gleich, wie nahe sie dem Thron stehen.»

«… Ramessu, Ptahhotep, Merire.»

Dann stockte Mahu einen Augenblick, ehe er fast zögerlich fortfuhr: «Rechmire», sagte er leise. «Auch Rechmire.»

«Welcher Rechmire?», fragte ich ihn und wollte nicht wahrhaben, was ich soeben gehört hatte.

«Rechmire, der Sohn des Wesirs Aper-el. Rechmire, dein Schwieger…»

«Hör auf! Hör endlich auf!», schrie ich ihn zornig an. Ich wandte mich ab und trat ans Fenster, um etwas frische Luft zu bekommen. Mein Herz schlug immer heftiger, und ich fühlte die Zornesröte in meinem Kopf. Der Sohn des so rechtschaffenen Aper-el war also auch einer von ihnen! Warum konnten sie nicht genug haben? Verfluchte Großtuerei! Verfluchte Gier nach Macht und Reichtum. Das einzig Böse auf dieser Welt war Gier! Geschah nicht alles Schlechte nur aus Gier? Aus Gier wurde gestohlen und betrogen. Aus Gier wurde gelogen und verleumdet, und nur aus Gier verführte man die Frau eines anderen.

«Ich will sie alle haben. Ausnahmslos alle, und ich bin bereit, dafür jedes Mittel anzuwenden», sagte ich zu Maja und Mahu, die noch immer betreten schwiegen.

Noch während Maja die Befehle zur Festnahme all derer schrieb, die Acha in seiner Liste genannt hatte, und sie mit Pharaos Siegel versah, betrat leise und unauffällig ein Polizeioffizier den Raum, trat zu Mahu und flüsterte ihm etwas zu. Ich ärgerte mich über die Störung und noch mehr über die Geheimniskrämerei dieses Offiziers.

«Sag laut, was es schon wieder gibt! Oder hast du etwas vor mir zu verbergen?», herrschte ich ihn deswegen an.

Mahu trat wie zum Schutz vor den Offizier und sagte: «Die Soldaten, die du zu Amunmessu geschickt hast, kamen um wenige Augenblicke zu spät. Sie konnten dem Goldschmelzer nicht mehr helfen. Er war bereits tot. Aber sie stellten den Mann, der Amunmessu umgebracht hat, und nahmen ihn fest. Es ist ein Offizier der Leibgarde und vermutlich jener Mann, der auf der Liste Achas als Samut bezeichnet wird.»

«Sohn der Mut», flüsterte ich düster. «Er wird ein Sohn der Hölle sein!»

«Noch etwas, Eje: Amunmessu wurde von ihm mit einem Strick erwürgt.»

Es war ein quälender Gang für mich, und einige Male war ich auf dem Weg zum Kerker des Polizeigebäudes nahe daran, wieder umzukehren. Ich machte mir Vorwürfe, dass ich die Soldaten zu spät zu Amunmessu geschickt hatte. War es nicht der Wunsch Amunmessus gewesen, einst friedlich auf seiner Gartenbank einzuschlafen? Er hatte geahnt, wie schnell seine Feinde sein würden, und ich hatte sie unterschätzt. Wenn der Mörder Amunmessus auch der Mörder meiner Tochter und ihrer Kinder war, dann war der Tod des Schmelzers wenigstens nicht umsonst. Und so wollte ich, ja musste ich diesen Menschen einfach sehen und kehrte nicht um.

Er war es.

Ja, Samut war jener Offizier, den Nofretete einst aus dem Saal geschickt hatte, als ich vor ihr gestanden und sie angefleht hatte, den Thronanspruch Tutanchatons anzuerkennen und außerdem Truppen nach Syrien zu entsenden, um die Hethiter zurückzudrängen. Dann war dieser Mann es auch, der den kleinen Sessu, den Jungen aus der Tempelschule meines Vetters Baki, ermordet hatte.

Seine ausgestreckten Arme waren an einen Balken gefesselt, der an einem Seil von der Decke herabhing. Seine gespreizten Beine waren ebenfalls an einen solchen Balken, der aber noch auf dem Boden lag, gebunden, sodass er noch aufrecht dastand. Samut war groß von Gestalt und kräftig, wie es bei einem Offizier der Leibgarde nicht anders zu erwarten war. Ich trat nahe an ihn heran und sah ihm lange in die Augen. Er war gewiss noch keine zwanzig Jahre alt. Sein Gesicht war kantig, aber es wirkte nicht grobschlächtig. Seine Nase war klein und wohl geformt, das einzig Auffallende an ihm war eine tiefe Grube in seinem Kinn.

«Dass du allein wegen des Mordes an Amunmessu zum Tod auf dem Pfahl verurteilt wirst, ist dir hoffentlich bewusst. Einen alten und wehrlosen Mann erwürgen!», fügte ich verächtlich hinzu, nachdem ich den Strick, der offenbar sein Mordwerkzeug gewesen war, auf einem kleinen Tisch liegen sah.

«Hast du schon einmal bei einer Folter zugesehen? Ich nicht. Aber ich weiß, dass in diesen Räumen noch jeder zum Sprechen gebracht wurde. Es soll nur eine Frage der Zeit sein, Samut.»

Der Mann schwieg.

Es war nicht viel, was die zwei Folterknechte benötigten. Für den ersten Grad der Folter genügten einige Stöcke und Geißeln sowie ein Krug mit stark gesalzenem Wasser.

«Du hast nur noch wenige Augenblicke Zeit, mir zu sagen, was du über den Tod des kleinen Jungen, den ihr für Tutanchaton gehalten habt, weißt und was dir über den Tod meiner Tochter, deiner Herrscherin Semenchkare Anchet-chepru-Re, und über den Tod ihrer Töchter bekannt ist. Und ich will die Namen all derer wissen, die daran beteiligt waren.»

Noch einmal sah ich lange in seine Augen. Doch er schwieg. Kaum dass ich einmal genickt hatte, wurde der Fußbalken erst nach hinten und dann hochgezogen, sodass Samut mit dem Gesicht nach unten im Raum hing.

«Willst du nicht doch reden?», fragte ihn Mahu ein letztes Mal, und nachdem auch er keine Antwort erhielt, genügte ein Blick des Polizeiobersten, und die ersten Schläge gingen auf Samut nieder. Zuerst schlugen sie auf Arme und Beine und vor allem auf die Kniekehlen ein. Bei jedem Schlag stöhnte Samut laut auf, aber er schwieg. Dann ergriff ein Folterknecht eine Geißel und tauchte ihre Stricke in das Salzwasser. Hieb auf Hieb ging auf den Rücken und die Oberschenkel des Gefangenen, der jetzt bei jedem Schlag laut aufschrie, nieder. Aber Samut schwieg weiter.

«Umdrehen!», befahl Mahu knapp. Zwei Männer griffen nach den Balken und drehten Samut um, sodass jetzt sein blutig geschlagener Rücken zum Boden zeigte und sein Kopf nach hinten herabhing. Die Folter begann erneut mit dem Stock. Diesmal waren es vor allem die Armbeugen, auf die eingeschlagen wurde. Ein Handzeichen Mahus gebot Einhalt.

«Was du bisher erlitten hast, war eine Wohltat im Vergleich zu dem, was dich jetzt erwartet. Die Schläge der Geißel auf Brust und Bauch sind besonders schmerzhaft. Vielleicht ahnst du schon jetzt, was dich erwartet. Ich frage dich, Samut: Warst du es, der den Jungen auf dem Schiff Ejes erwürgt hat?»

Der erste Schlag auf die Brust ließ Samut laut aufstöhnen.

«Warst du es, der Königin Semenchkare ermordet hat?»

Nach dem ersten Schlag auf den Bauch schrie er auf, sagte aber noch immer kein Wort.

«Hast du die Prinzessinnen getötet?»

Der dritte Schlag ließ ihn laut losbrüllen wie einen tödlich getroffenen Stier. Es folgte Schlag auf Schlag, doch er war noch zu keinem Geständnis bereit. Sie zerquetschten ihm Finger und Zehen mit hölzernen Zwingen, bis Blut hinter den Nägeln hervorspritzte. Dann drehten sie ihn wieder um und zerschlugen ihm mit kupfernen Stangen die Kniescheiben.

«Wir werden das so lange wiederholen, bis du redest», sagte Mahu ruhig. «Es liegt also allein an dir, wann dich der Tod von deinem Leiden erlöst.»

Nun war der Wille Samuts gebrochen. «Schluss!», röchelte er mit letzter Kraft. «Macht Schluss!»

Die Folterknechte ließen das Seil mit dem Fußbalken herab und schütteten einen Krug Wasser über den blutverschmierten Körper. Mahu wiederholte Frage für Frage, und Samut gestand endlich seine Schuld am Tod meiner Tochter und ihrer Kinder und am Tod des kleinen Sessu.

Ich hatte gehört, was ich hören wollte. Jetzt wusste ich, wer der Mörder meiner Tochter und ihrer Kinder war. Ich ging und ließ Mahu in der Folterkammer, in der es jetzt nach Blut und Schweiß stank, zurück.

Die Liste der Namen, die Samut aus Furcht vor nochmaliger Folter preisgegeben hatte, war lang. Die meisten Namen waren uns von der Liste Achas und von den Geständnissen, die Usermonth und Sobekhotep abgelegt hatten, ohne dass sie gefoltert werden mussten, bekannt. Einige neue Namen, vor allem die der Mittäter Samuts, kamen hinzu. Kaum eine Stunde später waren auch sie gefasst und eingesperrt. Nur mein Schwiegersohn Rechmire war noch auf freiem Fuß, denn er hielt sich zu jener Zeit nicht in Waset, sondern in den Steinbrüchen nahe der Nilinsel Abu auf.

Bereits am darauf folgenden Tag wurden die Todesurteile verkündet und wenig später im Hof des Polizeigebäudes vollstreckt.

Mit leicht gespreizten Beinen waren die Verurteilten an hölzerne Rahmen, die wie in Schienen zwischen Holzbalken in sechs Ellen Höhe schwebten, gefesselt. Genau unter ihrem Körper ragten gespitzte Holzpfähle aus dem Boden. Je vierzehn Verurteilte hingen sich so gegenüber, damit einer das Sterben des anderen sehen konnte. Nach dem ersten Trommelwirbel durchschlug der Henker das erste Seil, und der Holzrahmen sauste mit einem Offizier der Leibgarde in die Tiefe. Unter einem kurzen Aufschrei wurde er auf den Pfahl gespießt, dessen Spitze schon einen Wimpernschlag später blutrot gefärbt aus der Brust des Hingerichteten hervorschoss. Usermonth, Sobekhotep und nach ihnen alle anderen erfuhren so ihre gerechte Strafe. Als Letzter rutschte Samut in die ewige Verdammnis.

Ihre geschundenen Körper wurden vor aller Augen an Stricken durch die Stadt und von dort in die Wüste geschleift. Schakale und Geier teilten sie sich untereinander auf, damit nichts von den Verbrechern übrig blieb und das Gedächtnis an sie ausgelöscht wurde in alle Ewigkeit.

Acha wurde siebzig Tage nach seinem Tod in aller Stille von seiner Familie am Westhang des Gebirges bestattet. Sein Name wurde bei Hof nie wieder ausgesprochen.

ELF

Ach, möge dir Gutes widerfahren,
möge der Streit unter den Menschen ein Ende haben,
dass das ganze Land dir dient.

Erst jetzt schickte ich einen Boten mit einem langen Bericht zu Haremhab nach Norden. Ich berichtete ihm in allen Einzelheiten, was in Waset vorgefallen war und wie ich mit den Verbrechern verfahren war. Ich bat ihn um Verständnis dafür, dass die Aufklärung sowie die Aburteilung und Hinrichtung der Täter keinen Aufschub geduldet hatten, da ansonsten neue Unruhen zu befürchten gewesen wären. Außerdem hatte ein Zeichen gesetzt werden müssen, dass der junge Herrscher zu raschem und hartem Durchgreifen bereit war. Zuletzt hoffte ich auf seine Zustimmung, dass ich mich um die Ergreifung meines Schwiegersohns Rechmire selbst kümmerte, um ihm die Möglichkeit zu geben, wie Acha von eigener Hand aus dem Leben zu scheiden.

Da Echnaton über so viele Jahre hinweg seine Stadt Achet-Aton gar nicht verlassen hatte und weil auch meine Tochter die Zeit ihrer Herrschaft fast ausschließlich in Waset zugebracht hatte, hielt ich es für dringend geboten, dass Tutanchaton gleich zu Beginn seiner Herrschaft möglichst viele bedeutende Orte seines Reiches besuchte. Hierzu gehörten freilich auch die Steinbrüche nahe der Nilinsel Abu im Süden Oberägyptens, wo sich Rechmire als Vorsteher der Steinbrüche Seiner Majestät mit meiner Tochter Mutnedjemet aufhielt.

Ohne jeden Zweifel hatte Rechmire längst davon erfahren, was mit Acha geschehen und wie es all den anderen ergangen war. Mahu, Maja und ich hatten es aber stets vermieden, den Namen meines Schwiegersohnes auch nur mit einem Wort vor anderen zu erwähnen.

Einzig Aper-el wurde von mir über die Verstrickung seines Sohnes in all die Verbrechen unterrichtet. Es war nicht nötig, dass ich am Abend vor unserer Abreise all die Papyrusrollen mit den Listen und den aufgeschriebenen Geständnissen vor dem Wesir ausbreitete. Er schob sie bedächtig zur Seite und sagte leise: «Dein Wort genügt mir.»

Nach einer langen Zeit des Schweigens fragte er mich: «Was wird mit meinem Sohn geschehen?»

«Ich werde ihm genug Zeit lassen, sich selbst zu richten, ohne dass erst ein förmliches Urteil über ihn gesprochen werden muss. Dann mag er wenigstens ehrenvoll bestattet werden. Über sein Schicksal im Jenseits mögen dann Osiris und Anubis entscheiden. Der einzige Trost für dich und mich mag sein, dass die Ehe deines Sohnes und meiner Tochter bislang kinderlos geblieben ist.»

«Ja», sagte Aper-el, «das ist wahrlich der einzige Trost. Ich weiß, was es bedeutet, die Gerechtigkeit der Maat zu erfahren. Mich hatte der Wesir einst zu Unrecht eines Verbrechens bezichtigt, und es war Echnaton gewesen, der mich vor seinem Vater aus dem Staub der Schande erhoben hatte. Deswegen muss auch jetzt Gerechtigkeit herrschen, selbst wenn die härteste aller Strafen meinen eigenen Sohn trifft. Die Opfer, die uns Maat abverlangt, sind manchmal groß, Eje.»

Die Augen Aper-els, die sonst so wach und aufmerksam unter seinen buschigen Augenbrauen umhergehuscht waren, wirkten jetzt alt und leer. Ich wusste, dass Aper-el einer alten Soldatenfamilie entstammte. Gewiss waren einige seiner Vorfahren in heldenhaftem Kampf gefallen. Mag die Trauer um sie auch noch so groß gewesen sein, ihr Tod warf jedoch nicht den Schatten der Schande, sondern den Glanz des Heldentums auf ihre Namen. Der Schimpf und die Schande, die Rechmire über seine Familie gebracht hatte, mochten dem rechtschaffenen Aper-el das Herz abschnüren.

«Lass ihn in Abu für die Ewigkeit vorbereiten», sagte der Wesir zum Abschied zu mir. «Er wird dann hier ebenso still bestattet werden wie Acha.»

Ich versprach es ihm und ließ ihn in seinem Schmerz zurück.

Tutanchaton musste als Herrscher von den Urteilen und von den Hinrichtungen erfahren; das Ende der Verbrecher hat er sich freilich nicht ansehen müssen. So hatte er kaum eine Vorstellung davon, was sich Entsetzliches ereignet hatte, und trat die Reise fröhlich und unbeschwert an. Es war seine erste große Fahrt auf der neuen königlichen Barke, und dem Schiffsbaumeister Nebenkemet konnte keine größere Ehre zuteil werden, als dass er trotz seines hohen Alters Pharao auf dessen Fahrt nach Süden begleiten durfte.

Wo wir auch hinkamen, die Freude über den Besuch des jungen Herrschers war zwar unbeschreiblich, gleich, ob in Iuny, Per-Hathor oder Hefat; in Esna wurde Tutanchaton ebenso bejubelt wie in Edfu und in Nubt. Aber mit der Freude über das Erscheinen des jungen Pharao war überall die Hoffnung verbunden, dass Ägypten unter einer langen Herrschaft Tutanchatons und unter dem Schutz unserer alten Götter zu früherem Glanz zurückkehren werde. Es stimmte mich nachdenklich, dass Pharao von nicht einem einzigen Untertanen auf seiner Fahrt ermuntert wurde, am Glauben seines Vaters Echnaton festzuhalten. Freilich wagte es niemand, Tutanchaton zu bitten oder gar ihn aufzufordern, von Aton als dem einzigen Gott abzulassen, und mir versicherte man im Vertrauen, dass man die Heiligtümer Atons, die Echnaton überall im Land errichtet hatte, nicht antasten und man Aton auch weiterhin Verehrung entgegenbringen würde. Aber ich sah mit eigenen Augen, dass die Menschen die Rückkehr zum alten Glauben ihrer Väter längst vollzogen hatten. Die Tempel und Heiligtümer, die in der Zeit ihrer Schließung vernachlässigt worden waren, die zugeweht waren vom Sand der Wüste und überwuchert von Disteln und Gras, wurden jetzt von den Menschen mit einfachsten Mitteln liebevoll hergerichtet, damit sie die ihnen noch immer vertrauten Götter wieder verehren konnten.

Auf der Elefanteninsel war man auf den Besuch Pharaos bestens vorbereitet, ich sah den kleinen alten Palast herausgeputzt wie selten zuvor. Rechmire kannte natürlich den offiziellen Anlass des Besuchs: Pharao wollte hier in den Steinbrüchen den Auftrag zur Schaffung eines neuen Obelisken für das Gempa-Aton in Achet-Aton verkünden.

Rechmire ließ sich bei unserer ersten Begegnung im Hafen nichts anmerken. Mutnedjemet und er begrüßten mich so freundlich und ausgelassen wie eh und je, und all die Herzlichkeit, die mir da entgegenschlug, machte es mir schwer, an die Schuld meines Schwiegersohnes zu glauben, auch wenn sie zweifelsfrei feststand.

In feierlichem Zug ging es dann hinauf in den alten Palast, wo man Tutanchaton die Würdenträger Abus und seiner Umgebung vorstellte. Auch während des Festes am Abend gab sich Rechmire, als wäre nichts vorgefallen, als wüsste er nicht, dass seine Mitverschwörer von einst längst gerichtet und der ewigen Verdammnis preisgegeben waren. Er trank Wein, ohne dabei unmäßig zu sein. Er erfreute sich an der Musik und den Darbietungen der Tänzerinnen, und er berichtete Pharao von der großen Ausbeute in den Steinbrüchen. Sein Auftreten war dabei keineswegs überheblich oder gar herablassend, was mir das, was mir bevorstand, gewiss nur noch schwerer machen würde. Allmählich begann ich sogar, am Verstand meines Schwiegersohnes zu zweifeln. War dies nur ein letztes Aufbäumen seiner Lebensfreude, bevor er endgültig von dieser Welt Abschied zu nehmen gedachte? Oder tat er dies alles nur, um meiner Tochter ein letztes Mal jene heile Welt vorzugaukeln, die es schon lange nicht mehr gab?

Es war spät in der Nacht, und Nassib und viele seiner Gäste waren schon zu Bett gegangen, als Rechmire und ich wie zufällig an der großen Fensteröffnung standen, die uns einen unvergleichlichen Blick nach Süden und auf den von dort kommenden Fluss bot, der sich nur wenige hundert Ellen vor uns teilte, um die Insel in zwei gleich starken Strömen zu umfließen. Seine Wasseroberfläche glänzte silbrig im Schein des Vollmonds, und nur gelegentlich wölbte sich die spiegelglatte Oberfläche und verriet so ein Krokodil oder ein Flusspferd, das auf seinem Weg zum nächtlichen Landgang war.

«Haben Mahu und du wirklich alles herausgefunden?», fragte mich Rechmire mit belegter Stimme, während seine Hände die Brüstung fest umklammerten, als sollten sie ihm, wenn er gleich die Wahrheit erfuhr, genug Standfestigkeit verleihen.

«Ich glaube ja, Rechmire. Nur deswegen bin ich auch hierher gekommen. Der Obelisk ist nur ein Vorwand. Wenn du die Listen sehen willst, ich habe sie mitgebracht. Jeder Sack Getreide, jedes Korn Gold und jeder Krug Wein, um die Pharao betrogen wurde, sind darin aufgezeichnet. Auch jeder Steinblock, der dieses Gelände verließ, ohne jemals auf einer Baustelle Seiner Majestät angekommen zu sein.»

Ich sah, wie sich seine Hände entkrampften, wie seine sonst so aufrechte, mannhafte Körperhaltung wich und Rechmire in sich zusammensank, ja mir war, als wäre er von einem Augenblick zum anderen kleiner geworden.

«Wie viel Zeit lässt du mir?», fragte er mich kleinlaut.

«Mach dir deswegen keine Sorgen. Ich wünsche nur nicht, dass du zu fliehen versuchst. Damit würdest du mich zum Handeln zwingen.»

Er nickte zweimal und bedankte sich leise.

«Nur eines weiß ich bis heute nicht: Warum wurde Nofretete auf euch aufmerksam und begann, Nachforschungen anzustellen?»

«Die Gier nach übermäßigem Reichtum und sein Besitz machen offenbar blind und dumm, Eje. Einige von uns – allen voran Usermonth – stellten ihren plötzlichen Wohlstand allzu dreist zur Schau. Sie haben nicht damit gerechnet, dass Nofretete als Frau den Schmuck, den andere Frauen tragen, besonders genau besieht. Und wenn die Gemahlin Usermonths bei einem Fest im Palast Schmuck trägt, der sonst nur einer Königin würdig ist, und sich Usermonth gleichzeitig darüber beklagt, dass die Goldlieferungen aus den Mienen im Osten und in Nubien stets weniger werden, war es keine Überraschung mehr, dass deine Tochter Nachforschungen anstellen ließ.»

«Und so wurde ihr Tod beschlossen, damit euer Verrat unentdeckt blieb! Sag mir, Rechmire: Wer von euch verfiel auf den entsetzlichen Gedanken, meine Tochter und ihre Kinder zu ermorden?», fragte ich ihn, und im gleichen Augenblick spürte ich, wie mein Herz aufgeregt zu rasen begann. Rechmire sah eine Weile schweigend auf den silbrig glänzenden Nil hinaus, dann wandte er sich wieder mir zu: «Wir alle waren es gleichermaßen, Eje. Uns trifft alle dieselbe Schuld.»

Ich war erstaunt, dass er nicht versucht hatte, einem anderen die alleinige Schuld am Tod meiner Tochter zu geben, was mir zwar ein wenig Achtung abverlangte, mir aber auch keinen Grund gab, ihn über die anderen zu stellen und zu schonen.

«Hat Mutnedjemet irgendeine Ahnung davon, dass auch du damit zu tun hast?»

«Nein», flüsterte er. «Sie weiß von alledem nichts.»

Darauf verneigte er sich kurz vor mir und ging weg.

Am anderen Morgen war er wie verwandelt: Ein fröhlicher, scheinbar willensstarker Rechmire erschien vor Pharao und mir und erklärte in überschwänglichen Worten, dass alles für die Ausfahrt in die Steinbrüche vorbereitet war. Eine Fähre brachte uns von der Insel ans östliche Ufer. Sein abendliches Geständnis hatte sein Herz offenbar von einer schweren Last befreit.

Es waren gewiss zwölf bis vierzehn Streitwagen, die im Hof der dortigen Kaserne bereitstanden, und dazu dreißig Soldaten, die uns begleiten sollten.

Ob Rechmire ahnte, dass sein Verwalter, der im Palast auf der Insel zurückgeblieben war, gerade verhaftet wurde, während wir in die Steinbrüche aufbrachen? Dort arbeiteten noch zwei andere Männer, auf die das gleiche Schicksal wartete wie auf die achtundzwanzig, die vor wenigen Wochen in Waset hingerichtet worden waren.

Ich stieg mit auf Tutanchatons Wagen, den ein Offizier meiner Streitwagentruppe lenkte, denn hier wollte ich meinen Schützling nicht einen Augenblick allein lassen. Jedenfalls nicht, solange auch nur einer jener Verbrecher frei herumlief. Zuvor hatte ich unauffällig unseren Wagen gemustert, ob vielleicht die Achse angesägt oder ein Riemen durchtrennt war. Als wir losfuhren, befahl ich dem Wagenlenker: «Nicht schneller als Trab!»

Unsere Fahrt ging zuerst ein Stück weit nach Süden. Der Weg entlang des Ufers war gut ausgebaut und lag im Schatten von Nilakazien, die sich hier zu Tausenden aneinander reihten, denn der Uferpfad wurde auch von Sklaven und Zugstieren benutzt, um die Lastschiffe mit Steinblöcken von Abu nach Norden zu ziehen. Ohne den kühlenden Schatten der Bäume wären die Sklaven allzu schnell zugrunde gegangen, ohne lange nützlich gewesen zu sein, und die Zugstiere hätten zu oft zum Wasser geführt werden müssen, was einem schnellen Vorwärtskommen nur hinderlich gewesen wäre. Die älteren Akazien trugen noch die weißen Blütenstände, die in üppigen Trauben herabhängend einen schweren und süßen Duft verbreiteten, welcher dort, wo der Fluss langsam dahinziehend nur Brackwasser mit sich führte, dessen modrig-faulen Geruch angenehm überdeckte. Die wenigen Menschen, die uns auf unserer Fahrt begegneten, blieben nur verwundert am Wegrand stehen, und bestenfalls verneigten sich ein paar wenige, denn keiner von ihnen konnte ahnen, dass in der Mitte der vorüberfahrenden Kolonne der Gute Gott auf einem der Streitwagen stand.

Dann erreichten wir jene Stelle, an der die Ausläufer der östlichen Höhenzüge bis dicht an den Nil heranreichen. Bald darauf sahen wir die erste lang gestreckte Rampe, von welcher Sklaven, Gefangene und Verbannte die Granitblöcke vom Steinbruch herab an den Fluss schleppten, damit sie dort auf die Lastschiffe verladen werden konnten. Es waren das unentwegte Schreien der Aufseher, das Knallen von Peitschen, das Knirschen des Sandes und das Quietschen der Holzkufen, die einen hier selbst das eigene Wort nicht mehr verstehen ließen. Dazwischen vernahm ich das Stöhnen und Fluchen der zu dieser Schinderei Verdammten. Einige von ihnen hatten noch kräftige, muskulöse Körper, woraus ich schloss, dass sie noch nicht lange hier waren. Andere waren ausgemergelt, hatten eine tiefbraune, von Narben übersäte und geschundene Haut, und ihr leerer und doch so kummervoller Blick verriet, dass sie um das baldige Ende ihrer Lebenszeit wussten. Junge Sklaven, denen man ansah, dass sie von harter Arbeit verschont wurden, und die gewiss die Lieblinge der Aufseher und Obersklaven waren, huschten mit Wasserschläuchen zwischen all den Elenden hin und her, und man erkannte schnell, wen von den einfachen Sklaven die schönen Jünglinge noch fürchteten, denn diese durften länger und häufiger trinken als die anderen.

Unser Weg schlängelte sich die Anhöhe hinauf, und je näher wir den Steinbrüchen kamen, umso deutlicher vernahm ich ein anderes Lärmen: Es war das eintönige, unaufhörliche Schlagen Hunderter Steinhämmer. Wo ich auch hinblickte, der ganze Hang war voll von Sklaven, die Splitter für Splitter unzählige Granitblöcke aus dem Hang herausschlugen. Ihre schweren Hämmer waren aus Diorit, dem härtesten aller Steine, denn Kupfer oder Bronze hätten hier nur wenig ausrichten können. Die fertigen Blöcke wurden auf hölzernen Rollen zur Rampe gezerrt. Sechzig Mann zogen an den dicken Tauen aus geflochtenem Hanf, während acht andere nur damit beschäftigt waren, die Holzrollen, die der Steinblock hinter sich freigab, nach vorn zu schleppen, damit er wieder und immer wieder darüber rollte, bis er an der Rampe angekommen war. Wurde ein Block aus einem etwas steileren Stück der Anhöhe herausgelöst, war doppelte Vorsicht geboten, denn allzu leicht geriet dort einer der Steinriesen auf dem mit Sand bedeckten Fels ins Rutschen, und hatte er erst einmal ungebremst an Fahrt gewonnen, konnte ihn keine Macht der Welt mehr aufhalten.

Es rührte mich an, wie freundlich und aufmerksam Rechmire seinem jungen Herrscher alles zeigte und ihm jede Einzelheit erklärte. Beide sahen vom oberen Ende der Rampe hinab ins Tal und beobachteten die Steinblöcke auf ihrem Weg zum Lastschiff. Hin und wieder zeigte Rechmire in irgendeine Richtung, um Tutanchatons Aufmerksamkeit auf ein neues Ziel zu lenken. Wollte er ihm etwas erklären, musste er ganz nah an ihn herantreten, denn das unentwegte Klingen der Steinhämmer und all der andere Lärm ließen eine Unterhaltung, wie man sie sonst pflegte, gar nicht zu.

Ich sah hinauf, wie sie einen frisch aus dem Fels gehauenen Block gerade fertig machten, um ihn von dort zur Rampe zu zerren. Aber sie bekamen den Riesen nicht in ihre Gewalt. Er kippte über eine kleine Kante und machte sich von selbst auf den Weg. Es war bereits zu spät, um mit gemeinsamen Kräften Hebel gegen seine Vorderseite zu stemmen, um Bremskeile vor seine Unterkante zu setzen oder ihn noch mit den Seilen aufzuhalten. Er rutschte ihnen einfach weg und geradewegs auf das obere Ende der Rampe zu, wo Tutanchaton und Rechmire standen und ahnungslos talwärts schauten.

Ich schrie, so laut ich nur konnte. Immer wieder brüllte ich beider Namen hinaus, und ich sah, wie sich auch einige Aufseher die Hände an den Mund hielten, damit ihr Rufen besser gehört wurde. Aber der Lärm des Steinbruchs verschlang mitleidlos jedes noch so laut gerufene Wort, jede Warnung. Es stand auch keiner in ihrer Nähe, sodass er hätte hinlaufen und sie warnen können. Endlich kam ein Aufseher auf den rettenden Gedanken: Er hob einen Stein auf und warf ihn mit aller Kraft zur Rampe hinab, wo er gegen einen der Steinblöcke schlug und von dort Rechmire direkt vor die Füße fiel.

«Dreh dich doch endlich um!», flehte ich leise flüsternd ihn und alle Götter an und hob schon die Hände zum Gesicht, denn ich wollte das jetzt unabwendbare Ende nicht sehen. Da drehte sich Rechmire schnell um, sah den Granitblock, der nur noch wenige Ellen von ihm und Tutanchaton entfernt war, wandte sich ruckartig dem Knaben zu und schubste ihn mit beiden Händen so heftig von sich weg, dass dieser noch im Fall das goldene Diadem mitsamt dem Nemeskopftuch verlor und zu Boden stürzte.

Für Rechmire selbst aber gab es kein Entrinnen mehr. Nachdem er Tutanchaton gerettet hatte, wandte er sich noch einmal kurz nach oben um, wohl um zu sehen, welche Möglichkeit zur Flucht er selbst noch hatte, doch es blieb ihm nicht mehr, als die Arme schützend nach vorn zu halten, als wollte er so den Steinriesen von sich fern halten. Grausig knirschend krachte der Quader gegen den obersten Felsblock auf der Rampe und zermalmte zwischen sich und diesem den Aufseher aller Steinbrüche Seiner Majestät, Rechmire, meinen Schwiegersohn. Die Oberkante des Quaders reichte bis an seine Brust, und kaum, dass Rechmire erfasst wurde, schoss ein Schwall hellen Blutes aus seinem weit geöffneten Mund und ergoss sich vor den entsetzten Augen des Sterbenden auf die Oberfläche des Granitblocks, wie sich das Blut eines Opfertiers über einen Altar ergießt. Zuletzt sank der Kopf Rechmires langsam vornüber und tauchte in ein Meer seines eigenen Blutes ein.

Tutanchaton war nach seinem Sturz so mit der kleinen Verletzung an seinem Knie und mit seinen Tränen beschäftigt, dass er nicht sah, welches Ende Rechmire genommen hatte. Bevor er seine Blicke auf den Ort des Schreckens richten konnte, eilten Ipu und ich zu ihm hin und begleiteten ihn zurück zu unseren Streitwagen. Ich redete die Verletzung bewusst schlimmer, als sie war, damit wir einen Grund hatten, schnellstmöglich zum Palast von Abu zurückzukehren.

Welche Macht es auch immer gewesen sein mochte, die Rechmire gerichtet hatte, gnädig war sein Ende gewiss nicht gewesen, und die Grausamkeit seines Todes stand der seiner gepfählten Mittäter in nichts nach. Aber im Gegensatz zu ihnen hatte ihm das Schicksal so kurz vor seinem Tod noch die Gnade erwiesen, sich für das kostbarste Leben Ägyptens zu opfern. So trat Rechmire nicht nur in Schande vor den Richter des Jenseits, sondern auf der rechten Waagschale seines Herzens lag eine für Anubis unübersehbar gute Tat, die seine Seele vielleicht davor bewahrte, von der Fresserin, jenem Mischwesen mit Löwenkörper und dem Hinterteil eines Flusspferds, das aber den Rachen eines Krokodils hatte, verzehrt zu werden, wie die Fresserin alle verzehrte, die nicht gerechtfertigt waren vor Anubis.

Und noch eine Gnade gewährte ihm das Schicksal: die Gnade, nicht Hand an sich selbst gelegt haben zu müssen, sondern den Tod so hinnehmen zu dürfen, wie er kam, unweigerlich und unaufhaltsam. Denn wie oft wohl mochte die Hand des Selbstmörders zaudern, stellte sie, geplagt von Zweifeln, das Gift wieder zur Seite, legte sie die Klinge wieder nieder, um sie schließlich doch zu ergreifen und in einem letzten Akt der Niedergeschlagenheit dem Leben ein Ende zu bereiten, weil die Armen trotz allen Hoffens und Bangens keine Stimme vernahmen, die sie anflehte, ihrem Tun Einhalt zu gebieten.

So mochte Rechmire trotz aller Schande, die er über sich und seine Familie gebracht hatte, als Gerechtfertigter ins Jenseits eingehen. An mir war es, meiner ahnungslosen Tochter die Nachricht vom schrecklichen Opfertod ihres Gemahls zu überbringen. Sosehr ich meine Tochter auch bedauerte, ich musste ihr die Wahrheit über die Machenschaften ihres Gemahls offenbaren, denn es wäre für sie viel schlimmer gewesen, hätte sie eines Tages von anderen davon erfahren und nicht von mir selbst. Und es mochte bei Hof manchen gegeben haben, der, nur um mir zu schaden, mich vor meiner eigenen Tochter bloßstellen würde, wenn er nur Gelegenheit dazu bekam. Dabei dachte ich vor allem an Haremhab.

Während Tutu, der Leibarzt Pharaos, die Verletzung des Jungen behandelte, ging ich zu meiner Tochter Mutnedjemet. Wir beide kannten uns nur zu gut, als dass sie nicht geahnt hätte, dass mein Besuch bei ihr nichts Gutes bedeutete.

«Wo ist Rechmire?», fragte sie mich ahnungsvoll, ohne mich zuvor auch nur mit einem Wort begrüßt zu haben. Ich ergriff ihre Hände und berichtete ihr in wenigen Worten, was geschehen war. Mutnedjemet hatte in ihrem Leben schon zu oft den Tod mit all dem Leiden, das er verursacht, erlebt, als dass sie jetzt haltlos zusammengebrochen wäre. Still saß sie jetzt vor mir, hielt sich die Hände an die Schläfen und blickte ausdruckslos zu Boden.

«Wir hatten uns immer so sehr Kinder gewünscht», sagte sie leise, während jetzt Tränen über ihre Wangen rollten und von dort zu Boden fielen.

«Ich weiß gar nicht, ob ich jetzt nicht dankbar dafür sein sollte, dass unser Wunsch nie erhört wurde. So lässt Rechmire jetzt wenigstens nur mich allein mit all dem Schmerz zurück. Dafür habe ich außer meiner Erinnerung an ihn nichts, was von ihm geblieben ist.»

Ich nahm allen Mut zusammen und sagte: «Die Schuld, die er lange vor seinem Tod auf sich geladen hat, wird dir die Erinnerung an ihn noch schwerer machen, Mutnedjemet.» Sie hob den Kopf und sah mich verständnislos an.

«Du hast von Acha und den anderen gehört?»

Sie nickte stumm.

«Er war einer von ihnen.»

«Das ist nicht wahr!», rief sie laut und strafte mich für meine Behauptung mit wütenden Blicken. «Rechmire hat nichts Unrechtes getan, Vater!»

«Ich weiß, dass ich jetzt kein guter Tröster für dich bin. Doch ich kann nicht anders, als dir die Wahrheit zu sagen. Rechmire hätte nur noch wenige Tage Zeit gehabt. Ich habe gestern Abend mit ihm darüber geredet. Wenn du darauf bestehst, lege ich dir alle Beweise vor.»

Mutnedjemet winkte ab und vergrub ihr Gesicht in ihren

Händen, um jetzt ihrer Trauer freien Lauf zu lassen. Ich ging zu ihr und legte meine Hände auf ihre Schultern.

«Lass mich allein!», schluchzte sie laut und drehte sich abweisend zur Seite.

«Nein, ich lass dich jetzt nicht allein.»

Ich kniete nieder und nahm sie in meine Arme. Lange weinte sie so bittere Tränen der Trauer um ihren verlorenen Gemahl und um ihr zerstörtes Glück.

Wie ich es Aper-el versprochen hatte, ließ ich den Leichnam seines Sohnes Rechmire noch am selben Tag zu den Balsamierern von Abu bringen, damit sie ihn würdig und nach den Vorschriften für die Ewigkeit vorbereiteten. Während dieser siebzig Tage blieb Mutnedjemet in Abu zurück, um erst danach zusammen mit ihrem toten Gemahl die Reise nach Norden anzutreten.

Drei Tage nach den Geschehnissen in den Steinbrüchen von Abu fuhr ich mit Tutanchaton nach Waset zurück.

Der mächtigen, lebendigen und lauten Hauptstadt Oberägyptens war nichts anzumerken. Als hätte es nicht schändliche Verbrechen gegeben, Täter aus dem Kreis der engsten Vertrauten Pharaos und Hinrichtungen, wie sie zahlreicher und schrecklicher vorher nie zu sehen gewesen waren, ging das fröhliche Lärmen in dieser Stadt weiter wie eh und je. Gewiss, das Leben musste weitergehen, denn das Leben in dieser Welt endet erst mit dem Tod und nicht mit der Aufdeckung von Verbrechen, erst recht nicht, wenn sie von anderen begangen wurden. Aber ich hatte immer geglaubt, dass die Menschen nach derlei Begebenheiten ruhiger und besonnener werden würden, dass sie etwas in sich gehen würden. Gerade das Gegenteil schien in Waset der Fall zu sein. Es gingen die unglaublichsten Gerüchte um, wer außer den Hingerichteten noch ein Verbrecher war und dass die wirklichen Mörder Nofretetes allesamt am Leben wären. Mahu berichtete mir, dass einem seiner Polizisten zugetragen wurde, ich selbst hätte all die ungeheuerlichen Vorwürfe nur erfunden, um aufrechte, mir aber unliebsame Männer aus dem Weg zu räumen, damit ich allein und ohne Angst vor Entdeckung über den Schatz Pharaos verfügen konnte. Einige dieser Gerüchte hatten ihren Ursprung gewiss innerhalb der Tempelmauern Amuns. Dies zu beweisen gelang aber weder Mahu noch mir selbst.

Das wichtige Amt des Schatzmeisters Seiner Majestät musste schnell besetzt werden, daran gab es keinen Zweifel. Seit dem Tod Achas waren alle Schatzhäuser und die Goldwerkstätten geschlossen und von Soldaten der Streitwagentruppe bestens bewacht. Es musste aber dort schnell wieder ein geregeltes Schaffen einkehren, damit alle Ägypter sahen, dass Pharao, war er auch noch so jung, in der Lage war, Maat zu schaffen, unsere göttliche Ordnung. Es bedurfte von meiner Seite keines Hinweises und keines Zuredens. Die Wahl traf Tutanchaton allein und selbstsicher wie ein erfahrener Regent.

Der Auserwählte selbst konnte die Ehre, die ihm mit der Verleihung dieses Amtes zuteil wurde, kaum fassen. Ja, der Aufstieg Majas vom einfachen Schreiber zum Ersten Schreiber Echnatons und jetzt zum Schatzmeister Seiner Majestät war wirklich unvorstellbar.

Aber er war verdient.

In den Reihen der Priester des Verborgenen sah ich nur finstere, mürrische und unzufriedene Gesichter, obwohl Pharao ihnen gerade erst die Gnade gewährt hatte, die goldene Statue Amuns künftig auf dreizehn Tragestangen und nicht wie bisher auf nur elf durch die Stadt zum südlichen Tempel zu tragen. Wie vor so vielen Jahren schon hörte ich ihre Boshaftigkeiten, und sie ahnten noch immer nicht, dass ich fast jedes ihrer Schmähworte verstand. Wie erbärmlich diese Geschöpfe geblieben waren! Ich hatte gehofft, dass jetzt, wo ihre Tempel wieder geöffnet, wo ihre Schatzhäuser nach und nach wieder gefüllt und wo die Feste zu Ehren Amuns und aller anderen Götter wieder gefeiert werden durften, Friede einkehren würde.

«Nicht nur, dass man den ersten Obelisken, der nach so vielen Jahren der Tatenlosigkeit geschaffen werden soll, dem Tempel Atons in Achet-Aton weiht. Nicht nur, dass man bei der Besetzung eines so bedeutsamen Amtes wie desjenigen des Schatzmeisters Seiner Majestät erneut bestens geeignete Männer Oberägyptens übergeht. Wir haben auch erfahren, dass man sich mit der Absicht trägt, nach dem Opetfest dauerhaft nach Achet-Aton zurückzukehren», ereiferte sich Meriptah, und als ich seine Worte vernahm, glaubte ich in ihnen den Geist ihres längst verstorbenen Oberpriesters Ramose zu erkennen. Die Priester um Meriptah tuschelten wie eh und je und zischten ihre Boshaftigkeiten wie Giftnattern vor sich hin. Und wie seit den ersten Tagen an der Seite meines Freundes Amenophis gab ich sie an Tutanchaton weiter, damit er wusste, mit wem er es vor sich zu tun hatte.

«Warum», fragte ich den Ersten Sehenden herausfordernd, «vermeidet Ihr es, Pharao unmittelbar anzusprechen, und sprecht nur von ‹man›, wenn Ihr doch ohne jeden Zweifel den Guten Gott meint?»

«Dann versteckt Euch nicht hinter Seiner Majestät, Gottesvater Eje», tönte es zurück, «wenn in Wirklichkeit Ihr allein die treibende Kraft all dieser Vorhaben seid.»

«Schweig!», rief Tutanchaton zu meiner großen Überraschung laut in den Audienzsaal hinein. «Es steht Dir nicht zu, so vor mir zu reden! Glaubst Du wirklich, ich würde nicht hören, wie Deine Priester über mich reden? Mein Vater mochte deswegen diese Stadt nicht, und ich mag sie auch nicht.»

Der Erste Sehende verneigte sich demütig, denn er spürte wohl, dass Tutanchaton kurz davor war, die Audienz zu beenden und ihn und seine Priester hinauszuwerfen.

«Nach dem Opetfest wird Seine Majestät nach Achet-Aton fahren. Wie lange er sich dort aufhalten wird, entscheidet Pharao ganz allein», beschied ich Meriptah und seine Priester und schloss damit die Versammlung.

Die Diener Amuns schienen fürs Erste beruhigt, denn ohne

noch weiter zu murren, verließen sie den Palast, und bis zum Opetfest war von ihnen kaum etwas zu hören oder zu sehen.

Die vielen Menschen, die aus allen Landesteilen zu diesem Opetfest nach Waset strömten, waren nicht nur aus eigenem Antrieb hierher gekommen. Dessen war ich mir sicher.

Gewiss hatte ein Teil von ihnen das Fest zum Anlass genommen, um mit eigenen Augen zu sehen, wie Tutanchaton mit dem althergebrachten und für ihn doch so neuen Glauben und seinen Festen umgehen würde; der größere Teil derer, die bis von Men-nefer, der Flussmündung und dem Fajum angereist kamen, waren von den Dienern Amuns hierzu ermuntert worden. Das berichteten uns Polizisten Mahus, die sich unerkannt unter die Pilger gemischt hatten, Tag für Tag aufs Neue. Als aber der große Tag gekommen war und die Festlichkeiten mit dem Zug der Barke Amuns begannen, konnte ich mich selbst davon überzeugen: Die Verehrung des Verborgenen war nicht befohlen und wirkte auch nicht aufgesetzt, sondern entsprang einer im Volk tief verwurzelten, innigen Frömmigkeit. Ich erkannte es an ihren Gesichtern, an ihren inbrünstigen Gebeten und den zahlreichen und großzügigen Opfergaben, die für viele von ihnen gewiss schmerzlich waren. Und ihre Dankbarkeit dafür, dass sie hier ihren alten Glauben wieder gefunden hatten, ja ihn wieder finden durften, fand ihren Ausdruck in der Verehrung, die sie Tutanchaton gleich einem Gott entgegenbrachten.

Die Fahrt der goldenen Statuen von Amun, Mut und Chons, begleitet von dem jungen Pharao, glich einem Triumphzug nach dem gewaltigsten aller Siege über die Feinde Ägyptens. Ich hatte das große Opetfest im 25. Regierungsjahr meines Freundes Amenophis erlebt, das dieser nach der Fertigstellung des südlichen Tempels gefeiert hatte. Schon damals waren die Ufer des Flusses und die Straßen der Stadt von Hunderttausenden gesäumt, und ihre Plätze waren so überlaufen, dass es kein Hindurchkommen mehr gab. Aber das, was ich jetzt am Ende des ersten Regierungsjahres seines Enkels erlebte, übertraf alles Dagewesene. Schon beim Auszug der Götterstatuen aus dem großen Tempel Amuns drängten die Menschen mit solcher Gewalt nach vorn, dass die Soldaten alle Mühe hatten, den Prozessionsweg der goldenen Barke, die von sechsundzwanzig Priestern auf dreizehn Tragestangen getragen wurde, freizuhalten. Während des Zuges zum Hafen, den die Sänfte Pharaos anführte, stieg aus unzähligen Opferpfannen Weihrauch in dicken Schwaden zum Himmel empor, sangen die Tempelchöre ihre Lobgesänge zu Ehren der göttlichen Dreiheit und murmelten die Menschen unaufhörlich in unverständlichen Gebeten ihre Sorgen und Wünsche vor sich hin.

Nach drei Tagen der Gottesverehrung und des Feierns hegte ich keinen Zweifel mehr, dass unser Volk die Rückkehr zu seinem alten Glauben, zum Glauben an Re, Amun und Osiris, an Ptah, Mut und Chons und an all die anderen Götter, spätestens hier in Waset endgültig und eindrucksvoll vollzogen hatte. Man sah ihnen an, dass sie für die Befreiung vom Joch des für sie so ungewohnten Eingottglaubens dankbar waren, dass sie es genossen, all die unscheinbaren und für die meisten von ihnen gewiss undurchsichtigen Kulthandlungen wieder ausüben zu dürfen: drei Verneigungen nach rechts, drei nach links; ein wenig Salz ins Wasser, damit Geb, der Erdgott, nicht zürnte; ein kurzer Blick gen Himmel, um Re nicht zu enttäuschen. So ging es unentwegt, aber sie taten es mit großem Ernst und mit einer Würde, als würde von ihrem Tun der Fortbestand Ägyptens abhängen. Aber ist es nicht gerade dieses genaue Beachten aller Regeln, die Maat von ihnen und von uns allen jeden Tag aufs Neue verlangt?

Am Ende der zehn festlichen Tage blieb mir nur die betrübliche Einsicht, dass zumindest außerhalb von Achet-Aton die Botschaft Echnatons und sein neuer Glaube gescheitert waren. Es machte auch gar keinen Sinn, dem Willen der Menschen gegenzusteuern. Jeder noch so unscheinbare Versuch wäre am erbitterten Widerstand der Priester und dem offenen Aufruhr, zu welchem sie ohne jeden Zweifel aufgerufen hätten, im Keim erstickt worden. Die Religion Echnatons war so sehr an seine Person gebunden, dass mit seinem Tod auch der Glaube an Aton als dem einzigen Gott Ägyptens hoffnungslos verloren war. War es ein Fehler im Planen und Denken Echnatons, dass er für den Fortbestand seines Glaubens auch für die Zeit nach seinem Tod keine Vorkehrungen getroffen hatte? Oder hätte er beizeiten Tutanchaton zu einem Sohn Atons erklären sollen, um so den Fortbestand des Eingottglaubens zu sichern? Ich wusste darauf keine Antwort. Umso wichtiger erschien es mir, dass wenigstens Achet-Aton selbst als ein Mittelpunkt der Verehrung Atons und des Andenkens seines Sohnes Echnaton erhalten blieb.

Mochten die Priester des Verborgenen auch murren, wie sie wollten, die königliche Barke legte wenige Tage nach dem Opetfest in Richtung Norden ab. Ich hatte es gegenüber Meriptah vollkommen offen gelassen, wann Tutanchaton nach Waset zurückkehren würde, denn er sollte wissen, dass nur der Gute Gott selbst darüber zu bestimmen hatte, an welchem Ort in den Beiden Ländern er sich aufhielt. So blieb nur der Wesir Aper-el als der Stellvertreter Pharaos in Oberägypten zurück, nicht zuletzt, um gemeinsam mit Mutnedjemet seinen Sohn Rechmire, wenn auch in aller Bescheidenheit, so doch mit Würde, in seiner Wohnung der Ewigkeit zu bestatten.

Auf unserer Reise zurück in die Stadt Echnatons hielten wir uns nirgendwo lange auf, denn sowohl Tutanchaton als auch mich drängte es zurück in die Ruhe und die Beschaulichkeit dieser so einzigartig schönen Stadt. Nassib, mochte er auch noch so jung sein, hatten die schrecklichen Vorkommnisse der vergangenen Monate schwer belastet. Obwohl auch Achet-Aton ein Ort war, an dem der Junge viel Leid hatte erfahren müssen, hellte sich sein Blick mehr und mehr auf, als er endlich die Türme der Tempel und Paläste als diejenigen seiner Vaterstadt wieder erkannte, als unser Schiff an der Spitze der königlichen Flotte die Hafenmauer des Stadtpalastes ansteuerte und er schließlich den Boden der ihm so vertrauten Stadt betrat.

Es brauchte weder viel Lebenserfahrung noch ein allzu aufmerksames Auge, um festzustellen, dass hier etwas nicht stimmte. Im Hafen tummelten sich weit weniger Menschen als sonst. Die Straßen und Plätze waren so leer, wie zu Zeiten der Pest, und auf den Märkten sah ich kaum so viele Händler wie im entfernten Napata. Auf unserer Fahrt in den Nordpalast bemerkte ich immer wieder Häuser, deren Läden verschlossen waren und unter deren Bäumen keine Alten mehr saßen und keine Kinder mehr spielten. Der Auszug der Menschen aus Achet-Aton hatte also bereits begonnen, bevor überhaupt feststand, welche Hauptstadt sich der junge Herrscher erwählen würde. Die Beamten freilich und alle, die sonst im Dienst Pharaos standen, waren noch hier geblieben. Der Tod Echnatons und Nofretetes sowie die Rückkehr der Priester all der alten Götter hatten Tatsachen geschaffen, die wohl unumkehrbar waren.

Wenige Tage nach uns traf auch Haremhab in Achet-Aton ein. Obwohl er längst durch zahlreiche Briefe unterrichtet war, berichtete ich ihm in allen Einzelheiten, was in Waset und im Steinbruch von Abu geschehen war, und ich war erleichtert, dass mein Handeln seine uneingeschränkte Zustimmung fand.

«Ich habe nur meine Zweifel», sagte er und schlug dabei die Augen wieder so weit nach oben, dass nur noch das Weiße zu sehen war, «ob Acha und Rechmire es wirklich verdient haben, ehrenvoll bestattet zu werden.»

«Hättet Ihr von mir erwartet, dass ich das Andenken an den ältesten Freund, der mir geblieben war, und das Andenken an meinen eigenen Schwiegersohn auslöschen lasse für immer und ewig?»

«Wenn sie, wie die anderen Verbrecher auch, Maat mit Füßen getreten haben, warum sollte dann Maat mit ihnen gnädiger verfahren? Aber lassen wir lieber die Geschichten von gestern.»

Dann sah er aber mit besorgter Miene auf den Platz vor dem Stadtpalast, wo einst die Untertanen Echnatons gestanden und ihrem Herrscher zugejubelt hatten.

«Die Abkehr von Echnaton muss eine vollständige werden, Eje. Mit Halbherzigkeiten werden sich die Priester und all die anderen Menschen Ägyptens nicht mehr zufrieden geben. Die Lehre Echnatons ist gescheitert, das wisst Ihr so gut wie ich, Gottesvater.» Er drehte sich nicht einmal zu Tutanchaton und mir um, während er dies sagte.

«Ihr würdet am liebsten das Andenken an ihn ganz auslöschen, wenn Ihr könntet. Habe ich Recht?», fragte ich ihn und sah, wie Nassib irritiert zu Haremhab blickte, als wollte er nicht wahrhaben, was er gerade gehört hatte. Ruckartig wandte sich der General zu uns um.

«Ja», sagte er laut und bestimmt. «Wenn ich es könnte, ich würde es tun! Seht Ihr nicht selbst, was Echnaton angerichtet hat? Nicht nur, dass unsere Truppen verunsichert sind und fast feige und lustlos gegen die Hethiter ziehen, als wüssten sie nicht, warum und für wen sie ihr Leben einsetzen. Ich räume ein, dass ich den Kampfgeist und den Zustand unserer Truppen unterschätzt habe. Aber wenn unsere besten Soldaten jahrelang dazu missbraucht wurden, für einen unbedeutenden Gott, dessen Tempel bald niemand mehr betreten wird, Steine zu schleppen, konnte man nichts anderes erwarten.»

Dann trat er näher an Tutanchaton heran und fuhr fort: «Ich werde für Euch kämpfen, Majestät, bis der letzte Tropfen Blut aus meinen Adern geflossen ist. Aber ich will wissen, wofür ich kämpfe! Und das Gleiche gilt für meine Soldaten. Eure Untertanen sind bereit, für Euch zu arbeiten, die Felder zu bestellen und Eure Schatzkammern zu füllen. Aber sie erwarten, dass Ihr Maat so wiederherstellt, wie sie einst war: nach dem alten Glauben unseres Volkes und nicht nach Hirngespinsten!»

«Haremhab!», rief ich laut. «Es steht Euch nicht zu, so über den Vater Seiner Majestät zu sprechen! Überlegt Euch, was Ihr sagt!»

«Gottesvater Eje», flüsterte er leise und bedächtig.

«Überlegt Ihr Euch, was Ihr tut und was Ihr Seiner Majestät ratet! Ich weiß, dass Ihr ein Mann von langer und reicher Lebenserfahrung seid. Ich weiß, dass Ihr hin- und hergerissen seid zwischen Eurer Treue zu Echnaton und Eurer Treue zu ihm», und dabei zeigte er auf den jungen Pharao. «Und ich weiß, wie sehr Euch das Wohl Seiner Majestät am Herzen liegt. Mir nicht minder, Eje. Glaubt mir das!»

Dann trat er vor die drei Stufen, die zum Thron führten, legte seine Hände auf Tutanchatons Hände, die die Lehne des Thrones umklammerten, und sagte: «Majestät! Ihr müsst Euren Namen und Achet-Aton aufgeben! Verlasst mit allen Menschen diese Stadt, und kommt mit mir nach Men-nefer. Die Soldaten müssen Eure Nähe spüren, wenn sie den Feind besiegen sollen. Und wendet Euch in aller Form ab vom Glauben Eures Vaters! Nur so könnt Ihr Ägypten retten. Nur so, glaubt mir!»

Nassib sah mich hilflos und mit fragenden Augen an. Er verstand sehr wohl, was Haremhab gerade von ihm verlangt hatte. Doch die Tragweite dieser Forderung vermochte er nicht einzuschätzen. Deswegen schwieg er.

Es rumorte in meinem Kopf und in meiner Seele gleichermaßen. Wie Dämonen sprangen meine Gedanken hin und her zwischen dem Andenken an Echnaton und der Zukunft Tutanchatons, der Zukunft Ägyptens. Echnaton hatte mich aus dem Staub erhoben und mir verziehen, nachdem ich schon dazu angesetzt hatte, frevelnd die Stufen zu seinem Thron hinaufzusteigen, um einmal, einmal nur ihm gleich zu sein im Antlitz des erscheinenden Aton.

Neue Namen annehmen! Was anderes käme wohl in Frage als Tutanchamun und Anchesenamun? Wie seltsam das klang!

Echnaton war mein geliebter Schwiegersohn gewesen, der mich weit über alle anderen Menschen Ägyptens erhoben hatte. Und mir wurde von ihm das Liebste anvertraut, was er zuletzt noch besaß: sein Sohn Tutanchaton. Sollte er wirklich Tutanchamun heißen? Die Zukunft seines einzigen Sohnes war seither in meine Hände gelegt.

Und hatte ich nicht Echnaton ebenso wie lange zuvor seinem Vater Amenophis geschworen, mich zeit meines Lebens um die zu kümmern, die sie zurücklassen würden? Ich musste Haremhab wohl Recht geben: Meine Sorge, unsere Sorge, durfte einzig Tutanchaton und Ägypten gelten.

Ich musste nachgeben.

«Wir werden Achet-Aton aufgeben», begann ich stockend, «und vor allem Volk die Rückkehr zu den althergebrachten Göttern verkünden. Der Gute Gott und die Große königliche Gemahlin werden neue Namen annehmen. Aber eines gelobt Ihr vor dem Guten Gott und vor mir: Solange er oder einer seiner Nachkommen über Ägypten herrscht und bevor nicht auch meine sterblichen Überreste in meiner Wohnung der Ewigkeit ruhen werden, bleiben die Tempel Atons in Waset und hier in Achet-Aton und bleibt das Andenken an Echnaton und Nofretete unangetastet! Gelobt mir das bei allem, was Euch heilig ist: bei Amun-Re und bei Osiris, bei Isis und Ptah, bei Maat und auch bei Eurem Namensgeber Horus!»

Haremhab ließ die Hände des Knaben los, ging zwei Schritte zurück und legte sich schweigend vor ihm auf den Boden. Er streckte die Arme aus und sagte laut und deutlich, wie man es von einem Soldaten nicht anders erwartete: «Ich gelobe es, wie Ihr es gesagt habt!»

Am darauf folgenden Tag ersannen Haremhab und ich die Inschrift, welche in aller Form die Abkehr vom Glauben Echnatons verkündete und die, eingemeißelt in zweiundvierzig Stelen, in allen Landesteilen Ägyptens verbreitet werden sollte:

«Jahr 1, 4. Monat des Achet, 19. Tag unter der Majestät Starker Stier, schön an Geburten, mit schönen Gesetzen, der die Beiden Länder beruhigt, der die Kronen erhebt und die Götter befriedigt, des Königs von Ober- und Unterägypten, Neb-chepru-Re, Sohn des Re, Tutanchamun, Herrscher von Waset, dem Leben wie Re gegeben wurde ewiglich, geliebt von Amun-Re. Der Gute Gott; Sohn des Amun; Kind des Stieres seiner Mutter; nützlicher Same; herrliches Geschöpf, das Amun selbst geschaffen hat; Vater der Beiden Länder, der schuf den, der ihn schuf, und bildete den, der ihn bildete.

Versammelt waren die Seelen von On, um ihn zu schaffen, um einen König für die Ewigkeit zu machen, einen Horus, der in Unendlichkeit fortlebt. Ein guter Herrscher ist er, der Nützliches tut für den Vater aller Götter. Er festigte, was verfallen war unter den Denkmälern bis an die Grenzen der Ewigkeit. Er vertrieb das Sündige im ganzen Land, indem er die Wahrheit auf ihren Platz stellte. Er lässt die Lüge einen Abscheu sein, indem er das Land wie in seiner Urzeit erstrahlen lässt.

Es bestieg aber Seine Majestät den Thron als König, als die Tempel der Götter und Göttinnen von der Insel Abu bis zu der Flussmündung des Nils im Begriffe waren, vergessen zu werden, und ihre Heiligtümer anfingen, zu vergehen, indem sie Schutthügel wurden, mit Disteln und Unkraut bewachsen, und ihre Allerheiligsten waren, als seien sie nie gewesen, und über ihre Gebäude führten Trampelpfade. So machte das Land eine Krankheit durch, und die Götter vernachlässigten dieses Land. Wenn man Soldaten nach Syrien schickte, um die Grenzen Ägyptens zu erweitern, so geschah kein irgendwie gearteter Erfolg durch sie. Wenn man einen Gott anflehte, um von ihm etwas zu erbitten, so wurde man nicht erhört; und wenn man ebenso eine Göttin anging, so erschien sie nicht. Ihre Herzen waren schwach in ihnen, und sie hörten auf zu schaffen.

Nachdem nun die Tage darüber vergangen waren, da erschien Seine Majestät auf dem Thron seines Vaters. Er beherrschte die Ufer des Horus, indem Ägypten und die Wüste unter seiner Gewalt waren. Jedes Land verneigte sich vor seiner Macht. Da bedachte sich Seine Majestät in seinem Palast und suchte allerlei Prächtiges und kümmerte sich um Nützliches für seinen Vater Amun, indem er sein heiliges Ebenbild aus reinem Elektron bildete. Er gab ihm mehr, als seit Anfang gemacht worden war. Er stellte das Abbild seines Vaters Amun, sein herrliches Ebenbild aus Elektron, Lapislazuli, Türkis und allerlei Edelsteinen, auf dreizehn Tragestangen. Früher aber war die Majestät dieses Gottes nur auf elf Tragestangen gewesen. Er stellte das Abbild des Ptah, des Herrn des Lebens der Beiden Länder, auf elf Tragestangen. Früher aber war dieser Gott nur auf sieben Tragestangen gewesen.

Es machte Seine Majestät Denkmäler für die Götter, indem er ihre Götterbilder aus echtem Elektron vom Besten der Fremdländer bildete und ihre Allerheiligsten neu schuf als Denkmäler bis an die Grenzen der Ewigkeit, trefflich eingerichtet mit Bedarf bis an die Unendlichkeit, und indem er ihnen Gottesopfer stiftete als tägliche Opfer und so ihre Versorgung auf Erden ausstattete. Er gab mehr, als früher war; er übertraf alles, was seit der Zeit der Vorfahren getan worden war. Er vermehrte die Altäre aus Gold, Silber, Bronze und Kupfer, ohne dass ein Ende war an allen Dingen. Er füllte ihre Arbeitshäuser mit Sklaven und Sklavinnen von den Lieferungen aus der Beute Seiner Majestät. Er vergrößerte alle Abgaben für die Tempel, verdreifacht und vervierfacht an Silber, Gold, Lapislazuli, Türkis und allerlei Edelsteinen, königlichem Leinen, Geschirr, Harz, Ölen und Weihrauch, Räucherwerk, Myrrhen, ohne dass es eine Grenze für alle guten Dinge gab.

Es zimmerte Seine Majestät, sie lebe, sei heil und gesund, ihre Barken auf dem Nil aus neuem Zedernholz vom Besten des Libanon, vom ausgewählten Holz aus Negao, beschlagen mit dem Gold vom Besten der Fremdländer, sodass die Barken Seiner Majestät den Nil erhellen.

Die Herzen der Götter und Göttinnen, die sich in diesem Land befinden, waren in Freude, und die Herren der Heiligtümer waren im Jubel; die Lande jubelten und jauchzten, Lachen war durch das ganze Land, da schöne Dinge geschehen waren. Die Neunheit der Götter im Allerheiligsten, ihre Arme waren erhoben in Verehrung, indem ihre Hände gefüllt waren mit Sedfesten in alle Ewigkeit.

Alles Leben und Heil bei ihnen lagen in der Hand des starken Königs, des Horus, der die Geburten wiederholt, des geliebten Sohnes des Vaters Amun-Re, des Königs der Götter, der ihn gezeugt hatte, damit er gebildet werde, des Königs von Ober- und Unterägypten, des Geliebten des Amun, seines wahrhaft geliebten Sohnes, der den Vater, der ihn gezeugt hat, schützt, dessen Königtum das Königtum seines Vaters Osiris ist, des Sohnes des Re, des Sohnes, der für den, der ihn gezeugt hat, nützlich ist, des Denkmalsreichen, mit vielen wunderbaren Dingen, der Denkmäler herstellt in Recht-

schaffenheit für seinen Vater Amun, den Herrscher, der Ägypten gründete. Sein geliebter Sohn, Tutanchamun, Herr aller Fremdländer, Herr der Kronen, dem Leben, Dauer und Heil gegeben werden wie Re ewiglich.»

Nur weniges von dem, was auf den Stelen geschrieben stand, war schon vollbracht. Den vielen Erwartungen, Hoffnungen und Wünschen seines Volkes und dessen Göttern musste Tutanchamun erst noch gerecht werden.

Ich wünschte meinem Schützling an dem Tag, als wir all dies niedergeschrieben hatten, die Kraft und Willensstärke seines Großvaters Amenophis Neb-maat-Re, die Weisheit seines Vaters Echnaton Waen-Re und ein so langes Leben wie das von Amenophis, Sohn des Hapu, des weisesten Mannes, der mir in meinem Leben begegnet war.

Fünfzehn Jahre lang war Achet-Aton mein Zuhause gewesen, war es der Mittelpunkt der Welt, und nur an jenem Ort durfte einem einzigen Gott gehuldigt werden. Jetzt wurde das Gempa-Aton dieser einzigartigen Stadt geschlossen, und diesmal waren es die Priester Atons, die weggeschickt wurden. Die Paläste Pharaos, der Reichen und Mächtigen wurden geräumt, ihre Türen und Fenster zugemauert. Die Handwerker verließen ihre Werkstätten und die Bauern ihre Gehöfte. Der Bildhauer Thutmosis war über die plötzliche Aufgabe Achet-Atons so enttäuscht, dass er alle Statuen und Bildnisse, die er noch nicht vollendet hatte, und all die Gesichtsmasken, die er so vielen Menschen abgenommen und die er hier gesammelt hatte, einfach zurückließ.

«Sie sind ein Teil dieser Stadt und gehören hierher. In Waset oder anderswo würde man über diese Art von Kunst nur den Kopf schütteln», sagte der alte Bildhauer zu mir, als ich ihn ein letztes Mal besuchte.

«Auch wir Künstler werden Echnaton verleugnen müssen, Eje. Dessen bin ich mir durchaus bewusst. Die Priester Amuns werden die Art, wie wir Pharao und seine Familie und wie wir die Natur darstellen durften, verbieten. Als zeitlose Helden wirst du die Herrscher Ägyptens wieder sehen, mit kantigem Gesicht, mit dem Oberkörper eines achtzehnjährigen Bogenschützen und den sehnigen Beinen eines Läufers, ganz gleich, wie alt sie sind und wie viel sie wiegen. Es war eine schöne Zeit hier», flüsterte er mit belegter Stimme und strich mit der Rechten zärtlich über eine unfertige Standfigur, die meine Tochter Nofretete kurz vor ihrem Tod zeigte.

«Warum hast du sie nie vollendet?»

«Willst du es wirklich wissen, Eje? Sieh dir diese Figur an: Es ist das Abbild einer alten Frau, Eje. Die Brüste sind erschlafft, die Arme hängen müde herab, und ihr Äußeres ist nicht mehr das eines jungen Mädchens. Ich habe es nicht fertig gebracht, die Figur zu vollenden, denn in Wirklichkeit sah sie noch viel älter aus. Es war das erste Mal, das selbst mir die Wahrheit, die Wirklichkeit, zu viel wurde. Zum Glück hat Nofretete diese Figur nie gesehen.»

Während Tutanchamun, Anchesenamun und ich schon in Men-nefer weilten, ließ Haremhab die Stadt endgültig räumen. In einer Kaserne blieb eine Hundertschaft Soldaten zurück. Sie wachte fortan darüber, dass außer ihnen niemand mehr die Stadt Echnatons betrat.

ZWÖLF

Gib Freude in das Herz der Menschen!
Wie freut sich das Gesicht, das dich sieht!
Amun, er ist täglich im Fest.

Ich konnte Tutanchamun nur schwer verständlich machen, warum wir Achet-Aton verlassen und die Stadt seines Vaters dem Verfall preisgeben mussten. Vor allem die abfälligen Bemerkungen Haremhabs hatten das Ihrige dazu getan, den jungen König noch mehr zu verunsichern und zu verwirren, zumal er auch noch mit seinem neuen Namen zurechtkommen musste.

«Warum redet Haremhab so schlecht über meinen Vater?», fragte er mich am Abend nach unserer Ankunft in Men-nefer. «Und warum hast du nichts dagegen gesagt?»

«Es ist leider wirklich so, Nassib, dass Ägypten eine schwierige Zeit durchlebt. Dein Vater hat den Frieden über alles geliebt. Er verabscheute Krieg, Gewalt und Verrat. Für ihn zählte nur die Liebe: die Liebe zu seinem Gott, die Liebe zu seiner Familie, seine Liebe zu den Menschen und die Liebe der Menschen untereinander. Dabei hat er nur eines übersehen: dass die Welt um ihn herum nicht dazu geschaffen war, seinen hohen Ansprüchen zu genügen. Man kann nur den Krieg vermeiden, den man selbst nicht beginnt. Die Kriege, die andere führen, lassen sich nicht verbieten. Man mag Gewalt verbieten. Doch wer verhindert, dass hinter verschlossenen Türen Frauen und Kinder geschlagen werden? Liebe lässt sich nicht befehlen, Nassib. Befohlene Liebe endet nur im Verrat. Dein Vater wollte eine neue, eine bessere Welt, eben seine Welt erzwingen. Doch er hat die Macht seiner Feinde unterschätzt. Viel zu lange hat er jeden Widerstand gegen sein Werk geleugnet, oder er wollte ihn einfach nicht wahrhaben. Aber umso mächtiger fallen heute seine Feinde über das her, was dein Vater hinterlassen hat. Und niemand kann sie aufhalten.»

«Auch du nicht?», fragte der Junge kleinlaut, und doch lag in seiner Stimme so viel Hoffnung.

«Nein, auch ich nicht. Kein Herrscher kann sich auf Dauer gegen sein Volk stellen. Irgendwann zerreist das Band zwischen dem Volk und seinem König, und es kommt zum offenen Aufruhr, zum Zerfall jeder Ordnung. Dann erschlägt der Bruder den Bruder, der Vater den Sohn, und die Tochter vergiftet die Mutter. Dann hat Isfet die Herrschaft über die Welt, bis alles zugrunde gegangen ist. Das wäre das Ende Ägyptens, das Ende der Welt. Nein, es gab kein Halten mehr. Eher hätten mich die Feinde Echnatons und seines Glaubens erschlagen.»

Nassib richtete sich in seinem Bett auf und stützte sich auf den Ellbogen ab. Große, aufgeregte Augen sahen mich an. Dann sagte er: «Das soll einer wagen! Den lass ich in Stücke hauen, der dir etwas antut!»

Ich nahm den Jungen in meine Arme und drückte ihn fest an mich. Es wurde Zeit, dass wir von anderen, erfreulicheren Dingen sprachen.

«Morgen, Majestät», begann ich und wankte bei jedem Wort mit ihm hin und her. «Morgen werdet Ihr mit Paramessu einen Streitwagen besteigen, und dann werdet Ihr mit Eurem Räuber, diesem armen, vernachlässigten Hund, erst einmal hinausfahren und sehen, ob es in der östlichen Steppe nicht ein paar Strauße gibt, die man verfolgen und dann, piek» – und dabei drückte ich meinen Zeigefinger zwischen seine Rippen –, «mit Pfeil und Bogen niederstrecken kann.»

Sogleich löste er sich von mir und fragte: «Kommst du mit?»

Ich lachte und sagte: «Ich stand deinem Großvater schon

mehr im Weg, als dass ich ihm bei der Jagd nützlich gewesen wäre. Ich bin kein guter Jagdgefährte, Nassib. Ich bleibe hier zurück und kümmere mich um andere Angelegenheiten. Es gibt viele Dinge, die besser ich angehe, bevor es andere tun.»

Er legte sich zurück auf sein Kissen, und ich sah ihm an, dass er nicht daran dachte, jetzt zu schlafen. Er legte den Zeigefinger an die Unterlippe, zog die Brauen nach oben, bis es aus ihm herausplatzte: «Weißt du, wo man die Tränen des Re findet?»

Die Tränen des Re! Sie ließen ihm keine Ruhe.

«Niemand weiß es, Nassib. Niemand. Aber wir werden es vielleicht herausfinden. Hier in der Nähe gibt es ein uraltes Heiligtum, das alles Wissen der Menschen in sich birgt. Wenn es einen Ort gibt, an dem man das Geheimnis kennt, dann ist es der Tempel des Re in On.»

Unsere Zeit in Men-nefer begann so ruhig, so friedlich. Wo es nur ging, versuchten Maja und ich, den jungen Herrscher von seiner Erinnerung an Achet-Aton abzulenken. Die ersten Wochen verbrachte er fast ausschließlich mit Jagen und damit, den uralten Palast mit seinen zahllosen Nebengebäuden, seinen Stallungen, Kasernen und den königlichen Werkstätten kennen zu lernen. Aber nach und nach ließ ich das leichte, spielerische Leben übergehen in einen strengen und geregelten Tagesablauf. Fehlschüsse auf der Jagd oder eine Ungeschicklichkeit mit dem Streitwagen boten mir einen willkommenen Anlass, stundenlange Übungen anzusetzen oder ihn zum Lernen zu ermahnen.

«Ein Fehlschuss auf eine Ente oder auf einen Strauß bleibt ohne jede Folge, Majestät», belehrte Amenemhet, ein Offizier und der beste Bogenschütze meiner Streitwagentruppe, seinen Herrscher. «Ein schlechter Schuss auf einen Löwen oder auf einen Wildstier könnte Euren Tod bedeuten! Ein Sturz mit Eurem Wagen in der Schlacht ebenso.»

Der Übungsplatz der Leibgarde hinter dem Palast hatte sich seit meiner Jugend kaum verändert. Nur die Bäume waren älter geworden. Wie ich.

Es gab dort noch immer die Schießplätze für die Bogenschützen und die Speerwerfer, daneben die Pferdekoppeln und dahinter die Rennbahn, die sich in unzähligen Windungen durch Palmen und Sykomoren hindurchschlängelte, an Buschgruppen vorbeiführte und ebenso plötzlich von einem kleinen, künstlich angelegten Teich unterbrochen wurde. Wie viele Stunden mochte ich hier mit Ameni verbracht haben, wir beide nur wenig älter, als Nassib es jetzt war.

«Eine unbewegliche Zielscheibe zu treffen ist keine Kunst, Majestät», hörte ich Amenemhet sagen. «Gebt einer Küchenmagd drei Wochen Zeit, und sie schafft das ebenso wie Ihr und ich. Bewegliche Ziele zu treffen, Majestät, das ist die hohe Kunst des Bogenschießens!»

Ich war erstaunt, was sich Amenemhet für seinen Herrscher hatte einfallen lassen: Auf einem lang gezogenen, künstlichen Wall ließ er eine schräg nach links unten verlaufende Holzbahn anlegen, auf der die unterschiedlichsten Gegenstände nach unten rutschen oder rollen konnten. Einmal war es ein mit Stroh umflochtenes Wagenrad, das hinabsauste, ein andermal ein nur träge dahinrutschender Sandsack oder eine kleine, runde Holzscheibe, die wie ein gehetztes Kaninchen über die Holzplanken flog.

Zu Beginn seiner Übungen machte Nassib den Fehler, den jeder Anfänger begeht: Er erfasste das Ziel, hielt kurz inne und ließ dann den Pfeil fliegen. Je nach Geschwindigkeit des Ziels kam der Pfeil sechs bis zwölf Ellen hinter dem Ziel auf.

«Ihr müsst die rollende Scheibe im Zielen erst einholen, dann müsst Ihr sie sogar noch überholen und danach, noch in der weiterführenden Bewegung, den Pfeil loslassen. So wird das Ziel in den fliegenden Pfeil hineinlaufen.»

Amenemhet und mir kam es so vor, als wäre Tutanchamun das Bogenschießen in die Wiege gelegt worden. Es dauerte nicht lange, und keines der Wagenräder, mochte es auch noch so schnell sein, kam ins Ziel, ohne dass es von einem Pfeil Nassibs durchbohrt worden wäre.

«Die Schwierigkeit besteht darin», belehrte ihn der Offizier nach einigen Tagen weiter, «dass Ihr ganz unterschiedlich weit vorhalten müsst, bevor Ihr den Pfeil fliegen lasst, je nachdem, wie schnell Euer Ziel sich bewegt oder wie weit das Ziel von Euch entfernt ist.»

Damit Pharao die Scheiben auf unterschiedliche Entfernungen beschießen konnte, ohne dabei selbst seinen Standort verändern zu müssen, ließ Amenemhet hintereinander versetzt zwei weitere Rollbahnen anlegen. Jetzt schoss Nassib in kurzer Folge auf Räder, die in vierzig, sechzig oder gar achtzig Ellen Entfernung den Hang hinabrollten. Aber damit war es noch lange nicht genug, denn jetzt wechselte Amenemhet die Ziele: Einmal kam in vierzig Ellen Entfernung ein Sandsack gerutscht, kurz darauf raste in achtzig Ellen Entfernung ein großes Wagenrad hinab und schließlich in sechzig Ellen Entfernung eine kleinere Holzscheibe. Wenige Tage später zogen sich drei weitere Holzbahnen in entgegengesetzter Richtung nach rechts unten durch den Hang.

«Ihr seid Rechtshänder und habt jetzt tagelang nur auf Ziele geschossen, die von rechts kamen. Jetzt wechseln wir die Laufrichtung, und Ihr werdet sehen, dass Ihr mit Euren Schießkünsten von vorne beginnen müsst, ehe Ihr so gut trefft wie bisher.»

Es ging schneller, als wir dachten. Nachdem Nassib auch diese Hürde genommen hatte, wurde er übermütig.

«Wir versuchen etwas Neues, Amenemhet!», rief er seinem Lehrmeister zu, nachdem er die im Wechsel von links und von rechts kommenden Wagenräder ohne einen einzigen Fehlschuss getroffen hatte. «Du wirst jetzt je ein Wagenrad gleichzeitig von rechts und von links laufen lassen. Sehen wir doch einmal, ob ich nicht beide treffe!»

«Habt ihr verstanden?», rief Amenemhet seinen Helfern laut nach hinten zu. Diese nickten nur. Dann hob der Offizier den Arm und blickte auf seinen Herrscher. Nassib nahm sich das Nemestuch vom Kopf und hielt es seinem Leibdiener hin.

«Gib mir einen zweiten Pfeil!», befahl er leise. Er nahm ihn und legte ihn quer in den Mund, wobei die Pfeilspitze nach links zeigte. Dann hob er den Bogen an und spannte mit dem ersten Pfeil die Sehne.

«Jetzt!», zischte es zwischen seinen Zähnen und dem Pfeil kaum verständlich hervor. Amenemhet ließ den Arm sinken, und schon rollten die Wagenräder von rechts und von links talwärts. Noch während der erste Pfeil durch die Luft sirrte, ergriff Nassib den zweiten, spannte die Sehne erneut, und kurz bevor das Wagenrad mit einem weiten Satz von der Bahn sprang, steckte der Pfeil mittendrin.

«Das macht schon mehr Spaß», sagte er und ließ dabei seine großen Augen voll Stolz leuchten, während Amenemhet und ich anerkennend klatschten.

Ich konnte es ihm nicht ersparen, sich auch mit anderen, für ihn unangenehmeren Dingen zu beschäftigen. Das unstete Leben, das er und ich seit unserer Flucht vor Nofretete geführt hatten, machte es ihm schwer, sich wieder an einen geregelten Unterricht zu gewöhnen.

«Ana šarriri beli-ia u ilu šamši-ia
um-ma labaja ardu ka
u ipru ša kapašika
ana šepe šarriri beli-ia
u ilu šamši-ia ket-šu ket-ta-a-an
amkut išteme awatemeš
ša šarruru matakišu – heißt was?», fragte ich ihn und hielt ihm die Tontafel, von welcher ich vorgelesen hatte, entgegen und griff nach meinem Becher. Er wölbte die Augenbrauen und blickte etwas angewidert nach oben. Dann senkte er mit vernehmbarem Stöhnen seine Blicke auf die Tafel und übersetzte mehr bruchstückhaft als flüssig:

«Zu dem König, meinem Herrn und meiner Sonne,
sprach also Labaja, dein Diener
und der Staub, auf den du trittst:

Zu den Füßen des Königs, meines Herrn
Und meiner Sonne fiel ich 7 mal, 7 mal
nieder. Ich habe gehört die Worte,
die ich dem König geschrieben habe.»

«Die der König mir geschrieben hat», verbesserte ich ihn. «Was du übersetzt hast, ergibt keinen Sinn.»

«Die der König mir geschrieben hat», wiederholte er.

Ich sah ihm an, dass er genug hatte. Zwei Stunden saßen wir nun schon im Palastgarten, und Tutanchamun hatte schon drei Briefe fremder Fürsten aus dem Akkadischen übersetzt.

«Kannst du mir verraten, wozu ich das brauche?», fragte er mich, und aus seiner Stimme war eine gehörige Menge Aufsässigkeit herauszuhören.

«Alle Welt, die etwas auf sich hält, spricht Akkadisch. Selbst den eingebildeten Trojanern bleibt nichts anderes übrig, wenn sie mit uns Handel treiben wollen.»

«Aber warum lernen sie nicht Ägyptisch? Ist Ägypten das mächtigste Land der Erde oder Babylon?»

«Das ist zweifellos Ägypten», beruhigte ich ihn.

«Die Tatsache, dass auch wir uns mit anderen Völkern auf Akkadisch verständigen, hat einen einfachen Grund: Deine Vorfahren wollten nicht, dass unsere Schrift, die wir als heilige Zeichen begreifen, außer Landes kam, um dort vielleicht missbraucht zu werden. Sie waren eher bereit, die Briefe babylonischer Herrscher in deren eigener Sprache und Schrift zu beantworten. Dem schlossen sich auch andere Herrscher an, sodass seit unvordenklichen Zeiten allein die Sprache der Babylonier diejenige Sprache ist, die alle Völker miteinander verbindet.»

Meinem jungen König reichte diese Antwort offenbar nicht, denn gleich argumentierte er weiter: «Mich umgeben Tag für Tag Hunderte Diener. Jeder ist für irgendeine Kleinigkeit da. Warum nicht auch ein Übersetzer?»

«Ja, dich umgeben auch Übersetzer. Mehr als genug. Aber dennoch ist es außerordentlich wichtig, dass auch Pharao diese Sprache beherrscht, um nicht hintergangen zu werden. Weißt du, wem du trauen kannst und wem nicht?» Ich hatte ihn noch nicht überzeugt, und ich war mir sicher, dass mir das auch nicht so schnell gelingen würde. Ich unternahm noch einen Versuch: «Dein Großvater hatte mich einst als jungen Mann nach Babylon geschickt. Ich sollte eine Verbindung zu König Kurigalzu herstellen, weil Nimuria dessen Tochter Giluchepa zur Frau nehmen wollte. Außerdem wollten wir den Handel mit dem Zweistromland beleben. Es hatte keine Notwendigkeit gegeben, dass ich ihre Sprache sprach, denn ein Übersetzer stand auch mir zur Verfügung. Aber ich lernte dort eine wunderbare Frau kennen, die meine große Liebe wurde. Es war das erste Mal in meinem Leben, dass ich meinen Lehrern für mein Akkadisch dankbar war. Erst war es für Perisade – so hieß das angebetete Mädchen – nichts Besonderes, dass wir uns in ihrer Sprache unterhielten. Aber als ich sogar die Geschichte des Gilgamesch auswendig vorsagen konnte: Šanitu minu nukurtum, ša šarri u-ul ha-ja-a, anuma la-a tirubuna …»

«Es ist schon gut, Eje», unterbrach mich Nassib etwas barsch, doch ich war ihm dankbar für diese kleine Unhöflichkeit, denn viel mehr als die ersten drei Zeilen konnte ich auch nicht mehr auswendig.

«Du musst mir jetzt nicht den ganzen Gilgamesch in fehlerfreiem Akkadisch vorsagen», fügte er etwas trotzig hinzu, um dann still und nachdenklich in den Garten hinauszuschauen.

Ich beugte mich ein wenig zu ihm hinüber und flüsterte ihm zu: «Ich habe Perisade nicht nur mit dem Gilgamesch beeindruckt. Wenn wir allein waren, und das waren wir vor unserer Heirat nur für wenige Augenblicke, waren wir sehr dankbar, dass wir keinen Übersetzer brauchten, wenn du verstehst, was ich meine!»

Er lächelte verlegen und nickte mir zu.

Ich hatte allerdings Nassib an jenem Tag geflissentlich verschwiegen, dass das Ägyptisch, das Perisade sprach, um ein Vielfaches besser war als mein Akkadisch. Aber er hatte mich ja nicht danach gefragt, ob Perisade überhaupt Ägyptisch sprach.

Es half ihm gleichwohl kein Einwand. Wie so viele Ägypter vor ihm und vermutlich noch unzählige Generationen nach ihm lernte Tutanchamun Akkadisch in Wort und Schrift, wenngleich seine Sprachkünste nie an sein Können mit Pfeil und Bogen oder auf dem Streitwagen heranreichten. Aber es genügte, um sich von keinem Übersetzer und von keinem Boten eines fremdländischen Fürsten etwas vormachen lassen zu müssen.

Die ersten sechs Jahre seiner Herrschaft vergingen so schnell, dass ich mir der siebenundsechzig Jahre, die ich jetzt zählte, gar nicht bewusst war. Ich fühlte mich so voll Tatendrang wie in den ersten Jahren der Herrschaft Nimurias. Meiner langen Erfahrung und der unübertroffenen Gründlichkeit Majas war es wohl zu verdanken, dass nicht nur das Schatzhaus Pharaos wieder gut bestückt war, sondern dass vor allem die Getreidespeicher überall in den Beiden Ländern bis zum Rand mit Emmer gefüllt waren. In den Steinbrüchen wurde gearbeitet, ohne dass auch nur ein Stein in unberechtigte Hände gekommen wäre. Schiff um Schiff brachte Hunderte Quader von Abu nach Waset und von Tura nach Men-nefer, damit sie dort auf Befehl Tutanchamuns zur Vergrößerung und Verschönerung der Tempel verwendet wurden. Für Ptah in Men-nefer errichtete er einen neuen Torturm und für Amun, den Verborgenen von Waset, baute er einen Säulengang, wie er schöner vorher nirgends zu sehen war.

Überall in den Beiden Ländern gingen die Menschen ihrer Arbeit nach, und sie verehrten die Götter. Einzig das Gempa-Aton in Waset erinnerte noch an die Zeit Echnatons und die Zeit der Wirren nach ihm. Ansonsten war es, als hätte es die Herrschaft Echnatons nicht gegeben.

Beinahe. Denn was uns im Inneren so gut gelang, nämlich die alten Zustände wiederherzustellen, mochte im Verhältnis zu den Hethitern gar nicht gelingen. Jahr um Jahr focht Haremhab im Nordosten gegen dieses hartnäckige Volk seine Kämpfe, ohne zu einem greifbaren Ergebnis zu gelangen. Er musste zwar keine vernichtenden Niederlagen melden und auch keine nennenswerten Landverluste, aber seine Siege fielen ebenso bescheiden aus. Je länger dieser unheilvolle Zustand anhielt, umso weniger scheute der General davor zurück, die Schuld für diese endlose Erfolglosigkeit Echnaton zuzuschieben. Er sprach von Flüchen und von Zauberei, von der Missgunst der Maat, die wir dem «Ketzer von Achet-Aton», wie er Echnaton wörtlich nannte, zu verdanken hätten. Manchmal glaubte ich, Haremhab hätte über all den militärisch so glanzlosen Jahren seinen Verstand verloren.

Tutanchamun war zu einem kräftigen und strahlenden Jüngling herangereift. Er war nicht übermäßig groß von Gestalt, aber seine langen Beine und sein schlanker Körperbau ließen ihn größer wirken, als er war. Er besaß zweifelsohne nicht die Kraft seines Großvaters, aber an Wendigkeit und an Geschick im Umgang mit dem Wurfholz, mit Pfeil und Bogen und mit dem Streitwagen übertraf er ihn bei weitem. Die Haltung seines Bogens war vollkommen. Tutanchamun vermochte in so kurzen Abständen Pfeile abzuschießen wie kein Zweiter. Ich selbst habe einmal mit eigenen Augen gesehen, wie er aus einem aufsteigenden Schwarm von zehn oder zwölf Enten vier Vögel herausschoss, ehe es die Tiere geschafft hatten, seinem Pfeilhagel zu entkommen. Er traf die Ziele, gleich, aus welcher Richtung und in welcher Geschwindigkeit sie kamen.

Amenemhet hatte auf der Übungsbahn alle nur denkbaren Spielarten ersonnen, um seinen Schüler mit Zielen zu überraschen, die aus allen möglichen Richtungen kamen. Im Wissen um die Möglichkeiten war Amenemhet seinem Schüler vielleicht noch voraus; in der Handhabung selbst war Tutanchamun längst Meister geworden.

«Du stellst dich dort auf den kleinen Turm», sagte Nassib zu mir, nachdem wir das Übungsgelände erreicht hatten. Er setzte mich in der Mitte des weiten Geländes ab, und wie er gesagt hatte, bestieg ich dort einen kleinen überdachten Holzturm, der mir eine herrliche Übersicht bescherte. Dann fuhr er mit seinem Streitwagen zu Amenemhet, der etwas abseits stand, und unterhielt sich mit ihm. Bald darauf gab der Offizier das Zeichen, dass es losgehen konnte. Tutanchamun hatte die Zügel rechts und links an seinem Gürtel befestigt. Ihre Länge war so knapp bemessen, dass er das Gespann allein mit den Bewegungen seiner Hüfte lenken konnte.

«Brrrr», hörte ich ihn knurren und sah, wie er einen Schritt nach hinten machte, um die Pferde, die schon aufgeregt losjagen wollten, noch einmal zurückzuhalten.

«Ich bin noch nicht so weit», redete er auf seine weißen Hengste ein. «Einen kleinen Augenblick müsst ihr euch noch gedulden, ehe es losgeht!»

Seine Beine suchten den richtigen Tritt im Wagen, seine Rechte ordnete noch einmal die Pfeile, die in dem am Wagen befestigten Köcher steckten, und bevor er sich mit der Linken, in der er bereits den Bogen hielt, einen Pfeil in den Mund steckte, rief er laut zu mir herüber: «Wie viele Fehlschüsse in zwei Runden gestehst du mir zu, Eje?»

«Fünf!», rief ich laut zurück und hielt ihm die gespreizte Hand entgegen.

«Ich halte zwei dagegen! Das macht einen Unterschied von drei. Drei Pferde für mich, wenn es nicht mehr als zwei Fehlschüsse sind. Drei Pferde für dich, wenn ich mehr als zweimal vorbeischieße. Ich will aber keinen lahmen Esel wie beim letzten Mal!»

«Heia!», rief er laut und steckte sich den Pfeil in den Mund, während die Hengste losstürmten. Dann nahm er einen zweiten Pfeil, setzte ihn an die Sehne und hob den Bogen. Sein Weg führte erst an dem Erdwall entlang. In kurzen Abständen rollten zwei Räder herab, gefolgt von einer kleinen Holzscheibe. Drei Treffer. Dann rutschte aus entgegengesetzter Richtung ein Sandsack in die Tiefe, und noch ehe er unten ankam, trafen ihn gleich zwei Pfeile. Fünf Treffer. Wenig später fuhr er auf eine

Art Galgen zu, und noch bevor ich dessen Bedeutung erriet, sah ich, wie von rechts und von links zwei Säcke, die an Stricken befestigt waren, in Nassibs Weg hineinbaumelten. Wieder kein Fehlschuss. Kurz darauf rollte hinter einem Strauch ein Holzfass hervor, und ehe es Pharaos Weg gekreuzt hatte, steckte auch schon ein Pfeil in seinem Boden. Dann flogen aus einem für mich unsichtbaren Korb drei Wildenten nach oben. Die erste fiel, die zweite auch.

«Fehler!», rief ich laut, als ich mir sicher war, dass sich die dritte außer Reichweite seiner Pfeile befand. Jetzt durchfuhr Nassib eine Reihe von acht rechts und links versetzt aufgestellten Holzpfählen, und meine Hoffnung, dass er sich hier noch einmal einen Fehlschuss leisten würde, war schnell dahin. Zuletzt fuhr er noch einmal an dem Erdwall entlang, von wo ein Wagenrad auf sein Gespann zurollte. Entgegen jeder Vernunft wartete er nicht ab, bis das Rad seinen Weg gekreuzt hatte, damit er das Ziel überholen und dann schießen konnte, sondern er ließ den Pfeil lange vorher ins Nichts hineinfliegen, damit er kurz darauf sein Ziel durchbohrte.

«Ja!», hörte ich ihn kraftvoll und stolz rufen, denn er wusste sehr wohl, dass dies die schwierigste Prüfung gewesen war.

Danach setzte er zur zweiten Runde an. Der Fehlschuss auf eine der Wildenten hatte ihn offenbar noch mehr angespornt, denn wenig später stand fest, dass ich bei nur einem Fehlschuss anderntags drei Pferde in den Stallungen des Guten Gottes abzuliefern hatte.

Tutanchamun war längst aus dem Kindesalter heraus. Seit dem Beginn seiner Mannwerdung musste oftmals ein flüchtiger Händedruck oder ein Wink mit der Hand genügen. Er war jetzt ein Jüngling, dessen erste Barthaare sprossen und dessen Flaum über der Oberlippe begann, sich dunkel zu färben. Die Zeiten, da er versucht hatte, mich in so vielen Dingen nachzuahmen, waren vorbei. Gewiss, manches Abenteuer, das ich mit meinem Freund Amenophis im Palast von Men-nefer erlebt hatte, musste er sich mehr als einmal anhören. Aber als er eines Tages zu mir sagte: «Es ist ja gut, Eje. Du hast hier deine Zeit verlebt, jetzt verlebe ich meine hier», wusste ich, dass nun die Zeit gekommen war, da er sich mehr und mehr von mir abnabeln und selbständiger werden würde. Aber den Wunsch, mit mir nach On zu kommen, konnte er mir nicht abschlagen.

Das Heiligtum des Re in On hatte nichts von seiner Beschaulichkeit verloren. Schon immer, wenn ich hierher kam, hatte ich den Eindruck, als hätte es diesen Tempel von Anbeginn der Welt an gegeben. Die gewaltigen Mauern strahlten Ruhe und Würde aus, und sie verhießen demjenigen, der wusste, was sein Inneres barg, alles Wissen und alle Weisheit der Erde. Was den Reichtum an Wissen betraf, gab es keinen anderen Ort, der es On hätte gleichtun können, nicht Waset und nicht Babylon, nicht Byblos und schon gar nicht Hattuscha. Die Hüter des größten und kostbarsten Schatzes der Menschheit waren schweigsame Männer.

«Es wird so viel geredet und nichts gesagt. Wir ziehen es vor, unsere Schriften sprechen zu lassen», gab Sethi, der Erste Sehende des Re, jedem zur Antwort, der ihn auf die Wortkargheit der Priester ansprach.

Sethi war noch jung, so wie ein erstaunlich großer Teil seiner Priesterschaft aus jungen Männern bestand. Der Erste Sehende war kaum älter als dreißig Jahre. Er war eher klein von Wuchs und von rundlicher Figur. Der Anblick seines Gesichts erheiterte nicht nur wegen der weit abstehenden, großen Ohren, die umso mehr auffielen, als der ungleich gewachsene Schädel von Natur aus völlig unbehaart war, was ihn glänzen ließ wie ein nasses Ei. Auch die Augenbrauen fehlten gänzlich, sodass die dunkelgrünen und unruhig umherhuschenden Augen die ganze Aufmerksamkeit des Betrachters wie Smaragde auf sich zogen. Und so schien es nur folgerichtig, dass Sethis Nase klein und unscheinbar und seine Lippen schmal und blass waren, um den Augen nichts von ihrer Anziehungskraft zu nehmen. Es war angenehm, seiner tiefen und wohl klingenden Stimme zuzuhören.

Tutanchamun empfand das offenbar auch so, denn er mühte sich merklich, seiner sich gelegentlich überschlagenden Stimme einen möglichst mannhaften Klang zu geben.

«Gottesvater Eje schwärmt in den höchsten Tönen von dem Wissen, das Ihr in Euren Mauern bewahrt», sagte der König, als wir das alte Gewölbe erreicht hatten, und er blickte suchend um sich, als gelte es, ein besonders kostbares Juwel zu entdecken. «Kein Schatz der Erde soll dem, welchen Ihr behütet, gleichkommen.»

«Trotz aller Bescheidenheit, die uns Priestern gern nachgesagt wird, muss ich Gottesvater Eje ohne Einschränkung Recht geben. Wir sind fürwahr die Hüter all dessen, was Ägypten seit Beginn des Alten Reichs an Wissenswertem hervorgebracht hat. Bei uns ruhen die Schriften Imhoteps, des Weisesten aller Weisen. Wir verwahren die Abschriften der Totengebete aus den Pyramiden und alles Wissen, das unsere Kundschafter, Soldaten und Händler aus fremden Ländern mitgebracht haben. Die Erkenntnisse der Ärzte aus zwei Jahrtausenden findet Ihr bei uns ebenso wie alles, was wir Ägypter über die Sterne und ihre Bewegungen wissen.» Als wollte sich der Priester zurücknehmen, trat er unauffällig einen Schritt nach hinten in den Schatten einer Säule.

Tutanchamun ging jetzt schweigend durch den Saal, der nur von einigen Fackeln spärlich erhellt war, bis er vor einer Ebenholztruhe stehen blieb, die vor ihm auf einem Tisch stand.

«Diese Truhe», sagte Sethi, während Pharao bereits ihren Deckel öffnete, «birgt von jedem der uns bekannten Edelsteine dieser Welt jeweils ein Stück.»

Nassibs Blick erhellte sich. Er griff in die Truhe und entnahm ihr eine kleine, kaum faustgroße Elfenbeinschatulle. Er wandte sich uns zu und las die Inschrift auf ihrem Deckel: «Rubin», flüsterte er und öffnete die Schatulle. Ein Stein von außerordentlicher Größe und Schönheit glitzerte im Schein der Fackel, unter welche Nassib den Stein jetzt hielt. Er legte ihn zurück und nahm das nächste Kästchen.

«Opal», sagte er verwundert, und am Klang seiner Stimme

erkannte ich, dass er mit diesem Namen nichts anzufangen wusste. Der milchigweiße Stein fand auch nicht seine Bewunderung, weswegen er ihn wieder zurücklegte, ohne ihn weiter zu beachten. Dann beugte er sich über die Truhe und schob einige der Schatullen in ihrem Inneren hin und her, entnahm die eine oder andere und legte sie ungeöffnet wieder zurück. Ich ahnte, wonach Nassib suchte, und ließ ihn nicht einen Wimpernschlag aus den Augen. Ich sah, wie er seine vollen Lippen spitzte, wie sich die Stirn in Falten legte und sein Blick immer neugieriger wurde. Dann gab er seine Suche auf und wandte sich dem Ersten Sehenden zu.

«Sagt mir, Sethi», und Nassibs Stimme klang jetzt besonders ernst und erwachsen. «Nennt Ihr auch eine Träne des Re Euer Eigen?»

Kaum dass er dies gesagt hatte, sah Nassib mich an. Ohne jeden Zweifel würde sein Gesicht gleich erstrahlen wie das eines Feldherrn, der in einem gewaltigen Siegeszug heimkehrt, wenn Sethi seine Frage verneinen musste. Das Zögern des Priesters verunsicherte ihn, und so ließen seine Blicke von mir ab, um sich an die Augen Sethis zu heften.

«Die Tränen des Re», sagte dieser mit wohltönender Stimme und wiederholte noch einmal: «Die Tränen des Re beschäftigen die Menschen seit urewigen Zeiten, Majestät. Hier bei uns werdet Ihr sie jedoch nicht finden.»

«Weil es sie nicht gibt?», hakte Nassib ungeduldig nach.

«Es gibt sie, Majestät. Oh ja, es gibt sie, dessen bin ich mir gewiss. Man erzählt sich, dass diese Mauern schon einmal eine dieser Tränen zu ihren Schätzen gezählt haben. Und man erzählt sich weiter, dass sie in den Grabschatz von Osiris Thutmosis Aa-chepru-Re gelangt sein soll.»

«Wisst Ihr es, oder vermutet Ihr es nur?», hakte Nassib nach und blickte neugierig zu dem Priester hinüber.

Wie aus einem Versteck trat Sethi aus dem Schatten der Säule heraus, und sogleich ließ das Licht einer Fackel seinen kahlen Schädel hell aufblitzen.

«Majestät», begann er langsam und bedeutungsvoll. «Noch vor wenigen Augenblicken sagte ich Euch, dass wir die Hüter des größten aller Schätze sind. Das mag ich auch jetzt nicht leugnen. Ich selbst habe noch nie eine Träne des Re gesehen. Und ich gebe zu, dass ich in der Regel nur an Dinge glaube, die ich selbst wahrgenommen habe. Aber es gibt Schriften in diesen Mauern, die an der Existenz der Tränen keinen vernünftigen Zweifel lassen. Ich halte es auch für denkbar, dass einer der Goldschmiede aus der Zeit des Osiris Thutmosis noch lebt. Er könnte vielleicht diese eine Träne mit eigenen Augen gesehen haben.»

Sethi verneigte sich knapp, und so unauffällig, wie er aus dem Schatten der Säule herausgetreten war, zog er sich mit einem unbemerkt gesetzten Schritt wieder dorthin zurück, als wollte er das Feld der weiteren Auseinandersetzung nur Tutanchamun und mir überlassen.

«Hast du das gewusst, als du mir deine Geschichte erzählt hast?», wollte Pharao von mir wissen.

«Was habe ich gewusst? Jetzt, da ich Sethi zugehört habe, bin ich mir sicher, dass es kein Märchen war, was ich dir so oft erzählt habe. Was weiß man wirklich? Ich kann es dir nicht erklären. Es gibt so viele Geschichten, von welchen niemand so genau weiß, was an ihnen Wahrheit ist und was nur Erfindung. Hat es Chunanup, den Redekundigen aus der Salzoase, in der Geschichte aus der Zeit des Königs Neb-kau-Re gegeben, oder ist er nur eine Erfindung? Hat es den Gilgamesch und seinen Gefährten Enkidu gegeben? Das wissen selbst die Babylonier nicht so recht, und doch glauben sie daran.»

Nassib war mit meiner Antwort gar nicht zufrieden und wandte sich wieder dem Priester zu.

«Nehmen wir an, Sethi, es gäbe irgendwo die Tränen des Re. Vielleicht vier oder fünf, vielleicht nur eine einzige. Wie hoch wäre ihr Wert einzuschätzen?»

Der Erste Sehende kehrte zurück ins Licht und erhob die Hände gen Himmel, als wollte er bei Re selbst eine Antwort erflehen, die seinen Herrscher zufrieden stimmte.

«Alles Gold der Erde? Zehntausend Menschenleben? Ein einziges Menschenleben, wenn es jenes ist, an dem Euch am meisten liegt? Osiris Thutmosis soll sie zu seinem Grabschatz genommen haben. Ist sie es wert, sein Grab aufzubrechen und seine Totenruhe zu stören, um so ewigen Fluch auf sich zu laden? Die Antwort könnt nur Ihr Euch selbst geben, Majestät. Das übersteigt den Verstand eines einfachen Priesters.»

Er verneigte sich und verschwand erneut in sein Schattenversteck. Tutanchamun sah mich eine Weile nachdenklich an. Dann wurde sein Gesicht fröhlich, als hätte er sich innerlich von einer unangenehmen Last befreit, und sagte zu mir: «Um es ganz offen auszusprechen: Ich halte nicht viel von alledem. Du hast mir die Geschichte immer als ein Märchen erzählt, und das soll es für mich auch bleiben.»

«Du solltest die Geschichte um die Tränen des Re nicht so leichtfertig abtun», entgegnete ich ihm und sah ihn dabei durchdringend an. «Es gibt Dinge zwischen Himmel und Erde, die werden nicht einfach nur so erfunden.»

«Es ist gut, Eje!», fuhr er mich zu meiner Überraschung aufbrausend an. Ich erkannte keinen Grund für seinen barschen Ton, beließ es aber dabei und verneigte mich demütig vor ihm, wie es Höflinge gewöhnt sind, zu tun.

Er spürte offenbar, dass er zu weit gegangen war, und sagte in versöhnlichem Ton: «Du kannst dem Geheimnis der Tränen ruhig nachgehen, wo und solange du willst. Es soll dir jede Tür geöffnet und jede Hilfe zuteil werden, die du benötigst.»

Und scherzhaft fügte er beim Hinausgehen hinzu: «Und wenn du eine gefunden hast, mag dir der Thron Ägyptens gehören!»

Tutanchamun kehrte nie wieder in jene Gewölbe des Wissens und der Weisheit zurück.

Unser junger Herrscher war noch nicht reif dafür, in die Tiefen geheimen Wissens hinabzusteigen und die verschlungenen Pfade unserer Geschichte zu beschreiten. Manchmal glaubte ich zu wissen, dass er es niemals tun würde. Er war ohne jeden Zweifel gewissenhaft und ein leuchtendes Beispiel in allem, was er tat, und in vielerlei Hinsicht erinnerte er mich an den Bruder seines Vaters, den früh verstorbenen Prinzen Thutmosis. Aber er war gewiss nicht dazu geschaffen, ein zweiter Echnaton zu werden.

In jeder freien Stunde, die die Bürde des heiligen Amtes ihm ließ, zog es ihn auf seinem Streitwagen hinaus in die Wüste, wo er Strauße ohne Zahl erlegte. Noch immer waren ihm Löwen und Wildstiere gleichgültig, denn nach seiner Meinung konnte selbst der schlechteste Bogenschütze solch große und behäbige Ziele nicht verfehlen, mochten sie auch noch so gefährlich sein. Tutanchamun aber erlangte im Bogenschießen Fähigkeiten wie kein Zweiter.

Es war am frühen Nachmittag, als die Hitze am größten war. Ich kam gerade von Maja und wollte mich in die Kühle des Palastinneren zurückziehen, als fünf Streitwagen in den Hof vor der Freitreppe, welche ich gerade hinaufstieg, rasten. Als sich der Staub wieder gelegt hatte, erkannte ich auf zweien von ihnen eine Anzahl toter Strauße. Wortlos strahlte Nassib zu mir herauf und streichelte den Hals des linken Hengstes, seines Lieblingspferdes, während Räuber laut kläffend um die beiden Wagen mit der Beute herumlief. Den Lobpreis seiner Taten überließ Pharao Amenemhet.

«Stellt Euch vor, Gottesvater Eje», begann Amenemhet aufgeregt und laut mit seinem Bericht. «Wir stießen mit drei Streitwagen auf eine kleine Herde von acht Straußen. Wie es auch unsere Absicht war, gelang es uns, die Herde zu teilen. Während zwei Wagen ständig fünf der Vögel umkreisten, damit sie nicht entkommen konnten, verfolgte der Gute Gott, er lebe, sei heil und gesund, die beiden anderen. Obwohl sie in gewaltigen Schritten um ihr Leben rannten, dass die Pferde alle Mühe hatten, ihnen zu folgen, erlegte Seine Majestät in wenigen Augenblicken beide Vögel und durchbohrte einem von ihnen sogar den Hals! Habt Ihr gehört, Gottesvater: Er durchschoss seinen Hals!» Und dabei hielt er mir seinen ausgestreckten Unterarm entgegen, um mir zu verdeutlichen, dass der Hals dieser Vögel kaum dicker war.

«Kein Bogenschütze in den Beiden Ländern, und schon gar nicht in Mitanni oder in Hattuscha, kann es in dieser Kunst mit unserem Herrscher aufnehmen!»

«Ich nehme an, dass die anderen fünf Strauße ein ähnliches Schicksal ereilt hat?», fragte ich in den Hof hinab. Amenemhet strahlte über das ganze Gesicht, zeigte auf die Wagen mit der Beute und rief: «Ihr könnt Euch selbst davon überzeugen. Bald hängen sie in der Palastküche!»

«Mindestens einen von ihnen sehe ich heute ohnehin noch», antwortete ich ihm und ging lachend weiter. Ich sah, wie Amenemhet seinen Herrscher ratlos ansah.

«Zum Abendessen», fügte ich hinzu.

Nassib winkte mit der Rechten ab, ohne mich eines weiteren Blickes zu würdigen. Wahrscheinlich hatte ihn meine Gleichgültigkeit über seinen Jagderfolg sehr gekränkt.

Ich machte mein offenbar frevelhaftes Verhalten, das ich nur mit meiner Eile entschuldigen konnte, wieder wett, indem ich Nassib im Lauf des Abends gleich zweimal bat, mir das Ende der acht Strauße in allen Einzelheiten zu schildern. Auch wenn es wie schon bei Amenophis immer dieselben Abläufe waren, die ich mir anhörte – lediglich die Tiere wechselten in den Geschichten –, bereitete es mir doch immer wieder Vergnügen, Jägern zuzuhören. Vor allem Tutanchamun, denn er besaß neben seinen erzählerischen Fähigkeiten die Gabe, jeden Handgriff und sogar den Gesichtsausdruck des Jägers nachzuahmen.

«Endlich hatten wir sie auseinander getrieben», berichtete er aufgeregt und zeigte in zwei unterschiedliche Ecken der großen Terrasse, auf welcher wir beisammen saßen. «Ich verfolgte die beiden großen Tiere, die sich nach links absetzen wollten. Als ich nah genug dran war, steckte ich mir einen Pfeil zwischen die Zähne, band die Zügel an meinem Gürtel fest und griff nach meinem Bogen. Dann nahm ich den ersten Pfeil und – sirr!», rief er laut, während er die Haltung eines Bogenschützen genau nachgeahmt hatte. Dann lachte er hell auf, ergriff seinen Becher und trank einen großen Schluck.

«Den Ersten traf ich wirklich mitten durch den Hals, genau dort, wo ich hingezielt hatte», und er berührte dabei mit dem Finger die Mitte des eigenen Halses. Im selben Augenblick überkam mich eine schreckliche Erinnerung: Ich sah die Bilder jenes Tages, als Amenophis vor fast fünfzig Jahren im Steinbruch von Tura dem Anführer der Grabräuber einen Pfeil durch den Hals schoss, gerade rechtzeitig, bevor der Verbrecher mich niederstach. Ich sah, wie das Blut dieses abstoßenden Mannes aus der Halswunde spritzte, und erinnerte mich des abstoßenden Geräuschs, wie er röchelte und wie das Blut in seiner Kehle gurgelte, ehe er tot in sich zusammensank. Welch grauenvolle Erinnerung!

Doch dann holte mich die Stimme Tutanchamuns wieder zurück: «Den Zweiten wollte ich auf keinen Fall laufen lassen», fuhr er fort und nahm wieder die Haltung eines zielenden Bogenschützen an.

«Sirr – und schon steckte der Pfeil in seiner linken Brust. Er machte keine fünf Schritte mehr, dann lag er da. Ein Prachtstück, sage ich dir, Eje. Seine Stoßfedern stecken schon in meinem Wedel», klärte er mich auf und zeigte zum Wedelträger auf seiner rechten Seite.

«Den anderen sechs Vögeln erging es ähnlich. Acht Strauße an einem Morgen! Das habe ich vorher noch nie geschafft.»

«Geben diese Tiere eigentlich irgendein Geräusch von sich, ehe sie sterben?», fragte ich ihn, und an seinem beinahe fassungslosen Gesichtsausdruck erkannte ich, dass ich wohl eine dumme Frage gestellt hatte. Dann lächelte er überlegen, reckte den Hals ein wenig nach vorne und gab in hohen Tönen ein Geräusch von sich, das so ähnlich klang wie «Ööp, Ööp».

«Mehr bringen sie nicht heraus», fügte er nüchtern hinzu und trank wieder aus einem Alabasterbecher.

«Vielleicht solltest du doch einmal einen Löwen jagen», sagte ich. «Dessen Todesschrei lässt dich vermutlich anders erschauern als das erbärmliche Ööp eines Straußen.»

Er sah mich durchdringend und beinahe etwas verächtlich an. Aber ich war mir sicher, dass es nicht lange dauern würde, bis er mir eines Abends das Gebrüll eines sterbenden Löwen vormachte.

Der Tempel von On, mehr noch dessen Schätze hatten mich in ihren Bann gezogen. Sooft es meine Amtsgeschäfte nur irgendwie zuließen, fuhr ich hinaus zu Sethi und seinen schweigsamen Priestern.

«Seid Ihr Euch sicher, Gottesvater Eje, dass Ihr wirklich das Geheimnis der Tränen des Re lüften wollt?», fragte er mich gleich bei meinem ersten Besuch ohne Tutanchamun und sprach gleich weiter, ohne erst meine Antwort abzuwarten.

«Ich bin mir nicht sicher, ob die Tränen uns Menschen Glück bringen, ob sie ein wirklicher Schatz sind. Ich habe oft darüber nachgedacht, warum Osiris Thutmosis sie mit in sein Grab genommen hat. Wollte er vielleicht seinen Nachfolger vor einer quälenden Last bewahren? Re hat diese Tränen der Sage nach aus Trauer darüber vergossen, dass Seth seinen Bruder Osiris ermordet hat. Können diese Tränen wirklich den Segen bringen, den Ihr von ihnen erhofft?»

«Ist es nicht immer das höchste Streben des Menschen, das zu erringen, was für ihn fast unerreichbar scheint? Hätte Pharao Chasechemui gedacht, dass unter seinem Nachfolger Djoser die erste Pyramide errichtet werden würde? Hat Pharao Kamose denn geglaubt, dass sein Bruder und Nachfolger Ahmose nicht nur den Kampf gegen die Hyksos siegreich beenden, sondern auch die Beiden Länder wieder vereinen würde?»

Sethi nickte erst zustimmend, dann sagte er: «In all diesen Punkten gebe ich Euch uneingeschränkt Recht, Gottesvater Eje. Aber sagt mir: Was habt Ihr erreicht, wenn Ihr wisst, wo man die Tränen des Re findet? Hättet Ihr damit ein so großes Werk vollbracht wie die Könige Djoser und Ahmose?»

Ich gab ihm darauf keine Antwort. Hätte ich ihm sagen sollen, dass es einfach nur mein Ehrgeiz war, der mich antrieb?

Er nahm mein Schweigen demütig hin. Ohne mich noch einmal nach der Ursache meines Strebens zu fragen, unterstützte er mich bei meiner Suche. Es dauerte nicht lange, bis der erste gelblichbraune Papyrus, der mich dem Geheimnis näher bringen sollte, vor uns auf dem Tisch lag. Auf ihm waren noch einmal die ganze Geschichte vom Mord des Seth an seinem Bruder Osiris und die Trauer des Göttervaters Re in allen ihren Einzelheiten aufgezeichnet.

«Wir wissen nicht, wer dies aufgeschrieben hat», sagte Sethi bedächtig, und nachdem ich das Schriftstück mehrfach gelesen hatte, rollte er es wieder zusammen und legte es beiseite.

«Nach den Schriftzeichen zu urteilen, stammt es aus der Zeit von Pharao Sahu-Re und wäre damit mehr als tausend Jahre alt. Danach verlieren sich alle Spuren und Hinweise auf die Tränen bis zu den Tagen des ersten Sesostris. Er nahm ein anderes Schriftstück, entrollte es und begann zu lesen. Seine wohltönende tiefe Stimme verlieh dem Augenblick und dem, was er mir vorlas, etwas sehr Andächtiges.

«Kostbarer sind sie als alles, was Pharao besitzt. Kostbarer als das Fleisch der Götter, denn kein Gott hat unter solchen Schmerzen Tränen vergossen wie Re. Dort, wo der Stier dich bedroht, erfasse sein Horn! Wo das Krokodil geil das Flusspferd besteigt, berühre den Arm der Thoeris und lasse ihn nicht mehr los. Dort, wo der Falke über dem Haupt des Löwen schwebt, steige hinab in die Tiefe. Und wo Horus den Bogen spannt, durchbohre seine Brust! Im grünen Land steht der Stier. Das Krokodil begattet Thoeris an der Pforte zur Ewigkeit. Tod ist dort nur, wo der Falke über dem Löwen kreischt. Und Tränen sind unter den Krallen des göttlichen Kindes, das über Ägypten regiert immer und ewig. Mit der Hand des Todes wirst du sie ergreifen, und der Knochenbrecher lauert dir auf. Der Falkengott selbst wird aber den erretten, der ihn verflucht hat. Und ewig wird er lieben, von dem er einst gehasst wurde.»

Sethi sah lange auf den Papyrus und schwieg.

«Wenn Ihr den Sinn dieser Schrift verstanden habt, seid Ihr Eurem Ziel vielleicht einen Schritt näher.»

«Wisst Ihr denn, wann die Träne, die ihr Priester von On einmal besessen habt, hierher gelangte?»

Sethi schüttelte den Kopf.

«Wir besitzen keinen anderen Hinweis auf die Tränen des Re als diese beiden Schriftrollen, Gottesvater Eje.»

Ich wusste, dass man es in On nicht gern sah, wenn man von ihren Papyri Abschriften anfertigte, denn mit jeder dieser Abschriften verlor ihr Schatz etwas von seiner Einzigartigkeit. Gleichwohl gestattete Sethi es mir.

Im selbstsicheren Gefühl, die Tränen des Re bald gefunden zu haben, verließ ich für diesen Tag On. Die Hinweise in der Schrift auf die Götter unseres Landes waren eindeutig. Was konnte der Ort, an dem man den Stier zu suchen hatte, anderes sein als die Grabstätte des Apis-Stieres in Saqqara? Den Krokodilsgott Sobek fand man im Fajum. In Djeba wurde Horus verehrt. Diese drei Heiligtümer würden mir den Weg zu den Tränen weisen, dessen war ich mir gewiss. Es galt nur noch, einen Zusammenhang zwischen ihnen herzustellen, damit ich daraus das Ziel ableiten konnte. Ich war mit mir zufrieden.

Tutanchamun betrieb währenddessen Forschungen ganz eigener Art, und er verstand es auf das Vorzüglichste, mich mit seinen Ergebnissen bekannt zu machen. Ich war gerade aus On zurückgekehrt und wiederholte auf der Terrasse des Palastes immer und immer wieder den Text der geheimnisvollen Schriftrolle, denn ich wollte ihn auswendig können, um nicht immer die Schriftrolle bei mir haben zu müssen.

«Kostbarer sind sie als alles, was Pharao besitzt», begann ich erneut zu lesen, als mir auffiel, dass Nassib noch nicht aus dem Schilf zurückgekehrt war, obwohl es bereits dämmerte.

«Kostbarer als das Fleisch der Götter, denn kein Gott hat unter solchen Schmerzen Tränen vergossen wie Re.»

Irgendetwas raschelte im Garten unter mir.

«… unter solchen Schmerzen Tränen vergossen wie Re», wiederholte ich noch einmal.

«Dort, wo der Stier bedroht wird, erfasse sein Horn», flüsterte ich zögerlicher, denn immer unheimlicher wurde mir das, was sich dort unten tat, ohne dass ich sagen konnte, was es denn war. Ich hatte mich gerade wieder zurückgelehnt und den Papyrus vor eine Lampe gehalten, da geschah es: ein Schreien und Quieken, so laut und entsetzlich, wie ich es von den Schlächtereien kannte, wenn man dort Schweine abstach. Dann hörte ich zwischen wildem Schnauben, wie das Tier in seinem Todeskampf laut die Zähne aufeinander schlug und wie Äste unter dem Schlagen seiner mächtigen Läufe brachen.

«Ipu!», rief ich nach hinten, denn ich konnte mir nicht erklären, wie ein Schwein in den Palastgarten gelangen konnte. «Ipu!», rief ich noch einmal und sah dabei angestrengt in die Dunkelheit hinab. Und bevor ich meinem Diener den Befehl erteilen konnte, die Palastwache in den Garten zu schicken, damit sie das Tier endlich von seinem Leiden erlösen konnte, traten zwei Männer aus den Büschen direkt unter mir. Es waren Tutanchamun und Amenemhet.

«Klang es echt?», rief Nassib laut zu mir und Ipu hinauf, und er strahlte dabei so stolz, dass ich im spärlichen Licht seine großen Zähne erkannte. Eine entsetzliche Wut über diesen Streich stieg in mir empor, und am liebsten hätte ich mich grußlos umgedreht und die Terrasse für diesen Abend verlassen.

«Du kannst von Glück reden, dass du noch lebend vor mir stehst!», rief ich stattdessen hinunter. «Hättet ihr das Schwein nicht augenblicklich verenden lassen, hätte euch ein Pfeilhagel der Leibgarde ein unerfreuliches Ende bereitet.»

Wenig später saß mein Herrscher neben mir. Er hielt seine Finger unter die Nase und atmete tief ein.

«Wildschweine riechen entsetzlich», stellte er nüchtern fest.

«Hast du es denn angefasst?», wollte ich wissen und verzog dabei mein Gesicht, denn nie in meinem Leben wäre ich auf den Gedanken gekommen, ein Wildschwein anzufassen, und wäre es auch noch so tot gewesen!

«Der Keiler war mindestens so schwer wie du und ich zusammen. Da wir nur zu viert waren, blieb mir gar nichts anderes übrig, als mit anzufassen.»

Es bedurfte keiner Aufforderung durch mich, damit er die Geschichte dieses Keilers zu Ende erzählte.

«Der Wind stand günstig, und er hatte nicht die leiseste Ahnung, dass wir keine vierzig Ellen entfernt standen. Er nahm gerade ein Entengelege auseinander und leckte aus dem Nest den Inhalt der Eier heraus, da schossen Amenemhet und ich gleichzeitig. Er muss im Schuss noch einen Schritt gemacht haben, denn wir trafen ihn nicht genau ins Herz, sondern etwas weiter hinten. Unter einem entsetzlichen Aufschrei zuckte er zusammen und krümmte sich, sodass sein Rücken noch buckliger aussah als zuvor. Dann begann er, im Kreis herumzugehen, schreiend und quiekend, wie du es vorhin gehört hast. Schließlich ging er zu Boden, schnaubte, fauchte und klapperte mit seinen mächtigen Zähnen, bis er uns plötzlich wahrgenommen hatte. Er raffte sich noch einmal auf und kam langsam und schwankend auf uns zu. Sirr, Sirr, Sirr machte es, und schon steckten drei Pfeile genau in seinem Stich», endete Nassib seine Geschichte und tippte dabei mit dem rechten Zeigefinger dreimal auf sein Brustbein.

«Und über wessen Feuer wird das Tier heute Nacht gebraten?», fragte ich ihn.

«Bäh!», entfuhr es ihm sofort, und er machte ein angewidertes Gesicht. «Der Keiler war mindestens sechs Jahre alt. Ihn würden nicht einmal die Zwangsarbeiter im Steinbruch von Tura hinunterbekommen. Nein, Eje», sagte er und machte große Augen.

«Wir haben ihn an einen Wagen gehängt, sind damit ein Stück weit durch die Steppe gefahren und haben ihn dann in der Nähe eines Felsens zurückgelassen.»

Dann beugte er sich zu mir herüber, als wollte er mir etwas

sagen, das keiner hören durfte, und flüsterte mir zu: «Löwenjagd, Eje. Löwenjagd!»

«Damit lockst du bestenfalls Hyänen an, und zwar heute Nacht noch. Löwen jagt man nicht aus dem Hinterhalt oder von einem Felsen herab. Man verfolgt sie im Streitwagen!»

«Woher weißt ausgerechnet du das?», fragte er mich misstrauisch.

«Du wirst es nicht glauben», antwortete ich jetzt in etwas überheblichem Ton. «Aber ich habe zusammen mit deinem Großvater in der Oase Fajum Löwen gejagt. Das liegt zwar fast fünfzig Jahre zurück, aber ich erinnere mich noch ganz gut daran.»

«Davon hast du mir nie erzählt, Eje!»

«Weil ich immer gehofft hatte, dir etwas Vernünftigeres beibringen zu können als dieses blutige Handwerk. Aber jetzt lass uns auf deinen ersten Keiler trinken!»

Wir nahmen beide unsere Becher und lachten uns zu.

«Auf deinen Ka, Eje!»

«Auf deinen Ka, Nassib!»

Immer wieder trieb es mich nach On. Ich las in den alten Schriften alles über die Heiligtümer des Horus, des Sobek und des Apis-Stieres. Diese Gottheiten waren mir nach kurzer Zeit ebenso vertraut wie ihre Heiligtümer und alle Sehenden, die ihnen über all die Jahrhunderte hinweg gedient hatten. Aber nirgendwo fand ich auch nur den geringsten Hinweis auf die Tränen des Re. Stunden und Tage saß ich gebeugt über Landkarten und zog Linien von einem Heiligtum zum anderen, denn ich hatte gehofft, dass ich dort, wo sich die Verbindungslinien kreuzten, fündig werden würde. Aber es ergab alles keinen Sinn.

«Mein Vater starb vor vier Monaten», sagte mir der Goldschmied, der angeblich um das Geheimnis der Tränen wusste und den die Polizisten Mahus für mich ausfindig gemacht hatten. Er lebte in einer ärmlichen Behausung am Stadtrand von

Men-nefer und hatte selbst schon vor acht Jahren aufgehört, als Goldschmied zu arbeiten.

«Mein Augenlicht war dahin, hoher Herr», sagte er leise, und aus seinen Worten hörte ich all den Kummer heraus, der ihn wegen seiner Blindheit quälte. «Meine Hände haben nichts von ihrer Geschicklichkeit verloren. Mein Geist ist wach wie vor dreißig Jahren. Aber wenn die Götter einem Goldschmied das Augenlicht nehmen, ist es so, als würden sie ihm die Hände abhacken.» Er saß vor seinem Haus auf einer Bank und starrte regungslos ins Nichts.

«Die Tränen des Re», wiederholte er beinahe erschrocken, als ich ihn danach befragt hatte.

«Mein Vater hatte eine von ihnen bearbeitet, ja, davon hat er mir erzählt. Sie soll nicht viel größer gewesen sein als ein Taubenei. Rein wie eine Träne, und doch nicht klar. Ihre Farbe war ein zartes Grün, und doch schimmerte viel Gelb hindurch. Sie sah aus wie Glas und war doch härter als alles, was mein Vater bis dahin je bearbeitet hatte. Nur Diorit, der härteste aller Steine, vermochte seinen Widerstand zu brechen.»

«Weißt du, was dein Vater aus der Träne geformt hat?», fragte ich den Alten.

«Nein, Herr. Er hat darüber nie gesprochen. Er hat überhaupt wenig über die Träne gesprochen, denn man sagte, sie würde Unglück bringen, großes Unglück.»

«Brachte sie denn deinem Vater Unglück?»

«Gibt es größeres Unglück, Herr, als den Tod eines Sohnes und des geliebten Weibes?», gab der Mann die Frage an mich zurück.

«Das mag Zufall gewesen sein. Es sterben viele Söhne vor der Zeit – und viele Frauen. Ich musste es selbst erleben», tat ich seinen Einwand ab.

«Auch Pharaos Sohn ist plötzlich gestorben, nachdem ihm mein Vater das Schmuckstück übergeben hatte. Und damit sie nicht noch mehr Unheil über Ägypten brachte, befahl er, sie zu seinem Grabschatz zu geben. So kehrte sie mit der Seele des toten Herrschers zurück zu dem, der sie einst vergossen hatte.»

Es hatte wohl keinen Sinn, ihm weitere Fragen zu stellen, denn sein Geist schien mir doch verwirrt zu sein. Dann aber entschied ich mich anders, denn wenn auch er nicht mehr lebte, würde es kein Zurück geben.

«Weißt du denn, wie die Träne in den Besitz Pharaos gelangte, ehe er sie deinem Vater anvertraute?»

«Händler, mein Herr. Ja, es waren einfach nur Händler aus einem fernen Land, die sie an den Hof nach Men-nefer gebracht hatten.»

Auch diese Antwort hatte mir nicht weitergeholfen.

Tutanchamun hatte es endlich geschafft. Nachdem er dreimal tatsächlich nur auf Hyänen getroffen war und diese hässlichen Tiere, ohne zu zögern, niedergestreckt hatte, hatte er schließlich ein Rudel Löwen ausgemacht. Ihm und Amenemhet war es gelungen, den mächtigen Anführer vom Rest des Rudels zu trennen und zu verfolgen.

«Es ist doch schwieriger, als ich dachte, einen Löwen tödlich zu treffen», sagte Nassib nachdenklich und ließ den Rand des Bechers über seine Unterlippe hin und her gleiten.

«Jedes andere Tier sinkt bald tot zusammen, wenn der Pfeil sein Herz durchbohrt hat. Aber dieser Löwe! Er brüllte und fauchte uns an. Er schlug mit seiner Tatze nach uns, obwohl wir uns in sicherer Entfernung befanden. Er stand breitbeinig da, und mir schien, als brachte er all seine Kraft nur auf, um nicht vor unseren Augen zu Boden zu gehen. Sein Kopf wankte hin und her, als wollte er uns so auffordern, zu gehen, damit wir ihn nicht sterben sahen. Und als er endlich dalag, erhob er ein letztes Mal sein Haupt, drehte es zu uns herüber, um uns noch einmal all seine Verachtung entgegenzubrüllen. Dann senkte er das Haupt und verendete.»

Wir saßen lange schweigend da, denn auch mich hatte sein Bericht ergriffen. Irgendwie beruhigte es mich aber, dass er noch etwas dabei empfand, wenn er ein Tier tötete. Als ob er meine Gedanken erahnt hätte, sagte er leise und zaghaft: «Es war das erste Mal, dass ich mit einem Tier, das ich getötet habe, so etwas wie Mitleid empfand. Und trotz dieses Mitleids möchte ich das Erlebnis, es getötet zu haben, nicht missen.»

Er sah nachdenklich in seinen Becher, während sein rechter Zeigefinger unaufhörlich über dessen Rand kreiste. Langsam, ganz langsam nur, erhob er den Kopf und sah mich durchdringend an. Seine Mundwinkel zuckten, und es dauerte lange, bis sich seine vollen Lippen öffneten und aussprachen, was ihn so bedrückte: «Was empfindet man, wenn man einen Menschen getötet hat?»

Nie in meinem Leben hätte ich gedacht, dass mich irgendjemand darauf ansprechen würde. Gewiss, ich hatte Nassib schon mehrfach von Nimurias Feldzug ins elende Kusch erzählt und ihm auch nicht verschwiegen, dass eine stattliche Anzahl von Feinden von meiner Hand den Tod gefunden hatte. Aber nach meinen Gefühlen von damals wurde ich nie gefragt.

«Nachdem ich den ersten Nubier getötet hatte …»

«Du meinst den auf eurem Schleichpfad, der sich mit vier anderen am Hang versteckt hielt», unterbrach mich Tutanchamun, wohl um mir zu zeigen, wie aufmerksam er mir immer zugehört hatte.

«Ja, einen von den fünf Nubiern, die auf der Anhöhe Wache gehalten hatten. Nachdem er und die anderen tot waren, hatte mich erst Angst ergriffen, Angst, etwas Schreckliches angerichtet zu haben. Dann rechtfertigte ich mich vor mir selbst damit, dass Krieg herrschte und ich ein Soldat war, und ich empfand sogar Stolz. Ja, jetzt war ich wirklich ein Soldat, der von sich behaupten konnte, schon einmal einen Feind getötet zu haben. Wieder etwas später dachte ich über seine Familie nach, denn auch auf mich wartete zu Hause eine junge Frau, die mich liebte und die auch ich wieder sehen wollte. Wenige Stunden später, im wilden Getümmel der Schlacht, als mein damaliger Diener Senu und ich Schulter an Schulter kämpften, zählten keine Gefühle mehr. Es ging nur noch darum, den Feind zu vernichten oder selbst vernichtet zu werden. Und wenn mich mein Diener nicht im letzten Augenblick gerettet hätte, säße ich nicht hier. Ich kann dir nicht einmal sagen, wie viele Nubier allein Senu und ich getötet haben.»

«Hast du nicht mitgezählt?», fragte mich Nassib, der als ehrgeiziger Jäger wohl nicht glauben konnte, dass einer die genaue Zahl seiner Beute nicht kannte.

«Nein, in der Schlacht habe ich nicht mitgezählt. Später habe ich nie darüber nachgedacht, weil ich es gar nicht wissen wollte. Vielleicht, um mich selbst zu schützen.»

Nassib nahm es so hin.

An diesem Abend hatte ich Tutanchamun angelogen. Ich wusste genau, wie viele Nubier ich damals am Atbara erschlagen hatte: Es waren siebzehn. Und ich hätte ihm an jenem Tag noch den Tod eines jeden Einzelnen von ihnen beschreiben können. Die Augen eines Sterbenden, den vorwurfsvollen Blick des Unterlegenen, vergisst man nicht.

DREIZEHN

Der Gute Gott, reich an Kraft,
der mit starkem Arm steht vor seinem Heer;
gewaltig mit dem Bogen, wenn er schießt,
ohne dass seine Pfeile fehlen.

Die Siege, die Haremhab in seinem immerwährenden Kampf gegen die Hethiter und ihre Verbündeten errungen hatte, waren keine Siege. Es gab keine Siege, so wie es auch keine Niederlagen gab. Es gab nur unbedeutende Gemetzel, die von Mal zu Mal ein anderer für sich entschied. Sowohl Haremhab als auch Suppiluliuma hatten es vermieden, sich in einer offenen und alles entscheidenden Feldschlacht gegenüberzutreten, denn der Sieg des einen hätte bedeutet, dass der andere ein für alle Mal in die Bedeutungslosigkeit hinabgesunken wäre. Und um diesen Preis wollte keiner von beiden in die Schlacht ziehen. So gaben sich beide damit zufrieden, die Grenzen zwischen den beiden großen Reichen hier und dort zu verschieben, ohne dass sich Grundlegendes geändert hätte. Über die Jahre hinweg war dies freilich nicht zufrieden stellend, und die Aussicht, eines Tages als großer Kriegsheld gefeiert zu werden, schwand für beide Feldherren von Jahr zu Jahr, so wie die Kampfeslust ihrer Soldaten von einem Jahr zum anderen mehr und mehr abnahm.

Haremhab bedrängte mich schon seit Wochen, der Aushebung neuer Soldaten und einem großen Feldzug gegen die Hethiter zuzustimmen, damit die Macht Suppiluliumas endlich gebrochen werden konnte. Ich hätte keinen Augenblick gezögert, wenn ich mir sicher gewesen wäre, dass Haremhab endlich Erfolg haben und die Vormachtstellung Ägyptens über Syrien wiederherstellen würde. Aber die schier endlose Glücklosigkeit Haremhabs ließ mich an einem durchgreifenden Erfolg zweifeln. Und wenn er wirklich siegreich sein würde, wäre er ohne Zweifel der mächtigste Mann Ägyptens und könnte Tutanchamun und mir nach Belieben seinen Willen aufzwingen. Tutanchamun war jetzt gerade fünfzehn Jahre alt und damit noch nicht großjährig. Eine Alleinregentschaft des Generals, die nach einem endgültigen Sieg über Suppiluliumas Heer nur schwer zu verhindern gewesen wäre, wollte ich deswegen um jeden Preis vermeiden.

Haremhab arbeitete mit allen Mitteln auf sein Ziel hin. Er beschwor die Priester überall im Land und versprach ihnen ein Ägypten von bislang nie gekannter Größe. Er versprach ihnen, Aton für immer aus der ersten Reihe der Götter zu verbannen, und er versprach ihnen Reichtum für neue und größere Tempel. Freilich tat er dies im Geheimen, und nur der Treue meines Freundes Mahu, dessen Polizisten nichts von alledem entging, verdankte ich es, dass ich über jeden Senet-Zug des Generals unterrichtet war. Zuletzt wagte er den entscheidenden Schritt: In einer großen Audienz beschwor er den jungen Herrscher selbst, dass er sich auf die Seite des Generals schlagen möge.

«Die Demütigungen Ägyptens müssen endlich ein Ende haben, Majestät! Wie viele Jahre haben wir jetzt schon verloren, weil wir uns nicht durchringen konnten, gegen Hattuscha den entscheidenden Feldzug zu führen!»

«Diesen Krieg habt allein Ihr geführt, General», hielt ich ihm entgegen, denn den vorwurfsvollen Ton in seiner Rede wollte ich weder für mich noch für Tutanchamun hinnehmen. «Welche Opfer wollt Ihr Ägypten noch aufbürden? Gebt Ägypten endlich jenen dauerhaften Frieden, den es braucht, um im Inneren wieder zu erstarken. Dann mögt Ihr über einen großen Krieg gegen Hattuscha reden.»

Seine Augenlider überschlugen sich beinahe vor Erregung, und es dauerte eine Weile, bis seine Pupillen wieder zu sehen waren. Er atmete tief durch und zwang sich sofort wieder zur Ruhe.

«Seid für die innere Stärke Ägyptens nicht Ihr zuständig, Gottesvater Eje?», schlug er zurück. Dieser Schlag saß tief. Dann wandte er sich wieder an den König.

«Euer Großvater zog ohne Zögern hinab in das elende Kusch und hat in einer beispiellosen Schlacht die Feinde Ägyptens niedergerungen. Und ist Amenophis Neb-maat-Re nicht als großer Herrscher im Gedächtnis der Menschen geblieben? Mit starkem Arm hat er die Feinde besiegt und sich so ewigen Ruhm gesichert. Tut es ihm gleich, Majestät! Werdet ein großer Herrscher wie Euer Großvater! Führt Ägypten zurück zu Macht und Ansehen!»

Die Augen Tutanchamuns begannen vor Begeisterung zu funkeln, denn die Verlockungen Haremhabs zeigten ihre Wirkung.

«Seid Ihr Euch sicher, General, dass wir die Hethiter besiegen können?», fragte Pharao und richtete sich in seinem Thron auf, als gelte es schon jetzt, Größe und Stärke zu zeigen.

«Wenn Ihr Euch an die Spitze des Heeres stellt, Majestät, wenn Eure Soldaten wissen, dass ihr Guter Gott bei ihnen ist und sie beschützt, gibt es daran nicht den leisesten Zweifel!»

Jetzt hatte er den Ehrgeiz des jungen Pharao geweckt.

«Die Divisionen Amuns, Ptahs, Seths und Res stehen bereit, um für Euch den größten aller Siege zu erstreiten. Ich verspreche Euch, Majestät: In weniger als sechs Monaten kehrt Ihr als siegreicher Feldherr nach Ägypten zurück. Alle Welt wird vor Euch niedersinken, und die Länder Asiens werden wieder Tribute an Ägypten abführen, wie sie es früher getan haben. Die Inschriften aller Tempel der Beiden Länder werden Eure Heldentaten rühmen. Und überall wird man sagen: Es war Tutanchamun Neb-chepru-Re, der die Feinde Ägyptens niedergeschlagen und die Beiden Länder zu nie gekannter Größe geführt hat. Es war Tutanchamun Neb-chepru-Re, der Hattuscha bezwungen und der Byblos und Mitanni vom Joch der Feinde Ägyptens befreit hat.»

Ich sah, dass nicht nur Pharao an den Plänen Haremhabs mehr und mehr Gefallen fand, sondern auch Maja und Mahu, Aper-el und all die anderen Fürsten, die jetzt vor dem Thron Pharaos standen und den verlockenden Worten des Generals zugehört hatten.

Die Augen aller waren nun im Wechsel auf Tutanchamun und auf mich gerichtet, denn die Großen und Mächtigen Ägyptens erwarteten in diesem Augenblick eine Entscheidung. Meine uneingeschränkte Zustimmung sollten sie gleichwohl nicht bekommen, denn im Fall eines unglücklichen Verlaufs des Feldzugs wollte ich derjenige sein, der die Stimme erheben und sie an meine mahnenden Worte erinnern würde.

Ich wollte verhindern, dass Tutanchamun voreilig dem General freie Hand ließ, und sagte: «Wenn sich General Haremhab seines Sieges so sicher ist, dann mag er die Soldaten Pharaos in die große Schlacht gegen Suppiluliuma führen. Ich bin aber für das Leben unseres Herrschers ebenso verantwortlich wie er. Deswegen bestehe ich darauf, dass Seine Majestät nicht unmittelbar an der Schlacht teilnimmt, sondern sie nur aus sicherer Entfernung heraus beobachtet.»

Haremhab war dies offenbar genug, denn ohne Widerspruch und ohne einen Augenblick zu zögern sagte er: «So sei es, und so werde es geschrieben!», rief er und war sich gar nicht bewusst, dass dieser Satz allein Pharao vorbehalten war.

Haremhab hat mir meinen Einwand und meine Einschränkung nicht weiter übel genommen, denn er hatte jetzt, was er wollte: die Hoffnung, als siegreicher Feldherr zurückzukehren. Denn mochte einst überall geschrieben stehen, dass Pharao die Feinde Ägyptens niederschlug, würden doch alle wissen, dass Haremhab es war, der die Soldaten Pharaos angeführt hatte.

Allerdings hatte der General nicht damit gerechnet, dass ich trotz meines hohen Alters darauf bestand, mitzukommen. Er bezeichnete meine Absicht zwar als unverzeihlichen Starrsinn eines alten Mannes, verhindern konnte er sie jedoch nicht.

Sein Kriegsplan kam mir sehr entgegen, denn Haremhab teilte das Heer in zwei Abteilungen auf. Die Division des Ptah sollte schon am Nil die Kriegsflotte besteigen, bis zur Flussmündung nach Norden fahren und von dort entlang der Küste in das mit uns befreundete Gaza segeln. Von dort würde unsere Seereise weitergehen nach Askaluna, Joppe, Akka, Tyros und Sidon bis Berut. Die Divisionen des Re und des Amun sollten auf dem Landweg über Qiltu, Gazru, Hasura bis Kudimu vorstoßen, damit sie sich in Berut mit der Division des Ptah vereinigten und zuerst Byblos befreiten, bevor wir dann gemeinsam die Stadt Qadesch eroberten. Ihr Fürst Aitakama, der mit Aziru von Amurru verbündet war, war trotz seiner Treueschwüre gegenüber Ägypten erst vor kurzem von Suppiluliuma auf seinem Thron bestätigt worden. Deswegen galt es, Qadesch zu erobern und Aitakama niederzuwerfen. Sollte ihm Suppiluliuma zu Hilfe eilen, wollte ihm Haremhab die vernichtende Niederlage beibringen.

Nur die Division des Seth blieb zum Schutz des ägyptischen Stammlandes unter dem Kommando Aper-els in Men-nefer zurück.

Ich zog für Tutanchamun und für mich den Seeweg vor. Auch hiergegen erhob Haremhab keine Einwände, was mich nachdenklich stimmte und letztlich in meiner Vermutung bestärkte, dass es ihm nur um seinen eigenen Ruhm ging.

Wie überall in den großen Städten Ägyptens wimmelte es auch in Men-nefer von Fremdländern. Syrer kamen ebenso hierher wie Babylonier oder Kaufleute aus Mykene und Troja, aus Knossos oder von der fernen Insel Kreta. Keinem von ihnen durfte man trauen, und so blieben die Pläne des Generals geheim, und es gab keine festliche Verabschiedung der Truppen und ihrer

Anführer. Haremhab selbst verließ die Stadt mit den wenigen Soldaten, die ihn hierher begleitet hatten, in aller Stille und im Schutz der Nacht nach Nordosten, um in Tjeku am Ostrand der Flussmündung auf seine Truppen zu stoßen und um mit ihnen von dort nach Osten weiterzuziehen. Das Oberkommando über die Kriegsflotte übertrugen Haremhab und ich dem ehrgeizigen Offizier Paramessu, jenem Mann, der Tutanchamun und mich nach dem Tod Nofretetes in der Wüste gefunden und nach Men-nefer gebracht hatte.

Weil unsere Reise auf dem Fluss und die Überfahrt über das Meer bei weitem nicht die Zeit in Anspruch nahmen wie der lange Marsch von Haremhabs Truppen, legten wir erst drei Wochen später ab. Damit das Abrücken unserer Division und ihrer Schiffe nicht so sehr auffiel, hatte sie Haremhab schon in den Wochen vor seinem eigenen Aufbruch auf die Städte und Dörfer nördlich von Men-nefer auf die unterschiedlichen Flussarme des Nils verteilen lassen. Je weiter wir nach Norden fuhren, umso mehr Kriegsschiffe schlossen sich uns an, bis die Flotte in Anedjet mit zweiundfünfzig Barken ihre volle Stärke erreicht hatte.

So alt ich jetzt auch schon war, nun sah ich zum ersten Mal in meinem Leben das nördliche Meer. Es war früh am Morgen, als wir die Flussmündung verließen. Die aufgehende Sonne tauchte die unendlich weite Wasserfläche, die ruhig vor uns lag wie ein gewaltiger See, in ihr rotgoldenes Licht. Ich verspürte kaum Wellengang, und ein leichter, aber steter Nordwestwind blähte die Segel unserer Schiffe, sodass die Soldaten nicht rudern mussten und ihre Kräfte für die bevorstehenden Kämpfe schonen konnten. Sie verbrachten die Zeit auf unterschiedlichste Weisen. Die einen erzählten Geschichten und prahlten mit Heldentaten vergangener Schlachten. Andere sorgten sich um ihre Rüstung und schärften Schwerter und Pfeilspitzen. Wieder andere schauten schweigend auf das Meer hinaus oder sangen nachdenklich und in sich gekehrt ein Liebeslied. Diese Beschaulichkeit auf unseren Schiffen machte es mir schwer, mir das Tosen des Meeres bei Sturm und Wellengang vorzustellen.

Amenemhet und ich wichen nicht von der Seite Pharaos. Wenn er nicht gerade einen von uns beiden ein ums andere Mal im Senet besiegte, befragte er mich wieder und wieder nach meinen Erlebnissen aus dem Feldzug gegen die Nubier, oder er verschoss von seinem Platz am Bug des Schiffs Pfeil um Pfeil auf die geflochtene Scheibe, die Amenemhet für ihn am Heck hatte anbringen lassen. Das war nicht ungefährlich, denn hin und wieder verirrte sich doch der eine oder andere Pfeil, der auf seinem Weg zur Zielscheibe entweder von einem pendelnden Tau abgelenkt oder von Nassib leichtsinnig verschossen wurde.

Während all dieser Zeit ließ Tutanchamun seine Waffen nicht aus den Augen. Immer wieder ergriff er den Schild, der eigens für ihn gefertigt worden war. Er war aus Ebenholz geschnitzt und vergoldet, mit dunkel bemaltem Rahmen und beinahe zwei Ellen hoch. Er zeigte Pharao in Gestalt eines Sphinx, der die Doppelkrone und einen Zeremonialbart trug und unter dessen Tatzen zwei nubische Fürsten, stellvertretend für alle Feinde Ägyptens, zertreten wurden. Hinter dem Sphinx waren ein Straußenfächer und ein Falke mit ausgebreiteten Schwingen zu sehen, und darüber, in der oberen Wölbung des Schildes, eine geflügelte Sonnenscheibe, die ihre ausgespreizten Schwingen schützend über das göttliche Wesen hielt. In drei senkrechten Spalten standen rechts die Worte:

«Der Gute Gott, der die Fremdländer zertritt und die Großen aller Fremdländer zerschlägt. Herr der Kraft wie der Sohn der Nut, heldenhaft wie Month, der residiert in Men-nefer, der König von Ober- und Unterägypten, der Herr der Beiden Länder Neb-chepru-Re, dem Leben gegeben werde, Sohn des Re, sein geliebter Tutanchamun, Herrscher von Waset, wie Re.»

Paramessu ließ die Flotte nur bei Tag segeln. Abends warfen die Schiffe in Küstennähe die Anker und verbrachten Rumpf an Rumpf die Nacht, um am anderen Morgen erneut in südöstlicher Richtung aufzubrechen. Dann ging es weiter nach Nordosten, bis wir schließlich nach vier Tagen Seefahrt das mit Ägypten befreundete Gaza erreichten. Im Hafen dieser uralten Stadt, die Pharao mit herzlichem Jubel begrüßte, frischten wir erstmals unsere Vorräte auf, um schon am anderen Morgen nach Askaluna weiterzusegeln. Der Wind stand noch immer günstig, und so erreichten wir schon am späten Abend Joppe. Drei weitere Tage brauchten wir bis Akka. In Tagesabständen segelten wir von dort nach Tyros und Sidon.

In Berut traf Tutanchamun zum ersten Mal auf die schrecklichen Hinterlassenschaften des Krieges, auf niedergebrannte Häuser und eingerissene Tempel, auf zertrampelte Felder und auf zerstörte Gärten. Und er sah die Menschen, die die Schlachten, welche Haremhab und Suppiluliuma um diese Stadt geführt hatten, übrig ließen: verkrüppelte Soldaten, denen sie einst Ruhm, Ehre und ein sorgenfreies Leben versprochen hatten. Stattdessen lagen sie im Schatten notdürftig errichteter Zelte, litten Schmerzen und Durst und mussten es hilflos erdulden, wie unzählige Fliegen gierig über ihre eitrigen Wunden herfielen, bis sie endlich das Bewusstsein verloren und nach Stunden oder Tagen im Fieberwahn in eine bessere Welt hinüberdämmerten. Da gab es die Witwen dieser Stadt, alte wie junge; doch sie alle waren gleichermaßen verzweifelt, denn die meisten hatten schon die Gewissheit, dass ihr Liebster an der Seite der Ägypter gefallen war und dass ihnen das Schicksal nur Ruinen zurückgelassen hatte, Ruinen ihrer Häuser und Ruinen ihres Daseins. Manche lebten noch in der quälenden Hoffnung, dass er vielleicht noch am Leben war. Letztere huschten durch die Zelte mit den stöhnenden, schreienden und sterbenden Kranken, hasteten von Mann zu Mann, um zu sehen, ob nicht vielleicht ihr Gemahl darunter war, oder um diejenigen, die noch sprechen konnten, nach ihrem Liebsten zu fragen. Dann gab es die Mütter der toten und der sterbenden Helden von Berut. Jene Frauen, deren Gang gebückt war vor Kummer, die Schmerzen erlitten wie am Tag der Geburt ihres Sohnes. Aber jetzt war es ihr Herz, das unsägliche Schmerzen ertragen musste. Als reife Frauen, die sie in den achtzehn oder zwanzig Jahren seit jenem Tag der Geburt geworden waren, schrien sie ihren Schmerz nicht mehr hinaus, als wollten sie sich mit ihrem Schreien von dem befreien, wonach sie sich so lange gesehnt hatten. Jetzt machte sie ihr Schmerz still, hoffnungslos still.

Zuletzt gab es die Kinder, die der Krieg zurückgelassen hatte. Die stummen und ahnungslosen Halbwaisen an den Händen ihrer hastig umherirrenden Mütter und die, die niemanden mehr hatten: deren Väter gefallen und deren Mütter verschleppt oder ermordet und in den brennenden Trümmern ihres Hauses zurückgelassen worden waren. Kinder, die dasaßen mit großen leeren Augen, welche anklagten und gleichzeitig nach der Geborgenheit bettelten, die verloren war, eingestürzt und verbrannt. Mädchen, mit einer Puppe im Arm und dem kleinen Bruder an der Hand, die mitten auf der Straße standen und nicht wussten, wohin sie gehen sollten, die von allen anderen achtlos umhergeschubst wurden, als gäbe es sie gar nicht, die übersehen wurden, als wären sie lästiger Unrat. Wenn sich nicht irgendeine gute Seele ihrer erbarmte, waren sie in wenigen Tagen verhungert oder an einer Seuche elend zugrunde gegangen.

Trotz der vielen Soldaten, die Pharao auf seinem Weg vom Hafen in den Palast oder in das, was von ihm übrig geblieben war, schützend umringten, sah Tutanchamun das Elend dieser Menschen. Es war nicht zu übersehen. Es gab keine jubelnden Menschenmassen, die den Guten Gott, den Herrn der beiden Länder, empfingen. Jubel hatte es in Berut schon lange nicht mehr gegeben.

Dort, wo es nach schwelenden Balken und nach Eiter riecht, jubelt man nicht mehr. Wo der erste tote Held zu beklagen ist, erlischt die Begeisterung über den Krieg, und mag er mit noch so viel Erfolg geführt werden.

«Was kann ich für diese Elenden tun?», fragte mich Tutanchamun leise. Er ließ mich seinen Wagen lenken, um mir so den Fußmarsch zum Palast König Ammuniras zu ersparen.

«Gib ihnen zu essen. Mehr kannst du für sie nicht tun. Den Vater, den Bruder, den Sohn gibt ihnen niemand mehr zurück. Und wenn du kannst, gib ihnen ihren Frieden wieder. Aber an ein Leben in Frieden scheinen sie schon lange nicht mehr zu glauben.»

Wie alle Vasallen Ägyptens, gleich, ob Fürst oder König, fiel auch Ammunira von Berut vor Pharao nieder, so wie sie es in ihren Briefen immer beteuerten: Siebenmal warf er sich vor Tutanchamun in den Staub.

«Šarriri beli-ia», begann er seine Rede in seiner Verzweiflung auf Akkadisch, denn die Sprache seines Landes hätte außer dem Übersetzer keiner von uns verstanden.

«Mein König und Herr! Ich bin nur der Staub, auf den Du trittst, der Schemel unter Deinen Füßen. Ich habe die Worte, die Du mir geschrieben hast, vernommen und habe alles zurechtgemacht für die Truppen des Königs, meines Herrn. Und darauf habe ich gehört: Ich habe meine Pferde und meine Wagen zurechtgemacht, um Deine Truppen zu unterstützen. Und es mögen die Truppen des Königs, meines Herrn, den Kopf seiner Feinde zerschmettern. Der Diener des Königs, meines Herrn, Haremhab, hat mir Vergeltung verschafft und meine Stadt von den Truppen Hattuschas befreit. Lass uns gegen Qadesch ziehen und Suppiluliuma in die Ödnis seiner Berge zurücktreiben, damit mein Volk in Frieden leben und meinem König und Herrn dienen kann.»

Ammunira war ein Mann von kaum dreißig Jahren, und nur sein kräftiger, schwarzer Kinnbart ließ ihn älter erscheinen, als er war. Er war groß und kräftig von Gestalt, und man erzählte sich von ihm, dass er mit einem einzigen Hieb seines Schwertes vier Feinde niederstreckte. Sein langes Haupthaar war zu unzähligen Strähnen geflochten und verlieh dem erfahrenen Krieger ein wildes und Angst einflößendes Aussehen. Er hätte einen zierlichen, ja schmächtigen Jüngling wie Tutanchamun mit einer Hand erwürgen können, und jetzt lag er vor ihm am Boden und erniedrigte sich zum Schemel und zum Staub unter dessen Füßen. In einem Brief mag das leicht geschrieben werden, aber wenn man sich unter den Augen der Großen seines Landes vor einem Fünfzehnjährigen derart erniedrigen muss, ist das eine andere Sache. Vielleicht hasste er deswegen in Wirklichkeit, wen er nun um Hilfe anflehte.

Ich hörte, wie einige der Fürsten Beruts miteinander tuschelten, doch die Sprache, in welcher sie sich unterhielten, war mir fremd. So konnte ich nur ihrem Gesichtsausdruck entnehmen, dass es wohl keine freundlichen Worte waren, die sie wechselten. Auch Tutanchamun entging ihr unbotmäßiges Verhalten nicht, und ich sah, wie seine Augen unsicher im Saal umherhuschten.

«Kannst du verstehen, was sie sagen?», flüsterte er mir nach hinten zu, nachdem er sich geräuspert und sich dabei höflich die geballte Faust vor den Mund gehalten hatte.

«Ich verstehe natürlich kein Wort, aber ich ahne, was sie beschäftigt. Ich werde für dich antworten, und ich bitte dich nur darum, freundlich zu lächeln.»

Ich dachte nicht daran, Akkadisch zu sprechen. Sie sollten sehen, wer hier die Herren waren und dass es keinen Grund gab, die Macht Pharaos nur wegen seines jugendlichen Alters in Zweifel zu ziehen, denn nach meiner festen Überzeugung war es das, weswegen sie tuschelten.

«So spricht Pharao, Euer König und Euer Herr: Das Land meines Bruders Ammunira ist geschunden. Seine Stadt ist zerstört. Die Frauen seines Landes sind Witwen, und seine Kinder sind Waisen. Mein Bruder ist ein tapferer und starker Krieger, und dennoch bedarf er der Hilfe seines Königs und seines Herrn. Pharao hat das Flehen seines Bruders erhört und eilt ihm mit starkem Arm zu Hilfe. Siehe, Ammunira von Berut, die Armeen Pharaos, Deines Königs und Herrn, sind gekommen, um Dein Land aus der Hand der Hethiter zu befreien.

Pharao wird das Land, das ihm untertan ist, bis zum Orontes befrieden. Er wird Qadesch befreien und Suppiluliuma in dem Maße erniedrigen, wie er Ammunira, seinen Bruder, erhebt. Es ist kein Bogenschütze unter der Sonne wie Pharao, Dein Herr. Seine Pfeile werden die Hethiter niederstrecken, so wie Pharao Löwen niederstreckt ohne Zahl.»

Der Übersetzer neben Ammunira hatte alle Mühe, meinen Worten zu folgen, und an der Miene seines Herrn erkannte ich, dass dieser nicht über alles erfreut war, was ich gesagt hatte. Seine Männer mussten bis nach der Audienz warten, um die Botschaft Pharaos zu erfahren.

Das Gastmahl, zu dem uns Ammunira am Abend einlud, war bescheiden, wie es die Umstände verlangten. Denn ein allzu aufwändiges Festgelage hätte die Untertanen des geschundenen Landes verstört, und bei uns hätte der Eindruck entstehen können, als wäre die Lage Beruts besser, als man uns glauben gemacht hatte. Man reichte uns gebratenen Hammel, salzig schmeckendes Fladenbrot und allerlei Gemüse. Da man in dieser Gegend Bier nicht kannte, gab es Wein, der aber so vorzüglich schmeckte wie kaum ein anderer.

Zu Beginn des Festes wurden Pharao die Frauen aus der Familie Ammuniras vorgestellt, denn wie überall in dieser Gegend war es auch in Berut Sitte, dass Frauen an Festmahlen nicht teilnahmen. Mir war diese Art des Umgangs nicht fremd, denn auch in Babylon waren Frauen an den Tischen der Männer nicht gern gesehen. Königin Tintir war eine stolze und schöne Frau. Nachdem sie ihr Gemahl namentlich vorgestellt hatte, verneigte sie sich nur kurz vor Tutanchamun und trat sogleich schweigend zur Seite. Dann wurden die Schwestern des Königs vorgestellt und schließlich dessen Töchter. Tutanchamun hatte die ablehnende Haltung der Königin durchaus wahrgenommen und die verbleibende Zeremonie sichtlich gelangweilt über sich ergehen lassen.

«Und dies ist meine jüngste Tochter Katuna», sagte Ammunira zuletzt und legte seine Hände stolz auf die Schultern eines vielleicht vierzehn Jahre alten Mädchens. Anders als ihre Mutter und ihre Schwestern blickte sie nicht trotzig zu Boden, sondern neugierig und ein wenig ängstlich zugleich sah sie erhobenen Hauptes in die Augen Tutanchamuns. Der blutrote Schleier, den sie trug, ließ nur wenig von ihrem schwarzen Haar erkennen. Ihre Nase war breit und dennoch zierlich und wohlgeformt. Über ihren Augen lagen dichte, schwarze Brauen, deren Haare gewiss weich waren wie das Fell einer jungen Katze. Ihr kleines rundes Kinn war unauffällig und ließ Katunas volle Lippen umso mehr zur Geltung kommen. Gleich mir starrte auch Tutanchamun nur auf die Augen des Mädchens. Es waren rötlichbraun schimmernde Sterne mit einem schwarzen Punkt in ihrer Mitte, und die schmalen Zacken dieser Sterne strahlten in ein helles Blau hinein, das so hell und leuchtend war wie das Meer, das wir durchfahren hatten. Und dieses Blau wurde nochmals von einem schmalen schwarzen Rand umgeben.

«Wie heißt deine jüngste Tochter?», fragte Nassib jetzt auf Akkadisch und mit einer so freundlichen und wohlklingenden Stimme, wie auch ich sie nur selten zuvor bei ihm vernommen hatte.

«Katuna», wiederholte der Vater stolz.

Tutanchamun beugte sich ein wenig nach vorn, streckte die rechte Hand aus und sagte: «Komm näher, Katuna!»

Das Mädchen errötete und drehte sich nach ihrem Vater um, denn sie wusste nicht, ob es sich für eine Königstochter schickte, dem Verlangen eines jungen Mannes, auch wenn er Pharao war, so ohne weiteres nachzugeben. Ammunira nickte zustimmend. Zögerlich, fast widerwillig trat Katuna bis einen Schritt vor den Thron Tutanchamuns und sah verschämt zu Boden. Jetzt tat Tutanchamun etwas, womit ich nie gerechnet hätte: Langsam, als gelte es, das Mädchen nur nicht zu erschrecken, streckte er seine Arme aus, ergriff den Saum ihres Schleiers, hob das Tuch über ihren Kopf nach hinten weg und legte es vorsichtig über ihre Schultern. Jetzt sah man ihr langes, schwarzes Haar, das in großen Wellen von ihrem Kopf hinabquoll und unter dem Tuch verschwand, als sollte seine wahre Länge auch jetzt noch ein Geheimnis bleiben. Weil Pharao so lange schwieg, hob Katuna zaghaft den Kopf. Ohne dass sich auch nur einmal ihre Lider bewegt hätten, sahen sie sich so durchdringend an, als müssten beide in diesen wenigen Momenten alles aus den Augen des Gegenübers herauslesen, was es über ihn zu wissen gab.

«Katuna», hauchte Nassib mehr, als er sprach.

«Wirst du hier sein, wenn Byblos erobert und Qadesch gefallen ist?» Es war eine so einfache, im Grunde unsinnige Frage, aber zu mehr war Tutanchamun in seiner Verliebtheit nicht imstande. Auch dem Mädchen gelang nicht mehr als ein kaum merkliches Nicken.

Dann ergriff er wieder den Saum ihres Schleiers, führte ihn von der Schulter über den Kopf und legte ihn dann sorgfältig nieder. Er fasste mit der Rechten nach Katunas linker Hand und führte sie langsam an seinen Mund. Ehe er Katunas Handrücken schüchtern und flüchtig küsste, atmete er mit geschlossenen Augen einmal tief durch, damit er den zarten Duft des Mädchens in sich aufnahm, um ihn nie mehr zu vergessen.

Schon kurze Zeit später verließen die Frauen und Mädchen aus der Familie Ammuniras den Saal, und nur Nassib sah Prinzessin Katuna verträumt nach.

«Ich will sie haben», flüsterte er mir wenig später zu, und obwohl ich nur zu genau wusste, wen er meinte, fragte ich ihn scheinbar ahnungslos: «Wen willst du haben?»

«Na, das Mädchen, Katuna», und dabei deutete er auf die Tür, durch welche Katuna soeben den Saal verlassen hatte.

«Ist sie nicht wunderschön? Ich will sie mit nach Ägypten nehmen.»

«Niemand kann dich daran hindern. Wenn wir nach dem Krieg diese Gegend wieder verlassen, müssen uns ohnehin alle Fürsten, die uns untertan sind, Geißeln stellen. Dann wird eben deine Wahl auf Prinzessin Katuna fallen.»

Nassib legte die Stirn in Falten und sah mich beinahe angewidert an. «Ich will sie nicht als Geißel. Du hast mich nicht verstanden, Eje. Sie soll meine Frau werden und nicht meine Sklavin.»

«Jetzt sei doch vernünftig, Nassib!», widersprach ich ihm. «Ihr habt euch in die Augen gesehen, und du weißt von ihr nicht mehr, als dass sie Katuna heißt und die jüngste Tochter des Königs von Berut ist, dessen Namen du vielleicht schon vergessen hast. Nimm sie als Geißel mit nach Ägypten, und alles andere wird sich zeigen.»

«Nenn mich nicht immer Nassib! Du weißt, dass ich das vor anderen Leuten nicht mag», zischte er mich an, weil er meinen Worten sonst nichts zu entgegnen hatte.

«Es wird nicht mehr vorkommen», entschuldigte ich mich.

Am anderen Tag traf ich den jungen Herrscher wieder in bester Laune an, woraus ich schloss, dass die Flamme seiner Liebe nur ein kurzes abendliches Strohfeuer gewesen und über Nacht wieder erloschen war. Auch mir gegenüber schien er keinen Groll mehr zu hegen, zumal er selbst den Namen Nassib in den Mund nahm.

«Ich weiß jetzt, wie ich Katuna nach Ägypten mitnehmen kann, ohne sie als Geißel bezeichnen zu müssen: Nassib wird König Ammunira herausfordern.»

«Was wirst du tun?», fragte ich ihn ungläubig.

«Ich werde ihn im Bogenschießen herausfordern, und wenn er verliert, soll Katuna mein Preis sein.»

«Und was wird sein Preis sein, wenn du verlierst?»

Tutanchamun sah mich mitleidig lächelnd an und sagte: «Ich werde nicht verlieren, Eje. Aber ich verspreche ihm fünfzig Pferde, wenn ihm das Unmögliche gelingen sollte.»

«Bei welcher Gelegenheit willst du ihn herausfordern? Denn du kannst ihn schlecht vor deinen Thron kommen lassen und ihm erklären, dass du mit ihm ein Wettschießen veranstalten willst, bei welchem zufällig seine Tochter einer der Preise sein soll.»

«Willst du mir nicht dabei helfen?», fragte er mich. Ich trat näher an ihn heran und flüsterte: «Fünfundzwanzig Pferde, wenn wir in Ägypten zurück sind?»

«Zwanzig. Aber nur, wenn Katuna mitkommt.»

«Gut: zwanzig.»

Seit meinem Handel mit Tutanchamun waren kaum zwei Stunden vergangen, als wir in einem weiten Hof hinter dem Palast auf König Ammunira trafen, der seine Soldaten bei Kampfübungen mit Schwert und Keule beobachtete. Man sah ihm an, dass er stolz war auf seine Männer.

«Sie sind die besten Soldaten meiner Armee», klärte er uns auf, ohne dass wir ihn gefragt hätten.

«Können sie auch mit Pfeil und Bogen umgehen?», fragte ich den König, der mich sofort tief gekränkt ansah.

«Es gibt keine besseren Bogenschützen als die Soldaten meiner Leibgarde. Nicht in Hattuscha und nicht am Nil», prahlte er und war sich gar nicht bewusst, welche Beleidigung er gegenüber Pharao ausgesprochen hatte. Tutanchamun blinzelte mir unbemerkt zu, und in seinem Gesicht erkannte ich seine Freude darüber, dass mein Gift gewirkt hatte.

«Der Gute Gott, er lebe, sei heil und gesund, zählt zwar erst fünfzehn Jahre; aber ich bin mir sicher, dass keiner von Deinen Soldaten gegen ihn ankommt. Selbst Ihr nicht, Ammunira.»

«Ist mir eine Frage an Euch gestattet, Majestät?», wandte sich jetzt Ammunira höflich an Pharao.

Tutanchamun nickte.

«Wie lange geht Ihr schon mit Pfeil und Bogen um?»

Tutanchamun sah mich mit nachdenklichem Gesicht an, als müsste er die Antwort erst bei mir erfragen.

«Vier Jahre etwa», sagte er dann knapp.

«Ja», bestätigte ich ihn. «Bis zu deinem zehnten Lebensjahr bist du fast ausschließlich mit dem Wurfholz zur Jagd gegangen. Vier Jahre, Ammunira.»

«Verzeiht mir die Anmaßung, Majestät! Aber ich übe seit

zwanzig Jahren beinahe täglich mit meinen Soldaten, und jeder von uns trifft aus nahezu beliebiger Entfernung in die Mitte der Scheibe.» Dann verneigte sich der König demütig, als müsste er sich bei Tutanchamun entschuldigen.

«Ihr trefft in die Mitte der Scheibe», sagte Pharao, nickte dabei anerkennend und sah auf die Soldaten vor uns.

«Ob ich da mithalten kann, Eje?»

Der spöttische Unterton seiner Frage war nicht zu überhören.

«Wenn dich König Ammunira herausfordert, kannst du dich nicht verweigern. Aber er wird einen Preis von dir verlangen. Und die Preise von Königen sind gewöhnlich sehr hoch.»

«Sind fünfzig Pferde ein königlicher Preis?», fragte mein junger Herrscher scheinbar ahnungslos. Ammunira nickte anerkennend und sagte: «Und an welchen Preis für Euch habt Ihr gedacht, Majestät?»

Tutanchamun schwieg einen kurzen Augenblick, dann spitzte er die Lippen und sagte forsch: «Eure Tochter Katuna. Ich will Katuna zur Frau nehmen.»

Erst stockte Ammunira der Atem, dann, so hatte ich den Eindruck, musste er sich zwingen, nicht laut loszulachen.

«Euer Verlangen ist außergewöhnlich, Majestät. Ich hätte damit rechnen müssen, dass Ihr, ohne mich zu fragen, einige meiner Kinder als Geißeln mit an den Nil nehmt. Aber dass meine jüngste Tochter einmal der Preis bei einem Bogenschießen sein würde, hätte ich nicht geglaubt. Ich nehme an», sagte er dann laut, damit es alle hörten, die um uns herumstanden.

Dann rief König Ammunira seinen Leuten laut einige Sätze zu, die ich freilich nicht verstand. Vielleicht hatte Ammunira seinen Soldaten erklärt, wie sehr er sich schon jetzt auf die Pferde Pharaos freute.

Über die Regeln waren wir uns schnell einig: Jeder König durfte zwei Wettkampfarten bestimmen. Weil Ammunira der Ältere war, ließ ihm Tutanchamun den Vortritt.

«Zuerst schießen wir aus einer Entfernung von achtzig Ellen

im Stand auf fünf Scheiben. Ihr bekommt zehn Pfeile; ebenso ein Schütze meiner Wahl. Für einen Treffer im mittleren Kreis der Scheibe gibt es fünfzehn Striche, im zweiten Kreis zehn und im dritten Kreis fünf. Sobald der erste Schütze zehn Pfeile abgefeuert hat, ist der Wettkampf beendet, gleich, wie viele Pfeile der andere noch übrig hat.»

Tutanchamun nickte.

«Im zweiten Teil werden aus einem fahrenden Streitwagen heraus fünf Scheiben mit beliebig vielen Pfeilen beschossen. Euren Streitwagen fährt ein Wagenlenker meiner Wahl und umgekehrt. Die Treffer werden ebenso bewertet wie bei der ersten Prüfung.»

Pharao nickte erneut. «Im ersten Teil meiner Prüfung wird eine Scheibe auf das Rad eines Streitwagens gespannt. Wenn ich schieße, wird der Wagen von einem Eurer Soldaten gelenkt und umgekehrt. Jeder Schütze hat fünf Pfeile. Die Treffer werden so gezählt wie bei Eurer Prüfung.»

Nassib wollte gerade ansetzen, den zweiten Teil seiner Prüfung vorzustellen, da wurde er von Ammunira unterbrochen: «Aber wer wird bereit sein, den Wagen zu lenken?»

«Um Euren Soldaten müsst Ihr weniger besorgt sein, Ammunira», schaltete ich mich ein. «Bei uns macht Euch keine Sorgen. Da genügt ein Blick Pharaos.»

Der König errötete und schwieg.

«Der zweite Teil meiner Prüfung ist etwas schwieriger. Aber zuerst eine Frage: Besitzt Ihr genug Tauben?»

Ammunira blickte erst etwas verstört drein, dann sagte er: «Aber gewiss gibt es hier genug Tauben!»

«Gut. Dann steckt je zwanzig Tauben in einen Weidenkorb. Öffnet nacheinander die Körbe und schlagt mit einem Stock ordentlich dagegen. Jede tote Taube zählt zehn Striche.»

«Und wer ersetzt mir all die Tauben, die davonfliegen?», rief der König scherzend in die Runde.

«Und wer rupft und brät all die Tauben, die ich treffe und zu Abend essen möchte?», scherzte Tutanchamun zurück.

Bei der ersten Prüfung hielt sich unser Gastgeber zurück und schickte einen seiner Bogenschützen vor. Als Tutanchamun seine zehn Pfeile verschossen hatte, steckten im Köcher seines Gegners noch vier Pfeile. Man zählte siebenmal fünfzehn und dreimal zehn Striche für Pharao; viermal fünfzehn, zweimal zehn und einmal fünf Striche für den Mann Ammuniras. Die Enttäuschung des Königs von Berut war nicht zu übersehen.

Bei der zweiten Prüfung trat Ammunira selbst an. Das Ergebnis war noch ernüchternder: Während Tutanchamun mit sieben Pfeilen fünfundfünfzig Striche erreichte, brachte es der König mit fünf Pfeilen gerade auf fünfundzwanzig Striche. Die anfängliche Enttäuschung des Königs wich jetzt erkennbar zunehmender Wut.

Auch die dritte Prüfung bestritt auf Seiten der Beruter der König selbst. Während Pharao es schaffte, sechs Pfeile abzuschießen, von denen fünf ins Ziel trafen, kam Ammunira bei fünf abgeschossenen Pfeilen gerade auf zwei Treffer. Mit hochrotem Kopf stieg er von seinem Wagen.

Während seine Diener noch die beiden Körbe mit den Tauben heranschafften, zeigte sich Ammunira als wahrer König und sagte zu Tutanchamun: «Ich hoffe, Ihr werdet meiner Tochter ein ebenso guter Gemahl sein, wie Ihr ein guter Bogenschütze seid!» Dann zeigte er auf die Körbe und fügte lachend hinzu: «Hoffentlich könnt Ihr sie auch ernähren!»

«Ihr wisst, mein König, wir Ägypter lieben schlanke Frauen», rief ich ihm entgegen. «Aber Tauben machen bekanntlich nicht dick.»

Bei der letzten Prüfung kam Tutanchamun vor allem die Schnelligkeit, mit welcher er nacheinander die Pfeile abschießen konnte, zugute. Denn solange die Tauben aufstiegen und noch nicht zum Segelflug übergegangen waren, waren sie leicht zu treffen. Die Körbe wurden gleichzeitig geöffnet, und nachdem die Diener zwei-, dreimal mit Stöcken dagegen geschlagen hatten und die ersten Tauben aufflogen, setzte von beiden Schützen ein fürchterlicher Pfeilhagel ein. Zuletzt steckte in acht Tauben ein Pfeil mit den blauen Federn Tutanchamuns und in nur zwei Tauben ein Pfeil mit den gelben Federn des Königs von Berut.

«Ich glaube, es ist nicht nötig, dass die Striche zusammengezählt werden. An Eurem überwältigenden Sieg gibt es keinen Zweifel. Ich möchte Euch auf dem Schlachtfeld nicht als Feind begegnen», sagte der König in ehrlich anerkennendem Ton und verneigte sich dabei ehrfurchtsvoll vor seinem noch so jungen Herrn.

Am selben Abend aßen wir die Tauben, und König Ammunira gab im Kreis seiner Fürsten und seiner Heerführer bekannt, dass seine Tochter Katuna die Gemahlin Pharaos werden würde.

Und ich erinnerte Tutanchamun an sein Versprechen, mir nach unserer Rückkehr an den Nil zwanzig Pferde zu übergeben.

Zwischen Berut und Byblos sollten wir auf die Divisionen Haremhabs stoßen. Aber auf unserem Weg dorthin zogen wir durch zerstörte Städte und niedergebrannte Dörfer, vorbei an zertrampelten Feldern und umgehauenen Obstbäumen. Die geschundenen Menschen versteckten sich, gleich, wo wir hinkamen, denn sie wussten, dass man ihnen das wenige, was sie an Nahrung noch besaßen, wegnahm, um es an die Soldaten zu verteilen. Und je näher wir auf Byblos vorrückten, umso schrecklicher wurde das Elend. Jahr für Jahr waren die Heere Pharaos und der Hethiter über diese Menschen und ihre Heimat hinweggefegt und hatten sie bis zur völligen Armut ausbluten lassen. Ihnen blieb nichts als die Hoffnung, dass dieser Feldzug eine endgültige Entscheidung herbeiführen würde. Vermutlich war es ihnen gleichgültig, für wen sich das Schicksal entschied.

Die Stimmung Tutanchamuns wechselte von Tag zu Tag. Die anfängliche Vorfreude auf einen glänzenden Sieg über Suppiluliuma wich bald dem blanken Hass auf alle Feinde Ägyptens, um schließlich ersten Zweifeln, ob alles gelingen würde, zu weichen.

Dann trafen wir endlich auf Haremhab. Es brach großer Jubel unter den Soldaten aus, als sie erfuhren, dass Pharao zu ihnen gekommen war. Ihre Zuversicht auf einen großen Sieg wuchs von Stunde zu Stunde. Gerade das war es ja, was der General mit der Anwesenheit unseres Herrschers bezwecken wollte. Aber noch bekamen sie Tutanchamun nicht zu sehen.

Die Kundschafter Haremhabs hatten gemeldet, dass sich die Hethiter nicht in der Stadt selbst aufhielten, sondern nördlich von Byblos ihr Lager aufgeschlagen hatten.

Da uns ein Großteil der Flotte entlang der Küste gefolgt war, beschloss der General, dass unsere Division und das Heer Ammuniras die Schiffe besteigen und Byblos umfahren sollten, um nördlich der Stadt wieder an Land zu gehen. Dort sollten wir uns unter der Führung Paramessus und Ammuniras zwischen das Lager der Hethiter und die Stadt schieben, um so ein Abrücken des Feindes hinter die schützenden Mauern von Byblos zu verhindern. Haremhab selbst wollte mit seinen beiden Divisionen die Stadt und das hethitische Lager im Osten umgehen, um dann die feindlichen Truppen von Nordosten angreifen und sie zwischen unseren Heeren aufreiben zu können.

Ammunira sah nachdenklich aus dem Zelt, in welchem die Beratung stattfand, hinaus. Dann sagte er: «Und wenn sich plötzlich die Tore von Byblos öffnen und wir es sind, die von zwei Seiten angegriffen werden, bevor Ihr eingetroffen seid?»

«Byblos ist eine zerstörte und ausgeblutete Stadt, Ammunira», entgegnete Haremhab. «Niemand lässt in diesem Elend, in dem Not und Seuchen herrschen, Soldaten zurück. Auf meine Kundschafter ist Verlass. Glaubt mir, das gesamte Heer Suppiluliumas lagert nördlich von Byblos am Rand einer Senke, die man auch die Nebek-Ebene nennt.»

Ich sah es Ammunira an, dass ihn die Worte des Generals nicht überzeugt hatten, doch er schwieg.

Früh am anderen Morgen standen das Heer Pharaos und das Heer Ammuniras zum Abmarsch bereit. Es war herrlich anzusehen: drei ägyptische Divisionen zu je dreitausend Mann. Die Division des Amun, die man an den blauen Fahnen, den blauen Federn auf den Helmen und den blauen Brüstungen ihrer Streitwagen erkannte. Rot war die Farbe der Division des Ptah, und Gelb trugen die Soldaten, die unter dem Schutz des Sonnengottes Re in den Kampf zogen. Dazwischen hatten die mehr als tausend Soldaten Ammuniras Aufstellung genommen. Ihre Kerntruppe bestand aus Speerwerfern, deren lange und gefürchtete Waffen unübersehbar gen Himmel ragten.

Die Anführer der einzelnen Truppenteile fuhren noch aufgeregt in ihren Streitwagen vor der Front der Soldaten hin und her, um hier einen Soldaten zur Stille zu ermahnen und um dort die Aufstellung zu verbessern, wo sie nicht gefiel.

Auch Tutanchamun war herrlich anzusehen. Er trug den blauen Kriegshelm der Pharaonen, den Chepresch, an dessen Vorderseite Geier und Kobra den Feinden Ägyptens entgegenprangten. Um zu zeigen, dass er der Anführer aller Divisionen war, hingen an der Rückseite des Helms je ein blaues, rotes und gelbes Band herab. Er hatte einen prächtigen Harnisch angelegt, dessen Halskragen aus sechs Reihen roter und blauer Glasperlen bestand. An diesem Halskragen war eine Brustplatte befestigt, auf welcher man Amun-Re sah, wie er Pharao die Symbole für Leben und eine lange Herrschaft überreichte. Das Gegenstück am Rücken zeigte einen heiligen Käfer, der über seinem Kopf eine aus Karneol gefertigte, hellrot leuchtende Sonnenscheibe hielt und der flankiert war von zwei Schlangen, deren eine die weiße Krone Oberägyptens und die andere die rote Krone Unterägyptens trug. An diesen Mittelstücken und an zwei Trägern aus unzähligen bunten Perlen hing das Hauptteil des Harnischs, das den Leib Pharaos schützen sollte und das bis an die Knie hinabfiel. Er trug goldene Armreife, lederne Gelenkschützer, damit ihn die Sehne seines Bogens nicht verletzen konnte, und rote Lederhandschuhe. An seinem vergoldeten Prunkwagen war das Schild befestigt, das ihn als Sphinx, der seine Feinde niedertrat, zeigte. In der Linken hielt er seinen Bogen und in der Rechten eine vergoldete Keule als Zeichen dafür, dass er es sein würde, der die Feinde Ägyptens niederschlug. Vor Pharao fuhren zwei Streitwagen, auf welchen die Wedelträger standen, die laut das Erscheinen des Guten Gottes ankündigten. Dem Wagen Pharaos folgten Haremhab und ich als die Regenten des jungen Herrschers sowie Ammunira und Paramessu.

Als die Soldaten ihren Herrscher kommen sahen, begannen sie nach altem Brauch, mit ihren Schwertern und Keulen gegen ihre Schilde zu schlagen. Es war ein unheimlicher, bedrohlicher Lärm. Es war der kriegslüsterne Pulsschlag einer ganzen Armee, immer lauter werdend, immer schneller schlagend. Die drei bunten Bänder am Helm Tutanchamuns flatterten im Wind, und wie ich es ihm geraten hatte, blickte Tutanchamun ernst und würdevoll zu seinen Soldaten. Niemand, nicht einmal Haremhab, hatte gemerkt, dass Pharao in seinem Streitwagen größer wirkte, als er eigentlich war. Ich hatte ein Podest von einer Handbreit Höhe auf den Boden seines Wagens befestigen lassen.

Ich sah vier Reiher, vier heilige Benu-Vögel, die langsam und majestätisch auf das Heer Pharaos zuflogen, und nahm sie für ein gutes Zeichen. Abgelenkt vom Lärm und von dem herrlichen Anblick der Vögel, bemerkte ich nicht, wie Tutanchamun nach Pfeil und Bogen griff.

«Tu das nicht!», rief ich laut nach vorn, als ich seine Absicht bemerkt hatte, doch mein Rufen war in den ohrenbetäubenden Schlägen untergegangen.

Sein Pfeil durchdrang den Körper des ersten Benu-Vogels, dessen Hals sogleich willenlos umherbaumelte und der mit wild umherflatternden Flügeln zur Erde niederfiel. Den Soldaten war nicht bewusst, welch heiliges Tier Pharao getötet hatte. Sie hatten nur einen Schuss gesehen, der seinesgleichen suchte und der sie überzeugt hatte, dass Tutanchamun der Heerführer war, der Suppiluliuma besiegen konnte. Ihr Schlagen und ihre

Hurra-Rufe waren jetzt noch lauter als zuvor. Das war es auch, was der junge König mit seinem Schuss erreichen wollte: die Anerkennung seiner Soldaten.

Haremhab sah entsetzt zu mir herüber und schüttelte wütend den Kopf. Ich tat aber nichts dergleichen und sah ihm nur starr ins Gesicht. Dann merkte ich, wie Ammunira mit seinem Wagen näher an mich heranfuhr, und rief: «Ihr wisst, was das bedeutet: Einer von uns wird nicht zurückkehren!»

«Wir werden zurückkehren, Ammunira. Wir werden zurückkehren», versuchte ich ihn zu beruhigen und wusste doch selbst, dass der Frevel Tutanchamuns bestraft werden würde.

Nachdem Pharao die lange Reihe seiner Soldaten einmal auf und ab gefahren war, hielt er, umgeben von seinen Wedelträgern, in der Mitte an. Dann stieg Haremhab von seinem Wagen, verneigte sich vor Pharao und trat einige Schritte nach vorn. Zuerst dankte er mit lauter Stimme den Göttern, dass Pharao zu seinen Soldaten gekommen war, um gemeinsam mit ihnen den endgültigen Sieg über das Heer der Hethiter zu erringen. Dann pries er den Heldenmut seines Herrschers, lobte die Tapferkeit seiner Männer und der Männer aus Berut. Er beschwor ihren Kampfgeist und versprach ihnen Ehre und Wohlstand, wenn die Schlacht erst geschlagen und der Feind besiegt war. Zuletzt zog er sein Schwert, zeigte damit nach Norden und rief laut, so laut, dass man es auch in der hintersten Reihe hören musste: «Tutanchamun!»

Und sogleich hallte es dreimal zehntausendfach zurück: «Tutanchamun! Tutanchamun! Tutanchamun!»

Wenig später trennten sich die Heere, wie es Haremhab befohlen hatte. Die Division des Ptah und die Soldaten Ammuniras zogen zur Küste und bestiegen dort die Schiffe, während die Divisionen des Re und des Amun nach Norden aufbrachen. Keiner von uns verlor auf der Fahrt nach Byblos ein Wort über den getöteten Reiher, den heiligen Benu. Ich wollte damit warten, bis wir die Schlacht geschlagen hatten und nach Hause zurückgekehrt waren. Es herrschte eine unheimliche Stille auf den Schiffen. Keinem war es mehr nach Singen zumute, nach heldenhaften Reden oder zweideutigen Späßen. Ihnen allen war bewusst, dass es diesmal nicht um ein Gefecht ging, wie es unzählige Male gewonnen und verloren worden war. Diesmal stand alles auf dem Spiel.

Tutanchamun saß unter dem Baldachin am Bug seiner Barke, schnitzte lustlos an einem Pfeil herum und blickte immer wieder verstohlen nach Nordosten, wo er alsbald die Stadt Byblos erwartete.

«Wie groß ist das Herr der Hethiter?», fragte er mich schließlich und warf den verschnitzten Pfeil verärgert über Bord, woraufhin Räuber sogleich bis zur Reling rannte und dem verlorenen Hölzchen hinterherbellte.

«Komm her, Räuber!», befahl Nassib seinem Hund, bevor ich ihm eine Antwort geben konnte.

«Niemand weiß es genau. Haremhab schätzt es auf weniger als zehntausend Soldaten. Ammunira meint, es wären sogar fünfzehntausend.»

«Wir sind etwas mehr als zehntausend», stellte er nachdenklich fest. «Können wir sie besiegen, Eje?»

«Man kann auch mit viel weniger Soldaten siegreich sein. In der Schlacht bei Megiddo war Thutmosis Men-chepru-Re seinen Feinden zahlenmäßig weit unterlegen, aber dank einer Kriegslist gelang es ihm, sie vernichtend zu schlagen. Er führte seine Armee durch den Engpass von Aruna und schloss Megiddo ein, bis es nach siebenmonatiger Belagerung aufgab. Hätten seine Feinde das Vorhaben beizeiten durchschaut, hätten sie seine Armee im Engpass von Aruna vernichtend schlagen können. Aber sie hatten nicht geglaubt, dass er so waghalsig sein würde, genau dies zu tun. Und wenn der Plan Haremhabs aufgeht, zweifle ich nicht einen Augenblick an unserem Sieg. Dennoch hängt viel vom Willen der Götter ab», fügte ich hinzu und dachte dabei an den Benu, den Tutanchamun getötet hatte.

Damit unsere Landung für den Feind möglichst überraschend kam, lenkte Paramessu die Flotte südlich von Byblos weit hinaus aufs offene Meer, um dann aus westlicher Richtung, mit dem Wind im Rücken und unter dem Einsatz der Ruderer, so schnell als irgend nur möglich geradewegs auf die Küste zuzufahren und dort zu landen. Es eilten uns zwei Mächte des Himmels zu Hilfe, mit welchen ich nicht gerechnet hatte: Wolken und Regen. Auf unserer Fahrt ins offene Meer wurde die Wolkendecke dichter und dichter, und es schien, als wollte es von einem Augenblick zum anderen Nacht werden. Von der Küste war bald nichts mehr zu sehen. Es begann zu regnen.

«Was ist das?», fragte mich Nassib erstaunt und verängstigt zugleich. «Woher kommt das Wasser?»

Er hatte in seinem Leben tatsächlich noch nie Regen erlebt! Als einzige Wasser spendende Quellen kannte er nur Brunnen, den Nil und den See in der Oase Fajum. Ich lächelte ihm zu.

«Dein Vater nannte es in seinem Sonnengesang ‹den Nil am Himmel›, denn auch er hatte Regen nicht gekannt. Ja, es ist Regen, was du da erlebst. Außerhalb Ägyptens gibt es diese Erscheinung angeblich oft. Ich habe sie seit meiner Reise nach Babylon auch nicht mehr erlebt.»

«Das also ist Regen», flüsterte er, hielt die geöffneten Handflächen nach oben, fing einige Tropfen auf und kostete sie dann vorsichtig.

«Stimmt, es ist einfach nur Wasser», stellte er beruhigt fest. Dann nahm er das Nemes-Kopftuch ab, legte es auf den Sessel unter dem Baldachin und ging mit ausgebreiteten Armen und nach oben gerichtetem Blick über die freie Fläche des Schiffes, um so viel des erfrischenden Wassers wie möglich auf sich herabregnen zu lassen.

Seine Freude währte nicht allzu lange, denn je mehr wir uns der Küste näherten, umso mehr hellte es wieder auf, bis wir schließlich das Wolkenband hinter uns ließen und unter dem blauen Himmel die Stadt Byblos erblickten. Die königliche Barke ließ sich etwas zurückfallen, es sollten erst Schiffe mit erfahrenen Kriegern, allen voran die Soldaten Ammuniras, landen, um die Gegend für die übrigen Truppen und vor allem für Pharao abzusichern. Nördlich der Stadt gab es eine weit ausgedehnte Sandküste, und dahinter ragte ein Hügel von einigen hundert Ellen auf.

«Dort hinauf müssen wir kommen!», rief Ammunira mir zu. «Wenn wir erst einmal dort oben sind, ist für uns die Hälfte der Schlacht schon geschlagen!»

Der Bug des ersten Schiffes ließ den Sand unter sich laut knirschen, und Schlag auf Schlag tat es ihm ein Schiff nach dem anderen gleich. Kaum dass die Schiffe die Küste erreicht hatten, sprangen ihre Soldaten, die nichts als ihre Waffen bei sich trugen, an Land und liefen die Anhöhe hinauf, um dort sofort in Stellung zu gehen. Nachdem Ammunira mit den ersten fünfhundert Soldaten den Hügel erreicht hatte, gab er uns ein Zeichen. Die Pferde Pharaos und auch sein Streitwagen wurden an Land gebracht, ebenso die übrigen Gespanne, die bei uns waren. Wenig später standen wir neben Ammunira.

«Im Süden», sagte er laut, damit es alle vernehmen konnten, «seht Ihr Byblos. Das nördliche Tor ist in Friedenszeiten tagsüber immer geöffnet. Jetzt seht Ihr selbst, dass wir ihnen nicht willkommen sind.»

Dann wandte er sich nach Norden. «Dort unten seht Ihr die Senke, die Nebek-Ebene heißt. An den uns gegenüberliegenden Hängen haben die Hethiter ihr Lager aufgeschlagen.»

Schweigend und starr vor Ehrfurcht blickten alle nach Norden, hielten sich die Hände an die Stirn, um nicht von der Sonne geblendet zu werden, und versuchten, etwas zu erkennen. Mein Augenlicht war schon zu schwach.

«Was siehst du?», fragte ich Nassib, der neben mir auf seinem Wagen stand, leise.

«Eine Zeltstadt, beinahe so groß wie ganz Achet-Aton. Der ganze Gegenhang ist übersät mit Zelten. Es wimmelt von Menschen, aber sie sind kleiner als Flöhe. Ich erkenne Pferde, und sie erscheinen mir wie Ameisen.»

Dann fuhr Ammunira fort: «Von dort, aus Südosten, erwarten wir morgen früh Haremhab mit seinen beiden Divisionen. Dann werden wir sehen, was geschieht.»

Die Oberfläche unseres Hügels bildete eine weite Hochebene von mehreren tausend Ellen Durchmesser. Auf ihr wuchsen Gras und Sträucher, zwischen seltsam geformten Felsbrocken standen vereinzelte Bäume. Nach Norden, zur Stadt zu, fiel das Gelände steil ab, und von unserem Standort aus konnte man nicht bis auf den Grund der Schlucht hinabschauen. Deshalb stellte Paramessu im Nordhang eine Reihe von Wachposten auf, damit sie jeden, der Byblos verließ, und waren es nur zwei oder drei Menschen, meldeten.

«Passt auf diese verfluchte Stadt auf!», rief Ammunira den Wachsoldaten nach, während sie schon abzogen. An mich gerichtet fuhr er fort: «Es gefällt mir gar nicht, dass keine gaffenden Menschen auf ihren Mauern herumstehen. Das hat irgendeinen Grund. Es gibt sonst keine Stadtmauern ohne Gaffer. Und immerhin könnten sie noch einmal einen Blick auf den Guten Gott erhaschen, bevor wir sie ins Jenseits schicken.»

Noch ehe der Abend hereinbrach, war unser Lager errichtet. In seiner Mitte stand das Zelt Pharaos, umgeben von den Zelten seiner Leibwache. Paramessu erlaubte nur wenige Lagerfeuer und ließ nur einige Zelte für Kranke und für die Offiziere aufschlagen, denn er wollte die Hethiter über die Zahl unserer Soldaten so gut es nur ging im Ungewissen lassen.

Es war schon dunkel, als uns Tutanchamun darauf aufmerksam machte, dass jemand auf den Mauern der Stadt Lichtzeichen gab, die zweifellos den Hethitern galten. Immer wieder tauchte dort in wechselnden Zeitabständen eine Fackel auf.

«Wie nah kommen wir an ihn heran?», fragte ich Ammunira. «Er muss von dort oben verschwinden. Sofort!» Der König gab dreien seiner Soldaten ein Handzeichen, und ohne dass ein Wort gewechselt werden musste, verschwanden sie mit Pfeil und Bogen in der Dunkelheit.

«Seht!», sagte Tutanchamun und zeigte nach Norden. «Die Hethiter geben Antwort!»

Und tatsächlich erkannten sogar meine Augen auf der anderen Seite des Tales ein Licht, das in ungleichmäßigen Abständen auftauchte und verschwand. Es war nur ein wenig Zeit vergangen, seit die Soldaten losgezogen waren, da gellte ein entsetzlicher Aufschrei durch die sonst so stille Nacht. Kurz darauf tat es einen dumpfen Schlag. In dieser Nacht wagte es keiner mehr, auf den Mauern von Byblos Lichtzeichen zu geben.

Am anderen Morgen erwachte ich erst nach Sonnenaufgang. Als ich mein Zelt verließ, standen Paramessu und Ammunira bereits am nördlichen Rand unserer Hochebene und hielten Ausschau nach Freund und Feind.

«Sie marschieren auf», sagte Paramessu und zeigte dabei nach Norden. Dann erklärte er: «Ihre Aufstellung ist wie ein gewaltiger Pfeil, dessen Spitze nach Südosten zeigt. Sie wissen vermutlich schon, dass Haremhab aus dieser Richtung kommt, und machen daher ihre linke Flanke stark.»

«Diese Aufstellung werden sie aber nicht lange durchhalten können», bemerkte Ammunira, doch bevor er noch ein weiteres Wort sagen konnte, drangen aus dem Hang unter uns verzweifelte Hilfeschreie herauf, und wir hörten lautes Waffengeklirr.

«Zu den Waffen! Zu den Waffen!», rief Paramessu geistesgegenwärtig, und Ammunira schrie in seiner Sprache: «Ana šabe! Ana šabe!»

Ich selbst machte augenblicklich kehrt und eilte gegen den Strom der vielen Soldaten zum Zelt Tutanchamuns.

«Stellt sofort die gesamte Leibgarde auf!», befahl ich dem Offizier und betrat das Zelt Pharaos.

«Was ist geschehen?», fragte er mich verstört, während er sich gerade seinen Harnisch anlegen ließ.

«Ich weiß es nicht. Irgendetwas stimmt nicht. Wir hörten Hilfeschreie und Waffengeklirr im Hang vor uns. Es dient alles nur zu deiner Sicherheit. Aber beeile dich dennoch!»

Dann verließ ich wieder das Zelt, um nach meinen eigenen Waffen zu sehen. Völlig wehrlos wollte selbst ich alter Mann unseren Feinden nicht gegenübertreten. Als ich das Zeltlager der Leibgarde wieder verließ, hörte ich schon von fern Schlachtgeschrei.

«Was ist dort vorne los?», rief ich Ipu entgegen, der aus dieser Richtung kam.

«Mein Herr! Die Hethiter! Die Hethiter! Ein Teil von ihnen hat sich offenbar in der vergangenen Nacht unerkannt bis an den Fuß des Hügels herangeschlichen und greift uns jetzt an.»

«Wie viele sind es?»

«Ammunira schätzt ihre Zahl auf mindestens zweitausend. Unsere Soldaten drängen sie aber mehr und mehr den Hang hinab und zurück in die Senke.»

Dann kam Tutanchamun. Er stand auf seinem Streitwagen und trug dieselbe Rüstung wie vor zwei Tagen. Er war von einem undurchdringlichen Ring von Soldaten seiner Leibgarde umgeben. Ich stellte mich zu ihm auf den Wagen und fuhr mit ihm an den nördlichen Rand der Hochebene. Auf dem Hang vor uns wurde nicht mehr gekämpft, und so konnte Tutanchamun gefahrlos von seinem Wagen steigen und sich unter einem Baldachin, den die Soldaten mitgeführt hatten, auf einem Klappstuhl niedersetzen. Pharao sah jetzt die ersten toten und verwundeten Soldaten, Ägypter, Beruter und Hethiter gleichermaßen. Die Schreie und das Röcheln der Schwerverletzten und der Sterbenden ließen ihn blass werden. Aufgeregt biss er auf seine Unterlippe und zeigte wortlos auf einen Hethiter, der sich kaum sechzig Ellen vor uns vor Schmerzen krümmte. Ein Pfeil steckte in seinem Bauch. Es gab für ihn keine Hoffnung, ihn zu entfernen, ohne dass alles Gedärm mit herausgerissen werden würde. Wortlos und ohne eine Gefühlsregung zu zeigen, hob der Kommandant der Leibgarde seinen Bogen und machte mit einem gezielten Schuss in die Brust des Hethiters dem Leiden ein Ende. Ein anderer lief hin, hackte ihm die rechte Hand ab und warf sie in einen Weidenkorb, damit man nach der Schlacht die Zahl der getöteten Feinde feststellen konnte. Tutanchamun wandte sich entsetzt ab, sah zu Boden und verschloss dann die Augen ganz. Unauffällig legte ich meine Hand auf seine linke Schulter und drückte einige Male zu, um ihm Mut zu machen und um ihm zu zeigen, dass ich bei ihm war.

Obwohl die Hethiter vor uns mehr und mehr in das Tal zurückgedrängt wurden, blieb ihre Hauptstreitmacht regungslos im Nordosten stehen, was sich niemand von uns erklären konnte. Irgendetwas stimmte nicht. Ich überlegte verzweifelt und kam doch zu keinem Ergebnis.

«Endlich!», rief Amenemhet, der bei uns geblieben war. «Seht, das Heer Haremhabs!»

In zwei Blöcken rückten die Divisionen Haremhabs, ihre Streitwagen und ihr ganzer Tross näher und zogen dabei eine gewaltige Staubwolke hinter sich her. Wie von einer unsichtbaren Hand geführt, nahmen die Menschenmassen Aufstellung, und schon bald marschierten sechstausend ägyptische Soldaten auf die Soldaten Suppiluliumas los. Die mächtigsten Heere, die es seit langer Zeit gegeben hatte, stießen aufeinander.

Der anfänglich so erfolgreiche Angriff Paramessus und Ammuniras vor uns geriet jetzt etwas ins Stocken, doch unser Augenmerk war so sehr auf das ferne Schlachtfeld gerichtet, dass wir das Geschehen unmittelbar vor uns nur am Rande wahrnahmen.

«Die südliche Flanke der Hethiter steht fest», klärte mich Amenemhet auf. Tatsächlich stand die uns zugewandte Reihe der Feinde, als hätte sie mit dem Kampfgeschehen nichts zu tun. Mehr als eine Stunde verging so.

«Mir scheint, als würde es Haremhab allmählich gelingen, in ihre östliche Flanke eine Bresche zu schlagen und ihre Truppen auseinander zu sprengen!», rief Amenemhet aufgeregt.

«Großartig!», sagte ich beruhigt und blickte kurz zum Himmel empor, als gelte es, einen Dank hinaufzuschicken. Und in der Tat: Haremhabs Soldaten schafften es, den nördlichen Teil der feindlichen Ostflanke von der übrigen Streitmacht abzutrennen. Die Hethiter, offenbar ein Teil ihrer Streitwagentruppe, setzten dort zur Flucht an.

Aber welch entsetzlichen Fehler beging Haremhab jetzt! Anstatt sie nur von ein oder zwei Kompanien verfolgen oder sogar unbehelligt ziehen zu lassen, schickte er ihnen an die zweihundert Streitwagen, die seine rechte Flanke gebildet hatten, hinterher und schwächte so den Rest seines Heeres in unverantwortlicher Weise. Auf diese Fehlentscheidung hatten die Hethiter offenbar nur gewartet, denn erst jetzt schickten sie aus ihrem Lager am Gegenhang die eigentliche Streitwagentruppe los, die in der Ebene vor uns eine unvorstellbar große Staubwolke hinter sich herzog. Zeitgleich schwenkte die breite Südflanke der Hethiter, von der wir geglaubt hatten, dass sie irgendwann uns angreifen würde, nach Südosten, sodass das Heer der Hethiter eine einzige lange, von Nord nach Süd reichende gerade Flanke bildete. Und als sich die Streitwagentruppe der Hethiter mehr und mehr den eigenen Linien näherte, öffnete sich dort, wo sich zuvor die Spitze ihrer pfeilartigen Aufstellung befunden hatte, die Front und ließ die Streitwagen in einem gewaltigen und kraftvollen Keil mitten in unsere Armee hineinstoßen. Man konnte sehen, welcher Ruck durch die Reihen ging, welche Unruhe der Vorstoß Suppiluliumas auslöste, und sogleich konzentrierten sich alle Kräfte Haremhabs auf die Mitte, um den Angriff der Streitwagen abzuwehren.

«Lass dich nicht umklammern, Haremhab!», flehte ich ins Tal hinab, denn Amenemhet berichtete uns weiter, dass jetzt die südliche Flanke der Hethiter begann, nach Nordosten einzuschwenken. Aber Haremhab schien das zu bemerken und hielt mit allen Kräften, die er hatte, dagegen.

Plötzlich entstand um uns herum eine Unruhe, die ich mir nicht erklären konnte. Von rechts stürmten einige Soldaten auf uns zu und riefen: «Wir werden von Osten angegriffen! Hethiter kommen von Osten!»

Sofort verließ Tutanchamun seinen Platz und bestieg mit mir

den Streitwagen. Die Leibgarde bildete in wenigen Augenblicken einen undurchdringlichen Ring um uns und schirmte uns nach allen Seiten mit Schilden ab. Dann sah ich sie. Es waren offenbar Einheiten, die sich entgegen unserer Annahme doch in Byblos versteckt gehalten und den Hügel, auf dem wir standen, im Tal umgangen hatten, um jetzt von Osten her den Soldaten Paramessus und Ammuniras in die Seite zu fallen.

«Fahr hinunter zu Ammunira», befahl ich einem Offizier. «Er soll mit seinen Soldaten nach oben ausweichen und eine rechte Flanke bilden!»

Wenn es Ammunira nicht gelang, einen beträchtlichen Teil seiner Soldaten zurückzuziehen und eine neue Front zwischen den im Tal Kämpfenden und uns aufzubauen, würde es ein grauenvolles Gemetzel unter den Ägyptern und Berutern geben, und das Leben Pharaos wäre in höchster Gefahr. Ich musste versuchen, Ammunira zu entlasten, denn ich sah, wie schwer es war, aus dem Kampfgetümmel heraus Soldaten zu lösen und eine völlig neue Schlachtordnung zu bilden.

«Nehmt hundert Eurer besten Männer, und stürzt Euch von hier aus auf sie. Ihr werdet wahrscheinlich nicht mehr zurückkommen. Aber tut es für Euren König!»

So regungslos, wie er vor Stunden den verletzten Hethiter getötet hatte, so regungslos nahm er meinen Befehl entgegen, und wenige Augenblicke später stürzten sie sich mit lautem Geschrei den Hang vor uns hinab, um den Angreifern in die Flanke zu fallen. Ihr Angriff zeigte Wirkung, der Vorstoß der Hethiter geriet vorerst ins Stocken, sodass Ammunira mehr und mehr nach oben rücken und den aus Osten kommenden Feinden entgegentreten konnte.

«Wir müssen ihnen helfen!», rief mir Tutanchamun aufgeregt zu, und ich sah, wie angespannt er das Geschehen vor uns verfolgte. Ich schüttelte den Kopf und sagte: «Später magst du Kriege führen, so viel du magst. Heute bin ich für dein Leben verantwortlich, und ich werde es nicht aus der Hand geben, mag dein Ansinnen auch noch so edel und heldenmütig sein.»

Zornig presste er die Lippen zusammen, seine Augen verengten sich zu schmalen Schlitzen. Welche Flüche mochten in diesem Augenblick auf mich niedergegangen sein! Aber es war mir gleich. Ich dachte nicht daran, ihn in irgendwelche Kampfhandlungen eingreifen zu lassen.

Jetzt sah ich, wie sich Ammunira von seinen Truppen löste und auf seinem Pferd zu uns heraufjagte. Er schwitzte aus jeder Pore, und sein Körper war über und über verschmiert von Blut und einem schmutzigen Brei aus Schweiß und Staub. Die Leibwache öffnete den Ring und ließ ihn vor Pharao treten.

Er verneigte sich nur knapp, und mit kurzem, angestrengtem Atem sagte er: «Ich weiß nicht, wie das hier ausgeht. Wenn sie noch einmal fünfhundert Mann gegen uns schicken, ist es um uns geschehen. Noch können wir ihnen standhalten, aber die Kräfte unserer Soldaten lassen mehr und mehr nach.»

Dann schwieg er für einen Augenblick und sah Tutanchamun nachdenklich in die Augen.

«Ich hätte Euch gewünscht, dass Ihr heute als Sieger vom Schlachtfeld geht, Majestät. Im Augenblick muss ich froh sein, wenn Ihr es überhaupt lebend verlasst. Ich weiß nicht, ob uns noch Zeit bleibt, über manches, was mir am Herzen liegt, zu sprechen. Ich weiß nur, dass Ihr meiner Tochter zugetan seid. Nehmt sie mit Euch, wenn Ihr nach Berut zurückkehrt, und seid Ihr ein guter und gerechter Gemahl.»

Dann zog er seinen Ring vom Finger, küsste ihn flüchtig und hielt ihn Tutanchamun entgegen.

«Wenn ich Berut je wieder sehe, gebt ihn mir zurück. Ansonsten gibt er Euch das Recht, über meine Familie nach Eurem Gutdünken zu verfügen. Die Königin weiß das.»

Er kniete nieder, ergriff Pharaos Hand und küsste sie. Dann erhob er sich und bestieg sein Pferd.

«Gottesvater, Ihr seid ein erfahrener Mann. Wenn Ihr seht, dass unser Kampf verloren ist, kehrt mit allen Männern, die noch um Euch sind, zurück zu den Schiffen und segelt nach Byblos. Von unserem Schicksal mögt Ihr irgendwann erfahren.»

Dann verneigte er sich noch einmal und jagte zu Tal.

«Tutanchamun!», schrie er laut hinaus, und von unten hallte uns ein vieltausendfaches «Tutanchamun!» unserer Soldaten entgegen.

Pharao und mich umgaben noch zweihundert Soldaten der Leibgarde. Was nützten sie uns alle hier? Wenn die Schlacht verloren gehen sollte, reichten uns auch hundert Mann, um zu den Schiffen zurückzukehren. Und wenn man uns dort auflauerte? Das konnte nicht sein! Die Schiffe waren gut bewacht. Also fünfzig, fünfzig Mann konnte ich guten Gewissens noch einmal abziehen und in die Schlacht werfen. Es musste sein, denn ich sah, wie unsere linke Flanke, die von Paramessu geführt wurde, mehr und mehr nachgab. Wohin sollte ich sie also schicken? Zu Ammunira, um die rechte Flanke, die uns bedrohlich näher rückte, zu stützen, oder zu Paramessu, damit er nicht eingeschlossen wurde? Ich entschied mich für Paramessu. Fünfundzwanzig Streitwagen rasten wenig später hinab und griffen den äußeren Flügel der Hethiter an, was Paramessu sichtlich entlastete.

Amenemhet zeigte nach rechts. Ein kleiner Fußtrupp von acht oder zehn Hethitern lief wild schreiend und mit erhobenen Lanzen auf uns zu. Es mussten Wahnsinnige gewesen sein, denn noch war Pharao von hundertfünfzig seiner besten Soldaten umgeben. Ich sah genau, dass sie nur Lanzen und Schwerter mit sich führten.

«Tretet zur Seite!», befahl ich den Soldaten vor uns. Da sie nicht gleich wussten, was mein Befehl zu bedeuten hatte, rief ich noch einmal laut: «Tretet zur Seite!» Sie öffneten die Front vor uns.

Dann zeigte ich auf die Hethiter, die nur noch hundert Ellen entfernt waren, und sagte zu Tutanchamun: «Jetzt erweise dich als Krieger!»

Kaum dass ich das gesagt hatte, war sein Bogen schon im Anschlag und die Sehne aufs Äußerste gespannt.

«Nun schieß schon!», drängte ich ihn. Ich sah, wie seine Lippen bebten, wie seine Hände unruhig wurden und seine Augenlider angespannt auf und nieder gingen.

«Schieß!», wiederholte ich noch einmal und hob die Hand zum Zeichen für die anderen, sich fertig zu machen. Fünfzig Bögen gingen gleichzeitig in Anschlag.

Jetzt schloss Tutanchamun die Augen und ließ die Sehne los. Sein Pfeil sauste talwärts und traf den ersten Hethiter in dessen linke Seite. Ich senkte die Hand, und unsere Bogenschützen mähten den Rest der Angreifer mit fünfzig Pfeilen nieder. Erst jetzt öffnete Nassib wieder die Augen. Der Hethiter, den er getroffen hatte, kniete weniger als vierzig Ellen vor uns inmitten seiner gefallenen Kameraden, hielt die linke Hand an die Wunde und sah mit schmerzverzerrtem Gesicht zu uns herauf. Seine Rechte umfasste noch immer seine Lanze. Noch einmal erhob ich die Hand und wandte mich an Tutanchamun. «Er ist noch nicht am Ende. Noch ist er eine Gefahr für dich. Schieß noch einmal!» Mit zittriger Hand griff er nach einem Pfeil und setzte ihn an die Sehne.

«Ziele auf seinen Hals!», zischte ich ihm ungeduldig zu, denn ich wollte, dass dem unwürdigen Treiben endlich ein Ende gemacht wurde. Aber er brachte es nicht fertig. Unentwegt starrte er in das Gesicht des Hethiters, hörte sein Stöhnen und konnte nicht schießen. Schweißperlen bildeten sich auf seiner Stirn. Ich sah, dass er blass wurde und schwer atmete, bis er schließlich nach dem Wagenrand griff, um sich festzuhalten.

«Denk an deine Soldaten! Du bist Pharao. Sie warten nur darauf. Jetzt schieß endlich!»

Doch Nassib warf den Bogen nieder, wandte sich unter Tränen ab und setzte sich auf den Boden seines Wagens, hielt sich die Hände vor die Augen und begann, verzweifelt zu schluchzen und zu weinen. Bevor ich mich ihm zuwandte, senkte ich die Hand, damit der Hethiter endlich sterben konnte.

«Warum?», seufzte Tutanchamun, als ich neben ihm saß und ihm durch das verschwitzte Haar strich. «Warum kann ich das nicht?»

«Weil ein Mensch etwas anderes ist als ein Tier, Nassib. Dieser wollte dich angreifen und dich töten. Du hättest recht daran getan, ihn zuerst zu töten. Es war kein Unrecht, zu schießen.

«Ich kann es nicht», schluchzte er noch einmal und hörte nicht auf zu weinen.

Wie hätten sie den Jüngling bejubelt, wenn er den Hethiter mit dem ersten Schuss tödlich getroffen hätte! Ein Held wäre er gewesen bis ans Ende seiner Tage.

«Sei nicht enttäuscht», tröstete ich ihn und drückte ihn an mich. «Dein Vater konnte es auch nicht und hat sich dessen nie geschämt. Im Gegenteil: Er machte eine Tugend, ein Gebot, daraus. Doch dafür erfährt er heute Ablehnung.»

Man ließ uns nicht viel Zeit. Amenemhet trat zu uns und sagte: «Es ist so weit, Gottesvater Eje. Pharao und Ihr müsst schnell weg von hier. Die Hethiter haben noch einmal mehr als dreihundert Soldaten in die Schlacht geschickt, und die Reihen Ammuniras weichen mehr und mehr zurück.»

Ich wollte mich selbst davon überzeugen und bat Nassib, mitzukommen. Er wischte sich hastig die Tränen von den Wangen und ging mit mir nach vorn, wo noch immer sein Baldachin stand. Die Soldaten Ammuniras kämpften um ihr Leben, aber immer mehr von ihnen sanken getroffen nieder und ließen auf dem Schlachtfeld ihr Leben. Die Schlacht am anderen Ende des Tales schien noch immer ausgeglichen, und ich hatte beinahe den Eindruck, Haremhab hätte die Oberhand gewonnen. Aber die Lage vor uns wurde zunehmend aussichtslos.

«Ammunira!», flüsterte Amenemhet. «Ammunira ist gefallen!»

Ich strengte meine Augen an, so gut ich nur konnte, um etwas zu erkennen. Es dauerte nicht lange, bis die böse Vermutung Gewissheit wurde: Der abgeschlagene Kopf Ammuniras, mit seinem schwarzen Kinnbart und den geflochtenen Zöpfen, steckte auf einem langen Spieß und wurde als Kriegsbeute in den Reihen der Hethiter nach hinten gereicht.

Die schreckliche Vorahnung Ammuniras nach dem Tod des

Benu-Vogels hatte sich bewahrheitet. Dass es aber ihn selbst treffen würde, daran hatte der tapfere König von Berut wohl nicht geglaubt.

Es war vorbei. In diesem Augenblick dachte ich an Amenophis. Er hätte sich jetzt den Abhang hinabgestürzt und bis zum Ende gekämpft, gleich, wie das Ende ausgesehen hätte. Vielleicht hätte ein Wort von mir genügt, und Tutanchamun hätte sich auf sie geworfen, allein um seine Ehre wiederherzustellen. Vielleicht hätten seine Pfeile Hunderte Hethiter durchbohrt, und er hätte allein die Schlacht gewendet und Ägypten zu einem glanzvollen Sieg verholfen. Aber ich sah, dass dort unten allein der Tod tausendfache Siege feiern würde. Das war es nicht, was ich seinem Vater versprochen hatte, als ich Tutanchamun vor der Pest in Sicherheit brachte. Der Tod Tutanchamuns würde nur Haremhab auf den Thron bringen. Und nur ein lebender Tutanchamun konnte eine Herrschaft des Generals, der nur darauf lauerte, das Andenken an Echnaton auszulöschen, verhindern. Jetzt war der Zeitpunkt gekommen, wo es nur noch galt, das Leben Pharaos zu retten.

So merkwürdig es vielleicht scheinen mochte: Die Flucht Pharaos konnte vielleicht das Leben Paramessus und vieler seiner Soldaten retten. Denn wenn die Hethiter bemerkten, dass Pharao das Schlachtfeld verließ, würden sie ihm vielleicht Truppen hinterherschicken, um ihn zu ergreifen. Das wiederum wäre die Möglichkeit für Paramessu, die verbleibenden Angreifer niederzuringen oder sich wenigstens bis zu den Truppen Haremhabs durchzuschlagen.

Ich ließ den Streitwagen Pharaos neben den Baldachin stellen und befahl, ein lautes Trompetensignal zu geben, damit die Anführer der Hethiter auf Pharao aufmerksam wurden. Für einen kurzen Augenblick schienen Tausende im Tal innezuhalten. Dann bestiegen Tutanchamun und ich den Streitwagen, um zwischen den Wedelträgern und den übrigen Streitwagen der Leibgarde in rasender Fahrt die Anhöhe zu verlassen. Die Wachmannschaften bei den Schiffen sahen uns schon von weitem kommen, und sie ahnten wohl, was geschehen war, denn sie begannen sogleich, alles für eine schnelle Abfahrt vorzubereiten.

Mit allen, die zu uns stießen, waren es etwa dreihundert Mann, die auf die Schiffe verladen werden mussten. Wir ließen Pferde und Wagen zurück und luden nur den vergoldeten Streitwagen und alles andere, was Pharao gehörte, auf, damit es nicht zur Kriegsbeute unserer Feinde werden konnte. Zuletzt gab ich den Befehl, diejenigen Schiffe, die unbesetzt geblieben waren, in Brand zu setzen, damit auch sie nicht in die Hände unserer Feinde fallen konnten.

Wir befanden uns bereits auf offener See, als die ersten hethitischen Soldaten am Strand eintrafen. Einige von ihnen schossen wutentbrannt Pfeile in unsere Richtung, aber sie waren für uns keine Gefahr mehr und fielen in sicherer Entfernung ins Wasser. Die meisten von ihnen hatten aber nur Hohn und Spott für uns übrig. Sie lachten höhnisch und wedelten mit ihren langen Spießen, an denen die abgeschlagenen Köpfe unserer Krieger steckten.

Ich schenkte dem grausigen Treiben unserer Feinde kaum Beachtung, denn mich beschäftigte voll und ganz das Schicksal von Haremhab, Paramessu und ihren Soldaten. Ich flehte zu Re und Ptah gleichermaßen, dass sie ihnen gnädig waren. Sogar Amun versprach ich einen herrlichen Opferstier, wenn er Ägypten nicht im Stich ließ.

VIERZEHN

Verklärung sei euch, wie Re,
der aus dem Großen entstanden ist
und der dem Himmel vorsteht.
Ihr seid die Tränen meines glänzenden Auges.

Es herrschte lange Zeit erschöpftes Schweigen auf unseren Schiffen. Jeden von uns plagte das ungewisse Schicksal unserer Soldaten und ihrer Anführer.

«Es kommt schlechtes Wetter auf, Gottesvater Eje», mahnte der Kommandant unseres Schiffes und zeigte nach Nordwesten, wo sich am Horizont mächtige Wolkenmassen auftürmten. «Außerdem dauert es nicht mehr lange, bis es Nacht wird. Entweder wir legen am Ufer an, oder wir müssen weiter auf das offene Meer hinausfahren.»

Ich warf einen Blick zurück und sah, dass wir noch nicht weit genug von Byblos entfernt waren, um beruhigt an Land gehen zu können. Bis zum Einbruch der Nacht würden uns die Hethiter nicht aus den Augen lassen. Dessen war ich mir gewiss.

«Überstehen unsere Schiffe das Unwetter?», fragte ich ihn unsicher.

«Wir müssen nur weit genug von der Küste entfernt sein, damit wir nicht an Klippen und Felsen zerschmettert werden. Auch der Abstand zwischen den Schiffen muss größer werden, damit sie nicht aneinander geraten. Der Rest wird sich zeigen.»

Also gab ich an die anderen vier Schiffe den Befehl, so weit als möglich ins offene Meer hinauszurudern und den Abstand untereinander zu vergrößern. Nur widerwillig folgten sie der Anordnung, wussten sie doch nicht, was uns dort erwartete.

Alles ging schneller, als ich dachte. Erst setzte ein Regen ein, wie ich ihn noch nie erlebt hatte. Wie eine undurchdringliche Wand peitschten die Wassermassen auf uns hernieder. Noch vor Einbruch der Abenddämmerung hatte sich der Himmel verfinstert und alles um uns herum in dichte Wolken gehüllt. Dann vernahmen wir von fern ein dumpfes, lang gezogenes Grollen wie von zehntausend Kriegstrommeln geschlagen.

«Was war das?», fragte mich Nassib verängstigt und blickte hilflos umher.

«Ich weiß es nicht», antwortete ich erschrocken, denn auch ich hatte noch nie in meinem Leben ein Geräusch wie dieses vernommen.

«Es ist der Anfang eines Gewitters», klärte uns der Kommandant auf. «Das, wovor Ihr Euch fürchtet, ist Donner. Gleich werdet Ihr Blitze sehen, und dann stehe uns Seth bei!»

Kaum dass er das gesagt hatte, fuhr im Westen ein gezackter Lichtstrahl vom Himmel herab, so hell, so unvorstellbar hell, als wäre es die Sonne selbst gewesen, die für die Dauer eines Wimpernschlages ihr Licht erstrahlen ließ. Der Kommandant hatte Recht: Seth war der Gott, der Blitz und Donner lenkte. Rächte er sich jetzt für den getöteten Benu?

«Räumt alles beiseite, was herumwirbeln und uns erschlagen könnte», mahnte der Kommandant. «Löscht vor allem jedes Licht. Nicht eine Öllampe und nicht eine Fackel dürfen brennen, selbst wenn wir die Hände vor Augen nicht mehr sehen. Ihr, Majestät, zieht Euch am besten in Euer Deckshaus zurück und sperrt auch Euren Hund dort ein, damit er nicht über Bord gespült wird.»

Tutanchamun schob zwar Räuber in die kleine Kammer, er selbst blieb aber bei mir. «Ich würde es dort drinnen nicht aushalten!», rief er mir zu, denn schon begann das Meer im aufkommenden Sturm zu toben.

«Nimm das Seil, und binde dich am Masten des Baldachins fest. Dann reißen dich die Wellen nicht ins Meer.»

Wir leinten uns mit Schiffstauen an, und mit beiden Händen umklammerten wir die Reling, so fest wir nur konnten.

Die Prüfung, die uns Seth in dieser Nacht auferlegt hatte, war entsetzlich. Es war finstere Nacht um uns. Nur das grelle Licht der Blitze ermöglichte für kurze Augenblicke den Blick auf angstverzerrte Gesichter und auf mehrere Ellen hohe Wellen, die über die Planken hinwegfegten und alles mit sich rissen, was sie erfassten. Dann war es wieder finster wie in der hintersten Kammer der Unterwelt, und wir hörten das Gebrüll des Meeres, das Tosen des Sturms und immer wieder den entsetzlichen Donner, den Seth uns entgegenschleuderte. Der Sturm peitschte uns die salzige Gischt ins Gesicht, und die Wassermassen, die auf uns einstürzten, versuchten unaufhörlich, uns mit sich fortzureißen. Ich suchte die Hand Tutanchamuns, um sie nicht wieder loszulassen. Ich hörte das Bellen des Hundes und das Pochen all der Gegenstände, die im Deckshaus umhergeworfen wurden und gegen seine Wände schlugen.

Wie viele Stunden das Unwetter gedauert hat, weiß ich nicht. Zuletzt hingen Tutanchamun und ich mehr an den Masten des Baldachins, als dass wir gestanden hätten, so erschöpft waren wir. Aber wir lebten noch! Ja, wir hatten die Wut und die Rache Seths überlebt.

Ein blauschwarzer Himmel trat hinter den nach Osten fortziehenden Wolken hervor und gab uns den Blick auf Tausende Sterne frei. Nassib befreite den ängstlich winselnden Hund aus der Kammer des Deckshauses, und die Matrosen entzündeten die wenigen trocken gebliebenen Fackeln, die sie fanden. In einiger Entfernung entdeckten wir nach und nach auch den Fackelschein dreier anderer Schiffe. Vom vierten war weit und breit nichts zu sehen, und wir mussten befürchten, dass es gesunken war. Der Kommandant stieg auf das Deckshaus und holte aus einem Versteck eine Lederrolle. Vorsichtig löste er ihre Bänder und legte die hell gegerbte Haut vor sich nieder. Ich warf einen flüchtigen Blick darauf und traute meinen Augen nicht.

«Was ist das?», fragte ich ihn aufgeregt und zeigte mit dem Finger auf das Leder.

«Eine Karte des Sternenhimmels, Gottesvater. Eine Karte, wie sie jeder Seemann haben muss, der aufs offene Meer hinausfährt.»

Mit einem Mal erkannte ich, wonach ich in On so lange gesucht hatte: Ich sah einen liegenden Löwen, über dessen Haupt ein Falke thronte. Daneben einen mächtigen Stier und darunter Horus in Menschengestalt und mit Falkenkopf. Ich erkannte Thoeris, hinter der sich ein Krokodil aufbäumte, um die Göttin zu besteigen. All das, was ich in dem geheimnisvollen Schriftstück gelesen hatte, sah ich jetzt bildlich vor mir. Ich kannte seinen Inhalt noch immer auswendig und begann leise zu sprechen:

«Dort, wo der Stier dich bedroht, erfasse sein Horn! Wo das Krokodil geil das Flusspferd besteigt, berühre den Arm der Thoeris und lasse ihn nicht mehr los. Dort, wo der Falke über dem Haupt des Löwen schwebt, steige hinab in die Tiefe. Und wo Horus den Bogen spannt, durchbohre seine Brust! Im grünen Land steht der Stier. Das Krokodil begattet Thoeris an der Pforte zur Ewigkeit. Tod ist nur dort, wo der Falke über dem Löwen kreischt.»

Den Rest verschwieg ich.

«Was redet Ihr da, Gottesvater?», fragte mich der Kommandant.

«Es sind nur Worte aus einer Geschichte, die man mir vor langer Zeit einmal erzählt hat. Sie passen genau zu Eurer Karte. Aber nun fahrt fort! Ich will sehen, wie Ihr damit umgeht.»

Er zeigte mit dem Finger erst auf den Nacken des Stiers, dann auf dessen hintere Keule. Er richtete seine Blicke nach oben und deutete mit der anderen Hand nach Norden.

«Dort seht Ihr den ersten Stern des Stiers und etwas rechts daneben den zweiten. Dahinter steht sein Hüter. Ellbogen,

Schulter, Knie, Knie. Weiter östlich seht Ihr das Sternbild der Thoeris: links ein einzelner Stern, wie er am Oberarm meiner Karte abgebildet ist, und gleich daneben sieben von Nord nach Süd angeordnete Sterne, die als Punkte am Rücken der Göttin eingezeichnet sind. So könnt Ihr beliebig fortfahren und zuletzt Euren Standort bestimmen, wo immer Ihr Euch auch aufhaltet.»

«Gleich, wo ich mich aufhalte?», fragte ich ungläubig.

«Ihr müsst natürlich die Jahreszeiten kennen. Das, was Ihr hier seht, ist die Karte des nördlichen Sternenhimmels. Wenn Ihr an Land wäret, dann bräuchtet Ihr nur die Sternenkarte über eine Landkarte zu legen, und wenn Ihr einige auffallende Stellen kennt, findet Ihr jeden Punkt wieder und könnt so genau bestimmen, wo Ihr gerade seid.»

Ich war mir nicht ganz sicher, ob das, was er mir da erzählte, der Wahrheit entsprach oder ob es erfundene Seemannsgeschichten waren. Aber meine Zweifel sollten nicht lange anhalten, denn die Angaben, die er über den Standort unseres Schiffes und über unseren weiteren Weg machte, waren allesamt zutreffend.

Am zweiten Tag nach unserer Flucht aus Byblos fuhren wir von hoher See kommend genau auf den Hafen von Berut zu.

«Sind Eure Sternenkarten alle gleich?», fragte ich unseren Kommandanten, bevor wir das Schiff verließen. Er sah mich mitleidig an und sagte: «Der Sternenhimmel ist überall der gleiche, Gottesvater Eje. Wenn jeder von uns Seeleuten eine andere Karte besäße, wären wir vermutlich nicht in Berut gelandet und Ihr dürftet mich einen Schwätzer nennen.»

Meine Frage war in der Tat dumm gewesen.

Es brauchte nicht vieler Worte, um Königin Tintir und ihrer Familie zu erklären, was geschehen war. Sie war erfahren genug, um zu wissen, dass es nichts Gutes bedeutete, wenn nur vier Schiffe unserer Flotte von offener See zurückkehrten. Als sie den Ring ihres Gemahls in meiner Hand erblickte, senkte sie nur traurig den Kopf, wandte sich von mir ab und weinte still vor sich hin.

«Eure Stadt und Euer Land werden jede Unterstützung erhalten, die sie brauchen. Darauf gebe ich Euch mein Wort», sagte Tutanchamun mit belegter Stimme.

«Das hättet Ihr nicht beteuern müssen, Majestät», erwiderte Tintir. «Ich weiß, wie viel Ägypten an unserem Land gelegen ist. Nur, meinen Gemahl könnt auch Ihr mir nicht zurückgeben. Stattdessen werdet Ihr in wenigen Tagen Berut verlassen und meine Tochter Katuna mitnehmen, wie es Euch Ammunira versprochen hat.»

Die Königin sah, dass sie Tutanchamun mit ihren Worten verlegen gemacht hatte, denn er bekam einen roten Kopf und blickte verunsichert zu mir. Deswegen fügte sie gleich hinzu:

«Ihr braucht kein schlechtes Gewissen zu haben, Majestät. Ich weiß, dass Katuna in Ägypten ein besseres und glücklicheres Leben führen wird als hier in Berut. Lasst uns noch die Zeit der Trauer um Ammunira, und kehrt dann in Frieden in Euer Land zurück.»

Es war gut, dass wir noch einige Zeit in Berut blieben. So kamen wir alle ein wenig zur Ruhe, und die aufwühlenden Erlebnisse der letzten Tage konnten sich in uns setzen. Tag und Nacht jagten noch die schrecklichen Bilder des Kampfes und des Unwetters auf dem Meer durch meinen Kopf, und Tutanchamun wird es nicht anders ergangen sein. Sein Herz musste mit einer noch viel größeren Last zurechtkommen: dem Vorwurf, versagt zu haben.

Erst zwei Tage nach unserer Ankunft hatte ich Königin Tintir in allen Einzelheiten berichtet, was geschehen war. Ich verschwieg ihr auch nicht, dass Tutanchamun die schwere Prüfung, nach der er so begierig gewesen war, nicht bestanden hatte.

«Ich weiß», sagte ich zu ihr, als sie mich durch ihren Palast führte, «dass es ein außergewöhnliches Anliegen ist, das ich an Euch herantrage. Würdet Ihr erlauben, dass Eure Tochter und

Tutanchamun schon jetzt zusammenkommen? Nein, nicht was Ihr jetzt denkt! Ich meine, dass sie spazieren gehen und sich unterhalten dürfen, ohne dass sie auf Schritt und Tritt begleitet und beobachtet werden. Eine bessere Medizin kann ich mir für Pharao nicht vorstellen, als dass er alles, was ihn bedrückt, Eurer Tochter erzählt.»

Königin Tintir sah mich etwas ratlos an, als sie antwortete: «Von meinem Gemahl würdet Ihr jetzt eine barsche Ablehnung hören. Denn bei uns ist es unvorstellbar, dass sich zwei Unverheiratete derart vertraut begegnen dürfen. Aber in welchen Zeiten leben wir? Was gilt heute noch, was gestern selbstverständlich war? Morgen ist vielleicht richtig, was heute noch anstößig ist. Meine Erlaubnis habt Ihr, Eje. Ich muss aber darauf bestehen, dass jemand bei ihnen ist und sie begleitet, wenn auch in einigem Abstand. Sie sollen nicht belauscht werden, das versichere ich Euch.»

«Ich danke Euch. Ich weiß, welch große Überwindung Euch das kostet.»

«Und wie wollt Ihr das bewerkstelligen, ohne dass den beiden unsere Absicht auffällt? Ganz so jung sind sie nun auch wieder nicht.»

«Habt Ihr nicht einen Garten?», fragte ich sie lächelnd.

Sie nickte.

«Wenn ich mich nicht täusche, müssten jetzt die Früchte des Granatapfelbaums reif sein. Wenn Katuna heute Nachmittag einige Früchte pflücken würde, damit Ihr uns daraus einen erfrischenden Saft bereitet, würde das vielleicht manches Herz erfreuen.»

Königin Tintir schüttelte ungläubig den Kopf und sah mich nachdenklich an. Dann erhellte sich endlich ihr Gesicht, und sie fragte mich: «Seid Ihr in diesen Dingen schon immer so erfinderisch gewesen?»

Ich spitzte den Mund und sagte: «Muss ich Euch darauf eine Antwort geben?»

Es war nicht leicht, Nassib zu überreden, mit mir in den Garten zu kommen. Er hätte es vorgezogen, sich für den Rest des Tages in sein abgedunkeltes Zimmer zurückzuziehen, sich auf das Bett zu legen und wieder und immer wieder über das Geschehene nachzugrübeln.

«Es ist mir gleich, wie du dich fühlst», ging ich etwas grob mit ihm um. «Wir sind hier Gäste, und es gehört sich nicht, dass du dich als Pharao den ganzen Tag vor unseren Gastgebern versteckst. Was mag Katuna von dir denken?»

«Was hat das mit Katuna zu tun? Sie wird ohnehin vor mir versteckt. Es ist schlimm, wie man hier mit Frauen umgeht. Es wird Zeit, dass wir nach Ägypten zurückkehren.»

Der Palastgarten war uralt. Man sah ihm an, dass hier schon lange niemand mehr Hand angelegt hatte. Die Wildnis, die hier herrschte, lud dennoch zum Verweilen ein, denn in diesem ungeordneten Durcheinander von Bäumen, Sträuchern und wild wachsenden Blumen mochte man den Urzustand unserer Welt erahnen. Hier standen keine Figuren, hier gab es kein Schattenhaus, und hier liefen oder krochen keine künstlich gehaltenen Tiere herum. Dafür sah ich unzählige Arten von Schmetterlingen und hörte Stimmen von Vögeln, die ich vorher nie gehört hatte. Ein Mensch im Alter Tutanchamuns hat dafür keinen Blick. Das war bei mir nicht anders gewesen. Nur der Gesang der Nachtigallen hatte mich schon als Jüngling in seinen Bann gezogen.

Wir saßen bereits eine ganze Weile auf einem umgestürzten Baum, und ich wartete schon auf Nassibs Frage, was wir hier eigentlich wollten, da kam endlich Katuna aus dem Palast. Sie wurde von einer Dienerin begleitet, die einen Weidenkorb mit sich trug. Nassib sah nur kurz zu Katuna hinüber, um gleich wieder vor sich auf den Boden zu starren. Als dürfte ich nicht wissen, dass er für Katuna Zuneigung verspürte. Auch Katuna tat so, als hätte sie Tutanchamun nicht bemerkt.

Die Dienerin stellte den Weidenkorb neben einen Granatapfelbaum, und beide, Herrin und Dienerin, begannen, die faustgroßen rötlichen Früchte zu pflücken und in den Korb zu legen.

«Es stünde dir gut zu Gesicht, wenn du ihr deine Hilfe anbieten würdest», flüsterte ich Nassib leise zu. «Es wäre eine günstige Gelegenheit, sich einmal ungestört zu unterhalten.»

«Wie denn?», gab er missmutig zurück. «Sie kann doch kein Wort Ägyptisch.»

«Warum, glaubst du, hast du Akkadisch gelernt? Nur um mir den langweiligen Gilgamesch aufzusagen? Aber du musst dich nicht mit ihr unterhalten, wenn du nicht willst. Sie wird nur kaum ein großes Verlangen verspüren, einen so abweisenden Mann, wie du es bist, nach Ägypten zu begleiten.»

Ich hätte gewiss nicht mehr lange gebraucht, um ihn dazu zu bewegen, Katuna zu helfen oder ihr zumindest seine Hilfe anzubieten, da wurden wir von meinem Diener Ipu gestört.

«Was gibt es denn?», fragte ich ihn erkennbar missgestimmt.

Er verneigte sich demütig und sagte leise: «Ein Bote von General Haremhab ist eingetroffen. Er bat dringend darum, Euch sprechen zu dürfen.»

Welch ein durchtriebenes Weib!, dachte ich bei mir. Ich war mir sicher, dass Königin Tintir dabei ihre Hände im Spiel hatte und sie mich nur von hier fortlocken wollte, damit allein ihre Dienerin Zeugin all dessen war, was hier geschah.

Aber ich hatte mich getäuscht. Es war in der Tat ein Bote Haremhabs, der nach mir verlangt hatte.

«General Haremhab schickt mich zu Euch, Gottesvater Eje. Er hofft, dass es unserem König, er lebe, sei heil und gesund, wohl ergehe. Er lässt Euch sagen, dass die Schlacht um Byblos nicht verloren ging.»

Der Bote berichtete mir, dass unser Abzug genau das bewirkt hatte, was ich erhofft hatte: Ein Teil des hethitischen Heeres war uns gefolgt und gab so Paramessu die Möglichkeit, sich aus der Umklammerung zu lösen und auf das Heer Haremhabs zu stoßen. Zuletzt war auch diese Schlacht ausgegangen wie so viele Schlachten vor ihr, und es gab keinen Sieger und keinen Verlierer. Es gab nur unendlich viele Tote zu beklagen. Auf beiden Seiten. Der Bote teilte mir weiter mit, dass Haremhab die Gegend um Byblos noch nicht verlassen wollte, um ein neuerliches Vordringen Suppiluliumas nach Berut oder gar noch weiter südlich zu verhindern. Im Auftrag des Generals bat er um meine Zustimmung zu diesem Vorhaben. Er bekam sie.

Ich berichtete dem Boten, wie es uns ergangen war und was ich zu tun gedachte.

«Wir werden in spätestens zehn Tagen von hier aufbrechen und an den Nil zurückkehren. Dort wird Pharao die Prinzessin Katuna zur Frau nehmen, und in wenigen Monaten werden wir in Men-nefer die Großjährigkeit unseres Herrschers feiern. Daran sollte Haremhab trotz seines Eifers, die Hethiter niederzuringen, denken. Pharao wird dann allein über die Beiden Länder regieren. Das sollte der General nicht vergessen.»

Nach einer Stunde entließ ich den Boten und kehrte in den Garten zurück. Von der Dienerin war nichts zu sehen. Dafür saß jetzt Katuna bei Tutanchamun auf dem Baumstamm.

«Ta ša atti lu-ubara ukaluni ikkuma, liit baaš ša amna ukaluni ikkuma bi iš ša as», sprach Tutanchamun auf Akkadisch. Das heißt: «Kleidung wird man dir bringen, und man wird dich bekleiden. Öl wird man dir bringen, und man wird dich salben.»

Katuna sah in seine großen braunen Augen und versprach ihm: «Ana mâtu mi isiri ina mâti ša ara a amu lu ulik kume.»

«Nach Ägypten, in das Land, das du liebst, will ich mit dir gehen.»

Ohne dass es Katuna bemerkte, gab ich Tutanchamun von fern ein Zeichen, dass ich in der Nähe blieb und er sich weiter mit der Prinzessin unterhalten konnte. Das Augenzwinkern eines stolzen Jünglings war die Antwort. Ich ging ein paar Schritte weiter, setzte mich auf den Boden und lehnte mich an den Stamm einer alten Akazie. Wenig später war ich eingeschlafen.

Die verbleibenden Tage waren nicht nur Tage der Trauer um König Ammunira und seine Krieger, sondern sie dienten auch dazu, den Abschied der Prinzessin vorzubereiten. Diener und Dienerinnen wurden ausgewählt, die sie an den Nil begleiteten. Unzählige Kleider wurden ausgesucht oder neu genäht, und Königin Tintir trennte sich von ihrem schönsten Schmuck, um ihn ihrer Tochter mitzugeben. Kostbare Tuche, Geschirr und unzählige Möbelstücke wurden auf das Schiff der Prinzessin geladen, und ich wunderte mich, was das geschundene Land noch herzugeben imstande war.

«Nun geh, mein Kind», sagte die Königin zum Abschied. «Für dich wird ein Traum in Erfüllung gehen, von dem du nicht einmal gewagt hättest zu träumen. Man erzählt sich viele wunderbare Geschichten über Ägypten. Ich hoffe, du wirst mir alles berichten.»

Katuna umarmte zuerst ihre Mutter, dann ihre Brüder und schließlich ihre Schwestern. Auch wir nahmen Abschied von der Königin und bestiegen die goldene Barke Pharaos.

Tutanchamun hatte es eilig, Ägypten zu erreichen, denn die Prinzessin fuhr auf einem anderen Schiff, und auf unserer Fahrt über das offene Meer gab es keine Gelegenheit, sich so nahe zu kommen, dass sie miteinander sprechen konnten. So blieb es nur bei verliebten Blicken und verstohlenem Winken.

Trotz des schrecklichen Unwetters hatte ich an dem Meer Gefallen gefunden. Die salzige Gischt blieb mir unvergessen, ebenso der Anblick, wenn über der unendlichen Weite des Wassers die rot glühende Sonnenscheibe in die Unterwelt hinabsank. Dennoch war ich froh und vor allem beruhigt, als unsere Flotte nach einer Woche in die Flussmündung des Nils einbog, um von einem angenehm kühlen Nordwind nach Süden getrieben zu werden, bis wir nach drei weiteren Tagen in Men-nefer ankamen.

Hier war schon längst alles auf die Ankunft Pharaos vorbereitet. Ganz Ägypten freute sich darauf, dass Tutanchamun als siegreicher Feldherr aus dem Krieg gegen die Hethiter zurückkehrte. So las man es auf den Inschriften an den Tempelwänden, und so sah man es auf den Truhen, die eigens für Tutanchamun angefertigt worden waren: Pharao auf seinem Streitwagen, wie er seine Feinde in rasender Fahrt niederringt und erschlägt, wer sich ihm in den Weg stellt. Daneben stand:

«Der Gute Gott, Sohn des Amun, der Held, dessengleichen es nicht gibt, Herr der Kraft, der Hunderttausende niedertritt und sie zu Leichenhaufen macht. Niedergetreten sind die Großen eines jeden Fremdlandes unter deinen Füßen.»

Die Menschen hier wussten nicht, was wirklich in Byblos geschehen war, und sie sollten es nie erfahren. Niemals wäre es zugelassen worden, dass Pharao nicht als siegreicher Held zurückkehrte, außer er hätte wirklich auf dem Schlachtfeld sein Leben gelassen. Tutanchamun selbst war das alles nicht wichtig. Er hat nie mehr wieder über unseren glücklosen Feldzug gegen Suppiluliuma gesprochen.

Wie gern hätten die Menschen die Prinzessin gesehen, aber als die Barken unter dem Jubel der Menge in den Hafen von Men-nefer einfuhren, wurden sie enttäuscht: Katuna wurde in einer geschlossenen Sänfte vom Schiff in den Palast gebracht, erst am Tag ihrer Vermählung durfte das Volk sie bestaunen.

Das ganze Land fieberte dem Fest entgegen. Seit sechs Jahren saß Tutanchamun nun auf dem Thron Ägyptens, doch nun war es endlich so weit, dass er allein die Geschicke der Beiden Länder in die Hand nahm. Es gab keinen Grund, daran zu zweifeln, dass er auch weiterhin auf meinen Rat und auf den Rat Haremhabs und Majas hören würde. Aber jetzt waren wir es, die sich dem Willen Pharaos uneingeschränkt beugen mussten, mochte eine Entscheidung auch noch so unverständlich oder gar falsch sein. Sein Wort war Gesetz, ob es Reichtum in Fülle oder den Tod bedeutete. Jetzt bestimmte er allein, was den Geboten der Maat entsprach.

Es bedurfte keiner versteckt angebrachten Podeste mehr, damit unser Herrscher groß genug erschien. Voller Stolz zeigte er seine breiten Schultern, über welchen ein prächtiger Goldkragen lag, als er auf dem obersten Absatz der Treppe erschien, um seine Vermählung mit Katuna bekannt zu geben. Er trug die Doppelkrone und den Zeremonialbart. Seine kräftigen Hände umklammerten Krummstab und Geißel und hielten sie vor der Brust gekreuzt.

Anchesenamun, die sechs Jahre älter war als ihr Bruder, war eine reife Frau geworden. Sie wurde ihrer Mutter immer ähnlicher, und manchmal erschrak ich bei ihrem Anblick, weil ich glaubte, Nofretete wäre ins diesseitige Leben zurückgekehrt. Jetzt trug sie die Doppelfederkrone der Großen königlichen Gemahlin und ein langes, bis zu den Knöcheln reichendes weißes Gewand. Anchesenamun liebte ihren Bruder über alles, war er doch außer mir der einzige Mensch, der ihr von ihrer Familie geblieben war. Sie empfand ehrliche Freude darüber, dass ihr Bruder in Katuna sein Glück gefunden hatte. Und ich war beruhigt, dass keine Eifersucht aufkam, die die Geschwister hätte entzweien können.

Haremhab war natürlich aus Syrien zurückgekehrt, denn er wollte sich auf keinen Fall der Gefahr aussetzen, bei der Verteilung der wichtigsten Ämter übergangen zu werden, auch wenn es zur Sorge keinen Grund gab. Haremhab war und blieb der oberste Heerführer Pharaos. Nachdem ich nicht mehr Regent für Seine Majestät war, blieb mir mein alter Titel Gottesvater, und ich behielt die Stellung des Vorstehers der Streitwagentruppen Seiner Majestät. Darauf hatte ich nur aus Eitelkeit Wert gelegt. So standen die beiden Regenten von einst nicht mehr hinter dem Thron Pharaos, sondern nahmen, wie alle Übrigen Großen des Landes, vor ihm Aufstellung.

Endlich führte man Katuna in den Hof. Sie war von all ihren Dienern und Hofdamen umringt, und ein langer, tiefroter Schleier verhüllte ihr Gesicht. Tutanchamun stieg langsam die Treppe hinab und trat vor seine Braut. Wie bei ihrer ersten Begegnung im Palast von Berut, so hob er auch diesmal vorsichtig den Saum des Schleiers hoch und warf ihn gekonnt nach hinten.

«Du bist die schönste Frau, die es gibt. Isis und Mut werden erblassen, wenn du in ihrem Tempel vor sie hintrittst. Du wirst von nun an den Namen Meritre tragen, geliebt von Re. Du wirst meine Frau sein für alle Tage deines Lebens. Du wirst die Mutter meiner Kinder sein, die so zahlreich sein mögen wie die Sterne am Himmel!»

Tutanchamun küsste sie auf beide Wangen, nahm sie bei der Hand und führte sie die Treppe hinauf. Dort wurde sie von Anchesenamun mit zwei Küssen begrüßt. Danach standen sie vor ihren Thronen und nahmen den Jubel des Volkes entgegen. Tutanchamun in der Mitte, rechts neben ihm Anchesenamun und links Meritre.

Ich kann nicht sagen, dass sich für mich nach der Großjährigkeit Pharaos wirklich viel geändert hatte. Tutanchamun wollte nicht auf mich verzichten. Immer wieder beteuerte er, wie wichtig ihm meine Hilfe und mein Rat waren, und meine vorsichtig vorgetragenen Bitten, mich mehr und mehr zurückziehen zu dürfen, überhörte er geflissentlich oder lehnte sie ganz offen ab.

«Ein Mann wie du kann gar nicht zurückgezogen leben», glaubte er zu wissen. «Wenn Eje nicht gebraucht wird, verwelkt er wie eine Blume, die man nicht gießt. Es würde dich krank machen, nicht mehr jeden Tag im Palast zu erscheinen und Entscheidungen zu beeinflussen.»

Es war lieb von ihm gemeint. Und dennoch spürte ich immer häufiger, dass ich ihm auch zur Last wurde. Die meisten der jungen Männer, mit welchen er sich mehr und mehr umgab, wussten mit einem Greis wie mir nichts anzufangen. Menschen in ihrem Alter sind forsch. Sie prahlen mit ihren Kräften und glauben, dass sie das, was sie heute einreißen, morgen schon wieder aufbauen können. Bedächtigkeit und Vorsicht sind ihnen ein Gräuel. So schwieg ich meistens, wenn ich an ihren Versammlungen teilnahm, und wenn ich Tutanchamun etwas zu sagen hatte, tat ich es meist unter vier Augen.

«Ich habe in On zu tun», entschuldigte ich mich bei Pharao, wenn ich keine Lust verspürte, ihren hitzigen Reden zuzuhören.

Tutanchamun lachte laut auf und sagte: «Du glaubst wohl noch immer daran, dass du eines Tages die Tränen des Re findest. O Eje! Alte Männer sind manchmal wirklich seltsam. Aber geh nur und werde glücklich bei deiner Suche!»

Ich war weiter gekommen, als ich selbst vor einem halben Jahr noch geglaubt hätte. Niemand wusste davon. Nur der Erste Sehende des Re, Sethi, ahnte, dass ich nahe am Ziel war.

«Besitzt Ihr eine Karte des nördlichen Sternenhimmels?», fragte ich ihn bei meinem ersten Besuch nach so langer Zeit.

«Ich bitte Euch, Gottesvater Eje! Wir besitzen mehr als hundert unterschiedliche Arten von Sternenkarten. Ihr könnt sie alle einsehen.»

«Mir geht es um eine ganz bestimmte, die mir der Kommandant unseres Schiffs gezeigt hatte: Über dem Kopf eines liegenden Löwen thronte ein Falke. Rechts daneben stand ein Stier mit mächtigen Hörnern und dahinter ein Viehtreiber, der die Leine hielt. Unter ihnen stand Horus in Menschengestalt mit einem Bogen in seinen Händen. Und noch weiter rechts bestieg ein Krokodil die Göttin Thoeris. Überall in ihren Körpern sind mit kleinen roten Punkten die Sterne des Nordhimmels eingezeichnet. Diese Karte brauche ich, Sethi!»

Kaum eine Stunde später lag sie vor mir auf dem Tisch. Es war ein wunderbarer Papyrus: Der Hintergrund, der den Nachthimmel darstellte, war dunkelblau, und all die Figuren auf ihm waren weiß und mit hellroter Farbe umrandet. Nur die Augen einiger Figuren waren mit schwarzer Farbe gezeichnet.

«Und jetzt?», fragte mich Sethi herausfordernd.

«Jetzt muss ich nur noch herausfinden, welche Orte in Ägypten der Text, den ich vor einem Jahr hier gelesen habe, meint.»

«Ich lasse ihn kommen», sagte der Priester freundlich.

«Das ist nicht nötig», antwortete ich, und es war mir eine

große Genugtuung, das überraschte Gesicht Sethis zu sehen, als ich zu sprechen begann:

«Dort, wo der Stier dich bedroht, erfasse sein Horn! Wo das Krokodil geil das Flusspferd besteigt, berühre den Arm der Thoeris und lasse ihn nicht mehr los.»

Ich sagte ihm den ganzen Text bis zum Schluss auf. Dann sah mich der Priester an und stellte mir eine Frage, die mir nur wenige ungestraft stellen durften: «Könnte es sein, dass Ihr ein wenig eitel seid, Gottesvater Eje?»

«Gewiss bin ich eitel, Sethi. Aber so alt, wie ich auch bin: Ich habe ein Ziel vor Augen. Und ich war noch nie so nah an meinem Ziel. Es ist nur Ehrgeiz, der mich gepackt hat!»

Ich bat ihn um eine Landkarte Ägyptens und blieb mit den beiden Karten stundenlang allein in der Schatzkammer von On zurück.

«Im grünen Land steht der Stier», flüsterte ich und war mir sicher, dass damit nur das fruchtbare Grünland der Flussmündung gemeint sein konnte.

«Das Krokodil begattet Thoeris an der Pforte zur Ewigkeit.» Das Krokodil. Die Oase Fajum. Aber welche Pforte der Ewigkeit mochte gemeint sein? Es ergab wieder keinen Sinn.

Tag für Tag verbrachte ich in On, ließ mir ein ums andere Mal verschiedene Landkarten von Ägypten bringen und kam doch zu keinem Ergebnis.

«Wer sagt Euch denn», bemerkte Sethi bei einem sciner kurzen Besuche in meiner Kammer, «dass Ihr die Tränen des Re in Ägypten findet? Könnte es sein, dass Ihr Euch zu sehr an diese Vorstellung klammert?»

Er hatte Recht. Die Tränen konnten irgendwo auf dieser Welt niedergefallen sein. Warum ausgerechnet in Ägypten?

Wenig später brachte mir ein junger Priester einen Papyrus, auf welchem alle Länder und alle Städte der Welt eingezeichnet waren. Jeder Fluss und jede Oase waren darauf zu erkennen und genau beschriftet.

Aber jetzt wurde meine Suche noch hoffnungsloser, denn

kein Punkt, den ich mir ausgesucht hatte, passte zu einem anderen. Wieder vergingen Tage und Wochen, und ich kam zu keinem Ergebnis.

Tutanchamun begann schon, sich im Kreis seiner jungen Freunde und Berater über mich lustig zu machen.

«Wenn Eje die gleiche Zeit aufwenden würde, um nach Gold zu graben, wäre ich längst alle Sorgen los. So aber sucht er nach Tränen, die nie vergossen wurden, bis er eines Tages selbst noch in Tränen ausbricht!», rief er eines Abends laut in die Runde, die ohne Rücksicht auf mein Alter und meine Person in schallendes Gelächter ausbrach. Er merkte gar nicht, wie sehr er mich damit verletzte. So kam es, dass ich mehr und mehr schwieg, wenn ich unter ihnen sein musste.

Acht Monate waren seit der Vermählung Pharaos vergangen, da ging es wie ein Lauffeuer durch den Palast von Men-nefer, dass Meritre ein Kind erwartete. Tutanchamun wurde dadurch etwas ernster, und ich spürte, wie er jetzt, wo es nur um die Familie ging, wieder meine Nähe suchte. Alle gaben sich die größte Mühe, Meritre das Leben so angenehm wie nur möglich zu gestalten. Tutanchamun führte sie durch den Palastgarten, und es verging kaum ein Abend, den er nicht mit ihr allein verbrachte. Pfeil und Bogen standen achtlos in der Ecke. Ich zweifelte schon daran, ob er jemals wieder zur Jagd gehen würde.

Aber das Schicksal machte auch vor Tutanchamun nicht Halt. Gnadenlos fällt es über den her, den es sich ausgesucht hat, ob Sklave, Bauer, Wesir oder Pharao. Es war im siebenten Monat der Schwangerschaft, als Meritre ihr Kind verlor. Es herrschte helle Aufregung im Palast, denn niemand hatte damit gerechnet, und bis Hebammen und Ärzte herbeigeeilt waren, wäre Meritre beinahe gestorben. Es gelang ihnen aber, das tote Kind – es war ein Mädchen – aus dem Leib Meritres zu entfernen und das Leben der Mutter zu retten.

Das Unglück rief bei Tutanchamun eine tiefe Veränderung hervor. Nicht etwa, dass er sich liebevoll um Meritre sorgte, dass er bei ihr blieb und sie tröstete. Zu dem Leid, das ihr widerfahren war, trat jetzt die Ablehnung ihres Gemahls hinzu. Er hatte es ihr gegenüber nicht offen ausgesprochen, aber er ließ es sie spüren, wo er nur konnte. Kaum ein freundliches Wort, keine Liebkosung, kein Kuss. Stattdessen trank er mit seinen Freunden bis tief in die Nacht, vernachlässigte seine Amtsgeschäfte, und niemand war davor sicher, ungerecht behandelt zu werden. Er entdeckte seine Liebe zu einigen Mädchen im königlichen Frauenpalast, und mir ging er aus dem Weg, wo er nur konnte. Ich war nahe daran, Haremhab um Hilfe zu bitten. Doch ich ließ es. Ich unterließ es aber nicht aus Feigheit oder aus Bequemlichkeit, sondern weil ich mir sicher war, dass er wieder zu sich kommen würde. Er befand sich erkennbar in jenem Alter, in dem jeder laut geäußerte Zweifel an der Richtigkeit seines Tuns zum offenen Bruch führen konnte. Er musste selbst erkennen, dass er Unrecht tat.

Der winzige Körper der Totgeburt wurde in aller Stille von den Balsamierern für die Ewigkeit vorbereitet und im Tal der Ewigkeit bestattet.

Tutanchamuns ablehnende Haltung mir gegenüber und sein abstoßendes Benehmen trieben mich noch mehr hinaus nach On, damit ich mich dort zwischen Bergen von Karten vergrub und das suchte, von dem ich selbst nicht mehr glaubte, dass ich es je finden würde.

«So werdet Ihr nie zum Ziel gelangen», urteilte Sethi und legte seine Stirn in Falten.

«Wie stellt Ihr Euch denn vor, dass ich ans Ziel gelangen kann? Oder wisst Ihr etwa mehr, als Ihr zugeben wollt?», fragte ich ihn gereizt, denn ich hatte schon länger mit dem Gedanken gespielt, mein ganzes Vorhaben aufzugeben.

«Lasst doch die Sterne wirklich über dem Land leuchten», gab Sethi mir zur Antwort.

«Ich verstehe nicht, was Ihr meint.»

Wortlos nahm Sethi die Sternenkarte, griff nach einem kleinen Messer und schnitt aus den Figuren überall dort, wo die Sterne eingezeichnet waren, kleine Kreise heraus.

«Bringt mir zwei Lampen und sorgt dann dafür, dass es in diesem Raum vollkommen dunkel ist», befahl er einem der jungen Priester. Sie taten, wie er gesagt hatte.

«Du hältst die Karte eine Elle über den Tisch, wobei die Figuren nach unten zeigen müssen. Und du», sagte er zu dem anderen, «hältst beide Lampen über die Karte. Steig auf den Tisch!», befahl er ihm.

Dann legte er eine Landkarte unter den Sternenhimmel aus Papyrus und schob sie langsam hin und her.

«Ihr sagt mir die zweite Hälfte Eures Textes auf!»

Also sprach ich zum gewiss tausendsten Mal die Worte: «Im grünen Land steht der Stier …»

«Langsam!», unterbrach mich Sethi.

«Wenn ich annehme, das grüne Land ist die Oase Siwa weit im Westen, dann müssten die Pforten der Ewigkeit …»

Er hielt kurz inne und sagt dann zu dem Priester, der die Karte hielt: «Etwas tiefer mit der Karte. Noch etwas tiefer! Genug!»

Jetzt waren die Lichtpunkte auf der Landkarte noch schärfer zu erkennen. Wieder begann er, vor sich hin zu reden: «Dann müssten die Pforten der Ewigkeit die Pyramiden sein. Weiter, Gottesvater!»

«Tod ist nur dort, wo der Falke über dem Löwen kreischt», flüsterte ich ehrfurchtsvoll, denn ich spürte, dass wir dem Rätsel immer näher kamen.

«Tod, Gottesvater Eje, ist in der westlichen Wüste. Oase stimmt noch, Pyramiden auch, und jetzt die Wüste. Weiter!»

«Und Tränen sind unter den Krallen des göttlichen Kindes.»

«Horus, du göttliches Kind», sagte er vergnügt, «wo sind deine Krallen?» Er blickte kurz von unten auf die Bilder der Karte, um sich zu vergewissern, dass er den richtigen Stern erfasste.

«Hier!», rief er laut und legte die Spitze seines Zeigefingers auf die Karte.

«Hier findet Ihr die Tränen des Re. Der erste Teil Eures Textes ist nichts anderes als der Hinweis auf die Sternenkarte selbst. Mehr bedeutet er nicht. Die zweite Hälfte nennt Euch den Fundort. Hier ist er», stellte er sachlich fest und schob den Priester mit der Sternenkarte beiseite, damit der Schein der beiden Lampen auf unsere Landkarte fiel. Seine Fingerkuppe ruhte auf einem Fleck inmitten der libyschen Wüste, weit südlich der Oase Siwa, am Südrand jenes Gebietes, das man auch den Großen Sandsee nannte, weit weg von jeglichem Leben und jeglicher Kultur.

«Kein Mensch kommt dorthin», stammelte ich enttäuscht.

«Vor allem kommt kein Mensch von dort zurück», stellte Sethi nüchtern fest. «So viel Wasser können Eure Esel gar nicht schleppen, wie Ihr braucht, um beide Strecken zurückzulegen.»

«Es muss aber einen Weg geben, Sethi. Denn sonst wäre Euer Tempel nicht in den Besitz eines dieser Steine gekommen. Und ich werde nicht nachgeben, bis ich einen Weg dorthin ausfindig gemacht habe.»

«Und wen werdet Ihr mit der Suche beauftragen? Niemand wird diesen Weg freiwillig und mit Freude gehen.»

Ich sah den Priester mit hochgezogenen Brauen an und gab ihm zur Antwort: «Das entscheidet allein Pharao.»

Kaum eine Woche später feierte Pharao ein prächtiges Fest: Es war der erste Jahrestag seiner Großjährigkeit und damit seiner Alleinregierung. Er war jetzt siebzehn Jahre alt. In den Beiden Ländern hatte er sich einen großen Namen gemacht, denn überall, von der Flussmündung bis hinab in das elende Kusch, ließ er die alten Tempel ausbessern und vergrößern. Er ließ neue Tempel und Denkmäler aller Art errichten. Er achtete darauf, dass keine Gottheit übergangen wurde und dass jede von ihnen das bekam, was ihr gebührte. Wie schon seit langem nicht mehr wurden wieder Gold und Silber, Edelsteine aller Art, Waffen und Elfenbein in den Schatzkammern Pharaos angehäuft. Unser Land war mit reichen Ernten gesegnet, und niemand musste

Hunger leiden. Er ließ kostbaren Schmuck und Möbelstücke von seltener Schönheit anfertigen.

Dabei hatte es ihm der heilige Käfer, der ja ein Bestandteil seines Thronnamens war, besonders angetan. Er ließ den Chepri aus allen Arten von Edelsteinen schneiden: aus Lapislazuli und aus Karneol, aus Amethyst oder einfach nur aus einem harten, grünen Stein.

Er ließ sich Ketten und Halskragen anfertigen, wie man sie zuvor noch nicht gesehen hatte. Er besaß unzählige Ohrgehänge, die an Zierlichkeit und Farbenpracht nicht zu überbieten waren. Winzige Perlenketten hingen von ihnen herab, deren letzte Perle die Form einer Lotusblüte, einer kleinen Kobra oder lang gezogener Tropfen hatte. Er besaß Ohrringe mit kleinen Entenköpfen, mit Geier und Kobra in ihrer Mitte und mit einem kleinen Abbild seiner selbst.

Unter der Herrschaft Tutanchamuns fanden die Künstler zwar nicht zu neuen Formen, doch sie führten das, was sie vorfanden, zu neuer Vollkommenheit. Sie gingen nicht einfach zurück in die Zeit vor Echnaton, um wieder Abbilder Pharaos von jener zeitlosen Strenge zu schaffen, wie sie über Jahrtausende geherrscht hatte. Vielmehr vermengten sie das Althergebrachte, das besonders aus den Reihen der Priesterschaft gefordert wurde, mit den Errungenschaften aus der Zeit Echnatons und seines Bildhauers Thutmosis. All das Entstellende und Fratzenhafte ließen sie weg, sodass ganz natürliche Abbildungen blieben, die doch Pharao in all seiner Würde darstellten. Am vollkommensten war ihnen das am Thron ihres Herrschers gelungen: Auf der Rückenlehne waren Tutanchamun und Anchesenamun abgebildet. Pharao trug die prächtige Atef-Krone und saß auf seinem Thron. Der rechte Arm lag angewinkelt auf der Rückenlehne seines Throns und der linke ausgestreckt über seinem Bein. Anchesenamun stand ihm gegenüber und beugte sich etwas nach vorn, um die Schulter ihres königlichen Gemahls mit Öl einzureiben. Über beiden prangte der Strahlenaton, und seine Arme hielten das Lebenszeichen vor das Gesicht von König und Königin, als hätte es die Abkehr vom Glauben Echnatons nie gegeben. Diese Art von Darstellung hatte es nur bei Echnaton und Nofretete gegeben: Das Königspaar wurde für jedermann in einem Augenblick dargestellt, den man sich persönlicher kaum vorstellen kann. Pharao nicht förmlich und steif, sondern unhöfisch. Als wäre er sich sicher, nicht beobachtet zu werden, legt er seinen Arm über die Lehne seines Throns. Vorsichtig und zärtlich, wie die Königin die Schulter ihres Gemahls mit den Fingern berührt, um ihn zu salben. Liebevoll der Blick der beiden. Und wer genau hinsehen durfte, dem entging nicht, dass die Große königliche Gemahlin in Wirklichkeit die Gesichtszüge Meritres trug.

Aber der Thron war noch zu einer Zeit angefertigt worden, als Meritre das Ein und Alles Tutanchamuns war. Als er sie liebkoste und verliebt in seinen Armen hielt. Als sie abends durch den Garten gingen und sich ohne Scheu vor Beobachtern küssten und Liebesschwüre austauschten, um sich bald darauf in ihre Gemächer zurückzuziehen. Doch das gehörte der Vergangenheit an.

Er fuhr mich barsch an, wenn ich ihn bat, nicht so unmäßig zu trinken, und noch wütender wurde er, wenn ich ihn auf Meritre ansprach.

«Kannst du mich nicht einfach mit deinen Belehrungen in Ruhe lassen? Ich bin es leid, mir von dir sagen zu lassen, wann ich Wein trinken darf und wie viel. Ich bin es leid, mir von dir vorschreiben zu lassen, welche Frau ich lieben darf und welche nicht. Ich glaube nicht, dass du das mit meinem Vater und mit meinem Großvater auch gemacht hast», herrschte er mich an, als ich ihn vor dem großen Fest bat, sich nicht wieder vor aller Augen zu betrinken und Meritre nicht zu übergehen.

«Ich mache dir keine Vorschriften, Nassib», entgegnete ich ihm, doch ehe ich weiterreden konnte, schrie er mich an: «Nenne mich nie mehr wieder Nassib! Hörst du? Nie wieder! Ich bin kein kleiner Junge mehr.» Dann ließ er mich stehen.

Ich saß schweigend und nachdenklich am Tisch Pharaos, als die Tänzerinnen zum Klang zauberhafter Musik durch den Saal schwebten, als getrunken und gescherzt wurde, als Tutanchamun von seinen Liebschaften im Frauenpalast erzählte, ohne auf Meritre, der wieder Tränen in den Augen standen, Rücksicht zu nehmen. Er hob die vielen Geschenke hervor, die man ihm an diesem Tag gemacht hatte, und prahlte damit, dass wohl kaum ein Herrscher vor ihm über so viel Reichtum verfügt hatte wie er.

«Was habt eigentlich Ihr Eurem Herrscher zum Geschenk gemacht, Gottesvater Eje?», fragte mich Haremhab laut, dass es alle um uns herum hören konnten.

«Ich habe bislang noch keine passende Gelegenheit gefunden, meinen Herrscher zu beschenken», antwortete ich ihm. Tutanchamun tat so, als würde er uns nicht zuhören, und küsste stattdessen den Hals eines Mädchens aus dem Frauenpalast, das auf seinem Schoß saß.

«Ist jetzt Gelegenheit dazu, Majestät?», fragte der General laut in die Runde. Ohne von dem Mädchen abzulassen, sagte Tutanchamun: «Hat Eje jemals gefragt, ob er etwas darf oder nicht?»

Alle um ihn herum lachten laut auf.

«Nun sagt schon, Eje. Was ist es denn, womit Ihr Euren Herrscher diesmal überrascht?», ließ der General nicht locker.

«Ein Senetspiel», spottete Pharao und strich mit seinem Daumen mehrmals über die Brust des Mädchens, bis sich seine winzige Brustwarze aufstellte und nach mehr verlangte.

«Ich weiß, was es ist!», rief einer der jungen Emporkömmlinge. «Ich weiß es!»

«Dann sag es uns schon, Ramessu. Eje hat es offenbar vergessen. Oder er will es uns nicht sagen», setzte Tutanchamun noch einmal nach, bevor er das Mädchen leidenschaftlich küsste.

«Die Tränen des Re», gab der Angesprochene zum Besten. «Gewiss wird dir der Gottesvater den Schatz aller Schätze zu Füßen legen. Er hat die Tränen des Re!»

Wieder hob schallendes Gelächter an, und ich überlegte für einen kurzen Augenblick, ob es nicht besser wäre, den Saal wortlos zu verlassen. Es schien sich an diesem Abend alles gegen mich verschworen zu haben. Aber ich dachte nicht daran, klein beizugeben, und sagte laut, so laut, dass alle es hören konnten: «Ich halte sie noch nicht in meinen Händen. Aber ich weiß, wo man die Tränen des Re finden kann.»

Jetzt herrschte betretenes Schweigen im Saal, und alle blickten erwartungsvoll auf Pharao. Dieser wandte sich kurz von seiner Gespielin ab und sagte in müdem und gelangweiltem Ton: «Hör auf mit diesem Unsinn, Eje! Seit ich dich kenne, erzählst du mir das Märchen von den Tränen des Re. Es langweilt mich!»

«Es ist kein Unsinn, Nassib. Ich weiß genau, wo man sie finden kann», antwortete ich ihm ruhig und hatte dabei nicht bedacht, welche Wirkung die Nennung seines Kosenamens haben konnte. Er riss die Augen weit auf, seine Nasenflügel bebten, und achtlos schob er das Mädchen beiseite. Er beugte sich weit vor, und ganz langsam, jede einzelne Silbe betonend, rief er mir zu: «Dann geh und hol mir die Tränen des Re! Heute noch!»

Jedem im Saal stockte der Atem. Ausnahmslos alle Augen waren jetzt auf mich gerichtet. Ich hätte mich herauswinden können, ohne dabei mein Gesicht zu verlieren. Aber ich wollte es wissen.

«Ist das ein Befehl, Majestät?», fragte ich ihn ganz förmlich und sah ihm dabei durchdringend in die Augen. Er sah mich ebenso durchdringend an, und mir war, als verginge dabei eine Ewigkeit. Ich flehte in meinem Innersten nicht einmal um Gnade, obwohl ich wusste, dass sein Befehl den sicheren Tod für mich bedeuten würde.

«Ja», sagte er. «Das ist ein Befehl. So sei es, und so werde es geschrieben!»

Dann tat er etwas, was ich nicht verstand. Er griff nach seinem Becher, hob ihn hoch und sagte: «Auf deinen Ka, Eje!»

«Auf deinen Ka!», flüsterte ich.

Alle Gäste hatten deswegen wohl geglaubt, der Befehl Pharaos sei nur ein Scherz gewesen, und erhoben ebenfalls ihre Becher, tranken und fuhren fort, das Fest zu genießen. Auch Tutanchamun kümmerte sich nicht weiter um mich, wandte sich wieder dem Mädchen zu, um ihm erneut irgendwelche Liebesschwüre ins Ohr zu flüstern. Niemand nahm Kenntnis davon, als ich kurz darauf den Saal verließ.

Fünfundfünfzig Jahre hatte ich im Dienst der Herrscher Ägyptens gestanden. Jetzt, als Siebzigjährigen, warf man mich hinaus. Ja, er hatte mich hinausgeworfen, wie einen lästigen Bittsteller. Ich hätte mich für ein paar Tage zurückziehen können. Wahrscheinlich wäre er es sogar gewesen, der nach mir geschickt hätte, um mich vordergründig um einen mehr oder weniger belanglosen Rat zu bitten und um in Wirklichkeit zu sehen, ob ich ihm noch böse war. Denn er wusste nur zu gut, dass ich mit meiner Kritik an ihm Recht hatte. Und was wäre, wenn ich zurückkehrte? Was würde geschehen, wenn er wieder betrunken war, wenn seine Freunde ihn wieder anstachelten und er erneut vergaß, wer er war, wer ich war? Vielleicht tat er gut daran, mich für immer wegzuschicken. Denn einen Eje, der zu Hause saß und nur noch seinen Garten genoss und seine Pferde bestaunte, würde es nie geben. Das wusste er genauso gut wie ich.

Aber musste er mich deswegen gleich in den Tod schicken? Ein Siebzigjähriger konnte eine solche Reise nicht überleben. Ramose, der Erste Sehende des Amun, wurde von Echnaton auf diese Weise auch in den Tod geschickt. Dass ich einmal das gleiche Schicksal erleiden würde wie der von mir so verhasste Ramose!

Aber wenn ich sie doch fand? Wenn es mir altem Mann gelang, die Tränen des Re zu finden?

«Unsinn, Eje!», sagte ich zu mir selbst, als ich an meinem Schreibtisch saß.

Vor mir lag die Elfenbeinschatulle, die mir Amenophis einst geschenkt hatte.

«Ich hatte wirklich kein Geschenk für dich», schrieb ich mit zittriger Hand. «Nimm dieses dafür. Es ist von deinem Großvater. Eje.»

Ich versiegelte den Brief und gab ihn meinem Schreiber mit der Anweisung, ihn zusammen mit dem Geschenk in drei Tagen im Palast für Tutanchamun abzugeben.

«Was habt Ihr vor, Herr?», fragte mich mein Diener Ipu, als ich mich noch vor Morgengrauen von ihm verabschiedete.

«Pharao hat mir befohlen, die Tränen des Re zu suchen und sie ihm zu bringen. Es ist ein Abschied für immer, Ipu. Sei nicht ängstlich! Für deine Zukunft ist gesorgt.»

«Aber Ihr könnt mich doch nicht allein hier zurücklassen, Herr!», widersprach er mir.

«Doch, Ipu. Das ist ein Befehl. Hörst du! Ich werde allein gehen, und du wirst hier bleiben.»

Ipu hatte keine andere Wahl, als zu gehorchen. Ein anderer Diener brachte mich auf einem Streitwagen zum Hafen. Ich hatte nicht mehr bei mir als einige Stücke Kupfer und etwas Gold, einen Schlauch mit Wasser und zwei Karten. Die Karte des nördlichen Sternenhimmels und eine große Landkarte. Und für alle Fälle trug ich einen Siegelring Pharaos bei mir.

Kurz nach Sonnenaufgang verließ ein Schiff den Hafen von Men-nefer in Richtung Süden, und niemand wusste, dass Gottesvater Eje auf ihm fuhr. Ich hatte mich als Händler ausgegeben.

Es gab zwei Möglichkeiten, das Gebiet südlich des Großen Sandsees zu erreichen. Ich hätte mit dem Schiff bis Waset fahren können, um von dort geradewegs nach Westen aufzubrechen. Der andere Weg führte über die Oase Fajum in die Oase Bahrija und von dort nach Süden. Auch wenn die Strecke, die ich zu Lande zurücklegen musste, bedeutend länger war, entschied ich mich für letzteren Weg, denn in der geheimen Inschrift hatte es geheißen: «Dort, wo der Falke über dem Haupt des Löwen schwebt, steige hinab in die Tiefe!»

Wenn ich dies auf meine Karte übertrug, konnte dies nur bedeuten, dass ich von der Oase Bahrija nicht bis Siwa weiterziehen, sondern hier nach Süden abbiegen musste. Ich hatte aber keine Vorstellung davon, was mich dann erwartete.

Nach drei Tagen hatte ich Merwer erreicht. Ich gab mich aber nicht zu erkennen. Ich wollte weder, dass man mir folgte, ohne mir darüber im Klaren zu sein, wer dazu Anlass haben sollte, noch wollte ich irgendjemandem, der mich kannte, Rechenschaft darüber ablegen müssen, was mich in die Wüste trieb.

Es brauchte nicht nur viel Überredungskunst, dass mich ein Karawanenführer von dort in die Oase Bahrija mitnahm, denn wer will sich schon mit einem alten Mann belasten, den jeden Augenblick der Schlag treffen kann. Er ließ sich seine Hilfe mit reichlich Kupfer und Gold aufwiegen.

Meine kleine Sänfte schaukelte zwischen zwei Eseln hin und her, und nur die kleine Zeltplane über mir schwächte die Qualen in der sengenden Hitze, die tagsüber herrschte, etwas ab. Wenn wir abends, sobald die Tiere versorgt waren, um das Lagerfeuer herumsaßen, hörte ich dem Karawanenführer und seinen zwanzig Begleitern genau zu. So erfuhr ich, welche Strecke eine Karawane am Tag zurücklegen konnte, wie viel Futter man mit sich führen musste, und vor allem, wie viel Wasser Mensch und Tier täglich brauchten. Meine Begleiter wollten von mir nicht viel wissen. Nur eine Frage stellten sie mir: Was ich alter Mann in der Wüste zu suchen hätte?

«Ich muss in die Oase Farafra, um von dort meine Tochter zurückzuholen», log ich sie an. Sie sei Witwe geworden und würde es bei den Verwandten ihres Mannes nicht länger aushalten. Und weil sie keine Brüder und keine Enkel hätte, die sich um sie kümmern könnten, müsste eben ich alter Mann die Frau von ihrem schweren Los befreien. Ich weiß nicht, ob sie mir meine Geschichte geglaubt haben. Aber sie stellten mir danach keine Fragen mehr. Vielleicht weil sie wussten, dass ich sie wieder belügen würde.

Zehn Tage dauerte unsere Reise von Bahrija nach Farafra. Es fand sich dort schnell eine Witwe, die meine Tochter hätte sein können. Bei ihr fand ich auch Unterkunft und wartete ab, bis meine Karawane wieder den Weg nach Norden antrat. Denn auch ihr Anführer sollte nicht wissen, was ich vorhatte.

Am darauf folgenden Tag brachte mich meine Wirtin zu einem Mann, von dem sie behauptete, er kenne die Wüste wie kein Zweiter und dass er angeblich imstande war, mich überall hinzuführen. Ihm gehörten dreißig Esel.

«Du kannst mich fragen, was du willst», sagte ich zu Beginn unseres Gesprächs. «Aber frage mich nicht danach, was mich hierher führt und was der Zweck meiner Reise ist. Über alles andere können wir reden.»

Mein Gegenüber war ein echter Sohn der Wüste. Seine Haut war braun und faltig wie altes Leder. Seine Nase war wulstig, und seine Lippen waren dunkelblau. Er nannte mir nicht einmal seinen Namen. Ich hatte mich als Amenophis ausgegeben. Etwas Besseres war mir nicht eingefallen.

«Wenn du mir schon nicht sagen willst, was du in der Wüste suchst, Amenophis, dann sage mir wenigstens, wo dein Ziel liegt.»

«Am Südrand des Großen Sandsees», antwortete ich knapp. «Fünfzehn Tagesreisen von hier», fügte ich hinzu und war mir sicher, dass ihn dies beeindrucken würde.

«Fünfzehn Tagesreisen sind aber nicht in fünfzehn Tagen zu bewältigen», sagte er, und sein geheimnisvolles Lächeln verunsicherte mich. Weil ich ihn nur mit großen Augen ansah, fuhr er fort:

«Du brauchst Wasser. Viel Wasser brauchst du. Deine Esel benötigen aber für dreißig Tagesreisen mehr, als sie tragen können. Und du brauchst Wasser für dreißig Tagesreisen, denn du willst ja auch zurückkehren. Und dort, wo du hinwillst, gibt es kein Wasser. Deswegen brauchst du Wasser für dreißig Tagesreisen.»

«Wie lange?», fragte ich ihn knapp. Der Mann hielt sich die Hände vor die Brust und zählte mit seinen Fingern ab.

«Vier, zurück. Acht, zurück. Zweiunddreißig Tage. Wir müssen Wasserlager einrichten. Dazu dringen wir vier Tage in die Wüste ein, stellen die Krüge ab und kehren wieder zurück. Dann gehen wir mit neuen Krügen acht Tagesreisen weit, legen ein neues Lager an und kehren zurück. Zuletzt dringen wir vor bis zu deinem geheimnisvollen Ziel.»

Ich schüttelte den Kopf. «Das geht nicht», sagte ich knapp. «Wie viele Esel gibt es in der Oase?»

«Wenn du willst, zweihundert.»

«Und wie viele Wasserkrüge?»

«Wenn du willst, fünfhundert.»

Ich sah dem Mann angestrengt ins Gesicht: «Und wenn ich mit zweihundert Eseln bis zum ersten Lager ziehe und von dort hundert wieder umkehren, können die verbleibenden hundert Esel so viel Wasser bis zum zweiten Lager bringen, damit das Wasser für den Rest der Reise und für die zurückkehrenden Esel reicht. Ist das richtig?»

Der Mann nickte. Ich hielt ihm einen meiner Lederbeutel entgegen und fragte ihn, ob das reichen würde. Er öffnete ihn und warf einen kurzen Blick hinein. Dann nickte er wieder und steckte den Beutel in sein Gewand.

Zwei Tage später brachen wir auf. Eine schier endlose Karawane von Eseln verließ die Oase. Dreißig Mann waren unsere Begleiter. Die Tonkrüge waren mit Baumharz versiegelt und hingen in Netzen aus geflochtenen Kokostauen an den Tieren. Für mich selbst hatte ich wieder ausbedungen, dass ich von zwei Eseln in einer kleinen Sänfte getragen wurde. Nach fünf Tagen erreichten wir den östlichen Rand des Großen Sandsees. In Abständen von mehreren tausend Ellen ragten kleine Hügel aus der Ebene empor. Immer wieder richtete unser Führer flache Felsplatten auf, um so unseren Weg zu markieren. An der Nordseite eines der Felshügel richteten wir das erste Lager ein. Ich verzeichnete die Stelle in meiner Karte. Dann machte die Hälfte unserer Karawane kehrt.

In unerbittlicher Hitze ging es weiter nach Südwesten. Immer nur Wüste und Hügel, und ein Hügel glich dem anderen, wie ein Ei dem anderen gleicht. Ich spürte, wie die Reise an meinen Kräften zehrte. Ich bekam Schwindelgefühle, und was ich für Müdigkeit hielt, war nichts anderes als Schwäche. Nach fünf weiteren Tagen richteten wir das zweite Lager ein und schickten von den bis dahin verbliebenen hundert Eseln achtzig zurück.

Drei Tage später war ich so schwach, so ausgezehrt, dass ich daran dachte, mein Vorhaben abzubrechen. Aber wozu? Pharao hatte mir nicht irgendeinen Auftrag erteilt, den es zu erledigen galt. Er hatte mich verbannt, mich von sich gestoßen. Er hatte mich zum Tode verurteilt. Wie oft dachte ich jetzt an den Priester Ramose! Wo mochten die Reste seiner bleichen Knochen liegen? Abgenagt von Schakalen oder von Hyänen ganz und gar aufgefressen. Vom Schlag getroffen in sengender Glut. Verdurstet. Kein Begräbnis. Kein Jenseits. Nur ewige Verdammnis.

Fluch über dich, Tutanchamun!

Kaum, dass ich diesen entsetzlichen Gedanken gedacht hatte, wurde es dunkel am Horizont. Der Himmel verfinsterte sich, doch ich erkannte keine Wolken. Wind kam auf, und Sand schlug mir ins Gesicht. Ich drehte mich zu dem Mann um, der neben dem hinteren Esel ging, der meine Sänfte trug. Sein Gesicht war von seinem Umhang fast vollständig verhüllt, und bevor ich ihn fragen konnte, was das zu bedeuten hatte, riss ihm ein Windstoß das Tuch beiseite, und ich erkannte darunter das Gesicht meines Dieners.

«Ipu!», rief ich entsetzt.

«Wie kommst du hierher?»

Er lachte mich an und sagte: «Ich bin Euch vom ersten Tag an gefolgt, Herr. Ich war jeden Tag in Eurer Nähe. Ihr habt es nur nicht bemerkt.»

Ich war wütend auf ihn und glücklich zugleich, dass es hier wenigstens einen Menschen gab, der mir nahe stand und dem ich vertrauen konnte. Aber dennoch hatte er meinen Befehl missachtet.

«Ich sollte dich auspeitschen lassen für deinen Ungehorsam!», rief ich ihm zu.

«Auch das würde ich mit Freude ertragen, wenn ich nur bei Euch bleiben darf, Herr!»

In nur wenigen Augenblicken brach eine Hölle über uns herein, wie ich sie noch nicht erlebt hatte. Bevor der Anführer der Karawane irgendeinen vernünftigen Befehl erteilen konnte, tobte um uns herum ein Sandsturm. Ipu half mir aus meiner Sänfte und hielt schützend seinen Umhang vor mein Gesicht.

«Setzt Euch nieder, Herr!», brüllte er gegen das Tosen an. Er zog sein Messer und durchtrennte die Lederriemen, mit welchen die Sänfte an den Eseln befestigt war. Dann drehte er sie zur Seite, sodass ihr Boden gegen den Wind zeigte. Jetzt krochen wir beide in die winzige Höhle. Wir hörten nur das Heulen des Sturms und das Prasseln der Sandkörner, die unaufhörlich gegen das Holz der Sänfte schlugen. Stunde um Stunde mochte so vergangen sein, und es war nicht daran zu denken, das Versteck zu verlassen, um nach dem Rest unserer Karawane zu sehen. Irgendwann waren wir eingeschlafen.

Ipu hatte alle Mühe, uns aus unserer eigenartigen Höhle zu befreien, denn der Sand hatte die Sänfte beinahe völlig zugeweht. Es war finstere Nacht, als wir hervorkrochen. Über uns wölbte sich ein klarer Sternenhimmel. Aber von unseren Begleitern war weit und breit nichts zu sehen. Wohin wir unsere Blicke auch wendeten, wir sahen kein Licht. Sosehr wir unsere Ohren anstrengten, wir hörten kein Rufen, nicht einen einzigen Laut von Mensch oder Tier.

«Schafft Ihr es bis zu dem Felsen dort drüben?», fragte mich Ipu und zeigte zu einem Hügel, der etwa 4000 Ellen entfernt war.

«Was bleibt mir anderes übrig? Die Kühle der Nacht wird es mir leichter machen.»

Auf unserem langen und mühsamen Weg dorthin war immer

noch nichts von unseren Begleitern und von den Tieren zu sehen oder zu hören. Wir entdeckten auch keinen Tonkrug oder sonst irgendeinen Gegenstand unserer Ausrüstung. Es war, als hätte die Unterwelt alles außer uns verschluckt. Über meiner Schulter hing nur mein Lederbeutel mit meinen Karten und dem wenigen Gold, das ich noch besaß. An einem Riemen, den ich um meinen Hals trug, hing der Ring Pharaos. Ipu hatte sein Messer und einen Schlauch mit Wasser. Mehr trug auch er nicht bei sich.

Es war weiter, als wir gedacht hatten, und wir brauchten bis kurz vor Sonnenaufgang, ehe wir an dem Felsen angelangt waren. An dessen Nordseite befand sich über einem kleinen Vorsprung eine Aushöhlung. Dort ließen wir uns nieder. Nachdem es hell geworden war, stiegen Ipu und ich auf die Spitze der kleinen Anhöhe und sahen uns um. Aber wir entdeckten nichts, was uns Hoffnung auf unsere Begleiter gemacht hätte. Es mochte hier Springmäuse geben, das eine oder andere Wildkaninchen, Schlangen und Skorpione. Mehr nicht.

«Von dem wenigen Wasser können wir zwei Tage leben. Länger nicht», sagte ich zu Ipu und schaute noch einmal hinaus in die Unendlichkeit der Wüste, als wollte ich nicht wahrhaben, dass hier unser Leben enden würde.

«Es wird Hilfe kommen, Herr. Das weiß ich», versuchte er mich zu trösten. Aber er wusste wohl ebenso gut wie ich, dass es keine Hilfe geben würde.

«Ich werde bei Einbruch der Dunkelheit zur Sänfte zurückkehren und Holz aus ihr herausbrechen, damit wir Feuer machen können. Vielleicht sieht es jemand», schlug Ipu vor. Ich war damit einverstanden.

Etwa drei Stunden später kehrte er mit fünf Brettern unter jedem Arm zurück. Bald darauf brannte auf unserem Hügel ein kleines Feuer. Aber niemand erwiderte unser Zeichen. Stattdessen hörten wir nur von fern das Grauen erregende Heulen einer Hyäne. So brach der zweite Tag der Einsamkeit an, ohne dass wir wirklich Hoffnung auf Hilfe hegten. Bei Tagesanbruch beendeten wir die Ausschau nach Lichtzeichen und beschlossen, uns niederzulegen.

«Trink noch einen Schluck!», sagte ich zu Ipu. «Dann schläfst du leichter ein.»

«Nein, Herr. Ich habe keinen Durst», log er mich an und sagte: «Legt Ihr Euch nieder. Ich halte noch ein wenig Ausschau, ehe es zu heiß wird.»

Dann ging er auf die andere Seite des Hügels. Ich legte mich auf den Fels, schob den eingerollten Umhang Ipus unter meinen Kopf und starrte gedankenlos hinaus in die Ebene vor mir. Die Sonne stand schon hoch, und die Luft über dem Wüstenboden hatte längst zu flimmern begonnen, als mir die Lider schwer wurden. Doch bevor sie sich endgültig schlossen, funkelte es etwa dreißig Ellen entfernt im Wüstenboden smaragdgrün auf. Erst dachte ich, mir würden nur die Sinne schwinden. Doch dann erkannte ich das Funkeln und Schimmern im Gegenlicht deutlich. Ohne Ipu meine Beobachtung mitzuteilen, erhob ich mich und stieg den Felsen hinab. Ich hatte mir die Stelle genau gemerkt, daher dauerte es nicht lange, bis ich sie erreicht hatte. Ich erkannte zuerst nichts und beugte mich ein wenig nieder, um das Funkeln vielleicht noch einmal gegen das Licht der Sonne zu sehen. Und tatsächlich! Es brauchte nur einen Griff, und ich war mir sicher, dass ich das Kostbarste in Händen hielt, das es in dieser Welt gab: eine Träne des Re.

Sie war nicht viel größer als das vordere Glied meines Daumens und smaragdgrün gefärbt, genau, wie man es mir beschrieben hatte. Der Stein war vom Wüstensand klar geschliffen und zeigte sich so leuchtend wie kein anderer Edelstein dieser Erde. In seinem Inneren erkannte ich winzige Bläschen.

Ich kniete nieder und strich mit meinen Fingern vorsichtig den rotbraunen Sand auseinander, legte einige Steine beiseite und entdeckte Träne um Träne. Ich hielt sie gegen die Sonne, ich bestaunte sie in meinen Händen und drückte sie gegen mein Herz. Ich besaß, was kein Sterblicher außer mir sein Eigen nennen durfte, und doch war ich der ärmste aller Menschen.

«Mit der Hand des Todes wirst du sie ergreifen», erinnerte ich mich der Worte der geheimnisvollen Schrift.

«Mit der Hand des Todes», wiederholte ich leise und verzweifelt. Gedankenlos warf ich die vier Tränen, die ich in der Linken hielt, zurück auf den Wüstenboden. Die andere Träne behielt ich in der Rechten und ging zurück zu unserem Felsen. Eine wollte ich wenigstens in meinen Händen halten, wenn ich vor Osiris trat.

Ich ging um den Hügel herum, um Ipu zu zeigen, was ich gefunden hatte. Aber mein Diener war bereits tot. Das blutverschmierte Messer lag neben ihm, und das Blut, das aus den Adern seiner beiden Handgelenke herausgeflossen war, war fast eingetrocknet.

«Was nützt es mir, dass du mir das bisschen Wasser zurückgelassen hast?», fragte ich den Toten. «Hättest du ein wenig gewartet, hätten deine Augen noch gesehen, was bisher nur wenige kannten.»

Mir fehlte die Kraft, Steine über seinen Körper aufzutürmen, damit die Schakale seinen Leichnam nicht auffraßen. So kroch ich wieder hinauf in die Felsnische. Ich steckte die Träne, die ich noch immer in der Hand hielt, in meinen Lederbeutel und legte mich nieder, bereit, geduldig das Ende zu erwarten. Die Nacht brachte etwas Linderung, doch ich war mir sicher, dass der darauf folgende Tag der letzte meines Lebens sein würde. Ab und zu trank ich noch einen kleinen Schluck aus dem Wasserschlauch, aber schon bald war er geleert, und mit dem letzten Tropfen war jede Hoffnung dahin.

Ich schloss meine Augen und dachte an meine Eltern. Ich dachte an Merit und an Ti. Und ich dachte an Amenophis, Echnaton und ein letztes Mal an meine Töchter. Dann überkam mich eine unendliche Leere.

Es war ein leises Knirschen, das mich noch einmal zurückholte, ehe ich die Pforte zur Ewigkeit, die ich in meinen Träumen schon vor mir sah, durchschritt. Ich glaubte, vor mir die Fratze einer Hyäne zu erkennen, und erinnerte mich wieder eines Satzes aus der geheimen Inschrift: «Und der Knochenbrecher lauert dir auf.»

Ich roch den stinkenden Atem der Hölle, ich hörte das begierige Hecheln der Bestie, und ich war mir sicher, dass es nicht eine Hyäne war, die vor mir stand, sondern die Fresserin der Unterwelt, die bereit war, meine Seele zu verzehren, damit ich ewiger Verdammnis verfiel. Ich vernahm einen entsetzlichen Aufschrei, den ich für den Auftakt des Jenseitsgerichts hielt. Doch das Schreckensbild vor mir, der stinkende Rachen der Fresserin, war plötzlich verschwunden. Stattdessen erkannte ich jetzt das leuchtende Antlitz Osiris', der sich über mich beugte, um mich nach meinen Sünden zu befragen. Ich durfte die strahlende Schönheit des Gottes schauen!

«Heil dir, Gott, du großer! Nun trete ich vor dich! Nicht habe ich bewirkt das Leiden der Menschen, noch meinen Verwandten Zwang und Gewalt angetan», stammelte ich den ersten Satz aus dem Bekenntnis aller Toten.

«Nicht habe ich das Unrecht an die Stelle des Rechts gesetzt, noch Verkehr gepflegt mit den Bösen.»

Osiris lächelte mich an. Dann berührte die Hand des Gottes meinen Körper! Osiris strich über meinen Kopf und lächelte mich wieder an. Hatte ich etwa Gnade gefunden vor ihm? Ja, ich musste ihn um Gnade bitten!

«Sei mir gnädig, Osiris! Gnädig, gnädig …»

Ein unscheinbarer Luftzug umwehte meinen Kopf.

«Heil dir, o Nut! Gewähre meiner Nase einen erquickenden Hauch!», sprach meine Seele.

Sie begannen, mich mit Wasser zu reinigen, wie man jeden Toten reinigt, bevor man ihn öffnet und sein Inneres entfernt. Wie wohltuend waren die Wasser des Urgewässers, des Nun!

«Mögen des Wassers Abgründe, der Wohnsitz Osiris', sich öffnen vor mir, dass ich sie heil durchschreite! Mögen sich öffnen die Gewässer des himmlischen Nils!»

Dann spülten sie meinen Mund aus. Köstlicher als jeder Wein der Erde war ihr heiliges Wasser. Ich fühlte die Erlösung und war bereit, in die Ewigkeit einzugehen.

«Ich ergreife Besitz von meinem himmlischen Erbteil. Mir wurde ewiges Leben verliehen; endlose Dauer ist mir rechtmäßig Gut. Wahrlich, ich bin der Ewigkeit Erbe!», endete ich mein Gebet.

Dann sprach der Gott, der meine Gebete erhört hatte, meinen Namen. Ja, er rief nach mir:

«Eje!», hörte ich seine mir so vertraute Stimme.

«Wach auf, Eje», mahnte er mich, und gehorsam öffnete ich die Augen. Wie vertraut mir das Antlitz des Gottes war! Wie jung waren seine Züge, wie leuchtend seine Augen! Doch Tränen quollen aus ihnen hervor und fielen auf mich nieder. Dann umarmte er mich, und wieder hörte ich seine Stimme: «Eje! Ich bin nicht Osiris. Ich bin Nassib! Dein Nassib! Endlich habe ich dich gefunden!»

Ich weiß nicht, wie lange es dauerte, ehe meine Sinne wiedergekehrt waren und mir bewusst wurde, dass ich noch nicht die Pforten zur Ewigkeit überschritten hatte. Elend war mir. Entsetzlich elend.

Noch einmal murmelte ich einen Satz aus der geheimnisvollen Schrift von On:

«Der Falkengott selbst wird aber den erretten, der ihn verflucht hat. Und ewig wird er von dem geliebt, von dem er einst gehasst wurde.»

«Was hast du gesagt?», hörte ich noch die ferne Stimme Tutanchamuns, dann schwanden mir erneut die Sinne.

Als ich wieder zu mir kam, kniete Tutanchamun neben mir und hielt meinen Kopf in seinen Armen. Vorsichtig goss er aus einem Becher Tropfen für Tropfen in meinen Mund.

«Mehr!», flehte ich ihn an. «Mehr!»

Aber er schüttelte den Kopf und sagte: «Mehr würde dich umbringen. Und ich bin froh, dass wir dich gerettet haben.»

Ein Diener stand neben uns und wedelte mir mit einem Straußenfächer Pharaos zu, damit die Hitze erträglicher wurde. Gleichzeitig rieb der Leibarzt Pharaos meinen ganzen Körper vorsichtig mit Duftöl ein. Ich wollte Tutanchamun sagen, dass ich die Tränen des Re gefunden hatte und sie bei mir trug. Ich wollte ihm sagen, dass nur wenige Ellen hinter ihm noch viele andere im Wüstensand verstreut lagen. Doch mir fehlte die Kraft dazu. Immer wieder versuchte ich zu sprechen, doch es gelang mir nicht.

«Streng dich nicht an!», sagte Tutanchamun leise. «Du musst jetzt gar nichts sagen. Ich bin es, der dir so viel zu sagen hätte. Für mich zählt aber jetzt nur, dass du am Leben bist und dass du mir verzeihst!»

Ich sah noch, wie Tränen in seine Augen stiegen, dann presste er meinen Kopf gegen seinen Leib.

«Verzeih mir, Eje!», stammelte er verzweifelt. «Verzeih mir!»

Mit der wenigen Kraft, die ich aufbringen konnte, drückte ich seinen Arm. Er verstand.

«Majestät», flüsterte sein Leibdiener leise. «Es ist alles vorbereitet. Ihr könnt aufbrechen!»

Tutanchamun richtete sich wieder auf und sah sich um. «Meine Sänfte ist so vorbereitet, dass wir dich liegend tragen können. Wir dürfen hier keine Zeit verlieren, Eje.» Zu seinem Diener gewandt, sagte er: «Habt ihr seinem Diener ein Grab bereitet?»

Der Diener nickte stumm.

Während man mich vorsichtig auf eine Trage bettete, umklammerte ich meinen Lederbeutel, denn nicht um alles auf dieser Welt hätte ich ihn mir nehmen lassen. Aber noch immer war ich nicht imstande, etwas zu sagen. Sie brachten mich zur Sänfte Pharaos und legten mich im Schatten seines Baldachins und seiner Vorhänge vorsichtig nieder.

Wenig später brach die Karawane auf und verließ den ödesten aller Orte, ohne dass Pharao oder einer seiner Begleiter ahnte, welchen unermesslichen Schatz sie dort zurückließen.

Wir zogen auf demselben Weg nach Norden zurück, den ich gekommen war. Ich dachte darüber nach, ob ich Tutanchamun schon jetzt sagen sollte, dass ich die Tränen des Re gefunden hatte. Wenn ich ihm in Men-nefer nur die eine Träne, die ich besaß, die einzige Träne, die überhaupt ein Mensch besaß, überreichte, nur dann würde dieser Schatz wirklich einzigartig sein. Jeder weitere Stein würde die Einzigartigkeit dieses Schatzes bereits verblassen lassen.

Nachdem abends das Lager aufgeschlagen war und ich etwas Brei gegessen und Wasser getrunken hatte, konnte ich wieder sprechen. Doch ich verschwieg ihm in meinem langen Reisebericht, dass ich seinen Befehl erfolgreich ausgeführt hatte. Er selbst hat mit keinem Wort nach den Tränen des Re gefragt.

Der Tag meiner Heimkehr nach Men-nefer war der Tag meines größten Triumphes. Pharao gestattete es mir Sterblichem, nein er befahl es mir, dass ich bei ihm in der königlichen Prunksänfte, die von vierundzwanzig Nubiern getragen wurde, Platz nahm. All diejenigen, die noch vor wenigen Monaten über mich gespottet hatten, lagen im großen Hof vor dem Audienzsaal des Palastes im Staub, als wir dort Einzug hielten.

Wenige Wochen später übergab ich meinem Herrscher das kostbarste Schmuckstück, das seit Pharao Thutmosis Aa-chepru-Re je ein Pharao besessen hatte. Die besten Goldschmiede Ägyptens formten aus der Träne des Re einen heiligen Käfer, jenes Wesen, welches auch Bestandteil des königlichen Thronnamens war. Er bildete den Mittelpunkt eines Pektorals von einzigartiger Schönheit. Der Käfer trug mit seinen Vorderbeinen aus tiefblauem Lapislazuli und mit den Spitzen seiner gespreizten Falkenflügel eine goldene Barke, die teilweise mit Türkis eingelegt war. Darin ruhte das vollkommene Auge des Horus, welches von zwei Uräusschlangen mit einer Sonnenscheibe über ihren Köpfen eingerahmt war. Über dem Auge des Horus lag eine goldene Mondsichel, und in dieser wiederum ruhte eine Mondscheibe aus reinstem Silber. Auf ihr war Pharao dargestellt und links neben ihm Thot, der Gott der Weisheit, und rechts Re-Harachte. Die Hinterbeine des geflügelten Chepri waren die eines Greifvogels, der in seinen Fängen sowohl heilige Shen-Ringe als auch Blumen hielt, Lotos und Lilien.

Zwei Uräusschlangen, die mit Sonnenscheiben aus Karneol bekrönt waren, fassten das Pektorale rechts und links ein, an ihrem Körper waren auch die Ösen für die Kette befestigt. Den unteren Abschluss des Schmuckstücks bildete eine Girlande aus bunten Blüten und Knospen von Lotos und Papyrus, den Wappenpflanzen Ober- und Unterägyptens.

Alle Bestandteile des königlichen Thronnamens waren in dem Pektorale zu finden: Der untere Abschluss konnte als das Schriftzeichen «Neb» gelesen werden, darüber prangte der «Chepri», der heilige Käfer, und über allem schwebte die Sonnenscheibe, das Schriftzeichen des Gottes «Re», mit einem Abbild Pharaos selbst in seiner Mitte.

Vollkommener und vor allem schöner ließ sich der Name Neb-chepru-Re nicht schreiben.

Der Herr der Erscheinungen ist Re.

FÜNFZEHN

Mache kräftig mein Herz!
Könnt ich mächtig werden, mit der Macht aller Götter,
mit der Kraft aller Toten und aller Geister!
Wohlan, nun bin ich kräftig im Übermaß aller Kräfte!
Der göttlichen Ewigkeit bin ich Meister und Herr,
deren Zügel die Gebieterin führet.

Sei dem Tag, als Tutanchamun mir mein Leben, von dem ich geglaubt hatte, dass er es mir nehmen wollte, wiedergegeben hatte, war er wie verwandelt. Er wusste sehr wohl, wie schlecht er sich gegenüber Meritre und mir verhalten hatte, und bat uns beide inständig und unter Tränen um Vergebung. Nie mehr sollten wir von seiner Seite weichen, ein Tag, an dem er uns nicht sehen könnte, wäre ein schlechter Tag. Er erlaubte mir sogar, ihn mit Nassib anzusprechen, wann immer ich es wollte.

«Nein», entgegnete ich ihm. «Das werde ich nicht mehr tun. Ich habe einen schweren Fehler begangen, als ich deinen Wunsch, vor anderen nicht mehr so genannt zu werden, missachtet habe. So musstest du das Gefühl haben, ich wollte dich noch immer wie einen Jungen behandeln, obwohl du längst der allein regierende Herrscher bist.»

Er lächelte mich zufrieden an und zeigte mir damit, dass er froh darüber war, den Namen aus den Tagen seiner Kindheit zumindest nicht mehr aus meinem Mund hören zu müssen.

Als äußeres Zeichen dafür, dass er jetzt einen neuen Lebensabschnitt begann, beschloss Pharao, nach Waset zurückzukehren und den Palast der leuchtenden Sonne seines Großvaters Amenophis zu beziehen. Er ernannte Haremhab zum Wesir über Unterägypten und bestätigte sein Oberkommando über alle Streitkräfte. Er fand sich damit ab, dass die Hethiter die Herren über Mitanni und Nordsyrien waren, und befahl, dass mit ihnen ein leidlicher Friede gehalten werde. Ägypten und seine Soldaten hatten eine Zeit der Ruhe und des Friedens bitter nötig.

So verließ die königliche Flotte gegen Ende des neunten Regierungsjahres Men-nefer, um nach Oberägypten, nach Waset, zurückzukehren.

Mit Meritre verband ihn nun eine innige Liebe, die mich an die Liebe zwischen Echnaton und Nofretete erinnerte. Nur verbrachten sie ihre Zeit anders als meine Tochter und deren Gemahl. Tutanchamun und Meritre liebten die Natur über alles, und Meritre ließ sich selbst für die Jagd begeistern. Sie begleitete ihren Gemahl in das Schilfdickicht und reichte ihm die Pfeile, damit er schneller schießen konnte. Daher ließ er Truhen und Schränke anfertigen, die beide bei der Jagd zeigten: eine staunende Meritre hinter Tutanchamun, der in der einen ein Paar Lockenten und in der anderen ein Wurfholz hielt, um es sogleich nach der aufsteigenden Beute zu schleudern.

Wie es der Brauch war, begann Tutanchamun jetzt auch, sich um seine Wohnung der Ewigkeit zu kümmern. Seit der Beisetzung Echnatons östlich von Achet-Aton waren die Arbeiter aus der Totenstadt nur damit beschäftigt, Gräber für Beamte und für sich selbst anzulegen. Jetzt sollten sie eines der größten und schönsten Gräber anlegen, die es bis dahin gegeben hatte.

«Ich weiß einen Platz, der für deine Grabstätte würdig ist», sagte ich zu ihm, als wir mit Maja, der zwischenzeitlich auch zum Aufseher aller Bauarbeiten seiner Majestät ernannt worden war, in Pharaos Palast über einer Karte des Totentales saßen.

«Dein Großvater Amenophis hatte ihn mir einst zugewiesen,

er liegt nicht weit von dessen Grabstätte entfernt. Mein Grab liegt in Achet-Aton, und dort will ich auch einmal bestattet werden. Bis auf wenige Probegrabungen ist der Platz im Westtal unberührt geblieben.»

Die Schildkröte, wie wir Maja immer genannt hatten, wandte sich Pharao zu und sagte in der betulichen Art, die ihr eigen war: «Ja, das ist wahrlich ein würdiger Ort, Majestät! Ein wahrlich würdiger Ort! Mit der Wahl dieses Platzes knüpft Ihr an die ruhmreiche Vergangenheit Eures Großvaters Nimuria an! Das wird Euch die Priester des Verborgenen gewogen machen. Sehr gewogen!»

Das Antlitz Tutanchamuns verfinsterte sich.

«Ich schäme mich meines Vaters nicht, Maja. Sein Andenken wird unangetastet bleiben für alle Zeiten. Daran werden weder Haremhab noch der Erste Sehende des Amun etwas ändern!»

«Erlaubt mir, Majestät», fuhr Maja fort. «Ich will Euch nicht widersprechen. Ihr selbst wisst, dass ich Eurem Vater treu ergeben war und ihn geliebt und verehrt habe, wie ich nur Euch liebe und verehre. Aber er ruht in Achet-Aton. Ich glaube nicht, dass Ihr seine Ruhe dort stören wollt. Sein Begräbnis und das Begräbnis seiner Familie werden immer in Achet-Aton sein. So wird es Euch nicht schwer fallen, hier die Nähe zu Eurem Großvater Nimuria zu suchen. Sollen sie glauben, was sie wollen. Tut ihnen einfach den Gefallen!»

«Er hat Recht, Tutanchamun», pflichtete ich der Schildkröte bei. «Ein gefälligeres Zeichen kannst du ihnen nicht geben. Sie werden es als Handreichung verstehen und dir noch mehr ergeben sein, als sie es ohnehin schon sind.»

Pharao willigte ein. Zuvor wollte er aber den Ort selbst besichtigen.

Unser unscheinbarer Zug brach früh am Morgen auf, damit wir so lange als möglich dessen Kühle genießen konnten. Nichts regte sich auf unserem Weg, der am Totentempel meines Freundes Ameni und an den Tempeln der Millionen Jahre von dessen

Vorgängern vorbeiführte. Als wir die Anhöhe über dem Tempel von Hatschepsut Maat-ka-Re erreicht hatten, machten wir Rast.

«Bringt mir einen Stuhl!», befahl Tutanchamun seinen Dienern. «Und stellt den Baldachin auf!»

Pharao setzte sich nieder, stützte die Ellbogen auf seinen Knien ab und legte das Kinn in die offenen Handflächen. Ich sah, dass er Mühe hatte, die Augen geöffnet zu halten, und dass er mehr und mehr erblasste.

«Was ist mit dir?», fragte ich ihn besorgt, denn so hatte ich ihn bislang noch nie gesehen.

«Nichts weiter», tat er meine Besorgnis knapp ab. «Mir ist nur ein wenig schwindlig. Es wird gleich vorüber sein.»

Aber als er sich erhob und einige Schritte ging, geriet er erneut ins Schwanken, und er wäre gewiss gestürzt, wenn ihn nicht ein aufmerksamer Leibdiener am Arm ergriffen und gestützt hätte.

«Sollen wir umkehren, Majestät?», fragte ihn Maja und befahl mit einem Wink, dass man Pharaos Sänfte herbeibrachte.

«Nein, nein», beschwichtigte er auch Maja, und ich sah, dass er sich alle Mühe gab, sich nichts weiter anmerken zu lassen. Gleichwohl war er dankbar, als er wenig später in seiner Sänfte Platz nehmen konnte.

«Du solltest die Sache ernst nehmen und deinen Leibarzt kommen lassen, wenn wir im Palast zurück sind», bat ich ihn und gab mir Mühe, nicht allzu väterlich oder gar rechthaberisch zu klingen.

«Ich bin doch nicht krank», wies er meinen Vorschlag entrüstet zurück. Ich sah, dass es keinen Sinn hatte, weiter auf ihn einzureden, und beließ es dabei.

Der Platz im Westtal hatte seinen Vorstellungen entsprochen, also erteilte er Maja den Auftrag, Pläne vorzubereiten und Vorkehrungen für den Beginn der Arbeiten zu treffen. Als dem Schatzmeister und dem Aufseher aller Arbeiten am Ort der Ewigkeit oblag es Maja auch, für diejenigen Gegenstände zu sorgen, die für eine königliche Bestattung am wichtigsten waren: die Särge und die Schreine, die sie umgaben, die Kanopenkrüge und ihr Schrein sowie die Totenmaske.

An der Totenmaske Tutanchamuns erkannte man deutlich, welch großen Einfluss die Kunst aus der Zeit Echnatons noch besaß. Die Gesichtszüge des jungen Pharao waren so natürlich, dass man glauben mochte, das Gesicht des wahrhaften, lebendigen Tutanchamun sei mit Blattgold belegt worden. Der schmale Mund mit den leicht aufgeworfenen Lippen war vollkommen getroffen, desgleichen die kleine, wohlgeformte Nase. Die durchstochenen Ohren entsprachen ebenso der Wirklichkeit wie Form und Ausstrahlungskraft der Augen. Das Antlitz Pharaos bestand aus reinem, glatt poliertem Gold. Die Brauen und die Schminkränder um die Augen waren Einlegearbeiten aus tiefblauem Glasfluss, die Augen bestanden aus weißem Quarz und schwarzem Obsidian.

Der geflochtene Zeremonialbart war aus graugrünem Glas gebildet und mit hauchdünnen Goldfäden durchwirkt. Auf dem Nemeskopftuch wechselten Streifen aus blauem Glasfluss mit solchen aus Gold. Auf der Stirn Pharaos ragten Geier und Kobra mit Einlegearbeiten aus Karneol, Lapislazuli, Quarz und Türkis hervor, und auch der mehrreihige Brustkragen prangte in verschiedenen Farben.

«Lässt sich Osiris wirklich so leicht täuschen?», scherzte Tutanchamun, als Maja ihm die Maske zeigte. «Er wird wohl meine Lebenszeit kennen, wenn ich vor ihn trete, und er wird wissen, dass sich in Wirklichkeit ein alter Mann darunter verbirgt.»

«Ewige Jugend verheißt Euch diese Maske im Jenseits, Majestät, so will es unser Glaube», sagte Maja, der die Bemerkung Pharaos ernst genommen hatte, erschrocken.

«Ich weiß es, Maja», beruhigte ihn Tutanchamun. «Ewige Jugend wird mir beschieden sein. Gewiss.»

Es herrschte große Freude im Palast der leuchtenden Sonne und auch bald in ganz Ägypten, denn Meritre erwartete wieder ein Kind. Jedermann bei Hof und besonders die Leibärzte Pharaos unternahmen diesmal alles, damit Meritre geschont wurde, so gut es nur ging. Tutanchamun überhäufte sie mit Zärtlichkeiten und gab sich alle Mühe, möglichst viel Zeit in Ruhe und mit ihr allein zu verbringen.

Doch selbst jetzt, als auch Tutanchamun sich mehr Ruhe gönnte als sonst, wiederholten sich die Schwindelanfälle. Er spielte sie herunter, und damit er keiner fremden Hilfe bedurfte, um nicht zu stürzen, benützte er immer häufiger Gehstöcke. Vor mir konnte er nicht verbergen, weswegen er sie benutzte, doch anderen gegenüber machte er eine Mode daraus. Er ließ sich viele dieser fast vier Ellen langen Stöcke anfertigen, und sie wurden seine ständigen Begleiter. Er fand eine ganz eigene Art, sie zu benutzen: Im Stehen lehnte er seine Schulter an ihr Oberteil, mit seinem rechten Bein umschlang er den Stab, und mit seiner Fußsohle stützte er sich am unteren Ende ab. Damit niemand Verdacht schöpfte, dass Pharao krank war, ließ er sich sogar mit seinen kunstvoll geschnitzten Stöcken abbilden: Man sah ihn damit im Schilfdickicht und bei der Jagd, auf einem Bild stand er in dieser Haltung sogar vor Meritre, die ihm liebevoll eine Blume entgegenhielt.

Ich flehte ihn an, sich endlich den Ärzten anzuvertrauen, doch er lehnte ihre Hilfe nach wie vor ab.

«Nur weil mir hin und wieder schwindelig wird, brauche ich keinen Arzt. Sie schaffen es, mich erst wirklich krank zu machen. Außerdem will ich nicht, dass sich Meritre unnötig Sorgen macht. Ich bin jung und werde bald wieder gesund sein. In ein paar Monaten wird niemand mehr darüber sprechen.»

Die Zeit der Niederkunft Meritres war gekommen. Seit Tagen schon mied ich die Aufgeregtheit des Hofes und hatte mich in meinen Palast jenseits des Flusses zurückgezogen. Ich war selbst aufgeregt und voller Sorge, sodass ich lieber allem aus dem Weg gehen wollte. Tutanchamun sollte sich nur um Meritre kümmern und nicht auch noch um mich alten Mann.

Es war so ruhig in meinem Garten. In wenigen Wochen würde hier wieder alles in voller Blüte stehen. Ich freute mich auf den erfrischenden Duft der Akazien, auf das Rot des Mohns, das an Kraft das Rot des von mir so geliebten Karneol noch bei weitem übertraf. Ich sehnte mich nach den Blüten des Lotos ebenso wie nach dem Lapislazuliblau der Kornblumen. Noch schwiegen die Nachtigallen, denn die Zeit ihrer Liebesgesänge war noch nicht angebrochen. So war es nach Einbruch der Dunkelheit still in meinem Garten, ganz still.

Pharao ist jetzt achtzehn Jahre alt und trifft Vorkehrungen für sein Leben im Jenseits, dachte ich bei mir. Meine Wohnung der Ewigkeit in Achet-Aton war nahezu fertig gestellt. Die wenigen Arbeiten, die es noch auszuführen galt, konnten auch in den siebzig Tagen der Trauer abgeschlossen werden. Aber welche Vorkehrungen hatte ich sonst getroffen? Ich wollte keine treffen, denn dass alles, was ich besaß, einmal Mutnedjemet gehören würde, stand außer Zweifel. Nur die wundervolle Statue Nimurias, vor der ich jetzt schweigend und andächtig stand, sollte Tutanchamun bekommen. Die wenigen Zeilen meines letzten Willens waren schnell niedergeschrieben. Ich übergab sie am nächsten Tag Maja.

Im Palast der leuchtenden Sonne herrschte grenzenlose Trauer, denn das Kind kam tot zur Welt, und auch Meritre hatte die Totgeburt des Mädchens nicht überlebt. Ich wusste keine tröstenden Worte für den Alleingelassenen. Wie in den Tagen, als er noch ein Junge war, lag er an meiner Brust und weinte.

«Bringe ich denn nur Unglück über die Frauen, die mir nahe stehen?», rief er verzweifelt. Ich verstand ihn nur zu gut, war doch schon Kija bei seiner eigenen Geburt gestorben.

«Ich weiß nicht, welches Schicksal dir die Götter noch bestimmt haben. Trauere um Meritre und dein Kind, aber denke daran, dass Ägypten dich braucht! Trauere, aber verzweifle nicht!»

Was sonst hätte ich ihm sagen sollen? Das Einzige, was ich tun konnte, war, bei ihm zu sein. Auch Anchesenamun wich in diesen Tagen nicht von der Seite ihres Bruders. Aber ganz gleich, was wir taten, wir konnten ihn nicht aus seiner Niedergeschlagenheit befreien. Im Gegenteil: Sein Zustand verschlechterte sich mehr und mehr. Immer häufiger versagten ihm die Kräfte, und er verlor das Gleichgewicht. Wenn nicht ein Diener in seiner unmittelbaren Nähe stand, stürzte er hilflos nieder wie einer, der nicht bei Verstand oder der volltrunken war. Und immer öfter kamen zu dem vorhandenen Leiden unsägliche Kopfschmerzen hinzu.

«Ist dir etwas an meiner Sprache aufgefallen?», fragte er mich wenige Wochen nach dem Tod Meritres. Er sah mich mit großen Augen an und wartete auf eine Antwort.

«Was soll mir aufgefallen sein?» Ich wusste nicht, worauf er hinauswollte.

«Ich bringe manchmal Dinge, die ich sagen will, einfach nicht über die Lippen. Mitten in einem Wort breche ich ab, bringe einen Satz nicht zu Ende. Die Gedanken sind klar in meinem Kopf, aber mein Mund verweigert den Dienst.»

Es stimmte, was er sagte. Mir war das aufgefallen, aber ich war stets der Meinung, dass ihn die Trauer fahrig gemacht hatte und er in seinen Gedanken zerstreut war.

Ich nickte und wiederholte: «Deine Gedanken sind dabei klar? Du weißt, was du sagen willst, bringst es aber nicht fertig?»

«Ja, wie ich es dir sagte. Ich will …», dann stockte er und schwieg. Er bewegte zwar die Lippen und sah mich verzweifelt an, aber er schwieg für einen Augenblick.

«So wie jetzt eben», sprudelte es plötzlich wieder aus ihm heraus.

«Rede mit niemandem darüber!», bat ich ihn. «Du darfst dich niemandem anvertrauen. Ich selbst werde nur mit Tutu darüber sprechen.»

Ich machte mir große Sorgen, dass man ihn für wahnsinnig halten oder für besessen erklären würde. Bei den klaren Gedanken, die er äußerte, schloss ich das für mich aus.

Tutu war ein erfahrener Mann, der schon Echnaton und Nofretete als Leibarzt gedient hatte. Er kannte Tutanchamun von Kindheit an, und ich wusste um seine Verschwiegenheit. Nichts wäre jetzt schädlicher gewesen, als hätte man in den Beiden Ländern von dem Besorgnis erregenden Zustand Pharaos erfahren. Schon gar nicht wollte ich, dass Haremhab irgendetwas erfuhr. Er war mir zu unberechenbar. Ich konnte nicht ausschließen, dass er die Krankheit Tutanchamuns zum Vorwand nehmen würde, die Macht ein für alle Mal an sich zu reißen.

Tutu war beinahe sechzig Jahre alt. Er hatte kurz geschorenes Haar und kleine, leicht abstehende Ohren. Sein Körper war kräftig und seine Sprache klar und gewählt. Er war einer von jenen Ärzten, die sich lieber dreimal über eine Krankheit Gedanken machen, ehe sie einen zu frühzeitigen Schluss ziehen und den Kranken falsch behandeln.

Ich musste ihm von allem, was ich in den letzten Monaten an Tutanchamun beobachtet hatte, in allen Einzelheiten berichten. Immer wieder stellte er mir Fragen und ließ mich vieles noch einmal schildern.

«Leidet er an Fieber?», fragte er mich schließlich.

«Mir fiel nichts auf. Ich sah aber bislang auch keinen Anlass, ihn danach zu fragen oder ihn abzufühlen. Das müsstest du selbst feststellen. Er ist jetzt auch endlich bereit, sich von dir untersuchen zu lassen.»

Tutu sah mich mit ernstem Gesicht an und sagte: «Was du mir geschildert hast, gefällt mir nicht, Eje. Hoffentlich bleibt mir die Zeit, ihm zu helfen.»

«Um eines bitte ich dich aber», sagte ich im Hinausgehen zu Tutu. «Wenn du eine schwere Krankheit feststellst, die man nicht behandeln kann, sage ihm kein Wort davon. Er hat in den letzten Wochen so Schreckliches durchlitten. Ich will nicht, dass er ganz verzweifelt.»

Er gab mir sein Wort darauf.

Tutu gab sich mit der Untersuchung größte Mühe. Wie zuvor mich, so befragte er jetzt Pharao nach allen Beschwerden seit jenem Tag, als er den ersten Schwächeanfall erlitten hatte.

«Es ist nicht einfach zu beschreiben. Es war, als würde sich plötzlich vor meinen Augen eine Nebelwand bilden, die es mir unmöglich machte, mich zu orientieren. Ich wusste nicht mehr, wo links und rechts und wo oben und unten war, und spürte einen nie gekannten Druck in meinem Kopf, als wäre da etwas, was nicht hineingehörte», sagte Tutanchamun langsam und nachdenklich.

«Diese Schwindelanfälle wurden weniger, nachdem mich Eje gebeten hatte, mich etwas zu erholen. Doch bald kamen sie wieder und in kürzeren Abständen», fuhr er fort.

«Ihr hattet davon gesprochen, Majestät, dass Ihr nicht mehr richtig sprechen konntet. Wie habt Ihr das empfunden?»

«Es war zweierlei: Einmal merkte ich, dass ich einzelne Worte nicht mehr vollständig oder ungenau aussprach. Ich hatte von meiner eigenen Sprache den Eindruck, dass sie oberflächlich, ja schlampig war. Zum anderen versagte mir meine Zunge immer häufiger den Dienst. Ich wollte etwas sagen, wusste jedes Wort, das ich aussprechen wollte, aber ich war unfähig, mit dem Sprechen zu beginnen.»

Tutu sah dem Kranken aufmerksam ins Gesicht, als erhoffte er sich von den Augen Pharaos einen Hinweis.

«Und die Schmerzen?», ließ der Arzt nicht locker. «Welcher Art sind die Schmerzen, Majestät? Und wann treten sie auf?»

«Wenn ich ehrlich sein soll, lebe ich schon seit Wochen nicht mehr ohne Schmerzen. Am stärksten spüre ich ihn hier hinten, rechts», und dabei zeigte er auf eine Stelle hinter seinem rechten Ohr.

Tutu erhob sich und stellte sich hinter Tutanchamun. Mit beiden Händen befühlte er den gesamten Kopf des Kranken. Hier und da drückte er etwas fester mit dem Daumen gegen eine bestimmte Stelle des Kopfes und fragte: «Verspürt Ihr hier Schmerzen?», um sogleich fortzufahren, wenn Pharao die Frage verneinte.

«Habt Ihr einmal vor Eurem ersten Schwächeanfall einen Schlag gegen den Kopf bekommen oder Euch gestoßen? Im Stall, bei der Jagd oder irgendwo sonst?»

Tutanchamun schüttelte verneinend den Kopf.

«Könnt Ihr Euch erinnern, dass Ihr zur selben Zeit von irgendeinem Tier gestochen oder gebissen worden seid?»

«Nein», antwortete er knapp. «Nicht ein einziger Mückenstich. Zu meinem Glück mögen Mücken mich nicht. Sonst würde ich die Jagd im Schilf nicht überleben», scherzte er.

Tutu beendete die Untersuchung und sagte: «Wir müssen noch ein paar Tage abwarten. Ich kann mir noch kein klares Bild machen. Ich werde Euch aber eine Arznei geben, die wenigstens Eure Schmerzen lindert und Euch etwas Ruhe verschafft, Majestät.»

«An welches Gift denkst du denn, Tutu? Sicher bekomme ich wieder etwas, das fürchterlich bitter schmeckt. Es war ja immer so, wenn man dich zu mir geholt hat.»

«Ihr werdet enttäuscht sein, Majestät. Diesmal bekommt Ihr von mir eine ausgesprochen angenehme Arznei: den Saft der Mandragora. Er schmeckt nicht nur gut und lindert Schmerzen; er erheitert und beflügelt Euch auf ganz eigene Art. Ihr werdet davon nicht genug bekommen können, glaubt mir, Majestät.»

Der Arzt verneigte sich mit einem freundlichen Lächeln und verließ das Schlafgemach seines Herrschers.

«Ich höre von dir», flüsterte ich ihm zu, als ich ihn zur Tür begleitete, denn Tutanchamun hätte Verdacht geschöpft, wenn wir uns draußen unterhalten hätten, während er von seinen Dienern wieder angekleidet wurde.

Am darauf folgenden Abend suchte mich Tutu in meinem Palast auf. Es war sein erster Besuch in meinem Haus, und er bewunderte deswegen lange die Sammlung meiner kostbaren Möbel und meiner vielen Steinfiguren. Am meisten aber beeindruckte ihn mein Garten.

«Du scheinst viel davon zu verstehen.» An seinen neugierigen

Blicken meinte ich zu erkennen, dass es ehrliche Anerkennung war.

«Hast du auch Heilkräuter angepflanzt?»

«Nein», antwortete ich ihm. «Davon verstehe ich nun wirklich nichts. Aber weil du davon sprichst: Hat Pharao schon deinen Saft bekommen?»

«Gleich heute Morgen. Er schmeckt ihm wirklich, und das Mittel hat auch schon seine Wirkung getan. Die Schmerzen sind weg, und er ist guter Stimmung. Es besteht nur die Gefahr, dass er sich zu gesund fühlt und sich überanstrengt.»

«Und was meinst du zu seinem Zustand?»

Tutu sah mich besorgt an. Er legte die Stirn in Falten und sah erst nachdenklich zu Boden, ehe er zu sprechen begann: «Ich habe kein gutes Gefühl, Eje. Die Krankheit, an welcher er vielleicht leidet, kommt häufig vor. Aber wenn es diese Krankheit ist, dann gibt es für ihn so gut wie keine Hoffnung.»

«Nun sprich schon weiter», forderte ich ihn ungeduldig auf.

«Alles, was ich von ihm selbst und von dir gehört habe, deutet darauf hin, dass er an einem Geschwür in seinem Kopf leidet. Es ist erst klein, winzig klein, und wird mit der Zeit immer größer, was auch die Schmerzen verursacht.»

«Kann man diese Krankheit heilen?»

«Heilen?», wiederholte Tutu nachdenklich. «Wenn es sich um ein Geschwür handelt, ist eine Heilung durch Arzneien ausgeschlossen. Mir ist jedenfalls kein Mittel bekannt. Aber es gibt Geschwüre, welche sich unmittelbar unter dem Schädelknochen befinden. Und ich weiß, dass an Kranken Schädelöffnungen durchgeführt wurden, die sie auch überlebt haben. Ich habe darüber gelesen, wie man es macht, aber ich selbst habe keine Erfahrung damit. Im Grunde können wir nur hoffen, dass es etwas anderes ist, woran Pharao leidet.»

Der Saft der Mandragora tat seine Wirkung. Wenngleich Tutanchamun manchmal müde wirkte oder gar wie angetrunken, so wurden gleichwohl die Anzeichen seiner Krankheit weniger.

Vor allem litt er keine Schmerzen. So machte ich mir alle Hoffnung, dass er bald wieder genesen würde und sich die schlimmen Ahnungen Tutus nicht bewahrheiteten.

Es war die Zeit, da endlich überall im Land der Mohn in voller Blüte stand. Die Felder rings um Waset waren kurz davor, ihre zartes Grün gegen ein sattes Goldgelb zu tauschen, um wenige Wochen später, wenn die Kornblumen neue, tiefblaue Farbtupfer in die Landschaft brachten, abgeerntet zu werden. Die Schreiber bereiteten die Listen für die Ernteerträge vor, die Landvermesser durchschritten noch einmal Feld für Feld, damit sich niemand vor Abgaben drücken konnte, die Bauern schärften ihre Sicheln, und die Mägde reinigten die Getreidespeicher.

Tutanchamun saß in einem bequemen Sessel auf der Terrasse seines Palastes und sah mit mir hinab auf die Stadt, den Nil und die Felder, die ihn säumten. Wir sahen den Tempel der Millionen Jahre seines Großvaters Amenophis, und links neben uns sahen wir auf eine Baustelle, auf welcher außer ersten Fundamentarbeiten noch nicht viel zu sehen war. Dort entstand der Tempel der Millionen Jahre Tutanchamuns.

«Sie werden nicht fertig werden», sagte er mehr zu sich, als dass es für meine Ohren bestimmt gewesen wäre.

«Er wird größer und prächtiger als der von Osiris Amenophis», widersprach ich ihm.

«Du brauchst mich nicht zu trösten, Eje. Ich weiß, wie es um mich steht. Es ist nicht nötig, dass ich dir und Tutu bei euren geheimen Beratungen zuhöre. Ich habe eine innere Stimme. Sie erzählt mir alles und verheimlicht mir nichts.»

Er lächelte mich an und zeigte mir dabei seine großen Zähne. Erst jetzt war mir aufgefallen, wie sehr er an Gewicht verloren hatte.

«Es wird gut werden, Tutanchamun. Du wirst sehen! Es wird gut.»

Ich kniete neben ihm nieder und nahm ihn in meine Arme. Ich drückte ihn fest an mich.

«Wenn es so weit ist», schluchzte er leise, «dann lasst mich in Frieden sterben. Die Mandragora tut ihre Wirkung, und das ist mir genug.»

Wenig später schlief er neben mir ein. Ich befahl seinem Diener, ihn schlafen zu lassen und ihn erst eine Stunde vor Sonnenuntergang zu wecken, damit wir gemeinsam speisen konnten.

Am Abend warteten Anchesenamun und ich bereits ungeduldig, als ein Diener auf uns zulief, vor uns niederfiel und sagte: «Der Gute Gott wacht nicht auf!»

«Was heißt das, er wacht nicht auf?», fragte ich ihn aufgeregt, denn ich hatte nicht begriffen, was er meinte.

«Der Gute Gott atmet, aber er wacht nicht auf.»

«Holt sofort Tutu!», befahl ich dem Diener und eilte mit Anchesenamun auf die Dachterrasse zu Tutanchamun. Er lag in seinem Sessel, wie ich ihn vor Stunden verlassen hatte, und schien friedlich zu schlafen.

Ich rüttelte an seinem Arm und rief: «Tutanchamun! Wach auf, Tutanchamun! Hörst du mich nicht? Nassib, du musst aufwachen!»

Aber kein Mundwinkel zuckte, und kein Augenlid bewegte sich, sosehr ich auch an seinem Arm rütteln mochte.

«Bringt ihn in sein Schlafgemach!», befahl ich den umherstehenden Dienern, die sich ratlos ansahen, weil sie nicht wussten, wie sie das auf einfache Art bewerkstelligen sollten.

«Nehmt ihn bei Armen und Beinen, greift unter seinen Körper, haltet seinen Kopf und tragt ihn hinein», sagte ich ungeduldig. Sie mussten eine entsetzliche Angst gehabt haben, dass er plötzlich erwachen könnte.

Wenig später erschien auch Tutu mit zwei Gehilfen im Schlafgemach Pharaos. Er fühlte den Puls Pharaos, legte die Hand auf dessen Stirn und beobachtete den Atem.

«Es hat sich wohl bewahrheitet, was ich befürchtet hatte. Ich zweifle jetzt nicht mehr daran, dass es ein Geschwür in seinem Kopf ist, das ihn quält.»

Ich sah hinüber zu Tutanchamun und erinnerte mich seiner letzten Worte: «Dann lasst mich in Frieden sterben.»

«Gibt es Hoffnung auf Rettung?», fragte ich Tutu knapp.

Er überlegte nicht lange. «Was ich dir bereits sagte: Ich kann den Schädel öffnen und versuchen, das Geschwür zu entfernen. Der Erfolg hängt aber ganz davon ab, wo sich das Geschwür genau befindet.»

«Wird er etwas davon spüren?», fragte ich Tutu. Der Arzt schüttelte den Kopf. «Nein. In dem Zustand, in dem er sich jetzt befindet, ist das ausgeschlossen.»

«Was geschieht, wenn du nichts unternimmst?»

«Er hat noch wenige Tage. Vielleicht nur wenige Stunden. Ich kann es dir nicht sagen. In jedem Fall wäre seine Lebenszeit aber bald abgelaufen.» Seine Antwort war eindeutig und zwang mich zu einer raschen Entscheidung.

«Bereite alles vor! Ich bespreche mich mit Anchesenamun.»

Die Große königliche Gemahlin nahm meine Worte gefasster auf, als ich erwartet hatte. Sie war in den letzten Wochen viel mit Tutanchamun zusammen gewesen und hatte wohl schon länger geahnt, wie schlecht es um ihn stand.

«Meinst du wirklich, dass es richtig ist, was Tutu vorhat?», fragte sie mich, nachdem ich ihr von meinem Gespräch mit dem Leibarzt Pharaos berichtet hatte.

«Ich weiß um deine Bedenken. Selbst wenn er mein eigener Sohn wäre und nicht Pharao, würde ich ihn in Frieden hinübergehen lassen. Du weißt aber, mit welchen Männern wir es zu tun haben werden. Ich will nicht, dass man dir oder mir den Vorwurf macht, wir hätten nicht alles unternommen, um das Leben Pharaos zu retten. Nur darum geht es mir. Und vielleicht geschieht ein Wunder, und der Eingriff gelingt.»

«Möge es gelingen!», sagte sie leise, und Tränen standen in ihren Augen.

«Möge es gelingen!», wiederholte ich.

Bevor Tutu begann, ließ ich den gesamten Palast der leuchtenden Sonne und im Besonderen die Gemächer Pharaos von der Leibgarde abriegeln. Niemand durfte mehr den Ort verlassen, an dem er sich gerade befand. Es gab bis auf weiteres kein Herein und kein Heraus mehr ohne meine besondere Erlaubnis.

Der Arzt erklärte mir kurz, was er zu tun gedachte. Wenig später drehten seine Gehilfen den Bewusstlosen um, damit der Hinterkopf nach oben zeigte. Einer der jungen Ärzte hielt unentwegt die linke Hand Pharaos, um dessen Puls zu fühlen. Während die einen begannen, seinen Kopf zu scheren, legte Tutu eine Reihe Furcht erregender Geräte zurecht. Ich wollte das alles nicht sehen und wendete mich ab. Ich setzte mich in eine Ecke des Zimmers und betete zu den Göttern. Doch immer wieder musste ich hinüberblicken und sah, wie Locke um Locke zu Boden fiel.

Plötzlich wurde der junge Arzt, auf dessen Schoß der Arm Pharaos lag, kreidebleich.

«Ich fühle keinen Puls mehr», flüsterte er seinem Meister zu. Der Leibarzt hielt inne und sah seinen Helfer schweigend an. Doch dieser schüttelte verneinend den Kopf und wiederholte: «Es ist so, Meister. Ich fühle keinen Puls mehr. Überzeugt Euch selbst!»

Ohne ein Wort zu sagen, griff Tutu nach der rechten Hand Tutanchamuns, und während ich zu ihm kam, schüttelte auch er den Kopf und ließ den Arm langsam niedersinken.

«Er wollte das nicht mehr über sich ergehen lassen. Er hat seinen Willen durchgesetzt und ist uns zuvorgekommen. Pharao ist tot!»

Ich starrte auf das kleine Muttermal auf dem nackten Rücken Tutanchamuns und erinnerte mich der Worte jenes Magiers aus Chmenu: «Die Wahrheit wirst du nie erfahren!»

Es war vorbei. Eine unendliche Leere überkam mich. Ich konnte nicht weinen, denn zu viele Tränen hatte ich in meinem Leben für all die Toten vergossen, die vor mir gegangen waren. Hätte er mich doch in der Wüste sterben lassen! Was war mein

Leben noch wert, jetzt, da auch er nicht mehr lebte, den sie die wieder erstandene Hoffnung Ägyptens genannt hatten? Wie sollte es jetzt weitergehen? Wer würde jetzt kommen? Haremhab?

Ich sah hinüber zu Anchesenamun, die fassungslos auf den Toten starrte und nicht wahrhaben wollte, was sie soeben erlebt hatte. Schreckliche Gedanken plagten mich in diesen Augenblicken. Gedanken, die man nicht hegen sollte, wenn das Liebste, das man besaß, gerade erst aus dieser Welt gegangen war. Ich sah, wie Tempel eingerissen wurden. Ich sah, wie das Grab Echnatons und Nofretetes aufgebrochen und ihre Leiber geschunden und verbrannt wurden. Ich sah Steinmetze, wie sie allerorts die Namen derer aushackten, die ich liebte. Und ich sah Haremhab mit Doppelkrone, Krummstab und Geißel.

Armes Mädchen, dachte ich bei mir. Du wirst seine Große königliche Gemahlin werden, denn er braucht dich, um seinen Anspruch auf den Thron zu rechtfertigen.

Aber warum er? Gab es nicht zwei Männer, die einen berechtigten Anspruch darauf hatten, den Thron Ägyptens zu besteigen? Ja, es gab zwei: mich und Haremhab.

Die Helfer Tutus legten den Toten auf den Rücken. Wie friedlich er dalag! Ja, er sah zufrieden aus.

Auch sein Andenken würde Haremhab auslöschen. Er würde alles vernichten, was an Echnaton und dessen Familie erinnerte. Zu sehr war ihm Echnaton verhasst.

«Willst du nicht die Priester rufen?», mahnte mich der Leibarzt leise.

Ich schüttelte den Kopf.

«Warte noch einen Augenblick!», bat ich ihn. «Und trage Sorge dafür, dass niemand den Raum verlässt. Hörst du: niemand!»

Ich trat ans Fenster und sah hinaus. Dunkel war es geworden. Nacht herrschte über Ägypten. Finstere Nacht. Gab es irgendeinen Grund, der es rechtfertigte, dass ich statt seiner nach der

Krone Ägyptens griff? O ja, es gab ihn! Wenn ich eine Aufgabe hatte, dann war es die, dass ich Haremhab daran hinderte, das Andenken an die Königsfamilie zu vernichten. Ich sah sie vor mir, die Krone: Weiß und rot war sie. Und ich sah den Thron. Stand er nicht mir zu?

Haremhab kann warten! Viel Zeit wird mir ohnehin nicht bleiben. Aber sie wird reichen, um sie alle vor dem Schrecklichsten zu bewahren. Er wird ihre Leiber nicht schänden! Ich werde dich bestatten, Tutanchamun, wie es Maat entspricht. Ich werde bestimmen, was Maat entspricht. Ich, Pharao Eje!

Ich wollte es so.

«Keine Priester!», sagte ich. «Keine Priester. Nicht jetzt. Wartet einen Augenblick hier.»

Ich verließ schnell das Schlafgemach und ging zu einem Offizier der Leibgarde.

«Der Gesundheitszustand Pharaos hat sich verbessert», log ich ihn an. «Er wünscht Mahu und Maja zu sehen. Schnell, so schnell es geht, bring beide hierher! Nimm den Siegelring, damit man euch hereinlässt.»

Er schöpfte keinen Verdacht und verließ sofort den Palast.

Ich dagegen kehrte zurück in das Schlafgemach Pharaos und sagte: «Wartet noch ein wenig hier. Ich muss mit der Großen königlichen Gemahlin sprechen.»

Ich winkte Anchesenamun zu mir und trat mit ihr auf den Balkon hinaus.

«Ich weiß, dass jetzt tausend Gedanken auf dich einstürmen», flüsterte ich und ergriff ihr Hände.

«So schrecklich der Tod Tutanchamuns sein mag, aber ich denke jetzt vor allem an dich, an das Andenken deiner Eltern und an das deines Gemahls. Wenn wir nichts unternehmen, wird Haremhab nach Waset kommen und der nächste Pharao sein. Du wirst seine Große königliche Gemahlin werden, und er wird alles, was von deinem Vater und deiner Mutter übrig geblieben ist, vor deinen Augen zerstören. Das weißt du!»

Sie nickte: «Und was willst du tun?»

«Ich will versuchen, so lange wie möglich den Tod Tutanchamuns geheim zu halten, und werde Sorge dafür tragen, dass Haremhab vorerst nicht nach Waset kommt. Ich werde mich zum Herrscher über die Beiden Länder ernennen lassen und dich zur Großen königlichen Gemahlin erheben. Dann haben wir erst einmal Zeit, Vorkehrungen zu treffen, damit das Andenken an deine Eltern und an deine Geschwister unangetastet bleibt. Mehr kann ich dir nicht versprechen.» Sie sah mich schweigend an und wusste nicht, was sie sagen sollte.

«Willst du das, Anchesenamun?», fragte ich sie deswegen eindringlich. «Willst du, dass ich anstelle von Haremhab Pharao werde?»

«Ja, ja», flüsterte sie geistesabwesend.

«Was hast du vor?», fragte mich Tutu ungeduldig, nachdem wir wieder zurückgekehrt waren.

«Bitte hab jetzt einfach Geduld. Mahu und Maja werden hoffentlich bald hier sein, und dann wird sich alles zeigen.»

Nachdem beide eine Weile tief erschüttert neben dem Bett Pharaos gestanden hatten, bat ich auch sie darum, mit mir auf den Balkon zu kommen. So gut, wie es die knappe Zeit zuließ, offenbarte ich auch ihnen meine Gedanken.

«Es ist nicht Eitelkeit, die mich treibt. Es ist nur die Sorge um Echnaton, Nofretete und auch Tutanchamun. Doch eines solltet ihr beide bedenken: Es waren Echnaton und zuletzt auch Tutanchamun, die euch beide zu mächtigen Männern gemacht haben. Haremhab wird sich auch daran erinnern.»

«Fürchtest du nicht seine Rache?», fragte Maja besorgt.

«Solange ich lebe, wird er mir nichts tun. Er ist ein gläubiger Diener der Maat. Er wird meine Herrschaft als von Maat gewollt hinnehmen, zumal er weiß, dass er nicht allzu lange warten muss, bis er selbst den Thron Ägyptens besteigen kann. Und nach meinem Tod wird er sich ohnehin an mir rächen, ob ich Pharao gewesen bin oder nicht.»

«Und wie willst du ihn von Waset fern halten? Der Tod Pharaos lässt sich nicht allzu lange verschweigen.»

«Lasst das meine Sorge sein. Mir wird noch etwas einfallen. Aber vielleicht ist es ohnehin besser, wenn ihr nicht zu viel wisst.»

Beide sahen schweigend in die Nacht hinaus.

«Ihr habt nicht viel Zeit, nachzudenken. Ich erwarte jetzt eine Antwort von euch beiden. Jetzt und an dieser Stelle.»

Mahu sah mir lange schweigend in die Augen. Dann verneigte er sich und sagte: «Dein Diener!»

Auch Maja verneigte sich und sagte: «Dein Diener!»

Wir gingen zurück in das Schlafgemach Pharaos.

«Ich wurde soeben zum Nachfolger Pharaos bestimmt. Der Tod Pharaos wird jedoch noch geheim gehalten. Seine Gemächer verlässt nur, wer von mir hierzu eine gesonderte Erlaubnis hat», sagte ich ruhig, aber doch mit fester Stimme.

«Der Leichnam Pharaos wird noch heute Nacht unbemerkt in das Totental gebracht und dort für die Bestattung vorbereitet.»

«In das Totental?», unterbrach mich Tutu.

«Es mag sein, dass dir nicht alles verständlich ist, was ich jetzt befehle. Aber ich bitte dich, nicht mehr danach zu fragen!»

«Den Tag, an welchem ich bekannt gebe, dass ich Tutanchamun auf dem Thron folge, werde ich zu gegebener Zeit bestimmen. Nun bereitet Pharao vor, dass er in das Tal gebracht werden kann.»

«Keine Priester?», fragte er mich noch einmal.

«Nein, keine Priester. Nicht jetzt.»

Wenig später schickte Mahu einen seiner Offiziere nach Waset. Er hatte den Auftrag, die Balsamierer und ihre Gerätschaften mit zwei Wohnzelten noch in derselben Nacht in das Tal zu bringen. Währenddessen bereiteten Tutu und seine Gehilfen den toten Tutanchamun für dessen letzten Weg vor.

«Wo wollt ihr ihn bestatten lassen?», fragte mich Maja, denn er wusste nur zu gut, dass das Grab Pharaos unmöglich innerhalb von siebzig Tagen fertig zu stellen war.

«Es gibt im Tal noch ein anderes Grab. Es wurde vor langer Zeit von Thutmosis begonnen, aber nicht fertig gestellt. Es verfügt über nur eine Treppe, einen Gang und drei oder vier Kammern. Lass dir die Pläne geben, und beginne noch morgen mit den Arbeiten. Es muss in einer Woche so weit fertig sein, dass wir die ersten Beigaben ins Grab bringen können.»

Wir brachten Tutanchamun in dieser Nacht nicht in das Haus der Ewigkeit jenseits des Flusses, sondern in das Totental, damit er dort in aller Heimlichkeit von den Balsamierern für sein Leben im Jenseits vorbereitet wurde.

Erst im Morgengrauen kehrten wir zurück.

Ich dachte lange darüber nach, welche Rechtfertigung ich gegenüber Haremhab für mein vorschnelles Handeln vorbringen sollte. Endlich gelangte ich zu einem knappen und sehr einfachen Ergebnis: Wenn ich erst Pharao war, brauchte ich niemandem gegenüber eine Rechtfertigung. Die Krone, die ich dann tragen würde, war Rechtfertigung genug. Ich brauchte nur Zeit; genügend Zeit, um vollendete Tatsachen zu schaffen.

Mahus Aufgabe in diesen Tagen war es, all diejenigen zu beschwichtigen, die nach dem Befinden Tutanchamuns fragten und zu ihm vorgelassen werden wollten. Sie alle erhielten nur die Auskunft, dass er noch krank und unansprechbar war.

Derweil suchten Maja und ich die ersten Grabbeigaben aus. Anfangs waren es nur Stücke, deren Fehlen nicht weiter auffiel: der Thron aus Kindertagen und Möbelstücke, die er schon länger nicht mehr benutzt hatte; Schmuckstücke, Waffen und die kleinen Nachbauten von Schiffen, die er als Kind so geliebt hatte. In großer Eile wurden in den Werkstätten die drei Särge, in welche man ihn nacheinander betten würde, und die Schreine, die sie umgeben würden, gefertigt. Ebenso Figuren, die Pharao, Anubis und andere Gottheiten darstellten. Brote, Weinkrüge und andere Lebensmittel wurden bereitgestellt und alles, was fertig oder vorbereitet war, in dunkler Nacht und in aller Heimlichkeit ins Tal gebracht.

Es rückte aber der Zeitpunkt näher, als sich der Tod Pharaos und die Vorbereitungen, die zu seiner Bestattung getroffen werden mussten, nicht mehr verheimlichen ließen. Denn wir mussten darangehen, die großen und kostbaren Grabbeigaben bereitzustellen, vor allem die Särge, den Schmuck und die Goldmaske Pharaos.

Auch das Pektorale mit der Träne des Re sollte nach meinem Willen ein Teil seines Grabschatzes werden, denn zu viel Unglück hatte sie über Tutanchamun und die Seinen gebracht. Ja, die Gier nach dem kostbarsten und seltensten aller Schätze hatte erst mich geblendet und beinahe ins Verderben gestürzt, und ich war mir sicher, dass die Träne auch all das weitere Unglück über uns gebracht hatte.

So ließ ich jetzt den Tod unseres jungen Herrschers verkünden, damit die siebzigtägige Trauer beginnen konnte. Aber niemand ahnte, dass Pharao schon seit zwanzig Tagen nicht mehr lebte. Es ging ein Wehklagen durch Waset, durch Ober- und Unterägypten, denn niemand konnte begreifen, warum Tutanchamun so jung sterben musste.

Ich selbst hatte aber jetzt Eile, alles zu unternehmen, damit Haremhab vorerst nicht nach Waset kam. Dazu ersann ich mir einen bösen und gemeinen Plan, wie man ihn sich hinterhältiger kaum vorstellen kann. Ich ließ Anchesenamun einen Brief an Suppiluliuma schreiben. Nach der üblichen Begrüßung hieß es darin:

«Mein Gemahl ist gestorben, und er hat keinen Sohn hinterlassen. Man sagt aber, dass Deine Söhne zahlreich sind. Wenn Du mir aber einen Deiner Söhne gibst, so wird er mein Gemahl sein. Denn niemals werde ich einen meiner Diener zum Gatten nehmen. Denn Eje ist ein alter Mann, und vor Haremhab habe ich Angst.»

Ich besprach mich mit Anchesenamun und klärte sie auf, was dieser Brief bedeutete.

«Haremhab wird rasen vor Wut, wenn dieser Brief in seine Hände gelangt. Er wird niemals zulassen, dass Suppiluliuma einen seiner Söhne an den Nil schickt, damit er als Pharao über Ägypten herrscht.»

«Und wie soll der Brief in die Hände Haremhabs gelangen?», fragte mich Anchesenamun.

«Es muss so aussehen, als wäre der Brief allein deine Sache. Deswegen wirst du in aller Heimlichkeit einen Boten bestellen. Er soll das Gefühl haben, dass du auch mich übergehst. Dann schicke ihn auf dem schnellsten Weg nach Byblos. Sollte sich Suppiluliuma in Qadesch aufhalten, soll er den Brief dorthin bringen. Ich bin mir sicher, dass der Brief nicht bei Suppiluliuma ankommt, ohne nicht vorher von Haremhab gelesen worden zu sein. Die Grenzen nach Nordsyrien sind zu dicht, und das Netz, das Haremhab dort gesponnen hat, ist zu eng, als dass ihm diese Botschaft entginge.»

Schon wenige Stunden später befand sich der Eilbote der Königin auf dem Weg zu Suppiluliuma. Es musste nach meinen Berechnungen wohl so kommen, dass Haremhab nur wenige Tage, nachdem er vom Tod Tutanchamuns erfuhr, den Brief an Suppiluliuma in Händen halten würde.

Mein Plan ging auf, denn schon wenige Tage später erreichte mich eine Nachricht des Generals, in welcher er mir mitteilte, dass er wegen Grenzstreitigkeiten noch nicht nach Waset kommen könnte. Den wahren Grund verschwieg er mir natürlich.

Nun hatte ich Zeit, alles in meinem Sinne vorzubereiten. Mahu hatte dafür zu sorgen, dass alle Soldaten und Polizisten in und um Waset bedingungslos zu mir standen, denn noch musste ich befürchten, dass sich die Priester Amuns gegen mich stellen und das Volk gegen mich aufhetzen würden. Maja sollte als Schatzmeister Seiner Majestät vorsichtig und unauffällig Gerüchte in die Welt setzen lassen, wonach Haremhab schon den nächsten großen Krieg gegen die Hethiter plante, dass ich als Pharao aber Frieden halten und nach den guten Ernten der letzten Jahre die Last der Abgaben senken würde.

Es waren noch wenige Tage bis zur Beisetzung Tutanchamuns und bis zu meiner Thronbesteigung, als eine Antwort Suppiluliumas in Waset eintraf. Er zweifelte an den Worten der Königin, warf ihr vor, man wolle ihn täuschen, und lehnte ihr Ansinnen schroff ab. «Eine solche Geschichte ist mir in meinem ganzen Leben noch nicht vorgekommen», endete sein Brief.

Er sollte eine Antwort erhalten:

«Warum sprichst Du in dieser Weise: Sie wollen mich täuschen? Wenn mein Gemahl einen Sohn hätte, hätte ich dann an eine ausländische Macht geschrieben? Dein Brief ist eine Schande für mich und für mein Land. Du hast mir nicht geglaubt und in dieser Weise zu mir gesprochen. Der mein Gemahl war, ist gestorben, und es gibt keinen Sohn. Niemals werde ich einen meiner Diener zum Gatten nehmen. Ich habe an kein anderes fremdes Land außer Dir geschrieben. Man sagt, Deine Söhne wären zahlreich. Gib mir einen Deiner Söhne. Für mich wird er Gemahl sein, und für Ägypten wird er König sein.»

Wieder machte sich der Bote auf Befehl Anchesenamuns auf die Reise zu Suppiluliuma.

Der Zeitpunkt war gekommen, da ich nicht mehr länger warten wollte. Selbst wenn sich Haremhab jetzt auf die Reise nach Waset machte, würde er zu spät kommen. Dennoch beschloss ich zur Vorsicht, mich jetzt nicht nur zum Herrscher ernennen zu lassen, sondern auch die Krönung sollte entgegen allen Regeln noch vor der Beisetzung Tutanchamuns vollzogen werden.

Ich trug das Nemeskopftuch mit Geier und Kobra, Geißel und Krummstab. Auf meinen Schultern lag ein breiter Halskragen, und mein Kinn zierte der Zeremonialbart. Anchesenamun trug die Doppelfederkrone und ein langes, reich gefälteltes Gewand, das bis zu den Knöcheln hinabreichte. Um ihre schlanken Hüften trug sie einen goldenen Gürtel, der über und über mit Edelsteinen besetzt war. Wäre sie nicht meine Enkelin gewesen, hätte ich selbst als Greis an dieser jungen Frau mit ihren dreiundzwanzig Jahren Gefallen finden mögen. Im großen Audienzsaal warteten die Fürsten des Landes, die hohen Beamten und Offiziere und die Vertreter der unterschiedlichsten Priesterschaften der Beiden Länder. Nur ausländische Gäste waren nicht zu sehen, denn zu knapp war die Zeit gewesen, als dass sie alle hätten geladen werden können.

Bevor Anchesenamun und ich den Saal betraten, erschallten Fanfaren, und Meriptah, der Erste Sehende des Amun, rief der wartenden Menge entgegen:

«Der Sohn des Re ist erschienen, Cheper-chepru-Re iri-Maat, der Herrscher über Ober- und Unterägypten, er lebe, sei heil und gesund, der Herr über alle Fremdvölker, der Herr der Welt,

starker Stier, mit glänzenden Erscheinungen,

mit mächtiger Stärke, der die Asiaten bezwingt,

der Maat besitzt, der die Beiden Länder entstehen lässt, Sohn des Re, Herr der Kronen, Eje, Herrscher von Waset, dem Leben wie Re gegeben werde ewiglich!»

Wieder erschallten die Fanfaren, und alle warfen sich vor mir und Anchesenamun zu Boden. Meriptah wiederholte noch zweimal die volle Titulatur.

Ich ließ Anchesenamun auf ihrem Thron zurück und folgte Meriptah in das Allerheiligste des Amun, wo nun ich an Amun, dem Verborgenen, die heiligen Riten vollziehen musste. Ich sah Meriptah an, wie widerwillig er das alles auf sich genommen hatte, und ich war mir sicher, dass in den Tagen vor meiner Krönung im Tempel des Verborgenen hitzige Reden geführt wurden. Aber letztlich hatten Mahu und Maja die Sehenden des Amun überzeugt, dass sie sich mit meiner Herrschaft abfanden. Zustimmung oder gar Zuneigung hatte ich gar nicht erwartet.

Mein Herz begann zu rasen, nachdem der Schrein mit der goldenen Statue Amuns wieder verschlossen war und ich jetzt die Doppelkrone erblickte. Wenige Augenblicke waren es noch, winzige Schritte, und ich, Eje, Sohn des Juja und der Tuja, einziger Freund Seiner Majestät, Vorsteher der Streitwagentruppe und Gottesvater, war der Herrscher über die Beiden Länder, war der Gute Gott, war Pharao!

Dann endlich geschah es, und ich spürte, wie die Krone schwer auf meinem Kopf lastete, mich beinahe niederdrückte. Aber ich ertrug es. Stand ich jetzt nicht in einer Reihe mit all jenen, die Thutmosis hießen, Amenophis, Echnaton und Tutanchamun?

Wieder erschallten die Fanfaren, als ich den Saal betrat. Ich durchschritt ihn mit meiner Großen königlichen Gemahlin, um mich auf der Treppe der Menge zu zeigen. Dann bestieg ich den Torturm des Palastes und sah die gewaltige Menschenmenge vor mir, die erst zu Boden fiel, um den Namen ihres neuen Herrschers zu vernehmen, und die sich dann erhob, um mir zuzujubeln, wie sie jedem zujubelte, der ihr Horus wurde.

Ich verschoss vier Pfeile in alle Himmelsrichtungen, um so zu zeigen, dass ich die Macht über die Welt ergriff. Ich fasste selbst mit an, um einen Djetpfeiler zu errichten, aber den Lauf um den Palast musste ein junger Offizier stellvertretend für mich übernehmen.

Abends wurde überall im Palast und in Waset gefeiert, so wie immer gefeiert wurde in Ägypten: Es duftete nach Jasmin und nach Lotosblüten, es wurde getanzt und musiziert, die Mädchen geizten nicht mit ihren Liebreizen, und ich bedauerte es, dass ich schon einundsiebzig und nicht mehr zwanzig Jahre alt war. Es gab die besten Weine aus Ägypten und Syrien, und wir aßen die erlesensten Speisen. Drei Tage feierten Waset und Ägypten meine Thronbesteigung.

Doch dann kam auch der Tag, da wir Tutanchamun zur letzten Ruhe betten mussten. Es ging still und unauffällig zu. Die Menschen auf der Straße dachten ohnehin, er wäre längst bestattet worden, denn sonst wäre meine Krönung nicht möglich gewesen.

Anchesenamun und ich standen vor dem geöffneten Sarg und blickten stumm auf die Goldmaske vor uns. Noch einmal sahen wir das junge Antlitz Tutanchamuns, seine kräftigen, etwas aufgeworfenen Lippen und die freundlichen und großen Augen. Meine Tochter legte einen Blumenkranz auf sein Haupt, dann gossen die Priester heiliges Öl über den Toten und verschlossen den innersten Sarg. Sie legten ihn in einen zweiten und diesen in einen dritten Sarg. Nachdem er verschlossen war, stellten sie ihn noch einmal auf, und nun war es an mir, das Ritual der Mundöffnung zu vollziehen, damit er zum ewigen Leben im Jenseits erwachte.

Danach trugen sie ihn die kurze, steile Treppe hinab und durchschritten den leicht abfallenden Korridor. Im ersten Raum standen an einer Längswand drei rituelle Betten, auf welchen Pharao für die Ewigkeit vorbereitet wurde. Auf ihnen befanden sich allerlei Vorräte, Truhen und Schemel, einige seiner Bögen und ein Sessel aus Kindertagen. Links neben dem Eingang lagen die Einzelteile von dreien seiner Streitwagen, und da stand die Figur, die ihm einst der greise Bildhauer Thutmosis geschenkt hatte und die das wahre Abbild des jungen Herrschers zeigte. Rechts vor dem Eingang zur Grabkammer standen zwei schwarze Wächterfiguren in natürlicher Größe. Sie zeigten Tutanchamun mit Nemeskopftuch. Er trug einen breiten Halskragen, einen langen Schurz und Sandalen. Er stand dort in Schrittstellung, in der Linken hielt er einen langen Stab und in der Rechten eine Keule, um die Feinde Ägyptens niederzuschlagen.

Sie plagten sich, um den Sarg in den roten Steinsarkophag zu heben, denn der Raum war eng, viel zu eng, für ein Königsbegräbnis. Da sie merkten, dass der äußere Sarg zu groß war, mussten sie an seinem Fußende ein Stück absägen. Ich war außer mir vor Wut über diese Nachlässigkeit und ging in die nächste Kammer, die sich rechts an die Grabkammer anschloss. An ihrer Rückwand stand der goldene Schrein mit den Kanopenkrügen, die die Eingeweide Pharaos bargen. Vier Göttinnen, jede knapp zwei Ellen groß, standen mit ausgebreiteten Armen vor den Wänden des Schreins, um ihn zu bewachen: Isis und Nephthys, Neith und Selket. Die anmutigste von ihnen war Selket, auf deren Haupt ein Skorpion ruhte, damit man sie erkannte. Andächtig sah ich in das wundervolle Antlitz der Göttin, und ich brauchte nicht lange, um darin das Gesicht von Meritre wiederzuerkennen. Unmittelbar vor dem Schrein stand der goldene Kopf einer Hathor-Kuh mit geschwungenen, schwarzen Hörnern, und davor lag auf einer Trage ein schwarzer Anubis, der den Zugang zum Kanopenschrein bewachte und von dessen mit einem Tuch umhüllten Körper nur der Kopf zu sehen war. Sonst standen in diesem Raum zahlreiche Kästen, welche die unterschiedlichsten Götterfiguren und Statuen Pharaos bargen, und Truhen mit dem Schmuck Pharaos, darunter die Träne des Re. Hier lagen der zerlegte Prunkwagen Pharaos und all die kleinen Nachbauten seiner Schiffe. Und hier stand das herrliche Senetspiel, das ich ihm geschenkt hatte.

Nur die Sargkammer war bemalt. Mehr hatten die Arbeiter in der Kürze der Zeit nicht mehr zuwege gebracht. Die Bilder waren keine guten Arbeiten. Nein, sie waren wahrhaft schlecht. Einfallslos und schlecht gezeichnet waren sie!

An der Ostseite war die Überführung des Leichnams dargestellt. Zwölf hohe Beamte in langen, weißen Gewändern zogen den Schlitten mit dem Schrein des mumifizierten Königs.

An der Längsseite der Kammer sah man ganz links Osiris in Umarmung mit Tutanchamun, hinter welchem sein eigenes Ka, sein zweites Ich, stand. In der Mitte des Bildes wurde er von der Göttin Nut empfangen. Rechts erkannte ich Tutanchamun in Gestalt des Osiris, ihm gegenüber stand ich und vollzog an ihm das Ritual der Mundöffnung. Ich war dargestellt mit dem Chepresch, der blauen Kriegskrone, mit einem weißen Schurz und einem Leopardenfell über der Schulter, das mich als den ersten aller Priester auswies. Zwischen unseren Köpfen waren unser beider volle Thronnamen aufgezeichnet, damit für alle Ewigkeit festgehalten wurde, dass ich bereits Pharao war, als ich an Tutanchamun das heilige Ritual vollzog.

An der Westwand war ein Auszug aus dem Amduat, dem

heiligen Buch über das, was sich in der Unterwelt befindet, festgehalten. Zwölf hockende Paviane stellten die Geister der ersten Stunden der Nacht dar. Über dem linken Register schwebte die Nachtbarke mit dem Chepri, dem heiligen Käfer. Auf der Südwand sah man Tutanchamun, wie er von Hathor, der Schutzgöttin des Totentals, empfangen wurde. Hinter ihm stand der schakalköpfige Anubis und legte ihm in einer Geste der Wertschätzung eine Hand auf die Schulter.

Nachdem endlich alle Schreine um den Sarkophag herum aufgebaut waren und bevor wir das Grab verließen, legte ich mein Geschenk nieder. Es war ein kleiner, vergoldeter Holzsarg, auf dessen Deckel Tutanchamun abgebildet war. Isis und Nephthys in Gestalt von zwei Geiern breiteten schützend ihre Schwingen über den Körper Pharaos. Die Worte auf ihm waren eine Anrufung Pharaos an die Göttin Nut: «O meine Mutter Nut! Komme über mich, gib mir einen Platz unter den unvergänglichen Sternen, die in dir sind, damit ich nicht wieder sterben muss.»

Im Inneren befand sich ein weiterer kleiner Holzsarg, der eine rotbraune Haarlocke meiner Schwester Teje, die den Jungen so sehr geliebt hatte, barg. Außerdem befand sich darin eine kleine goldene Figur, die Tutanchamun als Kind zeigte, hockend und mit Geißel und Krummstab in der Rechten, während er die Linke über seinem Knie hielt. Es war ein Anhänger, den er mir geschenkt hatte, nachdem ich ihm die Träne des Re überreicht hatte.

«Du hättest ein besseres Begräbnis verdient», flüsterte ich und ließ meine Hand noch einmal über die Wand des äußersten Schreins gleiten.

«Wer immer du warst, Tutanchamun, ich habe dich geliebt wie meinen eigenen Sohn. In der anderen Welt werde auch ich vielleicht die Wahrheit erfahren.»

Dann ließ ich den Zugang zur Grabkammer zumauern und versiegeln. Zuletzt wurde die Öffnung zwischen der ersten Kammer und dem Korridor geschlossen und ebenfalls versiegelt. Ich stieg die sechzehn Stufen der Treppe empor und befahl, dass man sie zuschüttete.

Vor dem Grab nahmen wir ein bescheidenes Totenmahl ein. Wie es der Brauch war, wurden die Reste in einer Grube verscharrt.

Maja erhielt von mir den Befehl, den Zugang zum Grab mit Steinen und Schutt zuzudecken, um ihn vollkommen unkenntlich zu machen. Danach ließ ich mir alle Karten aushändigen, in welchen dieses angefangene und nie vollendete Grab eingezeichnet war, und verbrannte sie. Kein Mensch sollte je erfahren, wo Tutanchamun begraben lag.

Haremhab war zwar wütend auf mich, aber wie ich es geahnt hatte, fand er sich als Diener der Maat mit mir als Pharao ab. Doch ehe er nach Waset kam, um mir seine Aufwartung zu machen, wurde in seinem Auftrag ein schreckliches Verbrechen begangen. Wider Erwarten hatte Suppiluliuma seinen jüngsten Sohn Zananza mit großem Gefolge und ebenso großen Reichtümern losgeschickt, damit er sich mit Anchesenamun vermählte und über Ägypten herrschte. Aber Zananza und seine Begleiter haben ägyptischen Boden nie betreten. Sie wurden alle ermordet und im Sand der Wüste verscharrt wie Verbrecher.

Wenige Wochen später erreichte mich ein Brief des Hethiterkönigs, in welchem er mir bittere Vorwürfe wegen des Todes seines Sohnes machte. Ich antwortete ihm, nichts davon zu wissen, dass sich sein Sohn auf dem Weg nach Ägypten befunden hatte und dass er ermordet worden war. Doch er schrieb mir zurück:

«Jetzt komme ich zur Angelegenheit des Todes meines Sohnes und seiner Begleiter. Was das anbetrifft, was Du mir geschrieben hast: Ich wusste nicht, dass Dein Sohn nach Ägypten kommt, und ich wusste keineswegs, dass er ermordet wurde.

Als man mich bat, einen Sohn als Gemahl zu geben, war ich dazu bereit. Ich war bereit, meinen Sohn zu schicken, um König zu sein. Aber Du warst bereits auf den Thron gestiegen, und das wusste ich nicht. Was das anbetrifft, was Du mir geschrieben hast: Dein Sohn ist tot, aber ich habe ihm kein Leid angetan. Als die Königin Ägyptens mir von neuem schrieb, warst Du da nicht schon Pharao? Wenn Du aber inzwischen den Thron bestiegen hattest, hättest Du meinen Sohn nach Hause zurückschicken müssen. Was aber habt ihr mit meinem Sohn gemacht? Aus der Tatsache, dass Blut geflossen ist, ist der Fall eines furchtbaren Verbrechens geworden. Großes Leid habt ihr uns zugefügt! Großes Leid!»

Ich fühlte mich nun doch mitschuldig am Tod des Prinzen Zananza, denn es war mein Einfall gewesen, dass Anchesenamun die Briefe schrieb, und ich hätte wissen müssen, dass Haremhab nicht lange zögern und den Prinzen umbringen würde, wenn er sich Ägypten näherte. Aber ich hatte nie geglaubt, dass Suppiluliuma überhaupt einen seiner Söhne nach Ägypten schicken würde. Ich fürchtete den Zorn und die Rache der Hethiter, aber mehr noch fürchtete ich die Rache der Götter. Gewiss hatte Suppiluliuma einen Fluch über mich gesprochen, denn meine Tat blieb nicht lange ungesühnt: Nur zehn Monate nach Tutanchamun starb meine Enkelin Anchesenamun, meine Große königliche Gemahlin. Ihre Dienerinnen fanden sie eines Morgens tot in ihrem Bett. Sie war ohne jedes Anzeichen von Krankheit gestorben. Sie verließ diese Welt so unauffällig, wie sie gelebt hatte. Mit ihr war der letzte Spross aus der Familie Echnatons dahingegangen. Die Dynastie war endgültig erloschen.

Ich begrub sie in jenem Tal, in welchem die Königinnen Ägyptens ihre letzte Ruhe fanden.

Der einzige Mensch, um den ich mich noch zu kümmern hatte, war meine Tochter Mutnedjemet. Sie war nach dem Tod ihres Gemahls Rechmire unverheiratet geblieben. Ich beschloss, sie zu meiner Großen königlichen Gemahlin zu erheben. Somit war sichergestellt, dass sie Haremhab nach meinem Tod nicht übergehen oder gar beseitigen lassen konnte, denn er konnte seine Herrschaft nur über die Verbindung mit der Großen königlichen Gemahlin rechtfertigen, wie ich es zuvor mit Anchesenamun getan hatte. So hatte ich wenigstens einen Menschen um mich, der mir nahe stand und den ich liebte.

Meine ganze Sorge galt dem Andenken Echnatons und seiner Familie. Damit mein Vorhaben nicht auffiel, entwickelte ich eine rege Bautätigkeit. Ich ließ das Heiligtum des Sobek in der Oase Fajum erneuern, ich stiftete Gold und Edelsteine für den Tempel des Ptah in Men-nefer, und ich führte die Arbeiten, die Tutanchamun im Heiligtum von Ipet-sut begonnen hatte, fort. Es herrschte reger Schiffsverkehr auf dem Nil, und wer geglaubt hatte, ich würde die wenige Lebenszeit, die mir vielleicht noch blieb, nur in meinem Palast in Waset verbringen, der sah sich getäuscht.

Die meiste Zeit verbrachte ich in diesen Tagen auf dem Wasser. Denn was niemand ahnte: Sooft ich an Achet-Aton vorbeikam, machte ich dort heimlich Halt, ließ ein oder zwei Särge aus den Gräbern holen und nahm sie mit mir nach Waset. Der Einzige, der von Anfang an in mein Vorhaben eingeweiht war, war Maja. Von ihm brauchte ich schließlich die Pläne für all die Gräber im Totental, die jetzt wieder geöffnet wurden. Zudem musste er die zuverlässigsten und verschwiegensten Arbeiter aussuchen. Aber keiner von ihnen erfuhr je, wen er da bestattete.

Wir erinnerten uns des Grabes von Pharao Amenophis Aa-chepru-Re, des Großvaters meines Freundes Nimuria. Dort hatten wir bereits vor vielen Jahren in einer Seitenkammer Echnatons älteren Bruder Thutmosis bestattet. Dorthin brachten wir nun den Sarg meiner Schwester Teje, damit sie neben ihrem ältesten Sohn ruhte, und den Sarg von Echnatons zweiter Tochter Maketaton.

Dann fanden wir heraus, dass es nicht weit entfernt von der Grabstätte Tutanchamuns, schräg gegenüber, ein weiteres Grab gab, welches einmal unter Hatschepsut Maat-ka-Re begonnen worden war. Es war wohl für ihren Geliebten Senenmut bestimmt gewesen, wurde aber nicht vollendet, nachdem dieser bei seiner Herrscherin in Ungnade gefallen war. Es führte eine kurze Treppe zu einem Korridor, und von dort gelangte man in eine einzelne, kleine Grabkammer. Dies war das geeignete Versteck, nach dem wir gesucht hatten. Hier sollten Echnaton und Kija ihre letzte Ruhe finden. Nofretete fand ihre letzte Ruhestätte im Grab ihrer Tochter Anchesenamun. Ich wusste jetzt zwar alle meine Lieben um mich, aber ich war mir keineswegs sicher, dass ich sie damit für immer vor der Rache Haremhabs bewahrt hatte. Vor allem bei Echnaton und Nofretete plagten mich Zweifel. Nie würde er aufgeben, sie zu finden, damit er sie schänden konnte.

Im Norden von Waset gab es einen Balsamierer, dessen Werkstatt nicht beliebt war. Ihm hing der Ruf an, er würde seine Kunden betrügen und die Toten ihrer Amulette bestehlen. Es waren böse Gerüchte, wie mir Mahu bald bestätigte. Der bescheidene Wohlstand, zu dem es der rechtschaffene Mann gebracht hatte, rief nur Neid hervor und ließ die Nachbarn schlimme Gerüchte verbreiten. Jetzt war sein Vermögen vollständig aufgebraucht, und er und seine Familie litten Not.

Sethnacht, so hieß der Mann, war genau der Richtige für mein Vorhaben. Ich ließ ihn nicht in den Palast der leuchtenden Sonne, sondern in den alten Stadtpalast von Waset kommen, denn dort würde die Begegnung zweier so ungleicher Männer weniger auffallen.

«Du darfst mich ansehen, Sethnacht», sagte ich zu ihm, nachdem er sich erhoben hatte. Außer uns beiden war nur Maja im Raum. Ängstlich und zaghaft hob er seinen Kopf.

«Bist du bereit, für Pharao einen Auftrag auszuführen, über den du den Rest deines Lebens schweigen wirst wie ein Grab?»

«Ich führe jeden Eurer Aufträge aus, Majestät!»

«Ich will wissen, ob du auch darüber schweigen kannst?», bohrte ich nach, denn meine Frage hatte er nicht beantwortet. «Ich weiß, dass du dein ganzes Vermögen verloren hast. Ich will dir zu ein wenig neuem Wohlstand verhelfen, wenn du deine Arbeit getan hast. Nicht hier in Waset. An einem anderen Ort, irgendwo in Ägypten. Und auch dort wirst du schweigen!»

Er nickte stumm.

«Man wird drei Tote zu dir bringen. Einen Mann und eine Frau von jeweils etwa vierzig Jahren, und die Leiche eines Mannes, der älter als siebzig Jahre ist. Du wirst sie für die Ewigkeit vorbereiten. Aber nicht wie gewöhnliche Sterbliche. Du bekommst feinstes Leinen und Amulette aus dem königlichen Schatzhaus. Du wirst die Körper der drei Toten zu königlichen Mumien machen.»

Sethnacht sah mich verständnislos an.

«Du musst nicht begreifen, was du zu tun hast und warum du es zu tun hast. Bist du bereit dazu?»

Wieder nickte er stumm und verängstigt. Maja teilte ihm mit, wann er mit einem Besuch zu rechnen hatte, dann entließ er den Mann. Nach etwas mehr als zwei Monaten ließ mir Sethnacht melden, dass er meinen Auftrag ausgeführt hatte.

Sie sahen wahrhaft aus wie die Leiber von Pharaonen.

«Was hast du jetzt mit ihnen vor?», fragte mich die Schildkröte.

«Kannst du es dir nicht denken?» Er machte große Augen und schüttelte den Kopf.

«Das ist Echnaton», flüsterte ich ihm zu und zeigte auf den vierzigjährigen Mann. «Und das ist meine Tochter Nofretete. Den wahren Echnaton und die wahre Nofretete werden wir aus ihren Särgen herausholen und statt ihrer diese beiden bestatten.»

«Und was ist mit ihm?», fragte mich Maja und zeigte auf den Alten.

«Das bin ich», lachte ich ihn an.

«Du wirst ja wohl nicht glauben, dass ich Haremhab das Vergnügen gönne, den wahren Eje zu schänden!»

«Und was geschieht mit dem echten Echnaton, der echten Nofretete und dem falschen Eje?»

«Das, mein Freund, verrate ich nicht einmal dir. Und wenn dich Haremhab peitschen und foltern lässt, wirst du es ihm nicht sagen, weil du es nicht weißt. Ich verrate dir nur so viel, dass die drei für eine Weile Gäste im Stadtpalast von Waset sein werden.»

Zehn Tage später wurden die Gräber Echnatons und Nofretetes geöffnet und ihre Mumien ausgetauscht. Ich ließ die Leiber der beiden in einfache Särge legen und in den Stadtpalast bringen, wo sie in einem Nebenraum der Schatzkammer neben dem falschen Eje ihre vorläufige Ruhe fanden.

Ich hatte in den zwei Jahren, während deren ich jetzt über Ägypten herrschte, mit den Priestern des Amun meinen leidlichen Frieden geschlossen. Sie konnten sich wohl kaum vorstellen, dass der einst so verhasste Eje regelmäßig in das Heiligtum von Ipet-sut kommen würde, um dort die vorgeschriebenen Riten zu vollziehen.

Es war heiß, als ich an diesem Tag in den Tempel ging. Aber ich hatte die Hitze ein Leben lang geliebt. Im Vorraum des Allerheiligsten hockte wie sooft ein kleiner, uralter Priester vor einer Statue des Verborgenen. Und wie sooft schenkte ich ihm auch diesmal nicht mehr Beachtung, als dass ich ihn wahrnahm.

Ich betrat das Innerste des Tempels, holte die goldene Figur Amuns aus dem Schrein, wusch sie, opferte Weihrauch und stellte sie zurück an ihren Platz. Ich sprach ein Gebet und verschloss den Schrein. Dann nahm ich Krummstab und Geißel und verließ das Allerheiligste.

«Bist du nun endlich in den Schoß Amuns zurückgekehrt?», sagte der alte Priester mit der krächzenden Stimme eines Raben, nachdem ich an ihm schon vorbeigegangen war. Welche Anmaßung dieses bedeutungslosen und uralten Vorlesepriesters, dachte ich bei mir und ging bereits weiter, ohne mich nach ihm umgedreht zu haben. Aber eine fremde, unbekannte Macht, eine namenlose Ahnung, ließ mich innehalten. Dann drehte ich mich um. Ich trat näher an ihn heran, um sein Gesicht erkennen zu können. Im Lichtschein eines Kerzenleuchters sah ich, dass er viele Jahre älter war als ich.

«Wer bist du?», fragte ich ihn knapp und besah ihn mir noch einmal genau.

«Das Äußere eines über Hundertjährigen hilft dir nicht weiter, Eje. Nur mein Name wird dir vielleicht noch in Erinnerung geblieben sein.»

Wenn er sprach, bildeten sich in seinen Mundwinkeln klebrige, weiße Fäden, und in seinem Mund sah ich nicht mehr als fünf oder sechs braune, brüchige Zähne. Wie ein Blitz zuckte mir ein Name durch den Kopf, und dennoch wollte ich nicht wahrhaben, was ich dachte. «Ramose?», sprach ich den Namen des mir einst so verhassten Priesters aus, den Echnaton verbannt und von dem ich stets geglaubt hatte, er wäre seit vielen Jahren tot.

«Ja, Ramose!», krächzte er leise zurück. «Du hast mich längst tot geglaubt. Doch wie du siehst, lebt Ramose noch immer. Ich habe sie alle überlebt, habe alles, was man mir angetan hat, überstanden.»

Die Überheblichkeit, mit der er mich ansprach, machte mich schon jetzt rasend vor Wut.

«Es wäre besser gewesen, Hyänen hätten dich zerfetzt und Schakale hätten deine Knochen abgenagt. Dass ich dich noch einmal sehen muss!» Der Anblick des Alten widerte mich an und jagte mir einen Schauer über den Rücken.

«Quält dich nicht seit so vielen Jahren die Neugier, Eje? Und jetzt, wo du sie befriedigen könntest, verwünschst du mich aufs Neue?», keifte er, und ich sah, wie die Fäden in seinen Mundwinkeln dicker und klebriger wurden.

«Welche Neugier könnte mich schon quälen, damit ich bereit wäre, deinen Anblick zu ertragen?»

«Die Neugier über das Ende deines Vetters Anen?»

«Dazu bedarf es keines Ramose. Dass ihr meinen Vetter als vermeintlichen Verräter ermordet und Nimuria als Warnung vor die Augen geworfen habt, wusste ich schon am Tag seines

Todes. Und dass ihr die kleine Isis ermordet habt sowie den unbekannten Mann im Tempel der Hatschepsut, kann ich mir auch ohne deine Hilfe zusammenreimen. Wie nimmst du dich wichtig, Ramose!»

«Die kleine Isis», krächzte er aufs Neue und verzerrte im Lachen sein Gesicht zu einer entsetzlichen Fratze. «Sie sollte dich eigentlich umbringen. Stattdessen kommt das dumme Stück angelaufen und fleht für dich um Gnade, weil sie sich in dich verliebt hat! Törichtes Weib!»

Jetzt hatte er doch meine Neugier geweckt, denn es gab in der Tat noch einiges, worauf ich mir nie einen Reim machen konnte.

«Und Thutmosis? Prinz Thutmosis?», fragte ich leise. «Hast du etwa auch ihn ermorden lassen?»

Er öffnete und schloss ein paar Mal den Mund, ohne dabei zu reden, und leckte sich mit der Zunge die weißen Fäden, die gewiss nichts anderes waren als Schlangengift, aus den Mundwinkeln. Dann begann er:

«Es war unser größter Fehler, ihn zu beseitigen. Wir wollten mit seinem Tod Nimuria treffen, und das ist uns ja auch wahrlich gelungen. Dein Freund war so eingeschüchtert, dass er es zeit seines Lebens nicht wagte, jemals die Stadt des Ketzers zu betreten. Er wusste, warum! Er wusste es! Aber wir haben den Ketzer unterschätzt. Thutmosis war ein einfältiger Mann, doch er wäre der richtige Mann auf dem Thron Ägyptens gewesen. Aber du kannst unbesorgt sein: Er hat von seinem Sterben nichts bemerkt. Das Gift, das ihm die Hure gab, ließ ihn ruhig einschlafen, ganz ruhig bis in den Tod. Hätten wir damals nur den Ketzer umgebracht!»

Längst hatten sich in seinen Mundwinkeln wieder klebrige, weiße Fäden gebildet, und ich war mir nicht sicher, ob es ihr Anblick war, der mich so anwiderte, oder die Worte Ramoses.

«Das wäre euch später ja beinahe gelungen», sagte ich und wollte mich schon zum Gehen wenden, denn längst war ich der Gift speienden Schlange überdrüssig.

«Ist es uns etwa nicht gelungen?», sagte er langsam, ganz langsam.

Wie Blitze zuckten die Bilder jener Tage durch meinen Kopf: Ich erinnerte mich des Schiffes, das mir im Hafen von Achet-Aton begegnet war, als ich mit Tutanchamun zurückkehrte. Ich erinnerte mich, auf ihm die Gesichter von Priestern des Amun erkannt zu haben. Und ich erinnerte mich, dass sie die Letzten waren, die Echnaton lebend gesehen hatten. Aber hatte er sich nicht selbst vom Turm gestützt? Der Hundertjährige schien meine Gedanken zu erraten, denn von sich aus begann er:

«Er hat sich den Turm hinabgestürzt, weil er, der die Wahrheit angeblich so sehr geliebt hat, die Wahrheit nicht ertrug», ereiferte er sich laut krächzend.

«Von welcher Wahrheit sprichst du, Ramose?»

«Du willst sie nicht kennen, die Wahrheit? Du, der immer meint, alles zu wissen, was in den Beiden Ländern geschieht, kennst die Wahrheit nicht?» Hüstelnd lachte er vor sich hin, und ich wünschte mir, er wäre an seinem Schleim erstickt.

«In Waset hat man darüber gesprochen. In Men-nefer und sogar in Achmim. Und du willst nichts davon wissen!»

Ich schäumte über vor Wut. Ich wollte seinen Anzüglichkeiten nicht länger zuhören, und doch musste ich wissen, was er vor mir verbarg.

«Was hat man sich überall erzählt, das ich nicht wusste?», fragte ich ihn schließlich.

Er ließ sich Zeit, ehe er mir antwortete, und dann sprach er ruhig und langsam, sodass jedes einzelne Wort wirkte wie ein Schwertstoß.

«Dass Echnaton gar nicht der Sohn Nimurias war, sondern der Auswurf einer sündhaften Nacht, deren es manche gegeben haben soll zwischen dir und deiner Schwester Teje.»

Es war nicht ein Priester, der da vor mir hockte, klein, unscheinbar und hundertjährig. Es war das ewig Böse schlechthin! Meine Hände zitterten. Alles Blut in meinem Leib schoss in meinen Kopf und drohte ihn auseinander zu sprengen. Dieser

Unschlitt der Menschheit, dieses elende, dreckige Geschöpf der Unterwelt hatte die schlimmste Beleidigung ausgesprochen, die je ersonnen worden war, und mit dieser schändlichen Lüge hatten sie Echnaton in den Tod gehetzt! Den edelmütigsten Menschen, der mir je begegnet war!

Ich konnte diesen Elenden nicht zur Rechenschaft ziehen. Ich wollte es gar nicht. Der Hass und die Wut, die sich in mir aufbäumten, ließen das gar nicht erst zu. Er hockte noch immer da und starrte schweigend zu Boden, wohl bereit, sein Schicksal schnell und widerspruchslos hinzunehmen. Es gab keine Rechtfertigung. Es gab nur den Tod. Sofort.

Ich erhob meine Rechte, und mit der ganzen Kraft, die mein Körper noch aufzubringen vermochte, sauste der schwere Krummstab auf den Schädel des Ungeheuers nieder, um laut krachend dessen Knochen zu zerschmettern und tief in das Hirn einzudringen, das sich diese Gemeinheit ausgedacht hatte, damit das Leben dieses Hundes ein für alle Mal ausgelöscht werde. Sein Blut spritzte mir entgegen und besudelte mein Gewand. Ramose hatte keinen Laut mehr von sich gegeben. Er lehnte blutüberströmt an der Säule, und mein Krummstab steckte noch immer tief in seinem kahlen Schädel. Ich nahm das Ende meines Stabes fester in die Hand und stieß mit dem Fuß gegen die Schulter des Alten. Mit einem Ekel erregenden Glucksen löste sich der Goldstab aus dessen Schädel, und lautlos kippte Ramose zur Seite. Blut klebte an meinem Krummstab, und ich fuhr mit ihm über das Gewand Ramoses, um ihn notdürftig zu reinigen.

«Scheusal! Hyäne!», beschimpfte ich den Toten. Mehr fiel mir nicht mehr ein. Dann verließ ich den Tempel, um ihn nie wieder zu betreten.

Ich befahl meinen Soldaten, die Leiche Ramoses aus dem Tempel zu holen, und ließ ihn in der Wüste an einen Ort bringen, von dem ich wusste, dass es dort viele Hyänen und Schakale gab.

SECHZEHN

Wer den Blick auf die Sonne richtet,
dem erschließt sich das Wesen der Finsternis.

Eje schwieg lange, nachdem er mit seiner Geschichte geendet hatte. Es hatte ihn angestrengt, über sein langes Leben zu berichten. Über Freud und Leid, über Liebe und Hass, über Werden und Vergehen. Auch hatte es ihn angestrengt, so oft über den Tod sprechen zu müssen.

Pharao hob seine dünne, knöcherne Hand und hielt sie Nacht-Min entgegen.

«Führe mich hinaus», flüsterte er erschöpft. Der Junge erhob sich rasch und hielt seinem Herrscher den rechten Arm entgegen. Der Greis hakte sich ein. Nacht-Min spürte dessen kalte, dünne Finger, die sich um sein Handgelenk legten.

Sie hatten den Tag im Inneren des Palastes verbracht, um der sengenden Hitze zu entfliehen. Aber jetzt, da sich der Tag bald dem Ende zuneigte und ein erfrischender Nordwind blies, wollte Eje auf die Terrasse zurückkehren. Noch immer lag der gekrümmte Wurfstock Tutanchamuns auf jenem Tisch, an welchem Eje drei Tage zuvor mit seiner Erzählung über den Kindkönig begonnen hatte. Die Fingerkuppen des Greises glitten zärtlich über den eingeritzten Namen. Schriftzeichen für Schriftzeichen ertastete er und flüsterte: «Neb-chepru-Re. Neben meiner Erinnerung an ihn ist dieses Stück Elfenbein alles, was mir von ihm geblieben ist.»

Fragen über Fragen lagen Nacht-Min auf dem Herzen, aber er wagte es nicht, sie Pharao zu stellen. Die Ehrfurcht vor dem Guten Gott verbot ihm das. Er schwieg. Dann erlöste ihn der Greis.

«Zehn Tage lang habe ich nur von mir erzählt, und ich bin dir dankbar dafür, dass du so geduldig zugehört hast.»

Nacht-Min lächelte verlegen und sah in die müden Augen Pharaos.

«Als ich dich traf, fragte ich nach deinen Eltern. Meriamun heißt dein Vater, sagtest du, und Inena deine Mutter.»

«Ja, Majestät. So heißen meine Eltern», gab der Jüngling höflich zur Antwort.

«Hast du noch Geschwister, Nacht-Min?»

«Ja, Majestät. Zwei ältere Brüder und eine jüngere Schwester. Meine Brüder arbeiten wie mein Vater im Tal, und meine Schwester ist mit einem Steinmetz verheiratet und lebt mit ihrer Familie ebenfalls in der Siedlung.»

Noch immer glitten die Fingerkuppen des alten Mannes über die Schriftzeichen des Wurfstocks.

«Und wer lebt noch bei euch?»

«In unserem Haus wohnt noch eine Großmutter. Sie ist die Mutter meines Vaters. Und außerdem eine sehr alte Großtante.» Der Junge machte eine kurze Pause, denn er war sich nicht sicher, ob er sagen durfte, was ihm zu seiner Großtante eingefallen war. Dann lachte er und gab sich einen Ruck: «Sie heißt auch Inena und war in ihrer Jugend Tänzerin, wie das Mädchen, von dem Ihr mir zu Beginn Eurer Geschichte erzählt habt.»

Sofort hielten die Finger Pharaos inne, auf dem Elfenbein hin und her zu fahren.

«Aber es leben tausend Frauen in Ägypten, die den Namen Inena tragen. Und meine Großtante war in ihrer Jugend gewiss nicht so schön wie jenes Mädchen, das Ihr beschrieben habt, Majestät», wiegelte Nacht-Min ab. Denn allein die Vorstellung, dass seine alte Großtante einst die Geliebte jenes Mannes war, der heute als Pharao über Ägypten herrschte, hielt er für eine ungeheuerliche Anmaßung.

«Hatte deine alte Tante einen Bruder? Einen blinden Bruder?»

«Das weiß ich nicht, Majestät. Sie hat nie darüber gesprochen, und wenn es ihn gab, dann ist er schon sehr lange tot.»

Eje ließ es auf sich beruhen. Der Junge hatte Recht: Wie viele Frauen mochten in Ägypten gelebt haben und wie viele noch leben, die diesen Namen trugen.

Nacht-Min erzählte seinem Herrscher noch eine Weile über das Leben in der Siedlung, über die Gräber, die sein Vater und seine Brüder schon angelegt hatten, und dass er selbst einmal Maler werden wollte, weil ihn all die Bilder in den Gräbern so tief beeindruckten.

«Morgen früh bringe ich dich in dein Dorf zurück», sagte Eje zum Abschied. «Ich lasse dich zeitig wecken, damit ich wieder hier bin, bevor die Mittagshitze einsetzt.»

«Aber ich kann doch allein in mein Dorf zurückkehren, Majestät», widersprach ihm der Junge. Eje wusste, dass er dem Jungen und seiner Familie keine größere Ehre erweisen konnte als die seines Besuches in ihrem gewiss bescheidenen Haus.

«Es ist schon gut, Nacht-Min. Ich habe dich hierher geholt, also bringe ich dich auch zurück. Es ist gut so.»

Nicht einmal vor sich selbst mochte der Greis zugeben, dass es eine kleine, ja winzige Hoffnung war, die in ihm aufkeimte und die der eigentliche Grund dafür war, dass er die Siedlung aufsuchen wollte.

Beide schliefen in dieser Nacht schlecht, denn sie waren gleichermaßen unruhig angesichts dessen, was sie erwartete.

Der Weg vom Palast der leuchtenden Sonne in die Arbeitersiedlung war nicht weit. Pharao schickte niemanden voraus, der seinen Besuch ankündigte. Es war der zehnte Tag der Woche, der Tag, an dem alle Arbeit ruhte, und so konnte sich Eje sicher sein, dass alle Bewohner der Siedlung ihn begrüßen würden. Ja, eine größere Ehre konnte er Nacht-Min und dessen Familie wirklich nicht erweisen.

Der Sechzehnjährige durfte links neben der Sänfte Pharaos laufen. Pharao hatte ihm am Morgen noch ein Kopftuch geschenkt. Und einen Halskragen aus Glasperlen! Niemand in der Siedlung besaß Derartiges. Einen Halskragen aus Pharaos Hand! Wer würde ihn wohl zuerst erkennen, ihn, den Sohn Meriamuns und Inenas? Ganze Tage und Nächte würde er ihnen von seinen Erlebnissen im Palast des Guten Gottes erzählen müssen. Ach was, ein Leben lang!

Nacht-Min war glücklich und stolz wie nie zuvor in seinem Leben. Er durfte eine Elle neben Pharao gehen. Wenn der Weg etwas steiler wurde, hielt er sich ab und zu an der Sänfte fest, und niemand untersagte es ihm. Schließlich fühlte er sich so sicher, dass er beschloss, die Hand nicht mehr von der Sänfte zu lassen, bis sie das Haus seines Vaters erreicht haben würden.

«Macht Platz für den Guten Gott!», rief ein Offizier der Leibgarde, der dem Zug voranschritt, als sie die Siedlung erreicht hatten.

«Werft euch nieder vor dem Guten Gott Cheper-chepru-Re iri-Maat!»

Die Dorfbewohner waren zuerst entsetzt und fürchteten ein Strafgericht des Guten Gottes, denn welch anderen Grund sollte es geben, dass er ohne jede Ankündigung hierher kam? Väter rissen ihre Kinder, die nicht wussten, was sie zu tun hatten, zu Boden, damit auch sie im Staub lagen, wenn der Gute Gott an ihnen vorüberzog.

«Das ist Nacht-Min», hörte Pharao jemanden flüstern. «Der Sohn des Meriamun geht neben dem Guten Gott einher», zischte ein anderer.

«Wo steht das Haus deiner Eltern, Nacht-Min?», fragte Eje laut, so laut, dass es alle hören konnten.

«Dort, Majestät, am Ende der Gasse», antwortete Nacht-Min

fröhlich und zeigte mit seiner Linken in die Richtung, ohne dass die Rechte von der Sänfte ließ. Längst waren alle Dorfbewohner zu Boden gefallen, auch die, die Pharao noch gar nicht sehen konnten, denn seine Anwesenheit war wie ein Lauffeuer umgegangen.

Der Zug erreichte das Haus des Meriamun. Vor seinem Eingang standen zwei krumme Holzstangen, die ein weißes Tuch trugen, damit es etwas Schatten spendete. Die ganze Familie Nacht-Mins lag darunter am Boden, und keiner wagte es, den Kopf auch nur ein Stück weit zu heben. Nur etwas abseits hockte ein altes, unscheinbares Weib am Boden. Pharao griff nach der Hand des Jünglings und stieg aus der Sänfte.

«Zu Boden, Alte!», schrie ein Soldat der Leibgarde und trat mit dem Fuß gegen ihre Schulter, sodass sie zur Seite fiel.

Ein harter Schlag von Pharaos Geißel traf den Soldaten am Rücken.

«Wage es nie mehr in deinem Leben, diese Frau auch nur anzusehen! Sie ist tausendmal mehr wert als du Abschaum. Geh mir aus den Augen!», rief Eje zornig. Der Soldat wusste nicht, wie ihm geschah, hatte er doch nichts als seine Pflicht getan.

«Erhebt Euch!», befahl Eje und streckte der Frau seine Hände entgegen, um ihr aufzuhelfen. Er trat ganz nahe an sie heran und sah ihr ins Gesicht.

«Inena?», flüsterte er leise.

Dann erkannte er die Narbe neben ihrem rechten Nasenflügel. Als wollte er nicht glauben, was er sah, hob er den rechten Zeigefinger und strich vorsichtig über die Stelle, die ihm verraten hatte, wer diese Frau war.

«Inena.», wiederholte er leise.

«Ja, Eje», flüsterte auch die Alte. «Ich bin Inena.»

«Ein Leben lang habe ich an dich gedacht, und nie habe ich aufgehört, darüber nachzudenken, wo du leben könntest.»

«Ich lebe seit so vielen Jahren in deiner Nähe. Ich wusste stets über dich Bescheid, wie jeder in Ägypten wusste, was der mächtige Eje tat.»

Ihre einst kastanienbraunen Haare waren grau. Was von ihren einmal blendend weißen Zähnen übrig geblieben war, schimmerte jetzt gelb aus ihrem Mund. Aber ihre Augen, ihre braun-grünen Augen, huschten noch immer unruhig über das Gesicht Pharaos, wie vor siebenundfünfzig Jahren.

«Warum hast du all die Jahre ungenutzt verstreichen lassen? Hättest du mir nicht ein Lebenszeichen von dir geben können?», fragte Eje fast ein wenig vorwurfsvoll.

«Wozu, Eje? Wozu?»

«Damit ich dich zu mir hole!»

«Das meinst du nicht wirklich», widersprach sie ihm. «Ich habe nie in deine Welt gehört. Das weißt du.»

«Wer hat darüber zu bestimmen, wer in meine Welt gehört, Inena? Gehört er in meine Welt?», fragte Eje und zeigte auf Nacht-Min.

«Für wenige Tage, vielleicht. So wie ich für wenige Tage Teil deiner Welt war.»

Eje sah nachdenklich zu Nacht-Min und dessen Familie hinüber. Dann sprach er weiter.

«Er wird Teil meiner Welt bleiben. Ich behalte ihn bei mir, damit du siehst, dass es mir ernst ist. Und es ist mein ehrlicher Wunsch, dass auch du mit mir kommst, damit wir die wenige Zeit, die uns noch verbleibt, zusammen verbringen!»

Inena lachte. Ihr Lachen zeigte die wenigen gelben Zähne, doch sie schämte sich ihrer nicht. Ihre Augen huschten über Pharaos Gesicht, und sie lachte noch immer.

«Nein, Eje. Glaube mir. Meine Welt ist nicht dort unten. Ich gehöre hierher. Ich gehöre zu ihnen. Erdrücke mich nicht! Nimm den Jungen mit dir und versuche, mich so in Erinnerung zu behalten, wie du es immer getan hast. Es wird schwer genug für dich werden, sich an eine siebzehnjährige Tänzerin zu erinnern, wo du jetzt ein altes Weib gesehen hast.»

Eje sah ein, dass sie Recht hatte, und bedrängte sie nicht weiter.

Niemand der Anwesenden begriff, was hier vor sich ging,

und man begann zu tuscheln. Auch die Eltern und Geschwister Nacht-Mins sahen einander verwundert an. Nur der Junge wusste, wer sich hier begegnet war.

Eje ergriff die Hände der alten Frau und sah ihr noch einmal in die unruhigen Augen. Schnell beugte er sich ein wenig nach vorn und küsste sie flüchtig auf beide Wangen.

«Du weißt, wo du mich findest!»

«Ich wusste es immer», antwortete sie leise, wandte sich ab und ging ins Haus, ehe er sehen konnte, dass sie Tränen in den Augen hatte.

«Wenn ihr es erlaubt», rief Eje den Eltern des Jungen zu, «werde ich euren Sohn bei mir behalten, damit er mir treu dient. Wann immer er will, kann er zu euch hierher zurückkehren.»

Meriamun und seine Frau verneigten sich stumm, denn sie konnten das Glück, das so plötzlich über ihre Familie gekommen war, noch nicht fassen.

Während Nacht-Min von seinen Eltern und Geschwistern Abschied nahm, bestieg der Gute Gott die Sänfte.

«Komm, Nacht-Min!», rief er nach hinten, denn es wurde Zeit, die Siedlung wieder zu verlassen.

Ein Jahr wich der Junge nicht von der Seite seines Herrschers. Eje unternahm noch eine Reise. Sie führte ihn in seine Heimatstadt Achmim, wo er zu Ehren Mins weit über der Stadt in einem Berg einen Felsentempel errichtet hatte. Dann kehrten sie nach Waset zurück.

Aber Eje bezog nicht mehr den Palast der leuchtenden Sonne, sondern er verbrachte die letzten Monate seines Lebens im Stadtpalast, den er immer so sehr geliebt hatte.

Sie saßen schweigend auf der Dachterrasse und sahen hinunter auf die Stadt, auf den Fluss und auf die Berge im Westen, hinter welchen sich auch die Grabstätte Ejes verbarg.

«Heil Dir, Gott, Du großer, der Wahrheit und der Gerechtigkeit Meister», betete Pharao leise, ohne dass es Nacht-Min hören konnte.

«Du mächtiger Herrscher! Nun trete ich vor Dich! Lass Deine strahlende Schönheit mich schaun! Denn ich kenne Deinen Namen, wie auch die Namen der zweiundvierzig Götter, die Dich umringen in lichtvollen Räumen der Wahrheit und Gerechtigkeit, am Tage, wo aufgezählt vor Osiris die Sünden. Siehe, ich bringe in meinem Herzen Wahrheit und Gerechtigkeit.»

Die Sonnenscheibe neigte sich mehr und mehr dem Horizont zu. Rot glühend war sie wie brennender Karneol, wie jener Edelstein, den Eje so geliebt hatte.

«Denn ausgerissen habe ich aus meinem Herzen das Böse. Nicht habe ich bewirkt das Leiden der Menschen, noch meinen Verwandten Zwang und Gewalt angetan. Nicht habe ich das Unrecht an die Stelle des Rechts gesetzt, noch Umgang gepflegt mit den Bösen. Ich habe kein Verbrechen begangen, und nicht ließ ich die anderen sich abmühen über Gebühr. Nicht habe ich Ränke aus Ehrgeiz geschmiedet. Die Götter habe ich nicht gelästert.»

Sein Kopf wurde ihm schwer, und sein Kinn senkte sich auf die Brust. Nur mit Mühe konnten seine Augen nach oben blicken, um Re zu sehen, wie er tiefer und tiefer sank. So, wie die Sonne sich im Westen niedersenkte, so senkten sich mit ihr auch die Augen Ejes für immer nieder. Gemeinsam mit dem Gott aller Götter trat Eje die Nachtfahrt an.

Jetzt wusste er um alles.

EPILOG

Wie Eje es ihm aufgetragen hatte, brachte Nacht-Min den Leichnam Ejes und den Sarg mit der Mumie des alten Mannes zu den Balsamierern. Nach siebzig Tagen holte er den für die Ewigkeit vorbereiteten Eje wieder ab und versteckte ihn gemeinsam mit den Särgen Echnatons und Nofretetes. Die Mumie des alten Mannes, der Eje so ähnlich sah, wurde Haremhab übergeben, damit er sie mit allen Ehren im Totental bestattete. Haremhab folgte Eje auf den Thron der Beiden Länder und erhob Mutnedjemet zur Großen königlichen Gemahlin. Nach ihrem frühen Tod schändete er das Andenken an Echnaton und Nofretete, an Tutanchamun und Eje, genau wie es Eje vorausgesagt hatte.

Irgendwann im Morgengrauen zog eine Karawane hinaus in die Wüste zu einem Ort, den keiner kannte und den nie ein Mensch entdecken würde. Dort bettete Nacht-Min die drei Toten zur letzten Ruhe. Kein Denkmal zeugte von jenem Ort, nur die Sonne erstrahlte jeden Tag über dem Sand, der die Särge Echnatons, Nofretetes und Ejes bedeckte.

Nicht viel mehr als ein leeres und verwüstetes Grab im Totental und das Grab in Achet-Aton erinnerten noch an Eje. Dort standen seine Worte:

«Oh, ein jeder, der auf Erden lebt und alle kommenden Generationen: Ich sage euch den Weg des Lebens und bezeuge euch die Gunsterweise, und so werdet ihr meinen Namen lesen und was ich getan habe.

Ich war ein Wahrhaftiger auf Erden.»

Das Grab Tutanchamuns wurde erst im November 1922, mehr als dreitausend Jahre nach dem Tod des Kindkönigs, gefunden und geöffnet.

Die Mumien Echnatons, Nofretetes und Ejes blieben bis zum heutigen Tag unentdeckt.

Foto: Hergen Schimpf

B 24/3

Petra Oelker

«Petra Oelker hat lustvoll in Hamburgs Vergangenheit gestöbert – ein amüsantes, stimmungsvolles Sittengemälde aus vergangener Zeit ...» Der Spiegel

Tod am Zollhaus
Ein historischer Kriminalroman
3-499-22116-0

Der Sommer des Kometen
Ein historischer Kriminalroman
3-499-22256-6
Hamburg im Juni des Jahres 1766: Drückende Schwüle liegt über der Stadt. Auf dem Gänsemarkt warnt ein mysteriöser Kometenbeschwörer vor nahendem Unheil.

Lorettas letzter Vorhang
Ein historischer Kriminalroman
3-499-22444-5
Komödiantin Rosina und Großkaufmann Herrmanns auf Mörderjagd zwischen Theater und Börse, Kaffeehaus, Hafen, Spelunken und feinen Bürgersalons.

Die zerbrochene Uhr
Ein historischer Kriminalroman
3-499-22667-7

Die englische Episode
Ein historischer Kriminalroman
3-499-23289-8

Die ungehorsame Tochter
Ein historischer Kriminalroman
3-499-22668-5

Die Neuberin
Die Lebensgeschichte der ersten großen deutschen Schauspielerin
3-499-23740-7

Das Bild der alten Dame
Ein historischer Kriminalroman

3-499-22865-3

Weitere Informationen in der Rowohlt Revue oder unter www.rororo.de

Laurie R. King

«Wenn es eine neue P. D. James gibt, dann ist es Laurie R. King.» The Boston Globe

Ein Fall für Sherlock Holmes und Kate Russell:

Die Apostelin
Roman 3-499-22182-9

Die Gehilfin des Bienenzüchters
Roman 3-499-13885-9

Das Moor von Baskerville
Roman 3-499-22416-X

Ein Fall für Kate Martinelli und Al Hawkin:

Die Farbe des Todes
Roman 3-499-22204-3

Die Maske des Narren
Roman 3-499-22205-1

Geh mit keinem Fremden
Roman 3-499-22206-X

Wer Rache schwört
Roman 3-499-22926-X

Die Feuerprobe
Roman
Anne Weaverly, Professorin für Theologie, führt ein Doppelleben. Das FBI schleust sie als Undercover-Agentin in verdächtige Sekten ein. Denn sie scheut kein Risiko – sie fürchtet den Tod nicht, sondern fordert ihn geradezu heraus …

3-499-23130-1

Abb: Archiv für Kunst und Geschichte, Berlin/Alma Tadema

**Historische Unterhaltung bei rororo:
Große Liebe, unvergleichliche Schicksale, fremde Welten**

Charlotte Link
Wenn die Liebe nicht endet
Roman 3-499-23232-4
Bayern im Dreißigjährigen Krieg: Charlotte Links großer Roman einer Frau, die ihr Schicksal selbst in die Hand nimmt.

Charlotte Link
Cromwells Traum oder
Die schöne Helena
Roman 3-499-23015-1

Magdalena Lasala
Die Schmetterlinge von Córdoba
Roman 3-499-23257-X
Ein Schmöker inmitten der orientalischen Atmosphäre aus 1001 Nacht.

Fidelis Morgan
Die Alchemie der Wünsche
Roman 3-499-23337-1
Liebe, Verbrechen und die geheime Kunst der Magier im England des 17. Jahrhunderts.

Daniel Picouly
Der Leopardenjunge
Roman 3-499-23262-6
Das große Geheimnis der Marie Antoinette. Ein historischer Thriller voller Charme und Esprit.

Edith Beleites
Die Hebamme von Glückstadt
Roman
Das Schickal einer jungen Hebamme im Kampf gegen Angst und Vorurteile.

3-499-22674-X

B 9/1

Lebenserinnerungen bei rororo

Bewegte Leben, bewegende Berichte

Ulla Lachauer
Paradiesstraße
Lebenserinnerungen der ostpreußischen Bäuerin Lena Grigoleit
3-499-22162-4

Eva Jantzen/Merith Niehuss
Das Klassenbuch
Geschichte einer Frauengeneration
3-499-13967-7

Hermine Heusler-Edenhuizen
Du mußt es wagen!
Lebenserinnerungen der ersten deutschen Frauenärztin
3-499-22409-7

Tania Blixen
Jenseits von Afrika
3-499-22222-1

Ruth Picardie
Es wird mir fehlen, das Leben
3-499-22777-0
Bevor ich gehe. Eine junge Frau nimmt Abschied von ihrem Leben.

Marjorie Shostak
Nisa erzählt
Ein authentischer, «mit heftigem Temperament vorgetragener Bericht» (Der Spiegel) über das Leben einer afrikanischen Nomadenfrau und zugleich das Porträt einer faszinierenden Kultur.

3-499-23050-X

B 33/1

Romanbiographien bei rororo

Berühmte Schicksale im Spiegel der Zeit

Irving Stone
Michelangelo
Biographischer Roman
3-499-22229-9

Der Seele dunkle Pfade
Ein Roman um Sigmund Freud
3-499-23004-6

Vincent van Gogh
Ein Leben in Leidenschaft
3-499-11099-7

Werner Fuld
Paganinis Fluch
Die Geschichte einer Legende
3-499-23305-3

Carola Stern
Der Text meines Herzens
Das Leben der Rahel Varnhagen
3-499-13901-4
Stern zeichnet dieses flirrende Leben und sein langsames Verlöschen sehr eindringlich nach und stellt es in seinen zeitgeschichtlichen Kontext.

Asta Scheib
Eine Zierde in ihrem Haus
Diese Romanbiographie erzählt die Geschichte einer berühmten Dynastie und einer ungewöhnlichen Frau, die gegen alle gesellschaftlichen Zwänge schließlich die Freiheit gewinnt, ihr eigenes Leben zu leben.

3-499-22744-4

B 37/1

Deutschsprachige Literatur bei rororo

Die neuen Klassiker

Elfriede Jelinek
Die Klavierspielerin
Roman. 3-499-15812-4
Einer der meistdiskutierten deutschsprachigen Romane: Der Klavierlehrerin Erika Kohut, von ihrer Mutter zur Pianistin gedrillt, ist es nicht möglich, aus ihrer Isolation heraus eine sexuelle Identität zu finden. Unfähig, sich auf das Leben einzulassen, wird sie zur Voyeurin. Als einer ihrer Schüler mit ihr ein Liebesverhältnis anstrebt, erfährt sie, dass sie nur noch im Leiden und in der Bestrafung Lust empfindet.

Friedrich Christian Delius
Der Königsmacher
Roman. 3-499-23350-9

Peter Rühmkorf
Außer der Liebe nichts
Liebesgedichte. 3-499-23260-X

Helmut Krausser
Schmerznovelle
3-499-23214-6

Peter Schneider
Das Fest der Missverständnisse
Burg erforscht die Medizingeschichte im Nationalsozialismus. Was eher zufällig beginnt, entwickelt sich zu einer zerstörenden Obsession, die auch die Wahrnehmung der Gegenwart zwanghaft überformt.

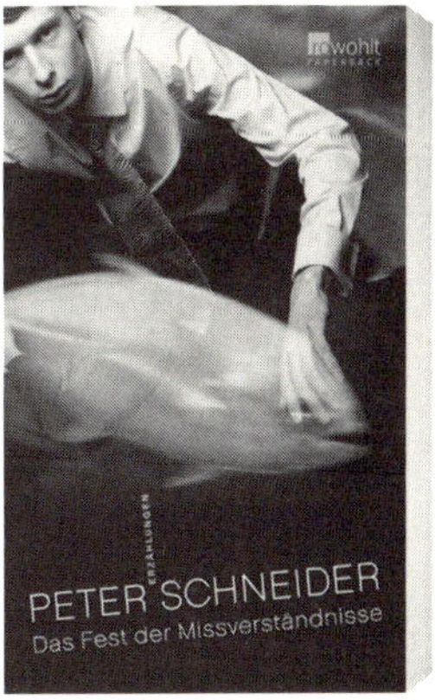

3-499-22728-2

B 36/1